HEYNE

Das Buch

Unendlich traurig ist Kelsey heimgekehrt und hat Ren, den verwunschenen Tigerprinzen, in Indien zurückgelassen. Es gelingt ihr kaum, sich wieder an ihr altes Leben zu gewöhnen – zu groß ist die Leere in ihrem Herzen. Als Ren jedoch eines Tages vor ihrer Tür steht, kann Kelsey ihr Glück kaum fassen: Seine Liebe zu ihr ist so stark, dass er ihr nach Oregon gefolgt ist! Aber auch der finstere Magier Lokesh, der einst Ren und seinen Bruder Kishan in Tiger verwandelte, ist ihnen auf der Spur. Kelsey bleibt nichts anderes übrig, als nach Indien zurückzukehren, um Lokesh endgültig zu besiegen. Dort warten jedoch nicht nur gefährliche Abenteuer auf sie, sondern auch Kishan, der in allem das dunkle Gegenstück zu Ren ist. Nur in einem sind sich die beiden ungleichen Brüder einig: ihrer Liebe zu Kelsey, die sich auf einmal nicht mehr so sicher ist, wem ihr Herz gehört – Ren oder Kisahn?

Die Autorin

Colleen Houck studierte an der University of Arizona und arbeitete siebzehn Jahre lang als Dolmetscherin für Gebärdensprache, bevor sie beschloss, sich dem Schreiben zu widmen. Ihr erster Roman *Kuss des Tigers* erschien zunächst als E-Book im Eigenverlag, eroberte die Herzen der Leserinnen und Leser im Sturm und belegte wochenlang Platz 1 der Kindle-Bestsellerliste. Die Autorin lebt gemeinsam mit ihrem Mann in Salem, Oregon.

Lieferbare Titel

Kuss des Tigers – Eine unsterbliche Liebe
Fluch des Tigers – Eine unsterbliche Liebe

COLLEEN HOUCK

Pfad des Tigers

EINE UNSTERBLICHE LIEBE

Roman

Aus dem Amerikanischen von
Beate Brammertz

Die Originalausgabe erscheint unter dem Titel
Tiger's Quest
bei Splinter, an imprint of Sterling Publishing Co., Inc., New York

ZITATNACHWEIS:
Richard Lovelace: »An Althea«, in: *Englische und
amerikanische Dichtung 1: Von Chaucer bis Milton*, hg. v. Friedhelm Kemp
und Werner von Koppenfels, München: C. H. Beck 2000.

Verlagsgruppe Random House FSC® N001967
Das für dieses Buch verwendete
FSC®-zertifizierte Papier *Holmen Book Cream*
liefert Holmen Paper, Hallstavik, Schweden.

Copyright © 2011 by Colleen Houck
Copyright © 2012 der deutschsprachigen Ausgabe
by Wilhelm Heyne Verlag, München,
in der Verlagsgruppe Random House GmbH
Copyright © 2014 dieser Ausgabe by Wilhelm Heyne Verlag, München,
in der Verlagsgruppe Random House GmbH
Printed in Germany 2014
Redaktion: Susann Rehlein
Umschlaggestaltung: Nele Schütz Design, München,
unter Verwendung einer Illustration von Thinkstock
Satz: C. Schaber Datentechnik, Wels
Druck und Bindung: GGP Media GmbH, Pößneck

ISBN 978-3-453-31530-3

www.heyne-fliegt.de

*Für meinen Ehemann, Brad –
dem lebenden Beweis,
dass es solche Kerle wirklich gibt.*

Der Webstuhl der Zeit

(Autor unbekannt)

Eines jeden Menschen Leben
Wird gewebt am Webstuhl der Zeit,
Fremde Muster erschaffen die Schiffchen
Bis in alle Ewigkeit.

Manche Schiffchen führen Silber,
Andere Fäden aus purem Gold,
Doch die meisten weben dunkle Töne,
Weder hell noch süß noch hold.

Nur der Weber sieht mit wachem Blicke
Wie sich das Schiffchen flink bewegt,
Erkennt das Muster, das sich bildet,
Während der Webstuhl sich emsig regt.

Er allein kennt des Gewebes Schönheit,
Führt die Schiffchen ohne Zagen,
Die manch schrecklich düst'res Fädchen,
Als auch sonnig-goldene tragen.

Erst wenn jeder Webstuhl stillsteht,
Und die Schiffchen ruhen stumm,
Wird der Herr das Muster offenbaren:
Das Wer, das Wo und das Warum.

PROLOG
Nach Hause

Ich klammerte mich am Ledersitz fest und spürte, wie mein Herz in die Tiefe sank und elend zurückblieb, als das Privatflugzeug in den Himmel stieg und über Indien hinwegschoss. Ich konnte das Loch in meiner Brust spüren. Alles, was von mir übrig war, war eine ausgehöhlte Schale, dumpf und leer.

Das Schlimmste war ... Ich hatte mir das selbst angetan.

Wie war es möglich, dass ich mich verliebt hatte? Und in jemanden, der so ... kompliziert war? Die vergangenen Monate waren wie im Fluge vergangen. Irgendwie hatte es sich ergeben, dass ich von meinem Ferienjob in einem Zirkus auf einmal mit einem verwunschenen indischen Prinzen in seine Heimat gereist war, in dem Bemühen, ihn zu erlösen, gegen unsterbliche Geschöpfe gekämpft und versucht hatte, eine uralte Prophezeiung zu entschlüsseln. Nun war mein Abenteuer vorüber, und ich war wieder allein.

Ich konnte kaum glauben, dass ich mich erst vor wenigen Minuten von Mr. Kadam verabschiedet hatte. Er hatte nicht viel gesagt. Er hatte mir nur sanft den Rücken getätschelt, als ich ihn fest an mich drückte und ihn nicht mehr loslassen wollte. Schließlich hatte sich Mr. Kadam aus meinem eisernen Griff gelöst, mir tröstende Worte zugeflüstert und mich dann der Obhut seiner Ur-ur-ur-urenkelin Nilima überlassen.

Glücklicherweise ließ mich Nilima im Flugzeug in Ruhe. Ich wollte keine Gesellschaft. Sie brachte mir Mittagessen, aber ich bekam keinen Bissen herunter. Das Essen war bestimmt köstlich, aber mir war, als befände ich mich am Rand einer Treibsandgrube. Jeden Augenblick könnte ich in den Schlund der Verzweiflung hinabgesogen werden. Das Letzte, was ich wollte, war Essen. Ich fühlte mich ausgelaugt und leblos.

Nilima räumte den Teller ab und versuchte, mich mit meinem Lieblingsgetränk – eiskaltes Zitronenwasser – aufzumuntern, aber ich rührte es nicht an. Ich starrte das Glas eine gefühlte Ewigkeit an, beobachtete, wie sich an seiner Außenseite Wassertropfen bildeten und herabperlten.

Ich versuchte zu schlafen, um alles zumindest für ein paar Stunden vergessen zu können – aber die dunkle, friedvolle Besinnungslosigkeit wollte sich nicht einstellen. Erinnerungen an meinen weißen Tiger und den jahrhundertealten Fluch, der ihn gefangen hielt, gingen mir durch den Kopf, während ich ins Nichts starrte. Ich sah zu dem leeren Sitz mir gegenüber, blickte aus dem Fenster oder betrachtete ein blinkendes Licht an der Wand. Gelegentlich fiel mein Blick auf meine Hand, und ich fuhr mit dem Finger über die Stelle, an der sich Phets unsichtbare Hennazeichnung befand.

Nilima hielt mir einen MP3-Player mit indischer und amerikanischer Musik hin. Ich scrollte mich durch die Liste der Songs, um die traurigsten Liebeslieder zu finden. Nachdem ich mir die Kopfhörer ins Ohr gesteckt hatte, drückte ich auf PLAY.

Ich öffnete den Reißverschluss meines Rucksacks, um die Steppdecke meiner Großmutter herauszuholen, da erinnerte ich mich, dass ich Fanindra darin eingewickelt hatte. Als ich den Rand der Steppdecke zurückschob, erspähte ich die goldene Schlange, ein Geschenk der Göttin Durga, und stellte sie neben mich auf die Armlehne. Das verzauberte Schmuckstück lag eingerollt da und ruhte. Zumindest nahm ich das an. Ich strich Fanindra über den glatten goldenen Kopf und flüsterte: »Du bist jetzt alles, was mir geblieben ist.«

Nachdem ich die Steppdecke über meinen Beinen ausgebreitet hatte, klappte ich meinen Sitz zurück, starrte zur Flugzeugdecke und lauschte einem Lied mit dem Titel »One Last Cry«. Ich legte mir Fanindra in den Schoß und streichelte ihr über den eingerollten, glitzernden Körper. Das grüne Schimmern der juwelenbesetzten Schlangenaugen tauchte das Flugzeug in ein sanftes Licht und spendete mir Trost, während die leise Musik die Leere in meiner Seele füllte.

I
Western Oregon University

Viele zermürbende Stunden später landete das Flugzeug auf dem Flughafen in Portland, Oregon. Als meine Füße die Rollbahn berührten, glitt mein Blick vom Terminal zu dem grau bedeckten Himmel. Ich schloss die Augen und genoss die kühle Brise auf meiner Haut. Sie trug den köstlichen Geruch von Wald zu mir heran. Ein paar letzte Regentropfen von dem Schauer, der gerade eben aufgehört haben musste, trafen meine nackten Oberarme. Es fühlte sich gut an, wieder zu Hause zu sein.

Nach einem tiefen Atemzug spürte ich die beruhigende Wirkung, die Oregon auf mich ausübte. Ich war ein Teil dieses Ortes, und er war ein Teil von mir. Ich gehörte hierher. Meine Wurzeln waren hier, meine Eltern und Großmutter lagen hier begraben. Hier war ich aufgewachsen. Oregon hieß mich wie eine liebende Mutter willkommen, schloss mich in die kühlen Arme, beruhigte meine verstörten Gedanken und versprach durch das Geflüster der Kiefern Frieden.

Nilima war mir die Stufen hinab gefolgt und wartete schweigend, während ich die vertraute Umgebung in mich aufsog. Da hörte ich das Dröhnen eines starken Motors, und ein kobaltblaues Cabrio bog um die Ecke. Der schnittige Sportwagen hatte genau die Farbe *seiner* Augen.

Mr. Kadam muss das Auto bestellt haben. Angesichts seines teuren Geschmacks verdrehte ich die Augen. Mr. Kadam dachte an jedes noch so kleine Detail – und immer alles mit Stil. *Zumindest ist es ein Mietwagen,* schoss es mir durch den Kopf.

Ich verstaute mein Gepäck im Kofferraum und las darauf: Porsche Boxster RS 60 Spyder. Ich schüttelte den Kopf und murmelte: »Ach du heiliger Bimbam, Mr. Kadam, ich hätte genauso gut den Shuttlebus nach Salem nehmen können.«

»Wie bitte?«, fragte Nilima höflich.

»Nichts. Ich bin einfach nur froh, zu Hause zu sein.«

Ich schloss den Kofferraum und sank in den zweifarbigen blau-grauen Ledersitz. Wir fuhren schweigend. Nilima schien die Gegend genau zu kennen, und ich musste ihr kein einziges Mal den Weg weisen. Ich lehnte den Kopf zurück und betrachtete den Himmel und die grüne Landschaft, die an uns vorbeiflog.

Ganze Wagenladungen Jungs überholten uns pfeifend, entweder bewunderten sie Nilimas exotische Schönheit und ihre langen dunklen Haare, die im Wind wehten, oder den hübschen Wagen. Eins aber wusste ich mit hundertprozentiger Sicherheit: Die Begeisterung der Jungs galt auf keinen Fall mir. Ich trug ein altes T-Shirt, Turnschuhe und eine abgewetzte Jeans. Goldbraune Haarsträhnen hatten sich aus meinem Zopf gelöst und umflatterten meine braunen, vom Weinen rot unterlaufenen Augen und mein Gesicht, dessen Haut von den getrockneten Tränen spannte. Auch ältere Männer fuhren gemächlich an uns vorbei. Zwar pfiffen sie nicht, aber sie genossen eindeutig die Aussicht. Nilima ignorierte sie einfach, und ich folgte ihrem Beispiel. Gleichzeitig kam mir in den Sinn: *Ich muss so schrecklich aussehen, wie ich mich fühle.*

Als wir die Innenstadt von Salem erreichten, kamen wir zur Marion Street Bridge, die uns über den Willamette River und zum Highway 22 führte, hinaus ins Grüne vor Monmouth und Dallas. Ich versuchte Nilima zu erklären, dass sie zu früh abgebogen war, aber sie zuckte lediglich mit den Schultern und sagte, es wäre eine Abkürzung.

»Na klar«, sagte ich sarkastisch, »was sind schon ein paar Minuten bei einer Reise, die Tage gedauert hat?«

Nilima schüttelte ihr wunderschönes Haar zurück, lächelte mich an und fuhr weiter. Geschickt fädelte sie sich in den Verkehr Richtung South Salem ein. In dieser Gegend war ich noch nie gewesen. Es war auf jeden Fall ein Umweg, wenn man nach Dallas wollte.

Nilima steuerte auf eine bewaldete Hügelkette zu. Mehrere Meilen schlängelten wir uns langsam eine wunderhübsche, von Bäumen gesäumte Straße hinauf, von der kleinere Schotterstraßen ins Gehölz führten. Gelegentlich waren Häuser als farbige Tupfen im Wald zu sehen, aber das Gebiet schien größtenteils unberührt zu sein. Ich war überrascht, dass die Stadt es sich noch nicht einverleibt und bebaut hatte. Es war herrlich.

Nilima drosselte das Tempo, bog in eine Privatstraße ein und folgte ihr den Hügel hinauf. Obwohl wir an ein paar gewundenen Auffahrten vorbeikamen, sah ich keine Häuser. Am Ende der Straße jedoch hielten wir vor einem Zweifamilienhaus, das behaglich in den Kiefernwald eingebettet lag.

Die beiden Haushälften waren Spiegelbilder der jeweils anderen. Jedes besaß zwei Stockwerke mit einer Garage, einem kleinen, gemeinsamen Vorplatz und einem großen Erkerfenster mit Blick auf die Bäume. Die hölzerne Außenverkleidung war zedernbraun und mitternachtsgrün gestrichen, und das Dach war mit graugrünen Schindeln gedeckt. Irgendwie erinnerte es mich an eine Skihütte.

Nilima glitt geschmeidig in die Garage und brachte den Wagen zum Stehen. »Wir sind zu Hause«, verkündete sie.

»Zu Hause? Was meinen Sie damit? Fahren wir nicht zum Haus meiner Pflegeeltern?«, fragte ich.

Nilima lächelte verständnisvoll und sagte mit sanfter Stimme: »Nein. Das ist Ihr Haus.«

»Mein Haus? Wovon reden Sie da bloß? Ich wohne in Dallas. Wer wohnt hier?«

»Sie. Kommen Sie rein, und ich erkläre Ihnen alles.«

Wir gingen durch einen Vorbau in die Küche, die zwar klein war, aber entzückende zitronengelbe Vorhänge hatte, nagelneue Haushaltsgeräte aus Edelstahl und Tapeten mit Zitronenmuster. Nilima schnappte sich zwei Flaschen Cola light aus dem Kühlschrank.

Ich ließ meinen Rucksack auf den Boden plumpsen und sagte: »Okay, Nilima, raus mit der Sprache. Was ist hier los?«

Sie ging nicht auf meine Frage ein. Stattdessen hielt sie mir eine Cola hin, die ich dankend ablehnte, und bat mich dann, ihr zu folgen.

Seufzend schlüpfte ich aus meinen Turnschuhen, um auf keinen Fall die edlen Teppiche schmutzig zu machen, und folgte ihr in das kleine, behagliche Wohnzimmer. Wir setzten uns auf ein wunderschönes kastanienbraunes Ledersofa. Ein hoher Bücherschrank voller gebundener Klassiker, die wahrscheinlich ein kleines Vermögen gekostet hatten, stellte in der Ecke eine unwiderstehliche Verlockung dar, während ein sonniges Fenster und ein großer Flachbildschirm auf einem glänzenden Fernsehschränkchen ebenfalls nach meiner Aufmerksamkeit heischten.

Nilima wühlte in Papieren, die auf dem Couchtisch lagen.

»Kelsey«, begann sie. »Das Haus gehört Ihnen. Es ist Teil der Bezahlung für Ihre Arbeit diesen Sommer in Indien.«

»Ich habe doch gar nicht richtig gearbeitet, Nilima.«

»Was Sie getan haben, war von entscheidender Bedeutung. Sie haben viel mehr erreicht, als wir uns je erhofft hätten. Wir alle stehen tief in Ihrer Schuld, und das ist unsere bescheidene Art, Sie für Ihre Mühe zu entlohnen. Sie haben schier unüberwindliche Hindernisse bewältigt und mehr als einmal Ihr Leben aufs Spiel gesetzt. Wir alle sind Ihnen sehr dankbar.«

Verlegen scherzte ich: »Sie haben gesagt, das Haus wäre *Teil* meiner Bezahlung? Da gibt es noch mehr?«

Mit einem Nicken sagte Nilima: »Ja.«

»Nein. Ich kann dieses Geschenk wirklich nicht annehmen. Ein ganzes Haus ist viel zu viel – ganz zu schweigen von noch etwas. Es ist viel mehr, als wir vereinbart hatten. Ich sollte nur etwas Geld bekommen, um die Bücher fürs College bezahlen zu können. Das wäre nicht nötig gewesen.«

»Kelsey, er hat darauf bestanden.«

»Nun, ich bestehe auch darauf. Das ist zu viel, Nilima. *Wirklich.*« Ich begegnete ihrem Blick mit eiserner Entschlossenheit.

Sie seufzte. »Er will wirklich, dass Sie es bekommen, Kelsey. Es wird ihn glücklich machen.«

»Aber es ist so unpraktisch! Ich will mich doch am College einschreiben, und diese Gegend ist nicht gerade sonderlich gut ans Busnetz angeschlossen.«

Nilima sah mich befremdet an. »Was meinen Sie mit Busnetz? Wenn Sie wirklich den Bus nehmen wollen, könnten Sie doch zur Bushaltestelle fahren.«

»Zur Bushaltestelle fahren? Das ergibt alles keinen Sinn.«

»Um ehrlich zu sein, verstehe ich *Sie* nicht. Warum fahren Sie nicht einfach mit dem Auto zum College?«

»Mit dem Auto? Welchem Auto?«

»Das in der Garage natürlich.«

»Das in der ... *O nein*. Das kann doch nicht Ihr *Ernst* sein!«

»Doch. Es ist mein voller Ernst. Der Porsche gehört Ihnen.«

»*Aber nein, nein!* Wissen Sie, wie viel dieser Wagen kostet? Vergessen Sie's!«

Ich zog mein Handy heraus und suchte nach Mr. Kadams Telefonnummer. Kurz bevor ich auf die Wahltaste drückte, schoss mir ein Gedanke in den Sinn, der mich erstarren ließ. »Gibt es da noch etwas, das ich wissen sollte?«

Nilima zuckte zusammen. »Nun ... Er hat sich die Freiheit genommen, Sie an der Western Oregon University einzuschreiben. Ihre Kurse und Bücher sind bereits bezahlt. Die Bücher liegen auf der Arbeitsplatte in der Küche neben der Liste mit Ihren Kursen, einem Western Wolf Sweatshirt und einem Lageplan vom Campus.«

»Er hat mich an der WOU eingeschrieben?«, fragte ich fassungslos. »Ich hatte vor, das Community College zu besuchen und zu arbeiten – nicht auf die WOU zu gehen.«

»Er muss angenommen haben, dass eine Universität mehr nach Ihrem Geschmack wäre. Ihre Kurse beginnen nächste Woche. Was das Arbeiten anbelangt, so können Sie das natürlich tun, aber es ist nicht nötig. Er hat ein Bankkonto für Sie eröffnet. Ihre neue Kreditkarte liegt ebenfalls auf der Arbeitsplatte. Vergessen Sie nicht, sie auf der Rückseite zu unterschreiben.«

Ich schluckte. »Und ... äh ... wie viel Geld ist auf dem Bankkonto?«

Nilima zuckte mit den Schultern. »Das weiß ich nicht, aber ich bin sicher, es reicht, um Ihre Lebenshaltungskosten zu decken. Natürlich wird keine Ihrer Rechnungen hierhergeschickt. Alles wird automatisch an einen Buchhalter weitergeleitet. Das Haus und das Auto sind bezahlt, ebenso wie die Studiengebühren.«

Sie schob einen mächtigen Stapel Unterlagen in meine Richtung, dann lehnte sie sich zurück und nippte an ihrer Cola light.

Benommen saß ich eine Weile reglos da. Schließlich fiel mir wieder mein Entschluss ein, Mr. Kadam anzurufen. Ich klappte mein Handy auf und scrollte nach seiner Nummer.

Nilima unterbrach mich. »Sind Sie sicher, dass Sie alles zurückgeben wollen, Miss Kelsey? Ich weiß, dass ihm das hier sehr am Herzen liegt. Er will, dass Sie diese Dinge erhalten.«

»Nun, Mr. Kadam sollte wissen, dass ich seine Almosen nicht will. Ich werde ihm erklären, dass das Community College völlig ausreicht, und es mir überhaupt nichts ausmacht, im Wohnheim zu wohnen und den Bus zu nehmen.«

Nilima beugte sich vor. »Aber Kelsey, es ist nicht Mr. Kadam, der das alles hier arrangiert hat.«

»Was? Wenn es nicht Mr. Kadam ist, wer dann? ... *Oh!*« Ich klappte mein Handy zu. Unter gar keinen Umständen würde ich *ihn* anrufen. »Also liegt es *ihm* sehr am Herzen.«

Nilima zog verwirrt die wohlgeformten Augenbrauen zusammen. »Ja, das kann man so sagen.«

Es hat mir fast das Herz zerrissen, als ich ihn verlassen habe. Er ist 7196,25 Meilen weit entfernt in Indien, und dennoch gelingt es ihm immer noch, sich in mein Leben zu schleichen.

»Also schön«, sagte ich im Flüsterton. »Er kriegt ja sowieso immer, was er will. Es ist sinnlos, es ihm auszureden. Er würde einfach ein anderes, völlig übertriebenes Geschenk aus dem Hut zaubern, das unsere Beziehung noch komplizierter machen würde.«

Ein Auto hupte draußen in der Einfahrt.

»Tja, das ist meine Rückfahrgelegenheit zum Flughafen«, sagte Nilima im Aufstehen. »Oh! Das hätte ich fast vergessen. Dies hier ist ebenfalls für Sie.« Sie drückte mir ein nagelneues Handy in die Hand, tauschte es geschickt gegen mein altes Telefon aus und umarmte mich kurz, bevor sie zur Haustür rauschte.

»Einen Augenblick! Nilima!«

»Keine Sorge, Miss Kelsey. Alles wird gut. Die Unterlagen, die Sie für die Uni benötigen, liegen in der Küche. Essen ist im Kühlschrank, und all Ihre Habseligkeiten sind oben. Sie können das Auto nehmen und später Ihre Pflegefamilie besuchen, falls Sie das wünschen. Sie erwarten Ihren Anruf.«

Anmutig drehte sie sich um, ging aus der Tür und stieg in das Auto. Sie winkte fröhlich vom Beifahrersitz. Ich winkte mürrisch zurück und sah ihr nach, bis der funkelnde schwarze Wagen außer Sicht war. Mit einem Mal war ich ganz allein in einem fremden Haus, mitten im Wald.

Sobald Nilima fort war, begann ich, den Ort zu erkunden, den ich von nun an mein Zuhause nennen würde. Als ich den Kühlschrank öffnete, bemerkte ich, dass er tatsächlich zum Brechen voll war. Ich schraubte den Deckel einer Cola auf, nippte daran und spähte in die Küchenschränke, in denen sich Gläser und Teller, Kochutensilien, Besteck, Töpfe und Pfannen stapelten. Meinem Bauchgefühl folgend, öffnete ich das oberste Schubfach im Kühlschrank – es war bis zum Rand mit Zitronen gefüllt. Eindeutig Mr. Kadams Werk. Der aufmerksame Mann wusste, dass mir Zitronenwasser Trost spenden würde.

Mr. Kadams Einfluss auf die Inneneinrichtung endete jedoch nicht in der Küche. Das Gäste-WC war in Salbeigrün und Zitronengelb gehalten. Selbst die Seife im Spender roch nach Zitrone.

Ich stellte meine Schuhe in einen Weidenkorb, der auf dem gefliesten Boden der Waschküche neben einer neuen Waschmaschine mit Trockner platziert war, und ging weiter in das kleine Arbeitszimmer.

Mein alter Computer stand in der Mitte des Schreibtischs, aber gleich daneben thronte ein brandneuer Laptop. Ein Lederstuhl, ein Aktenschrank und ein Regal mit Druckerpapier und anderem Büromaterial vervollständigten die Einrichtung.

Ich schnappte mir meinen Rucksack und hastete nach oben, um mein neues Schlafzimmer zu begutachten. Am Fußende eines wunderhübschen französischen Betts mit einer flauschigen elfenbeinfarbenen Daunendecke und pfirsichfarbenen Kissen als Farbkleks stand eine alte Holztruhe. Gemütliche pfirsichfarbene Lesesessel waren in der Ecke vor dem Fenster gruppiert, mit Blick auf den Wald.

Auf dem Bett lag ein Zettel, der meine Stimmung schlagartig hob:

> Hi Kelsey,
> Willkommen zu Hause. Ruf uns sofort an – wir wollen alles über Deine Reise erfahren. Deine Sachen sind im Schrank. Wir finden Dein neues Zuhause toll!
> Alles Liebe,
> Mike und Sarah

Die Nachricht von Mike und Sarah sowie der Umstand, zurück in Oregon zu sein, erdeten mich. Ihr Leben war normal. Mein Leben mit ihnen war normal, und es wäre schön, wieder bei einer normalen Familie zu sein und sich zur Abwechslung einmal wie ein ganz normaler Mensch zu fühlen. Im Dschungel zu schlafen, mit indischen Göttinnen zu reden, sich in einen … Tiger … zu verlieben – nichts davon war normal. Unnormaler ging es gar nicht.

Ich öffnete meinen Schrank und bemerkte, dass man tatsächlich meine Sammlung an Haarbändern und meine gesamte Kleidung von Mikes und Sarahs Haus hierhergebracht hatte. Ich betastete einige der Dinge, die ich seit mehreren Monaten nicht gesehen hatte. Beim Öffnen der anderen Schranktür fand ich all die Kleidungsstücke vor, die mir in Indien gekauft worden waren, sowie ein paar neue Sachen, die sogar noch eingepackt waren.

Wie um alles in der Welt hat Mr. Kadam diese Sachen so schnell herbringen können? Ich habe alles in Indien zurückgelassen. Ich stieß die Tür mit der neuen Kleidung und meinen Erinnerungen fest zu, wild entschlossen, diese Seite des Schranks nie wieder zu öffnen.

Dann trat ich zu der Kommode und zog die oberste Schublade auf. Sarah hatte meine Strümpfe genau so eingeräumt, wie ich es mochte. Jedes Paar schwarzer, weißer und farbiger Socken war zu einem ordentlichen Ball zusammengerollt, sorgfältig aneinandergereiht lagen sie da. Beim Öffnen der nächsten Schublade war mein Lächeln wie weggewischt. Dort lagen die Seidenpyjamas, die ich absichtlich in Indien vergessen hatte.

Meine Brust brannte, während ich mit der Hand über den weichen Stoff strich und dann die Schublade beherzt schloss. Als ich mich umdrehte, um das helle, lichtdurchflutete Zimmer zu verlassen, durchzuckte mich auf einmal ein Gedanke, der mir die Röte ins Gesicht schießen ließ. Mein Schlafzimmer war in Pfirsich und Creme gehalten.

Er muss diese Farben ausgewählt haben. Er hatte einmal gesagt, ich würde nach Pfirsichen und Sahne riechen. Er hat also einen Weg gefunden, sich mir selbst über Kontinente hinweg in Erinnerung zu rufen. Als könnte ich ihn vergessen ...

Ich warf meinen Rucksack aufs Bett und bedauerte es im selben Moment, da mir schlagartig bewusst wurde, dass Fanindra immer noch dort drinnen war. Nachdem ich sie behutsam herausgenommen und mich entschuldigt hatte, streichelte ich ihr den goldenen Kopf und legte sie dann auf ein Kissen. Ich holte mein neues Handy aus der Jeanstasche. Wie alles andere war auch das Telefon viel zu teuer und entschieden zu luxuriös. Es war von Prada. Ich schaltete es ein und erwartete, dass *seine* Nummer gleich als erste aufblitzen würde, aber ich täuschte mich. Ich hatte auch keine SMS bekommen. Genau genommen waren die einzigen Nummern, die eingespeichert waren, die von Mr. Kadam und meinen Pflegeeltern.

Zuerst war ich erleichtert. Dann verwirrt. Dann enttäuscht. Ein klitzekleiner Teil von mir dachte: *Es wäre nett von ihm gewesen, mich anzurufen. Nur um sich zu vergewissern, dass ich gut gelandet bin.*

Wütend auf mich selbst rief ich Mike und Sarah an, erklärte ihnen jedoch, dass ich müde vom Flug wäre und erst am nächsten Abend zum Essen kommen würde. Als ich auflegte, verzog ich bei dem Gedanken an die Tofu-Überraschung, die dort auf mich warten würde, das Gesicht. Doch egal, welche gesunde Vollwertkost sie für mich zubereiten würden, ich würde sie glücklich verspeisen.

Ich schlenderte nach unten, schaltete die Stereoanlage an, machte mir einen kleinen Snack aus Apfelscheiben und Erdnussbutter und begann, in den Collegeunterlagen auf der Arbeitsfläche zu blättern. Mr. Kadam hatte Internationale Beziehungen als mein Hauptfach und Kunstgeschichte als Nebenfach ausgesucht.

Ich warf einen Blick auf meinen Stundenplan. Mr. Kadam war es irgendwie gelungen, mich als Erstsemester in Kurse zu bekommen, die für Studenten des zweiten und dritten Semesters bestimmt waren. Aber nicht nur das, er hatte mich bereits für Kurse des Herbst- *und* Wintersemesters eingeschrieben – obwohl man sich fürs Wintersemester noch gar nicht einschreiben konnte.

Die WOU hat wahrscheinlich einen richtig fetten Scheck aus Indien erhalten, dachte ich mit einem Grinsen. *Ich wäre nicht überrascht, falls dieses Jahr ein neues Gebäude auf dem Campus errichtet werden sollte.*

KELSEY HAYES, MATR. NR. 69428L7
WESTERN OREGON UNIVERSITY

HERBSTSEMESTER

Wissenschaftliches Schreiben 115. Einführung in das Schreiben von Hausarbeiten.

Latein 101. Einführung in Latein.

Anthropologie 476 D
Religion und Ritus. Ein Überblick über religiöse Traditionen aus aller Welt. Besonderes Augenmerk liegt auf Besessenheit von Geistern, Mystizismus, Hexenkult, Animismus, Zauberei, Ahnenkult und Magie. Das Seminar untersucht die Vermischung der Weltreligionen mit den Glaubenssätzen und Bräuchen Einheimischer.

Geografie 315
Der indische Subkontinent. Südasien und seine Geografie, mit dem Schwerpunkt auf Indien. Dieses

Seminar bewertet die ökonomischen Beziehungen zwischen Indien und anderen Ländern, untersucht Probleme und Herausforderungen in Bezug auf die Geografie und erforscht die ethnische, religiöse und linguistische Vielfalt der Bevölkerung.

WINTERSEMESTER

Kunstgeschichte 204 A
Von der Steinzeit bis zur Romantik. Ein Überblick aller Kunstformen dieser Perioden mit Schwerpunkt auf der historischen und kulturellen Relevanz.

Geschichte 470
Frauen in der indischen Gesellschaft. Frauen in Indien, ihr Wertesystem, ihr Status in der Gesellschaft sowie ihre Rolle in der Mythologie.

Wissenschaftliches Schreiben II 135. Aufbauseminar zur Literaturrecherche und dem Verfassen wissenschaftlicher Arbeiten.

Politologie 203 D
Internationale Beziehungen. Ein Vergleich globaler Grundsätze und Strategien verschiedener Gruppen mit ähnlichen und/oder gegensätzlichen Interessen.

Es war offiziell. Ich war jetzt Studentin. *Nun ja, eine Studentin, die in ihrer Freizeit uralte indische Flüche bannt,* dachte ich, als mir Mr. Kadams aktuelle Nachforschungen in Indien in den Sinn kamen. Es würde mir schwerfallen, mich nach allem, was in Indien geschehen war, auf meine Kurse und das wissenschaftliche Arbeiten an der Uni zu konzentrieren. Es war so sonderbar, dass ich einfach weitermachen und zurück in mein altes Leben in Oregon schlüpfen sollte, als wäre nichts geschehen. Irgendwie schien mein altes Leben mir nicht mehr zu passen.

Zum Glück klangen meine Kurse interessant, besonders der über Religion und Magie. Wahrscheinlich hätte ich mir auch ohne Mr. Kadams Eingreifen die gleichen Seminare ausgesucht – abgesehen von Latein. Ich rümpfte die Nase. Ich war nicht sonderlich sprachbegabt. Wie schade, dass die WOU keine indische Sprache anbot. Es wäre schön gewesen, Hindi zu lernen, vor allem für den Fall, dass ich irgendwann zurück nach Indien musste, um die verbliebenen drei Aufgaben von Durgas Prophezeiung zu lösen und den Fluch zu bannen, der auf den Tigern lag. Vielleicht …

Genau in dem Moment lief »I Told You So« von Carrie Underwood im Radio. Der Songtext brachte mich zum Weinen. Während ich mir die Tränen wegwischte, kam mir in den Sinn, dass *er* schon sehr bald jemand Neuen finden würde. Ich an seiner Stelle würde *mich* nicht zurücknehmen. Selbst diese eine kleine Minute, die ich an ihn dachte, war schrecklich schmerzhaft. Ich verbannte meine schmerzhaften Erinnerungen an ihn in den hintersten Winkel meines Herzens und widmete mich zur Ablenkung anderen, neuen Gedanken. Ich dachte ans College, meine Pflegefamilie und daran, wieder zurück in Oregon zu sein. Ich stapelte diese Gedanken wie Bücher, einen auf den anderen, um jeglichen Schmerz auszublenden.

Fürs Erste war es eine sehr wirksame Methode, an andere Dinge und andere Menschen zu denken. Aber ich spürte, wie sein Geist in den ruhigen, dunklen Tiefen meines Herzens wandelte und nur darauf wartete, dass ich einsam war oder mein Schutzschild bröckelte, damit er es wieder mit Gedanken an ihn füllen konnte.

Ich darf einfach nicht zur Ruhe kommen, entschied ich. *Das ist meine Rettung. Ich werde wie eine Verrückte studieren und Leute besuchen und ... mich mit anderen Männern verabreden. Ja! Das sollte ich tun. Ich werde viel ausgehen und ständig unterwegs sein, und dann bin ich zu müde, um überhaupt an ihn zu denken. Das Leben wird weitergehen. Das muss es.*

Als ich endlich ins Bett ging, war es so spät, dass ich längst todmüde war. Eine Hand auf Fanindra, schlüpfte ich unter die Decke und schlief ein.

Am nächsten Tag klingelte mein neues Handy. Es war Mr. Kadam, was zugleich aufregend und eine Enttäuschung war.

»Hallo, Miss Kelsey«, sagte er fröhlich. »Ich bin so froh, dass Sie wohlbehalten zu Hause angekommen sind. Ich hoffe, alles ist in Ordnung und zu Ihrer Zufriedenheit?«

»Ich habe nichts von all dem erwartet«, erwiderte ich. »Ich habe ein schrecklich schlechtes Gewissen wegen dem Haus, dem Auto, der Kreditkarte und der Uni.«

»Verschwenden Sie keinen einzigen Gedanken daran. Es hat mich mit Freude erfüllt, all das für Sie zu arrangieren.«

Meine Neugierde gewann die Oberhand, und ich fragte unverblümt: »Wie geht es mit der Prophezeiung voran? Haben Sie sie schon entschlüsselt?«

»Ich versuche gerade, den Rest des Monolithen zu übersetzen. Ich habe jemanden zurück in Durgas Tempel geschickt, der Fotos von den anderen Säulen gemacht hat. Allem Anschein nach steht jede der Säulen für eines der vier Elemente: Erde, Luft, Wasser und Feuer.«

»Das ergibt Sinn.« Ich erinnerte mich an Durgas Prophezeiung. »Die Säule, die wir gefunden haben, muss zur Erde gehören, dort waren Farmer abgebildet, die Früchte und

Getreide dargeboten haben. Außerdem lag Kishkindha unter der Erde, und das Erste, was Durga uns hat finden lassen, war die Goldene Frucht.«

»Ja, aber nun stellt sich heraus, dass es noch eine fünfte Säule gegeben haben muss, die vor langer Zeit zerstört wurde. Sie repräsentiert das Element des Raums, ein sehr geläufiger Topos im Hinduismus.«

»Falls irgendjemand herausfinden kann, was zu tun ist, dann Sie. Vielen Dank für Ihren Anruf«, schob ich hinterher. Nachdem wir uns gegenseitig versprochen hatten, bald wieder zu telefonieren, legte ich auf.

Ich las geschlagene fünf Stunden in meinen neuen Lehrbüchern und fuhr dann zu einem Spielzeugladen, um orange und schwarz gestreifte Plüschtiger für Rebecca und Sammy zu kaufen, da ich völlig vergessen hatte, den Kindern meiner Pflegeeltern etwas aus Indien mitzubringen. Obwohl ich es eigentlich hätte besser wissen müssen, kaufte ich schließlich auch noch einen teuren, großen weißen Plüschtiger für mich.

Zu Hause schlang ich die Arme um den Tiger und vergrub mein Gesicht in seinem Fell. Es war weich, roch jedoch nicht richtig. *Er* roch wunderbar, nach Sandelholz und Wasserfällen. Dieses Stofftier war nur eine billige Kopie. Seine Streifen waren anders und die Augen glasig – ein lebloses, mattes Blau. *Seine* Augen leuchteten kobaltblau.

Was zum Teufel ist nur mit mir los? Ich hätte das Ding niemals kaufen dürfen. Jetzt wird es mir noch schwerer fallen, ihn zu vergessen.

Ich schüttelte das Gefühl ab, zog mich um und machte mich fertig, um meine Pflegefamilie zu besuchen.

Auf meinem Weg durch die Innenstadt fuhr ich einen Umweg, um die Festwiese von Polk County und weitere schmerzhafte Erinnerungen zu vermeiden. Als ich bei Mike und Sarahs Haus ankam, wurde die Tür sofort weit aufgerissen. Mike eilte auf mich zu ..., konnte dem Drang jedoch nicht widerstehen und rannte an mir vorbei zu dem Auto.

»Kelsey? Darf ich mal?«, fragte er zuckersüß.

»Na klar«, sagte ich lachend. *Mike ist immer noch der Alte*, dachte ich und warf ihm die Schlüssel zu, damit er ein paar Runden um den Block drehen konnte.

Sarah legte mir den Arm um die Taille und führte mich ins Haus. »Wir sind so froh, dich zu sehen! Wir *beide*!«, rief sie und bedachte Mike mit einem missbilligenden Blick. Der hingegen winkte nur glücklich, bevor er rückwärts aus der Einfahrt setzte.

»Als du nach Indien geflogen bist, haben wir uns anfangs etwas Sorgen gemacht, weil so selten ein Lebenszeichen von dir kam, aber Mr. Kadam hat alle paar Tage angerufen und uns erklärt, was du gerade arbeitest und wie beschäftigt du bist.«

»Oh, und was genau hat er gesagt?«, fragte ich, neugierig zu erfahren, welche Geschichte er ihnen aufgetischt hatte.

»Das ist alles so aufregend, nicht wahr? Mal sehen: Er hat von deinem neuen Job erzählt und dass du jeden Sommer ein Praktikum bei ihm machen und ihm von Zeit zu Zeit bei verschiedenen Projekten helfen wirst. Ich hatte keine Ahnung, dass du dich für internationale Beziehungen interessierst. Das ist ein wunderbares Hauptfach. Unglaublich spannend. Er hat außerdem gesagt, dass du nach deinem Abschluss Vollzeit in seiner Firma arbeiten kannst. Eine einmalige Gelegenheit!«

Ich lächelte sie an. »Ja, Mr. Kadam ist toll. Ich könnte mir keinen besseren Chef vorstellen. Er behandelt mich mehr wie eine Enkelin als wie eine Angestellte, und er verwöhnt mich schrecklich. Ich meine, du hast das Haus und das Auto gesehen, und dann ist da noch die Uni.«

»Am Telefon hat er in den höchsten Tönen von dir geschwärmt. Er hat sogar zugegeben, dass er regelrecht auf dich angewiesen ist. Ein sehr netter Mann. Er hat fest behauptet, dass du, wie hat er sich gleich ausgedrückt, ›eine Investition in die Zukunft‹ bist.«

Ich warf Sarah einen zweifelnden Blick zu. »Hm, ich hoffe, er behält recht.«

Sie lachte und wurde dann ernst. »*Wir* wissen, dass du etwas ganz Besonderes bist, Kelsey, und das Allerbeste verdienst. Vielleicht wiegt das Universum auf diese Weise den Verlust deiner Eltern auf. Auch wenn ich weiß, dass ihr Tod mit nichts auf der Welt wiedergutzumachen ist.«

Ich nickte. Sie freute sich für mich. Und bei dem Gedanken, dass ich finanziell auf eigenen Beinen stand und eine eigene Bleibe hatte, fiel ihnen wahrscheinlich ein großer Stein vom Herzen.

Sarah umarmte mich und holte ein sonderbar riechendes Gericht aus dem Ofen. Sie stellte es auf den Tisch und verkündete: »Jetzt wird gegessen!«

Mit gespieltem Enthusiasmus fragte ich: »Und ... was gibt's Schönes zum Abendessen?«

»Weizenvollkornlasagne mit Tofu und Spinat, Sojakäse und Leinsamen, alles aus biologischem Anbau.«

»Lecker, ich kann's kaum erwarten«, sagte ich und rang mir ein gekünsteltes Lächeln ab. In liebevoller Erinnerung dachte ich an die magische Goldene Frucht zurück, die ich in Indien zurückgelassen hatte. Wenn Sarah sie in die Hände bekäme, würde womöglich sogar ihr gesundes Essen gut schmecken. Verstohlen hob ich den Deckel der Auflaufform. *Na ja, vielleicht doch nicht ...*

Rebecca, sechs Jahre alt, und Samuel, vier Jahre, kamen in die Küche gerannt und sprangen auf und ab, um meine Aufmerksamkeit auf sich zu ziehen. Ich drückte beide und schob sie zum Tisch. Dann ging ich zum Fenster, um zu sehen, ob Mike zurück war. Er parkte eben den Porsche und ging rückwärts auf die Haustür zu, den Blick unverwandt auf den Wagen geheftet.

Ich öffnete die Tür. »Äh, Mike, Zeit fürs Abendessen.«

Er antwortete über die Schulter, ohne das Auto auch nur einen Moment aus den Augen zu lassen. »Sicher, sicher. Bin gleich da.«

Ich saß zwischen den Kindern, gab ihnen jeweils ein Stück Lasagne auf den Teller und nahm mir selbst ein winziges bisschen. Sarah hob eine Augenbraue, und ich begründete meine kleine Portion mit dem reichhaltigen Mittagessen, das ich gehabt hatte. Schließlich kam Mike herein und redete wie ein Wasserfall über den Porsche. Kleinlaut fragte er mich, ob er sich das Auto irgendwann ausleihen dürfte, um mit Sarah groß auszugehen.

»Sicher. Ich kann herkommen und babysitten.«

Er strahlte, während Sarah die Augen verdrehte. »Und mit wem willst du ausgehen, mit mir oder dem Wagen?«

»Mit dir natürlich, meine Liebste. Der Wagen ist nur ein Fahrzeug, das die Schönheit der Frau neben mir unterstreicht.«

Sarah und ich schauten uns an und kicherten.

»Nicht schlecht, Mike«, sagte ich.

Nach dem Abendessen zogen wir uns ins Wohnzimmer zurück, wo ich den Kids ihre orangefarbenen Tiger gab. Sie quietschten vor Freude und rannten knurrend mit ihren Geschenken herum. Sarah und Mike fragten mir Löcher in den Bauch über Indien, und ich erzählte ihnen von den Ruinen von Hampi und Mr. Kadams Haus. Streng genommen gehörte es ihm zwar nicht, aber das musste ich ihnen ja nicht auf die Nase binden. Dann erkundigten sie sich, wie sich Mr. Maurizios Zirkustiger in seinem neuen Zuhause eingelebt hatte.

Ich erstarrte, aber nur für den Bruchteil einer Sekunde, bevor ich mich wieder zusammenriss und ihnen sagte, dass es ihm gut ginge und er dort zufrieden wäre. Zum Glück hatte Mr. Kadam ihnen erzählt, dass wir in ganz Indien umherfuhren, Tempelruinen erforschten und Artefakte katalogisierten. Laut ihm war ich seine Assistentin, die über seine Funde Aufzeichnungen machte, was der Wahrheit sogar recht nahe kam. Es erklärte zumindest, warum ich im Nebenfach Kunstgeschichte hatte.

Es war lustig, wieder bei meiner Pflegefamilie zu sein, aber gleichzeitig zermürbte es mich, weil ich schrecklich aufpassen musste, damit mir nichts herausrutschte, was nicht für ihre Ohren bestimmt war. Niemals würden sie all die sonderbaren Dinge glauben, die mir zugestoßen waren. Manchmal konnte ich es ja selbst kaum glauben.

Da ich wusste, dass sie früh zu Bett gingen, schnappte ich mir bald meine Sachen und verabschiedete mich. Ich umarmte sie zum Abschied und versprach, sie in der kommenden Woche erneut zu besuchen.

Zu Hause lernte ich noch ein paar Stunden und duschte dann heiß. Ich schlüpfte in meinem dunklen Zimmer ins Bett und keuchte leise auf, als meine Hand weiches Fell berührte. Dann fiel mir mein Kauf wieder ein. Ich schubste den Plüschtiger übers Bettende und schob mir die Hand unter die Wange.

Ich konnte einfach nicht aufhören, an *ihn* zu denken. Ich fragte mich, was er gerade tat und ob er an mich dachte oder mich überhaupt vermisste. Durchwanderte er den dampfigen Dschungel? Lieferten er und Kishan sich einen

Kampf? Würde ich jemals zurück nach Indien fahren – und wollte ich das überhaupt? Meine Gedanken waren wie eine Hydra. Jedes Mal, wenn ich einen Gedanken niederkämpfte, tauchten zwei neue auf. Ich konnte nicht gewinnen, sie schossen einfach aus meinem Unbewussten hervor. Mit einem Seufzen streckte ich mich aus, packte das Bein des Plüschtigers und zog ihn ins Bett zurück. Ich schlang ihm die Arme um den Körper, vergrub meine Nase in seinem Fell und schlief auf seiner Tatze ein.

2
Wushu

Die nächsten Tage verliefen ereignislos, und dann fing die Uni an. Ich suchte nach Themen für meine Hausarbeiten in jedem Fach, und mir wurde klar, dass mir meine Erfahrungen in Indien gelegen kommen würden. Meine Untersuchung zu einer indischen Metropole konnte ich über Mumbai schreiben, in Anthropologie die Lotusblume als religiöses Symbol diskutieren und meine Abschlussarbeit in Weltreligionen unter das Thema Durga stellen. Das einzige Fach, das eine echte Herausforderung darzustellen schien, war Latein.

Schon bald hatte ich mir eine angenehme Routine zugelegt. Ich traf mich oft mit Sarah und Mike, ging zu meinen Kursen und telefonierte jeden Freitag mit Mr. Kadam. In der ersten Woche half er mir bei einem Referat zum Thema *SUV versus Nano* und dank seiner umfassenden Autokenntnisse und meiner haarsträubenden Beschreibung, wie ich tatsächlich in Indien Auto gefahren war, bekam ich die beste Note des ganzen Kurses. Mein Kopf war so voll von Hausarbeiten, dass mir kaum Zeit blieb, mir Sorgen um andere Dinge zu machen – oder an jemanden zu denken.

Eines unserer freitäglichen Telefonate brachte eine interessante Überraschung mit sich. Nachdem Mr. Kadam und ich uns über die Uni und meine letzte Arbeit über die Wettermuster im Himalaja unterhalten hatten, schnitt er ein neues Thema an.

»Ich habe Sie zu einem zusätzlichen Kurs angemeldet«, setzte Mr. Kadam an. »Zu einem, der Ihnen ganz gewiss gefallen, jedoch recht viel Ihrer kostbaren Zeit in Anspruch nehmen wird. Falls Sie zu viel zu tun haben sollten, habe ich größtes Verständnis dafür.«

»Noch ein Kurs wäre eine gute Idee.« Ich war ausgesprochen neugierig, was er als Nächstes für mich im Sinn hatte.

»Wunderbar! Ich habe Sie zu einem *Wushu*-Kurs in Salem angemeldet«, erklärte Mr. Kadam. »Der Kurs findet montags, mittwochs und donnerstags von 18 Uhr 30 bis 20 Uhr statt.«

»*Wushu*? Was ist denn das? Eine indische Sprache?«, fragte ich hoffnungsvoll.

Mr. Kadam lachte. »Ach, ich vermisse Sie wirklich sehr. Nein, *Wushu* ist eine chinesische Kampfkunst. Sie haben doch einmal erwähnt, dass Sie Interesse hätten, sich in einer Kampfkunst zu versuchen, nicht wahr?«

Ich war hocherfreut. »Oh! Ja, das klingt lustig. Und das kriege ich sicher in meinem Stundenplan unter. Wann fängt der Unterricht an?«

»Nächsten Montag. Ich bin davon ausgegangen, dass Sie Ja sagen würden, und habe ein Paket mit allem losgeschickt, was Sie brauchen. Sie können morgen damit rechnen.«

»Mr. Kadam, Sie müssen das alles wirklich nicht für mich tun. Sie dürfen mich nicht mit noch mehr Geschenken überhäufen, sonst werde ich diese Schuld niemals begleichen können.«

Er schalt mich: »Miss Kelsey, es gibt nichts, was ich *jemals* tun könnte, um meine Schuld bei Ihnen auch nur annähernd wiedergutzumachen. Bitte nehmen Sie diese Dinge an. Sie bereiten einem alten Mann damit sehr viel Freude.«

Ich lachte. »Okay, Mr. Kadam, nun werden Sie bloß nicht theatralisch. Aber über den Wagen reden wir noch.«

»Wir werden sehen. Übrigens habe ich ein Stück des Textes der zweiten Säule entziffert. Eventuell hat die Inschrift mit Luft zu tun, aber es ist noch zu früh, um schon Schlussfolgerungen zu ziehen. Das ist übrigens einer der Gründe, warum ich möchte, dass Sie *Wushu* erlernen. Es wird Ihnen helfen, ein besseres Gleichgewicht zwischen Geist und Körper zu entwickeln, was sich als hilfreich erweisen könnte, falls Ihr nächstes Abenteuer über dem Boden stattfinden sollte.«

»Nun ja, ich habe ganz gewiss nichts dagegen, zu lernen, wie man kämpft und wie ich mich verteidigen kann. *Wushu* wäre mir im Kampf gegen die Kappa gelegen gekommen«, witzelte ich und fragte dann: »Sind die Übersetzungen schwierig?«

»Sie sind … eine ziemliche Herausforderung. Die geografischen Orientierungspunkte, die ich übersetzt habe, gibt es nicht auf dem indischen Kontinent. Mittlerweile mache ich mir Sorgen, die drei anderen Objekte, nach denen wir suchen, könnten sich sonst wo auf der Welt befinden. Entweder das oder mein Hirn ist zu müde.«

»Sind Sie wieder die ganze Nacht aufgeblieben? Sie brauchen Schlaf. Machen Sie sich einen Kamillentee und ruhen Sie sich ein bisschen aus.«

»Vielleicht haben Sie recht. Ich werde mir eine Tasse Tee aufbrühen und für Ihre Hausarbeit ein wenig zum Thema Himalaja schmökern.«

»Machen Sie das. Sich ausruhen, meine ich. Ich vermisse Sie.«

»Ich vermisse Sie auch, Miss Kelsey. Auf Wiederhören.«
»Wiederhören.«

Zum ersten Mal, seitdem ich wieder zu Hause war, spürte ich das Adrenalin durch meinen Körper schießen. Doch sobald ich aufgelegt hatte, stiegen wieder trübsinnige Gedanken in mir auf. Ich freute mich stets auf unsere wöchentlichen Telefonate und war jedes Mal traurig, wenn sie vorbei waren. Es war das gleiche Gefühl, das mich immer nach Weihnachten befiel. Die Vorfreude steigerte sich den ganzen Monat über. Dann, sobald die Geschenke ausgepackt waren, das Essen beendet war und alle wieder ihrer Wege gingen, überkam mich düstere Traurigkeit.

Tief in meinem Innern wusste ich, dass ich deprimiert war, weil es nur ein einziges Geschenk gab, das ich mir wünschte. Ich wünschte mir, *er* würde anrufen. Doch das tat er nie. Und jede Woche, die verstrich, ohne dass ich seine Stimme hörte, wurde meine Hoffnung kleiner. Ich wusste, dass ich es gewesen war, die Indien verlassen hatte, damit er ein Leben mit einer anderen anfangen könnte. Ich hätte glücklich über meine Entscheidung sein sollen. In gewisser Hinsicht war ich das auch, aber gleichzeitig war ich am Boden zerstört.

Er war mein ultimatives Geschenk, mein ganz persönliches Wunder – und ich hatte es vermasselt. Ich hatte ihn weggeben. Es war, als hätte man einen Backstage-Pass zu seinem großen Idol gewonnen und würde ihn für einen wohltätigen Zweck spenden. Es war beschissen. Und zwar so richtig.

Am Samstag traf mein geheimnisvolles Kampfkunst-Paket per Kurier ein. Es war groß und schwer. Ich schob es ins Wohnzimmer und schnappte mir eine Schere. In dem Paket befanden sich schwarz-rote Sporthosen und T-Shirts, jeweils mit dem Logo des Shing-Kampfsport-Studios: ein Mann, der einen Hieb ins Gesicht seines Gegners vollführte, und ein zweiter, der mit dem Fuß nach dem Unterleib des anderen trat.

Außerdem zog ich zwei Paar Schuhe und eine Kombi aus roter Seidenjacke und roter Hose heraus. Die Jacke hatte schwarze Knotenknöpfe und eine schwarze Schärpe. Ich hatte keine Ahnung, wann oder zu welchem Anlass ich die Sachen je tragen würde, aber sie waren hübsch.

Schwer war der Karton aufgrund der verschiedenen Waffen, die ich darin fand. Es gab zwei Schwerter, ein paar Haken, Ketten, einen dreigliedrigen Kettenstab und etliche andere Dinge, die ich noch nie zuvor gesehen hatte.

Wenn Mr. Kadam versucht, einen Ninja aus mir zu machen, wird er enttäuscht werden, dachte ich bei der Erinnerung an den Angriff des Panthers, bei dem ich regelrecht erstarrt war. *Ich frage mich, ob Mr. Kadam recht hat und ich diese Fertigkeiten brauchen werde. Sie werden sich wohl als nützlich erweisen, falls ich nach Indien zurückkehre und gegen was auch immer kämpfen muss, um an Durgas zweite Gabe zu gelangen.* Der Gedanke stellte mir die Haare im Nacken auf.

Am Montag packte ich gerade meine Lateinsachen auf den Tisch, als meine fröhliche Routine ins Stocken geriet, weil Artie, die wissenschaftliche Hilfskraft, auf meinen Platz zusteuerte. Er stand jetzt ganz dicht bei mir. Zu dicht. Ich blickte zu ihm auf und hoffte, dass das Gespräch schnell um und ich ihn möglichst bald wieder los wäre.

Ich hatte schon lange niemanden mehr gesehen, der wie Artie den Mut besaß, einen Pullunder mit Fliege zu tragen. Leider war ihm der Pullunder zu klein. Er musste ihn immer wieder über seinen ziemlich dicken Bauch nach unten ziehen. Insgesamt sah Artie wie jemand aus, der an ein verstaubtes altes College gehörte.

»Hi Artie. Wie geht's?«, fragte ich ungeduldig.

Artie schob sich die dicke Brille mit dem Mittelfinger den Nasenrücken hoch und schlug seinen Terminkalender auf. Er kam gleich zur Sache. »Hey, hast du Mittwochnachmittag um fünf Uhr Zeit?« Mit gezücktem Bleistift stand er da, das Doppelkinn an den Hals gedrückt. Seine wässrigen braunen Augen sahen mich durchdringend an, während er gespannt meine Antwort abwartete.

»Ähm ... sicher, schätze ich mal. Muss der Professor mich wegen irgendwas sprechen?«

Artie kratzte geschäftig in seinem Kalender herum, trug Dinge ein und radierte anderes aus. Auf meine Frage ging er nicht ein. Dann schlug er seinen Terminkalender mit einem *Klapp* zu, schob ihn sich unter den Arm und zerrte gewaltsam an seinem traurigen, braunen Pullunder, bis ihm dieser an die Gürtelschnalle reichte, jedoch im nächsten Moment wieder Zentimeter für Zentimeter nach oben rutschte, was ich zu ignorieren versuchte.

Er schenkte mir ein mattes Lächeln. »Nein, nein. Dann hole ich dich zu unserem Date ab.« Ohne ein weiteres Wort trat Artie um mich herum und steuerte auf die Tür zu.

Hatte ich richtig gehört? Was war gerade geschehen?

»Artie, warte mal. Was meinst du damit?«

Der Kurs fing an, und der Pullunder bog um die Ecke und war verschwunden. Ich plumpste auf meinen Platz zurück und ließ mir verwirrt unser rätselhaftes Gespräch durch den Kopf gehen. *Vielleicht meint er ja kein richtiges Date. Vielleicht versteht er unter einem Date etwas anderes als ich. Das muss es sein. Allerdings sollte ich auf Nummer sicher gehen.*

Vergeblich versuchte ich den ganzen Tag über, Artie im Sprachlabor zu erwischen. Die Klarstellung, was das Date betraf, würde warten müssen.

Am Abend würde mein erster *Wushu*-Kurs stattfinden. Ich zog mir die schwarze Hose an, ein T-Shirt und die flachen weißen Schuhe. Auf meiner Fahrt durch den Wald nach Salem ließ ich das Verdeck des Cabrios unten. Ich entspannte mich völlig, als mich die kühle Abendbrise umwehte. Die untergehende Sonne färbte die Wolken purpurn, rosa und orangefarben.

Das Kampfsportstudio war riesig. Ich schlenderte in den hinteren Teil, wo ein Bereich von Spiegeln umgeben und mit blauen Matten ausgelegt war. Drei junge Männer und eine durchtrainierte junge Frau wärmten sich hier auf. In der Ecke war eine Frau mittleren Alters, die mich an meine Mom erinnerte, mit Stretchübungen beschäftigt. Sie lächelte mich an, und ihr war anzusehen, dass sie ein bisschen nervös war, doch gleichzeitig hatte sie ein entschlossenes Funkeln in den Augen. Ich setzte mich zu ihr. »Hi, ich heiße Kelsey.«

»Jennifer.« Sie blies sich den Pony aus dem Gesicht. »Freut mich.«

Unser Lehrer kam in Begleitung eines jungen Mannes ins Studio geschlendert. Der weißhaarige Lehrer war alt, aber sehr munter und tough. Mit starkem Akzent stellte er sich als Chu Soundso vor, meinte aber, wir sollten ihn Chuck nennen. Der junge Mann neben ihm war sein Enkel Li. Li war eine jüngere Version seines Großvaters. Die schwarzen Haare trug er kurz geschoren, und er war groß, drahtig und muskulös und hatte ein sympathisches Lächeln.

Chuck fing die Unterrichtsstunde mit einer kurzen Ansprache an: »*Wushu* ist chinesische Kampfkunst. Sie haben von den Shaolin-Mönchen gehört? Die machen *Wushu*. Mein Studio heißt *Shing*, was ›Triumph‹ bedeutet. Sie alle werden Gelegenheit haben zu triumphieren, wenn Sie *Wushu* meistern. *Wushu* ist ein Kampfstil. *Wushu* besteht aus Schlägen und Tritten, Stretching, Gymnastik und Waffentechniken. Tja, wer sind denn nun berühmte Leute, die *Wushu* anwenden?«

Ratlos schauten wir einander an.

»Jet Li, Bruce Lee und Jackie Chan wenden alle *Wushu* an. Zuerst bringe ich Ihnen die Begrüßung bei. So begrüßen Sie Ihren Lehrer zu Beginn jeder Stunde. Ich sage: ›*Ni hao ma?*‹ Und Sie sagen: ›*Wo hen hao.*‹ Das bedeutet: ›Wie geht es Ihnen?‹ Und: ›Mir geht es gut.‹«

»*Ni hao ma?*«

Wir erwiderten ein gestottertes »*Woo hena hau*«.

»*Wo ... hen ... hao.*«

»*Wo hen hao.*«

Chuck grinste uns an. »Sehr gut, Schüler! Dann machen wir uns mal ans Stretching.«

Er zeigte uns Stretchübungen für Waden und Arme und ermunterte uns dann, uns auf den Boden zu setzen und nach unseren Zehen zu greifen. Er sagte, wir sollten mehrmals am Tag Stretchübungen machen, um unsere Beweglichkeit zu steigern. Dann ließ er uns Grätschen machen. Vier meiner Mitschüler machten ihre Sache gut, doch Jennifer tat mir leid. Sie war allein schon während der Stretchübungen ins Schnaufen gekommen und gab sich alle Mühe, nun in die Grätsche zu gehen.

Chuck lächelte uns allen zu, auch der Schülerin, die nur mit Mühe seinem Unterricht folgte, und ermunterte sie weiterzumachen. Als Nächstes ließ er seinen Enkel vortreten, um uns die erste Kampfstellung vorzuführen, an der wir uns versuchen sollten. Sie hieß Reiterstellung, und das Ganze sah aus, wie es klang. Anschließend machten wir eine Bogenstellung, die ziemlich in die Wadenmuskeln ging, und dann die Katzenstellung. Die Tiefstellung war am schwierigsten. Die Füße bleiben parallel, aber der restliche Körper wurde eigenartig zur Seite verdreht. Als Letztes lernten wir die Ruhestellung, die allerdings kein bisschen entspannend war, wie sich herausstellte.

Die verbleibende Zeit trainierten wir die fünf verschiedenen Stellungen. Li half mir, die Füße in die richtige Position zu bringen, und zeigte mir eine Zeit lang die Tiefstellung, aber ich bekam sie trotzdem nicht hin. Er war sehr aufmunternd und lächelte mich oft an.

Jennifer war ganz rot im Gesicht, wirkte aber zufrieden, als die Stunde zu Ende ging. Die Zeit war im Nu verflogen. Die sportliche Betätigung fühlte sich gut an, und ich freute mich schon auf den nächsten Kurs – der am selben Abend wie mein Date mit Artie stattfand.

Am Dienstag sah ich dreimal im Sprachlabor nach Artie, um die Sache aufzuklären und womöglich noch absagen zu können. Als wir uns endlich über den Weg liefen, war es Artie, der das Date verschieben wollte und in seinem Terminkalender herumblätterte, bis mir die Ausreden ausgingen. Allmählich bekam ich ein schlechtes Gewissen und entschied, dass es mich nicht umbringen würde, ein einziges Mal mit dem Typen auszugehen. Auch wenn ich nicht das geringste romantische Interesse an Artie hegte, könnte er vielleicht zu einem Freund werden. Wir machten etwas für später im Monat aus.

Die folgenden beiden Wochen verstrichen ereignislos, doch schon bald steckte ich in der nächsten sonderbaren Situation. Mein Partner in Anthropologie, Jason, lud mich zum alljährlichen Homecoming-Footballspiel ein.

Er überrumpelte mich völlig mit seiner Frage. Dann machte es Klick in meinem Hirn, und mir wurde klar, dass ich all seine Signale übersehen hatte. Ich musste mit Scheuklappen durch die Welt gelaufen sein. Die ganze Zeit hatte ich mich derart auf den Lehrstoff konzentriert, dass ich davon ausgegangen war, auch er habe nichts als das Studium im Kopf.

Jason war nett, aber er konnte dem Mann, den ich in Indien zurückgelassen hatte, nicht das Wasser reichen. Ich stellte sie rasch im Geiste gegenüber, und Jason zog dabei in jeder Hinsicht den Kürzeren. Mir war klar, dass es unfair war, die beiden miteinander zu vergleichen. *Keiner* kam gegen *ihn* an. Bei Jason war ich weder aufgeregt noch eingeschüchtert, er rief in mir weder Glücksgefühle noch Nervosität hervor. Mein Herz raste nicht in wilder Vorfreude. Ich vermochte noch nicht einmal zu sagen, ob die Chemie zwischen uns auch nur im Geringsten stimmte. Ich fühlte mich wie betäubt.

Eines Tages muss ich über ihn hinwegkommen. Ich muss ihn hinter mir lassen und versuchen, mich mit jemand anderem zu verabreden, redete ich mir ein und biss mir auf die Lippe.

Genervt von mir selbst sagte ich Jason, dass ich wahnsinnig gern mit ihm zu dem Footballspiel gehen würde. Er schien sich sehr darauf zu freuen, doch ich machte mir Sorgen, er könnte meinen Eifer, die Vergangenheit zu vergessen, fälschlicherweise für ein gewisses Interesse an ihm halten.

Am Abend im *Wushu*-Kurs lernten wir verschiedene Tritte: den Vorwärtstritt, den Seitwärtstritt, den inneren und äußeren Kreistritt sowie den Fersen-Handflächen-Stoß. Am besten gefiel mir der Zeh-Faust-Tritt. Endlich hatte ich das Gefühl, einmal richtig zuschlagen zu können.

Wir übten den ganzen Abend, bis Chuck schließlich scheinbar wahllos verschiedene Tritte ausrief, um zu sehen, wie schnell sie uns wieder einfielen. Während des letzten Teils der Stunde bildeten wir Paare, und ich trainierte mit Jennifer. Li bat mich, die Tritte vorzuführen, half mir bei der richtigen Armhaltung und gab mir genaue Anweisungen zur jeweiligen Stellung. Dann ging er weiter. Bald schon verkündete Li, dass die Stunde zu Ende wäre. Ich bedankte mich bei ihm und übte noch ein wenig allein weiter.

»Li mag dich«, flüsterte Jennifer verschwörerisch, als ich fertig war. »Ich weiß nicht, ob er den Mut aufbringen wird, etwas zu unternehmen, aber es ist offensichtlich. Er beobachtet dich die ganze Zeit. Wie sieht es mit deinen Gefühlen für ihn aus?«

»Keine Ahnung. Er ist ein netter Kerl, aber *so* habe ich noch gar nicht über ihn nachgedacht.«

»*Oh!* Es gibt da also einen anderen.«

Bei dem Gedanken runzelte ich die Stirn. »*Nein*. Nicht mehr.«

»Oh, Süße, du kannst das Leben nicht einfach an dir vorüberziehen lassen, während du an gebrochenem Herzen leidest. Du musst wieder aufs Pferd steigen und es noch einmal probieren. Das Leben ist zu kurz, um ohne Liebe auszukommen.«

Ich wusste, dass sie seit fünfzehn Jahren glücklich verheiratet war. Ihr Ehemann war ein liebenswürdiger Mann mit schütterem Haar, der sie geradezu anbetete. Jeden Abend nach dem Kurs sagte er ihr, dass sie fantastisch aussähe und allmählich so dünn würde, dass er sie von der Seite gar nicht mehr sehen könnte. Dann gab er ihr einen Kuss auf die feuchten braunen Locken und öffnete die Autotür für sie. Wenn also jemand Experte in Liebesdingen war, dann wohl Jennifer.

Ich dachte über ihre Worte nach. Ich wusste, dass sie recht hatte. *Aber wie macht man das seinem Herzen klar?*

Jennifer lächelte mitfühlend, packte ihre Sachen zusammen und tätschelte meine Schulter. »Bis nächste Woche, Kelsey.«

Ich winkte ihnen nach, als sie davonfuhren, und starrte ein paar Minuten gedankenverloren auf die schwarze leere Straße hinaus. Erst als ich mich umdrehte, um meine Sachen zu holen, fiel mir auf, dass schon alle fort waren. Li stand an der Eingangstür und wartete geduldig, dass ich ging und er absperren konnte.

»Sorry, Li. Ich hab gar nicht gemerkt, wie spät es schon ist.«

Er grinste mich an. »Kein Problem.«

In dem Augenblick, als ich in meinen Wagen steigen wollte, rief er: »Hey, Kelsey, warte!« Er kam zu meiner Tür gerannt, und ich kurbelte das Fenster herunter. »Ich wollte dich zu einem Spieleabend einladen. An Halloween treffen sich ein paar Freunde von mir, um *Die Siedler von Catan* zu spielen. Es gibt auch leckeres Essen. Meine Oma kocht leidenschaftlich gern. Hast du Lust?

»Hmmm.« Ich hatte Halloween nichts vor. Ich wusste, dass keine Kids bei mir zu Hause klingeln würden, weil ich viel zu abgelegen wohnte. Zu Mike und Sarah rüberzufahren, war auch keine gute Alternative. Die Kinder aus der Nachbarschaft mieden ihr Haus, weil sie zuckerfreie Snacks verteilten und die Eltern belehrten, dass ein Übermaß an Süßigkeiten schädlich wäre.

Li stand immer noch da und wartete auf eine Antwort, weshalb ich spontan sagte: »Sicher, klingt lustig.«

Er lächelte. »Super! Bis dann!«

Ich fuhr mit einem mulmigen Gefühl nach Hause. Dort angekommen, warf ich meine Tasche aufs Sofa und holte eine Wasserflasche aus dem Kühlschrank. Ich ging nach oben, öffnete die Balkontür in meinem Schlafzimmer und setzte mich in einen Liegestuhl. Ich lehnte den Kopf zurück und starrte zu den Sternen empor.

Drei Verabredungen. Ich hatte drei Verabredungen in zwei Wochen und freute mich auf keine einzige. Mit mir war definitiv etwas nicht in Ordnung.

3

Dates

DATE 1

Ich konnte kaum glauben, dass mein Date mit Artie schon heute sein sollte. Ich fuhr zum Campus, parkte und blieb eine Weile im Auto sitzen. Eigentlich wollte ich überhaupt nicht mit Artie ausgehen. Seine Hartnäckigkeit hatte Erfolg gezeigt, und mich beschlich das Gefühl, als hätte er diese Taktik nicht zum ersten Mal eingesetzt.

Schicksalsergeben und entschlossen, die Sache schnell hinter mich zu bringen, machte ich mich zum Sprachlabor auf. Artie wartete mit einem braunen Päckchen unterm Arm und blickte auf die Uhr. Ich ging zu ihm, die Hände in den Hosentaschen vergraben.

»Hi, Kelsey. Wir sind spät dran«, sagte er und lief hastig vor mir her den Gang hinunter. »Ich muss zuerst noch ein Päckchen für eine *Freundin* zur Post bringen.«

Er war nicht nur breit, er war auch groß, und seine Beine waren viel länger als meine. Ich musste regelrecht laufen, um ihn einzuholen. Artie marschierte über den Parkplatz und bog in einen Gehweg, der zur Stadt führte.

»Äh, sollen wir nicht lieber dein Auto nehmen?«, fragte ich. »Zur Post sind es eineinhalb Meilen.«

»O nein. Ich habe kein Auto. Ist viel zu teuer.«

Nur gut, dass ich meine Turnschuhe angezogen habe, dachte ich.

Artie ging schweigend und steif vorneweg. Anscheinend lag es in meiner Verantwortung, ein Gespräch anzufangen.
»Nun ... für wen ist das Päckchen?«

»Für meine Ex-Freundin von der Highschool. Sie besucht ein anderes College, und ich will den Kontakt nicht abreißen lassen. Sie hat ständig Dates, genauso wie ich«, prahlte Artie. »Ich gehe mit vielen Mädchen aus. Du solltest meinen Terminkalender sehen. Bin die nächsten Jahre ausgebucht.«

Es war der längste Spaziergang meines Lebens. Ich redete mir ein, ich würde durch den indischen Dschungel wandern, aber es war viel zu kalt. Der Himmel war dunkel und trüb, und ein unangenehmer Wind schlug mir ins Gesicht. Das war definitiv kein Wetter, um draußen zu sein. Ich zitterte in meiner dünnen Jacke und verbrachte die Zeit damit, gleichzeitig Artie zuzuhören und die Häuser zu bewundern, die für Halloween geschmückt waren.

Schließlich erreichten wir die Post, wo Artie sein Päckchen aufgab. Ich betrachtete die verschiedenen winzigen Restaurants auf der Main Street und fragte mich, in welchem von ihnen wir zu Abend essen würden. Ich war am Verhungern. Ich hatte das Mittagessen völlig verschwitzt, weil ich derart in meine Lehrbücher vertieft gewesen war. Bei dem Geruch von chinesischem Essen, der zu uns wehte, lief mir das Wasser im Mund zusammen.

Als Artie endlich wieder ins Freie trat, war es wirklich kalt geworden. Ich klatschte in die Hände und rieb sie aneinander, damit sie warm wurden. Hätte ich gewusst, dass unser Date draußen stattfand, hätte ich Handschuhe mitgebracht. Wie sich herausstellte, hatte Artie ein Paar Lederhandschuhe in der Tasche, aber er zog sie selbst an.

Mein masochistisch veranlagter Verstand rieb mir unter die Nase, dass *er* mir seine Handschuhe überlassen hätte. Verflucht, *er* hätte mir sein letztes Hemd gegeben!

»Und, wohin geht's jetzt?«, fragte ich. Meine Augen huschten hoffnungsvoll zu einem chinesischen Restaurant.

»Zurück zum Campus. Ich habe eine echte Überraschung für dich.«

Ich versuchte, mir ein enthusiastisches Lächeln abzuringen. »Das ist ... toll.«

Auf dem langen Weg zurück zum Campus redete Artie ausschweifend über sich selbst. Er erzählte von seiner Kindheit und seiner Familie. In aller Ausführlichkeit beschrieb er die Preise, die er gewonnen hatte, und seine Arbeit als Vorsitzender von fünf Klubs, einschließlich des Schachklubs. Er stellte mir keine einzige Frage. Es hätte mich überrascht, hätte er überhaupt meinen Nachnamen gekannt.

Meine Gedanken wanderten zu einer Unterhaltung mit einem völlig anderen Mann.

Ich hörte *seine* warme, betörende Stimme. Auf einmal stand ich unter einem Baum. Dem Baum, unter dem ich mich von ihm verabschiedet hatte. Dem Baum, unter dem ich ein letztes Mal in seine kobaltblauen Augen geblickt hatte. Der kalte, beißende Wind Oregons legte sich, und ich spürte, wie mir eine wohltuende indische Sommerbrise sanft durchs Haar strich. Der graue, bedeckte Abend löste sich auf, ich blickte zu funkelnden Sternen am nächtlichen Himmel hinauf. Er berührte mein Gesicht und sagte:

»*Kelsey, es ist unbestreitbar ... Ich liebe dich, und das schon seit geraumer Zeit. Ich möchte nicht, dass du gehst. Bitte ... bitte ... bitte ... Sag, dass du bei mir bleibst.*«

Er war so wunderschön gewesen. Wie hatte ich ihm etwas verweigern können, wo er noch dazu nichts weiter wollte als mich?

»Ich möchte dir ein Geschenk machen. Es ist ein Fußkettchen. Sie sind hier sehr beliebt, und ich habe dieses für dich ausgewählt, damit wir nie wieder nach einer Glocke suchen müssen.«

Mein Knöchel kribbelte bei der Erinnerung, wie seine Finger meine Haut berührt hatten.

»Kells, bitte. Ich brauche dich.«
Wie hatte ich ihn nur verlassen können?

Während Artie bis ins kleinste Detail beschrieb, wie er im Alleingang den Debattierwettbewerb gewonnen hatte, schalt ich mich, weil ich meine Gedanken an einen solch gefährlichen Ort hatte schweifen lassen. Selbst *wenn* ich Bedenken hatte, ob es richtig gewesen war, ihn zu verlassen, so hatte *er* mich nicht angerufen. Das bewies doch, dass ich die richtige Entscheidung getroffen hatte, oder etwa nicht? Falls er mich wirklich so sehr liebte, wie er behauptet hatte, hätte er mich angerufen. Er hätte nicht locker gelassen. Er wäre mir gefolgt. Aber nein – er brauchte seine Freiheit. Es war richtig gewesen, ihn zu verlassen. Vielleicht konnte mein Herz jetzt heilen und ihn loslassen.

Ich zerrte meine Aufmerksamkeit zurück zu Artie und gab mir die größte Mühe, seinen Worten zu lauschen. Aber es war völlig undenkbar, dass Artie der richtige Mann für mich war – im Grunde für jedes Mädchen. Das bedeutete jedoch nicht, dass meine Situation aussichtslos war. Da war immer noch das Date mit Jason morgen und eines mit Li nächste Woche.

Als Artie und ich zurück auf dem Campus waren, knurrte mein Magen so laut, dass er im Umkreis von drei Blocks zu hören war. Ich hoffte inständig, dass wir bald etwas im Campuscafé essen würden.

Er führte mich zum Multimediaraum der Hamersly Library, fragte nach zwei Kopfhörern und reichte der Dame einen

Ausleihschein. Dann schob er zwei Holzstühle vor einen mini Schwarz-Weiß-Fernseher, der in der Ecke stand.

»Ist das nicht eine tolle Idee? Wir können einen Film anschauen, und ich muss keinen Cent ausgeben!« Er grinste, während es mir die Sprache verschlug. »Das ist ganz schön clever, nicht wahr?«

»Ja, wirklich clever.« Ich war empört und hungrig. Als der Film begann, setzte er sich die riesigen grauen Kopfhörer auf und zeigte auf meine.

Ich wischte sie mit meinem Pullover ab, stöpselte das Kabel ein und rammte mir die Kopfhörer auf die Ohren, unsäglich verärgert, dass ich noch geschlagene zwei Stunden hier würde absitzen müssen. Der Vorspann des Films *Brigadoon* flimmerte über den Bildschirm, und ich versuchte Gene Kelly per Gedankenkraft dazu zu bewegen, schneller zu tanzen.

Nach einer Stunde rührte sich Artie. Er starrte weiter unverwandt auf den winzigen Bildschirm, aber er hob seinen schweren Arm und legte ihn auf die Rückenlehne meines Holzstuhls.

Ich sah ihn aus dem Augenwinkel an. Er hatte immer noch dieses selbstgefällige Grinsen im Gesicht. Ich stellte mir vor, wie er im Geiste den letzten Punkt seines Plans abhakte.

- ☑ Date verführen, indem man über andere Mädchen redet
- ☑ Date beeindrucken mit all den Auszeichnungen, die man bekommen hat
- ☑ Kein Geld für das Date verschwenden
- ☑ Kitschigen Film mit Date im Multimediacenter anschauen
- ☑ Bemerkungen über die eigene Sparsamkeit geschickt ins Gespräch einstreuen
- ☑ Genau in der Mitte des Films Arm um das Date legen

Ich lehnte mich vor und saß die gesamte restliche zweite Hälfte des Films auf dem Stuhlrand, was schrecklich unbequem war. In meiner Verzweiflung behauptete ich, zur Toilette zu müssen, und stand auf. Er tat es mir gleich und ging zu der Dame am Schalter. Beim Vorbeigehen schnappte ich auf, wie er sie bat, den Film anzuhalten und etwas zurückzuspulen, damit wir wussten, wo wir aufgehört hatten.

Na großartig! Das zieht diese fantastische Erfahrung um weitere fünf Minuten in die Länge! Ich beeilte mich, aus Sorge, er könnte den Film noch weiter vorne anhalten lassen. Ich zog sogar in Betracht, einfach aus dem Gebäude zu stürmen, aber von unserem Platz aus hatte er die Toiletten im Blick, und es wäre schrecklich unhöflich, einfach die Flucht zu ergreifen. Ich war entschlossen, den letzten Teil des Films tapfer über mich ergehen zu lassen, und *dann* nach Hause zu stürmen.

Endlich, *endlich* war der Film vorbei, und ich sprang auf, als wäre der Feueralarm angegangen.

»Okay, Artie. Das war nett. Mein Wagen steht genau vor der Tür. Ich sehe dich dann am Montag, ja? Vielen Dank für das Date.«

Leider verstand er den Wink mit dem Zaunpfahl nicht und beharrte darauf, mich zu meinem Auto zu begleiten. Ich öffnete die Tür und quetschte mich rasch hinein.

Artie legte die Hand auf die Wagentür und beugte seinen fülligen Körper zu mir herab. Seine Fliege war nur wenige Zentimeter von meiner Nase entfernt. Er rang sich ein sonderbar unnatürliches Lächeln ab. »Ich fand die Zeit mit dir super und würde nächste Woche gerne noch mal mit dir ausgehen«, sagte Artie. »Wie wäre es mit Freitag?«

Ich sollte die Sache sofort im Keim ersticken.

»Geht nicht. Da habe ich schon ein anderes Date.«

Er preschte unbeirrt vor. »Oh. Wie wäre es mit Samstag?« Er zuckte nicht mal mit der Wimper.

Fieberhaft suchte ich nach einer Ausrede. »Äh ... Ich habe meinen Kalender nicht dabei, und so weit im Voraus habe ich meine Termine nicht im Kopf.«

Er nickte, als könnte er das völlig nachvollziehen.

»Ich habe schreckliche Kopfschmerzen, Artie. Wir sehen uns nächste Woche im Sprachlabor, okay?«

»Ja klar. Ich ruf dich später an.«

Mit einem Grinsen, schließlich hatte er meine Nummer nicht, fuhr ich durch die ruhigen Straßen von Monmouth und den Berg hinauf zu meinem friedvollen Zuhause.

DATE 2

Bei meinem zweiten Date war ich besser auf das widrige Wetter vorbereitet. Ich trug mein rotes WOU-Sweatshirt und brachte außerdem eine dicke Jacke, einen roten Kaschmirschal und Handschuhe mit, die ich zusammengelegt in einer Schublade gefunden hatte. Eigentlich wollte ich nichts anziehen, das *er* mir gekauft hatte, aber ich hatte keine Zeit, etwas Neues zu besorgen, und selbst wenn, wäre es sein Geld gewesen.

Während ich auf den Parkplatz des Stadions fuhr, listete ich im Geiste Jasons Qualitäten auf. Er war süß, eher dünn und kleiner als der Durchschnitt, aber er kleidete sich anständig und war intelligent. Gegen seinen alten Corolla gelehnt, hob er überrascht die Augenbrauen, als er mich aus dem Porsche steigen sah.

»Wow, Kelsey! Hübsche Kutsche!«

»Danke.«

»Bist du bereit?«

»Ja. Dir nach.«

Wir tauchten in die Menschenmenge ein, die zum Footballfeld wollte. Die meisten trugen rote oder Western Wolf Sweatshirts, aber vereinzelt blitzten das Marineblau und Weiß der Gegner von der Western Washington University auf. Selbst ein paar Wikingerhelme ragten aus der Menge heraus. Jason führte mich zu einem Pick-up, vor dessen Ladefläche eine Party stattfand. Ein kleiner Grill war mit rauchenden Würstchen und Hamburgern bedeckt.

»Hallo Leute! Das ist Kelsey. Wir sind im selben Anthro-Kurs.«

Mehrere seiner Freunde drehten sich zu mir um und reckten die Hälse, um an ihren Nachbarn vorbeizuschauen und einen Blick auf mich zu werfen. Ich winkte ihnen schüchtern zu. »Hi.«

Ich hörte ein paar »Hi« und »Nett, dich kennenzulernen«, dann vertieften sie sich wieder in ihre Unterhaltungen und vergaßen, dass wir da waren.

Jason häufte mir Essen auf einen Teller und öffnete dann eine Kühlbox. »Willst du ein Bier?«

Ich schüttelte den Kopf. »Eine Cola, bitte. Cola light, wenn ihr habt.« Er reichte mir eine eiskalte Cola, schnappte sich ein Bier und zeigte auf zwei leere Gartenstühle.

Sobald er saß, stopfte er sich einen halben Hotdog in den Mund und schmatzte laut. Es war fast so schlimm, als würde man einem Tiger beim Essen zusehen. Zumindest war es etwas weniger blutig.

Igitt. Was ist nur los mit mir? Suche ich absichtlich nach Dingen, die mich stören? Ich muss echt gelassener werden, oder Jennifer behält recht: Ich verpasse sonst noch mein Leben. Ich wandte den Kopf ab und stocherte in meinem Essen herum.

»Du hast's wohl nicht so mit dem Trinken, Kelsey?«

»Hm, nicht wirklich. Zum einen bin ich minderjährig. Außerdem hat Alkohol jeglichen Anreiz für mich verloren, nachdem meine Eltern vor ein paar Jahren von einem betrunkenen Autofahrer getötet wurden.«

»Oh. Tut mir leid.« Er verzog das Gesicht und versteckte hastig sein Bier unter dem Stuhl.

Innerlich stöhnte ich auf. *Was tue ich da nur?* Ich entschuldigte mich auf der Stelle. »Ist schon in Ordnung, Jason. Tut mir leid, dass ich so eine Spaßbremse bin. Versprochen, während des Spiels bin ich lustiger.«

»Kein Problem. Mach dir keinen Kopf.« Er schaufelte weiter Essen in sich hinein und lachte nun mit seinen Freunden.

Das Problem war, dass ich mir aber doch einen Kopf machte. Der Tod seiner Eltern war natürlich nichts, was man normalerweise bei einem ersten Date ansprach, aber ... ich wusste, dass *er* völlig anders als Jason reagiert hätte. Vielleicht lag es daran, dass er älter war – mehr als dreihundert Jahre älter. Oder vielleicht weil er kein Amerikaner war. Vielleicht lag es daran, dass er ebenfalls seine Eltern verloren hatte. Oder war er einfach nur ... perfekt.

Ich rief mir die Nacht ins Gedächtnis, als ich schweißgebadet aus einem Albtraum über den Tod meiner Eltern erwacht war, und er mich getröstet hatte. Ich konnte immer noch seine Hand spüren, die mir die Tränen von den Wangen strich, während er mich auf seinen Schoß zog.

»Schsch, Kelsey. Ich bin hier. Ich verlasse dich nicht, Priya. *Schsch. Mein* aapka raksha karunga. *Ich werde nicht zulassen, dass dir etwas zustößt,* Priyatama.« Er hatte mir übers Haar gestreichelt und mir sanfte Worte ins Ohr geflüstert, bis der Traum verblasst war.

Seit damals hatte ich genug Zeit gehabt, die Worte nachzuschlagen, die ich in Indien nicht verstanden hatte. *Ich bin bei dir. Ich beschütze dich. Mein Liebling. Mein Schatz.* Wäre er jetzt hier bei mir, hätte er mich längst in die Arme genommen oder auf seinen Schoß gezogen, und wir hätten gemeinsam getrauert. Er hätte mir den Rücken gestreichelt und verstanden, wie ich mich fühlte.

Ich schüttelte den Gedanken ab. *Nein. Nein, das hätte er nicht. Früher vielleicht, aber es hatte sich alles verändert. Er war fort, und es spielte keine Rolle mehr, was er getan oder wie er sich verhalten hätte. Es ist vorbei.*

Jason nahm noch einen Nachschlag, und ich gab mein Bestes, interessiert zu schauen und mich in die Unterhaltung einzuklinken. Eine halbe Stunde später standen wir alle auf, um zum Footballfeld zu gehen.

Es war schön, draußen in der kühlen Herbstluft zu sein, aber die Bänke waren kalt, und meine Nase längst tiefgefroren. Die Kälte schien Jason und seine Freunde jedoch nicht zu stören. Sie sprangen immer wieder auf und jubelten ausgelassen. Ich versuchte, es ihnen gleichzutun, aber ich wusste nie, weshalb ich jubelte. Der Ball war zu weit weg und zu klein, um ihn im Auge behalten zu können. Außerdem hatte ich mich nie besonders für Football interessiert. Filme und Bücher lagen mir mehr.

Ich blickte sehnsüchtig zur Anzeigentafel. Die erste Halbzeit war fast vorüber. Zwei Minuten. Eine Minute. Zwanzig Sekunden. BZZZZ! Die Glocke ertönte, und beide Mannschaften liefen vom Feld. Die Homecoming Parade begann, und mehrere Oldtimer kreisten um das Footballfeld. Wunderschöne Mädchen in Chiffon und Seide hockten auf den Rückenlehnen und winkten den Zuschauern.

Jason stimmte in das Pfeif- und Rufkonzert der anderen ein. Der Geruch von Sandelholz wehte über die offene Tribüne, und eine seidig weiche Stimme flüsterte mir ins Ohr: »*Du bist viel schöner als alle Frauen dort draußen.*«

Ich riss den Kopf herum, aber *er* war nicht hinter mir. Jason stand immer noch und johlte zusammen mit seinen Freunden. Ich sank auf meinen Sitz. *Großartig. Jetzt habe ich schon Halluzinationen.* Ich presste meine Fingerknöchel fest gegen meinen Schädel und hoffte, dass der Druck Ren zurück in die Tiefen meines Unbewussten verbannen würde.

Als die zweite Halbzeit anfing, heuchelte ich keine Begeisterung mehr. Das war das zweite Date, das mich in einen Eiszapfen verwandelt hatte. Mein Körper fror allmählich an der Bank fest, und meine Zähne klapperten. Nach dem Spiel begleitete mich Jason zurück zu meinem Wagen, legte mir unbeholfen einen Arm um die Schultern und massierte mich in dem Versuch, mich zu wärmen, aber er rieb zu fest, und meine Schulter schmerzte. Ich machte mir nicht einmal die Mühe, ihn zu fragen, wer gewonnen hatte.

»Hey, Kelsey, es war wirklich toll, dich heute Abend besser kennenzulernen.«

Hat er tatsächlich irgendetwas über mich erfahren? »Ging mir auch so.«

»Darf ich dich mal wieder anrufen?«

Ich dachte kurz darüber nach. Jason war kein schlechter Kerl. Erste Dates waren immer sonderbar, weshalb ich beschloss, ihm eine zweite Chance zu geben.

»Na klar. Du weißt, wo ich zu finden bin.« Halbherzig lächelte ich ihn an.

»Wir sehen uns am Montag bei Anthro. Bis dann.«

»Ja, bis dann.«

Er eilte zurück zu seinen grölenden Freunden, und ich fragte mich, ob wir auch nur das Geringste gemein hatten.

DATE 3

Bevor ich es mich versah, stand Halloween vor der Tür – und mein Date mit Li.

Zähneknirschend machte ich die Tür des Wandschranks auf, den ich eigentlich nie mehr hatte öffnen wollen, und holte ein langärmeliges, knalloranges Shirt heraus, das wie ein kurzer Trenchcoat geschnitten war, mit Holzknöpfen und einem Bindegürtel. Dazu gehörte eine dunkelblaue Stretchjeans. Sie passte perfekt, als wäre sie für mich geschneidert worden. Ein dunkles Paar Stiefel lag ebenfalls in der Kleidertasche, und als ich es anzog und mich vor dem Spiegel drehte, musste ich erstaunt zugeben, dass mich das Outfit groß und chic und, nun ja ... elegant aussehen ließ, was ansonsten nie der Fall war. Zur Abwechslung trug ich mein Haar offen und ließ es in Wellen den Rücken herabfallen. Nachdem ich apricotfarbenen Lipgloss aufgetragen hatte, fuhr ich zum Studio, darauf bedacht, ja keines der umherirrenden Halloween-Kids zu überfahren.

Li saß in seinem Wagen, hörte Musik und wippte mit dem Kopf. Sobald er mich sah, schaltete er das Radio aus und stieg aus dem Auto.

Er grinste. »Wow, Kelsey! Du siehst super aus!«

Ich lachte erfreut. »Vielen Dank, Li. Das ist sehr nett von dir. Ich fahre dir am besten einfach bis zu deiner Großmutter hinterher. Bist du soweit?«

Ich ging zurück zu meinem Wagen, aber Li hetzte an mir vorbei und öffnete mir die Tür.

»Puh, hätte es fast nicht geschafft!« Er grinste mich wieder an. »Mein Großvater hat mir beigebracht, Damen immer die Tür zu öffnen.«

»Oh. Du bist der perfekte Gentleman.«

Er verneigte sich leicht, lachte und schritt dann zurück zu seinem Auto. Er fuhr ebenfalls vorsichtig und prüfte immer wieder im Rückspiegel, ob ich es über die Ampeln geschafft hatte.

»Das ist das Haus meiner Großeltern«, erklärte Li, als wir die Diele betraten. »Wir treffen uns zu den Spieleabenden immer hier, weil sie den größten Tisch haben. Außerdem ist meine Großmutter eine tolle Köchin.«

Li nahm meine Hand und zog mich in eine niedliche Küche, in der es besser roch als in jedem chinesischen Restaurant. Eine winzige weißhaarige Frau spähte in einen Reiskocher. Als sie wieder aufblickte, waren ihre Brillengläser angelaufen.

»Kelsey, das ist Grandma Zhi. Grandma Zhi, *huó* Kelsey.«

Sie nickte lächelnd und griff nach meiner Hand. »Hallo. Schön, dich kennenzulernen.«

Ich lächelte ebenfalls. »Ganz meinerseits.«

Li dippte einen Finger in einen köchelnden Topf, und seine Großmutter nahm einen Holzlöffel und gab ihm einen leichten Klaps auf die Hand. Dann schalt sie ihn auf Mandarin.

Er lachte, während sie liebevoll mit der Zunge schnalzte. »Bis später, Grandma.« Ich sah, wie sie ihm mit stolzem Blick nachsah, als wir um die Ecke bogen.

Ich folgte ihm ins Esszimmer. Alle Möbel waren an die Wand geschoben, um Platz für den großen Esstisch zu machen, der mit zwei Einlegeplatten ausgezogen war. Um den Tisch kauerte eine Gruppe asiatischer junger Männer, die eine hitzige Diskussion über die Anordnung der Felder auf dem Spielbrett führten. Li trat zu dem Grüppchen.

»Hi, Leute. Das ist Kelsey. Sie wird heute mitspielen.«

Einer seiner Freunde hob eine Augenbraue. »Na schön, Li!«

»Kein Wunder, dass du so spät bist.«

»Du hast Glück, dass Wen das Erweiterungsset mitgebracht hat.«

Lautstarkes Gemurmel und Stühlerücken setzten ein. Ich glaubte, eine leise Bemerkung darüber zu hören, dass ein Mädchen hier nichts zu suchen hätte, aber ich hätte nicht sagen können, von wem sie stammte. Nach einem Augenblick hatten sich alle wieder hingesetzt, und das Spiel konnte beginnen.

Li saß neben mir und erklärte mir den Spielablauf. Zuerst wusste ich nicht, ob es eine kluge Entscheidung war, Getreide gegen Lehm einzutauschen oder Erz gegen Wolle, aber ich wollte nicht immer auf Lis Hilfe angewiesen sein und handelte einfach. Nach ein paar Spielzügen fühlte ich mich sicherer. Ich wandelte zwei Siedlungen in Städte um, und alle Jungs stöhnten.

Kurz vor Spielende kristallisierte sich heraus, dass es ein Kopf-an-Kopf-Rennen zwischen einem Jungen namens Shen und mir geben würde. Unbekümmert zog er mich auf, dass er so knapp vor dem Gewinnen wäre, dass ich überhaupt keine Chance hätte. Ich legte die Rohstoffe Wolle, Erz und Getreide auf den Tisch und kaufte eine Entwicklungskarte – ich erwischte eine Siegpunktkarte, die letzte im Spiel.

»Gewonnen!«, rief ich.

Die Jungen murrten etwas über Anfängerglück und zählten mit theatralischem Gebaren meine Punkte nach, nur um sicherzugehen, dass ich mich auch nicht geirrt hatte. Überrascht stellte ich fest, dass Stunden vergangen waren. Wie zur Erinnerung knurrte mit einem Mal mein Magen.

Li stand auf und reckte sich. »Zeit zu essen.«

Seine Großmutter hatte ein köstliches Büfett für uns vorbereitet. Die Jungs häuften sich gebratenen Reis, Jiaozi, dampfende Teigtaschen, im Wok gebratenes Gemüse und Mini-Shrimp-Rollen auf die Teller. Li holte uns beiden eine Cola, und wir setzten uns ins Wohnzimmer.

Gekonnt schob er sich die Teigtaschen mit den Stäbchen in den Mund und sagte: »Erzähl mal, was du so treibst, Kelsey. Abgesehen von *Wushu*. Was hast du diesen Sommer gemacht?«

»Oh, das. Ich ... äh ... habe in Indien ein Praktikum gemacht.«

»Wow! Das klingt toll! Was hast du getan?«

»Musste vor allem katalogisieren und Listen anfertigen über Ruinen, Kunst und historisches Zeug. Was ist mit dir? Was hast du den Sommer über gemacht?«, gab ich die Frage an ihn zurück, darauf erpicht, das Gespräch von Indien abzulenken.

»Größtenteils habe ich bei Großvater im Studio gearbeitet. Ich spare für die medizinische Fakultät. Mein Vordiplom in Biologie habe ich an der PSU gemacht.«

Ich überschlug die Daten, doch irgendetwas konnte da nicht stimmen. »Wie alt bist du, Li?«

Er grinste. »Zweiundzwanzig. Ich habe viele Seminare belegt und auch Sommerkurse absolviert. Alle hier sind schon am College. Meii studiert Chemie. Shen Informatik, Wen hat bereits sein Diplom und arbeitet an seinem Master in Statistik, und dann bin da noch ich mit Medizin.«

»Ihr Jungs seid ganz schön ... zielorientiert.«

»Was ist mit dir? Was ist dein Hauptfach, Kelsey?«

»Internationale Beziehungen, Nebenfach Kunstgeschichte. Im Moment liegt der Schwerpunkt auf Indien«, sagte ich und steckte mir eine weitere Teigtasche in den Mund. »Aber vielleicht sollte ich zu *Wushu* wechseln, um all die Kalorien abzutrainieren.«

Li lachte und nahm mir meinen leeren Teller ab. Wir gingen zurück ins Spielezimmer, und ich blieb stehen, um mir ein Foto von Li und seinem Großvater Chuck anzusehen. Jeder von ihnen hielt drei Pokale hoch.

»Wow, hat das Studio die alle gewonnen?«

Li blickte zu dem Bild und wurde rot. »Nein, die gehören alle mir. Ich habe sie bei einem Kampfsportturnier gewonnen.«

Überrascht hob ich die Augenbrauen. »Ich wusste gar nicht, dass du *so* gut bist. Ich bin beeindruckt.«

»Ich bin sicher, meine Großeltern werden dir noch in epischer Breite davon erzählen«, sagte Li und führte mich zurück in die Küche. »Es gibt nichts, was ihnen mehr Freude bereitet, als über ihre Nachkommen zu reden. Nicht wahr, Grandma Zhi?« Li gab ihr einen flüchtigen Kuss auf die Wange, und sie wedelte mit den Händen, um ihn von ihrem Spülwasser fortzuscheuchen.

Die Jungs hatten ein neues Spiel aufgebaut, das viel leichter zu erlernen war. Ich verlor, aber es machte richtig Spaß. Als das Spiel vorüber war, war es schon weit nach Mitternacht. Li brachte mich in der kalten, sternenhellen Nacht zu meinem Wagen.

»Vielen Dank fürs Kommen, Kelsey. Es war echt schön mit dir. Möchtest du das vielleicht mal wiederholen? Wir treffen uns jede zweite Woche.«

»Sicher. Das klingt gut. Jetzt wo ich dich in *Die Siedler von Catan* geschlagen habe, bedeutet das, dass du mich bei *Wushu* nicht mehr so hart rannehmen wirst?«, zog ich ihn auf.

»Ganz im Gegenteil. Jetzt nehme ich dich noch härter ran.«

Ich lachte. »Dann werde ich das nächste Mal wohl lieber verlieren. Und was passiert eigentlich, wenn *du* gewinnst?«

Er grinste. »Das muss ich mir noch reiflich überlegen.«

Li trat einen Schritt zurück in den Lichtschein der Straßenlaterne und sah mir nach, wie ich wegfuhr.

Ich kletterte müde ins Bett, wobei mir der Gedanke kam, dass ich Li mit der Zeit vielleicht sogar richtig mögen könnte. Er war lustig und süß. Im Moment hatte ich nur freundschaftliche Gefühle für ihn, aber das könnte sich in Zukunft womöglich ändern. Mein normales Leben fühlte sich allmählich wieder ... normal an. Ich rollte mich auf die Seite, kuschelte mich unter die Steppdecke meiner Großmutter und stieß aus Versehen meinen weißen Plüschtiger vom Bett.

Eine Weile zog ich in Erwägung, ihn einfach auf dem Boden zu lassen oder in den Wandschrank zu verbannen. Ich lag still da, starrte zur Decke, aber mein Entschluss hielt keine fünf Minuten, und ich beugte mich übers Bett, presste meinen Tiger fest an mich und entschuldigte mich in aller Form bei ihm.

4
Ein Weihnachtsgeschenk

Nun, da Halloween hinter mir lag, konzentrierte ich mich auf die Vorbereitungen für die Abschlussprüfungen und darauf, Artie aus dem Weg zu gehen. Es war ihm irgendwie gelungen, meine Handynummer herauszubekommen, und er rief mich jeden Tag um Punkt fünf an. Manchmal lauerte er mir auch nach dem Kurs auf. Der Typ wollte einfach nicht verstehen, egal wie groß der Zaunpfahl war, mit dem ich winkte.

Auch Jason, so nett er war, schien es nicht besonders zu stören, dass wir nicht zusammenpassten. Tief in meinem Herzen wusste ich, dass meine Beziehung mit Jason keine Zukunft hatte, doch er war eine willkommene Ablenkung. Ich traf mich gern hin und wieder mit ihm. Außerdem arbeiteten wir im Anthropologiekurs gut zusammen.

Gerade in dem Moment, als ich das unverbindliche Daten zu schätzen gelernt hatte, entschied sich Li, mein Leben zu verkomplizieren. Wir plauderten angeregt im Studio, als er auf einmal verstummte. Nervös rollte er seine Wasserflasche zwischen den Handflächen hin und her. Schließlich sagte er: »Kelsey …, ich wollte dich fragen, ob du Lust hättest, mal mit mir auszugehen. Allein. Ein richtiges Date.«

Tausend Gedanken schossen mir durch den Kopf. »Oh. Äh, ja, sicher«, stotterte ich. »Ich verbringe gerne Zeit mit dir. Du bist lustig, und man kann sich wunderbar mit dir unterhalten.«

Er verzog das Gesicht. »Schön, aber die Frage ist doch: Magst du mich oder *magst* du mich?«

Ich dachte eine Weile über meine nächsten Worte nach. »Hm, um ehrlich zu sein, ich finde dich toll und mag dich sehr. Genau genommen stehst du ganz oben auf meiner Liste mit Lieblingsmenschen. Aber ich weiß nicht, ob ich mich im Moment ernsthaft auf jemanden einlassen kann. Ich habe mich erst vor Kurzem von jemandem getrennt, und es tut immer noch furchtbar weh.«

»Oh. Das verstehe ich. Ich würde dich trotzdem gerne öfter sehen.«

Ich überlegte einen Augenblick. »Okay, das wäre schön.«

»Wie wäre es, wenn wir mit einem Kung-Fu-Film anfangen? Da gibt's ein Kino, das freitags um Mitternacht alte Filme zeigt? Wie wär's?«

»Okay, aber nur, wenn du mir versprichst, mir dann eine der coolen Techniken aus dem Film zu zeigen«, fügte ich hinzu, erleichtert, die Sache geregelt zu haben. *Zumindest fürs Erste,* dachte ich, als wir uns trennten.

Li und ich sahen uns nun regelmäßig außerhalb der Spieleabende und dem Studio. Er war ein Gentleman der alten Schule, und unsere Dates waren immer lustig und interessant.

Trotz all der Aufmerksamkeit, die mir entgegengebracht wurde, fühlte ich mich einsam. Es war nicht die Art von Einsamkeit, über die man sich mit anderen Menschen hinwegtrösten kann. Meine Seele fühlte sich einsam. Die Nächte waren am schlimmsten, weil ich *ihn* dann spürte, selbst über Ozeane hinweg. Ein unsichtbares Seil umschloss mein Herz, versuchte unablässig, mich zu ihm zurückzuziehen. Vielleicht, mit etwas Glück, wäre es eines Tages durchgewetzt und würde schließlich reißen.

Die *Wushu*-Stunden waren das perfekte Ventil für die Wut, die ich aufs Leben hatte. Ich wurde allmählich richtig gut. Meine Arme und Beine bauten Muskeln auf, und ich fühlte mich stärker. Wenn mich jetzt jemand angreifen würde, wäre ich vielleicht sogar in der Lage, ihn abzuwehren – ein berauschender Gedanke. Wer brauchte da noch einen Tiger? Ich würde meine Feinde einfach mit einem Tritt ins Gesicht das Fürchten lehren.

Als Kampfsportschüler durfte man solche Gedanken eigentlich nicht haben, aber die meisten anderen Menschen mussten sich im Gegensatz zu mir auch nicht mit unsterblichen Kappa-Affen herumschlagen, die einen bei lebendigem Leib auffressen wollten. Deshalb stellte ich mir meine unzähligen möglichen Gegner im Kopfkino vor und trat mit aller Kraft zu. Selbst Li machte eine Bemerkung darüber, dass meine Tritte besser wurden.

Li hielt sein Versprechen und zeigte mir eine Angriffsbewegung aus dem Film. Ich vermasselte es, und wir fielen lachend auf die Matte.

»Kelsey, bei dir alles in Ordnung? Habe ich dir wehgetan?«

Ich konnte nicht aufhören zu lachen. »Nein, mir geht's gut. Tolle Technik, nicht wahr?«

Li lehnte über mir, das Gesicht nah an meinem. »Nicht schlecht. Zumindest habe ich dich jetzt genau dort, wo ich dich will.« Er beugte sich noch ein wenig weiter zu mir herab, beobachtete meine Reaktion. Ich erstarrte. Eine Woge der Traurigkeit spülte über mich hinweg. Ich drehte leicht den Kopf zur Seite und schloss die Augen. Ich konnte ihn nicht küssen. Die Vorstellung war zwar nett, hätte bei mir aber keine Gänsehaut verursacht. Es wäre einfach nicht richtig gewesen.

»Es tut mir leid, Li.«

Er stupste mich sanft ans Kinn. »Mach dir keinen Kopf. Lass uns lieber einen Milchshake holen. Was meinst du?« In seinen Augen lag Enttäuschung, aber er schien fest entschlossen, sich nichts anmerken zu lassen.

Mitten in meinem Dating-Tief meldete sich Mr. Kadam mit erfreulichen Neuigkeiten. Er hatte eine bedeutungsvolle Passage in Durgas Prophezeiung entschlüsselt und bat mich, ihm bei der Recherche zu helfen, was ich liebend gerne tat. Ich zog einen Notizblock hervor und fragte: »Was haben Sie für mich?«

»Die Prüfungen der Vier Häuser. Genau genommen sind es das Haus des Kürbis, das Haus der Versuchung und das Haus der geflügelten Geschöpfe.«

»Was für geflügelte Geschöpfe?«, fragte ich und musste schlucken.

»Das vermag ich zu diesem Zeitpunkt noch nicht zu sagen.«

»Was ist mit dem vierten Haus?«

»Allem Anschein nach gibt es zwei Häuser mit geflügelten Tieren. Bei dem einen handelt es sich wohl um eine Art Vogel, auch wenn später in der Prophezeiung von Metall und Eisen die Rede ist. Das andere Tier ist mit dem Symbol für ›groß‹ versehen, und dasselbe Symbol taucht auch später wieder in der Prophezeiung auf. Ich wäre Ihnen sehr verbunden, wenn Sie alle Mythen recherchieren könnten, bei denen es darum geht, Häuser zu durchschreiten oder eine Prüfung in Häusern abzulegen.«

»Gern. Ich melde mich bei Ihnen.«

»Sehr schön.«

Die restliche Unterhaltung über ging es um banale Dinge, und obwohl ich froh war, dass er mich in die Suche einbezog, drehte sich mir bei dem Gedanken, irgendwann wieder nach Indien reisen zu müssen, der Magen um. Auf Gefahren, Magie und das Übernatürliche war ich vorbereitet, aber eine Rückkehr würde ebenfalls bedeuten, *ihm* wieder unter die Augen zu treten. Ich war gut darin, den Schein eines normalen Lebens zu wahren, aber unter der Oberfläche, wo meine geheimsten Gefühle verborgen waren, brodelte es. Ich war fehl am Platz, kam mir wie ein Fremdkörper vor. Indien rief nach mir, manchmal leise, manchmal mit wildem Gebrüll, aber das Flehen setzte nie aus, und ich fragte mich, ob es mir überhaupt je gelingen würde, ein ganz normales Leben zu führen.

Thanksgiving bedeutete ein Tofu-Truthahnfest bei Sarah und Mike. Während des Essens glitt mein Blick immer wieder zu der Fülle an festlichen Kürbissen, ich versuchte, mir einen Reim darauf zu machen, wie solch freundlich anmutende Gewächse zu einer Gefahr werden konnten, und bekam die Frage nicht aus dem Kopf, welche Rolle sie bei der nächsten Aufgabe spielen könnten.

Es war ein kalter, regnerischer Tag, aber im Kamin meiner Pflegeeltern prasselte ein hübsches Feuer. Anders als erwartet schmeckten ein paar der Gemüsegerichte richtig lecker. Von dem zucker- und glutenfreien Kuchen hingegen nahm ich lieber Abstand.

»Und, was gibt's Neues? Irgendwelche heißen Typen im College, von denen du uns erzählen möchtest?«, neckte mich Sarah.

Ich blickte von meinem Teller auf. »Äh, nun ja, ich habe wirklich Dates«, räumte ich schüchtern ein. »Mit Li und Jason. Nichts Ernstes. Wir waren erst ein paarmal aus.«

Sarah war begeistert, und sie und Mike löcherten mich beide mit unzähligen Fragen, die ich geschickt umging.

Zum Glück hatte Jennifer Li und mich ebenfalls zum Thanksgiving-Essen eingeladen, und ich nutzte die Gelegenheit, um mich frühzeitig von meinen Pflegeeltern zu verabschieden und zu Jennifer zu flüchten. Sie wohnte in einem hübschen Haus in West Salem. Ich brachte eine Zitronen-Baisertorte mit, die erste, die ich je zu backen gewagt hatte, und war stolz auf das Ergebnis. Ich hatte das Baiser zwar einen Hauch zu lange im Ofen gelassen, aber abgesehen davon sah die Torte gut aus.

Lis Gesicht hellte sich auf, als er mich an der Tür sah, und er sagte zu Jennifer: »Siehst du? Ich hatte das größere Stück des Truthahnknochens, und mein Wunsch ist in Erfüllung gegangen!«

Er gab zu, dass er sich bereits beim Thanksgiving-Essen bei seiner Familie vollgestopft, aber noch ein Plätzchen für meinen Kuchen freigelassen hatte. Und Li stand zu seinem Wort und verputzte die Hälfte meiner Torte.

Jennifer hatte einen Kürbis-, einen Brombeer- und einen Käsekuchen gebacken. Ich nahm mir von jedem ein kleines Stück und war im Himmel. Li stöhnte und beschwerte sich, dass sein Magen so voll war, dass er sich nicht bewegen könnte und hier schlafen müsste. Bei der Vorstellung hüpften Jennifers Kinder begeistert auf und ab, wobei ihnen die Pilgerhüte vom Kopf rutschten, aber sie beruhigten sich augenblicklich, als Jennifer ihnen die *Erntedankfest*-Folge der Peanuts in den DVD-Player steckte.

Während ich Jennifer beim Aufräumen der Küche half, wollte sie wissen: »*Und?* Wie läuft's mit ...«, sie senkte absichtlich die Stimme, »*Li?*«

»Hm, ganz gut.«

»Seid ihr zwei, du weißt schon, zusammen?«

»Das ist schwer zu sagen. Ich denke, es wäre zu früh, das so zu bezeichnen.«

Sie runzelte die Stirn und schaute nachdenklich ins Spülwasser. »Liegt es immer noch an dem anderen, an dem, über den du nie reden willst, dass du dich nicht durchringen kannst?«

Meine Hand mit dem Geschirrtuch, gerade hatte ich ihre hübsche Truthahnplatte trocken reiben wollen, erstarrte in der Luft. »Tut mir leid, falls ich zu geheimniskrämerisch war. Es ist einfach nur so hart, über ihn zu reden. Was willst du wissen?«

Sie nahm einen Teller, schrubbte ihn und spülte ihn mit sauberem Wasser ab. »Okay, wer ist er? Wo ist er? Warum seid ihr zwei nicht zusammen?«

»Nun, er ist in Indien. Und wir sind nicht *zusammen*, weil …«, flüsterte ich, »weil … ich ihn verlassen habe.«

»War er *gemein* zu dir?«

»Nein, nein. Nichts in der Richtung. Er war … *perfekt.*«

»Er wollte also nicht, dass du fährst?«

»Nein.«

»Wollte er dich denn nicht begleiten?«

Meine Mundwinkel verzogen sich zu einem traurigen Lächeln. »Ich musste ihn anflehen, dass er mir nicht folgte.«

»Dann verstehe ich das nicht. Warum hast du ihn verlassen?«

»Er war zu … Ich war zu …« Ich seufzte. »Es ist kompliziert.«

»Hast du ihn geliebt?«

Ich stellte die Platte ab, die ich seit fünf Minuten trocken rieb, und drehte das Handtuch in den Händen. Sanft flüsterte ich: »Ja.«

»Und jetzt?«

»Und jetzt … Wenn ich allein bin …, habe ich manchmal das Gefühl, ich kriege keine Luft.«

Sie nickte und wusch noch ein paar Teller ab. Das Besteck klirrte leise im schaumigen Wasser. Den Kopf leicht zur Seite geneigt, fragte sie: »Wie heißt er?«

Ich starrte ins Küchenfenster. Draußen war es dunkel, und in der Scheibe sah ich mein Spiegelbild, meine herabhängenden Schultern und die toten Augen.

»Ren. Er heißt Ren.«

Seinen Namen laut auszusprechen, versetzte meinem gebrochenen Herzen einen Stich. Eine Träne kullerte mir die Wange herab, und im Fenster sah ich Li hinter mir stehen. Er wirbelte herum und marschierte aus der Küche, aber ich hatte gerade noch einen Blick auf seinen Gesichtsausdruck erhascht. Seine Gefühle waren verletzt.

Jennifer beugte sich zu mir und tätschelte mir den Arm. »Geh und rede mit ihm! Es ist besser, solche Dinge sofort zu klären. Andernfalls wird aus einer Mücke ein Elefant.«

Die Situation kam mir bereits jetzt wie ein Elefant vor, doch sie hatte recht. Ich musste mit Li reden.

Er war bereits aus dem Haus gestürmt. Als ich hastig meine Sachen zusammengesammelt und mich bei Jennifer bedankt hatte, eilte ich aus der Haustür. Ich traf ihn an seinem Auto, gegen das er mit verschränkten Armen lehnte.

»Li?«

»Ja?«

»Es tut mir leid, dass du das mitanhören musstest.«

Er seufzte tief. »Ist schon in Ordnung. Du hast mich ja vorgewarnt, dass es schwierig wird. Aber ich habe eine Frage.«

»Nur zu.«

Er drehte sich zu mir und sah mir tief in die Augen. »Bist du immer noch in ihn verliebt?«

»Ich ... denke schon.«

Er sank sichtlich in sich zusammen.

»Aber Li, das spielt keine Rolle. Er ist fort. Er lebt auf einem anderen Kontinent. Hätte er mit mir zusammen sein wollen, hätte er es tun können, hat er aber nicht. Er ist nicht hier. Um ehrlich zu sein, er hat nicht mal angerufen. Ich brauche einfach … Zeit. Ein bisschen mehr Zeit …, um diese Gefühle abzuschütteln. Und das will ich wirklich.« Ich streckte den Arm aus und nahm seine Hand. »Ich weiß, es ist dir gegenüber nicht fair. Du verdienst es, mit jemandem auszugehen, der nicht diese Art von Ballast mit sich herumträgt.«

»Kelsey, jeder trägt Ballast mit sich herum.« Er trat gegen den Reifen seines Wagens. »Ich mag dich, und ich möchte, dass du mich auch magst. Vielleicht klappt es ja, wenn wir es langsam angehen. Wenn wir zuerst eine Weile befreundet sind.«

»Reicht dir das denn?«

»Mir bleibt keine andere Wahl, außer dich nicht mehr zu sehen, und das kommt für mich nicht infrage.«

»Okay, dann gehen wir's langsam an.«

Li lächelte und beugte sich vor, um mir einen Kuss auf die Wange zu geben. »Du bist es wert, dass man auf dich wartet, Kelsey. Und nur fürs Protokoll, der Kerl ist verrückt, wenn er dich einfach gehen lässt.«

Obwohl ich stapelweise Bücher ausgeliehen und unzählige Stunden im Internet verbracht hatte, hatte ich noch keine brauchbaren Ergebnisse über die Prüfung der Vier Häuser gefunden. Ich hoffte, die geflügelten Geschöpfe in diesem Teil der Suche würden sich als harmlose Schmetterlinge herausstellen, aber irgendwie bezweifelte ich das. *Zumindest haben wir jetzt eine Ahnung, wie das Element Luft ins Bild passt*, dachte ich.

Mit dem Kopf tief in die Bücher vergraben, ging Thanksgiving nahtlos in die Vorweihnachtszeit über. Hell erleuchtete Weihnachtsdekorationen blinkten überall in der Nachbarschaft und den Schaufenstern. Ich hatte weiterhin Dates mit Li und Jason, und Mitte Dezember nahm mich Li auf die Hochzeit seines Cousins mit.

Während der vergangenen zwei Wochen hatte ich mir immer wieder eingeredet, dass ich eine Beziehung mit Li wirklich wollte, dass es in Ordnung wäre, wenn ich ihm mein Herz schenkte. Er sah umwerfend aus in seinem dunklen Anzug, als er mich abholen kam, und mein Herz hüpfte bei seinem Anblick. Vielleicht nicht aus Liebe, aber zumindest aus tiefer Freude, mit ihm zusammen zu sein.

»Wow, Kelsey. Du siehst toll aus!«

Ich hatte meinem verbotenen Wandschrank einen Besuch abgestattet und war mit einem pfirsichfarbenen Prinzessinnenkleid aus Satin und Organza wieder aufgetaucht. In das Oberteil war ein Korsett eingearbeitet, das in einen pfirsichfarbenen, bis zu den Knöcheln reichenden Blumenrock überging.

Die Hochzeit fand in einem Country Club statt. Als die Zeremonie vorbei war, tauchten Löwentänzer und Musiker auf, und wir folgten der Parade zum Hochzeitsempfang. Einer der Musiker spielte auf einer Mandoline, die der Gitarre ähnelte, die an der Wand von Mr. Kadams Musikzimmer hing.

Rote Papierschirmchen, goldene chinesische Fächer und kunstvolle Origami-Werke schmückten den Speisesaal, was – wie mir Li erklärte – bei chinesischen Hochzeiten Tradition war. Die Braut trug ein rotes Kleid, und anstatt aufwendig verpackter Geschenke übergaben die Gäste dem Paar rote Umschläge mit Geld.

Li zeigte auf eine Gruppe junger Männer, die alle schwarze Anzüge und Sonnenbrillen trugen. Überrascht riss ich die Augen auf und musste ein Kichern unterdrücken, als ich in ihnen die Mitglieder unseres Spieleabends erkannte. Sie grinsten und winkten mir zu. Einem von ihnen war mit Handschellen eine prall gefüllte Brieftasche ans Handgelenk gekettet worden.

»Warum sind sie so angezogen?«, fragte ich. »Und was hat es mit dem Geldbeutel auf sich?«

Er lachte. »Eintausend Dollar in druckfrischen Ein-Dollar-Scheinen. Später werden sie dem Bräutigam die Handschellen anlegen. Es ist ein Witz. Mein Cousin war früher auch in unserer Spielegruppe, bis er in seinem Job zu viel zu tun hatte. Er ist der Erste von uns, der heiratet, weshalb er die Brieftasche bekommt.«

Schließlich rückten wir in der endlos langen Empfangsreihe vor, und Li stellte mich seinem Cousin und dessen Angetrauter vor. Sie war zierlich und sehr schön und wirkte etwas schüchtern. Dann suchten wir unsere Plätze an den Esstischen, wo sich schon bald Lis Freunde zu uns gesellten. Sie neckten ihn, weil er seine Sonnenbrille nicht trug.

Im Kerzenschein vollzogen die Braut und der Bräutigam eine Zeremonie, um ihrer Ahnen zu gedenken, und anschließend wurde das Abendessen serviert: Fisch als Symbol für den Wohlstand, einen ganzen Hummer als Symbol für Vollständigkeit, Pekingente für Glück und Freude, Haifischflossensuppe für Reichtum, Nudeln für ein langes Leben und Seegurkensalat für eine harmonische Ehe. Li wollte mich überreden, von den süßen Lotussamenbrötchen zu probieren, die Fruchtbarkeit symbolisierten.

»Äh ... nein danke«, sagte ich zögerlich, »ich glaube, ich passe.«

Nach guten Wünschen von beiden Seiten der Familie tanzte das Paar den ersten Tanz.

Li drückte meine Hand und stand auf. »Kelsey, darf ich bitten?«

»Sicher.«

Er wirbelte mich einmal um die Tanzfläche, bevor seine Freunde ihn ablösten. Mehr als ein Lied schaffte ich nie mit Li. Eine Handvoll Tänze später wurde eine dreistöckige Torte hereingetragen. Das Innere war orange, außen war sie mit einer nach Mandeln duftenden Glasur überzogen und mit schimmernden Zuckerperlen und wunderschönen Marzipanorchideen verziert.

Als Li mich an diesem Abend zu Hause absetzte, war ich glücklich. Ich hatte es wirklich genossen, ein Teil dieser Welt zu sein. Ich umarmte ihn und gab ihm einen Gutenachtkuss auf die Wange, und er lächelte, als hätte er den Weltmeistertitel in *Wushu* gewonnen.

Weihnachten verbrachte ich bei meiner Pflegefamilie. An einer heißen Schokolade nippend, sah ich den Kids beim Aufreißen ihrer Geschenke zu. Sarah und Mike hatten mir einen Jogginganzug geschenkt. Sie gaben die Hoffnung nicht auf, mir das wahre Glück des Laufens schmackhaft zu machen. Die Kids hatten Handschuhe und einen Schal für mich besorgt, was ich, wie ich ihnen versicherte, dringend brauchte. Ich hatte geplant, den Morgen bei ihnen zu verbringen und dann den Rest des Tages mit Li, der mich um zwei für ein Nachmittagsdate abholen würde.

Mein Geschenk für ihn, eine Kung-Fu-DVD-Box, lag im Wohnzimmer auf meinem Couchtisch. Ich war fest entschlossen, ihn zu küssen, falls er bis zum Ende des Dates nicht selbst die Initiative ergriff. Ich hatte sogar einen Mistelzweig über meine Tür gehängt. Ein irratonaler Teil von mir sagte, dass ein Kuss mit ihm womöglich der Schlüssel war, um das Band zu zerschneiden, das mich immer noch an den Mann kettete, den ich verlassen hatte. Ich wusste, dass es dazu wahrscheinlich mehr bedurfte, aber es war der erste Schritt.

Die Kids spielten mit ihren neuen Spielsachen, Sarah und Mike saßen beim Weihnachtsbaum, hörten Weihnachtslieder und unterhielten sich leise, als es an der Tür läutete.

»Erwartest du jemanden, Sarah?«, fragte ich und stand auf. »Vielleicht ist es ein Paket von Mr. Kadam. Er meinte, ich könnte mich auf eine Überraschung freuen.«

Ich öffnete die Tür.

Auf der obersten Treppenstufe stand der schönste Mann der Welt. Mein Herz setzte aus und galoppierte dann donnernd in meiner Brust. Kobaltblaue Augen erforschten verunsichert jeden Winkel meines Gesichts. Mit einem Schlag waren seine Sorgenfalten und sein angespannter Ausdruck wie weggewischt, und er machte einen tiefen Atemzug wie ein Mensch, der zu lange unter Wasser gewesen war.

Zufrieden lächelte er sein sanftes, süßes Lächeln und streckte zögerlich die Hand aus, um meine Wange zu berühren. Ich spürte, wie sich das Band zwischen uns fest um mein Herz legte und mich wie ein Magnet zu ihm zog. Zaghaft legte er die Arme um mich und drückte seine Stirn an meine, bevor er mich ungestüm an seinen Körper presste. Er wiegte mich sanft vor und zurück und streichelte mir übers Haar. Mit einem Seufzen flüsterte er ein einziges Wort: »*Kelsey.*«

5
Rückkehr

Bei Rens Berührung waren alle Gefühle, die ich so verzweifelt zurückgedrängt hatte, jäh durch meinen Körper pulsiert und hatten meine Leere gefüllt. Wie dem Grinch war mir mein Herz zwei Nummern zu klein.

Ich spürte, wie ich vor neuer Energie sprühte und wuchs. Ren war die Sonne, und die Zärtlichkeit, die er mir angedeihen ließ, war lebensspendendes Wasser. Ein abgestorbener Teil von mir erwachte zu neuem Leben, streckte lange, wurzelgleiche Finger aus, entrollte dicke grüne Blätter und ließ krause Ranken herausschießen, die uns aneinanderketteten.

Sarah rief mich aus der Küche, was mir schlagartig ins Gedächtnis brachte, dass es eine Welt außerhalb von uns beiden gab. »Kelsey? Kelsey? Wer ist es?«

Zurück in der Realität wich ich einen Schritt zurück. Er ließ mich gehen, strich jedoch mit der Hand an meinem Arm herab und verschränkte seine Finger mit meinen. Ich war sprachlos. Mein Mund öffnete sich für eine Antwort, aber ich brachte kein einziges Wort heraus.

Ren spürte meine Not und kündigte unser Kommen an. »Verzeihung, Mr. und Mrs. Neilson?«

Mike und Sarah erstarrten mitten in der Bewegung, als

sie ihn sahen. Ren lächelte auf seine umwerfende Art und streckte ihnen die Hand entgegen.

»Hallo. Ich bin Mr. Kadams Enkel, Ren.«

Er schüttelte erst Mike herzlich die Hand und dann Sarah. Als Ren ihr zulächelte, errötete sie, nervös wie ein Schulmädchen. Ich war erleichtert, dass ich nicht die einzige Frau war, die in seiner Gegenwart völlig den Verstand verlor. Er schien diese Wirkung auf Frauen jeglichen Alters zu haben.

»Huch, Ren«, sagte Mike. »Das ist ja ein Zufall. Kelsey, hieß nicht dieser Tiger …«

»Äh, ja. Lustig, nicht wahr?« Ich sah zu Ren hoch und bohrte ihm den Daumen in die Hand.

»*Ren* ist eigentlich nur sein Spitzname. Sein richtiger Name ist … Al.« Ich stieß ihm leicht gegen den Arm. »Nicht wahr, Al?«

Seine Augenbrauen zogen sich vor amüsierter Verwunderung zusammen. »Genau, Kelsey.« Er wandte sich wieder an Mike und Sarah. »Eigentlich lautet er Alagan, aber Sie können mich Ren nennen. Das tut jeder.«

Sarah hatte ihre Fassung wiedergewonnen. »Na schön, Ren. Kommen Sie bitte herein.«

Er warf ihr erneut ein betörendes Lächeln zu und sagte: »Liebend gerne.«

Sarah entfuhr ein leises Kichern, und sie strich sich verlegen mit der Hand durchs Haar. Ren bückte sich und hob mehrere Päckchen auf, die er neben der Tür abgestellt hatte, sodass ich die Gelegenheit nutzen konnte und geradewegs ins Wohnzimmer hastete.

Während Mike Ren behilflich war, kam Sarah zu mir und flüsterte: »*Kelsey*, wann habt ihr zwei euch kennengelernt? Für einen Moment habe ich gedacht, dass mir endlich Li vorgestellt wird. Was ist los?«

Ich starrte zum Weihnachtsbaum und murmelte: »Das würde ich auch gerne wissen.«

Die Männer betraten das Wohnzimmer, wo Ren seinen anthrazitgrauen Fischgrät-Mantel auszog und ihn über einen Stuhl hängte. Er trug ein langärmeliges graues Poloshirt, das sich eng an seine Brust und seine Arme schmiegte.

»Wer ist Li?«, fragte Ren.

Mir fiel die Kinnlade herunter. »Wie hast du ...« Ich klappte rasch den Mund zu. Für einen Moment hatte ich sein außerordentlich gutes Tigergehör vergessen. »Li ist ... äh ... ein Junge ..., den ich kenne.«

Sarah hob die Augenbrauen, sagte jedoch kein Wort.

Ren beobachtete mich eindringlich, wartete höflich ab, bis ich mich gesetzt hatte und ließ sich dann neben mir auf dem Sofa nieder. Sobald er saß, stürzten sich die Kids auf ihn.

»Ich habe ein Geschenk für euch zwei«, sagte er verschwörerisch zu Rebecca und Sammy. »Könnt ihr es gemeinsam aufmachen?«

Die Kids nickten mit ernster Miene, und er schob ihnen lachend eine große Schachtel zu. Sie rissen sie hektisch auf und zogen eine Gesamtausgabe der Bücher von Dr. Seuss heraus. Auf den ersten Blick kamen mir die Bücher irgendwie sonderbar vor, dann nahm ich eines in die Hand, und es fiel mir wie Schuppen von den Augen.

»Du hast Erstausgaben gekauft!«, raunte ich ihm zu. »*Für Kinder?* Jedes *einzelne* kostet wahrscheinlich mehrere Tausend Dollar!«

Er strich mir eine Haarsträhne hinters Ohr und beugte sich zu mir. »Ich habe dir genau dieselbe Werkausgabe besorgt. Kein Grund zur Eifersucht.«

Mein Gesicht lief knallrot an. »Das habe ich nicht gemeint.«

Er lachte und hob das nächste Geschenk auf. Mike warf immer wieder verstohlene Blicke aus dem Fenster auf Rens Wagen.

»Ren, wie ich sehe, fahren Sie einen Hummer.«

Ren sah zu Mike. »Ja.«

»Denken Sie, Sie könnten mich irgendwann auf eine Spritztour mitnehmen? Ich wollte schon immer mal in einem Hummer fahren.«

Ren rieb sich das Kinn. »Sicher, aber heute leider nicht. Ich muss mich erst noch in meinem neuen Zuhause einrichten.«

»Oh … Sie wollen eine Weile bleiben?«

»Das ist der Plan, zumindest für dieses Trimester. Ich habe mich für ein paar Kurse an der Western Oregon eingeschrieben.«

»Nun, das ist toll. Dann werden Sie mit Kelsey an derselben Uni studieren.«

Ren grinste. »Ja, das stimmt. Vielleicht werden wir uns dort hin und wieder zufällig über den Weg laufen.«

Mit einem breiten Grinsen im Gesicht wandte Mike seine Aufmerksamkeit wieder dem Auto zu. Ich versuchte, mir nichts anmerken zu lassen, aber innerlich brodelte ich vor Fragen.

Was denkt er sich dabei? Hierzubleiben? Wo? Mit mir zur Uni zu gehen? Was soll ich nur tun? Warum ist er hier?

Ren schob Sarah und Mike ein großes Geschenk zu. »Das ist für Sie beide.«

Mike half Sarah beim Auspacken, und sie zogen eine brandneue Küchenmaschine mit jedem nur erdenklichen Schnickschnack heraus. Es hätte mich nicht überrascht, hätte man mit dem Teil Eisskulpturen schnitzen können. Sarah begann aufgeregt darüber zu reden, welche weizenfreien Backkreationen sie von nun an zaubern könnte.

Ren nahm ein kleineres Paket und reichte es mir. »Das ist von Mr. Kadam.«

Ich öffnete es und fand eine ledergebundene Ausgabe von *Mahābhārata* aus Indien, *Die Geschichte der Drei Reiche* aus China und *Genji Monogatari* aus Japan vor, alle in englischer Übersetzung. Außerdem war ein kurzer Brief mit Weihnachtswünschen beigelegt. Ich strich mit der Hand über die Ledereinbände und machte mir eine Notiz im Geiste, ihn später anzurufen, um ihm zu danken.

Ren überreichte mir ein weiteres Geschenk. »Das hier ist von Kishan.«

Sarah schaute von ihrem Mixer auf und fragte: »Wer ist Kishan?«

Ren erwiderte: »Kishan ist mein jüngerer Bruder.«

Sarah bedachte mich mit einem mütterlichen Blick der Verzweiflung, woraufhin ich nur betreten mit den Schultern zuckte. Ich hatte Ren und Kishan mit keiner Silbe erwähnt, und sie wunderte sich wahrscheinlich, wie ich jemanden wie Ren hatte vergessen können.

Ich öffnete die Schachtel, die eine kleine Schmuckschatulle von Tiffany enthielt, darin eine dünne Kette aus Weißgold. Die Karte war in sorgfältiger Handschrift verfasst:

Ci Kells,

Ich vermisse dich.

Komm bald zurück.

Ich dachte, zu meinem Amulett würde etwas Feminines passen.

In der Schachtel befindet sich noch ein weiteres Geschenk, nur für den Fall, dass du es brauchen solltest.

Kishan

Ich legte die Halskette beiseite und wühlte in der Schachtel. Ein kleiner Gegenstand war in ein Taschentuch gewickelt. Als ich es aufrollte, fiel mir eine kalte, metallene Dose in die Hand. Ein Pfefferspray. Darauf hatte Kishan das Bild eines Tigers geklebt, dessen Kopf ein durchgestrichener roter Kreis zierte. »Anti-Tiger-Spray« stand in großen schwarzen Buchstaben darüber.

Ich kicherte, und Ren nahm mir das Geschenk aus der Hand. Nachdem er das Etikett gelesen hatte, runzelte er die Stirn und warf die Dose zurück in die Schachtel. Dann bückte er sich und hob ein weiteres Päckchen hoch.

»Das ist von mir.«

Bei seinen Worten wurde ich schlagartig ernst. Ich blickte rasch auf, um in Mike und Sarahs Gesichtern zu lesen. Mike schien meine Anspannung völlig zu entgehen, Sarah hingegen war feinfühliger und beobachtete mich eindringlich. Ich schloss für einen Moment die Augen und flehte, dass, egal was in der Schachtel war, es keine Million Fragen nach sich ziehen würde.

Ich glitt mit den Fingern unter das schwere Geschenkpapier und riss es auf. Als ich die Hand in die Schachtel steckte, ertastete ich glattes, poliertes Holz. Die Kids halfen mir, den Karton herauszuziehen. Im Innern befand sich eine handgeschnitzte Schmuckschatulle.

Ren beugte sich zu mir. »Öffne sie.«

Nervös strich ich mit der Hand über den Deckel und öffnete ihn. Das Innere bestand aus mehreren winzigen Fächern, die mit weichem Samt ausgeschlagen waren und in denen sich mehrere Haarbänder befanden.

»Hier sind auch Schubladen.« Er öffnete die oberste und dann die nächste. Insgesamt gab es fünf Schubladen, in denen jeweils ungefähr vierzig Haargummis aufgereiht lagen.

»Kein Haargummi gleicht dem anderen. Jede Farbe ist anders, und sie stammen alle aus unterschiedlichen Ländern.«

Fassungslos sagte ich: »*Ren* ... Ich ...«

Ich blickte auf. Mike schien nichts Außergewöhnliches an dem Geschenk zu finden. Wahrscheinlich glaubte er, dass so etwas jeden Tag verschenkt wurde. Sarah betrachtete Ren mit neuen Augen. Ihr misstrauischer, besorgter Gesichtsausdruck war verschwunden. Mit einem wohlwollenden Lächeln sagte sie: »Nun, Ren, wie es scheint, kennen Sie Kelsey ziemlich gut. Sie liebt ihre Haargummis heiß und innig.« Unvermittelt räusperte sich Sarah, erhob sich, zog Mike hoch und bat uns, auf die Kids aufzupassen, weil sie kurz laufen gehen wollten. Sie brachten uns zwei Becher mit dampfender, heißer Schokolade und verschwanden nach oben, um sich ihre Joggingklamotten anzuziehen. Obwohl sie normalerweise jeden Tag trainierten, machten sie an Weihnachten immer eine Ausnahme. *Will sie mir und Ren etwas Zeit für uns allein geben?* Ich war nicht sicher, ob ich sie umarmen sollte oder anflehen zu bleiben.

Die Schatulle lag immer noch in meinem Schoß, und ich spielte geistesabwesend mit einem Haarband, als sie winkend an uns vorbeijoggten.

Ren berührte meine Hand. »Sie gefällt dir nicht?«

Ich blickte in seine blauen Augen und sagte heiser: »Es ist das schönste Geschenk, das ich *je* bekommen habe.«

Ein strahlendes Lächeln schlich sich auf seine Gesichtszüge, er nahm meine Hand und drückte einen sanften Kuss auf meine Finger. Dann drehte er sich zu den Kindern um und fragte: »Wer möchte eine Geschichte hören?«

Rebecca und Sammy suchten ein Buch aus und kletterten auf Rens Schoß. Er legte je einen Arm um ihre Schultern und las mit lebhafter Stimme vor: »Jack. Jack. Jetzt kommt Jack. Magst du Grünes Ei mit Speck?«

Er stolperte über kein einziges Wort und wieder einmal war ich davon beeindruckt, wie gut er Englisch sprach.

Ren überredete Sammy, dass er das Buch für ihn hielt, und zog mich mit seinem freien Arm näher an sich, sodass nun mein Kopf an seiner Schulter lehnte. Dann streichelte er mir liebevoll über den Arm.

Als Mike und Sarah zurückkamen, schoss ich vom Sofa hoch und sammelte meine Sachen ein wie eine Frau, die aus einem brennenden Haus flüchtet. Nervös blickte ich zu Ren, der mich mit leicht amüsierten Augen unverwandt beobachtete. Mike und Sarah dankten uns und halfen mir, meine Geschenke ins Auto zu laden. Ren verabschiedete sich ebenfalls und wartete draußen auf mich.

Sarahs Blick bedeutete ganz offensichtlich, dass sie in naher Zukunft eine Erklärung erwartete. Dann schloss sie die Haustür und überließ uns dem kalten Dezemberwetter. Wir waren endlich allein.

Ren schlüpfte aus einem Handschuh und fuhr mein Gesicht mit seinen warmen Fingerspitzen nach.

»Fahr nach Hause, Kells. Stell mir jetzt keine Fragen. Das ist nicht der richtige Ort. Später haben wir genügend Zeit.«

»Aber ...«

»Später, *Rajkumari*.« Er zog sich seinen Handschuh wieder an und ging zu seinem Hummer.

Wann hatte er Autofahren gelernt? Ich wendete den Wagen und beobachtete den Hummer im Rückspiegel, bis ich in eine Seitenstraße bog und er außer Sicht war.

Unzählige Fragen hämmerten auf meinen Verstand ein, und ich ging die Liste auf dem Weg den Hügel hinauf durch. Die Straße war ein wenig vereist. Ich schob die bohrenden Fragen beiseite und konzentrierte mich aufs Fahren.

Als ich die letzte Kurve genommen hatte und mein Haus sah, spürte ich augenblicklich, dass etwas anders war. Es kostete mich einen Moment, um den Grund auszumachen: An den Fenstern der anderen Haushälfte waren Vorhänge angebracht. Jemand war eingezogen.

Ich parkte den Wagen in der Garage und ging zur Nachbartür. Ich klopfte, doch niemand antwortete. Als ich den Knauf drehte, war die Tür unverschlossen. Diese Hälfte war ähnlich eingerichtet wie meine, allerdings in dunkleren, männlicheren Farben. Mein Blick fiel auf die alte Mandoline, die auf der Ledercouch lag, und die an mir nagende Vermutung wurde bestätigt. Ren war eingezogen.

Ich durchschritt die Küche, fand die Vorratskammer und den Kühlschrank leer vor und sah, dass die unter Hälfte der Hintertür mit einer riesigen Katzenklappe ausgestattet war.

Hmm ... da haben Einbrecher aber leichtes Spiel. Sie müssen nur hereinkriechen. Auch wenn dann wohl eine Überraschung auf sie wartet ...

Ich hastete zurück in mein Haus und schloss die Tür hinter mir, ohne mir die Mühe gemacht zu haben, mich drüben im ersten Stock umzusehen oder im Wandschrank nach Designerklamotten zu suchen, die sicherlich dort hingen. Ren war mein neuer Nachbar, davon war ich überzeugt.

Und genau in dem Moment, als ich aus meinen Schuhen und meinem Mantel schlüpfte, hörte ich ein Geräusch die Auffahrt heraufkommen, das nur von einem Hummer stammen konnte. Ich beobachtete Ren vom Fenster aus. Er war ein guter Fahrer. Mühelos gelang es ihm, das riesige Ungetüm zwischen den herabhängenden Zweigen hindurchzumanövrieren, die ihm ansonsten womöglich den Lack zerkratzt hätten. Er parkte den Wagen in der anderen Garage, und ich hörte das Knirschen seiner Stiefel auf dem gefrorenen Weg zu meiner Haustür.

Ich hatte nicht abgesperrt, ging ins Wohnzimmer und setzte mich mit verschränkten Armen, die Beine untergeschlagen, in meinen Lehnstuhl. Ich wusste, dass dies als klassische Abwehrhaltung gedeutet werden könnte, aber es kümmerte mich nicht.

Er schloss die Tür hinter sich, zog seinen Mantel aus und hängte ihn in den Garderobenschrank, bevor er um die Ecke ins Wohnzimmer gebogen kam. Für den Bruchteil einer Sekunde suchte er in meinem Gesicht, strich sich mit der Hand durchs Haar und ließ sich dann mir gegenüber nieder. Sein Haar war länger als damals in Indien. Seidenweiche schwarze Strähnen fielen ihm in die Stirn, und er schob sie nervös zur Seite. Er sah schwerer und muskulöser aus als in meiner Erinnerung. *Er isst besser als früher.*

Eine Weile starrten wir uns schweigend an.

Schließlich sagte ich: »Nun …, du bist also mein neuer Nachbar.«

»Ja.« Er seufzte hörbar. »Ich musste dich einfach wiedersehen.«

»Dafür hast du aber lange gebraucht.«

»Ich habe versucht, deine Wünsche zu respektieren. Ich wollte dir Zeit zum Nachdenken geben. Damit du dir klar wirst. Auf dein … Herz hörst.«

Ich hatte nicht mehr auf mein Herz gehört, seit ich neben Ren in Kishkindha aufgewacht war. Schon vor Monaten hatte ich mein Herz verschlossen.

»Oh. Das heißt also, deine Gefühle haben sich nicht … geändert?«

»Meine *Gefühle* sind stärker als je zuvor.«

Seine blauen Augen erforschten mein Gesicht. Er schob sich das Haar aus den Augen und beugte sich vor. »Kelsey, jeder Tag, den du nicht bei mir warst, war eine einzige *Qual*. Deine Abwesenheit hat mich in den Wahnsinn getrieben. Hätte Mr. Kadam mich nicht jede Minute auf Trab gehalten, wäre ich dir noch in derselben Woche nachgeflogen. Jeden Tag habe ich seinen Unterricht geduldig über mich ergehen lassen, aber ich war nur sechs Stunden Mensch. Als Tiger habe ich einen Pfad in meinen Schlafzimmerteppich getreten von all dem stundenlangen Im-Kreis-Laufen. Kadam hätte sich beinahe ein Betäubungsgewehr geschnappt. Ich konnte mich einfach nicht beruhigen. Ich war rastlos, ein wildes Tier ohne ... sein Weibchen.«

Ich rutschte nervös auf meinem Stuhl hin und her.

»Ich habe Kishan angefleht, ich müsste trainieren, um meine Kampfkunst wiederzuerlangen. Wir haben ununterbrochen gekämpft, sowohl in Menschen- als auch in Tigergestalt. Wir haben mit Waffen, Klauen, Zähnen und bloßen Händen trainiert. Ohne das Kämpfen mit ihm wäre ich wahrscheinlich durchgedreht. Ich bin jeden Abend blutig, todmüde und erschöpft auf meinen Teppich gefallen. Und trotzdem habe ich ... dich immer noch gespürt.

Du warst auf der anderen Seite der Welt, aber ich bin mit deinem Geruch aufgewacht. Ich habe mich nach dir verzehrt, Kells. Egal, wie sehr mich Kishan in die Mangel genommen hat, es konnte den Schmerz über deinen Verlust nicht überdecken. Ich habe von dir geträumt und den Arm nach dir ausgestreckt, konnte dich aber nie berühren. Kadam hat mir ständig weismachen wollen, dass es so am besten wäre und ich unzählige Dinge lernen müsste, bevor ich nach Oregon fahre. Vermutlich hatte er recht, doch ich wollte es nicht hören.«

»Aber wenn du bei mir sein wolltest ... Warum hast du dann nicht angerufen?«

»Das *wollte* ich. Es war grauenvoll, jede Woche deine Stimme zu hören, wenn du Mr. Kadam angerufen hast. Ich habe immer in der Nähe gewartet, in der vergeblichen Hoffnung, dass du mit mir sprechen willst, was jedoch nie eintrat. Ich wollte dich nicht bedrängen. Ich wollte deine Wünsche respektieren. Ich wollte, dass es *deine* Entscheidung bleibt.«

Welche Ironie des Schicksals! So viele Male hatte ich nach ihm fragen wollen, mich aber nicht getraut.

»Du hast unsere Gespräche belauscht?«

»Ja. Ich habe ein vorzügliches Gehör.«

»Aber was ... hat sich verändert? Warum bist du jetzt gekommen?«

Ren lachte höhnisch. »Im Grunde ist es Kishans Werk. Eines Tages während unseres Trainings ist er um mich herumgegangen und hat mich von oben bis unten gemustert. Ich habe dort gestanden und gewartet, dass er den Kampf wieder aufnimmt. Dann hat er mit der Faust ausgeholt und mir, so fest er konnte, einen Kinnhaken versetzt.

Ich habe einfach dort gestanden und es über mich ergehen lassen, habe mich nicht verteidigt. Als Nächstes hat er mir, so fest er konnte, in den Magen geboxt. Ich taumelte, fing mich und stellte mich wieder vor ihm auf, vollkommen gleichgültig. Verärgert hat er mich angeschrien.«

»Was hat er gesagt?«

»Viele Dinge, die ich größtenteils lieber nicht wiederholen möchte. Die Quintessenz war, dass ich mich endlich zusammenreißen müsste. Denn wenn ich so unglücklich war ... Warum tat ich dann nichts dagegen?«

»Oh.«

»Er hat mich verspottet, mir gesagt, dass der mächtige Prinz des Mujulaainischen Königreichs und Höchste Protektor des Volkes, der Held der Schlacht der Hundert Pferde, der stolze Thronfolger, von einem jungen Mädchen zu Fall gebracht worden sei. Er meinte, es gäbe nichts Erbärmlicheres als einen sich selbst bemitleidenden Tiger, der seine Wunden leckt.

Als er mir schließlich vorwarf, dass unsere Eltern sich für mich schämen würden, war das der Moment, an dem ich eine Entscheidung traf.«

»Die Entscheidung, hierherzukommen.«

»Ja. Ich musste in deiner Nähe sein. Selbst wenn alles, was du wolltest, nur Freundschaft wäre, wäre ich damit glücklicher als ohne dich in Indien.«

Ren stand auf, kniete sich vor mich und nahm meine Hand. »Ich traf den Entschluss, mich dir vor die Füße zu werfen und dich anzuflehen, Erbarmen mit mir zu haben. Ich werde akzeptieren, was auch immer du entscheidest. Aber schick mich nur nicht wieder fort. Denn ... ohne dich kann ich nicht leben.«

Wie sollte ich da standhaft bleiben? Rens Worte überwanden den mickrigen Wall um mein Herz. Eigentlich hatte ich einen mächtigen Stacheldrahtzaun erbauen wollen, aber die Drahtspitzen waren weich wie Marshmallows, und er schlüpfte mühelos durch meinen Schutzschild. Ren drückte seine Stirn in meine Handflächen, und mein butterweiches Herz schmolz dahin.

Ich schlang ihm die Arme um den Hals, zog ihn an mich und flüsterte ihm ins Ohr: »Ein indischer Prinz sollte niemals auf die Knie fallen und um etwas bitten müssen. Also schön. Du kannst bleiben.«

Er seufzte und umarmte mich fester.

Ich grinste. »Ich will doch nicht, dass PETA mich wegen der Misshandlung eines Tigers verklagt.«

Er lachte leise. »Warte genau hier«, sagte er und ging durch die Tür, die unsere beiden Häuser verband. Zurück kam er mit einem Geschenk, das mit einer roten Schleife verpackt war.

Die Schachtel war lang, dünn und schwarz. Ich öffnete sie, und ein Armband kam zum Vorschein. An dem filigranen Kettchen hing ein ovales Medaillon aus Weißgold. Darin befanden sich zwei Bilder: Ren, der Prinz, und Ren, der Tiger.

Ich lächelte. »Du wusstest, dass ich mich auch an den Tiger erinnern möchte.«

Seufzend legte mir Ren das Armband ums Handgelenk. »Ja, obwohl ich etwas eifersüchtig auf ihn bin. Er darf so viel mehr Zeit mit dir verbringen als ich.«

»Hm. Nicht mehr so viel wie früher. Ich vermisse ihn.«

Er verzog das Gesicht. »Glaub mir, in den kommenden Wochen wirst du noch sehr viel von ihm zu sehen bekommen.«

Seine warmen Finger strichen über meinen Arm, und mein Puls hämmerte. Er hob meinen Arm auf Augenhöhe, inspizierte den Anhänger und drückte mir einen Kuss auf die Innenseite des Handgelenks. In Rens Augen funkelte der Schalk. »Gefällt es dir?«

»Ja. Vielen Dank. Aber …« Ich biss mir auf die Lippe. »Ich habe nichts für dich.«

Er zog mich an sich und schlang mir die Arme um die Taille. »Du hast mir das beste Geschenk der Welt gemacht. Du hast mir den heutigen Tag geschenkt.«

Ich lachte. »Nur das mit dem Einpacken hat nicht so gut geklappt.«

»Hm, du hast recht. Das sollten wir nachholen.«

Ren schnappte sich von der Sessellehne die Steppdecke meiner Großmutter und wickelte mich wie eine Mumie ein. Ich trat kreischend um mich, als er mich hochhob und auf seinen Schoß setzte.

»Lass uns gemeinsam etwas lesen, Kells. Ich hätte Lust auf ein weiteres Shakespeare-Drama. Ich habe versucht, alleine eines zu lesen, aber ich hatte Schwierigkeiten, die Wörter korrekt auszusprechen.«

Geräuschvoll räusperte ich mich aus meinem Kokon heraus. »Wie du sehen kannst, *lieber Entführer*, sind meine Arme gebunden.«

Ren beugte sich herab, um mein Ohr zu liebkosen, da erstarrte er jäh. »Jemand ist hier.«

Es klingelte an der Tür. Ren sprang auf, stellte mich auf die Füße und wirbelte mich aus der Decke, bevor ich auch nur blinzeln konnte. Einen verwirrten Moment lang war mir schwindelig. Dann schoss mir die Schamesröte ins Gesicht.

»Was ist mit deinem Tigergehör los?«, fauchte ich ihn an.

Er grinste. »Ich war abgelenkt, Kells. Das kannst du mir schlecht vorwerfen. Erwartest du jemanden?«

Wie ein Schlag traf es mich. »Li!«

»Li?«

Ich verzog das Gesicht. »Wir haben ein ... Date.«

Rens Augen verdunkelten sich, und er wiederholte leise: »Ein *Date?*«

»Ja ...«, sagte ich zögerlich.

Meine Gedanken überschlugen sich. *Ren ist zurück, aber was bedeutet das? Was soll ich jetzt nur tun?*

Es klingelte ein zweites Mal. Zumindest eines wusste ich: Ich konnte Li nicht einfach dort draußen stehen lassen.

Mit einer raschen Drehung sagte ich zu Ren: »Ich muss jetzt gehen. Bleib bitte hier. Im Kühlschrank gibt es genug, damit du dir ein Sandwich machen kannst. Ich komme später wieder. Hab bitte Geduld. Und *sei ... nicht ... sauer.*«

Ren verschränkte die Arme vor der Brust und sah mich mit schmalen Augen an. »Wenn das dein *Wunsch* ist, werde ich ihn dir erfüllen.«

Ich seufzte vor Erleichterung. »Vielen Dank. Ich komme sobald wie möglich zurück.«

Hastig schlüpfte ich in meine Schuhe und nahm die eingepackte DVD-Box, die ich für Li gekauft hatte. Schweigend half mir Ren in den Mantel und schlich dann in die Küche. Mit verschränkten Armen und hochgezogenen Augenbrauen lehnte er an der Arbeitsplatte. Ich warf ihm ein schwaches, flehentliches Lächeln zu und eilte zur Haustür.

Der Anflug eines schlechten Gewissens traf mich, weil ich ein Geschenk für Li und keines für Ren hatte, aber ich schob den Gedanken rasch beiseite und riss die Tür auf, als wäre nichts vorgefallen. »Hi, Li.«

»Frohe Weihnachten, Kelsey«, sagte Li, der nicht ahnte, dass mein Leben mit einem Schlag völlig auf den Kopf gestellt worden war.

Mein Date mit Li verlief nicht wie geplant. Eigentlich hatten wir erst einen Kung-Fu-Film anschauen und dann zu Grandma Zhi zum Weihnachtsessen gehen wollen. Ich war bedrückt, und meine Gedanken wanderten immer wieder zu Ren zurück. Es fiel mir schwer, mich auf Li zu konzentrieren – oder irgendetwas anderes.

»Was ist los, Kelsey? Du bist so still.«

»Li, würde es dir etwas ausmachen, wenn wir den Film ausfallen lassen und gleich zu deiner Großmutter fahren? Ich muss noch telefonieren, wenn ich nach Hause komme. Du weißt schon, ein paar Freunden frohe Weihnachten wünschen.«

Li ließ sich von seiner Enttäuschung kaum etwas anmerken und sagte fröhlich wie immer: »Ja, klar. Kein Problem.«

Es war keine richtige Lüge. Ich wollte Mr. Kadam später *wirklich* anrufen. Aber trotzdem fühlte ich mich schlecht, unsere Pläne im letzten Moment einfach geändert zu haben.

Bei Grandma Zhi steckten die Jungs bereits mitten in einem Spielemarathon, der bereits seit dem frühen Morgen andauerte. Ich gesellte mich zu ihnen, war aber unkonzentriert und traf ständig schlechte Entscheidungen – so schlechte, dass selbst meine Mitspieler keinen Hehl daraus machten.

»Was ist heute Abend nur los mit dir, Kelsey?«, fragte Wen. »Normalerweise lässt du mich mit einem solchen Zug nicht durchkommen.«

Ich lächelte ihn an. »Keine Ahnung. Vielleicht der Weihnachtsblues.«

Ich verlor haushoch, weshalb mich Li an der Hand nahm und mich ins Wohnzimmer führte, damit wir dort unsere Geschenke auspackten. Wir tauschten unsere Päckchen aus, rissen das Papier auf und brachen in schallendes Gelächter aus. Wir hatten einander genau das gleiche Geschenk gekauft. Es tat gut, lachend einen Teil der Anspannung abzuschütteln.

»Wie es scheint, mögen wir beide Kung-Fu-Filme«, kicherte Li.

»Es tut mir leid, Li. Ich hätte mir mehr Mühe geben müssen.«

Er lachte immer noch. »Das macht doch gar nichts. Es ist ein gutes Zeichen. Grandma Zhi würde sagen, dass es in der chinesischen Kultur Glück bedeutet. Es bedeutet, dass wir zusammenpassen.«

»Ja«, sagte ich nachdenklich. »Vielleicht.«

Nach dem Essen gingen wir zurück zu den Jungs, und ich spielte mechanisch weiter, während ich über Lis Worte nachdachte. Er hatte in vielerlei Hinsicht recht. Wir *passten* zusammen und waren wahrscheinlich viel eher füreinander bestimmt als Ren und ich. Wie Sarah und Mike waren dies hier normale Menschen, eine normale Familie. Und Ren war es ... nicht. Er war unsterblich und atemberaubend. Er war viel zu perfekt.

Es fiel mir nicht schwer, mir ein Leben mit Li auszumalen. Es wäre bequem und sicher. Er wäre Arzt und hätte eine Praxis in der Gegend. Wir würden zwei Kinder bekommen und die Ferien in Disneyland verbringen. Die Kids würden alle *Wushu* lernen und Fußball spielen. Die Feiertage würden wir bei seinen Großeltern verbringen und sonntags alle seine Freunde und ihre Frauen zum Barbecue zu uns einladen.

Sich ein Leben mit Ren vorzustellen, war schwieriger. Wir sahen nicht aus, als würden wir zusammengehören. Es war, als hätte man Ken mit der dicklichen Strawberry Shortcake verkuppelt. Dabei gehörte er doch zu Barbie. *Was würde Ren in Oregon tun? Würde er sich einen Job suchen? Was würde er in seinen Lebenslauf schreiben? Höchster Protektor und ehemals Prinz? Würden wir uns eine Jahreskarte für einen Themenpark mit wilden Tieren zulegen, damit er die Hauptattraktion am Wochenende wäre?* Nichts davon machte Sinn. Aber ich konnte meine Gefühle für Ren nicht verleugnen – nicht mehr.

Mir wurde schmerzlich bewusst, dass sich mein widerspenstiges Herz nach Ren verzehrte. Und egal wie sehr ich mir einzureden versuchte, dass ich mich in Li verlieben könnte, zog mich Ren wie ein Magnet zu sich. Ich mochte Li. Vielleicht könnte ich ihn eines Tages sogar lieben. Auf gar keinen Fall wollte ich ihn verletzen. Es war einfach nicht fair.

Was soll ich nur tun?

Nachdem ich mich eine weitere Stunde beim Spielen blamiert hatte, fuhr mich Li nach Hause. Es war früh am Abend, als er in meine Auffahrt bog. Ich suchte in den Fenstern nach einem vertrauten Schatten, sah jedoch nichts. Das Haus war dunkel.

»Spielen mir meine Augen einen Streich, oder hängt dort oben ein Mistelzweig?«, fragte Li und nahm meinen Ellbogen, als er mich zur Tür begleitet hatte.

Ich blickte zu dem Mistelzweig und erinnerte mich an meinen Entschluss, Li heute Abend zu küssen. Das schien eine Ewigkeit her zu sein. Jetzt hatte sich alles verändert. *Oder nicht? Was ist mit Ren? Konnten wir wirklich nur Freunde sein? Sollte ich alles aufs Spiel setzen und es mit Ren riskieren? Oder die sichere Alternative mit Li wählen? Wie soll ich mich nur entscheiden?*

Ich schwieg lange, und Li wartete geduldig auf meine Antwort. Schließlich drehte ich mich zu ihm und sagte: »Ja. Das ist ein Mistelzweig.«

Ich legte ihm die Hand auf die Wange und küsste ihn sanft auf die Lippen. Es war nett. Nicht der leidenschaftliche Kuss, den ich geplant hatte, aber ihm schien es trotzdem zu gefallen. Lis Berührung war schön. Sicher. Aber nichts im Vergleich zu dem, was ich fühlte, wenn Ren mich berührte. Lis Kuss war ein Staubkorn im Universum, ein Tropfen Wasser neben einem tosenden Wasserfall.

Wie soll man mit dem Mittelmaß leben, wenn man etwas so Außergewöhnliches kennengelernt hat? Wahrscheinlich tut man es einfach und lernt, die kostbaren Erinnerungen zu bewahren.

Ich drehte den Schlüssel im Schloss und drückte die Tür auf.

»Gute Nacht, Kelsey. Bis Montag!«, rief Li glücklich.

Ich sah ihm nach, bis er weggefahren war, und trat dann ins Haus, um mich dem indischen Prinzen zu stellen, der dort auf mich wartete.

6
Entscheidungen

Ich schloss die Tür hinter mir, gewöhnte meine Augen langsam an die Dunkelheit. Ich fragte mich, ob Ren nebenan wäre und ich die Sache zwischen uns noch heute Abend klären sollte.

Ich ging ins Wohnzimmer und rang nach Luft, als ich die vertraute Gestalt meines blauäugigen Tigers sah, die auf dem Ledersofa ausgestreckt lag. Ren hob den Kopf und blickte bis tief in meine Seele.

Tränen schossen mir in die Augen. Mir war nicht bewusst gewesen, wie sehr ich diesen Teil von ihm vermisst hatte. Ich kniete mich vors Sofa, schlang ihm die Arme um den Hals, und heiße Krokodilstränen liefen an meinen Wangen herab und tropften in sein weiches weißes Fell. Ich tätschelte seinen Kopf und streichelte ihm den Rücken. Ren war hier. Er war endlich bei mir. Ich war nicht mehr allein. Mit einem Schlag verstand ich, dass er sich genauso gefühlt haben musste, all die Monate ohne mich.

Ich unterdrückte ein Schluchzen. »Ren, ich … habe dich *so* vermisst. Ich *wollte* mit dir reden. Du bist mein bester Freund. Ich wollte dir nur nicht deine Entscheidungsfreiheit nehmen. Verstehst du das?«

Ich schmiegte mich immer noch fest an ihn, als die Verwandlung einsetzte. Sein Körper änderte die Form, und im nächsten Moment lag ich in seinen Armen. Sein weißes T-Shirt war nass von meinen Tränen.

Er drückte mich an sich und sagte: »Ich habe dich auch vermisst, *Iadala*. Mehr als du dir vorstellen kannst. Und ich verstehe, warum du gehen musstest.«

»Wirklich?«, murmelte ich in sein T-Shirt.

»Ja. Aber ich will, dass du etwas verstehst, Kells. Du nimmst mir nicht meine Entscheidungsfreiheit. Du *bist* meine Entscheidung.«

Ich schniefte lautstark. »Aber Ren ...«

Er schob meinen Kopf zurück an seine Schulter. »Dieser Mann, Li. Du hast ihn geküsst?«

Ich nickte schweigend gegen seine Brust. Es hatte keinen Zweck zu leugnen.

»Liebst du ihn?«

»Uns verbinden Freundschaft und Respekt, und ich mag ihn sehr gerne, aber ich bin eindeutig nicht in ihn verliebt.«

»Warum hast du ihn dann geküsst?«

»Ich habe ihn geküsst ..., um zu vergleichen. Um zu erfahren, was ich wirklich für ihn empfinde.«

Ren hob mich hoch und setzte mich neben sich auf die Couch.

»Durch *Dates* lernt man also, ob man füreinander bestimmt ist?«

»Ja«, antwortete ich zögerlich.

»Hattest du schon andere Dates, oder war es das erste?«

»Du meinst mit Li?«

Er zog eine Augenbraue hoch. »Waren da noch andere?«

»Ja.« Ich runzelte die Stirn.

»Wie viele?«

»Insgesamt drei – Li, Jason und Artie. Falls man Artie überhaupt zählen kann. Ren, warum all die Fragen? Worauf willst du hinaus?«

»Ich bin nur neugierig, was die moderne Brautwerbung anbelangt. Was habt ihr bei diesen *Dates* gemacht?«

»Ich bin ein paarmal ins Kino gegangen, zum Essen, mit Li war ich bei einer Hochzeit, und mit Jason habe ich mir ein Footballspiel angesehen.«

»Hast du all diese Männer geküsst?«

»Nein! Ich habe nur Li geküsst, und das heute war das erste Mal.«

»Also ist Li dein Favorit«, sagte Ren leise zu sich selbst, bevor er sein Gesicht wieder mir zuwandte und meine Hände in seine nahm. »Kelsey, ich denke, du solltest diese Dates nicht aufgeben.«

Meine Kinnlade klappte herunter. »*Was?*«

»Das ist mein voller Ernst. Während du weg warst, habe ich über alles nachgedacht. Du hast gesagt, du wolltest mir meine Entscheidungsfreiheit nicht nehmen. Ich habe meine Entscheidung getroffen, du hingegen noch nicht.«

»Ren, das ist verrückt! Was redest du da nur?«

»Triff dich mit Li oder Jason oder wem auch immer, und ich verspreche, ich werde mich zurückhalten. Aber ich will eine faire Chance. Ich will, dass du auch mit *mir* ausgehst.«

»Ich denke, du verstehst nicht ganz, wie Dates funktionieren, Ren. Ich kann nicht mein restliches Leben mit drei oder vier Männern ausgehen. Der Sinn von dem Ganzen ist der, sich irgendwann ausschließlich mit einer einzigen Person zu treffen, mit der man sich wunderbar versteht.«

Er schüttelte den Kopf. »Man hat Dates, um die wahre *Liebe* zu finden, Kelsey.«

»Und was soll ich Li sagen?«, stotterte ich. »Übrigens, Ren ist zurück, und er fände, es wäre eine tolle Sache, wenn ich mit euch beiden ausgehe?«

Er zuckte mit den Schultern. »Wenn Li mit einem kleinen, ehrlichen Wettkampf nicht fertigwird, dann solltest du lieber gleich die Finger von ihm lassen.«

»Ich würde mir dann bei *Wushu* aber komisch vorkommen.«

»Warum?«

»Er ist mein Lehrer.«

Ren grinste. »Gut. Ich komme mit. Ich will ihn treffen und hätte nichts gegen etwas Sport einzuwenden.«

»Äh, Ren, es ist ein Anfängerkurs. Da gehörst du nicht hin, und ich will nicht, dass du gegen Li kämpfst. Es wäre mir lieber, wenn du nicht mitkommst.«

»Ich werde mich wie der perfekte Gentleman benehmen.« Er neigte den Kopf und maß mich mit seinen Blicken. »Oder bist du besorgt, dass er im Vergleich zu mir einfach keine Chance hat?«

»*Nein*«, erwiderte ich gereizt. »Ich mache mir mehr Sorgen, dass du ihn wie eine Fliege zerquetschst!«

»Das würde ich niemals tun, Kelsey. Selbst wenn ich es *wollte*, wäre es nicht der richtige Weg, um deine Zuneigung zu gewinnen. Selbst *ich* weiß das. Und, gehst du nun mit mir aus?«

»Ein Date mit dir wäre ... *schwierig*.«

»Warum ist es einfacher, mit anderen Männern auszugehen? Und die Erklärung von vorhin kannst du dir sparen. Die ist Schwachsinn.«

»Weil«, fuhr ich leise fort, »ich ohne diese anderen Männer überleben könnte, wenn es nicht funktioniert.«

Ren küsste meine Finger und sah mir eindringlich in die Augen. »*Iadala*, du wirst mich *nie* verlieren. Ich werde immer in deiner Nähe sein. Gib mir eine Chance, Kells. Bitte.«

Mit einem Seufzen blickte ich in sein wunderschönes Gesicht. »Okay. Wir versuchen es.«

»Vielen Dank.« Er lehnte sich äußerst zufrieden mit sich selbst ins Sofa zurück. »Behandle mich einfach wie all die anderen Typen.«

Sicher. Überhaupt kein Problem. Ich werde einfach den perfekten Mann, den schönsten Mann der Welt, der zufälligerweise auch noch ein uralter Prinz und mit einem Fluch belegt ist, so behandeln, als wäre er ein ganz normaler Durchschnittstyp. Kein Mädchen bei klarem Verstand könnte ihn anschauen – selbst ohne all das zu wissen, was ich weiß – und ihn für durchschnittlich halten.

Er beugte sich vor und küsste mich flüchtig auf die Wange. »Gute Nacht, *Rajkumari*. Ich rufe dich morgen an.«

Am nächsten Morgen schrillte das Telefon viel zu früh. Es war Ren, der mich zum Abendessen einlud, unserem ersten offiziellen Date.

Ich gähnte verschlafen. »Wohin willst du essen gehen?«

»Keine Ahnung. Was schlägst du vor?«

»Normalerweise hat der Mann ein Restaurant ausgesucht, bevor er anruft, aber bei dir drücke ich noch mal ein Auge zu, weil das alles neu für dich ist. Außerdem habe ich eine Idee, wohin wir gehen können. Zieh dir was Legeres an und hol mich halb sechs ab. Du kannst auch schon früher vorbeikommen und mich besuchen, wenn du willst.«

»Wir sehen uns halb sechs, Kells.«

Den restlichen Tag über hielt ich mich daheim auf und ließ die Verbindungstür nicht aus den Augen, doch Ren blieb stur auf seiner Seite. Ich backte sogar Schokoladenkekse, in der Hoffnung, der köstliche Duft könnte ihn schon früher zu mir locken, aber auch das führte nicht zum ersehnten Erfolg.

Um Punkt halb sechs klopfte er an meine Haustür, überreichte mir eine rosa Rose und bot mir den Arm. Er sah wahnsinnig gut aus, trug ein dunkelgrau gestreiftes, langärmeliges Hemd unter einer Designer-Daunenweste, wo ich ihm doch gesagt hatte, er solle sich leger kleiden.

Draußen öffnete er mir die Tür des Hummers. Warme Luft wehte aus dem Gebläse des Wagens, als Ren die Hände um meine Hüfte legte und mir in den Sitz half. Er überprüfte, ob der Gurt richtig saß, und fragte: »Wohin?«

»Ich zeige dir den ganzen Stolz des amerikanischen Nordwestens. Ich bringe dich zu Burgerville.«

Auf dem Weg erzählte mir Ren von all den Dingen, die er in den vergangenen Monaten erlernt hatte, einschließlich des Autofahrens. Außerdem gab er eine lustige Geschichte über Kishan zum Besten, der versehentlich mit dem Jeep im Brunnen gelandet war – woraufhin Mr. Kadam ihn nicht mehr in die Nähe des Rolls-Royce ließ.

»Kadam hat mich auf allen nur erdenklichen Gebieten unterrichtet«, fuhr Ren fort. »Ich habe Politik, Weltgeschichte, Finanzwesen und Wirtschaft studiert. Der Umstand, dass wir seit Jahrhunderten am Leben sind, plus Kadams kluge Investitionen haben sich ausgezahlt. Wir sind ziemlich reich.«

»Wie reich?«

»Reich genug, um ein eigenes kleines Land zu führen.«

Ich starrte ihn mit offenem Mund an.

Ren redete unbekümmert weiter: »Kadam hat überall auf der Welt Kontakte. Es sind unschätzbare Quellen, und du wärst überrascht, wie viele bedeutende Persönlichkeiten ihm einen Gefallen schulden.«

»Bedeutende Persönlichkeiten? Zum Beispiel?«

»Generäle, Vorstandsvorsitzende, Politiker aus allen wichtigen Ländern der Welt, Mitglieder der Königshäuser und sogar religiöse Führer. Er ist *sehr* gut vernetzt. Selbst wenn ich den ganzen Tag in Menschengestalt herumlaufen und jede freie Minute mit ihm verbringen würde, könnte ich nicht einmal die Hälfte des Wissens nachholen, das er sich im Laufe der Jahre angeeignet hat. Er war meinem Vater bereits ein brillanter Berater, aber jetzt grenzt er an ein Wunder. Es gibt keine Belohnung auf Erden, welche die Treue aufwiegen könnte, die er uns erwiesen hat. Ich wünschte nur, ich wüsste, wie ich ihm unsere Dankbarkeit zeigen kann.«

Sobald wir den Parkplatz des Schnellrestaurants erreicht hatten, bot mir Ren wieder seinen Arm. Ich nahm ihn und sagte: »Die Unsterblichkeit hat ihren Preis. Auf mich macht Mr. Kadam einen sehr einsamen Eindruck, und das ist etwas, das euch drei verbindet. Ihr seid zu einer Familie zusammengewachsen. Niemand, abgesehen von Kishan und Mr. Kadam, kann verstehen, was du durchgestanden hast. Die beste Art, ihm seine Treue zu vergelten, besteht darin, ihm dasselbe Maß an Loyalität entgegenzubringen. Er betrachtet dich und Kishan als Söhne, und ein Sohn kann seinem Vater am ehesten danken, indem er zu dem Mann wird, der seine Eltern mit Stolz erfüllt.«

Ren blieb stehen, lächelte und küsste mich auf die Wange. »Du bist eine sehr weise Frau, *Rajkumari*. Das ist ein ausgezeichneter Ratschlag.«

Als die Schlange im Burgerville endlich schrumpfte und wir an der Reihe waren, ließ mich Ren zuerst bestellen und verlangte dann noch sieben riesige Burger, drei Portionen Pommes, ein großes Getränk und einen großen Brombeermilchshake. Als die Verkäuferin wissen wollte, ob alles zum

Mitnehmen wäre, schüttelte Ren verwirrt den Kopf und sagte, dass wir im Restaurant essen würden. Ich lachte und erklärte ihr, dass er *sehr* hungrig wäre.

Bei der Getränkestation probierte Ren mehrere Sorten aus und entschied sich dann für Root Beer. Ihm zuzusehen, wie er neue Geschmacksrichtungen und Nahrungsmittel entdeckte, war unglaublich unterhaltsam.

Während des Essens redeten wir über die Uni und mein laufendes Rechercheprojekt für Mr. Kadam in Bezug auf geflügelte Wesen und die Prüfung der Vier Häuser. Ich setzte ihn auch über Jason und mein Horror-Date mit Artie ins Bild. Stirnrunzelnd fragte Ren, wie irgendjemand freiwillig mit Artie ausgehen würde.

»Irgendwie gelingt es ihm immer wieder, Mädchen mit einem Trick zu einem Date zu überreden, so wie mich auch«, erklärte ich. »Er ist total engstirnig und selbstbezogen.«

»Hm.« Ren wickelte seinen letzten Burger aus und starrte ihn nachdenklich an.

Ich lachte. »Bist du etwa satt, Tiger? Es wäre schade um den Brombeermilchshake. Die hier sind die *besten* im ganzen Land.«

Er holte einen zweiten Strohhalm und bohrte ihn in den Deckel. »Hier, lass ihn uns teilen.«

Ich nahm einen Schluck, und Ren lehnte sich vor und schlürfte in einem Zug ein Drittel des Milchshakes aus. Dann grinste er. »Du hast mal hoch und heilig versprochen, du würdest nie wieder einen Milchshake mit mir teilen.«

Mit gespielter Bestürzung schlug ich die Hände über dem Kopf zusammen: »O nein! Das hatte ich vergessen. Nur hat das damals dem Tiger gegolten, deiner *besseren* Hälfte. Ich habe mein Wort also nicht gebrochen.«

»Doch, das hast du. Und der Tiger in mir ist übrigens nicht meine bessere Hälfte. Ich werde dir das schon noch beweisen.«

Nach dem Abendessen fuhren wir zu einem nahe gelegenen Park und machten einen Spaziergang. Ren schnappte sich eine Decke aus dem Kofferraum.

»Darf man bei einem ersten Date Händchen halten?«, fragte Ren.

»Du hältst immer meine Hand.«

»Aber nicht bei einem Date.«

Ich verdrehte die Augen, streckte ihm jedoch die Hand entgegen. Wir schlenderten ein wenig im Park umher, und er stellte mir viele Fragen über Amerika und seine Geschichte und Kultur. Wir unterhielten uns blendend. Alles war für ihn neu und faszinierend.

Wir blieben bei einem Teich stehen. Ren setzte sich und zog mich an seine Brust. »Ich will nur nicht, dass dir kalt wird«, protestierte er, als ich ihm einen vielsagenden Blick zuwarf.

Ich kicherte. »Das ist der älteste Trick der Welt.«

Ren lachte und strich mit seinen Lippen über mein Ohr. »Was gibt es noch für Tricks, die ich an dir ausprobieren könnte?«

»Irgendwie habe ich das Gefühl, als würdest du das problemlos ganz alleine herausfinden.«

Trotz meiner spöttischen Bemerkungen wurde mir in seiner Gegenwart schnell warm. Aneinandergeschmiegt redeten wir stundenlang und betrachteten das vom Mond beleuchtete Wasser.

Ren wollte alles wissen, was ich seit meiner Abreise aus Indien getan hatte. Nachdem er mich über alles ausgequetscht hatte, was man in Oregon unternehmen und sehen könnte, nahm die Unterhaltung einen anderen Ton an.

Er zog mich näher an sich und sagte: »Ich habe dich vermisst.«

»Ich dich auch.«

»Alles hat sich verändert, als du fort bist. Jede Lebensfreude war uns genommen. Das haben wir alle bemerkt. Ich war nicht der Einzige, der deine Abwesenheit gespürt hat. Selbst Kadam war bedrückt. Kishan hat ständig wiederholt, dass ihm die moderne Welt nichts zu bieten hätte, und stand kurz davor, in den Dschungel zurückzukehren. Aber ich habe ihn mehr als einmal dabei erwischt, dass er deine Anrufe belauscht hat.«

»Es war nie meine Absicht, euch das Leben schwer zu machen. Ich hatte gehofft, dass es ohne mich leichter wäre. Dass euer Weg zurück in die Welt ohne mich ein bisschen weniger kompliziert wäre.«

»Du machst mein Leben nicht kompliziert. Du vereinfachst es. Wenn du bei mir bist, weiß ich genau, wo ich sein sollte – nämlich an deiner Seite. Als du fort warst, bin ich völlig kopflos umhergeirrt. Mein Leben war aus dem Gleichgewicht. Ein einziges Chaos.«

»Ich bin also dein Ritalin, hm?«

»Was ist das?«

»Ein Medikament, das Menschen hilft, sich besser zu konzentrieren.«

»Das kommt dann wohl hin.« Er stand auf, hob mich in seine Arme und sagte: »Vergiss nicht, ich brauche eine hohe Dosis.«

Ich lachte und hauchte ihm einen Kuss auf die Wange. Ren setzte mich wieder ab, faltete die Decke zusammen, und wir spazierten Hand in Hand zurück zum Hummer.

Ich fühlte mich gut. Zum ersten Mal seit Monaten fühlte ich mich vollständig und glücklich.

Als wir wieder zu Hause waren, brachte er mich galant zur Tür und sagte: »*Shubharatri*, Kells.«

»Was bedeutet das?«

Er warf mir ein Schmetterlinge-im-Bauch-Lächeln zu und drückte mir einen unbeschreiblich sanften Kuss in die Handfläche. »Es bedeutet ›Gute Nacht‹.«

Verwirrt und ein klitzekleines bisschen frustriert ging ich zu Bett.

Verwirrt und ein klitzekleines bisschen frustriert fühlte ich mich nach *jedem* Date mit Ren. Ich wollte ihn viel öfter um mich haben, aber er war fest entschlossen, die – wie er sich ausdrückte – *Gepflogenheiten moderner Dating-Rituale* zu durchlaufen. Was bedeutete, dass ich ihn nur zu sehen bekam, wenn wir ein Date hatten. Ich durfte ihn nicht einmal mehr als Tiger zu Gesicht bekommen.

Jeden Tag rief er mich an und fragte, ob ich Zeit hätte. Dann gingen wir ins Kino oder zum Essen oder tranken eine heiße Schokolade oder statteten einer Buchhandlung einen Besuch ab. Wenn er das Gefühl hatte, das Date sei nun vorbei, verabschiedete er sich. Er verschwand so gründlich von der Bildfläche, dass ich den ganzen restlichen Tag über nicht einmal einen flüchtigen Blick auf sein gestreiftes Ich erhaschte. Er weigerte sich sogar, mich zu küssen, mit der Ausrede, er hätte noch so viel nachzuholen. Obwohl er nur eine Wand entfernt war, vermisste ich meinen Tiger.

Wir begannen, gemeinsam *Othello* zu lesen. Bis Othello von Jago getäuscht wurde, gefiel Ren dieser Charakter sehr.

»Othello hat seine und Desdemonas Liebe zerstört, genauso wie Romeo schuld war. Das Ganze hat nichts mit Jago zu tun«, bemerkte Ren nachdenklich. »Othello hat seiner Frau nicht vertraut. Hätte er nur einen Gedanken daran verschwendet, sie zu fragen, was mit seinem Taschentuch passiert ist oder was sie für Cassio empfindet, hätte er die Wahrheit erfahren.«

»Othello und Desdemona kannten sich davor nicht sonderlich lange«, entgegnete ich. »Vielleicht waren sie von vornherein nicht besonders *verliebt*. Vielleicht haben allein die Geschichten und die aufregenden Abenteuer sie verbunden. Was mich jetzt irgendwie an uns erinnert.«

Ren hatte den Kopf in meinem Schoß. Er spielte gedankenverloren mit meinen Fingern und fragte dann zögerlich: »Ist das der Grund, weshalb du bei mir bist, Kelsey? Wegen des Abenteuers? Langweilst du dich hier mit mir beim Lesen, wo wir doch in Indien auf der Suche nach magischen Objekten sein und gegen Dämonen kämpfen könnten?«

Ich dachte eine Weile über seine Worte nach. »Nein. Ich bin einfach gerne mit dir zusammen, selbst wenn wir nichts weiter tun als Popcorn essen und lesen.«

Er knurrte zufrieden und küsste meine Finger. »Gut.«

Ich fuhr mit Lesen fort, aber er sprang auf und zog mich einem plötzlichen Verlangen folgend in die Küche, um zu lernen, wie man Mikrowellenpopcorn zubereitet.

An einem Nachmittag war ich so begierig, meinen Tiger endlich wiederzusehen, dass ich mich einfach auf die Suche nach ihm machte, obwohl wir kein offizielles Date hatten. Ich klopfte an unsere Verbindungstür und betrat Rens Wohnzimmer. Ein paar ungeöffnete Pakete stapelten sich auf der Küchenablage, aber ansonsten haftete dem Haus eine unangenehme Leere an. Ich ging nach oben.

»Ren?«, rief ich, aber es kam immer noch keine Antwort.

Wo kann er nur sein?, dachte ich und steckte den Kopf in Rens Arbeitszimmer. Sein Laptop war angeschaltet, und auf dem Bildschirm waren drei Fenster geöffnet.

Als ich es mir auf dem ledernen Bürostuhl bequem machte, bemerkte ich, dass die erste Internetseite ein sehr teurer Designerladen war und die zweite ein Link zu dem Thema *Brautwerbung im Laufe der Jahrhunderte*.

Das dritte Fenster war eine E-Mail-Kette von Mr. Kadam. Eigentlich wollte ich Rens Nachrichten gar nicht lesen, aber sie waren so kurz, dass ich, noch ehe ich mich's versah, die gesamte Korrespondenz gelesen hatte.

Von: masteratarms@rajaramcorp.com
An: wssrtgr@rajaramcorp.com«wssrtgr@rajaramcorp.com
Betreff: Dokumente
Ren,
die Sache mit den Dokumenten ist geregelt.
Kadam

Von: masteratarms@rajaramcorp.com
An: wssrtgr@rajaramcorp.com
Betreff: Notfall
Ren,
anbei die Datei für einen möglichen Notfall.
Kadam

Dokumente? Notfall? Was führen die beiden nur im Schilde? Ich fuhr mit der Maus über den Anhang. Einen Finger auf der Taste, zögerte ich, als mich eine Stimme aufschreckte.

»Es wäre höflich, um Erlaubnis zu fragen, bevor man in den persönlichen Dingen eines anderen herumschnüffelt«, sagte Ren gleichgültig.

Ich klickte das Fenster weg und stand abrupt auf. Die Arme vor der Brust verschränkt, füllte er den gesamten Türrahmen aus.

»Ich ... habe dich gesucht und wurde abgelenkt«, murmelte ich.

»Ich verstehe.« Er kam zum Schreibtisch und klappte das Laptop zu, während er mich nachdenklich mit Blicken maß. »Wie ich sehe, hast du mehr gefunden, als du gesucht hast.«

Ich starrte ein paar Sekunden auf meine Schnürsenkel, entzündete dann einen Funken der Verärgerung in mir, um meine Schuldgefühle zu überspielen, und hob den Kopf. »Verschweigst du mir etwas?«

»Nein.«

»Ist hier irgendetwas im Gange, das du mir nicht erzählst?«

»Nein«, wiederholte er.

»Schwöre«, sagte ich leise, »schwöre einen königlichen Eid.«

Er nahm meine Hände in seine, sah mir tief in die Augen und sagte: »Als Prinz des Mujulaainischen Königreichs schwöre ich, dass es nichts gibt, worüber du dir Sorgen machen müsstest. Wenn du beunruhigt bist, frag Kadam.« Er beugte seinen Kopf ein bisschen näher zu mir herab. »Aber was ich wirklich will, ist dein Vertrauen. Ich würde es nie missbrauchen, Kelsey.«

»Das rate ich dir auch«, erwiderte ich und stieß ihm zum Nachdruck den Zeigefinger gegen die Brust.

Er hob meine Hand an seine Lippen und lenkte mich damit derart ab, dass ich das eigentliche Thema auf einmal völlig vergaß.

»Niemals«, gelobte er feierlich und führte mich zur Verbindungstür.

Der romantische Schleier hob sich, kurz nachdem Ren fort war, und ich wurde wütend, mit welcher Leichtigkeit es ihm gelang, mir allein durch eine flüchtige Berührung seinen Willen aufzudrängen.

Am Montag nach Weihnachten fand *Wushu* wieder statt, und ich hatte nicht den leisesten Schimmer, was ich Li sagen sollte. Ren war einverstanden, dass er beim ersten Mal nicht mitkommen würde, damit ich allein mit Li reden könnte. Die ganze Stunde über fiel es mir schwer, mich zu konzentrieren, und ich gab mir bei den neuen Schlagtechniken nur halbherzig Mühe. Ich konnte die Namen nicht auseinanderhalten. Die einzigen, die ich mir merkte, waren die Adlerklaue und der Affe.

Nach dem Kurs war es an der Zeit, die Suppe auszulöffeln, die ich mir eingebrockt hatte. *Was soll ich ihm nur sagen? Er wird mich hassen.*

»Li, ich hatte gehofft, wir könnten kurz reden.«

»Sicher.« Er grinste.

Er war glücklich und unbekümmert, ich das genaue Gegenteil. Ich war so nervös, dass ich mich auf meine Hände setzen musste, um das Zittern zu verbergen.

Li streckte seine langen Beine auf der Matte aus und lehnte sich neben mich an die Wand.

Nach einem langen Schluck Wasser aus seiner Flasche wischte er sich über den Mund und fragte: »Was ist los, Kelsey?«

»Äh ... Ich weiß nicht, wie ich es sagen soll, also mache ich's kurz. Ren ist zurück.«

»Oh. Ich habe mich schon gefragt, wann er auftaucht. Es war klar, dass er nicht für immer von der Bildfläche verschwinden würde. Das heißt wohl, dass du mit mir Schluss machst«, sagte er nüchtern.

»Nein, nicht so ganz. Ren möchte, dass ich mich weiterhin mit dir treffe, aber gleichzeitig will er auch mit mir ausgehen.«

»Was? Was für ein Typ würde ... Augenblick mal ... Du machst also nicht Schluss mit mir?«

Hastig erklärte ich: »Nein. Aber ich würde verstehen, wenn du mich nicht mehr sehen willst. Er hält es für das Beste, wenn ich mit euch beiden ausgehe und mich dann entscheide.«

»Nun, wie ... sportlich von ihm. Und was hältst du davon?«

Ich legte ihm die Hand auf den Arm. »Ich habe eingewilligt, ihm allerdings auch gesagt, dass sein Vorschlag eher unüblich ist und du wahrscheinlich nicht zustimmen wirst.«

»Was hat er daraufhin gesagt?«

Ich seufzte. »Er meinte, wenn du mit einem kleinen, ehrlichen Wettkampf nicht fertigwirst, dann sollte ich lieber gleich die Finger von dir lassen.«

Lis Hände ballten sich zu Fäusten. »Wenn er glaubt, ich würde den Schwanz einziehen und dich einfach gehen lassen, dann hat er sich geschnitten! Ein ehrlicher Wettkampf, das klingt gut.«

»Soll das ein Scherz sein? Du nimmst mich auf den Arm, oder?«

»Mein Großvater hat mich gelehrt, mir Ziele zu stecken und dann dafür einzutreten. Es kommt gar nicht infrage, dass ich dich kampflos aufgebe. Ein Mann, der nicht alles für die Frau tun würde, mit der er zusammen sein will, hat sie auch nicht verdient.«

Ich blinzelte. Li und Ren waren aus dem gleichen Holz geschnitzt, obwohl Jahrhunderte sie trennten.

»Er ist also in der Stadt?«, fragte er.

»Nicht direkt«, seufzte ich. »Er ist mein neuer Nachbar.«

»Schön. Er hat also den Ortsvorteil.«

»Hört sich an, als wolltet ihr beide eine Burg stürmen«, murmelte ich trocken.

Entweder überging er meinen Einwand, oder er hörte ihn gar nicht. Zerstreut zog er mich auf die Beine und brachte mich zu meinem Auto.

Als sich Li in meine offene Wagentür lehnte, fügte ich hinzu: »Oh, und außerdem will er zu *Wushu* mitkommen.«

Li rieb sich lachend die Hände. »Ausgezeichnet! Dann wird sich schnell herausstellen, was für ein Mensch er ist. Bring ihn morgen mit! Und richte ihm als Zeichen meiner Zuvorkommenheit aus, dass ich auf die Kursgebühr verzichte.«

»Aber Li, er hat doch gar nicht mein Niveau.«

»Umso besser! Der Anfänger kann sich eine Scheibe von uns abschneiden!«

»Nein. Du hast mich missverstanden. Er ist …«

Li küsste mich fest auf die Lippen, was mich augenblicklich zum Schweigen brachte. Er grinste und warf die Wagentür zu, bevor ich meinen Satz beenden konnte. Winkend verschwand er in der Dunkelheit des Studios.

Am nächsten Tag klebte eine fein säuberlich geschriebene Notiz auf dem Orangensaft im Kühlschrank.

> *Von allen Formen der Vorsicht ist die Vorsicht in der Liebe wohl dem wahren Glück am schädlichsten.*
> *Bertrand Russell*

Mit einem Seufzen zog ich den Zettel von der Flasche ab und legte ihn in mein Tagebuch. Ich rief Ren an, da er mich, abgesehen von richtigen Dates, nicht sehen wollte, und erzählte ihm, dass er zu *Wushu* eingeladen war. Dann sagte ich ihm geradeheraus, was ich davon hielt. Er nahm meine Einwände gelassen hin und erklärte, dass Li ein ausgezeichneter Gegner sei und er sich ungemein freue, ihn kennenzulernen.

Verärgert sah ich davon ab, ihm die Sache ausreden zu wollen, und klappte das Handy einfach zu. Er rief mich mehrmals an diesem Tag zurück, aber ich überging das Klingeln und nahm ein langes Schaumbad.

Am Abend fuhr Ren den Hummer aus der Garage und kam mich abholen. Ich wollte wirklich, wirklich, *wirklich* nicht im selben Raum mit Li und Ren sein und war unglaublich dankbar, dass wir bei *Wushu* noch nicht fortgeschritten genug waren, um Waffen gebrauchen zu dürfen.

Rens muskulöser Körper füllte den Türrahmen aus. »Fertig? Ich kann meine erste Stunde kaum erwarten.«

Wir kamen ein paar Minuten zu spät. Die Stunde hatte bereits begonnen, und Jennifer machte sich in unserer Ecke warm. Ren ging selbstbewusst an meiner Seite, während ich mit gesenktem Blick ins Studio hastete, meine Tasche auf den Boden plumpsen ließ und aus meinem Mantel schlüpfte.

Jennifer hielt mitten in der Dehnübung inne und starrte Ren an. Die Augen sprangen ihr regelrecht aus den Höhlen. Lis Blick bohrte sich über meinen Kopf hinweg in Ren, der ihn ebenfalls unerschrocken musterte und nach Schwächen zu suchen schien.

Ren zog seine Jacke aus, was Jennifer, die völlig von seinem bronzefarbenen Bizeps gefangen war, ein leises Quietschen entlockte. Sein eng anliegendes Sporthemd brachte seine durchtrainierten Arme und seine muskulöse Brust perfekt zur Geltung.

»*Himmel noch mal,* Ren!«, zischte ich ihm leise zu. »Die Frauen hier kriegen noch einen Herzinfarkt!«

Verwundert hob er die Augenbrauen. »Kells, wovon redest du?«

»Du! Du bist zu ...« Ich gab entrüstet auf. »Vergiss es.« Ich räusperte mich. »Tut mir leid, dass wir zu spät sind, Li. Hallo zusammen, das ist mein Gast, Ren. Er ist zu Besuch aus Indien.«

Jennifers Mund klappte mit einem »*Oh!*« auf und wieder zu.

Li ließ uns scheinbar ungerührt Tritt- und Schlagtechniken üben, war jedoch völlig von den Socken, als er bemerkte, dass Ren jede Bewegung in- und auswendig kannte. Li teilte uns in Zweiergruppen auf, wobei Ren mit Jennifer trainieren sollte, während er selbst mich als Partnerin wählte.

Ren drehte sich fröhlich zu Jennifer um, die von den Fußspitzen bis zu den Haarwurzeln errötete. Wir trainierten Wurfübungen. Li demonstrierte eine an mir und forderte uns dann auf, es selbst zu versuchen. Ren unterhielt sich bereits angeregt mit Jennifer, zeigte ihr vorsichtig die Bewegungsabläufe und gab ihr jede Menge Tipps. Innerhalb kürzester Zeit war es ihm gelungen, dass sie sich an seiner Seite wohlfühlte. Er war charmant und süß. Als sie versuchte, ihn zu Boden zu werfen, fiel er mit übertrieben dramatischem Gebaren und rieb sich den Hals, woraufhin Jennifer lautstark zu kichern begann.

Lächelnd dachte ich: *Ja, diese Wirkung hat er auch auf mich.* Ich war froh, dass er zu meinen Freunden nett war. Auf einmal lag ich rücklings auf der Matte, starrte zu den Leuchtstoffröhren hinauf. Während ich Ren und Jennifer beobachtet hatte, hatte mich Li mit einem festen Hebelgriff zu Boden gebracht. Ich war nicht verletzt, nur etwas überrascht. Lis entschlossener Gesichtsausdruck wich augenblicklich echtem Bedauern.

»Es tut mir so leid, Kelsey. Habe ich dir wehgetan? Ich wollte dir nicht ...«

Bevor er seine Entschuldigung beenden konnte, wurde Li mehrere Meter weit über die Matte geschleudert. Ren kniete sich vor mich.

»Hat er dich verletzt, Kells? Geht's dir gut?«

Wütend und peinlich berührt zischte ich: »Ren! Mir geht's *gut!* Li hat mich nicht verletzt. Ich habe nur nicht richtig aufgepasst. Das kann passieren.«

»Er hätte besser aufpassen müssen«, knurrte Ren.

»Mir geht's gut«, flüsterte ich. »Und *wirklich!* Musstest du ihn durch den ganzen Raum werfen?«

Er schnaubte verächtlich und half mir beim Aufstehen.

Li kam herbeigehastet, wobei er Ren geflissentlich ignorierte: »Geht's dir gut, Kelsey?«

Ich legte ihm die Hand auf den Arm. »Mir geht's gut. Keine Sorge. Es war meine Schuld, ich war abgelenkt.«

»Ja. *Abgelenkt.*« Seine Augen schossen zu Ren. »Guter Wurf, aber mich würde interessieren, ob dir das auch ein *zweites* Mal gelingt.«

Ren grinste breit. »*Jederzeit.*«

Li lächelte süffisant zurück und verengte die Augen zu Schlitzen. »*Später?*«

Ich stand neben Jennifer, die vor Aufregung zitterte. Sie öffnete den Mund, um mich sogleich mit der ersten von höchstwahrscheinlich hundert Fragen zu bombardieren, aber ich hob abwehrend den Zeigefinger. »Jetzt nicht, Jen. Ich möchte die Stunde einfach nur hinter mich bringen. Dann erzähle ich dir, was los ist, versprochen.«

»Versprochen?«, formte sie mit den Lippen.

Ich nickte.

Jennifer verbrachte die restliche Stunde damit, Ren, Li und mich eindringlich zu beobachten. Ich konnte regelrecht hören, wie es in ihrem Gehirn ratterte, während sie gespannt jeder Bemerkung lauschte und wahrscheinlich jede Geste und jede noch so zufällige Berührung analysierte. Die restliche Stunde ließ uns Li einfache Handstellungen üben und beendete den Kurs dann abrupt. Er und Ren schienen sich mit Blicken zu duellieren. Beide hatte die Arme vor der Brust verschränkt und starrten sich abschätzend an. Ich brachte Jennifer zur Tür.

Sie kniff mich in den Arm. »Dein Ren ist wundervoll. *Und* zum Anbeißen lecker. Ich verstehe, warum es dir so schwergefallen ist, über ihn hinwegzukommen. Wäre ich ein paar Jahre jünger und nicht glücklich verheiratet, würde ich ihn bei mir einsperren und den Schlüssel verschlucken. Was wirst du nun tun?«

»Ren möchte, dass ich mit ihnen beiden ausgehe.«

Jennifer machte große Augen, und ich sagte rasch: »Aber ich habe noch keine Entscheidung getroffen.«

»Das ist so aufregend! Viel besser als meine Lieblingssoap. Viel Glück, Kelsey. Bis Montag!«

Während der Fahrt nach Hause, fragte ich Ren: »Was habt ihr beide geredet, du und Li?«

»Nicht viel. Ich werde auch weiterhin zu *Wushu* kommen, aber ich muss die Kursgebühr bezahlen, die Li absichtlich unverschämt hoch angesetzt hat, in der Hoffnung, ich könnte sie mir nicht leisten.«

»Mir gefällt das ganz und gar nicht. Ich fühle mich wie das Kind bei einem hässlichen Sorgerechtsstreit.«

Er erwiderte sanft: »Du kannst mit uns beiden ausgehen oder gleich mit Li Schluss machen. Aber um fair zu sein, solltest du Li zumindest eine Woche geben.«

»Ha! Wie kommst du darauf, dass ich dich wählen werde? Li ist ein toller Kerl!«

Ren rieb sich das Kinn und sagte leise: »Ja. Das finde ich auch.«

Von dieser Bemerkung überrascht, kreisen meine Gedanken auf der Heimfahrt um seine Worte. Ren parkte, half mir aus dem Wagen und verschwand wie gewohnt in seiner Haushälfte.

Es kam mir vor, als wäre ich von Rittern umgeben, die um meine Gunst buhlten. Während sie in ihren schimmernden Rüstungen herumliefen, ihre Lanzen wetzten und sich auf ihre Pferde schwangen, wog ich meine Alternativen ab. Letzten Endes hatte *ich* die Entscheidung in der Hand. Ich könnte den Gewinner des Turniers erwählen, den Verlierer oder keinen von ihnen. Aus Rens Sicht konnte ich diesen romantischen Wettstreit sogar nachvollziehen, zumindest ein bisschen. In seinem Jahrhundert kämpfte man wahrscheinlich tatsächlich um die Hand einer Frau. Und Rens Tigerinstinkte waren dafür verantwortlich, dass er alle anderen Männchen vertreiben wollte. *Womit ich nicht gerechnet habe, ist Lis Reaktion. Wer konnte ahnen, dass ich ihm so viel bedeute? Hätte Li einfach Schluss gemacht, hätte er mir meine Rolle in dieser kleinen Inszenierung jedenfalls ungemein erleichtert.*

Als wir am nächsten Montag wieder zu *Wushu* gingen, schienen Li und Ren die stillschweigende Übereinkunft getroffen zu haben, einander keines Blickes zu würdigen. Sämtliche Teilnehmer beobachteten die beiden argwöhnisch, verloren jedoch das Interesse, als nichts weiter geschah. Weder Li noch Ren waren von nun an meine Sportpartner.

Li legte sich schrecklich ins Zeug, führte mich schick aus und organisierte aufwendige Picknicks. Ren war damit zufrieden, mich zu besuchen und gemeinsam etwas zu lesen oder einen Film auf DVD anzuschauen. Popcorn wurde zu seinem Lieblingssnack, und Ren zu einem Experten, was die Herstellung betraf. Wir sahen uns alte Filme an, und anschließend stellte er mir eine Menge Fragen. Ihm gefielen die unterschiedlichsten Filme, regelrecht süchtig war er nach *Star Wars*. Er mochte Luke und hielt Han Solo für einen Gauner.

»Er ist Prinzessin Leias nicht würdig«, sagte Ren, was mir ein tieferes Verständnis für seine Ritter-in-schimmernder-Rüstung-Mentalität einbrachte.

Am Freitagabend wollten Ren und ich gerade einen Film einlegen, da fiel mir plötzlich ein, dass ich ein Date mit Jason hatte. Ich sagte Ren, er müsse leider den Film ohne mich anschauen. Ren murrte verärgert, dann nahm er seine Tüte Popcorn und ging zur Mikrowelle.

Als ich in einem dunkelblauen Kleid, Riemchensandalen und geglätteten Haaren die Treppe herunterkam, sprang Ren auf und ließ seine Schüssel mit Popcorn zu Boden fallen.

»Warum hast du dich so herausgeputzt? Wohin gehst du?«

»Jason und ich gehen in Portland ins Theater. Außerdem dachte ich, wir hätten einen Nichteinmischungspakt in Bezug auf meine Dates geschlossen.«

»Wenn du dich derart kleidest, mische ich mich so viel ein, wie es mir passt.«

Es klingelte an der Tür, und als ich öffnete, tauchte Ren auf einmal hinter mir auf, um mir in den Mantel zu helfen. Jason trat schrecklich nervös von einem Bein aufs andere. Nervös beäugte er Ren, hielt aber den Kopf gesenkt.

»Äh, Jason, das ist Ren, ein Freund. Er ist zu Besuch aus Indien.«

Ren streckte die Hand aus und lächelte schroff. »Pass gut auf *mein* Mädchen auf, Jason…«

Ein sehr deutliches, wenn auch unausgesprochenes »andernfalls« war am Satzende angehängt.

»Äh ... äh ... Sicher.«

Ich schob Ren zurück ins Haus und knallte ihm die Tür vor der Nase zu. Eigentlich war es eine Erleichterung, mit Jason zusammen zu sein. Ich hatte nicht diesen unsäglichen Druck, den ich neuerdings im Zusammensein mit Li und Ren verspürte. Nicht dass sie mich bewusst unter Druck setzten. Insbesondere Ren schien über grenzenlose Geduld zu verfügen. Vermutlich hatte er das seiner Tiger-Hälfte zu verdanken.

Auf der Hinfahrt verloren weder er noch ich ein Wort über Rens Anwesenheit. Wir hörten Musik und starrten auf die Straße vor uns.

Im Theater schauten wir uns den *König der Löwen* an. Die Kostüme und Requisiten waren großartig, und ich erwischte mich mehrmals bei dem Wunsch, dass Ren anstelle von Jason neben mir säße.

Nach der Vorstellung strömten die Zuschauer aus dem Theater. Die Leute schlenderten gemächlich über die Straße und zwangen die Autos zu gefährlichen Ausweichmanövern. Einer älteren Dame fiel das Theaterprogramm aus der Hand, und sie bückte sich schwerfällig, um es aufzuheben, als ein Wagen um die Ecke geschossen kam.

Ohne nachzudenken rannte ich los, baute mich vor der Frau auf und fuchtelte wild mit den Armen. Der Fahrer trat auf die Bremse, jedoch nicht schnell genug. Meine Riemchensandalen blieben in einem Riss in der Straße hängen, als ich auf die Seite springen wollte. Das Auto erfasste mich, und ich ging zu Boden.

Jason eilte mir zu Hilfe, und auch der Fahrer stieg aus. Ich war nicht schwer verletzt. Mein Kleid und mein Stolz waren in Mitleidenschaft gezogen, aber ansonsten hatte ich nur ein paar Kratzer und blaue Flecken abbekommen. Ein Theaterfotograf hastete herbei, um ein paar Bilder zu schießen. Jason posierte neben mir, ich in meinem zerrissenen Kleid und mit schmutzigem Gesicht, während er meinen Namen herausposaunte und sagte, ich wäre eine Heldin und hätte der alten Dame das Leben gerettet.

Entrüstet zerrte ich mir die Riemchensandale mit dem abgebrochenen Absatz vom Fuß und bahnte mir einen Weg zum Auto. Jason redete aufgeregt über den Unfall und sagte, mein Bild hätte gute Aussichten, es ins Theaterheft zu schaffen.

Auf dem Rückweg erzählte er in aller Ausführlichkeit von seinen Kursen im nächsten Trimester und der letzten Party, auf der er gewesen war. Als er vor meinem Haus hielt, stieg er nicht aus, um mir die Tür zu öffnen. Seufzend dachte ich: *Kavaliere scheinen in meiner Generation vom Aussterben bedroht zu sein.* Jason ließ den Blick von meinem zerrissenen Kleid zu den Fenstern gleiten. Wahrscheinlich war ihm angst und bange, Ren könnte sich auf ihn stürzen, weil er nicht gut auf mich aufgepasst hatte. Ich drehte mich in meinem Sitz und sah ihn an. »Jason, wir müssen reden.«

»Sicher. Was gibt's?«

Ich nahm einen tiefen Atemzug und sagte: »Ich denke, wir sollten das mit den Dates lassen. Wir haben nicht besonders viel gemeinsam. Aber wir könnten Freunde bleiben.«

»Gibt es da jemand anderen?« Seine Augen wanderten wieder zur Haustür.

»So was in der Art.«

»Hm. Nun, wenn du es dir anders überlegen solltest, lass es mich wissen.«

»Danke, Jason. Du bist toll.« *Ein bisschen oberflächlich, aber nett.*

Ich küsste ihm zum Abschied die Wange, und er fuhr gut gelaunt nach Hause.

Das war nicht schlimm. Beim nächsten Mal werde ich nicht so leicht davonkommen.

Ich betrat das Haus und fand einen weiteren Zettel auf der Küchenablage neben einer kleinen Schüssel Popcorn.

> *Man verliert nie durch die Liebe.*
> *Man verliert nur durch Zurückhaltung.*
> *Barbara DeAngelis*

Erkenne ich hier etwa einen roten Faden? Nachdem ich mir eine Cola light und das Popcorn geschnappt hatte, stieg ich langsam, die kaputten Schuhe unter dem Arm, die Treppe hinauf.

Einer ist geschafft. Einer folgt noch.

7
Zurück an der Uni

Am nächsten Morgen rief Ren an und fragte, ob wir zusammen frühstücken und einen Film anschauen könnten. Ich stimmte erfreut zu. Mein Körper schmerzte noch ein wenig von dem Zusammenprall mit dem Auto, weshalb ich ein Aspirin einwarf und eine heiße Dusche nahm.

Kurz darauf wehte der Geruch nach verbrannten Pfannkuchen die Treppe herauf. Ich gesellte mich zu Ren in die Küche. Auf dem Herd brutzelte Speck. Meine rosafarbene Rüschenschürze umgebunden, schlug Ren Eier in eine große Schüssel. Was für ein Anblick!

»Ich hätte dir helfen können, Ren«, sagte ich und schabte den verbrannten Pfannkuchen von der gusseisernen Pfanne.

»Ich wollte dich überraschen.«

»Und das ist dir gelungen«, lachte ich und übernahm das Kommando am Herd. »Wofür ist die Erdnussbutter?«

»Erdnussbutter und Bananenpfannkuchen, was denn sonst?«

Ich lachte. »Wirklich? Und wie bist du auf diese Kreation gekommen?«

»Durch unerbittliches Ausprobieren.«

»Okay«, fügte ich mich. »Aber du musst auch einen auf meine Art versuchen, mit Schokoladencreme.«

»Abgemacht.«

Als der Haufen mit Pfannkuchen für Rens Geschmack hoch genug war, setzten wir uns zum Essen. Er machte sich genüsslich über eine Kreation mit Schokoladencreme her.

»Und? Wie schmeckt's?«

»Ausgezeichnet. Aber er wäre sogar noch einen Hauch besser mit Erdnussbutter und Bananen.«

Ich streckte mich nach dem Sirup, wobei der Ärmel meines Pullovers hochrutschte und der lange blaue Fleck auf meinem Arm sichtbar wurde. Ren berührte sogleich behutsam meine Haut.

»Was ist das? Was ist geschehen?«

»Was? Oh … das. Ich habe eine alte Dame vor einem heranbrausenden Auto gerettet, das stattdessen mich getroffen hat. Ich bin hingefallen.«

Ren sprang von seinem Stuhl auf und drückte an mir herum, befühlte vorsichtig meine Knochen und drehte meine Gelenke. »Wo tut's weh?«

»*Ren!* Wirklich, mir geht's gut. Nur ein paar Schnittwunden und Kratzer. Aua! Nicht so fest!« Ich schubste ihn weg. »Hör auf! Du bist nicht mein Arzt. Ich bin mit dem Schrecken und ein paar kleinen Beulen davongekommen. Außerdem war Jason da.«

»Ist er auch von dem Auto getroffen worden?«

»Nein.«

»Dann war er nicht wirklich da. Das nächste Mal, wenn ich ihn treffe, werde ich ihm die gleichen Beulen und blauen Flecken verpassen, damit er sich in dich hineinversetzen kann.«

»Ren, spar dir solche Drohungen. Es spielt sowieso keine Rolle, weil ich ihm gesagt habe, dass ich nicht mehr mit ihm ausgehen werde.«

Ein zufriedenes Lächeln breitete sich auf Rens Gesicht aus. »Gut. Der Junge sollte auch zuerst noch ein paar Dinge lernen.«

»Nun, aber du bist nicht derjenige, der ihm die beibringen sollte. Zur Strafe für deine Rüpelhaftigkeit suche ich den Film aus, und sei vorgewarnt, ich werde den schnulzigsten Mädchenfilm nehmen, den ich habe.«

Er murrte, murmelte etwas von Rivalen, blauen Flecken und Mädchen und wandte sich dann wieder seinen Pfannkuchen zu.

Nach dem Frühstück half mir Ren beim Abräumen, aber so leicht kam mir Mister Besserwisser nicht davon. Ich schob den Film in den DVD-Player, setzte mich breit grinsend neben Ren und wartete, dass er sich verzweifelt wand. Die Titelmusik von *Meine Lieder – meine Träume* erscholl, und ich konnte ein Kichern nicht unterdrücken, vermutete ich doch, dass er die nächsten zwei Stunden leiden würde. Das Problem war nur ... Ren liebte es. Er legte den Arm um meine Schultern, spielte mit dem Haargummi an meinem Zopf und summte sogar bei *My Favorite Things* und *Edelweiss* mit.

Mitten im Film drückte er auf PAUSE, holte seine Mandoline und spielte die Lieder nach, wobei sein Instrument einen exotischeren Klang als die Gitarre im Film hatte.

»Das ist wunderschön!«, rief ich. »Wie lange spielst du schon?«

»Nach deiner Abreise habe ich wieder angefangen. Ich hatte schon immer ein ganz gutes Ohr für Musik, und meine Mutter hat mich oft gebeten, für sie zu musizieren.«

»Aber du konntest *Edelweiss* sofort nachspielen. Hast du es schon mal gehört?«

»Nein. Es ist mir noch nie schwergefallen, ein Stück aus dem Stegreif nachzuspielen.«

Er schlug die ersten Töne von *My Favorite Things* an, und dann veränderte er das Lied zu einer schwermütigen Melodie. Ich schloss die Augen, ließ den Kopf gegen die Lehne sinken und spürte, wie mich die Musik auf eine Reise mitnahm. Das Lied begann düster, trostlos und einsam, bevor ein süßer Hoffnungsschimmer herauszuhören war. Mein Herz schien im Gleichklang mit der Melodie zu schlagen. Gefühle steigen in mir auf, als das Lied seine Geschichte entfaltete. Das Ende war von wehmütiger Traurigkeit erfüllt. Es brach mir förmlich das Herz. Und genau in diesem Moment hörte Ren auf zu spielen.

Ich riss die Augen auf. »Was *war* das? So etwas Schönes habe ich noch nie gehört.«

Ren seufzte und legte die Mandoline behutsam auf den Tisch. »Das habe ich komponiert, als du fort warst.«

»*Du* hast das komponiert?«

»Ja. Es heißt *Kelsey*. Es handelt von … uns. Unserer gemeinsamen Geschichte.«

»Aber es hat ein trauriges Ende.«

Er fuhr sich mit den Fingern durchs Haar. »So habe ich mich gefühlt, als du weggefahren bist.«

»Oh. Nun, unsere Geschichte ist noch nicht vorbei, oder?« Ich rutschte zu Ren und legte ihm die Arme um den Hals.

Er schmiegte sich an mich, drückte sein Gesicht an meinen Hals, flüsterte meinen Namen und sagte: »Nein. Die ist *definitiv* noch nicht vorbei.«

Ich strich ihm das Haar aus der Stirn und sagte leise: »Es ist wunderschön, Ren.«

Er hielt mich fest. Mein Herz schlug schneller. Ich sah in seine lebhaften blauen Augen, dann zu seinen perfekt geschwungenen Lippen und wollte ihn durch schiere Willenskraft dazu bringen, mich zu küssen. Er senkte den Kopf, hielt jedoch knapp vor meinem Mund inne. Schließlich sah er mir ernst ins Gesicht, hob eine Augenbraue und wandte sich ab.

»Was ist los?«

Er seufzte und klemmte mir eine Haarlocke hinters Ohr. »Ich werde dich nicht küssen, solange wir Dates haben.« Seine Augen ergründeten mein Gesicht. »Ich will, dass du bei klarem Verstand bist, wenn du deine Wahl triffst. Du bekommst immer sofort weiche Knie, wenn ich dich berühre, ganz zu schweigen, wenn ich dich küsse. Ich weigere mich, diesen Umstand schamlos auszunutzen. Ein Versprechen, das in einem Moment der Leidenschaft gegeben wurde, ist nicht von Dauer, und ich will nicht, dass dich Zweifel beschleichen oder du irgendwann bereust, ein Leben mit mir gewählt zu haben.«

»Einen Moment«, keuchte ich ungläubig. »Unterbrich mich, falls ich da etwas falsch verstanden habe. Du willst mich nicht küssen, weil du glaubst, deine Küsse verwirren mich so sehr, dass ich nicht mehr klar denken kann? Dass ich keine vernünftige Entscheidung treffen kann, wenn ich mich vor Leidenschaft nach dir verzehre?«

Er nickte zögerlich.

»Entstammt das alles deinen antiquierten Studien über *Brautwerbung?* Denn viele dieser Vorschläge sind völlig überholt.«

»Das weiß ich, Kelsey.« Er fuhr sich mit der Hand durchs Haar. »Ich will dich nur nicht dazu drängen, mich zu wählen.«

Verärgert sprang ich vom Sofa und hastete im Zimmer auf und ab. »Das ist das Verrückteste, was ich je gehört habe!« Ich stapfte in die Küche, um mir etwas zu trinken zu holen, und erkannte, dass ich nicht nur verärgert war, ich war wahnsinnig wütend, und diese Wut rührte daher, dass er gar nicht so unrecht hatte. Ich bekam wirklich immer sofort weiche Knie, wenn er mich berührte.

Auf einmal kam ich mir wie ein Bauer in Lis und Rens Schachspiel vor. *Dieses Spiel spielt man zu zweit.* Ich entschied zurückzuschlagen. *Wenn es eine Schlacht um meine Zuneigung geben sollte, dann kann ich genauso gut einer der Krieger sein! Mädchen verfügen über ein ganz eigenes Arsenal an Waffen,* überlegte ich, während ich mir eine Strategie zurechtlegte. Von nun an würde ich Rens eiserne Willenskraft auf die Probe stellen. Ich würde *ihn* dazu bringen, *mich* zu küssen.

Augenblicklich setzte ich meinen Plan in die Tat um. Wir machten es uns wieder vor dem Fernseher bequem, und ich lehnte den Kopf an Rens Schulter, die Lippen nur Zentimeter von seinen entfernt, und fuhr kleine Kreise auf seinem Handrücken nach. Mein Verhalten machte ihn nervös. Er wand sich und verlagerte sein Gewicht, schob mich jedoch nicht weg.

Nach dem Film verkündete Ren unvermittelt, dass unser Date vorüber wäre. *Gut so. Das Gleichgewicht der Kräfte hat sich verschoben.* Ich strich mit den Fingern über seinen muskulösen Bizeps, malte dann kleine Herzen auf seine Unterarme und machte einen Schmollmund.

»Deine Stunden als Mensch sind gezählt. Willst du die kostbare Zeit nicht mit mir verbringen?«

Er berührte mein Gesicht. »Die Zeit mit dir ist mir teurer als mein Leben.«

Trotz all meiner guten Vorsätze schmolz ich bei seinen Worten dahin und geriet ins Schwanken.

Er fing mich auf und schüttelte mich behutsam. »Ich werde dich nicht küssen, Kelsey. Ich will nicht, dass du durcheinander bist, wenn du deine Wahl triffst. Falls du dich also entscheiden solltest, *mich* zu küssen, würde ich mich natürlich nicht zur Wehr setzen.«

Rasch schob ich ihn von mir weg und schimpfte: »Ha! Darauf kannst du lange warten, Mister!« Ich stemmte die

Fäuste in die Hüften und grinste süffisant. »Diese Worte müssen hart sein für einen Mann, der sonst immer alles bekommt, was er will.«

Er schlang die Hände um meine Taille und zog mich an seine Brust, bis seine Lippen nur noch Millimeter von meinen entfernt waren. »*Nicht das ... was ich ... am meisten ... will.*«

Er zögerte einen Moment, wartete darauf, dass ich mich rührte, was ich aber nicht tat. Stattdessen lächelte ich ihn an. Unsere Augen verwoben sich in einem stillen Willenskampf.

Schließlich riss er sich los. »Du bist eine viel zu große Versuchung, Kelsey. Das Date ist vorbei.«

Mit einem Schlag gab es nichts Wichtigeres auf der Welt, als diesen Wettstreit gegen Ren zu gewinnen. Ich lehnte mich kokett vor, klimperte mit den Wimpern und fragte mit meiner verführerischsten Stimme: »Bist du *absolut* sicher, dass du schon gehen musst?«

Ich spürte, wie seine Armmuskeln sich verkrampften und sein Puls sich beschleunigte. Er umschloss mein Gesicht mit beiden Händen. In der Hoffnung, ihn zum Äußersten zu treiben, nahm ich seine Hand in meine und drückte ihm einen Kuss auf den Handteller, neckte ihn mit den Lippen. Ihm stockte der Atem. *In meinen kühnsten Träumen hätte ich nicht gedacht, dass er so auf mich reagiert. Das wird wohl viel leichter, als ich befürchtet habe.*

Ich kniff ihm spielerisch in den Arm und ging zur Treppe. In bester Scarlett-O'Hara-Manier wirbelte ich ein letztes Mal herum und sagte: »Nun, *Tiger*, falls du deine Meinung ändern solltest, weißt du, wo ich zu finden bin.« Ich strich mit den Fingern über das Geländer und schritt die Stufen hoch.

Dummerweise kam er mir nicht nach. In Gedanken hatte ich mir vorgestellt, wie Ren in der Rolle von Rhett Butler nicht gegen seine Gefühle anzukämpfen vermochte, mich in einem Anfall ungezügelter Leidenschaft in die Arme schloss und die Treppe hinauftrug. Ren warf mir lediglich einen amüsierten Blick zu, verschwand und schloss die Verbindungstür leise hinter sich.

Verdammt! Er besitzt mehr Selbstbeherrschung, als ich gehofft habe.

Aber das spielte keine Rolle. Es war nichts weiter als ein kleiner Rückschlag. Den Rest des Tages verbrachte ich mit angestrengtem Nachdenken. *Wie überrumpelt man einen sehr alten, verschlagenen Tiger? Mach dir seine Schwächen zunutze: Essen, Poesie und sein Beschützerinstinkt. Der arme Kerl hat nicht die geringste Chance gegen weibliche List und Tücke.*

Am nächsten Morgen öffnete ich die einst verbotene Seite meines Wandschranks und wählte eine blaue Strickjacke mit Zopfmuster und einen bedruckten Rock, einen dünnen Gürtel sowie braune Stiefel aus. Ich glättete mir die Haare und widmete meinem Make-up besondere Aufmerksamkeit, vor allem dem nach Pfirsich duftenden Lipgloss.

Anschließend bereitete ich Ren ein riesiges Dagwood-Sandwich zu – und legte ihm einen Liebesspruch darauf. *Denn zwei können dieses Poesiespiel spielen,* dachte ich selbstzufrieden.

> *Eine Seele, die durch die Augen zu sprechen vermag, kann auch mit Blicken küssen.*
> Gustavo Adolfo Becquer

Als er mich zur Uni abholen kam, sah er mich genüsslich von oben bis unten an und sagte: »Du siehst wunderschön aus, Kells, aber es wird nicht funktionieren. Ich habe dich durchschaut.«

Er half mir in den Mantel, und ich erwiderte mit Unschuldsmiene: »Ich weiß nicht, wovon du redest. Was wird nicht funktionieren?«

»Du willst mich dazu bringen, dass ich dich küsse.«

Ich lächelte zu ihm hoch und erwiderte keusch: »Ein Mädchen sollte nicht *all* seine Geheimnisse preisgeben, nicht wahr?«

Er beugte sich herab, drückte seine Lippen an mein Ohr und flüsterte mit samtener Stimme: »Na schön, Kells. Behalt deine Geheimnisse für dich. Aber ich lasse dich nicht aus den Augen. Was auch immer du versuchen willst, es wird nicht klappen. *Ich* habe auch noch ein paar Tricks im Ärmel.«

Ren ließ mich den ganzen Nachmittag über allein. Ich versteckte ein weiteres Zitat in seiner Sporttasche, als er vor *Wushu* aus dem Wagen stieg.

> *In sanftem Dunkel wonniglich,*
> *trifft Seel' und Seel' im Kusse sich.*
> Percy Bysshe Shelley

Ich saß auf den Matten und machte Dehnübungen, als ich sah, wie er den Zettel aus der Tasche zog. Er las ihn ein paarmal und hob dann den Kopf. Ich begegnete seinem funkelnden Blick mit einem unschuldigen Grinsen und winkte Jennifer freudig zu, als sie den Raum durchquerte.

Wieder zu Hause in unserer Garage, öffnete Ren mir die Tür. Anstatt mir hinauszuhelfen, lehnte er sich vor und knurrte sanft. Seine Lippen streiften die empfindliche Haut unter meinem Ohr. Seine Stimme war gefährlich verführerisch.

»Ich warne dich, Kelsey. Ich bin ein *extrem* geduldiger Mensch. Ich habe ungemein viel Übung darin, eine Fehde auszusitzen. Mein Leben als Tiger hat mich gelehrt, dass sich Beharrlichkeit und Fleiß *immer* auszahlen. Betrachte dich hiermit als vorgewarnt, *Priyatama*. Ich bin auf der Jagd. Ich habe deine Fährte aufgenommen, und ich lasse mich nicht beirren.«

Er trat beiseite und reichte mir die Hand, um mir beim Aussteigen zu helfen. Ich schlug sie aus und ging mit durchgedrücktem Rücken und weichen Knien zu meiner Tür. Sein leises Lachen wehte zu mir, während er in seinem eigenen Teil des Hauses verschwand.

Ren trieb mich schier in den Wahnsinn. Ich war versucht, seine Tür einzutreten und mich ihm an den Hals zu werfen, aber ich weigerte mich, klein beizugeben. *Ich* würde *ihn* dazu bringen, den ersten Schritt zu tun. *Er* würde derjenige sein, der um Gnade flehte, nicht *ich*.

Schon bald erkannte ich, dass der Wettstreit zwischen Ren und mir Li in den hintersten Teil meines Bewusstseins gedrängt hatte. Jedes Mal, wenn ich mit Li zusammen war, schweiften meine Gedanken ab, und ich heckte ausgefeilte Pläne aus, wie ich Ren verführen könnte. Es war so offensichtlich, dass Li es bemerken musste.

»Erde an Kelsey. Ich bin auch noch hier«, sagte Li eines Abends mit angespannter Stimme während eines seiner Lieblings-Kung-Fu-Filme.

»Was meinst du?«

»Kelsey, du bist die ganze letzte Woche mit dem Kopf woanders gewesen. Du bist nicht hier gewesen, bei mir.«

»Nun ... Die Uni hat wieder angefangen, und die Hausaufgaben lenken mich ab.«

»Es sind nicht die Hausaufgaben, Kelsey. Es liegt an *ihm*.«

Augenblicklich plagten mich Gewissensbisse. Li hatte nichts falsch gemacht, und das Mindeste, was ich ihm schuldete, war meine ungeteilte Aufmerksamkeit. »Es tut mir leid, Li. Du hast vollkommen recht. Aber ab jetzt bin ich hier bei dir, hundert Prozent. Erklär mir noch mal, warum dieser Kung-Fu-Film ein Klassiker ist.«

Li warf mir einen Blick zu und begann dann, mir von *Die Schlange im Schatten des Adlers* zu erzählen, Jackie Chans Debütfilm. Mein echtes Interesse schien ihn ein wenig zu besänftigen. Der restliche Abend verlief reibungslos, aber ich hatte ein schlechtes Gewissen wegen Li. Ich schenkte ihm nicht die Aufmerksamkeit, die er verdiente. Noch schlimmer war der Umstand, dass ich wünschte, Ren hätte den Film mit uns zusammen angeschaut.

Als ich an diesem Abend von meinem Date nach Hause kam, klebte ich eine Notiz auf Rens Seite der Verbindungstür.

> *O Lieb', o Glut! Einst sog er ein*
> *In langem Kuss die Seele mein,*
> *Wie Tropfen Taus der Sonnenschein.*
>   *Alfred Lord Tennyson*

Ren hatte mich seit drei Wochen nicht mehr geküsst, und ich würde wohl bald schlappmachen. Ich hatte alles Menschenmögliche getan und nicht einmal den Hauch eines Knabberns an meinen Lippen gespürt. All die Mühe der letzten Wochen hätte ich mir sparen können. Ich besaß zwar nun eine beträchtliche Kollektion von Lippenstiften sowie unzählige Lipgloss und hatte jeden einzelnen ausprobiert, aber ohne Erfolg.

Während *Wushu* zog er eine weitere Notiz aus seiner Tasche, las sie durch und blickte mit hochgezogener Augenbraue in meine Richtung. Dieses hier war mein absolutes Highlight, und ich hatte es bis zum Schluss aufgespart. Es war mein allerletzter, verzweifelter Versuch.

> *Gib mir den Kuss*
> *Und zähl ein Dutzend zu,*
> *Und noch mal zwanzig, hundert mehr,*
> *Und tausend zu den hundert.*
> *Küss du, bis aus tausend ein Millionenheer,*
> *Verdreifach dies, und wenn's erreicht,*
> *Lass uns von vorn beginnen,*
> *Wie zuerst ganz leicht.*
>
> *Robert Herrick*

Ren sagte kein Wort, aber er starrte mich mit glutvollen, eindringlichen Augen an. Ich erwiderte seinen Blick und spürte, wie ein Band zwischen uns knisternd Feuer fing. Es brannte ein Loch durch mich hindurch. Ich konnte die Augen nicht von ihm lösen, und ihm schien es nicht anders zu ergehen.

Li, der gerade hereinkam, erstarrte, als er Ren und mich so stehen sah, dann schüttelte er sich und verkündete laut, dass wir wieder Wurftechniken üben würden, was er seit Rens erster Stunde vermieden hatte. Dieses Mal würden Li und Ren dem Rest von uns die Bewegungsabläufe vorführen. Li forderte uns alle auf, uns mit dem Rücken zur Wand hinzusetzen. Widerwillig brach Ren den Augenkontakt mit mir ab und wandte sich seinem Gegner zu.

Die beiden Männer umkreisten einander. Li wagte den ersten Schritt, griff zum Angeben mit einem Roundhouse-Kick an, doch Ren blockte ihn mit einem kräftigen Schlag ab. Li verlagerte das Gewicht auf ein Bein und wollte Rens Knie treffen, bevor er einen gezielten Hieb auf seine Brust vollführte. Ren wich jedoch nach rechts aus, sodass Lis Tritt ins Leere ging, und wehrte den Schlag mit der Handfläche ab. Als Nächstes versuchte Li sein Glück mit einem Korkenziehertritt, wobei eine Hand auf dem Boden blieb und er das Bein seitlich nach oben schnellen ließ. Ren packte Lis Fuß und drehte ihn, sodass Li mit einem lauten Knall auf dem Bauch landete. Wütend rollte sich Li weg und versuchte sein Glück mit einer Reihe geschickter Stöße. Ren aber blockte jeden noch so ausgefallenen Angriff mit spielerischer Leichtigkeit ab.

Li erkannte, dass seine Attacken zu nichts führten. Er täuschte einen Schlag vor, um Rens Arm zu fassen zu bekommen und ihm mit einem rückwärtigen Fußstoß ins Gesicht zu treffen, aber Ren wehrte sich mit einem Handkantenschlag. Li verlor das Gleichgewicht und fiel erneut auf die Matte. Geschmeidig wie ein Gummiball sprang er in derselben Sekunde auf, und die beiden umkreisten einander wieder argwöhnisch.

»Sollen wir wirklich weitermachen?«, fragte Ren. »Du hast bewiesen, dass du ein guter Kämpfer bist.«

»Ich muss hier gar nichts beweisen.« Li grinste breit. »Ich will nur, dass du aufhörst, meine Freundin zu beglotzen.« Mit einem doppelten Hammerfaustschlag versuchte er, Ren zu treffen. Ren umfasste einfach Lis Handgelenke und verdrehte sie leicht. Li verzog schmerzgepeinigt das Gesicht und wich hastig zurück. Dann zielte er mit einem geraden Fußstoß auf Rens Gesicht.

Ren aber packte sein Fußgelenk. »Sie hat sich noch nicht entschieden, wessen Freundin sie ist.« Er riss die Arme hoch und schleuderte Li durch die Luft. »Aber wären wir in einem Wettbüro, stünde deine Quote nicht besonders hoch.«

Empört und peinlich berührt keuchte ich auf. Ren drehte sich zu mir um. Li nutzte die Ablenkung schamlos aus, umklammerte Ren von hinten und drückte ihm die Brust zu, eine Technik, die jeden normalen Gegner bewegungsunfähig gemacht hätte. Doch Ren rannte mit Li im Schlepptau zur Wand, stieß sich ab und überschlug sich in der Luft.

Bei der Landung wirbelte er herum und hatte nun Lis Position eingenommen. Der stöhnte vor Schmerz auf, und Ren lockerte rasch den Griff. Li tauchte ab und versuchte erneut, Ren die Beine wegzuziehen, aber der sprang über ihn hinweg und drückte ihn in die Matte.

Jennifer warf mir einen nervösen Blick zu und nahm aufgeregt meine Hand. Li war außer sich vor Wut. Er wischte sich über den Mund und fauchte: »Lass die Wettquote mal meine Sorge sein.« Hastig rollte er sich weg und trat Ren gleichzeitig mit voller Wucht in die Brust. Der Aufprall brachte beide aus dem Gleichgewicht. »Zumindest habe ich sie nicht einfach kampflos aufgegeben«, spottete Li.

Die Bewegungen der beiden waren nun so schnell, dass ich sie kaum nachvollziehen konnte: Stöße mit dem Handballen, ausgefeilte Abwehrtechniken, seitliche Fußstöße und Dreieckssprünge.

Einmal rannte Ren auf Li zu, machte mehrere kompliziert anmutende Saltos, wirbelte herum und sprang über Li hinweg. Sobald er wieder Boden unter den Füßen hatte, nutzte er seinen Schwung und schubste Li mit dem Gesicht zu Boden. Die gesamte Klasse klatschte und johlte vor unverhohlener Begeisterung.

Ren drückte Li mit der flachen Hand in die Matte, raubte ihm jede Möglichkeit, sich zu rühren, und knurrte leise: »Nein. Aber *du* wirst das tun. Sie gehört *mir*.«

Ren ließ Li aufstehen, aber der war nun blindwütig wie ein wilder Stier, rannte wieder und wieder mit aller Kraft und jeder Arm- und Beintechnik, die er kannte, gegen Ren an. Schweiß rann ihm das Gesicht hinab, und er atmete schwer. Er griff Ren noch heftiger und unbarmherziger als zuvor an, und auch Ren schien sein Tempo zu erhöhen. Schließlich gelangen Li ein paar Treffer. Ich schämte mich in Grund und Boden, immerhin kämpften sie um *mich*. *In aller Öffentlichkeit*. Und gleichzeitig konnte ich die Augen nicht von ihnen losreißen.

Li war ein würdiger Gegner, durchtrainiert und ein Könner seines Fachs. Dennoch schienen Ren und er in zwei verschiedenen Ligen zu spielen. Man hatte fast das Gefühl, als würde Li im Vergleich zu Ren in Zeitlupe kämpfen.

Ich beobachtete nur noch Ren. Jede seiner Bewegungen war voller Eleganz, ihre Abläufe ergaben eine wunderschöne Choreografie. Seine Gewandtheit und Stärke schlugen mich in seinen Bann. Er war einfach großartig. Ein Krieger, der dem Tiger in ihm in nichts nachstand.

Dennoch war ich schrecklich verärgert, weil er die Frechheit besaß, mich vor allen als sein Eigentum zu bezeichnen. Und insgeheim überglücklich, dass er mich mit einer solchen Leidenschaft wollte.

Nach einem etwa fünfzehn Minuten andauernden Kampf, der keinen klaren Gewinner offenbaren wollte, schickte Li heftig atmend und keuchend die Klasse fort.

Ich wollte mit ihm reden, aber er winkte mich ungeduldig weg und schnappte sich ein Handtuch, das er sich über den Kopf warf.

Die folgende Woche rief mich Li weder an, noch bat er um ein Date. Am Freitag nach *Wushu* wollte Li mit mir reden und erklärte Ren, dass er mich nach Hause fahren würde. Ren nickte und zog sich schweigend zurück. Seit dem Kampf behandelten sie einander mit einer sonderbaren Zuvorkommenheit.

Li setzte sich und klopfte auf die Matte neben sich. »Kelsey, ich muss dich etwas fragen, und ich will, dass du ehrlich antwortest.«

»Okay.«

»Warum hast du Ren den Laufpass gegeben?«

Ich rutschte nervös hin und her. »Weil ... wir nicht zusammenpassen.«

»Was meinst du damit?«

Ich schwieg einen Moment, dann sagte ich: »Es gibt viele Gründe. Der Hauptgrund ist der ..., dass er unglaublich toll und wunderschön ist und ich ... nicht. Außerdem ist er sehr reich. Und von königlicher Herkunft. Er kommt aus einer anderen Kultur und hat einen ganz anderen Hintergrund, und er ist noch nicht mit besonders vielen Frauen aus gewesen und ...«

»Aber Kelsey, wir zwei kommen auch aus unterschiedlichen Kulturen, haben verschiedene Hintergründe, und das hat dich nie gestört. Mag dich seine Familie nicht?«

»Nein. Seine Eltern sind tot. Sein Bruder mag mich«. Ich rieb mir die Hände im Schoß und sagte kleinlaut: »Der wahre Grund ist aber ein anderer. Ich habe die Sorge, dass er eines Tages aufwacht und feststellt, dass ich keine Prinzessin bin. Ich denke, ich wäre eine Enttäuschung. Es ist nur eine Frage der Zeit, bevor er das erkennt und mich wegen einer anderen verlässt.«

Mit ungläubigem Gesichtsausdruck drehte sich Li zu mir. »Du willst mir also erzählen, dass du ihm den Laufpass gegeben hast, weil du Angst hast, *er* könnte für *dich* zu gut sein?«

»Sinngemäß, ja. Ich wäre wie ein Käfig für ihn und würde ihn unglücklich machen.«

»*Wirkt* er denn unglücklich, wenn ihr zusammen seid?«

»Nein.«

Nachdenklich erklärte Li: »Kelsey, auch wenn mich meine Worte fast umbringen, aber Ren macht auf mich den Eindruck, als wäre er ein sehr umsichtiger, rücksichtsvoller Mensch. Während unseres Kampfes habe ich jeden schmutzigen Trick und jeden noch so fiesen Schlag versucht, und er hat es mir nicht heimgezahlt. Er war mir haushoch überlegen. Sein Können ist mit nichts zu vergleichen, was ich bisher gesehen habe. Man hat fast den Eindruck, als hätte er mit allen alten Meistern trainiert.«

Vermutlich hat er das auch.

»Während des Kampfes hat er sogar Schläge *eingesteckt*, damit ich mich nicht verletze. Das beweist nicht nur unglaubliches Geschick, sondern unvorstellbare Voraussicht.«

Ich zuckte mit den Schultern. »Ich wusste, dass er gut ist.«

»Nein, du verstehst nicht, worauf ich hinauswill. Um ein solches Können an den Tag zu legen, um derart zu kämpfen, braucht es Disziplin. Er hätte mich mit einem einzigen Schlag in den Boden rammen können, aber das hat er nicht.« Er lachte traurig. »Die Hälfte der Zeit hat er mich nicht mal richtig beobachtet! Er hat dich angeschaut, hat besorgt deine Reaktion abgewartet. Er hat dem Kerl, der ihn am liebsten umgebracht hätte, kaum Beachtung geschenkt.«

»Was willst du mir sagen, Li?«

»Ich will dir sagen, dass der Mann hoffnungslos in dich verliebt ist. Das ist mir klar und auch jedem anderen. Falls *du* ihn lieben solltest, musst du ihm das sagen. Deine Ängste, dass er dich verlassen könnte, sind unbegründet. Das würde nicht zu seiner Persönlichkeit passen. Er ist ein Mann, der eine Entscheidung trifft und dann dazu steht. Da gibt es nichts an ihm, was mich vermuten lassen könnte, dass er es nicht ernst mit dir meint.«

»Aber ...«

Li nahm meine Hände in seine und blickte mir fest ins Gesicht. »*Kelsey*. Er hat nur Augen für *dich*.«

Ich sah auf meine Hände.

»Und was deinen lächerlichen Einwand betrifft, du könntest nicht gut genug für ihn sein, so ist im Grunde das Gegenteil der Fall. Er ist nicht gut genug für dich.«

»Das sagst du jetzt doch bloß.«

»Nein. Nein, das ist mein voller Ernst. Du bist wunderbar und süß und hübsch, und er kann sich glücklich schätzen, dich zu haben.«

»Li, warum *tust* du das?«

»Weil ... ich Ren wirklich mag. Ich respektiere ihn. Und weil ich sehe, dass deine Gefühle für ihn viel stärker sind als die für mich. Bei ihm bist du glücklicher.«

»Bei dir bin ich auch glücklich.«

»Ja, aber nicht genauso. Geh heim zu ihm, Kelsey. Du liebst ihn, das ist offensichtlich. Sag ihm das. Gib ihm eine Chance.« Er kicherte leise. »Aber vergiss nicht, ihm zu sagen, dass ich der Noblere von uns beiden bin, weil ich ihm den Vortritt gelassen habe.« Dann drückte er mich fest an sich. »Ich werde dich vermissen, Kelsey.«

In meinem Innern machte es klick, und auf einmal sah ich alles klar. Es war Zeit, Li ziehen zu lassen. Es war nicht fair, ihn noch länger zu quälen. Mein Herz würde nie ihm gehören. Tief in mir wusste ich das schon seit einer geraumen Weile. Ich hatte ihn als seelischen Halt missbraucht. Meine ganze Beziehung mit ihm war zu einem Vorwand geworden, um mich Ren nicht stellen zu müssen. Egal ob ich nun mit Ren zusammenkäme oder nicht, die Sache mit Li und mir musste ein Ende finden.

Gerührt umarmte ich ihn ebenfalls. »Ich werde dich auch vermissen. Du bist gut zu mir und gut für mich gewesen. Ich werde dich nie vergessen. Richte den Jungs meinen Dank aus, weil sich mir das Spielen beigebracht haben.«

»Sicher. Und jetzt los.« Er sprang auf und half mir auf die Beine, bevor er mich liebevoll auf die Wange küsste. »Ich bringe dich nach Hause. Und noch eins, Kelsey.«

»Ja?«

»Falls er dich *doch* verlassen sollte, sag ihm das, dann bekommt er's mit mir zu tun.«

Ich lachte traurig. »Es tut mir leid, Li.«

Er zuckte mit den Schultern. »Du bist es wert. Hätte ich damals, als er aufgetaucht ist, eine Entscheidung von dir verlangt, hättest du sowieso ihn gewählt. So konnte ich zumindest ein bisschen mehr Zeit mit dir verbringen.«

»Es war dir gegenüber nicht fair.«

»Hat nicht irgendjemand mal gesagt, dass in der Liebe und ihm Krieg alle Mittel gestattet sind? Das war ein bisschen Liebe gemischt mit ein bisschen Krieg. Ich hätte es um keinen Preis missen wollen.«

Ich umschloss seine Hand mit meinen Händen und drückte sie. »Irgendwann einmal wirst du eine Frau sehr glücklich machen, Li. Und ich hoffe, dass das sehr bald eintreten wird.«

»Nun, falls du eine Zwillingsschwester haben solltest, kannst du sie mir gerne vorbeischicken.«

Ich lachte, auch wenn mir eigentlich zum Weinen zumute war.

Li fuhr mich nach Hause. Während der Fahrt schwiegen wir, und ich dachte über seine Worte nach. Er hatte recht. Ren *war* ein umsichtiger, rücksichtsvoller Mensch. Er hatte Jahrhunderte Zeit gehabt, um darüber nachzudenken, was er wollte. Aus irgendeinem unerfindlichen Grund wollte er mich. Tief in meinem Innersten wusste ich, dass er mich liebte und mich niemals verlassen würde. Auch wenn ich mich für einen anderen entschieden hätte, wäre er trotzdem in meiner Nähe geblieben und immer für mich da gewesen.

An meinen Gefühlen für ihn hatte sich nichts geändert. Li hatte recht. Ich sollte es ihm sagen. Ich sollte ihm sagen, dass ich eine Entscheidung getroffen hatte.

Seit mehreren Wochen hatte ich mit allen Mitteln versucht, Ren zu verführen, und nun, da ich endlich bekommen würde, was ich mir wünschte …, war ich nervös. Meine Entschlossenheit bekam Risse. Mit einem Schlag fühlte ich mich verletzlich, schwach. Meine Gedanken waren wirr und zerfasert. *Was sollte ich nur sagen?*

Als Li den Motor abstellte, ermunterte er mich ein weiteres Mal. »Sag es ihm, Kelsey.« Er umarmte mich rasch und fuhr dann weg.

Ich stand lange Minuten vor Rens Haustür und grübelte angestrengt, was ich ihm sagen würde.

Da öffnete sich die Tür, und Ren trat heraus. Seine Füße waren nackt, und er trug immer noch sein Sporthemd und die weiße Hose von *Wushu*. Er sah mir eindringlich ins Gesicht und seufzte unglücklich. »Was sollst du mir sagen, Kells?«

Mit gekünstelter Stimme sagte ich: »Das hast du also gehört?«

»Ja.« Seine Gesichtszüge wirkten angespannt, verkrampft. Mit einem Schlag wurde mir bewusst, dass er glaubte, ich hätte *Li* gewählt.

Er fuhr sich mit der Hand durchs Haar. »Was willst du mir sagen?«

»Ich will dir sagen, dass ich eine Entscheidung getroffen habe.«

»Das habe ich mir schon gedacht.«

Ich schlang ihm die Arme um den Hals, aber er verharrte wie versteinert. Ich stellte mich auf die Zehenspitzen, um ihm näher zu kommen. Seufzend legte er ebenfalls die Arme um mich und hob mich hoch. Er presste meinen Körper an seine stählerne Brust, und meine Füße baumelten nun mehrere Zentimeter in der Luft. Sanft flüsterte ich ihm ins Ohr: »Ich habe mich für dich entschieden.«

Er erstarrte ... Dann senkte er den Blick, um mir ins Gesicht zu sehen. »Dann ist Li ...«

»Aus dem Rennen.«

Ein strahlendes Lächeln, das die dunkle Nacht zum Leuchten brachte, legte sich auf seine Lippen. »Nun, dann ...«

»Können wir zusammen sein.«

Ich zog seinen Kopf näher zu mir und küsste ihn zärtlich. Ren riss sich los, um erstaunt mein Gesicht zu ergründen, bevor er mich fest in die Arme nahm und mich ebenfalls küsste. Sein Kuss war weder zärtlich noch süß. Er war heiß, feurig und einfach zum Dahinschmelzen.

Es gibt viele unterschiedliche Arten von Küssen. Der leidenschaftliche Abschiedskuss – wie der von Rhett und Scarlett, als er in den Krieg zieht. Der Ich-kann-nicht-mit-dir-zusammen-sein-würde-aber-gerne-Kuss von Superman und Lois Lane. Dann der erste Kuss – sanft und zögerlich, warm und zerbrechlich. Und schließlich der besitzergreifende Kuss – so wie Ren mich jetzt küsste. Sein Kuss war jenseits von Leidenschaft, jenseits von Begierde. Er war voll verzehrender Sehnsucht, Verlangen und Liebe. Und gleichzeitig war er durchdrungen von einem feierlichen Versprechen und wunderbaren Verheißungen, von denen einige zart und sanft, andere gefährlich und aufregend schienen. Ren ergriff von mir Besitz, brandmarkte mich.

Er bemächtigte sich meiner wie ein Tiger, der seine Beute an sich reißt. Es gab kein Entrinnen. Und das *wollte* ich auch nicht. Ich wäre glücklich in seinen Fängen gestorben. Ich gehörte ihm, und er stellte sicher, dass ich das niemals vergessen würde. Mein Herz zerbarst in tausend wunderschöne Blüten, allesamt Tigerlilien. Und ich wusste mit einer Gewissheit, stärker als alles, was ich je zuvor gespürt hatte, dass wir zusammengehörten.

Schließlich hob Ren den Kopf und murmelte an meinen Lippen: »Das wurde ja langsam auch Zeit.«

8
Eifersucht

Ren küsste mich ein weiteres Mal und schob einen Arm unter meine Knie. Ungestüm trug er mich ins Haus und stieß die Tür mit dem Fuß zu, ohne eine Sekunde die Lippen von meinen zu nehmen. Endlich hatte ich meinen Rhett-Butler-Moment bekommen. Dann ließ sich Ren in dem Lehnstuhl nieder, zog mich auf seinen Schoß und legte meine Steppdecke um uns.

Er küsste und küsste – mein Haar, meinen Hals, meine Stirn, meine Wangen –, kehrte jedoch immer wieder zu meinen Lippen zurück, als wären sie das Zentrum des Universums. Ich seufzte leise und genoss Rens Küsse – umwerfende Küsse, sanfte Küsse, sinnliche Küsse, Küsse, die gerade mal eine Sekunde dauerten und Küsse, die eine Ewigkeit zu währen schienen.

Ein tiefes Grollen rumorte in seiner Brust.

Lachend hob ich den Kopf. »*Knurrst* du mich etwa an?«

Er lachte leise, strich mit den Fingern über meinen Haargummi und spielte damit, sodass sich mein Zopf löste. Während Ren sachte an meinem Ohr knabberte, flüsterte er mir eine Drohung zu: »*Du* hast mich *drei* Wochen lang in den Wahnsinn getrieben. Du kannst von *Glück* reden, dass ich nur knurre.«

Er zog eine Spur sanfter Küsse meinen Hals hinab. »Bedeutet das, du wirst nun öfter hier sein?«, fragte ich.

Seine Lippen bewegten sich an meiner Kehle: »Jede einzelne Minute des Tages.«

»Oh. Dann gehst du mir nicht mehr aus dem Weg?«

Er legte einen Finger unter mein Kinn und drehte mein Gesicht zu sich. »Ich würde dir *niemals* freiwillig aus dem Weg gehen, Kells.« Mit den Fingerspitzen streichelte er über meinen Hals und mein Schlüsselbein, was mir fast die Besinnung raubte.

»Aber das hast du getan.«

»Das war leider unvermeidlich. Ich wollte dich nicht unter Druck setzen, weshalb ich mich zurückgezogen habe, aber ich war immer in deiner Nähe. Ich konnte dich hören.« Er drückte sein Gesicht in meine weich herabfallenden Locken und seufzte. »Und deinen Pfirsich-Sahne-Duft riechen, der mich schier verrückt gemacht hat. Aber ich habe mir verboten, dich zu sehen, außer bei unseren Dates. Als du begonnen hast, mich bewusst zu verführen, wäre ich fast durchgedreht.«

»Aha! Du warst also *doch* versucht.«

»Du warst die schlimmste vorstellbare *Pralobhana*, ich meine, Versuchung. Für einen Moment hätte ich dich mein nennen dürfen, doch dann hätte ich dich für immer verloren. Mir blieb nichts anderes übrig, als die Finger von dir zu lassen und mich nicht auf dich zu stürzen.«

Es war sonderbar. Nun da ich endlich zugegeben hatte, dass ich mit ihm zusammen sein wollte, fühlte ich mich auf einmal nicht mehr schüchtern oder unschlüssig. Ich war ... wie befreit. Fröhlich. Ich übersäte seine Wangen, seine Stirn, seine Nase und schließlich seine fein gemeißelten Lippen mit unzähligen Küssen. Er saß reglos da, während ich sein Gesicht mit meinen Fingerspitzen nachfuhr. Wir sahen einander einen langen Moment an, und seine kobaltblauen Augen verwoben sich mit meinen braunen. Ren lächelte, und mein Herz machte einen Sprung, in dem Wissen, dass er in all seiner Perfektion zu mir gehörte.

Meine Hände glitten von seinen Schultern hoch in sein Haar und strichen es ihm aus der Stirn. »Ich *liebe* dich, Ren. Das habe ich immer.«

Sein Lächeln wurde noch breiter. Er presste mich fest an sich und flüsterte meinen Namen. »Und ich liebe *dich*, meine *Kamana*. Hätte ich gewusst, dass du der Lohn für meine Gefangenschaft bist, hätte ich die Jahrhunderte voll Dankbarkeit erduldet.«

»Was bedeutet *Kamana?*«

»Es bedeutet ›der Wunsch, dessen Erfüllung ich über alles begehre‹.«

»Hm.« Ich drückte meine Lippen an seinen Hals und sog seinen warmen Sandelholzduft ein. »Ren?«

»Ja?« Er wickelte sich eine meiner Haarsträhnen um den Finger.

»Es tut mir leid, dass ich eine solche Idiotin gewesen bin. Das ist alles meine Schuld. Ich habe so viel Zeit vergeudet. Kannst du mir verzeihen?«

Sein Finger hielt inne. »Da gibt es nichts zu verzeihen. Ich habe dich zu sehr bedrängt. Ich habe dich nicht umworben. Ich habe nicht die richtigen Dinge gesagt.«

»Nein. Glaub mir. Du hast die richtigen Dinge gesagt. Ich war nur noch nicht bereit, sie zu hören oder zu glauben.«

»Ich hätte wissen müssen, dass ich nichts überstürzen darf. Es hat mir an Geduld gefehlt, und ein ungeduldiger Tiger bekommt kein Abendessen.«

Ich lachte.

»Wusstest du, dass ich schon Gefühle für dich hatte, noch bevor du überhaupt wusstest, dass ich ein Mensch bin? Erinnerst du dich, wie ich einmal während einer Vorstellung im Zirkus hektisch hin und her gelaufen bin?«

»Ja.«

»Ich hatte geglaubt, du wärst fort. Matt hatte bei einer Unterhaltung mit seinem Vater gesagt, dass eines der neuen Mädchen gekündigt habe. Ich dachte, du wärst gemeint. Ich musste wissen, ob du noch da warst. An jenem Tag bist du nicht zu meinem Käfig gekommen, und ich war verzweifelt, hoffnungslos. Ich habe mich erst beruhigt, als ich dich im Publikum entdeckt habe.«

»Nun, ich bin jetzt hier und werde dich nie mehr verlassen, Tiger.«

Er knurrte, drückte mich an sich und zog mich spaßhaft auf: »Nein, das wirst du nicht. Ich werde dich keine Sekunde aus den Augen lassen. Und was all diese Gedichte angeht, die du mir gegeben hast ... Ich denke, einige von ihnen verdienen es, dass man sich eingehender mit ihnen befasst.«

»Da stimme ich dir voll und ganz zu.«

Er küsste mich. Innig und süß. Seine Hände umschlossen mein Gesicht, und mein Herz machte in meiner Brust Saltos. Dann küsste er meine Mundwinkel und seufzte genüsslich. Wir blieben aneinandergeschmiegt liegen, bis seine Zeit abgelaufen war.

Am nächsten Abend kochte ich für Ren ein besonderes Essen. Als die berühmten Canneloni meiner Mom fertig waren, schaufelte sich Ren eine riesige Portion auf den Teller, kostete und kaute zufrieden.

»Das ist so ziemlich das Beste, was ich jemals gegessen habe. Im Grunde wird es nur noch von Erdnussbutter getoppt, *Chittaharini*.«

»Wie schön, dass dir das Rezept meiner Mom schmeckt. He, du hast mir nie verraten, was *Chittaharini* bedeutet.«

Er drückte mir einen Kuss auf die Finger. »Es bedeutet: ›Jemand, der mich in seinen Bann zieht.‹«

»Und *Iadala*?«

»›Geliebte.‹«

»Wie sagt man ›Ich liebe dich‹ auf Indisch?«

»*Mujhe tumse pyarhai*.«

»Wie sagt man ›Ich bin verliebt‹?«

Er lachte. »Man kann entweder *anurakta* sagen, was so viel bedeutet wie ›man gewinnt etwas lieb‹ oder ›ist jemandem zugetan‹. Oder man sagt *kaamaart*, was bedeutet: ›Du bist unsterblich verliebt und vollkommen liebestoll.‹ Ich bevorzuge das zweite.«

Ich schmunzelte. »Ja. Ich kann mir gut vorstellen, dass du mir raten würdest, *unsterblich* in dich verliebt zu sein. Was heißt ›Mein Freund sieht gut aus‹?«

»*Mera sakha sundara*.«

Ich tupfte mir die Lippen mit einer Serviette ab und fragte ihn, ob er mir bei der Nachspeise helfen wolle. Gentlemanlike schob er mir den Stuhl zurück und folgte mir in die Küche. Ich war mir seiner Nähe extrem bewusst, zumal er ständig einen Grund fand, mich zu berühren. Als er den Zucker wegstellte, strich er wie zufällig über meinen Arm. Während er um mich herumgriff, um an die Vanille zu kommen, liebkoste er meinen Hals. Es verwirrte mich derart, dass ich anfing, Sachen fallen zu lassen.

»*Ren*, du lenkst mich ab. Lass mir ein bisschen Platz, damit ich den Teig machen kann.«

Er kam meiner Bitte zwar nach, blieb aber knapp hinter mir stehen, sodass ich ihn jedes Mal berührte, wenn ich eine Zutat wegräumte. Ich formte die Cookies, legte sie aufs Backblech und verkündete: »Jetzt haben wir fünfzehn Minuten, bis sie fertig sind.«

Er umfasste mein Handgelenk und zog mich an sich. Die nächsten Minuten verflogen in einem sinnlichen Rausch, und erst als die Eieruhr klingelte, kam ich wieder zu mir. Irgendwie war ich auf der Küchenzeile gelandet, in einer stürmischen Umarmung. Eine Hand zerwühlte Ren das seidige Haar, während ich mit der anderen an dem frisch gestärkten Designer-Hemd zerrte, wobei es schrecklich zerknitterte. Beschämt lockerte ich meinen ungestümen Griff und stammelte: »Tut mir leid wegen deinem Hemd.«

Er schnappte sich meine Hand, drückte einen Kuss auf meine Handinnenfläche und lächelte verschmitzt. »Mir nicht.«

Ich schob ihn von mir weg und hüpfte von der Arbeitsplatte. Einen Finger gegen seine Brust gedrückt, sagte ich: »Du bist gefährlich, mein Freund.«

Er grinste. »Es ist nicht meine Schuld, dass du liebestoll bist.«

Ich warf ihm einen bösen Blick zu, aber er ließ sich durch nichts aus der Fassung bringen, derart selbstzufrieden war er. Ich holte die Cookies aus dem Ofen und wandte mich zur Milch um. Als ich Ren ein Glas reichen wollte, hatte er bereits einen sehr heißen Cookie hinuntergeschlungen und stibitzte sich gerade den zweiten.

»Die sind köstlich! Was ist das?«

»Schoko-Erdnussbutter-Cookies.«

»Das ist das Zweitbeste, was ich je gegessen habe.«

Ich lachte. »Das hast du schon zum Abendessen gesagt.«

»Ich habe eben meine Rangliste überdacht.«

»Und was führt sie jetzt an? Immer noch Pfannkuchen mit Erdnussbutter?«

»Nein – du. Aber es war eine sehr knappe Entscheidung.« Sein Lächeln schwand. »Es ist höchste Zeit, dass ich mich zurückverwandle, Kells.«

Ich spürte, wie ein schwaches Zittern durch seinen Arm lief. Er hauchte mir einen letzten Kuss auf den Mund und nahm dann seine Tigergestalt an, um in zwei gewaltigen Sprüngen die Treppe zu nehmen und in meinem Schlafzimmer zu verschwinden. Als ich nach oben kam, hatte er es sich auf dem Läufer neben meinem Bett bequem gemacht, ich ging ins Bad und schlüpfte in meinen Pyjama.

Nachdem ich mir die Zähne geputzt hatte, kniete ich mich neben ihn. Ich schlang ihm die Arme um den Hals und flüsterte: »*Mujhe tumse pyarhai,* Ren.« Er begann zu schnurren, während ich die Decke über mich zog. Ich hatte ihn seit Weihnachten nicht mehr in Tigergestalt gesehen, und ich hatte ihn schmerzlich vermisst. Glücksgefühle schossen durch mich hindurch, als ich sein flauschiges Fell streichelte, mich an ihn kuschelte und seine weiche Pfote als Kissen missbrauchte. Zum ersten Mal, seit ich Indien den Rücken zugedreht hatte, glitt ich mit einem Gefühl des inneren Friedens in den Schlaf.

Am Samstag erwachte ich in meinem Bett, den weißen Stofftiger fest an mich gepresst. Ren saß mit gespreizten Beinen, den Kopf auf die Arme gestützt, auf einem Stuhl und beobachtete mich. Ich stöhnte und zog mir die Decke über den Kopf.

»Guten Morgen, Schlafmütze. Hättest du mit einem Tiger schlafen wollen, hättest du nur fragen müssen.« Er hob das Plüschtier auf. »Wann hast du den gekauft?«

»In meiner ersten Woche hier.«

Er grinste. »Du hast mich also vermisst?«

Ich seufzte lächelnd. »Wie ein Fisch das Wasser.«

»Gut zu wissen, wie wichtig ich für dein Überleben bin.« Er kniete sich vors Bett und strich mir das Haar aus dem Gesicht. »Habe ich dir je gesagt, dass du morgens am schönsten bist?«

Ich lachte. »Du spinnst. Meine Haare sind völlig zerzaust, und ich bin im Schlafanzug.«

»Ich liebe es, dir beim Aufwachen zuzuschauen. Du seufzt leise und fängst an, dich zu räkeln. Du rollst ein paarmal hin und her und murmelst normalerweise etwas über mich.« Er grinste.

Ich stützte mich auf dem Ellbogen ab. »Ich rede also im Schlaf? Nun, das ist irgendwie peinlich.«

»Mir gefällt das. Dann öffnest du die Augen und lächelst mich an, selbst wenn ich ein Tiger bin.«

»Welches Mädchen würde nicht lächeln, wenn du das Erste bist, was sie am Morgen sieht? Es ist, als würde man am Weihnachtsmorgen aufwachen, und das beste Geschenk der Welt wartet auf einen.«

Lachend gab er mir einen Kuss auf die Wange. »Ich würde heute gerne den Silver Falls Nationalpark besuchen, also beweg deine müden Knochen aus dem Bett. Ich warte unten auf dich.«

Auf dem Weg zum Nationalpark machten wir in Salem einen Zwischenstopp bei White's, einem Diner, der schon seit Jahrzehnten existierte. Ren bestellte ihre Spezialität, das große Megamenü: einen riesigen Haufen Bratkartoffeln, Eier, Würstchen und Speck mit Bratensoße. Ich hatte nie jemanden gesehen, der es ganz aufgegessen hatte, aber Ren verdrückte selbst den letzten Krümel und schlang dann auch noch meinen Toast hinunter.

»Du hast aber einen gesunden Appetit«, bemerkte ich. »Hast du denn nichts gegessen?«

Er zuckte mit den Schultern. »Mr. Kadam hat sich um einen Lieferservice gekümmert, der mich mit Lebensmitteln versorgt, doch ich kann außer Popcorn und Sandwiches nichts zubereiten.«

»Warum hast du mir nichts gesagt? Ich hätte doch öfter für dich kochen können.«

Er nahm meine Hand und küsste sie. »Ich wollte dich lieber anderweitig beschäftigt wissen.«

Die Fahrt war wunderschön. Endlose Meilen an Weihnachtsbaumfarmen säumten die Straße, die sich hinauf in das hügelige Waldgebiet schlängelte.

Wir verbrachten den Tag im Nationalpark und wanderten zu mehreren Wasserfällen, den South Falls, Winter Falls und Middle North Falls sowie zu drei weiteren. Es war kalt, und ich hatte meine Handschuhe vergessen. Sofort zog Ren sein Paar aus der Jackentasche und streifte sie mir über die Finger. Sie waren viel zu groß, jedoch gefüttert und warm. Diese wunderbare Geste weckte in mir die Erinnerung an mein fürchterliches Date mit Artie. Ren und Artie waren so verschieden wie Tag und Nacht.

Als wir eine Lichtung überquerten, bemerkte ich, wie er die Nase in die Luft reckte. »Was riechst du?«

»Hm, ich rieche Bären, Pumas, Hirsche, mehrere Hunde, Pferde, Fische, viele Eichhörnchen, Wasser, Pflanzen, Bäume, Blumen und dich.«

»Stört es dich nicht, dass du all diese Gerüche so eindringlich wahrnimmst?«

»Nein. Man lernt, sie zu ignorieren und seine Aufmerksamkeit auf das zu richten, was man wirklich riechen möchte. Es ist dasselbe mit dem Hören. Wenn ich mich konzentriere, kann ich kleine Tiere unter der Erde graben hören, aber das blende ich aus.«

Wir erreichten die Double Falls, und Ren führte mich zu einem moosbewachsenen Felsen, einem perfekten Aussichtspunkt. Selbst in meinem dicken Mantel und meinen Handschuhen zitterte ich, und meine Zähne klapperten. Hastig schlüpfte Ren aus seiner Jacke und legte sie mir um die Schultern. Dann zog er mich an seine Brust und schlang die Arme um mich. Seine seidenweichen Haare kitzelten mein Gesicht, als er den Kopf an meine Wange senkte.

»Es ist beinahe so wunderschön wie du, *Priya*. Das hier ist so viel besser, als von Kappas gejagt und von mörderischen Nadelbäumen zerstochen zu werden.«

Ich drehte mich um und küsste seinen Hals. »Da gibt es etwas, das ich an Kishkindha vermisse.«

»Wirklich? Und was? Lass mich raten. Du vermisst unsere Streits.«

»Sich mit dir zu streiten ist lustig, doch die anschließende Versöhnung ist mir lieber. Das ist aber nicht, was ich vermisse. Ich vermisse, dich den ganzen Tag über als Mensch bei mir zu haben. Versteh mich nicht falsch. Ich liebe den Tiger in dir, aber es wäre schöner, eine normale Beziehung zu führen.«

Er seufzte und zwickte mich sanft in die Taille. »Ich weiß nicht, ob wir jemals eine normale Beziehung führen können.« Er schwieg eine Weile und gestand dann: »So sehr ich es genieße, ein Mensch zu sein, gibt es einen Teil in mir, der frei in der Wildnis herumlaufen will.«

Ich lachte in den dicken Lagen meiner Jacken. »Ich kann mir den Gesichtsausdruck des Parkaufsehers bildlich vorstellen, wenn ihm Wanderer erzählen, dass sie einen weißen Tiger im Wald gesichtet haben.«

Im Laufe der nächsten Wochen fielen wir in eine angenehme Routine. In gegenseitigem Einverständnis entschieden wir, *Wushu* eine Weile auf Eis zu legen, und ich musste eine halbe Stunde am Telefon verbringen, um Jennifer zu trösten und zu ermuntern, auch ohne mich weiterzumachen.

Ren wollte jede Minute bei mir sein, selbst als Tiger. Er liebte es, sich neben meinen Beinen auszustrecken, während ich am Boden saß und lernte.

Abends spielte er auf seiner Mandoline oder übte auf der neu gekauften Gitarre. Manchmal sang er für mich. Seine Stimme war samtig, klang warm und tief. Sein Akzent war beim Singen ausgeprägter, was ich *sehr* anziehend fand. Seine Stimme allein war betörend, aber wenn er sang, versetzte mich das regelrecht in Trance. Er machte häufig Scherze darüber, dass das Biest die Schöne mit seiner Musik zähmte.

Manchmal saß ich einfach nur da, Rens Tigerkopf in meinem Schoß, und beobachtete ihn beim Schlafen. Ich streichelte sein weißes Fell und spürte, wie sich seine Brust hob und senkte. Der Tiger war ein Teil von ihm, und ich störte mich nicht daran. Aber nun, da ich endlich akzeptiert hatte, dass er mich liebte, verspürte ich den unstillbaren Drang, bei ihm zu sein.

Es war frustrierend. Ich wollte jede Sekunde mit ihm verbringen. Ich wollte seiner Stimme lauschen, seine Hand in meiner spüren und mich an seine Brust schmiegen, während er mir vorlas. Wir waren zusammen, aber wir waren nicht *zusammen*. Ren verbrachte den Großteil seiner menschlichen Stunden an der Uni, was wenig Zeit ließ, um unsere Beziehung zu vertiefen. Ich hungerte nach ihm. Ich konnte zwar mit ihm reden, doch er konnte nicht antworten. Rasch wurde ich eine Expertin, was die verschiedenen Gesichtsausdrücke von Tigern anbelangt.

Ich kuschelte mich jede Nacht auf dem Fußboden an Ren, und jede Nacht hob er mich hoch und legte mich zurück in mein Bett, sobald ich eingeschlafen war. Wir erledigten gemeinsam unsere Hausaufgaben, sahen Filme, lasen *Othello* zu Ende und fingen mit *Hamlet* an. Wir hielten engen Kontakt mit Mr. Kadam. Wenn ich ans Telefon ging, redeten wir über die Uni und Nilima, und er tröstete mich, weil meine Recherche über die Prüfung der Vier Häuser bislang ergebnislos verlaufen war. Er war die Höflichkeit in Person und fragte nach meiner Pflegefamilie, aber dann wollte er immer auch mit Ren sprechen.

Ich belauschte sie nicht, aber man musste kein Hellseher sein um zu wissen, dass etwas im Busch war, denn sie sprachen mit gedämpfter Stimme und wechselten manchmal ins Hindi. Gelegentlich hörte ich eigenartige Begriffe heraus: Yggdrasil, Nabelstein und Noes Berg. Sobald Ren auflegte, fragte ich ihn immer, worüber sie geredet hatten, aber er lächelte mich dann an und versicherte, ich bräuchte mir keine Sorgen zu machen oder dass es geschäftlich gewesen wäre oder sie in einer Konferenzschaltung mit Leuten gewesen wären, die nur Hindi sprachen. Ich erinnerte mich an die E-Mail von Mr. Kadam mit den Dokumenten und hatte den leisen Verdacht, dass Ren etwas vor mir geheim hielt. Doch nach den Telefonaten war er so unbeschwert und aufrichtig glücklich, bei mir zu sein, dass ich meine Befürchtungen bis zum nächsten Telefonat vergaß.

Ren schrieb kleine Gedichte auf Zettel und versteckte sie in meiner Tasche, damit ich sie während meiner Kurse fand. Einige waren berühmte Verse, andere stammten aus seiner eigenen Feder. Ich klebte sie in mein Tagebuch und behielt eine Kopie meiner beiden Lieblingsgedichte stets bei mir.

> *Du weißt, du bist verliebt,*
> *Wenn du die Welt in ihren Augen siehst*
> *Und ihre Augen überall in der Welt.*
> — *David Levesque*

> *Besäße ein König eine wertvolle Perle,*
> *Ein kostbares Schmuckstück, ihm das*
> *Teuerste auf Erden,*
> *Würde er sie verstecken,*
> *Den Blicken entziehen,*
> *Aus Sorge, man könnte sie ihm rauben?*
> *Oder würde er sie voll Stolz zeigen,*
> *Sie in einen Ring oder eine Krone*
> *einlassen,*
> *Damit die Welt sich an ihrer Schönheit labt*
> *Und sehen kann, welchen Reichtum sie*
> *seinem Leben beschert?*
> *Du bist meine wertvolle Perle.*
>
> *Ren*

Seine Gedanken und Gefühle zu lesen, entschädigte mich für Rens begrenzte Zeit in Menschengestalt. Nicht ganz. Aber beinahe.

Eines Tages nach Kunstgeschichte holte mich Ren überraschend ab.

»Woher wusstest du, wo mein Kurs ist?«

»Ich bin einfach deiner Spur gefolgt. War leicht wie Pfirsichkuchen mit Sahne, den du mir zu backen versprochen hast.«

»Ich erinnere mich vage«, lachte ich, und wir gingen gemeinsam in Richtung Sprachlabor, um ein Video zurückzubringen, das ewig bei mir herumgelegen hatte.

Hinter dem Schalter des Multimediacenters stand Artie.

»Hi, Artie. Ich bringe nur rasch ein Video zurück.«

Er schob sich die Brille auf dem Nasenrücken zurecht. »Ah, ja. Ich hatte mich schon gefragt, wo es stecken könnte. Du hast die Ausleihfrist überschritten, Kelsey.«

»Ja. Tut mir leid.«

Er stellte es in die Lücke, die er wahrscheinlich all die vielen Wochen angestarrt und die ihn langsam in den Wahnsinn getrieben hatte. »Ich bin froh, dass du den Anstand besitzt, es endlich zurückzubringen.«

»Ja, ich bin der Anstand in Person. Bis bald, Artie.«

»Warte mal, Kelsey. Du hast mich nicht zurückgerufen, was wohl bedeutet, dass dein Anrufbeantworter kaputt ist. Es ist zwar etwas schwierig, und ich müsste mit meinen Terminen jonglieren, aber ich könnte dich nächsten Mittwoch noch einschieben.«

Er zückte Stift und Terminkalender und kritzelte bereits meinen Namen hinein. *Wie kann er nur den großen, durchtrainierten Mann hinter mir übersehen?*

»Hör zu, Artie, ich bin jetzt mit jemandem zusammen.«

»Ich glaube nicht, dass du das gründlich überdacht hast, Kelsey. Unser Date war etwas ganz Besonderes, und ich habe eine echte Verbundenheit zwischen uns gespürt. Ich bin sicher, wenn du noch einmal darüber nachdenkst, wirst du erkennen, dass du *doch* mit mir ausgehen solltest.« Er maß Ren mit einem kurzen Blick. »Ich bin eindeutig die bessere Wahl.«

Verärgert rief ich: »*Artie!*«

Er schob sich wieder die Brille hoch und wollte mich mit seinem eindringlichen Blick zum Einlenken bewegen.

In dem Moment trat Ren zwischen uns. Widerstrebend löste Artie seine Augen von mir und sah Ren angewidert an. Die zwei Männer boten einen solchen Kontrast, dass sich mir ein Vergleich regelrecht aufdrängte. Während Artie einen weichen Schmerbauch vor sich hertrug, war Ren dünn, mit breiter Brust und kräftigen Armen. *Und* – da ich seinen nackten Oberkörper gesehen hatte, konnte ich mich persönlich verbürgen, dass er noch dazu einen unglaublichen Waschbrettbauch besaß. Es wäre ihm ein Leichtes, Artie in den Boden zu rammen.

Artie war blass, hatte haarige Arme, eine rote Nase und tränende Augen. Ren hingegen konnte mit seinem Aussehen den Verkehr zum Erliegen bringen. Und das hatte er auch schon. Im wahrsten Sinne des Wortes. Er war ein gebräunter, Fleisch gewordener Adonis. Es konnte vorkommen, dass Mädchen stolperten und gegen Bäume liefen, wenn sie seiner ansichtig wurden. Nichts davon schien Artie zu beeindrucken. Dafür war er viel zu sehr von sich eingenommen. Mit Stolz geblähter Brust ließ er sich von Rens Großartigkeit nicht einschüchtern.

»Und du bist …?«, näselte Artie.

»Ich bin der Mann, mit dem Kelsey zusammen ist.«

In Arties Gesichtsausdruck spiegelte sich ungläubige Fassungslosigkeit wider. Er starrte an Rens Schulter vorbei zu mir und sagte abfällig: »Du gehst lieber mit diesem *Barbaren* aus als mit mir? Vielleicht habe ich deinen Charakter falsch eingeschätzt. Ganz offensichtlich triffst du allein aufgrund von Äußerlichkeiten zweifelhafte Entscheidungen. Ich hätte mehr von dir erwartet, Kelsey.«

»Wirklich, Art…«, setzte ich an.

Ren brachte sein Gesicht nur wenige Zentimeter vor Arties und drohte mit leiser Stimme: »Wage ja nicht, sie noch einmal zu beleidigen. Die junge Dame hat ihren Standpunkt klargemacht. Falls mir noch einmal zu Ohren kommen sollte, dass du sie oder irgendeine andere Frau belästigen solltest, komme ich zurück und mache dir das Leben zur Hölle.«

Er klopfte mit dem Finger auf Arties Terminkalender. »Vielleicht solltest du dir das lieber notieren, damit du es nicht vergisst. Außerdem solltest du dir hinter die Ohren schreiben, dass Kelsey vergeben ist. Für immer.«

Noch nie hatte ich Ren so erlebt. Er war tödlich. Ich an Arties Stelle hätte wie Espenlaub gezittert. Aber wie gewöhnlich war Artie blind für seine Umgebung. Er bemerkte nicht das gefährliche Raubtier, das hinter Rens Augen lauerte. Rens Nasenlöcher waren gebläht. Seine Augen fest auf sein Ziel geheftet. Seine Muskeln waren gespannt. Er war sprungbereit. Um seinen Gegner in Stücke zu reißen. Um zu *töten*.

Ich legte ihm beruhigend die Hand auf den Arm, und mit einem Schlag veränderte sich sein ganzes Auftreten. Er schüttelte die Anspannung ab, atmete tief aus und legte seine Hand auf meine.

»Komm schon. Wir gehen«, sagte ich und drückte seine Hand.

Auf dem Parkplatz öffnete er mir die Autotür, und nachdem er sichergestellt hatte, dass ich angeschnallt war, beugte er sich herein und sagte: »Wie wäre es mit einem Kuss?«

»Nein. Du hättest dich nicht so eifersüchtig aufführen müssen. Du verdienst keinen Kuss.«

»Ja, aber du.« Mit einem Grinsen küsste er mich leidenschaftlich, bis ich es mir anders überlegte.

Auf der Fahrt nach Hause war Ren still. »Was denkst du?«, wollte ich wissen.

»Ich überlege, ob ich mir eine Fliege und einen Pullunder zulegen sollte, da dir dieses Ensemble anscheinend so gut gefällt.«

Ich lachte und boxte ihm in den Arm.

Später in der Woche beobachtete ich Ren bei einer ernsten Unterhaltung mit einer hübschen, jungen Inderin. Er wirkte leicht verstört. Ich fragte mich, wer die Frau war, als ich eine Hand auf meiner Schulter spürte. Es war Jason.

»Hi, Kelsey.« Er setzte sich neben mich auf die Treppe und folgte meinem Blick. »Ärger im Paradies?«

Ich lachte. »Nein. Was gibt's bei dir Neues?«

»Nicht viel«, erwiderte er, wühlte in seinem Rucksack und reichte mir ein Theaterheft. »Hier ist die Ausgabe mit dem Artikel. Dem mit deinem Foto.«

Auf dem Titelblatt war ein Bild von Jason und mir neben dem Wagen abgedruckt. Meine Hand ruhte auf dem Arm der alten Dame, die sich gerade bei mir bedankte. Ich sah schrecklich aus. *Als wäre ich von einem Auto angefahren worden.*

Da sprang Jason jäh auf. »Äh, du kannst es behalten, Kelsey. Wir sehen uns später«, rief er über die Schulter, als Ren auf uns zukam.

Ren starrte Jason hinterher. »Was sollte das?«

»Lustig, ich wollte dir gerade genau dieselbe Frage stellen. Wer ist das Mädchen?«

Die Angelegenheit schien ihm unangenehm zu sein, und er trat von einem Bein aufs andere. »Komm mit. Wir reden später im Auto.«

Als er aus dem Parkplatz bog, verschränkte ich die Arme vor der Brust und sagte: »Und? Wer ist sie?«

Bei meinem Tonfall zuckte er zusammen. »Sie heißt Amara.«

Ich wartete, aber er fügte seiner Antwort nichts hinzu. »Was wollte sie?«

»Die Telefonnummer meiner Eltern ... Damit ihre Eltern meine anrufen können.«

»Weshalb?«

»Um die Hochzeit zu arrangieren.«

Ich starrte ihn mit offenem Mund an. »Ist das dein Ernst?«

Ren grinste. »Bist du *eifersüchtig*, Kelsey?«

»Verdammt, natürlich bin ich eifersüchtig. Du gehörst zu *mir!*«

Er küsste meine Finger. »Es gefällt mir, wenn du eifersüchtig bist. Ich habe ihr gesagt, dass ich bereits vergeben bin, also musst du dir keine Sorgen machen, *Prema.*«

»Das ist echt schräg, Ren. Wie kann sie dir einen Antrag machen, wenn ihr euch überhaupt nicht kennt?«

»Sie hat nicht direkt um meine Hand angehalten, sie hat nur eine Heirat in Aussicht gestellt. Normalerweise ist das Sache der Eltern, aber in Amerika hat sich da einiges getan. Heutzutage machen die Eltern eine Vorauswahl, und die Kinder können sich aus den Kandidaten jemanden aussuchen.«

»Nun, das hast du doch schon mal durchgemacht. Ich meine, du warst damals mit Yesubai verlobt. *Wolltest* du sie denn heiraten? Immerhin haben deine Eltern sie für dich ausgesucht, nicht wahr?«

Er zögerte und sagte dann vorsichtig: »Ich … hatte mein Schicksal angenommen und mich gefreut, eine Ehefrau an meiner Seite zu haben. Ich hatte gehofft, eine ebenso glückliche Ehe zu führen wie meine Eltern.«

»Aber hättest *du* sie dir denn als Ehefrau ausgesucht?«

»Das stand nie zur Debatte.« Er lächelte, versuchte mich zu besänftigen. »Aber wenn es dich beruhigt, *dich* habe ich ausgesucht.«

Seine Antworten überzeugten mich nicht. »Du hättest es also durchgezogen, obwohl du sie … überhaupt nicht gekannt hast?«

Er seufzte. »Eine Heirat war und ist in der indischen Kultur immer noch etwas anders. Wenn man heiratet, will man seine Familie mit jemandem glücklich machen, der denselben kulturellen Hintergrund hat wie man selbst und der die Traditionen und Bräuche teilt, die deiner Familie wichtig sind. Viele Dinge sind dabei zu berücksichtigen, etwa Bildung, Vermögen, die Kaste, Religion und Herkunft.«

»Das erinnert mich an das Auswahlverfahren fürs College. Hätte ich den Test bestanden?«

Er lachte. »Das ist schwer zu sagen. Viele Eltern halten es für einen Makel, wenn man mit jemandem ausgeht, der nicht aus derselben Kaste oder demselben Kulturkreis stammt.«

»Du willst also sagen, es ist ein Makel, dass du mit einer Amerikanerin ausgehst? Was hätten deine Eltern über uns gesagt?«

»Meine Eltern haben in einer ganz anderen Zeit gelebt.«

»Trotzdem …, wir hätten nicht ihren Segen gehabt.«

»Mr. Kadam ist wie ein Vater für mich, und du *hast* seinen Segen.«

Ich stöhnte leise. »Das ist nicht dasselbe.«

»Kelsey, mein Vater hat meine Mutter geliebt, und sie war keine Inderin. Sie kamen aus unterschiedlichen Kulturen und mussten unterschiedliche Traditionen verbinden, und dennoch waren sie glücklich. Wenn uns irgendjemand aus dieser Zeit verstanden hätte … dann sie. Hätten mich denn *deine* Eltern gemocht?«

»Meine Mutter hätte dich vergöttert. Sie hätte dir jede Woche Schokoladen-Erdnussbutter-Cookies gebacken und jedes Mal gekichert, wenn sie dich gesehen hätte, so wie Sarah. Meinem Vater wäre kein Mann gut genug für mich. Es wäre ihm schwergefallen, mich gehen zu lassen, aber sie hätten dich gemocht.«

Wir bogen in die Garage, und unvermittelt überkam mich die Vision, wie wir vier gemeinsam in der Bibliothek meiner Eltern saßen und über unsere Lieblingsbücher redeten. Ja, sie hätten Ren von ganzem Herzen gutgeheißen.

Ich lächelte einen Moment, dann runzelte ich die Stirn. »Mir gefällt die Vorstellung überhaupt nicht, dass es dort draußen Mädchen gibt, die dir nachstellen.«

»Jetzt weißt du, wie *ich* mich gefühlt habe. Und da wir gerade davon reden, was wollte Jason von dir?«

»Oh. Er hat mir bloß die hier gegeben.«

Ich reichte ihm die Zeitung, während wir ins Haus schlenderten. Ren setzte sich und las den Artikel schweigend, während ich uns einen Snack zubereitete. Mit sorgenvollem Gesicht kam er in die Küche.

»Kelsey, wann wurde das Foto gemacht?«

»Vor etwa einem Monat. Warum? Was ist los?«

»Vielleicht nichts. Ich muss Kadam anrufen.«

Er hängte sich ans Telefon und redete leise auf Hindi. Ich saß auf dem Sofa und hielt seine Hand. Er sprach schnell und wirkte schrecklich beunruhigt. Die letzten Worte, bevor er auflegte, hatten irgendetwas mit Kishan zu tun.

»Ren, sag schon. Was ist los?«

»Dein Name und Foto sind in der Zeitung. Es ist ein völlig unbedeutendes Blatt, und vielleicht haben wir noch mal Glück.«

»Wovon redest du?«

»Wir fürchten, Lokesh könnte dich durch diesen Artikel aufspüren.«

Verwirrt erwiderte ich: »*Oh*. Aber was ist mit meinem Studentenausweis und meinem Führerschein?«

»Die haben wir ändern lassen. Mr. Kadam verfügt über gute Beziehungen. Er hat alles in die Wege geleitet, damit dein Name nicht mehr mit deinem Foto übereinstimmt. Hast du dich denn nicht gewundert, dass er innerhalb einer

Woche einen Pass für dich besorgen konnte, als du letzten Sommer nach Indien gereist bist?«

»Um ehrlich zu sein, habe ich mir darüber keine Gedanken gemacht.« In meinem Kopf wirbelten die neuen Informationen durcheinander, und das Bild des machthungrigen Zauberers, den ich in Indien gesehen hatte, blitzte vor meinem Auge auf. Mit einem Mal war ich beunruhigt und sagte: »Aber Ren, in der Highschool war ich unter meinem richtigen Namen registriert, und es gibt beim Jugendamt Unterlagen, die zu Sarah und Mike führen könnten. Was ist, wenn er sie findet?«

»Mr. Kadam hat sich auch darum gekümmert. In den behördlichen Unterlagen heißt es, dass du mit fünfzehn für volljährig erklärt wurdest, alle Rechnungen bezüglich des Hauses gehen zu einem anonymen Bankguthaben. Selbst *mein* Führerschein ist gefälscht, und ich habe einen neuen Namen angenommen. Kelsey Hayes geht ganz offiziell zur WOU, aber dein Foto wurde ausgetauscht, damit er dich nicht finden kann. Es gibt keine Unterlagen, die deinen Namen mit deinem Foto in Verbindung bringen. Das waren die Dokumente, um die es in der E-Mail ging, die du gelesen hast.«

»Was ist mit meinem Highschool-Jahrbuch?«

»Wurde auch geändert. Wir haben dich aus allen offiziellen Unterlagen ausradiert.«

»Das bedeutet, dieser Artikel…«

»Liefert einen Anhaltspunkt, wie man dich finden kann.«

»Warum habt ihr zwei mir nichts erzählt?«

»Wir wollten dich nicht unnötig beunruhigen. Wir wollten, dass dein Leben so normal wie möglich verläuft.«

»Was werden wir jetzt tun?«

»Hoffentlich das Trimester in aller Ruhe beenden, aber nur für alle Fälle lasse ich Kishan kommen.«

»Kishan kommt her?«

»Er ist ein guter Jäger und kann mir helfen, ein wachsames Auge auf alles zu haben. Außerdem wäre er nicht ganz so *abgelenkt* wie ich.«

»Oh.«

Ren zog mich fest an sich und kraulte mir den Rücken. »Ich lasse nicht zu, dass dir irgendetwas zustößt. Versprochen.«

»Aber was ist, wenn *dir* etwas zustößt? Was kann *ich* tun?«

»Kishan wird mir den Rücken freihalten, damit ich auf deinen aufpassen kann.«

9
Kishan

Ohne ein Zeichen von Lokesh konnte ich dem jährlich stattfindenden Valentinstanz mit Vorfreude entgegenblicken. Die Nacht würde lustig werden, und der gesamte Erlös käme dem Jensen Arctic Museum zugute.

Ren zog einen Kleidersack aus meinem Wandschrank und hängte ihn an die Badezimmertür.

»Was soll das, Tiger? Du glaubst wohl, du kannst jetzt auch noch entscheiden, was ich trage, hm?«

»Ich mag dich in allem, was du trägst.« Er zog mich an sich. »Aber ich würde dich gerne in *diesem* Kleid sehen. Wirst du es mir zuliebe anziehen?«

Ich schnaubte verächtlich. »Wahrscheinlich soll ich es nur tragen, weil ich es auf keinem anderen Date getragen habe. Du kannst das pfirsichfarbene Kleid nicht mehr ausstehen, weil du meinst, dass es nach Li riecht, und das, obwohl es chemisch gereinigt wurde.«

»Das pfirsichfarbene Kleid steht dir wunderbar, und ich habe es extra für dich ausgesucht. Aber du hast recht. Es erinnert mich an Li, und ich möchte, dass der heutige Abend allein uns gehört.« Er küsste mich auf die Wange. »Ich hole dich in zwei Stunden zum Abendessen ab. Lass mich nicht zu lange warten.«

»Keine Sorge.«

Ich berührte seine Stirn mit meiner und fügte leise hinzu: »Ich hasse es, von dir getrennt zu sein.«

Nachdem Ren gegangen war, duschte ich mich, zog einen Bademantel an und wickelte mir ein Handtuch um den Kopf. Ich öffnete den Reißverschluss des Kleidersacks und fand darin ein weinrotes Chiffonkleid mit ausgestelltem Rock und Wasserfallärmeln. Es war ein Wickelkleid, das sich seitlich an der Taille binden ließ. In einer Schachtel am Boden steckten rote Riemchenschuhe.

Ich seufzte. *Warum sind Männer nur so besessen von Riemchenschuhen?*

Da ich nun eine Million Lippenstifte besaß, fand ich problemlos einen, der zu meinem Kleid passte. Ich verbrachte eine gefühlte Ewigkeit damit, meine Haare mit dem Lockenstab in Form zu drehen und mit juwelenbesetzten Kämmen hochzustecken, ließ jedoch ein paar Korkenzieherlocken mein Gesicht umschmeicheln. Ich trug Make-up auf und hatte sogar noch etwas Zeit, mir die Finger- und Fußnägel mit farblich abgestimmtem, rotem Nagellack zu lackieren.

Ren klingelte an der Haustür, um unserem Date einen förmlichen Anstrich zu verpassen. Ich öffnete und keuchte sprachlos auf. Er trug ein strahlend weißes Hemd mit grauer Weste und eine rote Satinkrawatte, die perfekt zu meinem Kleid passte. Seine schwarze Smokingjacke saß wie maßgeschneidert, und das Haar fiel ihm lässig ins Gesicht. Er sah aus wie ein Supermodel, geradewegs der Titelseite des *GQ* entsprungen.

Im Vergleich zu ihm kam ich mir auf einmal wie ein kleines Mädchen vor, das sich verkleidet hatte. Ich konnte mir lebhaft vorstellen, wie jedes weibliche Wesen bei der Valentinsparty die Hand ausstrecken und ihm die Strähne aus der Stirn streichen wollte.

Ren lächelte, und mein Herz rutschte zu Boden, wo es wie ein Fisch am Strand zappelte. Hinter seinem Rücken holte Ren nun zwei Dutzend rote Rosen hervor. Er trat ein und stellte die Blumen in eine Vase mit Wasser.

»*Ren!* Du kannst nicht ernsthaft erwarten, dass ich mit dir auf diese Party gehe, wenn du *so* aussiehst! Es ist schon schlimm genug, wenn du dich *normal* anziehst!«

»Ich habe nicht den blassesten Schimmer, wovon du redest, Kelsey.« Er streckte den Arm nach einer meiner Korkenzieherlocken aus und zog sanft daran, bevor er sie mir hinters Ohr schob. »Niemand wird mich auch nur eines einzigen Blickes würdigen, wenn ich neben dir stehe. Du siehst einfach umwerfend aus. Darf ich dir jetzt dein Valentinsgeschenk geben?«

»Du hättest mir nichts kaufen sollen, Ren. Glaub mir, *du* bist Geschenk genug.«

Er zog eine Schmuckschatulle aus seiner Smokingtasche und öffnete sie. Darin lag ein Paar Ohrringe in hochkarätigem Weißgold, mit diamant- und rubinbesetzten Sternchen-Anhängern.

»Sie sind *wunderschön!*«, flüsterte ich.

Er nahm sie aus der Schatulle und steckte sie mir an. Ich genoss das Gefühl, wie sie an meinen Ohren baumelten und mir ins Gesicht fielen, wenn ich den Kopf drehte.

Ich stellte mich auf die Zehenspitzen und küsste ihn. »Vielen Dank. Ich liebe sie.«

»Warum sehe ich dann ein ›Aber‹ in deinem Gesichtsausdruck?«

»Das ›Aber‹ bezieht sich darauf, dass du mir keine teuren Geschenke machen sollst. Ich wäre vollkommen zufrieden mit ganz normalen Sachen wie … Socken.«

Er schnaubte verächtlich. »*Socken* sind wohl kaum ein romantisches Geschenk. Das ist ein *besonderer* Tag. Verdirb mir den Abend nicht, Kells. Sag mir einfach, dass du mich liebst und dass du die Ohrringe liebst.«

Ich schlang ihm die Arme um den Hals und lächelte zu ihm hoch. »Ich *liebe* dich. *Und* ... ich liebe meine Ohrringe.«

Sein Gesicht erhellte sich mit einem schmerzhaft schönen Lächeln, und mein Herz flatterte wieder.

Ich holte sein Geschenk vom Wohnzimmertisch und reichte es ihm.

»Im Vergleich zu Ohrringen und Rosen kommt mir das hier jetzt ziemlich mickrig vor, aber es ist nicht einfach, einen reichen Tiger zu beschenken.«

Er riss das Geschenkpapier auf, und da war mein lausiges Geschenk, ein Buch.

»Es ist *Der Graf von Monte Cristo*«, erklärte ich. »Es geht um einen Mann, der zu unrecht beschuldigt wird und sehr lange im Gefängnis eingesperrt ist, bis er schließlich fliehen kann und sich an seinen Peinigern rächt. Die Geschichte ist sehr spannend und hat mich an dich erinnert, weil du Hunderte von Jahren in Gefangenschaft gewesen bist. Ich dachte, wir könnten Shakespeare mal eine Pause gönnen und lieber den Roman hier zusammen lesen.«

»Ein perfektes Geschenk. Du führst mich nicht nur in ein neues Gebiet der Literatur ein, sondern bescherst mir auch noch unzählige Stunden gemeinsamen Lesens, was das absolut beste Geschenk ist.«

Mit einer Schere schnitt ich eine Rosenknospe von seinem Strauß ab und steckte sie ihm ins Revers. Dann ging es zum Abendessen, das wir in einem eigens nur für uns gemieteten Separee einnahmen.

Nachdem wir uns gesetzt hatten und von nicht weniger als drei Bedienungen umsorgt wurden, flüsterte ich: »Ein normales Restaurant hätte völlig ausgereicht.«

»In ein normales Restaurant führen heute Abend Hunderte von Männern ihre Dates aus. Es ist weder etwas Besonderes noch kann man sich ungestört unterhalten. Ich will dich ganz für mich allein.«

Ren packte meine Hand und drückte einen Kuss auf meine Finger. »Es ist mein erster Valentinstag mit dem Mädchen, das ich liebe. Ich wollte, dass du im Kerzenschein vor Freude funkelst. Apropos …« Er zog ein Blatt Papier aus der Smokingtasche und reichte es mir.

»Was ist das?« Ich faltete es auseinander und erkannte Rens Handschrift. »Du hast mir ein Gedicht geschrieben?«

Er grinste. »Jawohl.«

»Liest du es mir vor?«

Er nickte und nahm das Blatt zurück. Der Klang seiner sonoren Stimme wärmte mich von innen.

> Ich entzündete eine Kerze und betrachtete das Spiel der Flamme.
> Sie tanzte und streckte sich,
> Wild und zügellos.
> Sie hielt mich gefangen und flackerte in meinen Augen.
> Als ich die Hand nach ihr ausstreckte,
> Regte sie sich.
> Die Flamme schoss empor, brannte heißer.
> Als ich die Hand wegzog, ließ die Hitze nach,
> Wurde schwächer und erlosch.
> Ich streckte erneut die Hand aus, um vom Feuer zu kosten.

> *Würde es mich versengen? Verzehren und*
> *verbrennen?*
> *Nein! Es kitzelte und wärmte mich,*
> *Loderte und glühte,*
> *Setzte mich in Brand – Körper und Geist.*
> *Strahlte, hell leuchtend und wunderschön,*
> *Das schamvolle Rot ihrer Wange.*
>
> *Ren*

Er senkte den Kopf, als wäre ihm die Schönheit seiner Worte peinlich. Ich stand auf und ging um den Tisch herum, setzte mich auf seinen Schoß und legte ihm die Arme um den Hals. »Es ist wunderschön.«

»Du bist wunderschön.«

»Ich würde dich küssen, aber dann wärst du voller Lippenstift, und was würde die Bedienung denken?«

»Mir ist egal, was sie denkt.«

»Ich führe also einen aussichtslosen Kampf?«

»Ja. Ich habe vor, dich zu küssen …, und zwar sehr oft, bevor der Abend zu Ende geht.«

»Ich verstehe. Dann macht es wohl keinen Sinn, wenn ich mich weiterhin sträube, oder?«

»Richtig.«

Unsere Lippen berührten sich, und dieser Kuss ließ mich alles vergessen, selbst die Bedienung, die in unser Separee trat. Als ich sie endlich bemerkte, brannte mein Gesicht dunkelrot.

Ren lachte leise. »Keine Sorge. Sie bekommt ein großzügiges Trinkgeld.«

Hastig schlängelte ich mich von Rens Schoß. Zu meinem Entsetzen musste ich feststellen, dass seine untere Gesichtshälfte mit rotem Lippenstift verschmiert war. Ich konnte mir lebhaft vorstellen, wie *mein* Gesicht aussehen musste. Ren störte es nicht im Geringsten.

Ich raste zur Toilette, um mein Gesicht in Ordnung zu bringen, und bat ihn, schon einmal zu bestellen. Als ich mit dem Ergebnis zufrieden war und zurückkehrte, wartete das Essen bereits auf mich. Ren erhob sich und schob mir den Stuhl zurecht. Dann beugte er sich vor und drückte seine Wange an meine.

Versonnen spielte ich an meinen neuen Ohrringen.

»Sie gefallen dir nicht?«, fragte Ren.

»Ich finde sie wunderbar, aber ich habe wirklich ein schlechtes Gewissen, dass du so viel Geld für mich ausgibst. Es wäre mir lieb, wenn du sie morgen zurück in den Laden bringst. Vielleicht kannst du stattdessen eine Ausleihgebühr bezahlen.«

»Lass uns später darüber reden. Im Moment möchte ich einfach genießen, wie gut sie dir stehen.«

Nach dem Abendessen fuhr Ren mich auf die Valentinsparty. Geschickt wirbelte er mich über die Tanzfläche. Ohne ein einziges Mal die Augen von mir zu lassen, hielt er mich fest an sich gedrückt. Er war so verstörend schön, dass ich ebenfalls nicht den Blick von ihm abwenden konnte.

Bei *My Confession* summte er leise mit, während wir uns zur Musik bewegten.

Lächelnd gestand ich: »Dieser Song beschreibt genau, was ich für dich empfinde. Es hat lange gedauert, bis ich dir oder auch nur mir selbst meine Gefühle eingestehen konnte.«

Er hörte dem Songtext nun genauer zu und lächelte dann. »Ich wusste, was du für mich empfindest, seit dem Kuss, kurz bevor wir Kishkindha verlassen haben. Als du richtig wütend warst.«

»Oh, der, den du als *aufschlussreich* bezeichnet hast?«

»Er war *aufschlussreich*, weil ich mir endlich *sicher* war. Ich war mir sicher, dass deine Gefühle für mich ebenso stark sind wie meine für dich. Man kann niemanden so küssen, ohne in ihn verliebt zu sein, Kells.«

Ich spielte mit dem Haar in seinem Nacken. »Das ist also der Grund, weshalb du anschließend so eingebildet warst und mit stolzgeschwellter Brust rumgelaufen bist.«

»Ja. Aber jegliche Überheblichkeit war wie weggewischt, nachdem du fort warst.« Sein Gesichtsausdruck wurde ernst. Er küsste meine Finger, drückte meine Hand gegen seine Brust und sagte eindringlich: »*Versprich* mir, dass du mich nie wieder verlassen wirst.«

Ich blickte in seine kobaltblauen Augen und sagte: »Ich verspreche, ich werde dich *nie wieder* verlassen.«

Seine Lippen berührten sanft meine. Ein verschmitztes Lächeln stahl sich auf mein Gesicht, als er mich unvermittelt herumwirbelte und dann fest an seine Brust drückte. Sein Arm glitt an meinem Rücken herab, und er ließ mich in einer kreisenden Bewegung nach hinten sinken. Im nächsten Moment riss er mich wieder hoch, und wir bewegten uns zur Tangomusik.

Ich ahnte, dass die Leute uns beobachteten, aber zu diesem Zeitpunkt interessierte mich das schon nicht mehr. Ren tanzte mit unvergleichlicher Eleganz und führte mich geschickt durch die schwierigen Schrittkombinationen, obwohl ich keine Ahnung hatte, was ich gerade tat. Der Tanz war feurig und leidenschaftlich, und bald war ich von ihm und dem Rhythmus der Melodie überwältigt. Eingehüllt in einen Kokon aus betörender Sinnlichkeit, inszenierte er die perfekte Verführung.

Als das Lied zu Ende war, musste Ren mich halten, denn meine Beine waren zu Wackelpudding geworden. Er lachte und liebkoste meinen Hals, erfreut über meine Reaktion.

Das nächste Lied war erneut ein langsames Stück. Nachdem ich mich wieder einigermaßen von seinem aufreizenden Angriff auf meine Sinne erholt hatte, sagte ich: »Ich dachte, diese Art des Tanzens gibt es nur in Filmen. Wo hast du so zu tanzen gelernt?«

»Meine Mutter hat mich in die verschiedenen traditionellen Tänze eingeführt, und dann habe ich im Laufe der Jahre viele Schritte durchs Zuschauen gelernt. Außerdem hat mir Mr. Kadam Nilima als Tanzpartnerin zur Seite gestellt.«

Ich runzelte die Stirn. »Die Vorstellung gefällt mir überhaupt nicht, dass du mit Nilima so getanzt hast. Wenn du üben möchtest, dann mit mir.«

»Nilima ist wie eine Schwester für mich.«

»Trotzdem.«

»In Ordnung, hiermit verspreche ich hoch und heilig, nie wieder mit einer anderen Frau zu tanzen.« Er lächelte. »Auch wenn es mir gefällt, wenn du eifersüchtig bist.«

Wir begannen, uns zu dem langsamen Tanz zu bewegen. Ich lehnte den Kopf an seine Schulter, schloss die Augen und genoss das köstliche Gefühl, von ihm gehalten zu werden. Das Lied war noch nicht einmal zur Hälfte fertig, als ich spürte, wie er sich versteifte und starr hinter mich sah.

»Na, na, na«, unterbrach uns eine seidenweiche, vertraute Stimme. »Ich glaube, das ist jetzt *mein* Tanz.«

Ich wirbelte herum. »Kishan? Ich freue mich, dich zu sehen!« Ich warf ihm die Arme um den Hals.

Der Prinz mit den goldenen Augen umarmte mich ebenfalls, drückte seine Wange an meine und sagte: »Ich freue mich auch, dich zu sehen, *Bilauta*.«

10
Auftragsmörder

Kishan wich einen Schritt zurück, um mich in aller Ruhe zu betrachten. »Ich habe dich vermisst. Hat dich mein dämlicher Bruder gut behandelt?« In einem deutlichen Flüstern fragte er: »Musstest du das Anti-Tiger-Spray einsetzen?«

Ich lachte. »Ren hat mich sehr gut behandelt, obwohl ich *ihm* ein ziemlich schäbiges Valentinsgeschenk gegeben habe.«

»Ach. Er verdient sowieso keins. Was hat er dir denn geschenkt?«

Mit zwei Fingern spielte ich an meinem Ohrring. »Die hier. Aber sie sind viel zu kostspielig für mich.«

Kishan streckte die Hand aus und stupste einen der Ohrhänger an. Sein verwegener Ich-brenn-mit-deiner-Frau-durch-und-du-kannst-nichts-dagegen-tun-Gesichtsausdruck wich einem sanften Lächeln. »Mutter hätte es gutgeheißen«, sagte er leise.

»Willst du damit sagen, die haben eurer Mutter gehört?«, fragte ich Ren, der nickte. »Ren, warum hast du mir das nicht gesagt?«

Mit einem Schulterzucken sagte er: »Du solltest sie nur tragen, wenn sie dir wirklich gefallen. Ich wollte dich nicht unter Druck setzen. Sie sind ein bisschen altmodisch.«

»Du hättest mir sagen müssen, dass sie von deiner Mutter sind.« Ich legte ihm einen Arm um den Hals und küsste ihn. »Vielen Dank, dass du mir etwas geschenkt hast, das dir derart am Herzen liegt.«

Ren zog mich an sich und hauchte mir einen Kuss auf die Stirn.

Ein dramatisches Seufzen war hinter uns zu vernehmen. »Igittigitt, ich glaube, er hat mir weinerlich und niedergeschlagen besser gefallen. Das hier ist einfach ekelerregend.«

Ren knurrte leise: »Wer hat dich denn überhaupt hierher eingeladen?«

»Du.«

»Ja, aber nicht *hierher*. Wie hast du uns überhaupt gefunden?«

»Wir sind nach Salem geflogen, und ich habe die Einladung für den Valentinstanz im Haus entdeckt. Und wenn es eine Party gibt, will ich dabei sein. Auch wenn es so aussieht, als wären all die hübschen Mädchen schon vergeben. Vielleicht … kann ich mir ja *deine* Begleitung ausleihen.«

Kishan streckte die Hand aus, aber Ren trat vor mich und drohte: »Nur über meine Leiche.«

Kishon schob sich die Ärmel seines Pullovers hoch. »Jederzeit, Bruderherz. Mal sehen, was du so draufhast, Mr. Romantik.«

Zeit für das Friedenskorps. Mit meiner lieblichsten Stimme sagte ich: »*Kishan*, wir sind sozusagen mitten in einem Date, und obwohl ich *sehr* froh bin, dich zu sehen, frage ich mich, ob es dir etwas ausmachen würde, jetzt nach Hause zu fahren? Wie du siehst, ist es nicht wirklich eine Party, sondern mehr ein Pärchen-Ding. Wir werden nicht lange weg sein, und zu Hause warten Sandwiches und ein riesiger Teller mit Cookies auf dich. Ist das in Ordnung? *Bitte?*«

»Na schön. Ich mache die Fliege. Aber nur, weil *du* mich gebeten hast.«

Ren erwiderte scharf: »Und falls du nicht sofort verschwindest, *bitte* ich dich auch – wenn auch nicht mit Worten.«

Kishan schnalzte mit der Zunge und spottete: »Sehr schön. Und wir werden sehen, ob wir uns wegen deiner *Bitte* später nicht noch mal unterhalten sollten. Tschüss, Kelsey.«

Mich beschlich ein untrügliches Gefühl, dass meine Hand auf Rens Arms das Einzige war, was diesen davon abhielt, seinem Bruder an die Kehle zu gehen. Er sah Kishan nach, bis er außer Sicht war, aber selbst dann konnte er sich nicht entspannen. Ich versuchte, seine Aufmerksamkeit zurück auf mich zu lenken.

»*Ren.*«

»Er nimmt sich zu viele Freiheiten heraus. Vielleicht war es ein Fehler, ihn herzubitten.«

»Vertraust du ihm?«

»Das kommt darauf an. Ich vertraue ihm bei fast allem. Außer ...«

»Außer?«

»Außer was dich anbelangt.«

»Oh. Du musst *ihm* überhaupt nicht vertrauen. Du musst nur *mir* vertrauen.«

Er schnaubte. »*Kells* ...«

»Ich meine es ernst.« Ich legte ihm die Hände auf die Wangen, damit er mich ansehen musste. »Ich möchte, dass du etwas verstehst. Vielleicht hat deine Braut Yesubai ihn gewollt, aber *ich* will *dich*. Nicht Kishan.« Ich seufzte. »Irgendwie habe ich Mitleid mit Kishan. Er hat den Menschen verloren, den er über alles geliebt hat. Und genau aus diesem Grund sollte man das Beste aus der gemeinsamen Zeit machen. Man weiß nie, wann einem die Liebe seines Lebens genommen wird.«

Er hielt mich eine ganze Weile fest und drückte seine Wange an meine, während wir langsam tanzten. Wir wussten beide, dass ich längst nicht mehr von Kishan geredet hatte.

»Das wird uns nicht geschehen. Ich werde dich nicht verlassen. Vergiss nicht, ich bin unsterblich.«

Ich lächelte halbherzig. »Das habe ich nicht gemeint.«

»Ich weiß, was du gemeint hast«, zog er mich auf. »Aber ich musste drei Männer abwehren, um dein Herz zu gewinnen, und ich will es nicht auch noch mit meinem Bruder aufnehmen müssen.«

Ich lachte. »Du übertreibst maßlos, Tarzan. Du musstest doch überhaupt niemanden abwehren, nun ja, außer vielleicht Li. Dir hat mein Herz die ganze Zeit über gehört, und das wusstest du.«

»Ob *ich* es wusste, und ob *du* es wusstest, sind zwei verschiedene Paar Schuhe. Ich war viel zu lange ein einsamer Tiger. Ich verdiene es, mit der Frau, die ich liebe, glücklich zu sein. Und ich werde nicht zulassen, dass jemand sie mir wegnimmt, am allerwenigsten Kishan.«

Ich warf ihm einen Blick zu.

Er seufzte und wirbelte mich herum. »Ich versuche, geduldiger mit Kishan zu sein, aber er weiß genau, wie man mich zur Weißglut bringt. Es fällt mir schwer, mich in seiner Gegenwart zu beherrschen, insbesondere wenn er mit dir flirtet.«

»Gib dein Bestes. Mir zuliebe?«

»Dir zuliebe würde ich die schrecklichste Folter über mich ergehen lassen, aber ich ertrage es nicht, wenn er mit dir flirtet.«

»Ich liebe *dich*. Ich werde ihm sagen, dass er aufhören soll. Aber ich möchte nicht, dass ihr euch prügelt, während er in der Stadt ist, in Ordnung? Keine Tigerkämpfe. Denk dran, du brauchst ihn!«

»Na schön, aber wenn er weiterhin die Augen und Finger nicht von dir lassen kann, garantiere ich für nichts.«

Nach einer Weile sagte ich sanft: »Du hast es nicht zurückgesagt – dass du mich auch liebst.«

»Kelsey. *Ich bin standhaft wie des Nordens Stern, des unverrückte, ewig stete Art nicht ihresgleichen hat am Firmament.*«

»Cäsar ist gestorben, das weißt du.«

»Ich hatte gehofft, du kennst das Stück nicht.«

»Ich kenne sie alle, Shakespeare.«

»Okay, dann also: Ich liebe dich. Es gibt nichts auf der Welt, das mir wichtiger ist als du. Ich bin nur glücklich, wenn ich in deiner Nähe bin. Der Zweck meines Lebens besteht einzig und allein darin, das zu sein, was du von mir erhoffst. Das war nicht besonders poetisch, aber es kam von Herzen. Reicht das?«

Ich grinste schief. »Ich denke schon.«

Wir blieben nicht lange auf der Party, denn Rens Stimmung hatte sich trotz meiner Küsse und Liebesschwüre nicht gehoben. Er tanzte mit mir, doch mit den Gedanken war er weit weg, und als ich erklärte, dass ich gerne nach Hause fahren würde, widersprach er nicht.

Als wir in unserer Auffahrt hielten, waren die Zimmer in meinem Haus hell erleuchtet. Bevor wir eintraten, schloss mich Ren in die Arme und küsste mich zärtlich. Seine Stirn an meiner sagte er: »Das ist nicht gerade der Ausklang unseres romantischen Dates, den ich geplant hatte.«

»Uns bleibt noch eine Stunde.« Ich grinste und legte ihm die Arme um den Hals. »Was hattest du denn geplant?«

Er lachte sanft. »Eigentlich wollte ich das spontan entscheiden, aber mit Kishan im selben Haus wird das wohl warten müssen.«

Ren küsste mich noch einmal, und wir hörten einen gedämpften Ausruf, der jedoch zu leise war, um ihn zu verstehen. Ren riss die Lippen von meinen und knurrte, murmelte etwas auf Hindi und öffnete mit mürrischem Gesichtsausdruck die Tür.

Kishan schaute fern und hatte unglaubliche Mengen an Essen in sich hineingeschaufelt. Sechs Packungen mit Salzbrezeln, Popcorn, Cookies, Chips und verschiedenen anderen Leckereien lagen halb geleert auf dem Couchtisch verstreut.

»Einfach widerlich«, beklagte sich Kishan. »Konntet ihr zwei das mit dem Küssen nicht auf der Party hinter euch bringen, damit ich es mir nicht anhören muss?«

Mit einem verärgerten Knurren half mir Ren aus dem Mantel, bevor ich nach oben ging. Sobald er sich um Kishan gekümmert hatte, wollte er mir folgen. Der Teil mit dem *sich kümmern* klang in meinen Ohren zwar ein wenig zweideutig, aber ich hatte genickt, in der Hoffnung, dass sie zumindest versuchen würden, höflich miteinander umzugehen.

Ich streifte mir gerade mein Pyjamaoberteil über den Kopf, als ich Ren brüllen hörte: »Du hast *all* meine Erdnuss...butter...*cookies* aufgegessen?«

Ich schüttelte den Kopf. *Zwei Tiger auf so engem Raum, das kann nicht gutgehen.* Ich konnte zwar Kishans Antwort nicht hören, entschied jedoch, dass sie die Angelegenheit untereinander regeln sollten. Behutsam legte ich die Rubinohrringe in meine Haargummischatulle, während ich über Rens und Kishans Mutter nachdachte. Anschließend wusch ich mir die Schminke vom Gesicht und zog die juwelenbesetzten Kämme aus dem Haar, sodass es mir in sanften Wellen den Rücken herabfiel.

Als ich aus dem Bad trat, saß Ren, gegen das Kopfende gelehnt, auf meinem Bett. Seine Smokingjacke hatte er gedankenlos über einen Stuhl geworfen, seine Krawatte war aufgebunden und hing lose um seinen Hals.

Ich kletterte auf seinen Schoß und drückte ihm einen Kuss auf die Wange. Seine Arme umfassten mich, zogen mich näher, doch seine Augen blieben geschlossen.

»Ich gebe mir die größte Mühe mit Kishan, Kelsey, aber es wird sehr, sehr schwer werden.«

»Ich weiß. Wo wird er schlafen?«

»Drüben in meinem Bett.«

»Und wo wirst du schlafen?«

Er schlug die Augen auf. »Hier. Bei dir. Wie immer.«

»Äh, Ren, denkst du nicht, Kishan könnte gewisse Schlussfolgerungen daraus ziehen ... Du weißt schon, dass wir zusammen sind. *Zusammen?*«

»Nun. Keine Sorge. Er weiß, dass wir nicht soweit sind.«

»*Ren.* Wirst du etwa rot?«, lachte ich.

»Nein. Ich habe nur nicht erwartet, dass wir heute über dieses Thema reden.«

»Du stammst wirklich aus einer anderen Zeit, *Prince Charming*. Das ist ein wichtiges Gespräch, das man irgendwann führen muss.«

»Und was, wenn ich für dieses Gespräch noch nicht bereit bin?«

»Wirklich? Du bist dreihundertfünfzig Jahre alt und für dieses Gespräch noch nicht *bereit?*«

Er knurrte sanft. »Versteh mich nicht falsch, Kells. *Ich* bin mehr als bereit für dieses Gespräch, aber *wir* sind es nicht. Zumindest nicht, bis der Fluch gebannt ist.«

Meine Kinnlade klappte herunter. »Ich glaube, ich habe mich gerade verhört, oder? Du willst damit doch wohl nicht sagen, dass wir erst zusammen sein können, nachdem wir noch dreimal von unsterblichen Affen und Dämonen gejagt worden sind, was *Jahre* dauern könnte!«

»Ich hoffe inständig, dass es nicht so lange dauert. Aber ja. Das will ich damit sagen.«

»Und das ist nicht verhandelbar?«

»Nein.«

»Fantastisch! Also werde ich eine alte Jungfer, die mit zwei Raubkatzen zusammenlebt!«

»Für mich wird das auch nicht leicht, Kells. Mr. Kadam ist jedoch derselben Meinung. Es ist einfach zu gefährlich. Seine Nachkommen leben ungewöhnlich lange, und er hat das Gefühl, das Amulett könnte dafür verantwortlich sein. Es war eine sonderbare Unterhaltung, aber er hat uns beiden geraten, keine ... unnötigen Risiken einzugehen. Wir wissen nicht, was das Amulett oder der Fluch bewirken, und ehe wir nicht wieder ganz und gar Mensch sind, kann ich nicht riskieren, dass dir etwas zustößt.«

»Hast du Angst, wir würden kleine Kätzchen bekommen?«, zog ich ihn auf. Ich konnte mich nicht zurückhalten. Moms sarkastischer Humor blitzte gelegentlich in mir auf.

»Mach darüber keine Scherze«, sagte Ren mit versteinertem Gesicht. Ich lachte. »Kelsey! Du nimmst die Sache nicht ernst.«

»Doch, natürlich. Wir reden hier nur gerade über etwas, das mich sehr nervös macht, und normalerweise reagiere ich darauf mit einem Witz. Ganz im Ernst, Ren, du redest hier von *Jahren*, wo ich knapp davor bin, dir die Kleider vom Leib zu reißen und einfach über dich herzufallen.« Ich seufzte. »Denkst du wirklich, dass es gefährlich wäre?«

»Die Wahrheit ist, ich weiß es nicht. Ich weiß nicht, welche Wirkung der Fluch auf uns hat. Und auf gar keinen Fall will ich dich in Gefahr bringen. Können wir diese Unterhaltung also aufschieben ..., zumindest eine Weile?«

»Okay«, murrte ich. »Aber du solltest wissen, dass es mir in deiner Gegenwart ... schwerfällt, einen klaren Gedanken zu fassen.«

»Hmmm«, flüsterte er und drückte seine Lippen an meinen Hals.

»Das ist, nebenbei bemerkt, keine große Hilfe.« Ich seufzte. »Vermutlich warten in der Zukunft viele kalte Duschen auf mich.«

»Auf uns beide«, murmelte Ren an meiner Kehle. »Hattest du auch bei deinen anderen Freunden Schwierigkeiten, einen klaren Gedanken zu fassen?«

»Welche Freunde?«

»Jason und Li?«

Ich stöhnte leise. »Kein bisschen.«

Sein Mund zeichnete eine heiße Spur von meiner Wange zu meinem Kinn. »Und was war vor ihnen?«

»Nein. Da gab es niemanden. Du bist der Erste ..., der Einzige.«

Er hob den Kopf und lächelte sein umwerfendes Lächeln. »Ich bin hocherfreut und außer mir vor Glück, das zu hören.« Er strich mir das Haar über die Schulter und küsste meinen Hals. »Nur fürs Protokoll, Kells, du bist auch meine Erste und Einzige.«

Ich fröstelte. Mit einem Seufzen küsste er mich ein letztes Mal und drückte mich an seine Brust.

Ich spielte mit den Knöpfen an seinem Hemd und sagte leise: »Kurz vor ihrem Tod hat meine Mutter genau über dieses Thema mit mir gesprochen. Sie und Dad haben gehofft, dass ich bis zur Hochzeit warten würde, so wie sie.«

»Für mich stand das nie zur Debatte. Zu meiner Zeit, in meinem Land, gab es keine flüchtigen Affären.«

»Ach«, neckte ich ihn, »für dich ist das hier also eine flüchtige Affäre?«

»Nein. Für mich nicht, auf keinen Fall.« Er legte den Kopf schräg und beobachtete sorgfältig meinen Gesichtsausdruck. »Wie sieht's bei dir aus?«

»Für mich auch nicht.«

»Gut zu wissen.« Er streckte sich, schnappte sich meine Decke und legte sie über uns.

»Ren?«

»Hmm?«

»Was würdest du sagen, wenn ich noch warten will, du weißt schon, bis …«

Ein Lächeln erhellte sein wunderschönes Gesicht. »Bis … *was?*«

Nervös biss ich mir auf die Lippe. »Bis …, *du weißt schon.*«

Er grinste noch breiter. »Soll das etwa ein Antrag werden? Brauchst du Mr. Kadams Telefonnummer, um dir seinen Segen zu holen?«

Ich schnaubte verächtlich. »Das hättest du wohl gerne, Romeo! Aber mal im Ernst, Ren, wenn ich warten wollte, würde es … dich *stören?*«

Er nahm mein Gesicht in seine Hände, sah mir in die Augen und sagte schlicht: »Auf dich würde ich ewig warten, Kelsey.«

Ich seufzte. »Du findest immer genau die richtigen Worte.« Ich genoss das Gefühl, an ihn geschmiegt dazuliegen, als mich ein Gedanke wie der Schlag traf, und ich mich hastig aufsetzte. »Moment mal! Deine Erste und Einzige, hä? Das entspricht nicht *ganz* der Wahrheit, oder? Mr. Kadam hat mir erzählt, dass er in Hampi ins Bad der Königin eingestiegen ist, was eine Art Ritus für junge Männer war. Hast *du* ihn nicht mehrmals nach Hampi begleitet?«

Ren erstarrte. »Nun, *streng genommen* …«

Ich lächelte und hob spöttisch eine Augenbraue. »*Ja, Ren? Mein Liebster?* Was wolltest du sagen?«

»Streng genommen hast du recht. Kadam, Kishan und ich sind tatsächlich eingestiegen. Aber wir haben es nur bis zum äußeren Tor geschafft, und alle haben geschlafen. Wir haben nichts gesehen.«

Ich stieß meinen Zeigefinger gegen seine Brust. »Ist das auch die Wahrheit, Lanzelot?«

»Das ist hundert Prozent die Wahrheit.«

»Wenn ich also morgen Kishan frage, wird er deine Geschichte bestätigen?«

»Natürlich.« Dann murmelte er verstohlen: »Und wenn nicht, bekommt er einen Kinnhaken verpasst.«

»Das habe ich gehört. Ich würde dir raten, Ren, dass das auch wirklich die Wahrheit war, und außerdem wirst du Kishan *keinen* Kinnhaken verpassen.«

»Ich ziehe dich nur auf, Kells. *Versprochen*. Seit dem Tag, als du mir zum ersten Mal im Zirkuskäfig vorgelesen hast, habe ich keine andere Frau mehr angesehen. Du bist ein Schwan zwischen lauter Schwalben.«

»Netter Versuch, mein Lieber, aber du solltest vielleicht noch mal einen Blick in dein Biologiebuch werfen.«

Er runzelte die Stirn und überging meinen Einwand. »Was Kishan betrifft, hätte er sowieso eine Abreibung verdient. Immerhin hat er mir meine Cookies weggefressen.«

»Ich backe dir morgen neue, sei also nicht mehr sauer.« Ich lachte, bis er mich mit seinen Lippen zum Schweigen brachte.

Am nächsten Tag über Rens drittem und Kishans viertem Omelett verkündete Ren, dass er wieder mit *Wushu* anfangen wollte. Kishan klatschte in die Hände, schien es gar nicht abwarten zu können, Ren zu verprügeln.

Die Brüder mieteten ein kleines Studio, in dem wir allein trainieren und sie mich unterrichten konnten. Sie zeigten mir keine ausgefallenen Techniken und Bewegungsabläufe, sondern verpassten mir einen Crashkurs für Anfänger in Wie-setze-ich-meinen-Gegner-schachmatt. Wir hielten es für das Beste, wenn ich ein paar wirksame Verteidigungstechniken erlernte für den Fall, dass Lokesh uns fand, und wegen all der Kreaturen, die uns möglicherweise auf der nächsten Etappe unserer Suche auflauern konnten. Wir dehnten uns ein paar Minuten, und dann begann Ren seine Lehrstunde, indem er Kishan als Versuchsperson benutzte.

»Lektion eins. Wenn dein Angreifer auf dich zustürmt, drück die Knie durch und lass ihn näher kommen. Dann packst du seinen Arm, wirbelst um ihn herum und drückst ihm die Arme um den Hals. Wenn es ein großer Kerl ist, muss man versuchen, den Kehlkopf zu erwischen.«

Kishan lief auf Ren zu und griff ihn von hinten an. Dann war ich an der Reihe. Ren kam auf mich zu, und ich umklammerte seinen Arm und sprang an seinem Rücken hoch. Ich warf ihm die Arme um den Hals und deutete einen Würgegriff an, küsste ihn aber rasch auf die Wange, bevor ich wieder auf den Boden hüpfte.

»Gut. Lektion zwei. Wenn dir dein Angreifer in der Kampfkunst überlegen ist, versuch nicht, gegen ihn zu kämpfen. Versuch einfach nur, ihn außer Gefecht zu setzen. Ziel auf den Magen oder die Leistengegend und tritt so fest zu, wie du kannst.«

Kishan stürzte sich erneut auf Ren und vollführte einen kompliziert anmutenden Angriff. Ich erkannte einen hohen Tritt ins Gesicht mit angewinkeltem Knie und einen Roundhouse-Kick, aber er hatte noch viele andere spektakuläre Schlag- und Tritttechniken auf Lager, die ich noch nie zuvor gesehen hatte. Ren wich zurück, floh wachsam aus

Kishans Reichweite, bis er eine Schwachstelle fand und Kishan mit aller Wucht in den Magen trat. Kishan war sofort wieder auf den Beinen und attackierte ihn weiter. Diesmal kämpfte er noch verbissener und warf Ren zu Boden, der mit einem mächtigen Faustschlag parierte und seine tödliche Hand erst Millimeter vor Kishans Gesicht zurückzog.

»Wenn du die Wahl hast, entscheide dich für die Lendengegend. Dort kannst du sehr großen Schaden anrichten.

Lektion drei. Ziele auf empfindliche Körperregionen. Das sind die Augen, der Kehlkopf, die Ohren, die Schläfe und die Nase. Bei den Augen – bohrt man zwei Finger hinein, nämlich so. Bei den Ohren – benutzt du beide Hände und schlägst gleichzeitig auf beide Ohren, und zwar so fest, du kannst. Bei allem anderen reicht ein kräftiger Schlag mit der flachen Hand.«

Ren zeigte mir jede Technik und bat mich dann, sie an ihm auszuprobieren. Er wollte, dass ich wirklich zuschlug, da unser Training so realistisch wie möglich sein sollte. Ich brachte es einfach nicht über mich.

Kishan seufzte, stand auf und schob Ren beiseite. »So wird sie es nie lernen. Sie muss spüren, wie sich ein richtiger Angriff anfühlt.«

»Nein, du bist zu grob. Du würdest ihr wehtun.«

»Was denkst du, werden *die* mit ihr anstellen?«

Ich legte meine Hand auf Rens Arm. »Er hat recht. Lass es uns ausprobieren.«

Widerstrebend stimmte Ren zu und trollte sich zur anderen Seite des Raums.

Ich stand nervös mit dem Rücken zu Kishan und wartete auf den Angriff. Er schlich sich von hinten heran, packte meinen Arm und drehte mich kraftvoll herum. Seine Hände schossen zu meinem Hals. Er würgte mich.

Ein wildes Knurren erscholl, bevor Kishan mit aller Gewalt gegen die Wand geschleudert wurde. Ren stand vor mir und strich sanft über die roten Fingerabdrücke an meiner Kehle.

»Ich hab's dir doch gesagt!«, schrie er Kishan an. »Du bist zu grob! Sie wird blaue Flecken am Hals haben!«

»Ich muss grob sein, damit es realistisch ist. Sie muss bereit sein.«

»Ren, mir geht's gut. Lass es uns noch mal versuchen. Ich muss mich vorbereiten, damit ich bei einem Angriff klar denken kann. Vielleicht muss ich dich eines Tages retten.«

Liebevoll streichelte er meinen Hals und sah mich unentschlossen an. Schließlich nickte er und trat einen Schritt beiseite.

Kishan lief zum anderen Ende des Raums und brüllte in meine Richtung: »Nicht denken! Reagieren!«

Ich drehte mich um und wartete auf den Angriff. Kishan bewegte sich lautlos. Ich lauschte, wollte seine Schritte ausmachen, hörte jedoch nichts. Ganz plötzlich schlang er mir die Arme von hinten um den Hals und zerrte mich fort. Er war zu stark. Er würgte mich. Ich wand mich, schlug um mich und trat ihm auf den Fuß, aber vergebens.

Verzweifelt rang ich nach Luft und knallte meinen Kopf gegen sein Kinn. Es tat weh. Höllisch. Aber für einen kurzen Moment lockerte er seinen Griff, sodass ich mich befreien und zu Boden gleiten konnte. Sofort sprang ich auf, rammte ihm die Schulter in die Leiste und boxte ihm, so fest ich konnte, in den Magen.

Kishan ging zu Boden, krümmte sich. Ren stieß ein bellendes, lautes Lachen aus und klopfte seinem Bruder auf den Rücken. »Du hast darum gebeten! *Nicht denken. Reagieren.* O Mann! Ich wünschte, ich hätte eine Kamera dabei!«

Ich zitterte vor Anstrengung. Ich hatte es geschafft, war mir jedoch bewusst, dass ich es niemals mit mehr als einem Angreifer aufnehmen könnte. Wie sollte ich nur Ren beschützen, wenn ich mich kaum um mich selbst kümmern konnte? »Geht's Kishan gut?«

»Ja, keine Sorge. Gib ihm nur eine Minute.«

Ren war wie berauscht von meinem kleinen Sieg. Kishan stand mit schmerzverzerrtem Gesicht auf. »Das war gut, Kelsey. Wäre ich ein echter Mensch, hättest du mich für mindestens fünf Minuten ausgeschaltet.«

Mir war ein bisschen übel. »Ihr zwei? Können wir für heute Schluss machen? Mein Kopf dreht sich. Ich glaube, ich brauche ein Aspirin. Im Vergleich zu euch erhole ich mich nämlich nicht so schnell.«

Ren wurde schlagartig nüchtern, befühlte meinen Schädel und ertastete eine Beule. Er bestand darauf, mich zum Auto zu tragen, obwohl ich genauso gut hätte selbst laufen können. Als wir zu Hause waren, legte er mich aufs Sofa, versetzte Kishan im Vorbeigehen einen harten Schlag in den Bauch und eilte in die Küche, um einen Beutel Eis für meinen Kopf zu holen.

Während der folgenden zwei Wochen trainierten wir intensiv, und ich gewann allmählich an Selbstvertrauen, dass ich bei einem Angriff eine gewisse Chance hätte. Kishan und Ren wechselten sich ab, nachts die Umgebung zu durchstreifen, damit sich niemand ins Haus schleichen und uns überraschen konnte.

Ich verstaute einen Notfallrucksack unter dem Vordersitz von Kishans schwarzem GMC-Pick-up mit Kleidung und ein paar Sachen, die ich bei einer Flucht unbedingt bräuchte: meine Steppdecke, Reisepapiere, die Rubinohrringe und Fanindra. Ren und Kishan füllten ihn mit Geld aus unterschiedlichen Ländern auf und legten eine Tasche mit Kleidung für sich in den Wagen. Sie parkten den Pickup etwa eine Meile die Hauptstraße hinunter und bedeckten ihn zur Tarnung mit Ästen und Blättern.

Mein Amulett und Rens Armband mit dem Medaillon trug ich immer bei mir, aber ich machte mir Gedanken um Rens selbst geschnitzte Schatulle, die er mir zu Weihnachten geschenkt hatte. Er schlug vor, sie zur Sicherheit Mr. Kadam zu schicken. Am nächsten Tag verschifften wir ein Paket mit der Schatulle für meine Haarbänder und mehreren anderen unersetzbaren persönlichen Gegenständen nach Indien.

Die gedrückte Stimmung aufzuhellen, fiel uns immer schwerer, denn wir spürten alle, dass eine Bedrohung aufzog. Kishan gesellte sich nun zu unseren Filmeabenden und verputzte das ganze Popcorn, was Ren bis aufs Blut ärgerte. Die meisten Abende verbrachten wir zu Hause, und ich kochte für uns. Kishan aß doppelt so viel wie Ren, der selbst schon *Unmengen* verdrückte. Der Safeway-Lieferant glaubte wahrscheinlich, dass wir hier heimlich eine Pension führten bei dem Berg an Essen, das wir uns jede Woche liefern ließen.

An einem Samstag im März schlug ich einen Ausflug nach Tillamook und zum Strand vor. Das Wetter sollte ungewöhnlich warm und sonnig werden. Die Wahrscheinlichkeit, dass die Wettervorhersage recht behielt, war zwar nicht besonders hoch, aber die Strände in Oregon waren wunderschön, selbst bei Regen. Und sobald ich Schoko-Erdnussbutter-Eis in Aussicht stellte, war Ren für meinen Vorschlag Feuer und Flamme.

Wir packten alle Zutaten für S'mores – Sandwiches bestehend aus Keksen, Marshmallows und Schokolade – sowie Wechselklamotten in den Kofferraum des Hummer. Ich fuhr nach Lincoln City und bog dann rechts auf den Highway 101, der sich entlang der Küste zog. Es war eine hübsche Spazierfahrt, und als ich die Fenster einen Spalt öffnete, reckten beide Tiger die Schnauzen in die Höhe, um den Geruch des Ozeans in sich aufzusaugen. Schließlich fuhr ich zum Besucherzentrum der Tillamook Cheese Factory und suchte mir einen Parkplatz, der so weit weg wie möglich von der Menschenmenge lag.

»Wir treffen uns drinnen.«

Ich warf mir eine leichte Jacke über. Trotz der Wettervorhersage war der Himmel bedeckt, und nur gelegentlich schaffte es die Sonne, sich einen Weg durch die grauen Wolken zu bahnen. Es wehte ein leichter Wind, aber regnen würde es wohl erst am Abend. Ich spazierte in den Laden und besah mir die schier unvorstellbare Auswahl an unterschiedlichen Käsesorten in der Auslage.

Kurz darauf tauchte Ren auf und verschränkte seine Finger mit meinen. Er trug einen eisblauen Kapuzenpulli mit dem Aufdruck eines asiatischen Drachens auf der Brust.

Mit der Fingerspitze fuhr ich den Drachen nach. »Woher hast du den?«

Er zuckte mit den Schultern. »Aus dem Internet. Allmählich bin ich zu einem Experten auf dem Gebiet des Internetshoppens geworden.«

»Hm. Er gefällt mir.«

Er hob eine Augenbraue. »*Wirklich?*«

»Ja.« Ich seufzte. »Ich sollte dich lieber nicht in die Nähe des Eises lassen.«

Er warf mir einen entrüsteten Blick zu. »Und warum?«

»Weil du so heiß bist, dass du es zum Schmelzen bringen könntest, und dann würde Kishan weinen«, witzelte ich. »Die Mädchen beim Eisstand ziehen dich mit ihren Augen jetzt schon aus.«

»Vielleicht ist der junge Mann hinter der Ladentheke deiner Aufmerksamkeit entgangen. Er war sehr verstimmt, als ich mich zu dir gesellt habe.«

»Du lügst.«

»Niemals.«

Ich spähte zu dem Typ hinter der Kasse. Er beobachtete uns tatsächlich. »Wahrscheinlich will er nur sicherstellen, dass wir nicht zu viel Käse naschen.«

»Das glaube ich kaum, Kelsey.«

Wir gingen zur Eistheke, wo mir der Duft von frisch gebackenen Waffeln in die Nase stieg. Kishan bestellte eine mit Schokolade und gehackten Nüssen verzierte Waffel und drei riesige Kugeln: Blaubeer-Käsekuchen, Schokolade-Orange und Root-Beer.

»Das ist eine interessante Mischung, Kishan.«

Er grinste mich über seine gigantische Eiswaffel hinweg an und nahm einen großen Bissen von seinem Root-Beer-Eis. Ren war als Nächster an der Reihe, aber er schien sich nicht entscheiden zu können.

»Ich bin hin und her gerissen.«

»Zwischen welchen Sorten?«

»Schokolade-Erdnussbutter und Pfirsich-Sahne.«

»Du liebst Erdnussbutter mit Schokolade. Die Entscheidung dürfte dir nicht besonders schwerfallen.«

»Das ist wahr«, lehnte er sich flüsternd zu mir, »aber Pfirsich und Sahne liebe ich noch mehr.«

Er küsste mich auf die Wange und bestellte sich eine doppelte Portion Pfirsich mit Sahne.

Ich bestellte zwei Kugeln Schokolade-Erdnussbutter und oben drauf meine Lieblingssorte, Tillamook Mudslide, und versprach Ren, dass er die zweite Hälfte meiner Eiswaffel bekäme. Außerdem nahm ich noch ein großes Stück Schokoladen-Erdnussbutter-Fudge mit und bezahlte.

Es war nur eine kurze Fahrt zum Meer. Weil der Himmel bedeckt und es noch recht kühl war, lag der Strand verlassen da. Abgesehen von uns dreien gab es nur die Möwen und das Grollen des kalten Ozeans.

Das eisige graublaue Wasser bäumte sich auf, rauschte über den schiefergrauen Sand und spritzte mit einer Gischtwolke über die großen schwarzen Felsen. Das hier war der Ozean des Nordwestens: wunderschön, kalt und dunkel. Ganz anders als die Strände im südlichen Kalifornien oder in Florida. Weit draußen auf dem Wasser trieb langsam ein Fischerboot vorbei.

Ren breitete eine große Decke aus und machte ein Lagerfeuer. Schon bald loderte eine knisternde Flamme, und er schmiegte sich neben mich auf die Decke. Wir aßen, lachten und unterhielten uns über die verschiedenen Kampfsportstile: Karate, *Wushu*, Ninjutsu, Kendo, Aikido, Shaolin, Muay Thai, Taekwondo und Kempo.

Ren und Kishan stritten sich, welchem Stil man in welcher Situation den Vorzug geben sollte. Schließlich einigten sie sich, und Ren schlug mir einen Spaziergang am Strand vor. Wir streiften unsere Stiefel ab und ließen das kühle Wasser über unsere nackten Füße klatschen, während wir Händchen haltend bis zu den schwarzen Felsen schlenderten, die etwa eine halbe Meile entfernt waren.

»Magst du das Meer?«, fragte er.

»Ich liebe es, das Meer anzuschauen oder einen Segeltörn zu machen, aber schwimmen jagt mir Angst ein. Bis zu den Knien bin ich gerne drin, aber das ist auch alles.«

»Warum? Ich dachte, du liebst Geschichten über den Ozean.«

»Ja. Es gibt viele tolle Bücher über das Meer – *Robinson Crusoe*, *Zwanzigtausend Meilen unter dem Meer* oder *Moby Dick*.«

»Warum hast du dann Angst?«

»Ein Wort. *Haie*.«

»Haie?«

»Ja. Vielleicht sollten wir uns mal *Der weiße Hai* zusammen anschauen.« Ich seufzte. »Ich weiß, statistisch gesehen ist die Wahrscheinlichkeit nicht besonders groß, von einem Hai gefressen zu werden, aber allein bei dem Gedanken, dass ich im Wasser nichts sehe, flippe ich aus.«

»Swimmingpools sind in Ordnung?«

»Ja. Ich liebe es zu schwimmen, aber ich habe im Fernsehen zu viele Sendungen über Haie gesehen, um mich im Meer wohlzufühlen.«

»Vielleicht wäre es anders, wenn du tauchen würdest.«

»Vielleicht, auch wenn ich das bezweifle.«

»Ich würde es gerne mal ausprobieren.«

»Nur zu.«

»Apropos Statistik ... *Du* hast ein signifikant höheres Risiko, von einem Tiger gefressen zu werden.«

Er versuchte, mich am Arm zu packen, aber ich machte geschickt einen Satz zur Seite und lachte. »Allerdings nur, wenn der Tiger mich fangen kann.«

Ich lief weg, so schnell ich konnte, und er jagte mich lachend über den Sand. Er ließ mich eine Weile entkommen, auch wenn ich genau wusste, dass er mich jederzeit einholen konnte. Schließlich wirbelte er mich hoch und warf mich über seine Schulter.

Ich kicherte. »Na gut, Tiger, die Flut setzt ein, und wir haben Kishan schon zu lange allein gelassen.«

Er trug mich zurück zur Decke und setzte mich ab.

Ich holte die Marshmallows zum Grillen heraus, da forderte Ren seinen Bruder zu einem Wettlauf heraus, von der Decke bis zu den Felsen und wieder zurück.

»Sei kein Spielverderber, Kishan. Der Erste, der zurück ist, gewinnt.«

»Was gibt es denn zu gewinnen?«

»Wie wär's mit dem ersten S'more?«, schlug ich vor.

Kishan schüttelte den Kopf. »Wie wär's mit einem Kuss von Kelsey?«

Rens Miene verfinsterte sich.

»Äh, Kishan«, sagte ich, »ich halte das für keine gute Idee.«

Kishan blieb hartnäckig. »Ist schon in Ordnung, Kelsey. Es wäre zwar ein echter Ansporn für ihn, aber er weiß wahrscheinlich, dass er verlieren würde.«

»Ich verliere *nicht*«, knurrte Ren.

Kishan bohrte Ren den Zeigefinger in die Brust. »Selbst an deinem besten Tag würdest du nichts weiter als eine Staubwolke von mir sehen.«

»Na schön. Bringen wir's hinter uns.«

»Hey, ich denke nicht ...«

»Auf die Plätze. Fertig. Los!«

Beide schossen so schnell über den Sand, dass sie nur verschwommen zu erkennen waren. Meine Marshmallows waren längst vergessen, als ich wie gebannt dastand und ihnen beim Laufen zusah. Kishan war schnell wie ein Blitz, aber Ren stand ihm in nichts nach. Als sie am Felsen umdrehten, wirbelte Ren schneller herum, überholte Kishan und konnte seinen Vorsprung halten. Auf der Hälfte des Weges streckte sich Kishan, griff nach der blauen Kapuze an Rens Sweater, riss daran und zog seinen Bruder zu Boden.

Ren taumelte und fiel, sprang jedoch augenblicklich wieder auf, stürzte vorwärts und lief, als wäre der Teufel hinter ihm her. Seine Beine schienen Unmögliches zu vollbringen. Sand stob mehrere Meter hinter ihm in die Höhe, während die beiden Brüder wieder gleichauf lagen. Das

Rennen endete damit, dass Kishan um wenige Zentimeter gewann.

Ren war stinksauer. Kishan lachte nur und schob Ren beiseite, um seinen Preis einzufordern.

Ich stellte mich auf die Zehenspitzen und hauchte Kishan einen flüchtigen Kuss auf die Wange. Ren wirkte erleichtert und beruhigte sich allmählich. Er hob einen Stein auf und schleuderte ihn ins Meer.

»Du hast nur gewonnen, weil du betrogen hast«, murrte er.

»Ich habe gewonnen, weil ich weiß, *wie* man gewinnt«, erwiderte Kishan. »Betrug hin oder her. Du musst lernen, alles zu tun, wessen es bedarf um zu siegen. Und apropos siegen, *das* war nicht der Preis, den ich im Sinn hatte.«

Er packte mich am Ellbogen, wirbelte mich herum und ließ mich in einer dramatischen Kussaktion nach hinten fallen. Es war mehr Schauspiel als irgendetwas anderes, aber Ren drehte völlig durch.

»*Lass. Sie. Los.*«

Nachdem Kishan mich wieder auf die Beine gestellt hatte, trat ich hastig einen Schritt zurück, und Ren holte aus und traf Kishan mit voller Wucht in den Magen, was ihn kopfüber in den Sand sacken ließ und ihm das Lachen aus dem Gesicht wischte. Sie rollten zehn Minuten kämpfend und knurrend über den Strand. Ich entschied, mich nicht einzumischen. Es schien, dass ihre Lieblingsbeschäftigungen Ringen und Raufen waren.

Als sie endlich wieder bei Sinnen waren, aßen wir alle S'mores. Während ich Ren sanft das Haar aus dem Gesicht strich, sagte ich: »Das hatte doch gar nichts zu bedeuten. Er will dich nur provozieren.«

»Oh, das hatte sehr wohl etwas zu bedeuten. Wie schon gesagt, wenn er die Finger nicht von dir lassen kann, garantiere ich für nichts. Hey, die sind richtig gut. Hmm, aber noch besser wären sie mit ...«

»Erdnussbutter?«, sagten wir beide wie aus einem Munde.

Er begann, klebrige Küsse über mein ganzes Gesicht zu verteilen. Ich lachte, schob ihn von mir weg und sprang zur Seite. Er wollte mir gerade nachjagen, als mein Handy klingelte. Es war Jason.

»Hi, Jason. Was gibt's?«

»Gut, danke. Ich dachte, es könnte dich interessieren, dass gestern zwei Typen auf dem Campus waren und nach dir gefragt haben. Sie meinten, sie wären von einer Kanzlei und müssten wegen dem Testament deiner Eltern mit dir reden.«

»Ich verstehe. Wie haben sie ausgesehen?«

»Große Kerle, teure Anzüge. Sie wirkten seriös, aber ich habe ihnen nichts gesagt. Ich wollte zuerst mit dir reden.«

»Okay. Vielen Dank, Jason. Du hattest recht, ihnen nichts zu verraten.«

»Steckst du irgendwie in Schwierigkeiten, Kelsey? Ist alles in Ordnung?«

»Ja, ja, natürlich. Keine Sorge.«

»Okay, bis dann.«

»Bis dann.«

Ich klappte mein Handy zu und sah zu Ren. Er starrte zurück, und wir beide wussten es. Lokesh hatte mich gefunden. Ich hörte Kishan leise reden und drehte mich um. Er telefonierte, wahrscheinlich mit Mr. Kadam.

Noch im selben Moment begannen wir, alles zusammenzupacken. Die Atmosphäre am Strand hatte sich schlagartig verändert. Jetzt war es rings um uns finster, dunkel und unheilvoll. Der Himmel glich plötzlich einer düsteren, bedrohlichen Vorahnung, und unvermittelt zitterte ich im kühlen Wind.

Wenn Jason den Fremden nichts erzählt hatte, da waren sich Ren und Kishan einig, konnten sie unseren Aufenthaltsort noch nicht ausfindig gemacht haben. Wir entschieden, zurück nach Hause zu fahren, um letzte Vorbereitungen zu treffen, und dann Oregon zu verlassen.

Auf der Fahrt rief ich Sarah und Mike an und erzählte ihnen, dass ich unverhofft nach Indien zurückkehren müsste. »Mr. Kadam hat eine wichtige Entdeckung gemacht und braucht meine Hilfe. Ren wird mich begleiten. Ich melde mich nach der Landung.«

Außerdem rief ich Jennifer an und tischte ihr dieselbe Geschichte auf. Lachend sagte sie, dass ich es ihr geradeheraus sagen könnte, falls ich mit Ren durchbrennen wollte. Nach viel Überzeugungsarbeit glaubte sie mir schließlich und versprach, es Li so schonend wie möglich beizubringen. Ich nahm mich in Acht, weder mein Reiseziel noch die Länge meines Aufenthalts preiszugeben, drückte mich so vage wie möglich aus.

Als ich mein Handy zuklappte, versicherte mir Ren, dass man meine Familie in Sicherheit bringen werde. Mr. Kadam hatte einen Überraschungsurlaub für Sarah, Mike und die Kinder arrangiert. Auf sie wartete eine dreiwöchige Pauschalreise nach Hawaii, aber nur, wenn sie sofort abreisten. Ihnen wurde weisgemacht, dass der Urlaub der erste Preis bei einer Verlosung von der Firma ihrer Lieblingslaufschuhe wäre.

Die ganze Fahrt nach Hause starrte ich in die Seitenspiegel, erwartete schwarze Sedans mit abgedunkelten Scheiben, die uns von der Straße drängten, und zwielichtige Gestalten, die das Feuer auf uns eröffneten. Ich hatte gegen Dämonen und unsterbliche Affen gekämpft, aber aus irgendeinem Grund war es etwas ganz anderes, hier in meiner Heimat von echten Verbrechern bedroht zu werden.

Ich konnte mir einreden, dass Dämonen nicht real waren, und obwohl sie mich gejagt und verletzt hatten, schienen sie keine wirkliche Gefahr darzustellen, während die Vorstellung von Männern aus Fleisch und Blut, die uns kidnappen und foltern und töten wollten, schrecklich beängstigend war.

Als wir zu Hause ankamen, fuhr ich in die Garage und wartete im Wagen, bis die Brüder das Haus kontrolliert hatten. Wenige Minuten später kehrte Ren zurück, legte mir einen Finger an die Lippen und öffnete leise meine Tür. Er hatte sich umgezogen, trug nun dunkle Kleidung, schwere Stiefel und eine schwarze Jacke.

»Was ist los?«, formte ich mit dem Mund.

Ren flüsterte mir ins Ohr: »Jemand war im Haus, genau genommen in beiden Häusern. Ihre Witterung ist überall, aber sie haben nichts mitgenommen. Im Moment ist niemand hier. Du gehst jetzt nach oben, ziehst dir dunkle Klamotten und Laufschuhe an. Wir treffen uns unten. Kishan bewacht die Türen. Wir gehen hinten raus, machen einen Umweg zu Kishans Pick-up und fahren zum Flughafen.«

Ich nickte, eilte ins Haus und rannte die Treppe hoch. Oben wusch ich mir das Gesicht, zog eine dunkle Jeans an, ein langärmeliges schwarzes Sweatshirt und Turnschuhe. Ich schnappte mir meine Jacke und traf mich unten mit den beiden.

Sowohl Kishan als auch Ren hatten sich mit Waffen aus meiner *Wushu*-Kiste versorgt. Der dreigliedrige Kettenstab hing zusammengeklappt hinten an Kishans Gürtel, und Ren hatte sich zwei Sai-Dolche in den Gürtel gesteckt. Ren und ich folgten Kishan, der uns nach draußen in den Wald führte.

Er blieb häufig stehen, um zu wittern und den Boden abzusuchen. Bis zum Pick-up hatten wir etwa eine Meile zurückzulegen. Jedes Geräusch, jedes Rascheln und Knacken im Geäst ließ mich zusammenzucken, und ich wandte mich oft um, weil ich mit einem plötzlichen Angriff rechnete. Zwischen meinen Schulterblättern kribbelte es, als beobachtete uns jemand.

Nach etwa fünf Minuten erstarrte Kishan. Er bedeutete uns, uns zu ducken, und wir gingen hinter Farngewächsen in Deckung. Jemand schlich durch den Wald, war uns auf den Fersen. Selbst ich hörte ihn, was bedeutete, dass er sich ganz in der Nähe befinden musste. Kishan flüsterte: »Wir müssen weg von hier. Wenn ich ›Jetzt‹ sage, lauft los.« Ein paar angespannte Sekunden verstrichen. »Jetzt.«

Er führte uns in schnellem Tempo tiefer in den Wald hinein. Ich versuchte, mich so leise wie möglich zu bewegen, doch wer auch immer hinter uns war, musste mein ungeschicktes Trampeln hören können. Meine Füße schienen nie die richtigen Stellen am Boden zu finden, und ich ließ beim Laufen oft Äste knacken und rutschte auf der nassen Erde aus. Wir kamen an eine Lichtung, und Kishan blieb jäh stehen und zischte uns zu: »Hinterhalt!«

Wir drehten uns um. Der Mann, der uns verfolgte, hatte uns eingeholt und versperrte uns den Fluchtweg. Kishan warf sich ihm entgegen. Als er nur noch einen guten Meter entfernt war, zog er den Kettenstab hervor und ließ ihn über sich durch die Luft peitschen. Mir war die Waffe sperrig vorgekommen, doch in Kishans Händen wirbelte sie wie die Rotorblätter eines Hubschraubers. Mit einem Krachen hieb er den Mann um, tat dann einen gewaltigen Satz, ließ die Waffe erneut kreisen und schlug dem Mann mit dem Kettenstab auf Rücken und Kopf. Mit einer schnellen Bewegung des Handgelenks faltete Kishan die Waffe wieder zusammen und schob sie in seinen Gürtel zurück. Der Mann stand nicht mehr auf.

Ren packte mich bei der Hand und zerrte mich mit sich. Bei einem Dickicht blieb er stehen, stieß mich hinter einen umgestürzten Baumstamm und befahl mir, mich nicht von der Stelle zu rühren. Dann eilte er zu Kishan zurück. Neben seinem Bruder nahm er seine Gefechtsposition ein. Ich sah die Sai-Dolche aufblitzen, als er sie hervorholte und geschickt kreisen ließ, während Kishan erneut mit dem Kettenstab die Luft durchschnitt. Beide Brüder spähten abwartend in den Wald.

Die anderen Männer hatten uns eingeholt. Was als Nächstes passierte, war kein Übungskampf in einem Dōjō. Das hier war eine Schlacht. *Krieg.* Ren und Kishan sahen wie zwei Superhelden aus. Ihre Gesichter spiegelten keinerlei Gefühlsregung wider. Sie kämpften geschmeidig und effizient, bewegten sich harmonisch wie ein Paar todbringender Tänzer, Ren mit den Sai-Dolchen und Kishan mit dem Kettenstab. Gemeinsam erledigten sie mindestens ein Dutzend Männer, doch zwischen den Bäumen kamen noch mehrere Dutzend hervorgestürzt.

Ren schlug einem Mann mit dem Ellbogen gegen den Hals und zerquetschte ihm wahrscheinlich die Luftröhre. Als der Mann vornüberkippte, schlug Ren ein Rad über dessen Rücken und trat mit dem daraus entstandenen Schwung dem nächsten Kerl mitten ins Gesicht. Kishan war unbarmherzig. Er brach einem den Arm und trat gleichzeitig einem anderen gegen das Knie. Ich vernahm ein widerliches Knacken und Geschrei, als seine beiden Gegner zu Boden sackten. Es war, als wäre man mitten in einem von Lis Kung-Fu-Filmen, bloß dass das Blut und die Gefahr hier real waren.

Als keiner der Männer mehr stand, kamen die beiden Brüder zu mir zurückgerannt.

»Es sind noch mehr im Anzug«, sagte Kishan mit belegter Stimme.

Wir liefen los. Ren hob mich hoch und warf mich über seine Schulter. Obwohl meine Last ihn verlangsamte, war er immer noch schneller, als ich es je sein könnte. Die Brüder liefen mit atemberaubender Geschwindigkeit. Schnell, aber lautlos. Irgendwie wussten sie instinktiv, wo sie hintreten mussten, um jeglichen Lärm zu vermeiden. Kishan verlangsamte sein Tempo und lief nun hinter uns. So ging es mindestens zehn Minuten weiter. Ich glaubte uns schon weit entfernt von den Angreifern, da hörte ich auf einmal ein Zischen und Knallen, als die Baumstämme um uns her von etwas getroffen wurden.

Sogleich erhöhten Ren und Kishan das Tempo merklich, machten dann einen Satz hinter einen umgestürzten Baumstamm und gingen in Deckung. »Schießen sie auf uns?«, flüsterte ich.

»Nein«, flüsterte Kishan zurück. »Jedenfalls nicht mit Kugeln. Kugeln klingen anders.«

Wir saßen still da. Mein Atem ging schwerer als ihrer, obwohl sie doch gelaufen waren. Wir warteten ab. Die Brüder lauschten gebannt. Ich wollte schon eine Frage stellen, doch Ren legte einen Finger an die Lippen. Sie verständigten sich mithilfe von Handzeichen. Ich sah genau hin, kam aber nicht dahinter, was sie meinten. Ren rollte den Finger zu einem Kreis, und Kishan reichte ihm den Kettenstab, verwandelte sich in den schwarzen Tiger und stahl sich in den Wald.

Ich wies zu der Stelle, an der Kishan verschwunden war. Den Mund dicht an meinem Ohr, flüsterte Ren kaum hörbar: »Er lockt sie weg.«

Er schob mich in die Vertiefung des Baumstamms und schirmte mich mit seinem Körper ab.

Eine gefühlte Ewigkeit hockte ich dort, angespannt, das Gesicht an Rens Brust vergraben. Ein schreckliches Brüllen erklang. Ren schlang die Arme um mich und flüsterte: »Es hat geklappt. Jetzt sind sie etwa eine halbe Meile weit weg. Machen wir uns auf den Weg.«

Er ergriff meine Hand und führte mich wieder in Richtung des versteckten Pick-up. Ich war so leise wie möglich. Nach etlichen Minuten sprang uns eine dunkle Gestalt in den Weg. Es war Kishan. Er verwandelte sich in einen Menschen zurück. »Sie sind überall. Ich habe sie so weit wie möglich weggeführt, aber es sieht so aus, als hätte man uns ein ganzes Regiment auf den Hals gehetzt.«

Zehn Minuten später erstarrte Kishan und schnupperte in die Luft. Ren tat es ihm gleich. Männer sprangen von Bäumen, andere ließen sich an Gurten und Seilen herab. Zwei Männer packten mich, zogen mich von Ren fort und hielten mich fest, während fünf Männer ihn angriffen. Er brüllte wütend auf und verwandelte sich in einen Tiger, was die Männer nicht zu überraschen schien. Kishan hatte sich bereits in einen Tiger verwandelt und etliche seiner Gegner erledigt.

Ren stand auf den Hinterläufen, schlug einem Mann die Pfoten auf die Schultern und knurrte ihm ins Gesicht. Er biss den Mann in den Hals und die Schulter, stieß ihn zu Boden und benutzte seinen Körper zum Absprung. Er schnellte mit ausgefahrenen Krallen in die Luft und fuhr zwei Männern mit den Pranken quer über die Brust. Die Ohren hatte er flach an den Kopf angelegt, sein Fell war gesträubt, und ihm tropfte Blut aus dem Maul. Sein Schwanz hob und senkte sich mehrmals ruckartig, bevor er wieder in die Luft sprang. Er landete auf dem Rücken eines Mannes, der Kishan angriff, und allein die Last von Rens Körper setzte den Angreifer außer Gefecht.

Ich wollte mich wehren, konnte mich aber nicht einmal bewegen, so fest hielten die Männer mich. Kishan brüllte schmerzgepeinigt. Ein Mann hatte eine Waffe benutzt, an deren Spitze sich eine Art Elektroschocker befand. Der schwarze Tiger wirbelte herum, warf den Mann mit der Waffe zu Boden und biss ihn in die Schulter. In seinem Maul hob Kishan den Mann auf und schüttelte ihn heftig, bis sich der Angreifer nicht mehr rührte. Dann schleppte er den schlaffen Körper ein paar Meter weiter und schleuderte ihn mit einer ruckartigen Kopfbewegung ins Gebüsch. Schließlich erhob er sich wie ein Bär auf die Hinterläufe und schlug mit den Pranken nach anderen Männern, die sich ihm näherten. Blut tropfte ihm aus dem Maul, als er ein böses Knurren von sich gab.

Ren versuchte ständig, zu mir zurück zu gelangen, doch jedes Mal stellten sich ihm Männer in den Weg. Ich nutzte die kurze Ablenkung, als Ren einen Mann vor unsere Füße fallen ließ, und trat einen meiner Angreifer so fest wie möglich in die Weichteile und rammte dem anderen den Ellbogen in den Magen. Er krümmte sich, hielt mich aber weiter fest am Arm gepackt. Dann schlug er mir gegen die Schläfe, und meine Sicht verschwamm.

Ich hörte Rens furchtbares Brüllen. Zwar setzte ich mich weiter zur Wehr, aber mir war schwindlig. Der Mann hielt mich vor sich, als wäre ich ein Köder. Er verhöhnte die Tiger, indem er rau mit mir umging. Offensichtlich wollte er die Brüder ablenken, und leider ging sein Plan auf. Ren und Kishan versuchten immer wieder, sich den Weg zu mir zu bahnen und blickten häufig zu mir, sodass ihnen weitere Männer in den Rücken fallen konnten.

Noch mehr Männer trafen ein. Anscheinend hatte man Verstärkung gerufen. Einer von ihnen zückte eine Waffe und schoss auf Ren. Ein Pfeil traf ihn am Hals, und er geriet kurzzeitig ins Taumeln. Ich sah rot, und auf einmal war meine Sicht wieder klar und deutlich. Kraft durchströmte meine Glieder. Mit dem Hinterkopf rammte ich die Nase des Mannes, der mich gefangen hielt, und spürte zu meiner Befriedigung, wie das Knorpelgewebe zertrümmerte. Der Mann schrie auf und lockerte seinen Griff so weit, dass ich wegspringen konnte. Ich rannte auf Ren zu. Er verwandelte sich in einen Menschen. Ein weiterer Pfeil traf ihn. Er hielt sich immer noch auf den Beinen, doch er bewegte sich viel langsamer. Ich riss ihm die Pfeile aus dem Körper.

Er wollte mich hinter sich schieben. »Kelsey! Zurück mit dir! Jetzt!«

Ein dritter Pfeil traf ihn in den Oberschenkel. Er taumelte und sank auf ein Knie. Männer stürzten sich von allen Seiten auf ihn, und da Ren wusste, dass ich in der Nähe war, kämpfte er verbissen weiter, um sie von mir fernzuhalten. Kishan war wütend, zerfleischte einen Mann nach dem anderen, während er versuchte, zu uns zu gelangen, doch ständig kamen immer noch mehr. Er hatte zu viel zu tun und konnte mir und Ren nicht helfen, schaffte es selbst kaum, dem Ansturm standzuhalten. Ich wollte die Männer von Ren wegziehen, doch sie waren groß, professionelle Kämpfer, vielleicht Soldaten. Folglich achteten sie im Grunde nicht auf mich, sondern konzentrierten sich auf die beiden Ziele, von denen mehr Gefahr ausging. Ich war nichts weiter als eine ärgerliche Fliege, die sie ab und an verscheuchten. *Wenn ich bloß eine Waffe hätte.*

Ich war verzweifelt. Es musste doch etwas geben, das ich tun konnte, um Ren zu beschützen. Er erledigte den letzten Mann in unserer Nähe und ging heftig keuchend in die Knie. Dutzende Männer lagen um uns her. Manche tot, manche verwundet. Aber es kamen immer mehr. Es waren so viele! Ich sah, wie sie näher kamen, den Blick unverwandt auf den erschöpften Mann an meiner Seite gerichtet.

Die Angst um Rens Leben ließ eiserne Entschlossenheit in mir aufsteigen. Wie eine Bärenmutter, die ihre Jungen verteidigte, stellte ich mich vor Ren, wollte sie mit aller Kraft daran hindern, weiter vorzudringen. In mir loderte ein Feuer – das Bedürfnis, den Mann, den ich liebte, zu beschützen. Ich erzitterte am ganzen Körper vor Energie, drehte mich zu dem Mann um, der mir am nächsten stand, und starrte ihn finster an. Er zielte, und ich hob abwehrend die Hand. Mein Körper war siedend heiß, und ein flüssiges Flammenmeer schoss meinen Arm hinab bis in meine Hand. Die Flammen entzündeten sich, und die magischen Symbole, die Phet, der Mönch, mir einst auf die Hand gemalt hatte, traten wieder in Erscheinung und leuchteten hochrot. Ein Blitz zuckte mit einem lauten Grollen von meiner Hand auf meinen Angreifer zu. Der Mann wurde in die Luft gehoben und so heftig gegen einen Baum geschleudert, dass dieser erbebte. Dann sackte er an dem Stamm nach unten und blieb reglos liegen.

Ich hatte keine Zeit, das eben Geschehene zu hinterfragen oder auch nur, mich zu wundern. Stattdessen widmete ich mich einfach dem nächsten Angreifer und dann dem nächsten. Von Zorn übermannt stand ich aufrecht vor unseren Feinden, und eine lodernde Wut durchwogte mich. Im Geiste schrie ich, dass niemand diejenigen verletzen würde, die ich liebte. Euphorisch vor Kraft erledigte ich einen Mann nach dem anderen.

Ein Nadelstich traf mich am Arm, und noch einer an der Schulter. Sie fühlten sich wie Bienenstiche an, doch statt eines Brennens machte sich Taubheit breit. Das Feuer in meiner Hand verlosch mit einem Zischen, und ich fiel taumelnd vor Ren zu Boden. Er schubste einen Angreifer zurück, immer noch kämpfend, obwohl ihn etliche Pfeile getroffen hatten. Mir wurde schwarz vor Augen, und meine Lider senkten sich.

Ren hob mich hoch, und ich hörte ihn schreien: »Kishan! Nimm sie!«

»Nein«, murmelte ich unverständlich.

Das Flüstern seiner Lippen strich an meiner Wange vorbei, und dann spürte ich, wie sich eiserne Arme um meinen Körper schlossen.

Ren rief: »Weg! Jetzt!«

Ich wurde durch den Wald getragen, doch Ren folgte uns nicht. Ich hörte, wie er vor Wut und Schmerz aufbrüllte, und trotz meiner Benommenheit ahnte ich, dass es nicht der körperliche Schmerz war, der ihn schreien ließ. Denn ich spürte die Pein ebenfalls. Der furchtbare, herzzerreißende Schmerz rührte daher, dass man uns getrennt hatte. Ich konnte die Augen nicht offen halten. Ich streckte eine Hand aus und griff schwach ins Leere.

Undeutlich flehte ich: »Ren! Nein!«

Dann wurde es schwarz um mich.

11
Rückkehr nach Indien

Das tiefe Dröhnen eines Motors riss mich aus meiner Bewusstlosigkeit. Mein Kopf pulsierte, und ein sonderbarer Geschmack klebte mir an der Zunge. Irgendetwas war falsch. Mein Verstand war immer noch benebelt. Ich wollte aufwachen, aber ich wusste, dass mich dort ein unvorstellbares Grauen erwartete, weshalb ich mir erlaubte, mich zurück in die undurchdringliche Schwärze sinken zu lassen und mich dort wie ein Feigling zu verstecken. Ich brauchte etwas zum Festhalten, eine sichere Stütze, die mir genügend Kraft gab, dem zu trotzen, was auf mich wartete.

Ich lag auf einem Bett. Ich spürte das weiche Laken unter mir und streckte zögerlich die Hand aus, bis meine Finger etwas Pelziges berührten. Ren. Er war hier. *Er* war der Anreiz, den ich brauchte, um aus der Dunkelheit aufzutauchen und ins Licht zu treten.

Mit aller Gewalt riss ich die Augen auf. »Ren? Wo bin ich?« Jeder Zentimeter meines Körpers schmerzte.

Ein hübsches Gesicht sah zu mir herab. »Kelsey? Wie geht es Ihnen?«

»Nilima? Oh, wir sind im Flugzeug.«

Sie drückte mir einen kalten, nassen Lappen auf die Stirn, und ich murmelte: »Wir sind entkommen. Ich bin so froh.«

Ich streichelte dem Tiger neben mir den Kopf. Nilima warf einen rasch Blick auf die Raubkatze und nickte dann. »Ich bringe Ihnen ein Glas Wasser, Kelsey.«

Sie erhob sich, und ich schloss wieder die Augen, presste mir die Hand auf die pochende Stirn.

»Ich hatte so schreckliche Angst, dass du es nicht schaffen würdest«, flüsterte ich. »Aber das spielt keine Rolle mehr. Wir hatten Riesenglück. Wir dürfen uns nie wieder trennen. Lieber werde ich mit dir gefangen, als eine Stunde ohne dich zu sein.«

Meine Finger glitten in sein Fell. Nilima kehrte mit einem Glas zurück und half mir beim Aufsetzen. Ich nahm einen großen Schluck, dann legte ich mir das feuchte Tuch wieder über Augen und Gesicht.

»Hier ... Ich habe Ihnen ein paar Aspirin gebracht«, sagte sie.

Dankbar schluckte ich die Schmerztabletten und versuchte erneut, die Augen aufzuschlagen. Ich blickte in Nilimas besorgtes Gesicht und lächelte. »Vielen Dank. Ich fühle mich schon viel besser. Zumindest haben wir es alle geschafft. Das ist das Einzige, was zählt. Nicht wahr?«

Sie schaute mich mitleidig an. Da fiel mein Blick auf den Tiger. *Nein. Nein!* Ich rang verzweifelt nach Luft. Meine Lungen verschlossen sich. »*Kishan?*«, flehte ich mit rauer Stimme. »Wo ist er? Sag mir, dass wir ihn nicht zurückgelassen haben! Ren?«, schrie ich. »*Ren? Bist du hier? Ren? Ren?*«

Der schwarze Tiger sah mich mit traurigen goldenen Augen an. Ich griff nach Nilimas Hand.

»Nilima, sagen Sie schon! Ist er hier?«

Sie schüttelte den Kopf. Tränen schossen ihr in die Augen. Meine Sicht verschwamm, und ich bemerkte, dass ich ebenfalls weinte.

Verzweifelt umklammerte ich ihre Hand. »*Nein!* Wir müssen zurück! Sie müssen dem Piloten sagen, dass wir umkehren. Wir dürfen ihn nicht einfach zurücklassen! Das dürfen wir nicht!«

Nilima reagierte nicht. Ich wandte mich an den Tiger. »Kishan! Das ist falsch! *Er* hätte dich niemals zurückgelassen. Sie werden ihn foltern. Oder töten! Wir müssen etwas tun!«

Kishan verwandelte sich in einen Menschen und setzte sich an meinen Bettrand. Er nickte Nilima zu, und sie ließ uns allein. Dann nahm er meine Hand und sagte leise: »Kelsey, ich hatte keine Wahl. Wenn er uns nicht den Rücken freigehalten hätte, hätten wir es nicht geschafft.«

Wütend schüttelte ich den Kopf. »*Nein!* Wir hätten auf ihn warten können!«

»Nein, das hätten wir nicht. Sie haben mich auch mit Beruhigungsgewehren beschossen. Ich wurde nur ein einziges Mal getroffen und habe es trotz meiner Fähigkeit, schnell zu heilen, kaum zum Flugzeug geschafft. Er ist mindestens sechsmal getroffen worden. Ich war überrascht, dass er sich überhaupt noch auf den Beinen halten konnte. Er hat Mut bewiesen und gut gekämpft und uns die Zeit verschafft, damit wir fliehen konnten.«

Ich packte seine Hand, während mir Tränen das Kinn herabtropften. »Ist er …?« Ich schluchzte. »Haben sie ihn … getötet?«

»Das glaube ich nicht. Keiner von ihnen war mit etwas anderem bewaffnet als mit Elektroschockern und Beruhigungsgewehren. Dem Anschein nach lautete ihr Auftrag, uns lebend zu fangen.«

»Wir können das nicht zulassen, Kishan. Wir müssen ihm helfen.«

»Das werden wir auch. Mr. Kadam arbeitet bereits daran, ihn aufzuspüren. Es wird aber kein leichtes Unterfangen. Er ist Lokesh seit Jahrhunderten auf der Spur und hat ihn nie geschnappt. Einen Vorteil haben wir jedoch. Ren hatte das Amulett nicht bei sich, und so ist Lokesh vielleicht zu einem Handel bereit: das Amulett gegen Ren. Jetzt aber solltest du dich ausruhen. In wenigen Stunden erreichen wir Indien.«

»Ich habe so lange geschlafen?«

»Du hast Schläge auf den Kopf abbekommen und bist fünfzehn Stunden bewusstlos gewesen.«

»Sind sie uns zum Flugzeug gefolgt?«

»Das haben sie zumindest versucht. Zum Glück war das Flugzeug startklar. Jason hat uns mit seinem Anruf wahrscheinlich das Leben gerettet.«

Ich musste daran denken, wie Ren von unseren Feinden umzingelt wurde, während wir flohen, und unterdrückte ein Wimmern. Kishan beugte sich vor, schlang die Arme um mich und tätschelte meinen Rücken.

»Es tut mir leid, Kelsey. Ich wünschte, es hätte mich getroffen, nicht Ren. Ich wünschte, ich hätte die Kraft gehabt, euch beide zu tragen.«

Meine Tränen tropften auf sein Hemd. »Es ist nicht deine Schuld. Wärst du nicht da gewesen, hätten sie uns beide geschnappt.« Ich setzte mich auf und wischte mir schniefend mit dem Ärmel über die Augen.

Er zog den Kopf ein, um mir ins verweinte Gesicht zu sehen. »Ich verspreche dir, Kelsey, ich werde alles in meiner Macht Stehende tun, um ihn zu retten. Er ist immer noch am Leben. Das spüre ich. Wir finden einen Weg und werden Lokesh vernichten.«

Ich fragte mich, ob er recht behalten würde. *Ist Ren noch am Leben?* Seit unserer ersten Begegnung im Zirkus gab es ein sonderbares Band zwischen uns. Anfangs zerbrechlich und zart, wurde es im Laufe der Zeit immer stärker. Als ich zurück nach Oregon ging, dehnte es sich wie ein Gummiband, zerrte an mir und versuchte, mich zu ihm zurückzubringen. Und während der vergangenen Monate, als wir uns näherkamen, wurde die Verbindung noch stärker, verhärtete sich zu einem Stahlseil. Wir waren zwei Teile, die ein Ganzes formten. Ich spürte seine Abwesenheit, aber das Band war immer noch da. Es war massiv. Er war am Leben. Ich wusste es. Mein Herz war immer noch mit seinem verbunden. Der Gedanke gab mir Hoffnung. Ich würde ihn finden, koste es, was es wolle.

Nilima servierte das Essen. Neben meinem Teller stand ein Glas Zitronenwasser, an dem ich nippte, während ich darüber nachgrübelte, was ich zu Rens Rettung beitragen könnte. Kishan hatte sich in seine Tigergestalt zurückverwandelt und ließ sich nun zu meinen Füßen nieder. Seine goldenen Augen beobachteten mich traurig, und ich beugte mich hinab und kraulte ihn am Kopf, um ihm zu zeigen, dass er sich um mich keine Sorgen machen musste.

Bei der Landung hatte ich immer noch nicht den blassesten Schimmer, wie wir Ren finden sollten, aber zumindest wusste ich, dass ich nie wieder so unvorbereitet sein würde. Das nächste Mal, wenn ich in einer solchen Zwangslage steckte, würde ich kämpfen. Nun, da ich wusste, dass ich die Fähigkeit in mir hatte, einen ... einen Blitz zu schleudern, würde ich jede freie Sekunde üben. Außerdem würde ich Kishan bitten, mich weiterhin in der Kampfkunst zu unterrichten und mir den Umgang mit verschiedenen Waffen beizubringen. Vielleicht konnte mich Mr. Kadam trainieren, sobald sich Kishan verwandeln musste. Eines stand fest: Ich würde nie im Leben wieder zulassen, dass mir ein geliebter Mensch genommen würde. Nur über meine Leiche.

Mr. Kadam empfing uns auf dem privaten Flughafen und umarmte mich zur Begrüßung. »Miss Kelsey, ich habe Sie vermisst.«

»Ich Sie auch.« Meine Augen brannten vor Tränen.

»Kommen Sie. Ich bringe Sie nach Hause. Es gibt viel zu besprechen.«

Als wir bei dem eindrucksvollen Herrenhaus ankamen, trug Kishan meine Tasche hinauf und ließ mich mit Mr. Kadam allein im Pfauenzimmer.

Bücher lagen in hohen Stapeln auf dem wunderschönen Mahagonischreibtisch. Die ansonsten stets tadellos aufgeräumte und makellose Oberfläche war mit Papieren übersät. Ich nahm einige Blätter in die Hand und besah mir die fein säuberlichen Notizen in Kadams eleganter Handschrift. »Haben Sie die zweite Prophezeiung entschlüsselt?«

»Ich stehe kurz vor dem Durchbruch. Im Grunde ist es allein Ihnen zu verdanken, dass ich überhaupt so weit bin. Die Landmarke, die mir solche Rätsel aufgegeben hatte, stellte sich als der Himalaja heraus. Die ganze Zeit über habe ich nach einem einzigen Berg gesucht, ohne zu erkennen, dass es sich in Wirklichkeit um einen ganzen Gebirgs*zug* handelt. Ihr Aufsatz über den Himalaja und das Wettergeschehen in dieser Region hat mir die Augen geöffnet und mich zu neuen Erkenntnissen geführt.«

»Es freut mich, dass ich weiterhelfen konnte.« Ich legte die Papiere zurück und fragte leise: »Was werden wir unternehmen? Wie wollen wir Ren finden?«

»Wir werden ihn finden, Miss Kelsey. Keine Sorge. Es wäre sogar möglich, dass ihm auf eigene Faust die Flucht gelingt.«

Ein Gedanke kam mir in den Sinn. »Wird er sich überhaupt in einen Menschen verwandeln können, solange er eingesperrt ist?«

»Das weiß ich nicht. Damals war es ihm nicht möglich, aber Sie haben einen Teil des Fluchs aufgehoben. Das könnte einen Unterschied bedeuten.«

Ich straffte die Schultern. »Mr. Kadam, ich möchte, dass Sie mich trainieren. Ich möchte, dass sie mich in Waffen und den Kampfkünsten unterrichten. Sie haben mit beiden Jungs geübt, und ich möchte ebenfalls alles erlernen.«

Nachdenklich betrachtete er mich eine Weile. »Na schön, Miss Kelsey. Es bedarf eiserner Disziplin und vieler, vieler Stunden des Übens, um sich ein solches Können anzueignen. Erwarten Sie nicht, dass Sie zu denselben Höchstleistungen fähig sind wie Ren und Kishan. Die beiden haben ihr gesamtes Leben trainiert, und der Tiger in ihnen verleiht ihnen übermenschliche Kraft.«

»Das ist mir klar. Ich habe außerdem vor, Kishan um Hilfe zu bitten. Sicher lerne ich schneller, wenn ich mit zwei verschiedenen Lehrern arbeite.«

Er nickte. »Vielleicht ist das eine gute Idee. Sie werden nicht nur neue Fähigkeiten erlernen, manchmal hilft es auch, sich mit anderen Dingen abzulenken, wenn einem ansonsten die Hände gebunden sind. Ich werde mein Augenmerk vor allem auf die Suche richten müssen, aber ich werde mir die Zeit nehmen, um jeden Tag mit ihnen zu trainieren.«

»Vielen Dank. Ich würde Ihnen auch gerne bei der Suche helfen. Ich könnte Ihre Notizen abschreiben, ein zweites Paar Augen kann nie schaden.«

»Wir fangen gleich heute an.«

Ich nickte. Er deutete auf das Ledersofa, und wir setzten uns.

»Und jetzt erzählen Sie mir von Ihrer neu erworbenen Fähigkeit. Kishan hat mir alles berichtet, aber ich wollte aus Ihrem Munde hören, was vorgefallen ist.«

»Nun, ich wollte Ren beschützen und war so wütend, dass ich tatsächlich einen roten Schleier gesehen habe. Ren wurde von Pfeilen getroffen und taumelte. Ich wusste, dass er nicht viel länger durchhalten würde. Ich habe mich vor ihn gestellt, um unseren Angreifern die Stirn zu bieten. Ich war verzweifelt, weil es so viele waren. Auf einmal schien ein Feuer in mir zu brennen.«

»Wie hat es sich angefühlt?«

»Es war ... wie eine Explosion in meinem Inneren, wie eine Kontrolllampe an einem Wasserboiler, die plötzlich angeht. Mein Magen hat sich zusammengezogen, und mein Blut fühlte sich an, als würde es in meinen Adern kochen. Das Brodeln ist durch meine Arme gejagt. Als es meine Hände erreicht hat, leuchteten rot glühend die Symbole wieder auf, die Phet mit Henna gezeichnet hatte. Ich habe ein Knacken, Knistern und Knallen gehört, und dann ist diese Kraft aus mir hinausgeschossen. Wie ein Blitz. Er hat einen der Kerle getroffen und ihn gegen einen Baum geschleudert.«

»Und dies ist Ihnen mehrmals gelungen?«

»Ja. Ich habe mehrere Männer außer Gefecht gesetzt, bis mich ein Betäubungspfeil getroffen hat. Dann ist die Macht in mir einfach erloschen.«

»Haben die Blitze die Männer getötet oder waren sie nur bewusstlos?«

»Ich hoffe, sie waren nur bewusstlos. Ehrlich gesagt sind wir nicht lang genug geblieben, um das herauszufinden. Mein erstes Ziel, der Mann, den ich gegen den Baum geschleudert habe, war wohl ziemlich schwer verletzt. Aber ich war wirklich verzweifelt.«

»Es würde mich interessieren, ob Sie diese Fähigkeit auch haben, wenn Sie nicht in Gefahr schweben. Vielleicht können wir daran arbeiten. Außerdem müssten wir herausfinden, ob Sie den Blitz auf mehr als eine Person ausweiten und wie lange sie die Explosion aufrechterhalten können.«

»Ich würde auch gerne an der Stärke des Blitzstrahls arbeiten. Es wäre mir lieber, niemanden auf dem Gewissen zu haben«, fügte ich kleinlaut hinzu.

»Natürlich.«

»Woher könnte er kommen?«

»Ich habe eine ... Theorie.«

»Wirklich? Raus mit der Sprache!«

»In einer der alten Legenden heißt es, dass die Götter Brahma, Vishnu und Shiva den Dämonenkönig Mahishasur nicht besiegen konnten. Also vereinten sie ihre Kräfte, und dem so entstandenen Licht entsprang die Göttin Durga. Sie war geboren, um Mahishasur zu bekämpfen.«

»Durga besteht demnach aus Licht, und das könnte der Grund sein, weshalb ich diese Gabe in mir trage?«

»Ja. Es gibt mehrere Textstellen, die besagen, dass sie eine Halskette trägt, die wie ein Blitzstrahl leuchtet.«

»Das ist so sonderbar, dass ich gar nicht weiß, was ich denken soll.«

»Ich kann nachvollziehen, dass die Sache Sie befremdlich anmuten mag.«

»Das können Sie laut sagen.« Ich schwieg einen Moment und faltete die Hände. »Mr. Kadam, ich ... mache mir Sorgen um Ren. Ich denke nicht, dass ich das ohne ihn kann.«

»Ihr zwei seid euch demnach nähergekommen?«, fragte er zögerlich.

»Ja. Er ist ... Ich habe ... Wir ... Nun, kurz gesagt: Ich liebe ihn.«

Er lächelte. »Sie wissen, dass er Sie ebenfalls aus tiefstem Herzen liebt, nicht wahr? Er hat während der Monate, in denen sie getrennt waren, ausschließlich an Sie gedacht.«

Ich konnte mir ein Grinsen nicht verkneifen. »Er hat sich also elend gefühlt?«

Mr. Kadam lächelte. »Schrecklich elend. Kishan und ich haben erst einen Moment des Friedens gefunden, nachdem er fort war.«

»Mr. Kadam, darf ich Ihnen eine Frage stellen?«

»Natürlich.«

»Da war eine junge Frau, eine Inderin, die an Ren interessiert war und sich von ihren Eltern verkuppeln lassen wollte. Ren hat mir erzählt, dass Beziehungen mit einer Ausländerin unerwünscht sind.«

»Nun, das stimmt. Selbst heute ist das noch ein heikles Thema. Stört Sie das?«

»Irgendwie schon. Ich möchte nicht, dass Ren von seinen Landsleuten ausgegrenzt wird.«

»Hat er Ihnen gegenüber diesbezüglich irgendwelche Vorbehalte geäußert?«

»Nein. Es schien ihm nichts auszumachen. Er meinte, er habe seine Entscheidung getroffen.«

Mr. Kadam fuhr sich über den kurzen Bart. »Miss Kelsey, Ren benötigt schwerlich die Zustimmung anderer. Wenn er sich für Sie entschieden hat, wird niemand Einwände erheben.«

»Vielleicht würde man es ihm nicht ins Gesicht sagen, aber es könnte ... kulturelle Schwierigkeiten geben, die er bisher nicht bedacht hat.«

»Ren ist sich *aller* möglichen kulturellen Schwierigkeiten bewusst. Vergessen Sie nicht, er war ein Prinz, der auf der politischen Bühne äußerst sicher war.«

»Aber was wäre, wenn unsere Beziehung sein Leben erschwert?«

»*Miss Kelsey*«, rügte er mich sanft, »ich kann Ihnen versichern, dass Ihre Beziehung das *Einzige* in seinem langen Leben ist, das ihm einen Hauch von Frieden beschert hat. Sein Leben vor Ihnen war von großen Schwierigkeiten erfüllt, und ich wage zu behaupten, dass die Zustimmung anderer sehr weit unten auf seiner Prioritätenliste steht.«

»Er hat mir erzählt, dass seine Eltern aus zwei verschiedenen Kulturen stammten. Warum war es *ihnen* erlaubt zu heiraten?«

»Hm, das ist eine interessante Geschichte. Um sie in angemessener Weise zu erzählen, muss ich mit Ren und Kishans Großvater beginnen.«

»Es wäre wunderbar, mehr über seine Familie zu erfahren.«

Mr. Kadam lehnte sich in seinem Ledersessel zurück und legte nachdenklich die Fingerspitzen unter seinem Kinn aneinander. »Rens Großvater hieß Tarak. Er war ein mächtiger Kriegsherr, der in den letzten Jahren seines Lebens in Frieden herrschen wollte. Er war die Machtkämpfe zwischen den Königreichen leid. Obwohl sein Reich das größte und seine Armeen die gefürchtetsten waren, lud er mehrere andere Kriegsherren aus kleineren Reichen zu einem Treffen ein.

Er bot ihnen je ein Stück seines Landes an, wenn sie im Gegenzug einen Nichtangriffspakt unterschrieben und ihre Truppen verkleinerten. Sie stimmten zu, und dieser Tag wurde im ganzen Reich als Feiertag begangen.«

»Was ist dann geschehen?«

»Etwa einen Monat später trommelte einer der Herrscher, die den Pakt unterzeichnet hatten, die anderen zusammen und erklärte, dass nun der rechte Zeitpunkt für einen Angriff gekommen sei und sie Indien untereinander aufteilen könnten. Ihr Plan lautete, zuerst Taraks Reich und von dort aus alle anderen Gebiete einzunehmen.

Sie brachen den Eid, den sie Tarak gegeben hatten, lieferten sich erbitterte Schlachten und belagerten schließlich seine Stadt. Viele der königlichen Soldaten waren aus dem aktiven Dienst ausgeschieden und hatten als Dank für ihre jahrelangen treuen Dienste ein Stück Land erhalten. Mit der stark geschrumpften Armee konnte Tarak die vereinten Kräfte der anderen Kriegsherren nicht bezwingen. Zum Glück gelang es ihm aber, Boten auszuschicken, um Waffenbrüder anzuwerben.«

»Und an wen haben sie sich gewandt?«

»An China.«

»An China?«

»Genau genommen an Tibet. Die Grenze zwischen Indien und China war zu jener Zeit nicht so klar definiert wie heute, und der Handel zwischen den beiden Ländern florierte. Insbesondere Tarak hatte eine sehr gute Beziehung mit dem damaligen Dalai Lama.«

»Augenblick mal. Er hat den Dalai Lama um Hilfe gebeten? Ich dachte, der Dalai Lama wäre ein religiöser Führer.«

»Ja, der Dalai Lama war und ist ein religiöser Führer, aber in Tibet sind Religion und Staat eng miteinander verknüpft, besonders seit Tibet die Khan-Familie fürchten musste. Vor vielen Jahrhunderten ist Dschingis Khan dort eingefallen, gab sich jedoch mit den Tributzahlungen Tibets zufrieden. Nachdem er jedoch starb, wollte sein Enkel Ögedei Khan die Reichtümer des Landes an sich reißen und sich Tibet einverleiben.«

In diesem Moment betrat Nilima die Bibliothek und servierte uns Zitronenwasser. Mr. Kadam bedankte sich und fuhr fort: »Dreihundert Jahre nach dem Einmarsch errichtete Altan Khan ein Kloster und lud buddhistische Mönche ein, damit sie seine Leute bekehrten. Der Buddhismus breitete sich von nun an unaufhaltsam aus, und seit dem frühen 16. Jahrhundert waren praktisch alle Mongolen zum Buddhismus übergetreten. Ein Mann namens Batu Khan, der die mongolische Armee anführte, wurde nun vom Dalai Lama geschickt, um Rens Großvater beizustehen.«

Ich nippte an meinem Zitronenwasser. »Was ist dann geschehen? Sie haben gewonnen, oder?«

»In der Tat. Mit vereinten Kräften gelang es der mongolischen Armee und König Taraks Soldaten, die Verräter in die Flucht zu schlagen. Tarak und Batu Khan hatten dasselbe Alter. Sie wurden Freunde. Aus Dankbarkeit überschüttete Tarak ihn mit wertvollen Juwelen und Gold, und Batu Khan bot an, seine jüngste Tochter mit Taraks Sohn zu vermählen, wenn die Zeit reif war. Rens Vater Rajaram war zu diesem Zeitpunkt ungefähr zehn Jahre alt, seine Mutter ein Neugeborenes.«

»Demnach ist Rens Mutter mit Dschingis Khan verwandt?«

»Ich habe ihre Abstammung nicht überprüft, aber höchstwahrscheinlich ist das so.«

Überrascht lehnte ich mich in meinem Sessel zurück. »Wie hieß seine Mutter gleich noch mal?«

»Deschen.«

»Wie sah sie aus?«

»Sie war das weibliche Abbild von Ren, hatte dieselben blauen Augen. Ihr Haar war lang und dunkel. Sie war sehr schön. Als die Eheschließung heranrückte, brachte Batu Khan seine Tochter höchstpersönlich nach Indien und blieb, um der Hochzeit beizuwohnen. Rajaram war es erst gestattet, seine Braut zu Gesicht zu bekommen, als sie bereits verheiratet waren.«

»Hatten sie eine hinduistische oder eine buddhistische Zeremonie?«

»Wenn mich meine Erinnerung nicht trügt, war es eine Mischung aus beidem. Bei einer hinduistischen Hochzeit gibt es normalerweise eine Verlobungszeremonie, eine große Feier, bei der dem Brautpaar Schmuck oder Kleidung geschenkt wird, und dann die Hochzeit selbst, bei der der Bräutigam seiner Braut eine *Mangalsultra* überreicht, eine Hochzeitskette, die sie den Rest ihres Lebens trägt. Die Feierlichkeiten erstrecken sich über eine Woche. Im Vergleich dazu ist eine buddhistische Hochzeit eine sehr persönliche, keine religiöse Veranstaltung. Nur vertraute Menschen werden eingeladen. Räucherkerzen werden entzündet und Blumen vor einem Schrein niedergelegt. Es sind weder Mönche noch Priester zugegen, und es gibt auch kein Ehegelöbnis. Wahrscheinlich sind Rajaram und Deschen hinduistischen Hochzeitsriten gefolgt und haben gleichzeitig Opfergaben für Buddha dargebracht.«

»Wie lange haben sie gebraucht um zu erkennen, dass sie sich lieben?«

»Das ist eine Frage, die ich nicht zu beantworten vermag, obwohl ich Ihnen versichern kann, dass ihre Liebe und der Respekt voreinander wahrlich unvergleichlich waren. Als ich sie kennenlernte, waren sie sehr verliebt, und König Rajaram hat seine Frau selbst bei wichtigen Staatsangelegenheiten um Rat gefragt, was zu jener Zeit höchst ungewöhnlich war. Sie erzogen ihre Söhne zu weltoffenen Menschen, die unbefangen auf andere Kulturen und Ideen zugingen. Es waren gute Menschen und sehr weise Führer. Ich vermisse sie. Hat Ren Ihnen viel von ihnen erzählt?«

»Er hat mir gesagt, dass Sie sich bis zu ihrem Tod um sie gekümmert haben.«

»Das stimmt.« Mr. Kadams Augen wurden feucht, und sein Blick heftete sich auf einen Punkt in der Ferne. »Ich hielt Deschen in den Armen, als König Rajaram aus dieser Welt schied, und dann später hielt ich ihre Hand, als sie für immer die Augen schloss.« Er räusperte sich. »Das war der Moment, als sie mir ihre kostbarsten Schätze anvertraute – ihre Söhne.«

»Und Sie haben mehr für sie getan, als jede Mutter sich erhoffen könnte. Sie sind wirklich ein wunderbarer Mensch. Ren hat mir einmal gesagt, er könnte ihnen nie vergelten, was Sie für ihn getan haben.«

Peinlich berührt rutschte Mr. Kadam in seinem Sessel hin und her. »Was ich getan habe, war nicht der Rede wert. Er muss mir nichts vergelten, was ich freiwillig gegeben habe.«

»Und genau *das* macht Sie so besonders.«

Mr. Kadam lächelte und erhob sich, um mein Glas nachzufüllen. Offensichtlich war ihm das viele Lob unangenehm, und ich wechselte das Thema.

»Wussten Rens und Kishans Eltern, dass die beiden in Tiger verwandelt wurden?«

»Wie Sie wissen, war ich damals der militärische Berater des Königs. Als solcher war mir die Armee unterstellt. Nachdem Ren und Kishan mit dem Fluch belegt wurden, wollten sie nachts in Tigergestalt zurück in den Palast schleichen. Es war ihnen jedoch unmöglich, ungesehen zu ihren Eltern zu gelangen, denn dafür wurden Rajaram und Deschen viel zu gut bewacht. Selbst seltene Tiger wie Ren und Kishan wären auf der Stelle getötet worden, hätten sie einen Fuß in den Palast gesetzt. Stattdessen kamen sie zu mir. Ich hatte ein kleines Haus in der Nähe der Palastmauern, sodass ich jederzeit herbeigerufen werden konnte.«

»Was haben Sie getan, als Sie sie gesehen haben?«

»Die beiden haben an meiner Tür gekratzt. Sie können sich meine Überraschung vorstellen, als mich ein schwarzer und ein weißer Tiger von draußen anstarrten. Sofort habe ich mein Schwert ergriffen und wollte mich auf sie stürzen, aber sie reagierten nicht und saßen einfach ruhig da, betrachteten mich eindringlich. Eine Weile glaubte ich zu träumen. Die Minuten verstrichen. Ich stieß die Tür weiter auf und wich zurück, hielt jedoch das Schwert fest umklammert. Sie haben mein Haus betreten und sich auf meinen Teppich gesetzt.

Wir haben uns stundenlang angesehen. Als ich gerufen wurde, um der Ausbildung der Soldaten beizuwohnen, ließ ich mich entschuldigen, sagte den Dienstboten, ich wäre indisponiert. Ich saß den ganzen Tag in meinem Sessel und habe die Tiger gemustert. Sie schienen auf etwas zu warten. Als der Abend anbrach, bereitete ich mir ein Essen zu und bot den Tieren Fleisch an. Sie aßen beide und legten sich dann schlafen. Ich blieb die ganze Nacht wach. Mein Körper war daran gewöhnt, mehrere Tage ohne Schlaf auszukommen, und ich ließ sie keine Sekunde aus den Augen, auch wenn sie harmlos wie kleine Kätzchen dalagen.«

Ich nippte an meinem Zitronenwasser. »Und dann?«

»Früh am Morgen, kurz vor Sonnenaufgang, geschah es. Der weiße Tiger verwandelte sich in Prinz Dhiren, der schwarze wurde zu Kishan. Rasch erklärte Ren, was ihnen widerfahren war, und augenblicklich bat ich ihre Eltern um einen Besuch in meinem Haus. Als ich die Tür öffnete und Deschen die Tiger bemerkte, stieß sie einen leisen Schrei aus. Rajaram stellte sich vor seine Frau, um sie zu beschützen. Er war sehr aufgebracht.

Nachdem ich den König und die Königin schließlich überzeugt hatte, die Tür zu schließen, erhoben sich die zwei

Brüder und präsentierten sich vor ihren Eltern in Menschengestalt. Ihnen blieb nicht viel Zeit für Erklärungen, sie verwandelten sich rasch zurück und überließen es mir, ihre Geschichte zu erzählen. Wir fünf berieten den ganzen Tag über in meinem kleinen, bescheidenen Heim. Boten eilten herbei mit der Nachricht, dass sich Lokeshs riesige Armee dem Palast näherte und bereits mehrere Dörfer in Schutt und Asche gelegt hätte.«

»Wozu haben Sie sich entschieden?«

»Rajaram wollte Lokesh vernichten, aber Deschen hielt ihn zurück, gemahnte ihn, dass Lokesh womöglich der Schlüssel zur Rettung ihrer Söhne wäre. Sie betrauten mich mit einer besonderen Aufgabe: mit ihnen unterzutauchen. Sie selbst wollte mich unter dem Vorwand begleiten, ihrem Heimatland einen Besuch abzustatten.

In Wirklichkeit stahlen wir uns zu dem kleinen Sommerhäuschen in der Nähe des Wasserfalls, wo Sie vergangenes Jahr Kishan gefunden haben. Obwohl sich Rajaram redlich Mühe gab, gelang es ihm nicht, Lokesh dingfest zu machen. Seine Armee konnte eine Weile zurückgedrängt werden, aber Lokesh schien dennoch an Macht zu gewinnen. Mehrere Jahre vergingen. Ohne seine Frau und seine Söhne verließ Rajaram der eiserne Wille, als König zu dienen. Also stieg er vom Thron und überließ die Belange des Königreichs einem Quorum aus militärischen Beratern. Er tischte seinem Volk eine Geschichte über Rens und Kishans Tod auf und erklärte, dass seine Frau nach China geflohen wäre, um Trost zu finden, und dass er für eine Weile abdanken müsste, um sie nach Hause zu holen. Er kehrte nie zurück, sondern schloss sich uns in der Wildnis an, brachte jedoch einen Teil ihres Reichtums mit, damit die Jungen eines Tages ihr Erbe bekämen.«

»Ist Deschen kurz darauf gestorben?«, fragte ich.

»Nein. Deschen und Rajaram haben noch mehrere Jahre gelebt. Wieder vereint, waren sie glücklich und haben jede Minute mit ihren Söhnen genossen. Schon bald war nicht zu übersehen, dass Ren und Kishan nicht alterten. Ich stieg zum persönlichen Berater der Familie auf, war der Mittler zwischen ihnen und der Außenwelt. Die Jungen gingen auf die Jagd und brachten uns Nahrung, und Deschen legte einen Garten an und züchtete Gemüse. Ich wagte mich häufig in die Stadt, erstand alles Nötige und lauschte den Neuigkeiten.

Nach einigen Jahren ist Rens Vater schwer erkrankt, vermutlich an Nephritis, einem Nierenleiden. Uns kam zu Ohren, dass Lokesh immer noch gegen uns zu Felde zog, das mujulaainische Volk seinen Angriffen jedoch standhaft trotzte. Große Legenden begannen sich um das Schicksal der königlichen Familie zu ranken, die sich in Mythen verwandelten. Die Geschichte, die ich Ihnen damals im Zirkus erzählt habe, ist die Fassung, wie sie heute lautet.

Eines Tages bat mich Ren, sein Amulett zu tragen. Zu jenem Zeitpunkt wussten wir nicht, welche Wirkung es auf mich haben würde. Wir wussten nur, dass es mächtig und von unschätzbarem Wert war. Er sorgte sich, dass es womöglich für immer verloren wäre, sollte ein Jäger ihn fangen. Vielleicht war es eine Vorahnung, denn kurz darauf ging er in die Falle.

Kishan folgte seiner Spur, und so fanden wir heraus, dass Ren an einen Sammler in einem anderen Teil des Landes verkauft worden war. Ich kehrte entmutigt zurück. Rens Gefangennahme traf seinen Vater tief, und er verstarb noch in derselben Woche. Deschen stürzte in hoffnungslose Verzweiflung und stellte das Essen ein. Obwohl Kishan und ich uns die allergrößte Mühe gaben, segnete auch sie kaum einen Monat nach ihrem Gatten das Zeitliche.

Kishan überwand den Tod seiner Mutter nicht und verbrachte immer mehr Zeit im Dschungel. Wenige Monate danach vertiefte ich meine Suche nach Ren. Kishan übergab mir das gesamte Vermögen und den Schmuck. Ich sollte alles dafür benutzen, um ihn aufzuspüren.

Wie Sie wissen, war es mir nicht möglich, Ren von dem Fluch zu befreien. Dabei habe ich wirklich jeden Mythos und jede Geschichte über Tiger und Amulette gelesen, die ich auftreiben konnte. Im Laufe der Jahre investierte ich ihr Geld, anfangs in den Gewürzhandel und dann im In- und Export, bis ich für die Jungen ein stattliches Vermögen angehäuft hatte.

Im Laufe dieser Jahre habe ich geheiratet und eine Familie gegründet. Nachdem ich sie verlassen musste, folgte ich Ren von einem Ort zum anderen und verbrachte jede freie Stunde mit meinen Studien. Jahrzehntelang suchte ich nach Lokesh und einem Weg, um den Fluch zu bannen. Lokesh, dem es nicht gelungen war, das Mujulaainische Königreich an sich zu reißen, verschwand unter mysteriösen Umständen und tauchte nie wieder auf, auch wenn ich schon immer den Verdacht hegte, dass er am Leben war. Den Rest der Geschichte kennen Sie.«

»Aber wenn Ren und Kishan gemeinsam mit ihren Eltern im Dschungel gelebt haben, wie kommt es, dass sie dann nie Frieden miteinander geschlossen haben?«

»Ihren Eltern zuliebe haben sie die Anwesenheit des anderen geduldet, doch sie haben es stets vermieden, zur selben Zeit Menschengestalt anzunehmen. Wenn ich es mir recht überlege, habe ich sie zum ersten Mal zusammen als Menschen gesehen, als Sie auf der Bildfläche erschienen sind. Es war ein gewaltiger Durchbruch, Kishan zur Rückkehr in die Zivilisation und zu seiner Familie zu bewegen.«

»Ren macht es ihm aber auch nicht wirklich einfach. Es ist sonderbar. Ich habe das Gefühl, dass sie einander respektieren und sogar lieben, doch sie schaffen es nicht, das auszudrücken.«

»Sie haben viel dazu beigetragen, dass bei uns endlich Frieden eingekehrt ist, Miss Kelsey. Rajaram wäre von Ihnen entzückt gewesen, und Deschen hätte sich Ihnen weinend vor die Füße geworfen, weil Sie ihren Söhnen ihr Leben zurückgegeben haben. Glauben Sie keine Sekunde, dass Sie für diese Familie oder Ren nicht gut sein könnten.«

Mein versehrtes Herz schlug dumpf in meiner Brust. Allein der Gedanke an Ren schmerzte, aber meine Hände ballten sich in wilder Entschlossenheit zu Fäusten.

»Womit wollen wir beginnen? Mit der Recherche oder dem Schwertkampf?«

»Sind Sie bereit für eine Trainingseinheit?«

»Ja.«

»Na schön, richten Sie sich ein wenig ein, und dann treffen wir uns in einer halben Stunde im Fitnessraum.«

»Sehr gerne. Und noch etwas, Mr. Kadam. Es ist schön, wieder zu Hause zu sein.«

Er lächelte, zwinkerte, als müsste er ein paar Tränen zerdrücken, und eilte in sein Zimmer.

Ich ging die Treppe hinauf und stellte fest, dass all meine Habseligkeiten, die mir so am Herzen lagen, wohlbehalten angekommen waren. Meine Schatulle mit den Haarbändern stand im Badezimmer. Meine Bücher und Zeitschriften waren zusammen mit neu gerahmten Fotos meiner Familie und einer Vase mit frischen rosafarbenen Tigerlilien auf einem Regalbrett angeordnet. Die Steppdecke meiner Großmutter lag am Fußende des Bettes, und mein weißer Plüschtiger saß inmitten unzähliger pflaumenfarbener Kissen.

Ich öffnete den Reißverschluss meines Rucksacks und holte Fanindra heraus, wobei ich mich überschwänglich entschuldigte, während des Kampfes im Wald nicht an sie gedacht zu haben. Beim nächsten Mal würden wir besser vorbereitet sein. Ich legte sie auf ein rundes, mit Seide bezogenes Kissen ins neue Regal.

Rasch zog ich meine Trainingskleidung an und lief nach unten zu Mr. Kadam. Kishan hörte meine Schritte und trottete mir hinterher. Er rollte sich in einer Ecke des Raums auf einer Gymnastikmatte zusammen, legte den Kopf auf die Pfoten und beobachtete uns schläfrig.

Mr. Kadam war bereits da. Die Wandpaneele waren zur Seite gefahren und ließen den Blick frei auf die Schaukästen, in denen seine Schwertsammlung ausgestellt war. Er kam mit zwei Holzstöcken auf mich zu.

»Man nennt sie Shinai und benutzt sie beim Kendō, der japanischen Version des Fechtens. Bevor wir zu Stahlwaffen übergehen, sollten Sie lieber hiermit üben. Halten Sie das Shinai mit beiden Händen und so weit vom Körper weg, als wollten Sie jemandem die Hand schütteln. Dann legen Sie den kleinen Finger, Ring- und Mittelfinger um das Bambus, sodass Ihr Daumen und der Zeigefinger frei sind.«

Ich versuchte noch, seiner Anleitung zu folgen, da war er längst einen Schritt weiter.

»Rechter Fuß nach vorne, linker mit der großen Zehe auf Höhe der rechten Ferse. Bei einem Angriff immer Ballen-Ferse, Ballen-Ferse. Bei der Abwehr Ferse-Ballen, Ferse-Ballen, dann zurück in die Grundstellung. Auf diese Art ist man stets kampfbereit und verlagert das Gewicht nicht falsch.«

»So in etwa?«

»Ja. Sehr gut, Miss Kelsey.«

»Jetzt die Grundtechnik des Schlagens. Bei einem Angriff drehen Sie das Bein schwungvoll nach hinten, drehen Ihren Körper zur Seite und bringen Ihr Schwert hoch, um sich zu verteidigen. Wenn jemand von der anderen Seite kommt, drehen Sie sich einfach in die entgegengesetzte Richtung.«

Es war kompliziert. Meine Arme taten bereits nach kurzer Zeit weh, und sich die Schrittfolge zu merken, war schwieriger als erwartet.

»Irgendwann«, fuhr er fort, »werden wir zu schwereren Schwertern übergehen, um ihre Arm- und Schultermuskulatur aufzubauen, aber für den Moment möchte ich, dass Sie an Ihrer Schritttechnik arbeiten.«

Mr. Kadam ließ mich eine Stunde lang verschiedene Schrittfolgen üben, während er mir Tipps gab. Allmählich begann ich mich im Rhythmus zu bewegen und durchquerte den Saal, indem ich Angriffs-, Abwehr- und Gegenangriffstechniken ausprobierte. Mr. Kadam beobachtete mich, korrigierte meine Fehler und zitierte wichtige Schwertkampfregeln.

»Ziehen Sie Ihr Schwert, *bevor* Sie einen Gegner angreifen. Es kostet zu viel Zeit, es während des Kampfes nachzuholen.

Überanstrengen Sie sich nicht! Halten Sie Ihre Ellbogen angewinkelt und nahe am Körper.

Kämpfen Sie um zu gewinnen. Suchen Sie nach Schwachstellen und nutzen Sie sie schamlos aus. Zögern Sie nicht, andere Techniken anzuwenden, falls sie von Nutzen sein könnten, zum Beispiel Ihren Blitzstrahl.

Es ist besser, dem Gegner auszuweichen, als einen Schlag abzublocken. Abblocken kostet viel mehr Kraft.

Seien Sie sich der Länge Ihres Schwerts bewusst, und schätzen Sie das Ihres Gegners richtig ein. Dann wissen Sie, wie groß der Abstand zwischen Ihnen beiden sein muss.

Obwohl es gut ist, mit größeren, schwereren Schwertern zu trainieren, können leichtere Schwerter ebenso viel Schaden anrichten. Mit großen Schwertern ermüdet man schneller im Kampf.«

Als die Trainingsstunde vorüber war, schwitzte ich stark, und jeder Muskel meines Körpers schmerzte. Ich hatte die ganze Zeit über das Shinai hochgehalten, während ich an meiner Fußtechnik gearbeitet hatte. Und obwohl es leicht war, brannten meine Schultern.

Nachdem ich mich erholt hatte, verwandelte sich Kishan in einen Menschen. Die nächsten zwei Stunden übte er *Wushu*-Tritte und -Schläge mit mir. Als ich mich schließlich die Treppe zu meinem Zimmer hinaufschleppte, war ich völlig erledigt. Ein warmes Abendessen wartete unter einer Servierhaube in meinem Zimmer auf mich, aber ich wollte erst duschen.

Frisch geduscht und bettfertig machte ich mich über das gegrillte Hühnchen und das Gemüse her. Neben dem Teller lag auch eine Einladung von Mr. Kadam, ihm morgen früh in der Bibliothek bei der Recherche zu helfen. Ich beendete mein Abendessen und ging in Rens Zimmer.

Der Raum war nicht wiederzuerkennen. Ein dicker Teppich lag auf dem Boden. Bücher standen ordentlich aufgereiht auf der Kommode, einschließlich einiger Erstausgaben von Dr. Seuss, von denen Ren mir erzählt hatte. Eine Taschenbuchausgabe von *Romeo und Julia* auf Hindi war zerlesen und hatte lauter Eselsohren. Ein Hightech-CD-Player thronte zusammen mit mehreren CDs in der Ecke, und ein Laptop, Papiere und Stifte lagen auf seinem Schreibtisch.

Der Graf von Monte Cristo, mein Valentinsgeschenk, stach mir ins Auge, und ich klemmte mir das Buch unter den Arm. Er musste es in dem Paket mit meinen persönlichen

Schätzen verschifft haben. Der Gedanke, dass es ihm so viel bedeutete, malte mir ein Lächeln ins Gesicht. Eines meiner alten Haarbänder hielt ein paar eingerollte Pergamente zusammen. Ich zog an der Schleife und besah mir die Blätter, auf denen Ren in seiner Muttersprache Gedichte geschrieben hatte. Ich rollte die Pergamente wieder ein, umwickelte sie mit dem Haarband und entschied, die Gedichte zu übersetzen.

Ich öffnete seinen Wandschrank. Bei meinem letzten Besuch war er leer gewesen, jetzt hingegen war er vollgestopft mit Designerklamotten. Ein Großteil war nagelneu. Ich entdeckte ein blaues Sweatshirt, das dem ähnelte, das er am Strand getragen hatte. Es roch nach ihm – nach Wasserfall und Sandelholz. Ich warf es mir über den Arm.

Als ich in mein Zimmer zurückkehrte, legte ich die Pergamente auf meinen Schreibtisch und kletterte ins Bett. Ich hatte mich gerade unter der Decke an den weißen Plüschtiger und das Sweatshirt gekuschelt, als es klopfte.

»Kann ich reinkommen, Kelsey? Ich bin's, Kishan.«

»Natürlich.«

Kishan steckte den Kopf in die Tür. »Ich wollte dir nur eine gute Nacht wünschen.«

»Gute Nacht.«

Als er meinen weißen Tiger erspähte, trat er näher, um ihn genauer unter die Lupe zu nehmen. Er grinste schief und schnipste mit dem Finger gegen die Schnauze des Stofftiers.

»*Hey!* Lass das.«

»Ich frage mich, was er *davon* gehalten hat.«

»Wenn du es wirklich wissen willst: Er hat sich geschmeichelt gefühlt.«

Er lächelte einen Moment und wurde dann ernst. »Wir werden ihn finden, Kells. Das verspreche ich.«

Ich nickte.

»Gute Nacht, *Bilauta*.«

Ich stützte mich auf einen Ellbogen. »Was heißt das, Kishan? Das hast du mir nie verraten.«

»Es bedeutet ›Kätzchen‹. Ich dachte, wenn wir die Raubkatzen sind, bist du ein Kätzchen.«

»Hm, nun, nenn mich in Rens Gegenwart nicht mehr so. Es macht ihn wütend.«

Er grinste. »Warum, glaubst du, nenne ich dich wohl so? Wir sehen uns morgen.« Er knipste das Licht aus und schloss die Tür.

In dieser Nacht träumte ich von Ren.

12
Prophezeiungen und Trainingsstunden

Es war derselbe schreckliche Traum, der mich schon früher einmal gequält hatte. Es war dunkel, und ich suchte verzweifelt nach etwas. Ich betrat ein Zimmer, in dem Ren auf einem Altar festgebunden lag und sich ein Mann in einem violetten Gewand über ihn beugte. Lokesh. Er riss das Messer hoch und wollte es Ren ins Herz rammen. Ich stürzte mich auf Lokesh und versuchte, ihm das Messer aus der Hand zu reißen, aber es war zu spät. Ren lag im Sterben.

»Kelsey, lauf!«, hauchte er mir zu. »Verschwinde von hier! Ich tue das für dich!«

Aber ich konnte weder weglaufen noch ihn retten. Ich brach auf dem Fußboden zusammen, denn ein Leben ohne Ren wäre vollkommen sinnlos.

Dann veränderte sich der Traum. Auf einmal war es dunkel, und Ren steckte in Tigergestalt in einem Käfig. Blutende Fleischwunden überzogen seinen Rücken.

Ich kniete mich vor ihn hin. »Komm schon, Ren. Ich bringe dich hier raus.«

Er verwandelte sich in einen Menschen und berührte mein Gesicht. »Nein, Kelsey. Ich kann nicht fliehen. Wenn ich es tue, wird er dich holen, und das werde ich nicht zulassen. Du darfst nicht bleiben. Geh bitte.« Er küsste mich rasch. »Geh!« Er schubste mich von sich weg und verschwand.

Ich drehte mich im Kreis, rief nach ihm. »Ren? Ren!«

In dem dichten Nebel machte ich eine Gestalt aus. Es war Ren. Er war gesund, stark und unverletzt. Er lachte, während er mit jemandem redete.

Ich berührte ihn am Arm. »Ren?«

Er hörte mich nicht. Ich stand vor ihm und winkte. Er sah mich nicht, lachte und legte einem hübschen Mädchen den Arm um die Schultern. Ich packte ihn am Kragen und schüttelte ihn, aber er spürte meine Berührung nicht.

»Ren!«

Er ging mit dem Mädchen fort und schob mich beiseite, als wäre ich ein lästiges Ärgernis. Ich begann zu weinen.

Das Zwitschern eines Vogels weckte mich. Ich hatte tief geschlafen, fühlte mich aber nicht erholt. Ich hatte die ganze Nacht von Ren geträumt, als Gefangener, eingesperrt und geschunden. Und in jedem Traum hatte er mich weggeschoben, sei es, um mich zu beschützen oder um mich loszuwerden.

Fünf Wochen. Fünf kurze, köstliche Wochen waren alles, was uns gemeinsam vergönnt gewesen war. Selbst wenn ich die Zeit mitzählte, die er zwar in Oregon gewesen war, mich jedoch abgesehen von Dates gemieden hatte, waren es nur zwei Monate. Das war nicht genug. Nicht, wenn man jemanden liebte. Es kam mir fast so vor, als läge ein Fluch auf mir, als würde ich die Menschen, die ich liebte, immer verlieren. *Wie soll ich ohne ihn überleben?*

Und dennoch ... war er hier. Ebenso wie meine Eltern. Ich spürte ihre Nähe und hatte manchmal das Gefühl, ich müsste nur den Arm ausstrecken, um sie zu berühren. Es war dasselbe mit Ren – nur stärker. So viele sonderbare Dinge waren mir widerfahren. Ich hatte eine Schlange als Haustier, die gleichzeitig als Modeaccessoire fungierte, war fast von einem vampirischen Seepferdchenaffen gefressen worden, hatte einen Freund, der die meiste Zeit ein Tiger war, und konnte mit der Hand Blitze schleudern.

Ich zog mich an und ging nach unten, um Mr. Kadam, der bereits am Computer saß, zu helfen.

»Ach, Miss Kelsey. Guten Morgen. Wenn Sie soweit sind, ich hätte hier einige Landkarten, die Sie für mich überprüfen könnten.«

»Sicher.«

Er breitete eine riesige Karte von Indien vor mir aus und schob mir ein Blatt Papier mit der Übersetzung von Durgas zweiter Prophezeiung zu. Ein pelziger schwarzer Kopf strich an meinem Bein entlang, und ich beugte mich hinab, um ihn zu streicheln. Ich war froh um Kishans Anwesenheit, wünschte mir jedoch im Stillen, dass statt ihm ein weißer Tiger neben mir säße.

»Guten Morgen, Kishan. Schon gefrühstückt? Ich backe dir später Cookies, falls Mr. Kadam alle Zutaten hat.«

Er schnaubte zustimmend und machte es sich zu unseren Füßen gemütlich. Ich nahm die Prophezeiung und las sie durch.

Strebe du nach Durgas Gaben.
Ihr hehrer Segen kröne dein Werk.
Am Ort der Götter beginne die Suche.
Am eisigen Blau von Noes Berg.
Der ozeangleiche Lehrer salbe deine Augen.
Seinem weisen Rate folge mit Bedacht.
Er möge entrollen die heil'ge Schrift.

Die Geistertore unterstehen seiner Macht.
Suche unbeirrt das Paradies.
Erklimme furchtlos den uralten Blätterthron,
Zu welchem führet der kostbare Nabelstein.
Auf dem Weltenbaum wartet dein luft'ger Lohn.
Gegen grausame Verfolger helfen
Maske, Diskus, Pfeil und Bogen.
Bei der Prüfung der Vier Häuser
Ist man nur den Guten gewogen.
Vogel, Fledermaus, Kürbis, Sirenennest
Sei auf der Hut, bleib standhaft und fest.
Wende den Blick gen Himmel,
Wo eiserne Wächter fliegen.
Indien lege seine Kleider an,
Es möge erstarken und siegen.

»Hm«, überlegte ich laut. »Die ersten zwei Verse sind klar. Wir sollen einen weiteren Durga-Tempel aufsuchen. Das hatten wir uns sowieso schon gedacht. Und diesmal werden wir auch gleich die richtigen Opfergaben mitbringen.«

»Ja. Ich habe eine Liste von Durgas Tempeln in ganz Indien sowie den angrenzenden Ländern zusammengestellt.«

»Kishan, erinnere mich bitte, dass ich mein Fußkettchen mit den kleinen Glocken tragen muss.«

Mr. Kadam nickte und beugte sich über seine Notizen. Bei dem Gedanken, wann Ren mir das Fußkettchen geschenkt hatte, biss ich mir auf die Lippe. Er hatte mich angefleht, bei ihm zu bleiben, aber ich war abgereist.

Welch eine Verschwendung! Wäre ich nicht so dickköpfig und dumm gewesen, hätten wir all die Monate zusammen sein können. Ich hätte alles darum gegeben, die Zeit zurückzudrehen. Nun war er fort, verschleppt, und es war nicht auszuschließen, dass ich ihn nie mehr wiedersehen würde.

Ich versuchte, die trübsinnigen Gedanken zu verscheuchen, und konzentrierte mich auf Durgas Prophezeiung.

»Noes Berg? Das soll der Himalaja sein? Wie kommen Sie darauf?«

»Noe ist eine andere Schreibweise für Noah.«

»Hm, aber ist die Arche Noah nicht am Berg Ararat gestrandet?«

»Sie haben ein gutes Gedächtnis. Das habe ich anfangs auch gedacht, doch der Berg Ararat liegt in der heutigen Türkei, nicht in Indien. Dennoch war der Verbleib der Arche stets heftig umstritten.«

»Okay, aber was hat Sie auf den Himalaja gebracht?«

»Mehrere Dinge. Erstens: In der Prophezeiung heißt es, der Gegenstand wäre dem indischen Volk dienlich, deshalb glaube ich nicht, dass er sich auf einem anderen Kontinent verbirgt. Der zweite Grund hat mit der überlieferten Geschichte von Noe, oder Noah, zu tun. Die Bibel ist nicht die einzige Quelle, die von einer großen Flut erzählt. Im Grunde gibt es Dutzende Kulturen, in deren Mythen die Erde von einer riesigen Flutwelle heimgesucht wird. Ich habe lange geforscht und jeden Mythos in Bezug auf eine Flut nach Querverweisen durchforstet. Es gibt Deukalion und Pyrrha von Griechenland, die Große Flut von Gilgamesch, den Aztekengott Tapi und viele weitere Legenden. Eine Gemeinsamkeit verbindet sie alle: Sobald der Regen abklingt, werden die Menschen aufs rettende Festland gebracht. Mehrere Orte werden als Landeplatz vorgeschlagen, aber ich habe viele verwerfen können, da es dort keine Gletscher, kein ›eisiges Blau‹ gibt. Das Gebirge, das mir am ehesten zu passen scheint, ist ...«

»Der Mount Everest.«

»Ja. Wenn man die Erzählungen wortwörtlich nimmt und davon ausgeht, dass die gesamte Erde geflutet wurde, wäre der Himalaja das Erste, was wieder zum Vorschein käme. Da der Himalaja ›den Himmel berührt‹, könnte man zu der Annahme verleitet sein, dass die zweite Gralssuche, auf die wir uns begeben, etwas mit Luft zu tun hat. Die Prophezeiung ist von Vögeln und anderen fliegenden Kreaturen durchdrungen, *und* der Gegenstand, den wir suchen, wird als ›luft'ger Lohn‹ bezeichnet.«

»Der Mount Everest? Kishan und ich müssen aber nicht ...«

»Nein, nein. Den Mount Everest zu besteigen, ist bisher nur einer Handvoll mutiger Menschen gelungen. Das würde ich niemals von Ihnen verlangen. Nein, wir suchen einen Ort am Fuße des Himalaja, eine Stadt mit einem weisen Lehrer. Ich hatte gehofft, Sie könnten eine Liste aller möglichen Städte erstellen und vielleicht einen Ort finden, der mir entgangen ist.«

»Das klingt, als hätten Sie sich schon viele Gedanken gemacht.«

»In der Tat. Aber wie Sie ganz richtig bemerkt haben, ein zweites Paar Augen kann nie schaden.«

Mr. Kadam reichte mir eine Liste, die ich Stadt für Stadt durchging und auf der Karte markierte. Und tatsächlich, er hatte jede Stadt in einem Zweihundert-Meilen-Radius um den Mount Everest abgehakt. Der einzige Ort auf der Karte, der nicht auf der Liste stand, befand sich nördlich des Everest und war auf Chinesisch geschrieben.

»Mr. Kadam? Welche Stadt ist das?«, fragte ich und zeigte auf den Punkt.

»Das ist Lhasa. Es liegt in Tibet, nicht Indien.«

»Vielleicht wohnt der Lehrer auf der anderen Seite des Himalaja, aber der Gegenstand, den wir suchen, ist in Indien versteckt.«

Mr. Kadam erstarrte und stürzte dann aufgeregt los, um einen Folianten über Tibet heranzuschleppen. »Einen Augenblick ... Ein Ort der Götter.« Er schlug das Buch auf und sah im Inhaltsverzeichnis nach. Hastig glitt er mit dem Finger über die Seiten und murmelte leise: »Der ozeangleiche Lehrer ... Geistertore ... ja ... ja!«

Er klappte das Buch zu und umarmte mich mit funkelnden Augen. »Das ist es! Sie haben das Rätsel gelöst, Miss Kelsey!«

»Wie bitte?«

»Lhasa ist die Stadt ›am eisigen Blau von Noes Berg‹! Übersetzt heißt Lhasa ›Stadt der Götter‹!«

»Was ist mit dem Lehrer, der uns etwas beibringen soll?«

»Der passt wie die Faust aufs Auge! Der ozeangleiche Lehrer ist wahrscheinlich einer der Lamas. Vielleicht sogar der Dalai Lama höchstpersönlich!«

»Was? Lhasa liegt doch gar nicht am Ozean.«

»Nun, ganz wortwörtlich sollte man die Prophezeiung nun auch nicht nehmen. Es könnte bedeuten, dass seine Weisheit so tief wie der Ozean ist oder sein Einfluss so weit wie das Meer.«

»Okay, wir fahren also nach Lhasa und bitten um eine Audienz beim Dalai Lama.« Ich stupste den schwarzen Tiger an die Schulter. »Hört sich für mich nach einem echten Kinderspiel an, nicht wahr, Kishan?«

Er schnaubte und hob den Kopf.

»Ja«, murmelte Mr. Kadam. »Das könnte wahrlich ein Problem werden.«

»Sie haben wohl nicht zufälligerweise einen guten Draht zu dem derzeitigen Dalai Lama? So wie damals Rens Großvater?«

»Nein. Und der derzeitige Dalai Lama hält sich auch nicht in Tibet auf. Er ist im Exil in Indien. Die Prophezeiung deutet aber eindeutig darauf hin, dass wir zu der Stadt ›am eisigen Blau von Noes Berg‹ fahren und unsere Suche dort beginnen sollen. Es heißt hier, dass der ozeangleiche Lehrer uns die Augen salben, geheiligte Pergamente entfalten, uns Weisheit lehren und den Weg zu den Geistertoren zeigen wird.«

»Was sind Geistertore?«

»So werden in Japan die Eingänge zu Schreinen oder Heiligengräbern genannt. Angeblich stellen sie den Übergang zwischen der säkularen und spirituellen Welt dar. Wenn ein Mensch darunter hindurchgeht, reinigt er seinen Geist und bereitet sich auf die spirituelle Reise vor, die vor ihm liegt.«

»Gibt es welche in Tibet?«

»Zumindest keine, die mir bekannt wären. Vielleicht haben sie in der Prophezeiung aber auch eine andere Bedeutung.«

»Okay, und was hat es mit diesem Nabelstein auf sich?«

»Was den Nabelstein anbelangt, kann ich mit einem fundierteren Wissen aufwarten. Ich bin überzeugt, dass Sie einen Omphalos-Stein suchen müssen. Das sind Steine, die das Zentrum oder den Nabel der Welt symbolisieren. Wissenschaftler vermuten, dass Dämpfe durch die Öffnung des Steins ausgetreten sind, und wenn sich eine Seherin oder ein Prophet darüberbeugte und das Gas einatmete, offenbarte sich dem Betreffenden eine Vision.

Angeblich hat die Menschheit auf diese Art mit den Göttern kommunizieren können. Außerdem heißt es, dass man in die Zukunft schauen kann, wenn man den Stein in den Händen hält. Es gibt einen Stein in Thailand, einen in der Grabeskirche in Jerusalem, und einer ist der Grundstein des jüdischen Tempels im Felsendom.«

»Wie sehen sie aus?«

»Sie haben die Form eines abgerundeten Eies mit einem Loch, das außen mit einer eingemeißelten netzförmigen Struktur versehen ist.«

»Wir müssen also diesen Omphalos-Stein finden und seinen Dampf einatmen oder ihn halten, und dann zeigt er uns den Weg zum Weltenbaum?«

»Korrekt.«

»Und dieser Baum ist …?«

»Der Weltenbaum ist ebenfalls ein weitverbreitetes Symbol in vielen Kulturen und Mythen. Es gibt da den Kalpavriksha, einen Baum, der Wünsche erfüllt. Er erblühte, solange die Menschen weise und gut waren, ging jedoch ein, als sie sich zum Schlechten wandelten. Bei meiner Recherche zur Goldenen Frucht bin ich auf eine Aufzeichnung über einen besonderen Baum im Kamakshi-Tempel im Süden Indiens gestoßen. Es ist ein Mangobaum, der vier verschiedene Mangosorten trägt, die die vier Veden oder Kasten darstellen. Auch in der nordischen Mythologie gibt es den Mythos über einen Weltenbaum, den Yggdrasil. In der slawischen und finnischen Mythologie ist der heilige Weltenbaum eine Eiche, in der hinduistischen Kultur ein Feigenbaum, der Ashvastha. Man kann ihn sich als Lebensbaum vorstellen. Sie verstehen, was ich meine, nicht wahr?«

»Hm, ja. Irgendwie. Wir suchen also einen besonderen Baum. Wissen wir auch, um welche Baumart es sich handelt?«

»Nein. Die Geschichten sprechen alle von Bäumen, die in ihrem jeweiligen Land beheimatet sind, aber die meisten Mythen beziehen sich auf einen sehr großen Baum, mit Vögeln, die in seinen Ästen sitzen. Die Prüfungen, von denen in der Prophezeiung die Rede ist, passen zu diesem Motiv.«

»Verstanden. Fazit: Früchte nicht essen.«

Er lachte. »Nicht in allen Mythen ist von Früchten die Rede, aber Sie haben vollkommen recht. Meistens schließt sich eine Prüfung an. Bei manchen wird auch eine riesige Schlange am Fuß des Baums erwähnt. Die Blätter verbinden die Erde mit dem Himmel, und die Wurzeln graben sich bis zur Unterwelt.«

»Und nun zu diesen … Prüfungen. Denken Sie, dass wieder etwas Gruseliges auf mich wartet, das mich fressen will, so wie damals die Kappa?«

Schlagartig wurde er ernst. »Aus tiefstem Herzen hoffe ich, dass dem nicht so ist. Und im Grunde stimmt mich das Wort Paradies zuversichtlich. Ich hoffe, diese Prüfungen werden mehr geistiger denn körperlicher Natur sein.«

»Na schön. Ich muss mich also bloß vor den eisernen Wächtern in Acht nehmen. Laut der Prophezeiung müssen wir bis zur Spitze klettern und die vier Prüfungen bestehen, um den Lohn zu finden. Ich frage mich, was es bedeuten könnte, dass Indien seine Kleider anlegen soll. Vielleicht geht es im wahrsten Sinne des Wortes um Kleidung?«

»Es könnte ein Symbol für das Königshaus sein.«

»Nun, auf mich macht das den Anschein, als hätten Sie schon eine Menge herausgefunden oder zumindest so viel, wie überhaupt möglich ist. Als Nächstes sollten wir Durgas Tempel wieder einen Besuch abstatten. Denken Sie, dass es ohne Ren funktioniert?«

»Einen Versuch ist es wert. Sie meinten, dass Ren in Tigergestalt sein musste, bevor Durga Ihre Opfergaben angenommen hat. Ist das richtig?«

»Ja. Sie hat ausdrücklich die Beziehung zwischen mir und Ren hervorgehoben.«

»Dann wäre es klug, wenn ein Tiger Sie begleiten würde. Wir werden Kishan anstelle von Ren benutzen, aber natürlich nur, falls du damit einverstanden bist, Kishan?«

Der schwarze Tiger schnaubte, was wir als Ja deuteten. Ich blickte nach unten und tätschelte ihm den Kopf. »Hoffen wir, dass Durga schwarze Tiger mag.«

»Währenddessen werde ich diskret ein paar Anrufe tätigen, um herauszufinden, ob ich ein Treffen mit jemandem in Tibet oder vielleicht sogar mit dem Dalai Lama hier in Indien arrangieren kann.«

»Denken Sie, das könnte klappen?«

»Das vermag ich nicht zu sagen.«

»Aber sollten wir nicht auf Ren warten? Sollten wir ihn nicht zuerst finden, bevor wir uns aufmachen, um nach dem nächsten heiligen Gegenstand zu suchen?«

»Miss Kelsey, ich glaube nicht, dass es Ren helfen würde, wenn wir warteten. Um ehrlich zu sein, es ist mir bisher nicht geglückt, ihn aufzuspüren, und ich habe die Hoffnung, wenn wir den zweiten Gegenstand aufspüren ...«

»... haben wir wieder eine Vision.«

»Genau.«

»Und finden heraus, wo sich Lokesh aufhält, was uns zu Ren führt.«

»Ja. Ich weiß, es scheint weithergeholt, aber es ist vielleicht der einzige Anhaltspunkt, der uns bleibt.«

»Na schön, dann mal los.«

Kishan knurrte und verwandelte sich in einen Menschen. »Und ich begleite dich.«

»Fühl dich nicht verpflichtet, mit mir zu kommen.«

»Natürlich bin ich dazu verpflichtet«, zischte er. »Ren hat mir aufgetragen, mich um dich zu kümmern, und genau das werde ich tun. Ich bin kein Feigling.«

Ich legte die Hand auf seine. »Kishan, ich habe *niemals* auch nur eine Sekunde geglaubt, dass du ein Feigling bist. Vielen Dank. In deiner Gegenwart fühle ich mich viel sicherer.«

Ein sanftes Lächeln legte sich auf seine angespannten Gesichtszüge. »Gut. Da wir das geklärt haben, sollten wir jetzt ein paar Stunden trainieren.«

»Das ist wahrscheinlich eine gute Idee.«

Mr. Kadam winkte uns hinaus. »Ich werde heute Nachmittag ein wenig mit Ihnen trainieren, Miss Kelsey, vielleicht nach dem Mittagessen?«

»Okay. Dann bis später.«

Nachdem wir uns umgezogen hatten, traf ich Kishan im Dōjō. Er arbeitete mit mir daran, einen Gegner, der mich um einiges überragte, zu Boden zu werfen. Ich musste mehrmals an ihm üben, bis ich den Kniff heraushatte, und anschließend scheuchte er mich durch ein kräftezehrendes Zirkeltraining. Als er endlich entschied, dass die Übungsstunde vorüber war, kniff er mich in die Wange und sagte, dass er stolz auf mich sei.

Ich war gerade auf dem Weg nach oben, um mit Mr. Kadam zu Mittag zu essen, als Kishan unvermittelt hinter mir auftauchte und mich über seine Schulter warf. Er nahm zwei Stufen auf einmal, während ich mit den Fäusten auf seinen Rücken hämmerte.

Er lachte. »Wenn du nicht vorbereitet bist, deinen Angreifer abzuwehren, wirst du mit den Folgen leben müssen.« Er setzte mich auf einem Stuhl gegenüber von Mr. Kadam ab und schnappte sich ebenfalls einen Happen zu essen.

Ich war erschöpft und müde. »Ich denke nicht, dass ich die Kraft für eine weitere Schwertkampfstunde habe, Mr. Kadam. Kishan hat mich heute Vormittag bis aufs Blut geschunden.«

»Natürlich, Miss Kelsey. Wir können stattdessen eine andere Art des Trainings angehen. Sie sollten Ihre Blitzstrahl-Fähigkeit üben.«

Ich verzog das Gesicht. »Und wenn es nur reiner Zufall war? Vielleicht war es eine einmalige Sache.«

Er hielt dagegen: »Vielleicht hat es schon immer in ihnen geschlummert, aber Sie hatten bisher noch keinen Grund, diese Fähigkeit einzusetzen.«

»Okay, versuchen wir's. Ich hoffe bloß, dass ich Sie nicht aus Versehen treffe.«

»Ja. Da wäre ich Ihnen überaus verbunden.«

Wir beendeten das Mittagessen und gingen ins Freie. Ich war noch nie draußen auf dem Gelände gewesen. Eine breite Treppe führte von der Terrasse hinab zu einer großen, gepflegten Rasenfläche von der Größe eines Fußballfelds, die von drei Seiten vom Dschungel eingeschlossen war. Mr. Kadam hatte Heuballen mit Zielscheiben in unterschiedlicher Entfernung aufgestellt, es sah aus wie bei einem Turnier im Bogenschießen.

»Zuerst wollen wir mit unbewegten Zielen beginnen, und wenn das erfolgreich ist, zu beweglichen übergehen. Sie hatten gesagt, Sie waren wütend und mussten Ren beschützen. Es fühlte sich wie ein brennendes Feuer an, das in Ihrem Magen einsetzte und dann zu Ihren Händen schoss, richtig? Ich möchte, dass Sie sich an jene Minuten zurückerinnern und das Gefühl in sich aufleben lassen.«

Ich schloss die Augen und rief mir in Erinnerung, wie ich mich vor Ren gestellt hatte, als er zu schwanken begann. Dumpfer Zorn stieg wieder in mir hoch, und vor meinem geistigen Auge konnte ich die Angreifer näher kommen sehen. Ein heißer Funke nagte an meinem Magen. Ich konzentrierte mich auf ihn und ließ ihn wachsen und anschwellen. Er verwandelte sich in eine Lavafontäne, die wie ein reißender Fluss durch meinen Körper quoll und in meine Hand schoss. Pulsierendes weißes Licht zuckte aus meinen Fingern zum ersten Heuballen. Die Zielscheibe explodierte wie eine Bombe, wurde in tausend Stücke zerfetzt und schleuderte glühende Strohfetzen durch die Luft, die langsam wieder herabsegelten und ausbrannten. Alles, was von der Zielscheibe übrig war, war ein verkohltes schwarzes Brandmal auf dem Boden. Winzige schwarze Rauchkringel stiegen in die Höhe, wo sie im nächsten Moment verpufften.

Mr. Kadam riss die Augen auf und strich sich über den Bart. »Eine äußerst effektive Waffe.«

»Ja, aber ich will sie nicht gegen Menschen einsetzen. Auch wenn mir der Blitz damals nicht so zerstörerisch vorgekommen ist.«

»Darüber sollten Sie sich im Moment nicht den Kopf zerbrechen. Lassen Sie uns lieber daran arbeiten, wie es mit größeren Entfernungen aussieht. Versuchen Sie sich an der nächsten Zielscheibe und dann wieder der nächsten.«

Ich zerschmetterte beide Zielscheiben in schneller Abfolge, ohne dass meine Kraft zu schwinden schien.

»Kishan, wärst du so gut, noch weitere Zielscheiben aufzustellen? Bitte diesmal nah beieinander am hinteren Rand des Feldes.«

Kishan hastete über den Rasen, und Mr. Kadam erklärte: »Nun möchte ich, dass Sie versuchen, die Reichweite auszudehnen und alle drei Zielscheiben auf einmal zu treffen. Stellen Sie sich etwas Großes vor, einen Elefanten oder Dinosaurier.«

»In Ordnung, ich gebe mein Bestes.«

Während ich abwartete, bis Kishan in sicherer Entfernung war, konzentrierte ich mich auf die Zielscheiben am anderen Ende des Feldes. Ich blinzelte in die Sonne und feuerte, traf jedoch nur den linken Heuballen.

»Das macht nichts. Versuchen Sie es noch einmal, Miss Kelsey.«

Diesmal versuchte ich, den Feuerstoß länger aufrechtzuerhalten, und bewegte meine Hand in einem Halbkreis, bis die Zielscheiben eine nach der anderen in Flammen aufgingen.

»Hm, eine interessante Methode. Jetzt wissen wir zumindest, dass Sie den Blitz über längere Zeit anwenden können.« Er zeichnete mit dem Finger einen großen Kreis in die Luft und bedeutete Kishan so, weitere Heuballen aufzustellen.

»Versuchen Sie es noch einmal. Konzentrieren Sie sich nun darauf, den Blitz zu verbreitern. Schließen Sie einen Moment die Augen und stellen Sie sich einen chinesischen Fächer vor. Sie halten ihn an einem Ende, und er klappt auseinander.«

»Okay, aber Sie stellen sich hinter mich.«

Er nickte und wich einen Schritt zurück.

Ich streckte die Hand aus und ließ das Feuer meinen Arm herabgleiten. Vor meinem geistigen Auge stellte ich mir vor, wie ich den zusammengeklappten Fächer hielt und hob meine Handfläche in Richtung der Zielscheiben. Diesmal schoss der dicke weiße Strahl langsamer heraus, ich spreizte die Finger wie einen Fächer und brachte den Blitz durch schiere Willenskraft dazu, sich auszudehnen. Es klappte ... zu gut. Ich zerfetzte nicht nur die Zielscheiben, sondern gleichzeitig die Bäume zu beiden Seiten des Feldes. Kishan ließ sich in letzter Sekunde auf den Boden fallen, um nicht getroffen zu werden. »Tut mir leid!«, schrie ich entsetzt.

Er hob die Hand als Zeichen, dass er in Ordnung war.

Mr. Kadam winkte Kishan zu sich und sagte zu mir: »Sehr gut! Morgen und übermorgen werden sie mit Kishan zielen üben, und in ein paar Tagen versuchen, wir, die Stärke so einzustellen, dass Sie Ihr Ziel nur außer Gefecht setzen, anstatt es gleich zu ...«

»Vernichten?«

Er lachte. »Ja. Es geht um Kontrolle. Ich bin äußerst zuversichtlich, dass es Ihnen gelingen wird, Miss Kelsey.«

»Das hoffe ich.«

Die Wochen verflogen. Bevor ich mich's versah, waren eineinhalb Monate ins Land gegangen. Ich beendete mein Trimester online. Mr. Kadam hatte angegeben, ein seltenes Artefakt gefunden zu haben und meine Hilfe bei der Katalogisierung zu benötigen. Im gleichen Atemzug hatte er meinen Dozenten versprochen, dass ich einen Aufsatz darüber verfassen werde.

Ungeduldig kreisten meine Gedanken um einen möglichen Gegenstand für diesen Aufsatz. Ich lernte fleißig für meine Prüfungen, was mich zumindest ein wenig von Ren ablenkte. Mr. Kadam entschuldigte auch Rens Fernbleiben bei der Uni, gab einen familiären Notfall als Begründung an.

Nachdem ich mein Trimester abgeschlossen hatte, verfielen wir alle in eine Routine. Frühmorgens half ich Mr. Kadam bei seiner Recherche und trainierte dann bis zum Mittagessen mit Kishan. Der Nachmittag war für den Unterricht mit Waffen reserviert. Kishan zeigte mir, wie man sie pflegte und welche man bei welcher Art Kampf einsetzte. Er bildete mich auch im Nahkampf aus und gab mir Tipps, wie ich mich gegen einen stärkeren Gegner behaupten konnte.

Am frühen Abend arbeitete ich mit Mr. Kadam an meinem Blitzstrahl. Ich war nun in der Lage, die Intensität zu regulieren, damit ich mein Ziel nicht völlig zerstörte. Ich konnte ein kleines schwarzes Loch genau in die Mitte brennen oder mehrere Ziele gleichzeitig in die Luft jagen. Ich konnte alles explodieren lassen oder nur einen kleinen Teil.

Meine neue Fähigkeit verlieh mir ein Gefühl von Macht, auch wenn sie mir gleichzeitig Angst einjagte. Aber sie würde mir helfen, gemeinsam mit Ren und Kishan den Fluch zu bannen ... und bei Ren zu sein.

Am Abend zog ich mich zurück und las oder schrieb Tagebuch. Ohne Ren fühlte sich das Haus seltsam leer an. Ich rechnete ständig damit, ihn draußen auf dem Balkon zu sehen. Jede Nacht träumte ich von ihm. Er war immer gefangen, entweder an einen Tisch gefesselt oder in einem Käfig. Aber sobald ich ihn zu befreien versuchte, hielt er mich ab und schickte mich fort.

Eines Nachts, ich war wieder aus meinem Albtraum hochgeschreckt, stand ich auf, nahm meine Steppdecke und ging zur Balkontür. Ein dunkler Kopf lehnte gegen das Polster der Hollywoodschaukel, und für den Bruchteil einer Sekunde setzte mein Herz aus. Ich schob die Tür auf und trat hinaus. Der Kopf drehte sich.

»Kelsey? Warum bist du wach?«

Mein geschundenes, enttäuschtes Herz pochte wieder gleichmäßig. »Oh. Hi, Kishan. Ich hatte einen Albtraum. Und was tust du hier draußen?«

»Ich schlafe oft auf der Veranda. Ich bin gerne an der frischen Luft. Außerdem ist es leichter, von hier aus ein wachsames Auge auf dich zu haben.«

»Ich denke, dass ich hier ziemlich sicher bin und du aufhören kannst, Bodyguard zu spielen.«

Er rutschte zur Seite und winkte mich zu sich. »Ich lasse nicht zu, dass dir etwas zustößt, Kelsey. Das ist alles meine Schuld.«

»Nein, ist es nicht. Du hättest es nicht verhindern können.«

Er lehnte den Kopf zurück, schloss die Augen und rieb sich seufzend die Schläfen. »Ich hätte besser aufpassen müssen. Ren dachte, ich wäre weniger abgelenkt als er. In Wahrheit war ich es wahrscheinlich noch *mehr* als er. Es wäre besser gewesen, ich wäre nie zu euch nach Amerika gekommen.«

Verwirrt fragte ich: »Was meinst du damit? Warum sagst du so etwas?«

Er sah mich an. Goldene Augen durchbohrten meine, als suchten sie nach der Antwort auf eine Frage, die er nicht gestellt hatte. Jäh drehte er den Kopf weg, knurrte und murmelte dann: »Ich lerne es auch nie.«

Ich nahm seine Hand. »Was ist los?«

Widerstrebend ließ er den Blick wieder auf mir ruhen. »Alles, was uns widerfahren ist, war meine Schuld. Hätte ich die Finger von Yesubai gelassen, wäre nichts passiert. Sie wäre Rens Prinzessin geworden und nicht gestorben. Du wärst jetzt nicht in Gefahr. Meine Eltern hätten ein normales Leben geführt. Weil ich mich nicht zurückhalten konnte, muss jeder leiden.«

Ich legte auch meine andere Hand auf seine, tätschelte sie. Er drehte seine Hand und umklammerte meine Finger.

»Kishan, du hast sie geliebt, was, wie ich gelernt habe, zu deiner Zeit etwas ganz Besonderes war. Liebe treibt einen zu den verrücktesten Dingen. Yesubai wollte trotz aller möglichen Konsequenzen mit dir zusammen sein. Ich wette, selbst wenn sie gewusst hätte, dass ihr dadurch nur ein kurzes Leben vergönnt sein würde, sie hätte es nicht bereut.«

»Da bin ich mir nicht so sicher. Ich hatte genug Zeit, um mir Gedanken zu machen, und Yesubai und ich kannten uns kaum. Unsere geheimen Treffen waren immer sehr kurz, und ich wäre ein Lügner, würde ich behaupten, ich könnte mit absoluter Sicherheit sagen, dass sie nicht nur ein Spielball in den Händen ihres Vaters war. Wäre ich mir ihrer Liebe wirklich sicher, dann wäre das alles hier vielleicht sogar die Opfer wert.«

»Sie hat euch beide am Ende retten wollen, nicht wahr?«
Er nickte.

»Sie hätte sich nicht gegen ihren Vater gestellt, wenn sie nicht etwas für dich empfunden hätte. Außerdem kann ich mir beim besten Willen nicht vorstellen, wie sie dir hätte widerstehen sollen. Du siehst genauso toll aus wie dein Bruder. Du bist lieb und unglaublich charmant. Sie hätte verrückt sein müssen, hätte sie sich nicht in dich verliebt. Und ich kann mir nur einen einzigen Grund vorstellen, weshalb sie Ren hätte ablehnen können, nämlich weil sie dich geliebt hat. Außerdem wäre mein Leben viel trauriger und leerer ohne Ren und dich.« Ich drückte seine Finger. »Es ist nicht deine Schuld, dass all das geschehen ist. Lokesh ist verantwortlich, nicht du. Wahrscheinlich hätte er auch ohne Yesubai versucht, sich eure Amulette unter den Nagel zu reißen.«

»Ich habe einen Pakt mit dem Teufel geschlossen, Kelsey. Und wenn man das tut, kommt man nicht ungeschoren davon.«

»Das stimmt. Wenn man eine falsche Wahl trifft oder eine schlechte Entscheidung fällt, muss man immer mit den Konsequenzen leben. Aber sich für die Liebe zu entscheiden, ist nie falsch.«

Er lachte spöttisch. »In meinem Fall schon.«

»*Nein*, sich gegen deinen Bruder zu verschwören, war falsch, aber am Ende hast du dich *für* deine Familie entschieden. Du hast dich entschieden, dich schützend vor Ren zu stellen und ihm zur Flucht zu verhelfen.«

»Es war trotzdem ein Fehler. Ich hätte Lokesh niemals vertrauen dürfen.«

»Fehler machen uns erst zu Menschen. So lernen wir. Meine Mom hat immer gesagt, einen Fehler zu begehen, ist nicht schlimm. Schlimm ist, nicht daraus zu lernen und ihn zu wiederholen.«

Er beugte sich vor und stützte den Kopf in die Hände, redete leise, als würde er sich selbst verhöhnen: »*Genau*. Man würde denken, dass ich etwas aus der Sache gelernt hätte. Dass sich die Geschichte nicht wiederholen würde.«

»Bist du denn versucht, den gleichen Fehler noch mal zu machen?«, neckte ich ihn. »Hast du dich etwa mit Lokesh in Verbindung gesetzt?«

»Ich würde Lokesh umbringen, falls sich unsere Wege erneut kreuzen sollten. Aber bin ich versucht, den gleichen Fehler noch einmal zu begehen? Ja.«

Ich seufzte. »Du bist viel zu sehr auf die Vergangenheit fixiert, Kishan. Du solltest dein neues Leben genießen. Bist du mit jemandem ausgegangen, seit du im Herbst nach Hause zurückgekehrt bist? Hast du Kurse an der Uni belegt?«

Er blickte zur Seite. »Es ist nicht die Vergangenheit, auf die ich fixiert bin.« Er stieß nun ebenfalls einen Seufzer aus. »Die Uni interessiert mich nicht.« Er stand auf und ging zum Geländer, beugte sich vor und blickte hinunter zu dem beleuchteten Schwimmbecken. »Und allem Anschein nach interessieren mich einzig und allein die Mädchen, die Ren gehören.«

Überrascht starrte ich seinen Rücken an. Er drehte sich um und lehnte sich mit der Hüfte gegen das Geländer. Mit ernstem, verletzlichem Gesichtsausdruck beobachtete er meine Reaktion.

Ich stammelte: »Meinst du das ernst?«

»Ja, natürlich. Ich bin ein aufrichtiger, geradliniger Mensch. Es würde mir nie in den Sinn kommen, über ein solch wichtiges Thema Witze zu reißen.«

»Aber das kapiere ich nicht. Das mit Yesubai verstehe ich ja, mit ihren violetten Augen und den langen schwarzen Haaren, ich hingegen ...«

»Kells, hör sofort auf. Ich nehme dich weder auf den Arm, noch spiele ich Spielchen mit dir. Ich habe lange darüber nachgedacht, ob ich dir meine Gefühle überhaupt gestehen soll. Sieh mal, ich weiß, dass du ihn liebst, und ich würde niemals versuchen, dich ihm auszuspannen. Zumindest solange ich weiß, dass ich keinerlei Chancen bei dir habe.« Er grinste und verschränkte die Arme vor der Brust. »Aber ja. Wäre Ren nicht mit dir zusammen, würde ich alles tun, um dich in meinem Leben zu halten. Dich für mich zu gewinnen.«

Überrumpelt lehnte ich mich in der Hollywoodschaukel zurück. »*Kishan*, ich ...«

»Lass mich ausreden, Kelsey. Du gibst mir ein Gefühl der Ruhe. Du hast eine heilende Wirkung auf mich und machst mir Hoffnung auf ein neues Leben. Und egal was du denken magst, du bist ebenso schön wie Yesubai. Ich fühle ...« Er wendete den Blick von mir ab, als wäre es ihm peinlich, und knurrte zerknirscht: »Was für ein Mensch bin ich nur? Wie konnte mir das passieren? Und das zweimal! Es geschieht mir recht. Dieses Mal gewinnt Ren. Das ist gut so. Der Kreis schließt sich.« Er drehte sich wieder zu mir. »Verzeih mir bitte. Ich wollte dich nicht mit meinen Gefühlen belasten.«

Kishan war anders, wenn Ren nicht anwesend war. Dann zeigte er seine Verletzlichkeit und überspielte sie nicht mit seiner aufgesetzten Arroganz, mit der er Ren ärgern wollte. Ich wusste, dass er mir sein Innerstes preisgegeben hatte. Seine aufrichtigen Worte hatten mich tief berührt. Und gleichzeitig traurig gestimmt. Ich wusste, dass er sich ebenso wie Ren von der Vergangenheit erholen musste.

Ich stand auf, wollte die angespannte Situation entschärfen und umarmte ihn. Es sollte eine flüchtige, aufmunternde Umarmung sein, aber er klammerte sich an mir fest, als wäre ich sein letzter Rettungsanker, ohne den er seine Menschlichkeit verlieren würde. Ich tätschelte ihm den Rücken und wich zurück. Dann nahm ich seine Hand und zog ihn zurück zur Hollywoodschaukel. Ich schlug den nüchternen Tonfall meiner Mutter an, wenn es heikle Probleme zu lösen galt. Sie hatte immer gesagt, wenn man jemandem helfen will, kann man nichts Besseres tun, als ihm ein wahrer Freund zu sein und ihm mit Ehrlichkeit zu begegnen.

»Fürs Protokoll, Kishan«, sagte ich, »wenn es Ren nicht gäbe, würde ich auf der Stelle mit dir ausgehen.«

Kishan schnaubte: »Warte, Kells, vergiss einfach, was ich gesagt habe, okay? Außerdem erübrigt sich die Sache sowieso.«

»Ich habe dir nie gedankt, dass du Ren so lange auf die Nerven gegangen bist, bis er mir nach Oregon gefolgt ist. Mir hätte der Mut gefehlt, den ersten Schritt zu machen.«

»Tu nicht so, als wäre ich ein Held, Kells.«

»Aber du *warst* mein Held. Vielleicht wäre ich ohne dich überhaupt nicht mit Ren zusammengekommen.«

»Erinnere mich nicht daran. In Wahrheit wollte ich dich wahrscheinlich ebenso sehr zurück wie er. Wäre er nicht gefahren, wäre ich dir gefolgt, und wir müssten diese Unterhaltung vielleicht gar nicht führen.«

Für einen Moment stellte ich mir vor, was hätte passieren können, wäre Kishan anstelle von Ren an Weihnachten aufgetaucht. Ich boxte ihm sanft gegen den Arm.

»Aber jetzt bin ich ja hier. Und wahrscheinlich liegt es sowieso bloß an meinen Kochkünsten. Meine Schoko-Erdnussbutter-Cookies sind ein Traum.«

»Sicher ... deine Kochkünste«, hörte ich ihn murmeln.

»Können wir Freunde sein?«

»Ich war immer dein Freund.«

»Gut. Dann habe ich gleichzeitig einen Freund und Helden. Gute Nacht, Kishan.«

»Gute Nacht, *Bilauta*.«

Ich drehte mich an der Tür um. »Sei unbesorgt, deine Gefühle für mich sind nur vorrübergehend. Je besser du mich kennenlernst, desto mehr nervige Seiten wirst du an mir sehen. Ich kann ein ziemlich mürrisches Biest sein.«

Er hob einfach eine Augenbraue und schwieg.

Trotz meiner Beteuerung, dass er mich nicht bewachen müsste, war es ein schönes Gefühl zu wissen, dass dort auf dem Balkon ein Tiger lag. Im Nu war ich eingeschlafen. Zum ersten Mal seit langer Zeit hatte ich keinen Albtraum.

13
Vatsala Durga Tempel

Zwei weitere Wochen hielten wir unsere Routine aufrecht. Ich wurde stärker und gewann an Zuversicht, dass ich mich in einem Kampf behaupten könnte. Nicht wegen meiner körperlichen Kraft, sondern wegen des Blitzstrahls. Längst war er mir in Fleisch und Blut übergegangen. Ich konnte jetzt einen einzelnen Grashalm auf der gegenüberliegenden Seite des Feldes verbrennen, ohne den angrenzenden Pflanzen Schaden zuzufügen.

Mr. Kadam verbrachte den Großteil seiner Zeit mit Nachforschungen nach Rens Aufenthaltsort, doch obwohl er alle Hebel in Bewegung setzte, blieb er unauffindbar. Allerdings hatten wir herausgefunden, dass es sich bei der gesuchten Stadt um Lhasa handelte, und so ergab auch der Rest der Prophezeiung allmählich Sinn. Wenn wir unsere Reise dort beginnen würden, davon war Mr. Kadam überzeugt, würden wir finden, wonach wir suchten. Bevor wir uns jedoch auf die Expedition begaben, mussten wir einen Tempel Durgas aufsuchen.

Während der Vorbereitungen auf unsere Reise trudelten unzählige Pakete ein. Mr. Kadam hatte eine ganze Garnitur Kleidung für mich gekauft. Wanderschuhe, ein Dutzend

Paar Wollsocken und Fleecepullover, Goretex-Jacken, Hosen und Handschuhe, dicke, langärmelige T-Shirts, ein Paar weiße gefütterte Schneestiefel, mehrere wind- und wasserabweisende Hosen und eine Auswahl an Mützen füllte eine Ecke meines begehbaren Kleiderschranks.

Nachdem endlich das letzte Päckchen geliefert worden war, in dem sich Sonnenbrillen, Sonnenmilch und Toilettenartikel befanden, ging ich nach unten.

»*Mr. Kadam*, es scheint mir nun doch so, als wollten Sie, dass ich den Mount Everest besteige. Wie soll ich das ganze Zeug denn überhaupt mit mir rumschleppen?«

Er kicherte. »Kommen Sie herein, Miss Kelsey, kommen Sie. Ich habe etwas Interessantes, das ich Ihnen zeigen möchte.«

»Was denn? Vielleicht eine Jacke, die mich warm hält, falls ich von einer Lawine begraben werde?«

»Nein, nein. Hier.« Er reichte mir ein Buch.

»Was ist das?«

»*Der verlorene Horizont* von James Hilton. Kennen Sie es?«

»Nein. Von dem Buch habe ich noch nie gehört.«

»Sagt Ihnen der Begriff *Shangri-La* etwas?«

»Hm, ja. So heißen doch die Nachtclubs in alten Hollywoodfilmen? Ich glaube, es gibt sogar ein Casino in Las Vegas mit diesem Namen.«

»Nun, das ist möglich, allerdings habe ich eine Verbindung zwischen diesem Buch und unserer Suche gefunden. Können Sie gerade etwas Zeit erübrigen?«

»Ja. Lassen Sie mich nur rasch Kishan holen, dann kann er auch zuhören.«

Als wir zurückkamen, machte ich es mir in einem Sessel bequem, während sich Kishan auf dem Boden vor mir zusammenrollte.

»*Der verlorene Horizont* wurde 1933 verfasst und beschreibt eine utopische Gesellschaft, in der den Bewohnern ein außergewöhnlich langes Leben in perfekter Harmonie beschieden ist. Die Stadt befindet sich im Kunlun-Gebirge, einer Bergkette im Himalaja.

Der wahrlich interessante Punkt ist der, dass Mr. Hiltons Geschichte auf der uralten tibetanisch-buddhistischen Sage von Shambhala basiert, einer mystischen Stadt, die vom Rest der Welt abgeschottet ist und viele sorgsam gehütete Geheimnisse birgt. In der heutigen Zeit steht der Begriff Shangri-La für einen Ort der Zufriedenheit, eine Utopie, ein Paradies.«

»Das heißt, wir suchen nach diesem Ort, diesem Shangri-La?«

»Das jedenfalls ist meine Vermutung. Dieser Mythos ist äußerst faszinierend. Das Buch stützt sich auf verschiedene bedeutende Städte und ihre jeweilige Geschichte. Es gibt Anspielungen auf den Heiligen Gral, die Quelle der Ewigen Jugend, El Dorado, die Stadt Zion und Hyperborea. All diese Mythen ähneln der Geschichte um Shangri-La. Bei jeder von ihnen sind die Menschen entweder auf der Suche nach Unsterblichkeit oder einer perfekten Gesellschaft. Selbst der Garten Eden enthält viele dieser Themen – der Baum, die Schlange, ein Paradies, wunderschöne Gärten. Viele haben nach einem solchen Ort gesucht und ihn niemals gefunden.«

»Fantastisch. Je mehr ich darüber erfahre, umso schwieriger erscheint mir die Aufgabe. Vielleicht wäre es besser, all dieses Zeug nicht zu wissen. Zumindest wäre die Suche dann weniger Angst einflößend.«

»Wäre es ihnen wirklich lieber, wenn ich mein Wissen für mich behalte?«

Ich seufzte. »Nein, ich muss das alles natürlich erfahren, und es wird hilfreich sein, Anknüpfungspunkte zu haben.

Bisher ist es also niemandem gelungen, Shangri-La zu finden?«

»Genau. Auch wenn das nicht bedeutet, dass man es nicht versucht hätte. Im Laufe meiner Nachforschungen bin ich auf einen interessanten Vermerk gestoßen. Anscheinend hat Adolf Hitler geglaubt, dass Shangri-La den Schlüssel zu der perfekten Herrenrasse liefert. Er hat 1938 sogar eine Expedition, angeführt von einem Mann namens Ernst Schäfer, nach Tibet geschickt.«

»Gut, dass sie nicht fündig geworden sind.«

»In der Tat.«

Mr. Kadam gab mir *Der verlorene Horizont* zum Lesen mit und warnte mich vor, dass wir am Ende der Woche abreisen würden. Die nächsten Tage verflogen im Nu, allerdings wurde ich allmählich nervös. Beim letzten Mal hatten viele unheimliche Gefahren auf mich gewartet, doch zumindest war Ren immer bei mir gewesen. Die Hälfte der Zeit hatten wir uns gestritten und die andere Hälfte geküsst, aber trotz des Gefühlschaos, in dem ich damals steckte, hatte ich mich sicher gefühlt. Ich hatte gewusst, dass er mich vor den boshaften Affen und Kappas beschützen würde.

Nun da ein neues Abenteuer drohend näher rückte, vermisste ich Ren mit schmerzhafter Verzweiflung. Mein einziger Antrieb war die Vorstellung, dass ich für ihn tat, was ich tat. Gewaltsam verdrängte ich den Gedanken, dass er die nächsten Wochen womöglich nicht überleben würde. Er musste einfach. Ein Leben ohne ihn wäre sinnlos.

Und obwohl Mr. Kadam alles Menschenmögliche tat, um Ren zu finden, blieb unsere Suche ergebnislos. Kishan wurde von Stunde zu Stunde melancholischer, weshalb ich ihn nicht auch noch mit meiner Sorge um seinen Bruder belasten wollte. Seit Kishans Liebesgeständnis fiel es mir sowieso schwer, mich überhaupt mit ihm über Ren zu unterhalten. Und wenn ich Mr. Kadam darauf ansprach, wie schwer es für mich ohne Ren war, blickte er schrecklich schuldbewusst drein, vergrub sich noch tiefer in seine Recherche und arbeitet ohne Unterlass weiter.

Kishan und ich sprachen kein einziges Mal mehr über seine Gefühle für mich. Am Anfang war es sonderbar zwischen uns, und wir vermieden es tunlichst, das Thema anzuschneiden, aber im Laufe der Tage konnten wir wieder ungezwungener miteinander umgehen. Unser tägliches Training ließen wir nie ausfallen.

Während der Wochen und Monate, die wir zusammen verbracht hatten, war er mir immer mehr ans Herz gewachsen. Die Brüder waren sich in vielerlei Hinsicht ähnlich, und doch gab es große Unterschiede zwischen ihnen. Kishan war überlegter als Ren, unterhielt sich gerne, war jedoch nicht so vorschnell mit seinen Antworten und machte sich über alles Gedanken. Er ging sehr hart ins Gericht mit sich und überhäufte sich mit Selbstvorwürfen.

Und andererseits waren da Dinge, die er sagte, Worte, die er benutzte, die mich an Ren erinnerten. Kishan war ein angenehmer Gesprächspartner wie sein Bruder. Selbst ihre Stimmen klangen sehr ähnlich. Manchmal vergaß ich, mit wem ich gerade redete, und nannte ihn versehentlich Ren. Er versicherte mir, das wäre ganz verständlich, doch ich wusste, dass ihn meine Versprecher schmerzten.

Anspannung machte sich während der Woche vor unserer Abreise im Haus breit. Schließlich war der Tag des Aufbruchs gekommen. Der Jeep war mit unseren Taschen beladen, und nachdem sich Kishan auf Rens Platz niedergelassen hatte, fuhren wir ab. Mr. Kadam hatte Reisepapiere für uns alle besorgt und erklärte, dass wir durch drei verschiedene Länder fahren würden. Neugierig warf ich einen Blick in eine der Taschen und sah, dass mein Pass und meine Unterlagen auf eine K. H. Khan ausgestellt waren, mit einem alten, gruseligen Highschool-Foto von mir. *Schlimmer kann's nicht werden!*

Unser Ziel war Nepal, genau genommen die Stadt Bhaktapur. Wir brauchten zwei geschlagene Tage, nur um Indien zu durchqueren, und wir passierten bei Raxaul die Grenze nach Nepal. Mr. Kadam musste eine Menge an Bürokratie über sich ergehen lassen und unter anderem unsere *Carnet De Passage En Douane* vorzeigen – ein Zolldokument, das uns gestattete, unser Fahrzeug für die Dauer unseres Aufenthalts nach Nepal einzuführen.

Nachdem wir in Birganj in ein Hotel eingecheckt hatten, ließen wir Kishan ein Nickerchen machen, während Mr. Kadam und ich in einer Rikscha zum Glockenturm der Stadt fuhren.

Anschließend begleitete uns Kishan zum Abendessen in ein Restaurant, das in der Nähe des Hotels lag. Mr. Kadam suchte für mich *Chatamari* aus, eine Art nepalesische Pizza aus Reismehl. Für sich selbst bestellte er *Masu*, ein Currygericht mit Reis und Hühnchen, auch wenn er Hammel- oder Büffelfleisch hätte wählen können. Kishan bestellte Gemüse-*Pulao*, ein mit Kreuzkümmel und Kurkuma gewürztes Gericht, dazu gebratenen Reis, Schaffleisch-*Masu* und *Thuckpa*, ein Gericht mit gebratenem Reis und Ei.

Am nächsten Morgen standen wir sehr früh auf, um nach Bhaktapur weiterzufahren. Wir stiegen wieder in einem Hotel ab, und nachdem wir unser Gepäck in unsere Zimmer gebracht hatten, spazierten wir zum Hauptplatz der Stadt. Wir kamen an einem Markt vorbei, an dem es Dutzende von Keramikständen gab. Ein Großteil der Töpferware war aus dunklem Lehm hergestellt und mit leuchtenden Farben bemalt.

An anderen Ständen wurden Tier-, Götter-, und Dämonenmasken feilgeboten. Die Marktbuden mit Gemüse und Früchten besahen wir uns genauer. Wir kauften je eine Schüssel *Kuju Dhau*, einen mit Honig gesüßten Joghurt voller Nüsse, Rosinen und Zimt, der aus Büffelmilch hergestellt wird.

Wir verließen den Markt und bahnten uns einen Weg zum Hauptplatz, auf dem weder Rikschas noch Taxis erlaubt waren. Mr. Kadam erklärte, dass der Platz auf diese Weise sauber, ruhig und friedvoll bliebe. »Das hier ist der Königsplatz. Und das dort drüben ist unser Ziel – der Vatsala Durga Tempel.«

Zwei Steinlöwen bewachten den Eingang zum Heiligtum. Ähnlich dem Virupaksha-Tempel in Hampi wies er die Form eines Kegels auf, war jedoch von einer Steinmauer aus roten Ziegeln umschlossen. Neben dem Gebäude hing eine riesige Glocke an zwei großen Streben.

»Ich hätte mein Fußkettchen gar nicht mitbringen müssen, Mr. Kadam. Sehen Sie die große Glocke dort?«

»Ja. Das ist die Taleju-Glocke. Sie ist aus Bronze gegossen und ruht auf den Postamenten des Tempels. Sind Sie an der Geschichte der Glocke interessiert?«

»Sicher.«

»Im Volksmund wird sie auch die Glocke der bellenden Hunde genannt. Einer der früheren Könige soll einen Traum gehabt haben. Es gibt verschiedene Versionen von der Geschichte, aber auf jeden Fall haben in dem grauenhaften Albtraum des Königs des Nachts hundeähnliche Kreaturen die Menschen angefallen.«

»Hunde-Kreaturen? Klingt wie Werwölfe.«

»Das ist gut möglich. In seinem Traum war der einzige Weg, die Kreaturen in die Flucht zu schlagen und sein Volk zu retten, eine Glocke zu läuten. Das Dröhnen der Glocke war so laut und ohrenbetäubend, dass die Kreaturen die Einwohner in Frieden ließen. Als der König erwachte, gab er noch am selben Tag eine riesige Glocke in Auftrag, derart eindringlich war sein Traum gewesen. Die Glocke wurde von nun an benutzt, um den Einwohnern die abendliche Ausgangssperre anzukündigen. Solange die Menschen dem Tönen der Glocke folgten, waren sie angeblich sicher. Viele Menschen behaupten noch immer, dass die Hunde zu bellen und winseln anfangen, wenn die Glocke geläutet wird.«

»Was für eine tolle Geschichte!« Ich stieß Kishan den Ellbogen in die Seite. »Ich frage mich, ob die Glocke auch bei Wertigern funktioniert.«

Kishan umfasste meinen Ellbogen, zog mich zu sich und sagte mit einem Augenzwinkern: »Darauf würde ich nicht wetten. Wenn ein Tiger einmal eine Fährte aufgenommen hat, wird man ihn nicht so leicht wieder los. Wir sind treue Geschöpfe.«

Irgendetwas sagte mir, dass wir von zwei völlig unterschiedlichen Dingen sprachen. Händeringend suchte ich nach einem neuen Gesprächsstoff. Die meisten Männer auf dem Platz trugen hohe Hüte. Also fragte ich Mr. Kadam, was es damit auf sich habe, und er hielt mir aus dem Stegreif einen langen, ausführlichen Vortrag über die Geschichte religiöser Gewänder.

»Mr. Kadam, Sie sind ein wandelndes Lexikon. Es ist so praktisch, Sie bei sich zu haben. Man spart sich jeglichen Reiseführer. Sie sind der beste Lehrer, den ich jemals hatte.«

Er lächelte. »Vielen Dank. Aber seien Sie so gütig, mich darauf hinzuweisen, falls ich einmal übertreiben sollte. Das Dozieren ist nämlich eine meiner Marotten.«

»Falls ich mich *je* langweilen sollte«, sagte ich lachend, »gebe ich Ihnen Bescheid.«

Kishan grinste und nutzte meine Bemerkung als Ausrede, um mir den Arm um die Schultern zu legen und meinen Arm zu streicheln. »Ich kann dir garantieren, dass es mit mir auch nie langweilig wird.«

Es war angenehm, *zu* angenehm. Schuldbewusst reagierte ich über und wand mich hastig unter seinem muskulösen Arm hervor. »Hey! Pfoten weg! Schon mal was davon gehört, zuerst um Erlaubnis zu fragen?«

Kishan beugte sich zu mir und flüsterte: »Hab dich nicht so.«

Ich funkelte ihn finster an, dann konzentrierte ich mich wieder auf unseren Rundgang.

Den restlichen Nachmittag verbrachten wir damit, uns mit der Umgebung vertraut zu machen, und entschieden, am folgenden Abend nach Sonnenuntergang zurückzukehren. Mr. Kadam hatte entweder seine Beziehungen spielen lassen oder mit seiner dicken Brieftasche gewedelt, jedenfalls durften wir nach der regulären Öffnungszeit wiederkommen.

Farbschlieren überzogen den dämmrigen Himmel, als wir uns am nächsten Abend zum Tempel aufmachten. Mr. Kadam begleitete uns bis zu den Stufen vor dem Eingang und reichte mir einen Rucksack voller Gegenstände, die als Opfergaben dienen sollten und irgendwie mit dem Thema Luft zu tun hatten: verschiedene Vogelfedern, ein chinesischer Fächer, ein Drache, ein heliumgefüllter Ballon, eine hölzerne Flöte, ein Plastikflugzeug, das mithilfe eines Gummibands flog, ein winziges Barometer, ein Spielzeugsegelboot und ein Prisma, das Licht in einen Regenbogen verwandelte. Außerdem hatten wir etwas Obst als Glücksbringer eingesteckt.

Mr. Kadam reichte mir Fanindra, die meinen Arm emporkroch. Sie rollte sich zusammen und erstarrte zu ihrer goldenen Armreifform, was ich als Zeichen ansah, dass sie mitkommen wollte. Kishan und ich stiegen die Steintreppe hinauf, die zum Tempel führte, und ließen die Steinelefanten und das Paar Löwen hinter uns. Die Durga-Statue, die hoch über uns in einer Mauernische stand, war von der Straße aus zu sehen, weshalb ich mir Sorgen machte, was geschehen würde, falls sie zum Leben erwachte, während gerade jemand auf der mit Ziegelsteinen gepflasterten Straße entlangspazierte.

Schweigend gingen Kishan und ich entlang der von Pfeilern gesäumten Steinmauer um das Gebäude herum und fanden die gewundene Treppe, die zum oberen Geschoss des Tempels führte. Er streckte die Hand nach mir aus. Im Innern des Gebäudes war es dunkel und kühl. Die Straßenlaternen vom Königsplatz tauchten den Gang zur Statue in ein unheimliches Licht. Kishan, der neben mir schritt, wirkte wie der Tempel um uns: ruhig, finster und unnahbar. Ich mochte Kishan sehr, aber ich vermisste das Licht und die Wärme, die Ren immer zu umgeben schienen.

Wir betraten einen kleinen Raum. Die Statue befand sich an der gegenüberliegenden Steinmauer in einer offenen Wandnische, erleuchtet vom Licht der Straßenlaternen, etwa einen Meter von der Außenmauer des Tempels zurückversetzt. Wir konnten uns links und rechts von ihr aufstellen und dennoch im Schatten ungesehen bleiben.

»Okay, letztes Mal haben wir eine Opfergabe dargeboten, eine Glocke geläutet, um weise Worte und Hilfe gebeten, und dann hat sich Ren in den Tiger verwandelt. Das schien so zu funktionieren.«

»Ich bin dein ergebener Diener.«

Wir holten unsere Gaben aus dem Rucksack und legten sie zu Füßen der Statue nieder, bevor wir zurück in den Schatten traten. Ich hob den Fuß, schüttelte ihn kurz und strich mit den Fingern über die klirrenden Glöckchen. Bei dem Gedanken an Ren musste ich lächeln.

Wir wichen von der Wand zurück, und Kishan ergriff erneut meine Hand. Ich war dankbar um den Halt, den er mir gab. Obwohl ich schon einmal erlebt hatte, wie eine Steinstatue zu Leben erwachte, war ich dennoch schrecklich nervös.

»Ich sage zuerst etwas, und dann übernimmst du.«

Er nickte und drückte meine Hand.

»Große Göttin Durga, wir sind hier, um deine Hilfe zu erbitten. Ich ersuche dich um deinen Segen, da wir die zweite Aufgabe erfüllen wollen, um diese beiden Prinzen von ihrem Fluch zu befreien. Wirst du uns an deiner unendlichen Weisheit teilhaben lassen?« Mit einem Nicken wandte ich mich an Kishan.

Er stand eine Weile still da und sagte dann: »Ich ... verdiene deinen Segen nicht.« Er blickte zu mir und seufzte traurig, bevor er fortfuhr: »Was geschehen ist, ist allein meine Schuld, aber ich bitte dich um meines Bruders willen um Hilfe. Bring ihn in Sicherheit ... *ihr* zuliebe. Hilf mir, sie auf dieser Reise vor allen Gefahren zu beschützen.«

Er sah mich fragend an, als wüsste er nicht, ob er etwas Falsches gesagt hatte. Ich stelle mich auf die Zehenspitzen, küsste ihn auf die Wange und flüsterte: »Vielen Dank.«

»Gern geschehen.«

Während er sich in einen Tiger verwandelte, verschmolz sein dunkles Fell regelrecht mit dem düsteren Raum. Ein steifer, kühler Wind peitschte durch das Gebäude und schoss die Treppe herauf. Mein langärmeliges T-Shirt blähte sich wie ein Segel. Ich krallte mich an Kishans Nackenhaaren fest und schrie über das Pfeifen des Windes: »Jetzt kommt der Angst einflößende Teil!«

Einem Wirbelsturm gleich fegte der Wind Staub und Sand unzähliger Jahre aus den Ritzen und Fugen. Ich kniff die Augen zusammen und bedeckte mit dem Ärmel Mund und Nase. Kishan schob mich in eine Ecke des Raums, schirmte mich mit seinem Körper vor den beißenden Windböen ab, die durch die Fenster des Tempels fegten.

Ich war zwischen ihm und der Wand eingekeilt, was gut war, da selbst er seine Klauen in den Boden rammen musste, um nicht davongeweht zu werden. Er stemmte sich mit seinem Gewicht gegen mich. Ich kniete mich hin und schlang die Arme um Kishans Hals, barg mein Gesicht in seinem Fell.

Nach einer Weile legte sich der Sturm, und ich schlug die Augen auf. Der Raum war nicht wiederzuerkennen. Ohne den Schmutz und den Staub, die sich im Laufe der Jahrhunderte angesammelt hatten, erstrahlte der Tempel in neuem Glanz. Der aufgehende Mond warf sein Licht herein, brachte den Raum zum Funkeln, sodass er überirdisch und wie in einem Traum erstrahlte. Auf der Wand hinter der Statue von Durga war ein vertrauter Handabdruck erschienen. Kishan nahm Menschengestalt an und stellte sich neben mich.

»Was passiert als Nächstes?«

»Komm und lass dich überraschen.«

Ich zog ihn hinter mir her, legte die Hand auf den Abdruck und ließ die Energie knisternd an meinem Arm hinab in die Wand gleiten. Ein Grollen erschütterte die Mauern, was uns einen Schritt zurückweichen ließ. Die Statue drehte sich um hundertachtzig Grad, sodass sie nun mit dem Gesicht zu uns blickte.

Diese Version von Durga ähnelte der Statue, die ich im Virupaksha-Tempel gesehen hatte. Ihre vielen Arme waren fächerförmig um ihren Körper ausgebreitet, ihr Tiger saß zu ihren Füßen. Diesmal gab es keinen Eber. Ein liebliches Bimmeln kleiner Glöckchen war zu hören, dann ertönte eine wunderschöne Stimme: »Sei willkommen, Tochter. Deine Opfergaben wurden angenommen.«

Alle Gegenstände, die wir vor ihr aufgestellt hatten, schimmerten und lösten sich allmählich auf. Sandfarbener Stein begann sich zu bewegen, als Durga ihre Arme in der Luft kreisen ließ. Lippen aus Stein nahmen eine rubinrote Farbe an und lächelten. Der Tiger knurrte und schüttelte den Stein ab, als wäre es Staub. Mit einem Niesen ließ sich das Tier wieder zu Durgas Füßen nieder.

Kishan war fasziniert von der Göttin. Ein sanftes Zittern bemächtigte sich ihrer, eine zarte Brise wehte durch das Gebäude und blies den Staub von ihr, enthüllte sie wie einen kostbaren Diamant. Durgas Haut war jedoch nicht golden, sondern von einem blassen Rosa. Sie ließ die Arme sinken und nahm mit einer freien Hand die goldene Haube vom Kopf. Dichtes schwarzes Haar fiel ihr ihn wunderbaren Wellen den Rücken herab und über die Schultern.

Mit zart klirrender Stimme sagte sie: »Kelsey, meine Tochter, ich bin so froh, dass deine Suche nach der Goldenen Frucht erfolgreich war.«

Sie wandte sich Kishan zu, neigte den Kopf und hob verwirrt eine wohlgeformte Augenbraue. Dann streckte sie einen fein gemeißelten Arm aus und deutete auf Kishan. »Wer ist das? Wo ist dein Tiger, Kelsey?«

Unerschrocken machte Kishan einen Schritt vor und verbeugte sich tief über ihrer ausgestreckten Hand. »Gütige Göttin, ich bin ebenfalls ein Tiger.«

Er nahm seine schwarze Tigergestalt an und verwandelte sich dann wieder zurück. Durga lachte, ein fröhliches Klingeln, das in dem Raum widerhallte. Kishan lächelte sie an.

Sie blickte zu mir und bemerkte die Schlange, die um meinen Arm gewunden war.

»Ach, Fanindra, mein Liebling.«

Sie bedeutete mir näher zu kommen, und ich trat ein paar Schritte vor. Die obere Hälfte von Fanindra erwachte zu Leben und streckte sich der Hand der Göttin entgegen. Zärtlich tätschelte Durga die Schlange.

»Meine Liebe, auf dich wartet Arbeit. Du würdest mir einen großen Gefallen erweisen, wenn du noch ein wenig länger bei Kelsey bleibst.«

Die Schlange zischte leise, glitt zurück zu meinem Arm und erstarrte wieder, aber ihre mit Juwelen besetzten, grünen Augen glühten.

Durga wandte ihre Aufmerksamkeit mir zu. »Ich spüre deine Traurigkeit und Besorgnis, Tochter. Erzähl mir, was dich quält.«

»Ren, der weiße Tiger, ist gefangen genommen worden, und wir können ihn nicht finden. Unsere ganze Hoffnung ruht nun auf dir.«

Schwermütig lächelte sie mich an. »Meine Macht ist ... begrenzt. Ich kann dir einen Rat erteilen, wie du die nächste Belohnung zu finden vermagst, aber für etwas anderes bleibt wenig Zeit.«

Eine Träne rann mir die Wange herab. »Aber ohne ihn hat die Suche nach den Gegenständen keine Bedeutung für mich.«

Mit sanfter Hand strich sie mir über die Wange und fing eine glitzernde Träne auf. Ich beobachtete, wie sie erhärtete und schließlich als funkelnder Diamant auf ihrer Fingerspitze lag. Sie reichte ihn Kishan, der das Geschenk ehrfürchtig entgegennahm.

»Vergiss nie, Kelsey, dass die Aufgabe, mit der ich dich betraut habe, nicht nur deinen Tigern hilft. Sie ist für ganz

Indien ein Segen. Es ist von entscheidender Bedeutung, dass du die heiligen Objekte findest.«

Ich schniefte und wischte mir mit dem Ärmel über die Augen.

Ein mildes Lächeln umspielte ihre Lippen. »Sorge dich nicht, meine Tochter. Ich verspreche, ich halte meine schützende Hand über deinen weißen Tiger … Oh … ich verstehe.« Sie blinzelte und starrte gebannt in die Ferne, als würde sie dort etwas sehen, das uns entging. »Ja …, der Weg, den du nun einschlägst, wird dir helfen, deinen Tiger zu retten. Hüte den nächsten Gegenstand gut, und lass weder ihn noch die Goldene Frucht in falsche Hände geraten.«

»Was sollen wir mit der Goldenen Frucht tun?«

»Zunächst wird sie dir auf deiner Reise behilflich sein. Trage sie bei dir und nutze sie weise.«

»Worum handelt es sich bei dem luft'gen Lohn?«

»Um diese Frage zu beantworten, will ich dir jemanden vorstellen.« Sie hob einen blassrosa Arm und zeigte hinter uns zum anderen Ende des Raums. Ein rhythmisches Klackern war zu hören.

In einer von Mondlicht erhellten Ecke des Zimmers saß eine alte, knorrige Frau auf einem hölzernen Hocker. Graue Haarsträhnen blitzten unter einem ausgeblichenen roten Kopftuch hervor. Sie trug ein einfaches, selbst gesponnenes, braunes Kleid mit weißer Schürze. Ein kleiner Webstuhl stand vor ihr. Andächtig beobachtete ich, wie sie wunderschöne Fäden aus einem großen Flechtkorb zog und um das Schiffchen wickelte. Dann fädelte sie die Spindel geschickt durch den Webrahmen.

Nach einer Weile fragte ich: »Großmutter, was webst du?«

»Die Welt, meine Tochter«, erwiderte sie mit gütiger, wenn auch erschöpfter Stimme. »Ich webe die Welt.«

»Dein Garn ist wunderschön. Ich habe noch nie solche Farben gesehen.«

Sie kicherte. »Ich benutze Spinnweben, damit der Stoff federleicht wird, Elfenflügel für ein Funkeln, ein wenig Regenbogen für ein Schillern in allen Farben, und Wolken, damit das Tuch weich wird. Hier. Du kannst es anfassen.«

Ich packte Kishans Hand, zog ihn näher und streckte dann die Finger aus, um das Material zu berühren. Es knisterte und prasselte. »Darin steckt Kraft!«

»Ja. Große Kraft, aber ich will dich zwei Dinge über das Weben lehren.«

»Nämlich, Großmutter?«

»Diesen langen, vertikalen Faden nennt man Kette, und die bunten horizontalen Fäden Schuss. Die Ketten sind dicker, stärker und meistens unscheinbar, aber ohne sie hätte der Schussfaden nichts, an dem er sich festklammern könnte. Deine Tiger klammern sich an dich, brauchen dich. Ohne dich würden die Stürme der Welt sie wegblasen.«

Ich lauschte gebannt ihren Worten und nickte. »Was willst du mir sonst noch erklären, Großmutter?«

Sie beugte sich näher zu mir und flüsterte verschwörerisch: »Eine Meisterin des Webstuhls kann außergewöhnliche Stoffe fertigen, und ich habe mächtige Fäden in dieses Tuch gesponnen.«

»Vielen Dank, Großmutter.«

»Da wäre noch etwas. Du musst lernen, einen Schritt zurückzugehen und dir das Gesamtwerk vorzustellen. Wenn du dich nur auf den einen Faden konzentrierst, der vor dir liegt, verlierst du den Blick darauf, was aus ihm werden kann. Durga besitzt die Fähigkeit, das Werk von Anfang bis Ende zu verfolgen. Du musst ihr vertrauen. Sei nicht entmutigt, wenn dir der Faden nicht zusagt. Warte ab und sieh dich um. Sei geduldig und treu. Wenn sich die Fäden zueinanderfügen und sich das Muster schließlich in seiner ganzen Farbenpracht zeigt, wirst du verstehen.«

Ich ließ Kishans Hand los, damit ich näher zu der greisen Frau treten konnte, gab ihr einen Kuss auf die runzelige Wange und dankte ihr erneut. Ihre Augen funkelten, und das Schiffchen bewegte sich wieder. Das rhythmische Klackern setzte ein, während sich die alte Frau allmählich auflöste. Im nächsten Moment war nur noch der Webstuhl zu hören, und dann verstummte auch der.

Wir drehten uns zu Durga um, die ihrem Tiger den Kopf streichelte und uns zulächelte. »Vertraust du mir, dass ich auf deinen weißen Tiger aufpasse, Kelsey?«

»Ja.«

Durga strahlte. »Wunderbar! Aber bevor ich dich auf deine Reise schicke, werde ich dir ein weiteres Geschenk machen.« Geschickt rotierte sie die Waffen in ihren Händen, bis sie zu Pfeil und Bogen kam. Sie hob die Augenbraue, und Kishan trat vor.

»Geduld, mein ebenholzschwarzer Freund. Für dich habe ich auch eine Gabe, aber dies hier … ist für meine Tochter.«

Sie reichte mir einen mittelgroßen goldenen Bogen samt Köcher, in dem goldene Pfeile steckten.

Ich machte einen Knicks. »Vielen Dank, Göttin.«

Lächelnd wandte sie sich an Kishan. »Jetzt werde ich etwas für dich auswählen.«

Er verbeugte sich tief und grinste sie schelmisch an. »Ganz gleich, was du mir überreichen willst, ich werde es dankbar entgegennehmen, meine wunderschöne Göttin.«

Ich verdrehte die Augen.

Anerkennend nickte sie sanft mit dem Kopf. Ich konnte es zwar nicht mit Sicherheit sagen, aber ich glaubte, ein kleines Grübchen zu sehen, als sich ihr Mund zu einem kaum merklichen Lächeln verzog.

Ich blickte zu Kishan, der albern grinste, verzückt von Durga. *Er ist attraktiv. Hatte nicht Zeus Liebschaften mit Sterblichen? Hm, ich muss Mr. Kadam fragen, wenn wir zurück sind.*

Durga reichte Kishan einen goldenen Diskus, den er mit unverhohlener Begeisterung entgegennahm. Das Geschenk machte ihn verwegen genug, dass er einen warmen Kuss auf ihren Handrücken hauchte. *Wie wäre es mit ein bisschen mehr Zurückhaltung?* Ich war nicht *eifersüchtig*. Ich war nur geschockt, dass er sich bei einer Göttin so unverfroren aufführte.

Die beiden starrten einander eindringlich an, weshalb ich mich leise räusperte. »Hm-hm. Gibt es sonst noch etwas, das wir wissen sollten, bevor wir loslegen? Wir haben an Lhasa und den Himalaja gedacht ..., um die Arche Noah und Shangri-La zu finden.«

Durga blinzelte und schenkte mir wieder ihre Aufmerksamkeit. »Jaaaa«, säuselte sie, bevor ihre Stimme allmählich verhallte und ihre Arme an ihre frühere Position glitten. »Hüte dich vor den Vier Häusern. Sie werden dich auf die Probe stellen. Setz dein neues Wissen ein. Wenn du den Gegenstand gefunden hast, wird er dir auf deiner Flucht helfen und dich zu demjenigen führen, den du liebst. Benutze ihn ...«

Die Göttin erstarrte. Ihre weiche Haut verhärtete sich zu Stein.

»Verdammt! Das nächste Mal muss ich ihr *gleich am Anfang* meine Fragen stellen!«

Wind blies durch den Raum. Durga rührte sich noch einmal und blickte kurz darauf wieder in Richtung der Straße.

»Hallo? Erde an Kishan.«

Wie festgewurzelt stand er da und betrachtete die Statue, bis diese sich vollends gedreht hatte. »Sie ist ... außergewöhnlich.«

Ich grinste. »Ja, ja. Und wie war das gleich noch mal mit dir und unerreichbaren Frauen?«

Das Leuchten schwand aus seinen Augen, und er sank sichtlich in sich zusammen. Seufzend verzog er das Gesicht. »Ja. Du hast recht, Kelsey.« Er lachte spöttisch über sich selbst. »Vielleicht kann ich einer Selbsthilfegruppe beitreten.«

»Es tut mir leid, Kishan. Das war nicht besonders nett von mir.«

Kläglich lächelnd streckte er die Hand aus. »Keine Sorge, Kells. Ich habe ja immer noch dich. Denk dran, du bist meine Kette und ich dein Schuss.«

»Ja. Nicht besonders schmeichelhaft für mich, oder?«

»Du bist eine wunderschöne Kette.«

»Solange es uns nicht ergeht wie in *Gesprengte Ketten*.«

Verwirrt legte er den Kopf schief. »Gesprengte Ketten?«

Ich zuckte zusammen. »Tut mir leid. Dad war Steve-McQueen-Fan.«

»Steve McQueen?«

»Ich muss dich wohl noch in die Klassiker der amerikanischen Filmkunst einführen. Aber wir lassen es ruhig angehen, vielleicht beginnen wir mit *E.T.*«

Er hob die Schultern. »Was auch immer du sagst, Kells.«

»Komm schon, mein ebenholzschwarzer Freund«, neckte ich ihn. »Lass uns Mr. Kadam suchen.«

Er grinste. »Nach dir, meine Liebste.«

Ich rollte mit den Augen und ging zur Treppe. »Hast du nicht schon genug mit der Göttin geflirtet? Aber eins sage ich dir: Bei mir zieht deine Masche nicht.«

Lachend folgte er mir die Stufen hinab. »Ich mache so lange weiter, bis ich etwas gefunden habe, das zieht.«

»Da kannst du lange warten, Casanova.«

»Wer ist Casanova?«

»Vergiss es.«

Der Mond war hinter den Wolken verschwunden, und die Wände und Böden des Tempels waren mit derselben schmutzigen Staubschicht überzogen wie zuvor. Kishan nahm meine Hand, und gemeinsam traten wir in die dunkle Nacht.

14
Die Strasse der Freundschaft

Wir trafen Mr. Kadam draußen vor dem Tempel an. Als wir nachfragten, ob er gesehen hatte, wie sich die Statue bewegte, verneinte er. Außerdem hatte er auch keinen Sturm bemerkt. Ich meinte, er solle beim nächsten Mal einfach mitkommen, aber er wollte lieber Schmiere stehen, da er annahm, dass sich Durga nur mir und den Tigern zeigte. Seine Anwesenheit hielt er für eher hinderlich.

»Na klar«, zog ich ihn auf, »wenn Sie mitkämen, würden Sie wahrscheinlich ähnlich wie Kishan Durgas Zauber verfallen, und dann müsste ich sie beide aus der Liebestrance reißen.«

Kishan warf mir einen finsteren Blick zu, während sich Mr. Kadams Gesicht vor Entzücken erhellte. »Die Göttin ist also wunderschön, ja?«

»Sie ist ganz okay«, erwiderte ich.

Im Gegensatz zu mir geriet Kishan auf der Stelle ins Schwärmen: »Ihre Schönheit ist mit der keiner anderen Frau zu vergleichen. Ihre rubinroten Lippen, ihre weiche Haut und die langen dunklen Haare rauben jedem Mann den Verstand.«

»Ich *bitte* dich!«, spottete ich. »Man kann's auch übertreiben. *Ren* hat nie so auf Durga reagiert.«

Kishan funkelte mich wütend an. »Vielleicht hatte *Ren* auch einen *Grund*, woanders hinzuschauen.«

Mr. Kadam lachte. »Ich würde sie sehr gerne treffen, wäre mir das gestattet.«

»Einen Versuch wäre es wert. Das Schlimmste, was passieren kann, ist, dass gar nichts passiert, und dann könnten wir es immer noch ohne Sie probieren.«

Nachdem wir zum Hotel zurückgekehrt waren, zeigten wir Mr. Kadam unsere neuen Waffen. Kishan war nicht mehr zu bremsen, redete in einem fort über die Göttin und drehte seinen Diskus im Licht, sodass sich das Gold an den Wänden des Hotelzimmers brach. Ich hörte eine Weile zu und erfuhr von Mr. Kadam, dass der Diskus die Sonne darstellte, die der Quell allen Lebens sei und der Kreis ein Symbol für Leben, Tod und Wiedergeburt. An diesem Punkt schaltete ich ab, damit ich nicht länger Kishans Lobeshymnen über Durga und ihre unvergleichliche Weiblichkeit über mich ergehen lassen musste, was mich regelrecht zum Würgen brachte.

Ich lehnte im Rahmen ihrer Verbindungstür, verdrehte die Augen und spottete in einer von Kishans kurzen Verschnaufpausen: »Wirst du wie Xena schreien, wenn du den Diskus wirfst? Wir sollten dir einen hübschen Lendenschurz kaufen.«

Kishan durchbohrte mich mit Blicken aus seinen goldenen Augen. »Ich hoffe, deine Pfeile sind so spitz wie deine Zunge, Kelsey.«

Er kam auf mich zu. Trotzig wich ich keinen Schritt zurück, versperrte ihm den Weg, aber er schob mich einfach zur Seite. Für einen Moment ließ er seine Hände auf meinen Armen, senkte den Kopf und flüsterte: »Hier ist wohl jemand eifersüchtig, *Bilauta?*« Dann schloss er die Verbindungstür hinter sich. Mr. Kadam und ich waren nun allein.

Gereizt ließ ich mich in einen Sessel fallen und murmelte: »Ich bin *nicht* eifersüchtig.«

Mr. Kadam sah mich eindringlich an. »Nein, das sind Sie nicht. Zumindest nicht auf die Art, die er sich erhofft.«

Ich setzte mich aufrecht hin. »Was genau meinen Sie?«

»Sie versuchen, ihn zu beschützen.«

Ich schnaubte. »Wovor beschützen? Seiner eigenen Verblendung?«

Er lachte. »Nein. Sie sorgen sich um ihn, so viel ist sicher. Sie wollen, dass er glücklich ist. Und da Ren nicht hier ist, richten Sie Ihren gesamten mütterlichen Instinkt auf Kishan.«

»Was ich für Ren empfinde, hat nichts Mütterliches an sich.«

»Doch, natürlich. Zumindest ein bisschen. Erinnern Sie sich, was die Weberin Ihnen über die verschiedenen Garne erzählt hat?«

»Ja. Sie sagte, ich bin die Kette.«

»Genau. Rens und Kishans Garne verweben sich mit ihrem. Ohne Ihre Stärke könnte kein Tuch entstehen.«

»Hm.«

»Miss Kelsey, kennen Sie sich mit Löwen aus?«

»Nein. Nicht wirklich.«

»Ein männlicher Löwe kann nicht allein auf die Jagd gehen. Ohne sein Weibchen würde er sterben.«

»Ich weiß nicht genau, worauf Sie hinauswollen.«

»Ich will sagen, ein Löwe kann ohne sein Weibchen nicht leben. Kishan braucht Sie. Vielleicht sogar noch mehr als Ren.«

»Aber ich kann nicht alles für *beide* Brüder sein.«

»Das erwartet auch niemand von Ihnen. Ich sage nur, dass Kishan ... Hoffnung braucht. Etwas, woran er sich festhalten kann.«

»Ich werde ihm eine gute Freundin sein. Ich gehe auch für ihn auf die *Jagd*, wenn es sein muss. Aber ich liebe *Ren*. Ich werde ihn nicht aufgeben.«

Mr. Kadam tätschelte mir die Hand. »Eine gute Freundin, die sich um ihn sorgt und ihn liebt und ihn davon abhält, dass er sich selbst aufgibt, genau das braucht Kishan.«

»Aber ist das nicht genau das, was *Sie* ihm all die Jahre gewesen sind?«

Er kicherte. »O ja. Natürlich. Aber ein junger Mann braucht eine junge *Frau*, die an ihn glaubt. Nicht einen verrunzelten, alten Mann.«

Ich stand auf und umarmte ihn. »*Verrunzelt* und *alt* sind zwei Worte, die ich niemals in Bezug auf Sie verwenden würde. Gute Nacht.«

»Gute Nacht, Miss Kelsey. Wir reisen morgen in aller Frühe ab. Ruhen Sie sich also aus.«

Als ich in jener Nacht träumte, kamen *beide* Brüder vor. Sie standen vor mir, und Lokesh befahl, dass ich die Entscheidung treffen müsste, wer von ihnen leben und wer sterben würde. Ren lächelte traurig und nickte in Kishans Richtung. Kishans Gesicht verkrampfte sich, dann wandte er den Blick ab, wusste er doch, dass ich ihn nicht wählen würde. Wie erstarrt stand ich da und grübelte, da riss mich der Weckanruf des Hotels aus dem Schlaf.

Ich packte meine Tasche und traf Mr. Kadam und Kishan in der Eingangshalle. Schweigend fuhren wir die zehn Meilen bis Kathmandu, der Hauptstadt Nepals. Kishan und ich blieben im Jeep, während Mr. Kadam in ein Gebäude ging, um die letzten Unterlagen für unsere Reise durch den Himalaja beglaubigen zu lassen.

»Äh, Kishan? Ich wollte mich bloß entschuldigen, weil ich mich gestern wie eine Idiotin aufgeführt habe. Wenn du dich unbedingt in eine Göttin verknallen willst, dann nur zu.«

»Ich verknalle mich nicht in eine Göttin, Kells«, fauchte Kishan. »Nur keine Sorge.«

»Trotzdem. Ich war nicht besonders einfühlsam.«

Er zuckte mit den Schultern. »Frauen gefällt es nicht, wenn Männer über andere Frauen reden. Es war unhöflich von mir, mich so lang und breit über Durga auszulassen. Ehrlich, ich habe ihre Schönheit bloß so hervorgehoben, um dich zu provozieren.«

Ich wandte mich in meinem Sitz um. »Was? Warum solltest du das tun?«

»Ich wollte, dass du *eifersüchtig* wirst, und als du es nicht wurdest, hat mich das ... geärgert.«

»Oh. Kishan, du weißt doch, dass ich ...«

»Ich weiß, ich weiß. Das musst du mir nicht ständig unter die Nase reiben. Du liebst Ren.«

»Ja. Aber das bedeutet nicht, dass ich für dich nichts empfinde. Immerhin bin ich auch *deine* Kette.«

Sein Gesicht erstrahlte. »Das stimmt.«

»Gut. Vergiss das nicht. Wir bekommen alle unser Happy End, okay?« Ich streckte die Hand aus, und er umfasste sie grinsend mit beiden Händen.

»Versprochen?«

Ich lächelte ebenfalls. »Versprochen.«

»Gut. Ich erinnere dich zu gegebener Zeit daran. Vielleicht sollte ich mir das schriftlich geben lassen. Ich, *Kelsey*, verspreche hiermit, dass *Kishan* das Happy End bekommt, das er sich erträumt. Soll ich es dir diktieren?«

»Äh, nein. Für den Moment würde ich es lieber etwas vage halten.«

»Na schön. Währenddessen stelle ich im Kopf eine Liste zusammen, was ein echtes Happy End ausmacht und melde mich dann bei dir.«

»Tu das.«

Dreist küsste er mir die Finger und hielt sie fest umschlossen, während ich sie wegzuziehen versuchte. »Kishan!«

Er lachte, als er mich endlich losließ und sich dann in einen Tiger zurückverwandelte, sodass mir keine Zeit blieb, ihn weiter auszuschimpfen.

»Feigling«, murmelte ich und drehte mich in meinem Sitz zurück. Er knurrte leise, aber ich ignorierte es.

Angestrengt dachte ich die nächsten Minuten darüber nach, wie ein Happy End für Kishan aussehen mochte. Aber im Moment war auch mein eigenes Happy End nicht sicher. Bestenfalls würde ich die vier Prüfungen bestehen, damit die Brüder keine Tiger mehr sein mussten. Und dann? Ich hoffte, dass sich die Happy Ends bis dahin von selbst regelten.

Mr. Kadam kehrte zurück und sagte: »Uns wurde die Erlaubnis erteilt, die Straße der Freundschaft nach Tibet zu nehmen. Das kommt einem Wunder gleich.«

»Wow. Wie haben Sie das hinbekommen?«

»Ein hoher chinesischer Beamter schuldet mir einen Gefallen.«

»Wie hoch?«

»Der allerhöchste. Dennoch müssen wir uns genau an die vorgeschriebene Reiseroute halten und uns bei jeder Kontrollstation melden, damit sie unseren Aufenthalt kontrollieren können. Wir brechen augenblicklich auf. Unser erster Zwischenstopp ist Neyalam, was ungefähr hundertfünfzig Kilometer von hier entfernt liegt. Wir werden etwa fünf Stunden brauchen, bis wir die chinesisch-nepalesische Grenze erreicht haben.«

»Fünf Stunden? Augenblick mal! Hundertfünfzig Kilometer? Das sind umgerechnet neunzig Meilen. Also achtzehn Meilen pro Stunde. Warum dauert das so lange?«

Mr. Kadam kicherte. »Sie werden schon sehen.«

Er reichte mir die Reiseroute, die Landkarte und eine Broschüre, damit ich ihm unterwegs beim Navigieren helfen konnte. Ich dachte immer, die Rocky Mountains wären gewaltig, aber im Vergleich zum Himalaja waren sie flach wie die Appalachen, buchstäblich Zwerge im Vergleich zu einem Riesen. Die Gipfel waren schneebedeckt, obwohl es Anfang Mai war.

Schroffe Gebirgsgletscher erhoben sich vor uns. Die vereinzelten Bäume wirkten mickrig und klein. Der Boden war hauptsächlich von Gras, Zwergsträuchern und Moos bedeckt. Angeblich gab es irgendwo im Himalaja Nadelwälder, aber wir würden hauptsächlich Weideland zu sehen bekommen.

Sein »Sie werden schon sehen« war kein Witz gewesen. Wir fuhren mit ungefähr zehn Meilen die Stunde das Gebirge hinauf. Die Straße ließ zu wünschen übrig, und wir holperten und schlängelten uns um Schlaglöcher und gelegentliche Yak- und Schafherden.

Um mir die Zeit zu vertreiben, fragte ich Mr. Kadam nach dem ersten Unternehmen, in das er investiert hatte.

»Das war die *East India Trading Company*. Sie ist Anfang des 17. Jahrhunderts, also vor meiner Geburt, gegründet worden, aber Mitte des 18. Jahrhunderts war sie groß im Geschäft.«

»Womit haben Sie Handel getrieben?«

»Oh, mit vielen Dingen. Stoffe – hauptsächlich Seide –, Tee, Indigo, Gewürze, Salpeter und Opium.«

»Mr. Kadam!«, zog ich ihn in gespielter Entrüstung auf, »Sie waren ein Drogendealer?«

Er verzog das Gesicht. »Nicht in der heutigen Wortbedeutung, nein. Vergessen Sie nicht, Opium galt damals als Medizin. Mir gehörten mehrere Schiffe, und ich habe in große Karawanen investiert. Als China den Handel mit Opium verbot und den Opiumkrieg auslöste, war damit Schluss, und ich konzentrierte mich auf Gewürze.«

»Ah. Ist das der Grund, weshalb Sie Ihre Gewürze selbst mahlen?«

Er lächelte. »Ja, ich habe mir angewöhnt, beim Kochen auf beste Qualität zu achten.«

»Sie haben also immer im Export gearbeitet?«

»Das kann man so sagen. Aber löchern Sie mich nicht, Miss Kelsey, ich muss mich aufs Fahren konzentrieren.«

»Okay, aber zwei Fragen habe ich noch. Besitzen Sie immer noch ein Schiff? Ich weiß, Sie haben ein Flugzeug behalten, aber haben Sie auch ein Schiff? Das wäre *so* cool. Und zweitens, was ist Salpeter?«

»Salpeter ist auch bekannt als Kaliumnitrat. Es fand gleichzeitig als Schießpulver und ironischerweise als Konservierungsmittel Verwendung. Und um ihre erste Frage zu beantworten, die Jungen besitzen tatsächlich ein Boot, aber keinen meiner früheren Frachter.«

»Oh. Und was für ein Boot?«

»Eine kleine Jacht.«

»Das hätte ich mir ja denken können.«

Wir hielten in der Nähe der chinesisch-nepalesischen Grenze in einer Stadt namens Zhangmu, wo wir erneut Formulare ausfüllen mussten. Dann, nach einem weiteren Tag, an dem wir nur eine Strecke von sechsundneunzig Meilen zurücklegten, erreichten wir Neyalam und stiegen in einem kleinen Gästehaus ab.

Am nächsten Tag gewannen wir sogar noch weiter an Höhe. In der Broschüre hieß es, dass wir uns auf knapp viertausend Metern befanden. Während dieses Streckenabschnitts sahen wir sechs der wichtigsten Gipfel des Himalaja, einschließlich des Mount Everest, und legten eine Pause ein, um die großartige Aussicht auf den Mount Xixapangma zu genießen.

Am dritten Tag wurde mir übel, und Mr. Kadam erklärte, dass ich wohl an der Höhenkrankheit litt, was nicht ungewöhnlich war, wenn man in solch schwindelerregenden Höhen reiste. »Ihr Unwohlsein wird verfliegen. Die meisten Menschen gewöhnen sich nach ein paar Stunden daran, nur bei wenigen dauert es mehrere Tage, bis sich der Körper an den geringeren Druck angepasst hat.«

Ich stöhnte und stellte die Rückenlehne des Sitzes nach hinten, um meinem benommenen Kopf Ruhe zu gönnen. Der restliche Tag rauschte undeutlich an mir vorbei. Ich war schwer enttäuscht, dass ich die unglaubliche Landschaft nicht gebührend würdigen konnte. Wir fuhren nach Xigatse, wo Mr. Kadam und Kishan das Kloster Tashilhumpo besichtigten, während ich mich in dem kleinen Hotel ausruhte.

Als sie zum Abendessen zurückkehrten, rollte ich mich auf dem Bett zur Seite und winkte sie fort. Mr. Kadam verschwand, Kishan hingegen blieb.

»Es gefällt mir gar nicht, wenn du krank bist, Kells. Was kann ich tun?«

»Hm, ich glaube, da gibt es nichts, was du *tun* kannst.«

Er ging kurz hinaus, bevor er nach wenigen Minuten zurückkam und mir ein feuchtes Tuch auf die Stirn drückte. »Hier, ich habe dir etwas Zitronenwasser gebracht. Mr. Kadam meint, es würde dir guttun.«

Kishan zwang mich, das gesamte Glas zu leeren und goss mir dann ein weiteres aus der Flasche ein, die er früher am Tag gekauft hatte. Nach meinem dritten Glas ließ er es endlich dabei bewenden.

»Wie geht es dir?«

»Besser, danke. Jetzt sind nur noch die Kopfschmerzen da. Haben wir Aspirin?«

Kishan holte ein kleines Fläschchen. Ich schluckte zwei Tabletten, beugte mich vor, stützte die Ellbogen auf die Knie und massierte mir die Schläfen.

Schweigend beobachtete er mich eine Weile, dann sagte er: »Komm schon, lass mich mal.« Er schob mich weiter an den Bettrand, damit er sich hinter mich setzen konnte. Vorsichtig legte er seine warmen Hände auf meinen Kopf und begann, meine Schläfen zu massieren. Nach ein paar Minuten glitt er in mein Haar und an meinem Nacken hinab, löste die Verspannungen, die daher rührten, dass ich drei Tage reglos im Wagen gesessen hatte.

Während er meine Schultern knetete, fragte ich: »Wo habt ihr beide gelernt, so zu massieren? Ren und du, ihr seid echte Experten.«

Für einen Moment erstarrte er, dann bewegten sich seine Finger wieder. »Ich wusste nicht, dass Ren dich auch massiert hat ... Mutter hat es uns beigebracht. Sie war in dieser Kunst bewandert.«

»Oh. Es fühlt sich auf jeden Fall toll an. Deine Hände sind so warm, als wären sie Heizkissen. Meine Kopfschmerzen sind wie weggeblasen.«

»Gut. Leg dich hin und entspann dich. Ich kümmere mich jetzt um deine Arme und Beine.«

»Das musst du wirklich nicht. Mir geht's schon viel besser.«

»Entspann dich einfach. Schließ die Augen und lass deine Gedanken treiben. Mutter hat uns gelehrt, dass eine Massage nicht nur den körperlichen, sondern auch den seelischen Schmerz lindern kann.« Er bearbeitete meinen linken Arm und massierte mir lange die Hand.

»Kishan? Wie war es für dich, all die vielen Jahre ein Tiger zu sein?«

Er schwieg eine Weile. Verstohlen machte ich die Augen einen Spalt auf und sah ihn an. Er starrte auf einen Punkt zwischen meinem Daumen und meinem Zeigefinger.

»Hör auf zu blinzeln, Kells. Ich denke nach.«

Ich schloss brav die Augen und wartete geduldig auf seine Antwort.

»Der Tiger und der Mann in mir haben ununterbrochen einen Kampf ausgetragen. Nachdem meine Eltern gestorben waren und Ren gekidnappt wurde, ist Mr. Kadam auf die Suche nach ihm gegangen. Es gab keinen Grund mehr für mich, Menschengestalt anzunehmen. Ich ließ dem Tiger in mir freien Lauf. Es war beinahe, als würde ich den Tiger aus weiter Ferne beobachten. Ich war von meiner Außenwelt völlig abgeschnitten. Das Tier hatte die Oberhand gewonnen, aber es interessierte mich nicht.«

Er machte mit meinen Füßen weiter, was anfangs kitzelte. Dann knetete er meine Zehen jedoch mit solchem Geschick, dass ich genüsslich aufseufzte. »Es muss schrecklich einsam gewesen sein.«

»Ich bin gelaufen, habe gejagt … Es war reiner Instinkt. Ich bin überrascht, dass ich meine Menschlichkeit überhaupt behalten habe.«

»Ren hat mir gesagt, dass er wieder mehr Tier als Mensch war, nachdem ich fort und er allein war.«

»Das ist gut möglich. Der Tiger ist stark, und es ist sehr schwer, ein Gleichgewicht zu halten, besonders wenn man den größten Teil des Tages ein Tier ist.«

»Fühlt es sich jetzt anders an?«

»Ja.«

»Wie?«

»Ich gewinne meine Menschlichkeit Schritt für Schritt zurück. Ein Tiger zu sein, ist einfach, ein Mensch zu sein hingegen nicht. Ich muss mit Menschen kommunizieren, ihre Welt kennenlernen und einen Weg finden, mit meiner Vergangenheit umzugehen.«

»Ren hatte gewissermaßen mehr Glück als du, obwohl du in Freiheit gelebt hast.«

Er legte den Kopf schief und kümmerte sich nun um meinen anderen Fuß. »Wie meinst du das?«

»Weil er immer von Menschen umgeben war. Er hat sich niemals so allein gefühlt wie du. Natürlich, er war eingesperrt, verletzt, musste in einem Zirkus auftreten, aber er war dennoch Teil der menschlichen Gesellschaft. Ihm blieb zumindest die Möglichkeit zu lernen, wenn auch auf beschränkte Weise.«

Er lachte spöttisch. »Du vergisst, Kelsey, dass ich meine Einsamkeit jederzeit hätte aufgeben können. Er war ein Gefangener, ich hingegen saß in einer selbst gebauten Falle.«

»Ich verstehe nicht, wie du dir das antun konntest. Du hast der Welt so viel zu bieten.«

Er seufzte. »Ich habe eine Strafe verdient.«

»Du hast keine Strafe verdient. Du musst aufhören, so zu denken. Du musst dir immer wieder sagen, dass du ein guter Mensch bist, der es verdient hat, glücklich zu sein.«

Er lächelte. »Okay. Ich bin ein guter Mensch, der es verdient hat, glücklich zu sein. So. Bist du jetzt zufrieden?«

»Fürs Erste.«

»Wenn es dich glücklich machen sollte, werde ich versuchen, meine Einstellung zu ändern.«

»Vielen Dank.«

»Gern geschehen.«

Er massierte nun wieder meinen Arm und knetete sanft meine Handinnenfläche.

»Was war dann der ausschlaggebende Punkt? Waren es die sechs Stunden in Menschengestalt, die dich dazu gebracht haben, wieder leben zu wollen?«

»Nein. Das war es nicht.«

»Wirklich?«

»Nein. Meine Sicht auf das Leben hat eine wunderschöne junge Frau verändert, die ich bei einem Wasserfall kennengelernt habe und die meinte, sie wüsste, wer und was ich sei.«

»*Oh.*«

»Sie ist diejenige, die den Tiger in mir vertrieben und mich zurück zur Oberfläche gezogen hat. Und egal, was noch geschehen mag ... Ich will, dass sie weiß, dass ich ihr *unendlich* dankbar bin.« Er hob meine Hand und drückte einen warmen Kuss auf meine Fingerspitzen.

Ich sah in seine aufrichtigen goldenen Augen und wollte ihm gerade erklären, dass ich Ren immer noch liebte, da veränderte sich sein Gesichtsausdruck. Seine Miene erstarrte, und er sagte: »Schsch. Sag es nicht. Heute will ich keine Widerworte hören. Kelsey, ich verspreche dir hoch und heilig, ich werde alles tun, um euch beide zu vereinen, und ich werde versuchen, mich für euch zu freuen, aber das bedeutet nicht, dass ich meine Gefühle so leicht beiseiteschieben kann. Okay?«

»Okay.«

»Gute Nacht, Kells.«

Er drückte mir einen Kuss auf die Stirn, schaltete das Licht aus und verschwand durch die Verbindungstür, die er leise hinter sich schloss.

Am nächsten Morgen fühlte ich mich viel besser. Wir machten einen Zwischenstopp in der Stadt Gyantse, die nur zwei Autostunden entfernt lag. Von allen Touristen wurde erwartet, dass sie den Tag dort verbrachten, weshalb auch uns keine andere Wahl blieb. Mr. Kadam war schon einmal dort gewesen und erklärte, dass Gyantse einst eine bedeutende Stadt auf der Gewürzstraße gewesen wäre. Wir besichtigten die Kumbum Chörten, ein buddhistisches Kloster, und nahmen ein typisch chinesisches Mittagessen in einem kleinen Restaurant ein. Die Stadt war wunderschön, und es war angenehm, dem Wagen zu entkommen und sich die Beine zu vertreten.

Auch in dieser Nacht stiegen wir in einem Hotel ab. Kishan verbrachte den Großteil seiner Zeit als Tiger, während Mr. Kadam versuchte, mir Schach beizubringen. Das Spiel erschloss sich mir nicht auf Anhieb. Nachdem er mich dreimal hintereinander in kürzester Zeit geschlagen hatte, sagte ich: »Tut mir leid, ich glaube, ich bin nicht wirklich der vorausschauende Typ. Irgendwann einmal bringe ich Ihnen bei, wie man *Die Siedler von Catan* spielt.«

Mit einem warmen Lächeln dachte ich an Li, seine Freunde und Grandma Zhi. Ich fragte mich, ob Li versucht hatte, mich zu erreichen. Mr. Kadam hatte unsere Handys vernichtet und uns allen neue Telefone und Nummern gegeben, sobald wir in Indien gelandet waren. Zudem sollten wir aus Sicherheitsgründen mit niemandem in Oregon Kontakt aufnehmen.

Alle zwei oder drei Wochen schrieb ich meinen Pflegeeltern. Mr. Kadam ließ sie von den unterschiedlichsten Orten verschicken, damit niemand die Briefe zurückverfolgen konnte. Ich gab Sarah und Mike keine Adresse an, mit der Erklärung, wir würden ständig umherziehen.

Sie benutzten ein Postfach, um mir zurückzuschreiben, und Nilima holte die Briefe ab und las sie mir am Telefon vor. Mr. Kadam überwachte, dass ich in meinen Briefen nicht zu viel preisgab, und hatte außerdem Leute angeheuert, die diskret ein Auge auf meine Pflegefamilie hatten. Sie waren mit schönen Erinnerungen und einer noch schöneren Sonnenbräune aus ihrem Urlaub zurückgekehrt und hatten nichts Sonderbares zu Hause bemerkt. Glücklicherweise hatte Lokesh sie wohl nicht aufgespürt.

An Tag fünf unserer Reise entlang der Straße der Freundschaft hielten wir kurz an, um uns den Yamdrok-See anzuschauen. Sein Spitzname lautete *Grüner Jadesee*, und das aus naheliegenden Gründen. Vor dem Hintergrund der schneebedeckten Gebirge, die ihn speisten, funkelte er wie ein leuchtendes Juwel.

Mr. Kadam erzählte, dass die Tibeter den See als heilig erachteten und häufig hierherpilgerten. Sie glaubten, er sei die Heimstatt von Schutzgottheiten, die über den See wachten und darauf achtgaben, dass er nicht austrocknete. Ihrem Glauben zufolge würde dies nämlich das Ende Tibets bedeuten.

Kishan und ich warteten geduldig, während Mr. Kadam von einem einheimischen Fischer, der ihm anscheinend seinen heutigen Fang feilbot, in eine angeregte Diskussion verwickelt wurde.

Als wir zurück zum Wagen gingen, fragte ich: »Mr. Kadam, wie viele Sprachen sprechen Sie eigentlich?«

»Hm. Das weiß ich gar nicht so genau. Ich spreche viele der wichtigen Sprachen, die ich für den Handel in Europa gebraucht habe – Spanisch, Französisch, Portugiesisch, Englisch und Deutsch. Ich kann mich in fast allen asiatischen Ländern verständigen. Weniger bewandert bin ich mit den slawischen und nordischen Sprachen, kenne keine einzige Sprache der Inseln oder Afrikas und vielleicht gerade einmal die Hälfte der indischen Sprachen.«

Verwundert fragte ich: »Die Hälfte? Wie viele Sprachen gibt es denn in Indien?«

»Im Grunde Hunderte, wenn auch nur etwa dreißig von der indischen Regierung als offizielle Landessprachen anerkannt sind.«

Ich starrte ihn ungläubig an.

»Von den meisten kenne ich nur ein paar Brocken. Vieles sind regionale Dialekte, von denen im Laufe der Jahre etwas bei mir hängen geblieben ist. Die am weitesten verbreitete Sprache ist Hindi.«

Wir überquerten zwei weitere Gebirgspässe und schlängelten uns schließlich zum Hochland von Tibet hinab. Mr. Kadam redete ununterbrochen, um mich während der Talfahrt abzulenken, bei der mir wieder etwas übel wurde.

»Das Hochland von Tibet wird manchmal das Dach der Welt genannt, weil es so unglaublich hoch liegt, auf etwa 4500 Metern. Es ist das am dünnsten besiedelte Gebiet der Erde, gleich nach dem Norden Grönlands und der Antarktis, und beheimatet mehrere große Brackwasserseen.«

Ich stöhnte leise und schloss die Augen, was jedoch nicht half. Um meine Übelkeit auszublenden, fragte ich nach: »Mr. Kadam, was ist ein Brackwassersee?«

»Die Salinität von Wasser ist ein äußerst interessantes Themengebiet. Dabei gibt es drei Einteilungen: Süßwasser, Brackwasser und Salzwasser. Ein Brackwassersee, zum Beispiel das Kaspische Meer, liegt mit seinem Salzgehalt irgendwo zwischen einem Salzwasser- und einem Süßwassersee. Die meisten Brackwassergebiete gibt es bei Flussmündungen, wo das salzhaltige Meer mit einem Süßwasserfluss aufeinandertrifft.«

Kishan knurrte gelangweilt, und Mr. Kadam beendete seine Vorlesung. »Sehen Sie, Miss Kelsey. Wir haben die Talsohle fast erreicht.«

Er hatte recht, und nach ein paar Minuten auf einer normalen, flachen, wenn auch etwas holprigen Straße, fühlte ich mich gleich viel besser. Und weitere zwei Stunden später kamen wir in Lhasa an.

15

Yin & Yang

Mr. Kadam war es gelungen, für Montag einen Termin mit dem tibetischen Büro des Dalai Lama zu vereinbaren, da ein persönliches Treffen unmöglich war.

Um uns die drei Tage bis dahin zu vertreiben, bescherte uns Mr. Kadam eine Sightseeing-Tour vom Feinsten. Wir besichtigten das Rongpu-Kloster, den Potala-Palast, den Jokhang, die Klöster Sera und Drepung und machten einen Einkaufsbummel über den Barkhor-Markt.

Es war wunderbar, die Touristenattraktionen zu sehen und mit Kishan und Mr. Kadam zusammen zu sein, aber tief in meinem Innersten schwelte eine dumpfe Traurigkeit. Besonders abends überkam mich der quälende Schmerz der Einsamkeit. Jede Nacht träumte ich von Ren. Obwohl ich darauf vertraute, dass Durga ihr Versprechen nicht brechen und ihre schützende Hand über Ren halten würde, hatte ich schreckliche Sehnsucht nach ihm.

Am Samstag brachte uns Mr. Kadam zu einem einsamen Ort außerhalb der Stadt, wo wir unsere neuen Waffen ausprobieren konnten. Kishan und sein Diskus kamen zuerst an die Reihe. Für Mr. Kadam war der Diskus schwer, genau wie damals Rens *Gada*, für mich und Kishan hingegen federleicht.

Meine erste Lektion war Bogenschießen.

»Die Kraft, mit der Sie die Sehne nach hinten ziehen, bestimmt die Schlagkraft des Bogens. Man nennt es das Zuggewicht.«

Er versuchte, meinen Bogen zu spannen, was ihm jedoch nicht gelang. Für Kishan war es ein Kinderspiel. Mr. Kadam starrte den Bogen finster an und überließ es dann Kishan, mich zu trainieren.

»Warum sind die Pfeile so klein?«, wollte ich wissen.

»Die Länge des Pfeils richtet sich nach der Größe des Bogenschützen«, erklärte Kishan. »Das bezeichnet man als Auszugslänge, und deine ist eher gering, weshalb die Pfeile genau richtig für dich sein sollten. Die Länge des Bogens bemisst sich ebenfalls an deiner Körpergröße. Kein Bogenschütze will einen Bogen, der unhandlich ist.«

Ich nickte.

Kishan fuhr mit seinen Erklärungen über die verschiedenen Grundbegriffe und Techniken beim Bogenschießen fort, einschließlich Nockpunkt, Schussfenster und Ankern. Dann war es an der Zeit, mein theoretisches Wissen in die Tat umzusetzen.

»Du nimmst die Schießhaltung ein, indem du dein Spielbein etwa zwanzig Zentimeter vor dein Standbein stellst«, sagte Kishan. »Die Beine hüftbreit auseinander.«

Ich folgte seinen Anweisungen.

»Gut. Leg den Pfeil ein, wobei die Feder horizontal zum Bogenarm liegt. Drei Finger am Abgreifpunkt der Sehne. Jetzt die Sehne mit dem Pfeil langsam mit der Hand zum Anker führen, bis dein Daumen dein Ohr berührt und deine Fingerspitzen genau an deinem Mundwinkel sind. Dann den Pfeil loslassen.«

Er führte mir den gesamten Vorgang mehrere Male vor und versenkte zwei Pfeile in einem weit entfernten Baum. Ich versuchte, seine Bewegungen nachzuahmen. Kurz vor dem Abschuss zitterten meine Finger ein wenig. Kishan stellte sich hinter mich und führte meine Hand geduldig bis zum richtigen Punkt. »Okay«, sagte er. »So ist es gut. Jetzt zielen und schießen.«

Ich ließ los. Der Pfeil sauste mit einem leisen Sirren durch die Luft und bohrte sich in die weiche Erde am Fuß des Baums.

Begeistert rief Mr. Kadam: »Das war sehr gut! Ein wunderbarer erster Versuch, Miss Kelsey!«

Kishan ließ mich stundenlang weiterüben. Schon rasch war ich geschickt genug, es Kishan gleichzutun und den Baumstamm zu treffen, jedoch nicht genau in der Mitte. Mr. Kadam war von meinen schnellen Fortschritten überrascht und meinte, das wäre vielleicht dem vielen Training mit meinem Blitzstrahl zu verdanken. Die Pfeile gingen mir nie aus, mein Köcher füllte sich wie von Geisterhand, und die verschossenen Pfeile lösten sich, kurz nachdem sie das Ziel getroffen hatten, auf.

Das könnte noch mal richtig nützlich werden!

Kishan arbeitete nun wieder mit dem Diskus an seiner Wurftechnik, und ich legte eine Pause ein. Ich nippte an meiner Wasserflasche und sah Kishan beim Üben zu.

Mit einem kurzen Nicken in Kishans Richtung fragte ich Mr. Kadam: »Wie stellt er sich mit dem Diskus-Ding an?«

Mr. Kadam lachte. »Streng genommen, Miss Kelsey, ist es gar kein Diskus, sondern eine *Chakram*. Sie hat dieselbe Form wie ein Diskus, aber wenn Sie genau hinsehen, bemerken Sie den scharfen äußeren Rand. Es handelt sich um eine Wurfwaffe, die auch von der indischen Gottheit Vishnu gerne benutzt wurde. Die *Chakram* ist eine äußerst eindrucksvolle Waffe, wenn sie von einem geschickten Krieger wie Kishan geführt wird, auch wenn er seit langer Zeit nicht mehr geübt hat.«

Kishans Waffe war aus Gold gefertigt, mit eingelassenen Diamanten, ähnlich wie die *Gada*. Sie wies einen geschwungenen Ledergriff auf, der mich an das Yin-Yang-Symbol erinnerte. Der Metallrand war ungefähr fünf Zentimeter breit und rasiermesserscharf. Ich beobachtete Kishan beim Trainieren und war beeindruckt, weil er sie kein einziges Mal an dem tödlichen Rand auffing, sondern entweder an der Lederschlaufe oder der Innenseite des Kreises.

»Kommen sie denn normalerweise wieder zurück? Wie ein Bumerang?«

»Nein. Normalerweise nicht, Miss Kelsey.« Nachdenklich strich sich Mr. Kadam über den Bart. »Sehen Sie nur! Selbst wenn er einen Baum trifft, hinterlässt die *Chakram* eine scharfe Schnittwunde und fliegt dann zu ihm zurück. So etwas habe ich noch nie erlebt. Im Nahkampf kann sie wie eine Klinge benutzt werden. Um einen weit entfernten Angreifer auszuschalten, wird sie geworfen, aber für gewöhnlich bleibt sie in ihrem Ziel stecken, bis sie herausgezogen wird.«

»Außerdem kommt es mir fast so vor, als würde sie langsamer werden, wenn sie zu ihm zurückfliegt.«

Wir beobachteten ihn mehrere Würfe lang. »Ja, ich denke, Sie haben recht. Die *Chakram* bremst ab, bevor sie bei ihm ist, damit er sie leichter greifen kann. Welch eine außergewöhnliche Waffe!«

Später am Abend, nachdem wir zu unserem Hotel zurückgekehrt waren, stellte Kishan ein Brettspiel auf den Tisch. Ich lachte.

»Du hast *Mensch ärgere dich nicht* aufgetrieben?«

Kishan lächelte. »Nicht ganz. Das hier nennt man *Pachisi*, aber vom Prinzip her ist es dasselbe.«

Wir holten die Figuren heraus und bauten das Brett auf. Als Mr. Kadam das Spiel sah, klatschte er in die Hände, und seine Augen funkelten vor Freude.

»Ah, Kishan, mein Lieblingsspiel. Erinnerst du dich noch, dass wir es mit deinen Eltern gespielt haben?«

»Wie könnte ich das vergessen? Du hast Vater geschlagen, was er tapfer über sich ergehen ließ, aber als du Mutter so knapp vor Schluss rausgeworfen hast, hatte ich Sorge, das könnte dich den Kopf kosten.«

Mr. Kadam rieb sich über den Bart. »Ja. Fürwahr. Sie war nicht besonders erfreut.«

»Soll das heißen, ihr habt das Spiel schon damals gespielt?«

Kishan kicherte. »Nicht genauso. Wir haben gewissermaßen die Live-Version gespielt. Anstelle von Spielfiguren haben wir echte Menschen benutzt. Wir haben ein riesiges Spielbrett entworfen, und in der Mitte gab es eine Zieltreppe. Es war lustig. Die Figuren trugen unsere Farben. Vater mochte blau, Mutter grün. Ich glaube, du warst damals rot, Kadam, und ich gelb.«

»Welche Farbe hatte Ren?«

Kishan nahm eine Spielfigur und rollte sie gedankenverloren zwischen den Fingern. »Er war zu der Zeit auf einer diplomatischen Reise, weshalb Kadam für ihn einspringen musste.«

Mr. Kadam räusperte sich. »Hm-hm, ja. Wenn es euch nichts ausmacht, würde ich liebend gerne wieder rot sein, da mir die Farbe beim letzten Mal so viel Glück gebracht hat.«

Kishan drehte das Spielbrett, bis die roten Felder auf Mr. Kadam zeigten. Ich wählte gelb, Kishan blau. Wir spielten eine Stunde. Nie zuvor hatte ich Kishan so aufgeregt gesehen. Fast konnte man glauben, er wäre wieder ein kleiner

Junge, der völlig sorgenfrei durchs Leben tänzelte. Mühelos konnte ich mir den stolzen, gut aussehenden, schweigsamen Mann als glücklichen, unbeschwerten Jungen vorstellen, der im Schatten seines älteren Bruders aufwuchs, ihn liebte und bewunderte und gleichzeitig das Gefühl nie abschütteln konnte, weniger wichtig zu sein. Weniger von Bedeutung. Kurz vor Ende des Spiels hatten Kishan und ich Mr. Kadam weit abgehängt. Jeder von uns hatte nur noch eine Figur, und meine war näher am Ziel.

Kishan würfelte und hätte mich rauswerfen und damit das Spiel für sich entscheiden können. Einen Moment lang starrte er aufmerksam auf das Spielfeld.

Mit den Fingerspitzen klopfte sich Mr. Kadam angespannt gegen die Oberlippe und lächelte kaum merklich. Ganz kurz schoss Kishan goldene Blicke auf mich, bevor er seine Figur nahm, sie über meine hinweg und auf ein sicheres Feld schob.

»Kishan, was tust du da? Du hättest mich rauswerfen und das Spiel gewinnen können! Hast du das denn nicht gesehen?«

Er lehnte sich auf seinem Stuhl zurück und zuckte mit den Schultern. »Huch, das ist mir wohl entgangen. Du bist dran, Kelsey.«

»Es ist völlig unmöglich, dass du das nicht gesehen hast«, murmelte ich. »Okay. Dann ist das *dein* Pech.« Ich würfelte eine zwölf und brachte meine Spielfigur ins Ziel. »Ha! Ich habe die zwei berühmt-berüchtigten Live-Version-Spieler geschlagen!«

Mr. Kadam lachte. »Das haben Sie tatsächlich, Miss Kelsey. Aber jetzt verabschiede ich mich. Gute Nacht.«

Kishan half mir beim Aufräumen des Spiels.

»Raus mit der Sprache«, sagte ich. »Warum hast du absichtlich verloren? Du bist kein guter Lügner. Dein Gesicht hat dich verraten. Du hast genau gesehen, dass du mich hättest rauswerfen können. Was ist aus deiner Einstellung geworden, alles zu tun, was auch immer es kostet, um zu gewinnen?«

»Ich tue immer noch alles um zu gewinnen. Vielleicht habe ich ja mehr gewonnen, indem ich das Spiel verloren habe.«

Ich lachte. »Mehr gewonnen? Was hast du denn deiner Meinung nach gewonnen?«

Er schob das Spiel an den Tischrand und streckte die Hand aus, um meine zu nehmen. »Ich habe dich glücklich gesehen, so glücklich wie schon lange nicht mehr. Ich will, dass du dein Lächeln zurückgewinnst. Du lächelst, aber deine Augen lachen nicht mit. In den vergangenen Monaten habe ich dich nicht *wirklich* glücklich gesehen.«

Ich drückte seine Hand. »Es ist schwer. Aber wenn Kishan, der ultimative Wettkämpfer, meinetwegen absichtlich verliert, dann werde ich es zumindest versuchen.«

»Gut.« Widerstrebend ließ er meine Hand los, stand auf und streckte sich.

Ich stellte das Spiel ins Regal und sagte: »Kishan, ich habe immer noch Albträume wegen Ren. Ich denke, dass Lokesh ihn foltert.«

»Ich habe auch von Ren geträumt. In den Träumen fleht er mich an, ich soll auf dich aufpassen.« Er grinste. »Und droht mir Gewalt an, sollte ich nicht die Finger von dir lassen.«

»Das klingt ganz nach ihm. Glaubst du, es ist ein Traum oder eine Vision?«

Er schüttelte den Kopf. »Keine Ahnung.«

»Jedes Mal, wenn ich ihm zur Flucht verhelfen will, schiebt er mich weg, als wäre ich diejenige, die in Gefahr schwebt. Es fühlt sich real an, aber woher wollen wir das wissen?«

Kishan legte von hinten die Arme um mich. »Ich bin nicht sicher, aber ich fühle, dass er noch am Leben ist.«

»Mir geht es ähnlich.« Er wandte sich ab und schickte sich zum Gehen an. »Kishan?«

»Ja?«

Ich grinste. »Danke, dass du absichtlich verloren hast. *Und* dass du die Hände von mir lässt. Zumindest meistens.«

»Du vergisst, das hier ist nur eine Schlacht von vielen. Der Krieg ist längst nicht entschieden, und du wirst merken, ich bin ein ausgezeichneter Gegner. Auf *jedem* Gebiet.«

»Na schön«, entgegnete ich. »Dann eben eine Revanche. Morgen.«

Er verneigte sich leicht. »Ich freue mich schon, *Bilauta*. Gute Nacht.«

»Gute Nacht, Kishan.«

Am nächsten Tag beim Frühstück fragte ich Mr. Kadam Löcher in den Bauch über den Dalai Lama, über Buddhismus, Karma und Wiedergeburt. Kishan lauschte uns ruhig, während er als schwarzer Tiger zusammengerollt zu meinen Füßen lag.

»Karma, Miss Kelsey, ist der Glaube, dass alles, was man tut und sagt, jede Entscheidung, die man trifft, Auswirkungen auf Gegenwart und Zukunft hat. Menschen, die an die Wiedergeburt glauben, leben mit der Hoffnung, dass gute Taten und Opfer in *diesem* Leben eine hoffnungsvollere Zukunft im *nächsten* für sie bringen. Dharma ist ein zentraler Begriff im Buddhismus, bedeutet die Ordnung im Universum, das Einhalten von Regeln, Gesetzen und religiösen Bräuchen.«

»Lebt man also nach dem Dharma, hat man auch ein gutes Karma?«

Mr. Kadam lachte. »So kann man meine ausschweifenden Erklärungen wohl zusammenfassen. Moksha ist der Zustand des Nirwana. Wenn man die Prüfungen der sterblichen Welt bestanden hat und zu einem höheren Bewusstsein aufsteigt, hat man die Erleuchtung, oder Moksha, erreicht.«

»Haben Sie die Moksha erlebt? Ist das überhaupt möglich, während man noch am Leben ist?«

»Das ist eine Sache, die ich erst zu einem späteren Zeitpunkt angehen werde. Wie wäre es stattdessen mit einem Spaziergang zum Markt?«

Genau zur festgesetzten Zeit wurden Kishan, Mr. Kadam und ich in das Geschäftszimmer des Dalai Lama geführt. Es zeugte von Mr. Kadams hervorragenden Beziehungen, dass wir überhaupt so weit kamen, denn normalerweise wurde allein Würdenträgern Zutritt zu diesen Räumlichkeiten gewährt. Ein überaus seriös wirkender Mann im Anzug empfing uns.

Er bot uns Stühle an, und ich war froh, dass Mr. Kadam das Reden übernahm. Wir schienen die Neugierde des Tibeters geweckt zu haben. Doch Mr. Kadam sagte, dass wir uns nur dem ozeangleichen Lehrer anvertrauen dürften.

Bei diesen Worten schienen die Augen des Mannes für einen kurzen Moment aufzuleuchten. Das Gespräch endete rasch, und wir wurden zu einem weiteren Zimmer geführt, wo uns eine Frau begrüßte, die uns dieselben Fragen stellte. Mr. Kadam wiederholte seine Antworten fast wortwörtlich, blieb höflich, ohne zu viel preiszugeben.

»Wir sind Pilger, die in einer für das indische Volk bedeutsamen Angelegenheit eine Audienz erbitten.«

Sie machte eine Handbewegung. »Das müssen Sie mir genauer erklären. Worum handelt es sich bei dieser bedeutsamen Angelegenheit?«

Lächelnd beugte sich Mr. Kadam vor. »Wir sind auf einer Mission, die uns zu dem wunderbaren Land Tibet geführt hat. Nur innerhalb seiner Grenzen können wir finden, wonach wir suchen.«

»Suchen Sie Reichtümer? Hier werden Sie keine finden. Wir sind ein einfaches Volk und haben keine Kostbarkeiten zu bieten.«

»Geld? Schätze? Danach suchen wir nicht. Wir sind gekommen, um Wissen zu erlangen, das allein der ozeangleiche Lehrer besitzt.«

Und wieder, als Mr. Kadam den ozeangleichen Lehrer erwähnte, wurde unser Gespräch jäh unterbrochen. Die Frau stand auf und bat uns zu warten. Eine halbe Stunde später wurden wir noch tiefer in die heiligen Hallen vorgelassen. Die Einrichtung im dritten Zimmer war bescheidener als die in den vorherigen beiden. Wir setzten uns auf alte, wackelige Stühle. Ein wortkarger Mönch in roter Robe trat ein. Eine Weile starrte er uns über seine spitze Nase hinweg an und nahm dann Platz.

»Ich habe gehört, Sie wünschen mit dem ozeangleichen Lehrer zu sprechen.«

Mr. Kadam neigte den Kopf in stillschweigender Zustimmung.

»Bisher haben Sie Ihre Gründe nicht dargelegt. Werden Sie sie mir verraten?«

»Die Antwort, die ich Ihnen geben kann, ist dieselbe, die ich an den anderen gegeben habe«, sagte Mr. Kadam.

Der Mönch nickte. »Ich verstehe. Dann tut es mir leid, aber der ozeangleiche Lehrer hat keine Zeit für ein Treffen mit Ihnen, da Sie so zurückhaltend sind, was den Grund Ihres Kommens anbelangt.«

»Es ist aber sehr wichtig, dass wir mit ihm sprechen«, entrüstete ich mich. »Wir würden unsere Gründe ja preisgeben, aber wir wissen nicht, wem wir vertrauen können.«

Der Mönch sah uns nachdenklich an. »Vielleicht können Sie mir eine letzte Frage beantworten.«

Mr. Kadam nickte.

Der Mönch zog ein Medaillon unter seiner Robe hervor, reichte es Mr. Kadam und sagte: »Sagen Sie mir, was Sie sehen.«

»Ich sehe ein stilisiertes Bild, das dem Yin-Yang-Symbol ähnelt«, erwiderte Mr. Kadam. »Das Yin oder die dunkle Seite stellt das Weibliche dar, die helle Seite das Männliche. Die zwei Seiten sind in vollkommener Harmonie.«

Der Mönch nickte, als hätte er diese Antwort erwartet, und streckte die Hand nach dem Schmuckstück aus. Sein Gesicht war leer.

Ich wusste, er würde uns abweisen. »Dürfen wir das Medaillon sehen?«, beeilte ich mich zu sagen.

Seine Hand erstarrte mitten in der Bewegung, bevor er Kishan das Schmuckstück reichte.

Kishan drehte das Medaillon eine Weile hin und her und flüsterte: »Ich sehe zwei Tiger, einen schwarzen und einen weißen, die jeweils den Schwanz des anderen jagen.«

Der Mönch legte die Hände auf den Schreibtisch, als ich das Medaillon nahm und aufgeregt nickte. Ich warf erst Mr. Kadam einen raschen Blick zu, dann dem Mönch, der sich nun vorbeugte, um meine Antwort zu hören.

Das Medaillon ähnelte tatsächlich dem Yin-Yang-Symbol, aber eine Linie teilte es in zwei Hälften. Die Umrisse der beiden weißen und schwarzen Felder konnten mit viel Fantasie als Katzen beschrieben werden, weshalb Kishan wohl auf die Tiger gekommen war, jedes mit einem Punkt als Auge. Die Schwänze verwoben sich und wickelten sich um den Strich.

Ich blickte zum Mönch. »Ich meine eine *Thangka* zu sehen. Ein langer Faden in der Mitte stellt die Frau dar, dient als stabilisierende Kette, und der weiße und der schwarze Tiger sind beides Männer und winden sich um sie. Sie sind der Schuss, der den Stoff vervollständigt.«

Der Mönch schob sich näher. »Und wie wurde die *Thangka* gewebt?«

»Mit einem göttlichen Weberschiffchen.«

»Was verkörpert die *Thangka*?«

»Die *Thangka* bildet die ganze Welt ab. Der Stoff ist die *Geschichte* der Welt.«

Er setzte sich auf seinem Stuhl zurück und strich sich mit der Hand über die Glatze. Ich reichte ihm das Medaillon. Er nahm es, betrachtete es eindringlich und legte es wieder an. Dann erhob er sich.

»Entschuldigen Sie mich bitte für einen Moment.«

Mr. Kadam nickte. »Natürlich.«

Wir mussten nicht lange warten. Die junge Frau, die uns zuvor befragt hatte, bat uns, ihr zu folgen. Sie erklärte, man würde uns hier eine Unterkunft stellen. Unsere Taschen wurden aus dem Hotel geholt und uns auf unsere bequem eingerichteten, nebeneinanderliegenden Zimmer gebracht.

Wir nahmen ein frühes Abendessen ein, nach welchem sich Mr. Kadam und Kishan auf ihre Zimmer zurückzogen. Da ich nichts zu tun hatte, ging ich ebenfalls in meines. Die Mönche brachten mir Orangenblütentee, der eine schlaffördernde Wirkung hatte. Schon bald schlummerte ich tief und fest, wurde jedoch von unruhigen Träumen geplagt, in denen Ren so verzweifelt wie noch nie wirkte.

Diesmal war Ren noch besorgter um meine Sicherheit als sonst und drängte mich, sofort zu verschwinden. Er wiederholte pausenlos, dass Lokesh uns auf der Spur sei und ich so weit weg wie möglich fliehen solle. Die Träume fühlten sich real an, und ich wachte weinend auf. Es gab nichts, was ich tun konnte. Ich tröstete mich mit Durgas Versprechen, auf ihn aufzupassen.

Ich war bereits am Ende des Frühstücksbüfetts angelangt und löffelte Joghurt in eine Schüssel, als Mr. Kadam den Saal betrat, sich hinter mich stellte und fragte, wie ich geschlafen hätte.

Ich tischte ihm eine Lüge auf, aber als er die dunklen Ringe unter meinen Augen sah, tätschelte er mir seufzend die Hand. Schuldbewusst drehte ich mich von Mr. Kadams prüfendem Blick weg und wartete ungeduldig, dass der Mönch vor mir genug Obst auf seinen Teller gehäuft hatte.

Die Hand des Mönches zitterte, als er ein kleines Stück glitschige Mango aus der Schale fischte. Mit einem leisen Schmatzen fiel es auf seinen Teller. Dann wiederholte er den Vorgang, ruhig und bedächtig. Ohne sich zu uns umzudrehen, sagte der alte Mönch: »Mir ist zu Ohren gekommen, Sie wünschen mit mir zu reden.«

Augenblicklich klatschte Mr. Kadam in die Hände, verbeugte sich und sagte: »*Namaste*, weiser Gelehrter.«

Meine Hand erstarrte mitten in der Bewegung. Langsam wandte ich mich um und blickte in das lächelnde Gesicht des ozeangleichen Lehrers.

16
Der ozeangleiche Lehrer

Der alte Mönch grinste mich an, während ich ihn mit offenem Mund anstarrte. Glücklicherweise kam Mr. Kadam zu meiner Rettung und schob mich sanft zum Tisch.

Kishan aß längst, hatte meinen Fauxpas überhaupt nicht bemerkt. *Wie typisch! Die Tiger haben nur zwei Dinge im Kopf – Essen und Mädchen. Gewöhnlich in dieser Reihenfolge.*

Mr. Kadam stellte meine Schüssel ab und zog mir einen Stuhl herbei. Ich setzte mich und rührte in meinem Joghurt, während ich dem runzligen, alten Mann verstohlene Blicke zuwarf. Er summte zufrieden, während er weiterhin seinen Teller mit einer kleinen Obstscheibe nach der anderen belud. Als er fertig war, ließ er sich mir gegenüber nieder, lächelte und machte sich über sein Essen her.

Mr. Kadam aß schweigend. Kishan schlüpfte ein weiteres Mal zum Büfett und häufte sich Unmengen auf seinen Teller. Ich sagte keinen Ton und nippte an meinem Saft. Ich war zu nervös, um einen Bissen herunterzubekommen, und hatte nicht den blassesten Schimmer, ob es angebracht wäre, zu reden oder Fragen zu stellen, weshalb ich Mr. Kadams Beispiel folgte.

Lange nachdem wir mit dem Frühstück fertig waren, beobachteten wir den ozeangleichen Lehrer beim Essen, der unsagbar langsam die Gabel an den Mund führte und andächtig kaute. Als er endlich fertig war, wischte er sich vorsichtig den Mund und sagte: »Die liebsten Erinnerungen an meine Mutter sind mir die, wie sie die Fäden für ihre Webarbeit entwirrte oder ich ihr beim Hüten der Schafe und beim Rühren des Frühstücksbreis geholfen habe. Während des Frühstücks sind meine Gedanken immer bei meiner Mutter.«

Mr. Kadam nickte verständnisvoll. Kishan schnaubte. Der ozeangleiche Lehrer sah mich an und lächelte.

In der Hoffnung, dass es erlaubt war zu reden, fragte ich: »Sie sind also auf einer Farm aufgewachsen? Ich dachte, Lamas werden schon als Lamas geboren?«

Er blickte mich mit schräg gelegtem Kopf an und erwiderte fröhlich: »Die Antwort auf beide Fragen lautet ja. Meine Eltern waren arme Bauern, die genügend Getreide angebaut haben, um sich selbst zu versorgen und den kleinen Rest auf dem Markt zu verkaufen. Meine Mutter war eine Weberin, die wunderschöne Kleidung gefertigt hat. Meine Eltern gaben mir den Namen Jigme Karpo. Damals wussten sie nicht, wer ich bin. Ich musste gefunden werden.«

»Sie mussten gefunden werden? Von wem?«

»Der Erleuchtete sucht immerzu nach Reinkarnationen früherer Lamas. Normalerweise hat er eine Vision, die ihm zeigt, wo er die neue Inkarnation einer bestimmten Person finden kann, und schickt einen Suchtrupp aus. In meinem Fall wussten sie, dass sie nach einem Bauernhof suchen müssen, der an einem Hügel liegt, mit einem von hohen Rosensträuchern umrankten Brunnen. Nachdem sie sich ein wenig umgehört hatten, fanden sie mein Zuhause und wussten, dass es der richtige Ort war. Gegenstände früherer Lamas wurden gebracht und mir gezeigt. Ich suchte das Buch aus, das dem ozeangleichen Lehrer gehört hatte. Der Suchtrupp war überzeugt, dass ich die Reinkarnation dieses verstorbenen Lamas sei. Zu jenem Zeitpunkt war ich zwei Jahre alt.«

»Was ist dann passiert?«

Mr. Kadam unterbrach mich und tätschelte meine Hand. »Das Thema interessiert mich ebenfalls brennend, Miss Kelsey, aber womöglich kann er nur wenig Zeit für uns erübrigen, und wir sollten uns auf die wichtigen Dinge beschränken.«

»Natürlich, tut mir leid. Ich habe mich wohl von meiner Neugierde mitreißen lassen.«

Der ozeangleiche Lehrer beugte sich vor und dankte den Mönchen, die den Tisch abräumten. »Ich gönne mir einfach die kurzen Minuten, um Ihre Frage zu beantworten, junge Dame. Zusammenfassend lässt sich sagen, dass ich aus meiner Familie genommen wurde und meine Ausbildung bei einem gütigen, alten Mönch begann. Meine Mutter webte den Stoff für meine erste rote Robe. Ich fing als Novize an und bekam den Kopf geschoren. Mein Name wurde geändert, und ich erhielt einen wunderbaren Unterricht in vielen Fächern, einschließlich Kunst, Medizin und Philosophie. All diese Erfahrungen haben mich zu dem Mann gemacht, der nun vor Ihnen sitzt. Hat das Ihre Frage beantwortet oder nur weitere Fragen hervorgerufen?«

Ich lachte. »Tausend neue.«

»Gut!« Er lächelte. »Ein Verstand, der Fragen erlaubt, ist ein Verstand, der offen für das Verstehen ist.«

»Ihre Kindheit und Herkunft unterscheiden sich so unfassbar von meiner.«

»Ich vermute, Ihre ist genauso interessant.«

»Was tun Sie hier?«

»Ich unterrichte die Dalai Lamas.«

Ich starrte ihn ungläubig an. »Sie lehren den Lehrer?«

Er lachte. »Ja. Ich habe zwei von ihnen unterrichten dürfen.«

Mr. Kadam warf ein: »Wie Sie sicher wissen, sind wir gekommen, um die Weisheit des ozeangleichen Lehrers zu erbitten. Wir haben eine Aufgabe zu erfüllen und benötigen Ihren Rat.«

Der Mönch schob die Ärmel seiner Robe zurück und stand auf. »Dann kommt.« Mit der Unterstützung zweier Mönche, die augenblicklich herbeigeeilt kamen, erhob sich der ozeangleiche Lehrer vorsichtig und verließ, wenn auch langsam, so doch ohne weitere Hilfe, den Saal.

»Sie sagten, Sie hätten zwei der Dalai Lamas unterrichtet, was bedeutet, dass Sie ...«

»Ich bin einhundertfünfzehn.«

»Was?«, keuchte ich. »Ich habe noch nie jemanden getroffen, der so lange gelebt hat«, sagte ich, obwohl mir schlagartig einfiel, dass ich in Wirklichkeit drei Männer kannte, die so lange gelebt hatten, und sah zu Mr. Kadam, der mir lächelnd zuzwinkerte.

Dem ozeangleichen Lehrer fiel mein sonderbarer Gesichtsausdruck nicht auf, ungerührt fuhr er fort: »Wenn ein Mensch ein Ziel hat und genügend Leidenschaft aufbringt, um einen Weg zu finden, wird es ihm gelingen. Ich wollte ein langes Leben führen.«

Mr. Kadam starrte den Mönch eine Weile nachdenklich an und sagte: »Ich bin ebenfalls älter, als ich aussehe. Im Vergleich zu Ihnen komme ich mir allerdings unbedeutend vor.«

Der ozeangleiche Lehrer drehte sich um und umfasste Mr. Kadams Hände. Seine Augen funkelten vor Freude.

»Das machen die Mönche und das Kloster. Da fühle auch ich mich unbedeutend.«

Die beiden Männer lachten. Wir folgten ihm durch verschlungene graue Korridore zu einem großen Zimmer mit einem glatten Steinboden und einem riesigen polierten Schreibtisch. In einer gemütlichen Sitzgruppe bot er uns einen Platz an. Wir sanken alle in weiche Polstersessel, während der ozeangleiche Lehrer für sich einen einfachen Holzstuhl herbeizog, der hinter seinem Schreibtisch gestanden hatte.

Als ich ihn fragte, ob er nicht lieber einen bequemeren Platz wollte, entgegnete er: »Je ungemütlicher mein Stuhl ist, desto eher stehe ich wieder auf und kümmere mich um Dinge, die erledigt werden müssen.«

Mr. Kadam nickte. »Vielen Dank, dass Sie uns empfangen.«

Der Mönch grinste. »Das hätte ich mir um nichts in der Welt entgehen lassen.« Verschwörerisch lehnte er sich vor. »Ich muss gestehen, ich war neugierig, ob ich den Pfad des Tigers noch in diesem Leben mitbekommen würde. Nun da ich darüber nachdenke, muss ich hinzufügen, dass ich in der Nähe der Stadt Taktser geboren wurde, was übersetzt ›brüllender Tiger‹ bedeutet. Vielleicht war es die ganze Zeit über meine Bestimmung, derjenige zu sein, der diejenigen trifft, die diesen Pfad beschreiten.«

»Sie wissen um unsere Mission?«, fragte Mr. Kadam aufgeregt.

»Ja. Seit der Zeit des ersten Dalai Lama wurde die Geschichte zweier Tiger im Geheimen weitergegeben. Das sonderbare Medaillon ist der Schlüssel. Als der junge Mann hier sagte, er sähe zwei Tiger, einen schwarzen und einen weißen, wussten wir, dass ihr womöglich die Richtigen seid. Auch andere haben die Katzen darin gesehen und oft den weißen Tiger ausgemacht, aber niemand hat die schwarze Katze als Tiger beschrieben, und kein Einziger hat die Linie in der Mitte mit einem göttlichen Weberschiffchen in Verbindung gebracht.«

»Sie können uns also helfen?«, wagte ich zu fragen.

»Oh, ganz gewiss. Aber zuerst habe ich eine Bitte an Sie.«

Mr. Kadam lächelte großmütig. »Natürlich. Was können wir für Sie tun?«

»Können Sie mir etwas von den Tigern erzählen? Ich kenne den Ort, den Sie suchen, und kann Ihnen Ratschläge geben, aber die Tiger wurden mit keinem Wort erwähnt, und ihr Platz in der Geschichte ist ein großes Geheimnis. Wissen Sie Genaueres?«

Kishan, Mr. Kadam und ich sahen uns einen Moment an, dann hob Kishan eine Augenbraue, und Mr. Kadam nickte leicht.

»Ist dieses Zimmer sicher?«, erkundigte sich Mr. Kadam.

»Ja, selbstverständlich.«

Mr. Kadam und ich drehten uns beide zu Kishan. Er zuckte mit den muskulösen Schultern, erhob sich und verwandelte sich in den schwarzen Tiger, woraufhin er dem Mönch mit seinen goldenen Augen zuzwinkerte, sanft knurrte und sich auf dem Boden neben mir niederließ. Ich lehnte mich hinab, um ihm das dunkle Ohr zu kraulen.

Überrascht setzte sich der ozeangleiche Lehrer auf seinem Stuhl zurück. Dann rieb er sich über die Glatze und lachte entzückt. »Vielen Dank, dass Sie mir dieses unglaubliche Geschenk gemacht haben!«

Kishan verwandelte sich zurück und hockte sich wieder in seinen Sessel. »Ich würde es nicht als Geschenk bezeichnen.«

»Ach, und wie würden Sie es nennen?«

»Eher eine Tragödie.«

»In Tibet gibt es ein Sprichwort: ›Eine Tragödie sollte als Quell der Kraft dienen.‹« Der Mönch lehnte sich auf seinem Stuhl zurück und berührte mit einem Finger seine Schläfe. »Anstatt zu grübeln, *warum* dies geschehen ist, sollten Sie vielleicht darüber nachdenken, warum dies *Ihnen* geschehen ist. Sie dürfen nie vergessen, manchmal ist es ein großer Glücksfall, gerade das *nicht* zu bekommen, was man sich wünscht.« Er wandte sich hoffnungsvoll an mich. »Und was ist mit dem weißen Tiger?«

»Der weiße Tiger ist Kishans Bruder Ren, der von einem Feind gefangen genommen wurde«, erklärte ich.

Nachdenklich neigte er den Kopf. »Ein Feind ist oftmals der beste Lehrer der Toleranz. Und was ist mit Ihnen, meine Liebe? Wie passen Sie in diese Suche?«

Ich hob die Hand, drehte mich um und ließ die Energie in mir brodeln. Sie floss durch meine Finger, und ich zielte auf die Blume, die in einer Vase auf dem Schreibtisch des Mönchs steckte. Meine Hand funkelte, und ein winziger weißer Strahl schoss auf die Blume. Die Blüte leuchtete einen Moment auf, bevor sie in einem sanften Ascheregen auf den Holztisch niederrieselte.

»Ich bin die Mittellinie auf dem Tigermedaillon, der Kettfaden. Ich helfe, die zwei Tiger zu befreien.« Ich deutete auf den ruhigen Mann zu meiner Rechten. »Und Mr. Kadam ist unser Führer und Mentor.«

Der ozeangleiche Lehrer schien von meiner Macht nicht schockiert zu sein. Glücklich wie ein kleiner Junge an Weihnachten klatschte er in die Hände. »Wie schön! Wunderbar! Und jetzt werde ich Ihnen, so gut es geht, weiterhelfen.«

Er stand auf, streifte sich das Tigermedaillon über den Kopf, das unter seiner weit geschnittenen Robe verborgen gewesen war, und schob es in einen Schlitz neben dem Bücherregal. Ein schmales Schränkchen öffnete sich, aus dem er eine alte, in einer Flasche aufbewahrte Schriftrolle und eine Phiole mit einer öligen grünen Substanz herausholte. Er bedeutete uns, zum Schreibtisch zu kommen. »Erzählen Sie mir, was Sie über Ihre Aufgabe bereits wissen.«

Mr. Kadam zeigte ihm die übersetzte Prophezeiung.

»Ah ja. Bis auf wenige kleine Abweichungen deckt sie sich mit der Schriftrolle. Ihre Prophezeiung besagt, dass ich drei Dinge für Sie tun soll, und das werde ich auch. Ich soll die Schriftrolle der Weisheit entfalten, euch die Augen salben und euch zu den Geistertoren führen. Dieses uralte Pergament, das Sie hier sehen, trägt angeblich alle Weisheit der Welt in sich.«

»Was bedeutet das?«, wollte ich wissen.

»Legenden, Mythen, die Geschichten um den Ursprung der Menschheit – sie alle beruhen auf den ewigen Wahrheiten, und einige dieser Wahrheiten sind hier aufgeführt. Das zumindest wurde mir erzählt.«

»Sie haben sie nicht gelesen?«

»Nein, natürlich nicht. In meiner Religion ist es nicht wichtig, alle Wahrheiten zu kennen. Ein Teil der Erleuchtung besteht darin, die Wahrheit allein durch Selbstbeobachtung zu entschlüsseln. Auch keiner der früheren Dalai Lamas hat diese Schriftrollen gelesen. Sie sind nicht für unsere Augen bestimmt. Wir haben sie sicher aufbewahrt, damit wir sie euch geben, sobald die Zeit gekommen ist.«

Mr. Kadam fragte: »Wenn die Schriftrollen im Geheimen von einem Dalai Lama zum nächsten weitergereicht wurde, wie kommt es, dass sie nun in Ihrem Besitz ist?«

»Die Schriftrollen sowie alle Geheimnisse müssen von zwei Männern aufbewahrt werden. Der Dalai Lama weiß nicht, wer der nächste Dalai Lama wird, weshalb er alle wichtigen Dinge in die Obhut seines Lehrers gibt. Wenn sein Lehrer stirbt, vertraut er sie der Reinkarnation seines Lehrers an. Falls der Dalai Lama stirbt, teilt der Lehrer die Geheimnisse mit dem nächsten Dalai Lama, sodass die Schriftrollen nie verloren gehen. Mit dem jetzigen Dalai Lama im Exil fällt diese Aufgabe mir zu.«

»Wollen Sie damit sagen, dass diese Schriftrollen all die Jahrhunderte für *uns* aufbewahrt wurden?«, fragte ich ungläubig.

»Ja. Wir haben das Geheimnis sowie die Anweisung, wie wir diejenigen erkennen, denen wir die Schriftrolle übergeben sollen, von einem Lehrer zum nächsten weitergegeben.«

Mr. Kadam beugte sich hinab, um das Pergament in der Flasche aus der Nähe zu betrachten. »Unglaublich! Ich kann es kaum erwarten, sie zu untersuchen.«

»Das dürfen Sie nicht. Mir wurde aufgetragen, dass die Schriftrolle erst nach dem fünften Opfer gelesen werden darf. Es würde eine Katastrophe größten Ausmaßes nach sich ziehen, sollte sie vorzeitig geöffnet werden.«

»Das fünfte Opfer?«, murmelte ich. »Aber wir wissen noch gar nicht, was das sein wird, Mr. Kadam.« Ich wandte mich an den ozeangleichen Lehrer. »Bisher wissen wir nur von vier Opfern und vier Gaben. Die fünfte werden wir erst ganz zum Schluss erfahren. Sind Sie sicher, dass wir unsere Aufgabe erfüllen können, ohne die Schriftrolle gelesen zu haben?«

Der Mönch hob die Schultern. »Dazu kann ich Ihnen nichts sagen. Meine Aufgabe besteht allein darin, sie Ihnen zu übergeben und zwei weitere Dinge für Sie zu tun. Kommen Sie. Setzen Sie sich her, junge Dame, und lassen Sie mich Ihre Augen salben.«

Er zog einen Stuhl für mich herbei, nahm die grüne Phiole und sagte: »Mr. Kadam, sind Sie bei Ihren Studien auf ein Volk mit dem Namen Chewong gestoßen?«

Mr. Kadam setzte sich. »Ich muss gestehen, nein.«

Ich kicherte leise. *Das kann ich kaum glauben. Mr. Kadam weiß etwas nicht? Ist das überhaupt möglich?*

»Die Chewong sind ein kleines Volk in Malaysia, unglaublich faszinierend. Im Moment wird gerade sehr viel Druck auf sie ausgeübt, damit sie zum Islam übertreten und sich in die malaysische Gesellschaft integrieren. Aber es gibt einige wenige, die sich für das Recht auf ihre eigene Sprache und Kultur einsetzen. Es ist ein friedvolles Volk, das keine Gewalt kennt. In ihrer Sprache gibt es kein Wort für Krieg, Korruption, Kampf oder Strafe. Sie haben sehr interessante Bräuche. Einer bezieht sich auf den gemeinsamen Besitz. Sie glauben, es sei gefährlich und falsch, alleine zu essen, weshalb sie ihre Mahlzeiten immer gemeinsam einnehmen. Doch der Glaube, der Sie betrifft, hat mit den Augen zu tun.«

Nervös benetzte ich mir mit der Zunge die Lippen. »Äh, was genau stellen sie mit den Augen an? Gibt es die zum Abendessen?«

Er lachte. »Nein, nichts dergleichen. Die Schamanen oder religiösen Führer haben dort angeblich *kalte Augen*, während der Rest der Menschen *heiße Augen* hat. Ein Mensch mit kalten Augen kann verschiedene Welten sehen und Dinge ausmachen, die dem gewöhnlichen Blick verborgen bleiben.«

Mr. Kadam war fasziniert und stellte unzählige Fragen, während mein Blick zu der öligen grünen Flüssigkeit glitt, die der Mönch auf seine trockenen, fast pergamentenen Finger tropfte.

»Äh, ich muss Sie warnen, dass ich ein bisschen empfindlich bin, was meine Augen angeht. Meine Eltern mussten mich mit Gewalt festhalten, damit sie mir Augentropfen verabreichen konnten, als ich als Kind eine Bindehautentzündung hatte.«

»Keine Sorge«, sagte der ozeangleiche Lehrer. »Ich werde Ihre geschlossenen Lider salben und Worte der Weisheit sprechen.«

Ich entspannte mich und machte gehorsam die Augen zu. Seine warmen Finger strichen über meine Lider. Ich hatte erwartet, dass mir das klebrige Zeug die Wangen herunterlaufen würde, aber es war zähflüssig, fast wie eine Creme, und roch scharf nach einem Medikament. Der Geruch kitzelte mich in der Nase und erinnerte mich an die Mentholsalbe, mit der mir meine Mutter früher die Brust einrieb, wenn ich Husten hatte. Meine Lider kribbelten und wurden eiskalt. Ich ließ sie geschlossen, während der Mönch leise sprach.

»Nun meine Ratschläge an Sie, junge Dame. Erstens: Der Sinn des Lebens besteht darin, glücklich zu sein. Meine eigene begrenzte Erfahrung hat mich gelehrt, je mehr wir uns um andere kümmern, desto größer ist auch unser eigenes Wohlbefinden. Es hilft uns, unsere Ängste und Unsicherheiten abzulegen, und gibt uns Kraft, jegliche Hürden des Lebens zu überwinden. Mein Rat Nummer zwei: Meditieren Sie, wenn Sie Hilfe brauchen. Ich habe beim Meditieren häufig Antworten gefunden. Und als Letztes: Das alte Sprichwort ›Die Liebe überwindet alles‹ ist wahr. Wer Liebe sät, wird sie zehnfach ernten.«

Vorsichtig öffnete ich die Augen einen Spalt. Ich spürte keinen Schmerz, nicht einmal Unbehagen. Meine Augen waren nur etwas empfindlich. Nun war Kishan an der Reihe. Wir tauschten die Plätze, und der Mönch tauchte die Fingerspitzen erneut in die Phiole. Kishan schloss die Augen, und die Flüssigkeit wurde über seine Lider gestrichen.

»Nun zu Ihnen, schwarzer Tiger. Jung im Körper, alt im Geist. Seien Sie dessen eingedenk, egal welche Art von Schwierigkeit Sie überwinden und wie schmerzhaft Ihre Erfahrungen sein mögen, Sie dürfen die Hoffnung nie aufgeben. Nur wenn Sie den Glauben verlieren, können Sie vernichtet werden. Die Lamas sagen: ›Dich selbst und deine Schwächen zu besiegen, ist ein größerer Triumph, als Tausende im Kampf zu bezwingen.‹

Sie tragen die Verantwortung, Ihrer Familie den richtigen Weg zu weisen. Damit ist nicht nur Ihre unmittelbare Familie, sondern auch die weltumspannende Familie gemeint. Gute Vorsätze allein reichen nicht, um einen positiven Ausgang herbeizuführen. Sie müssen handeln. Wenn Sie aktiv in das Geschehen eingreifen, werden Sie Antworten auf Ihre Fragen erhalten. Und als Letztes: So wie ein großer Fels vom Peitschen des Windes unberührt bleibt, bleibt auch ein kluger Kopf seinen Ansichten treu. Er ist ein Pfeiler, eine unerschütterliche Stütze. Andere können sich an ihm festhalten, denn er wird nie wanken.«

Der ozeangleiche Lehrer verschloss die Phiole mit einem Stöpsel, und Kishan blinzelte die Augen auf. Die grüne Flüssigkeit war von seinen Lidern verschwunden. Er saß neben mir und streckte die Hand aus, um meinen Arm zu berühren. Der ozeangleiche Lehrer schüttelte Mr. Kadam die Hand.

»Mein Freund«, sagte er. »Ich spüre, dass Ihre Augen bereits geöffnet wurden und Sie mehr Dinge gesehen haben, als ich mir vorstellen kann. Ich überreiche Ihnen die Schriftrollen und bitte Sie, mich hin und wieder zu besuchen. Es würde mich sehr interessieren, wie Ihre Reise endet.«

Mr. Kadam verneigte sich höflich. »Das wäre mir eine große Ehre.«

»Gut. Jetzt steht nur noch ein einziger Punkt auf der Tagesordnung. Das Geistertor.« Er holte tief Atem und erklärte: »Geistertore markieren die Grenze zwischen der physischen und der spirituellen Welt. Wenn man hindurchgeht, befreit man sich von jeglicher weltlicher Last und kann sich ganz auf das Spirituelle konzentrieren. Aber ihr dürft das Tor erst berühren, wenn ihr auch bereit seid hindurchzugehen. Die bekannten Tore stehen in China und Japan, aber es gibt eines in Tibet. Ich zeige es euch auf der Karte.«

Er klingelte nach einem Mönch, der ihm eine Landkarte von Tibet brachte.

»Das Tor, nach dem ihr sucht, ist kleiner, bescheidener. Man muss zu Fuß reisen und darf nur das Nötigste mitnehmen, denn um das Tor zu finden, muss man den Beweis liefern, dass man vom Glauben geführt wird. Die einfache Gebetsfahne der Nomaden kennzeichnet das Tor. Die Reise ist beschwerlich, und nur ihr zwei dürft das Tor durchschreiten. Euer Mentor wird zurückbleiben müssen.«

Er zeigte uns einen Pfad, auf dem wir die Besteigung des Berges beginnen konnten. Ich schluckte schwer, als ich den Ort trotz meiner fehlenden Sprachkenntnisse ausmachen konnte. *Mount Everest.* Zum Glück schien das Geistertor nicht am Gipfel zu sein, sondern knapp über der Schneegrenze. Mr. Kadam und der ozeangleiche Lehrer unterhielten sich angeregt über die beste Route, während Kishan ihnen gebannt lauschte.

Wie soll ich das nur schaffen? Ich muss einfach. Ren braucht mich. Diesen Ort und den heiligen Gegenstand zu finden, ist Voraussetzung dafür, Ren aufzuspüren, und nichts könnte mich davon abhalten – keine Höhenkrankheit und kein noch so eiskaltes Gebirge.

Die Schriftrolle wechselte den Besitzer, und auch Landkarten und eine ausführliche Erklärung, wie das Geistertor zu finden war, wurden Mr. Kadam in die Hand gedrückt.

»Kelsey, ist bei dir alles in Ordnung?«

»Ja. Die Reise jagt mir nur ein bisschen Angst ein.«

»Mir auch. Aber nicht vergessen, er hat gesagt, wir dürfen den Glauben nie verlieren.«

»Und, hast du zum Glauben zurückgefunden?«

Kishan dachte eine Weile nach. »Ja, ich denke schon. Wie sieht's bei dir aus?«

»Ich habe *Hoffnung*. Reicht das?«

»Das ist besser als nichts.«

Der ozeangleiche Lehrer schüttelte uns herzlich die Hand und verabschiedete sich, während uns ein anderer Mönch zu unseren Zimmern brachte, damit wir unser Gepäck holen konnten.

Mr. Kadam verwandte den Rest des Tages darauf, die Vorbereitungen für unsere Reise zu treffen. Kishan und ich packten sehr sparsam, hatten wir doch die Warnung im Gedächtnis, so wenig wie möglich mitzunehmen. Mr. Kadam entschied, dass wir weder Essen noch Wasser bräuchten, da die Goldene Frucht uns ernähren konnte. Und auch wenn sie kein Wasser produzieren konnte, zauberte sie jegliche andere Flüssigkeit herbei. Er empfahl heißen Kräutertee und zuckerfreie Getränke, um nicht zu dehydrieren. Ich dankte ihm für seinen Rat und wickelte sie vorsichtig in meine Steppdecke, bevor ich sie in meinem Rucksack verstaute.

Wir diskutierten lange, ob wir ein Zelt einpacken sollten, entschieden uns dann jedoch für einen großen Schlafsack. Kishan und Mr. Kadam bezweifelten, dass ich ein Zelt das Gebirge hinauftragen konnte, außerdem benötigte ich in meinem Rucksack Platz für Kishans Kleidung, Fanindra und alle Waffen. Kishan würde sich in Tigergestalt und wieder zurückverwandeln müssen, weshalb er warme Kleidung bräuchte.

Am nächsten Tag fuhren wir zum Fuß des Gebirges, und Mr. Kadam begleitete uns eine Weile, bevor er uns kurz umarmte. Er würde weiter unten sein Lager aufschlagen und unsere Rückkehr mit Ungeduld erwarten.

»Seien Sie auf der Hut, Miss Kelsey. Die Reise birgt zweifellos Schwierigkeiten. Ich habe Ihnen alle meine Notizen in den Rucksack gelegt. Ich hoffe, ich habe nichts vergessen.«

»Das haben Sie sicherlich nicht. Machen Sie sich keine Sorgen. Mit etwas Glück sind wir schneller zurück, als Sie glauben. Vielleicht bleibt die Zeit stehen, so wie in Kishkindha. Passen Sie auf sich auf. Und falls wir aus irgendeinem Grund nicht zurückkehren sollten, richten Sie Ren von mir aus ...«

»Sie *werden* zurückkehren, Miss Kelsey. Davon bin ich überzeugt. Und jetzt los. Wir sehen uns bald.«

Kishan verwandelte sich in den schwarzen Tiger, und wir marschierten los. Eine halbe Stunde später drehte ich mich um, um zu sehen, wie weit wir gekommen waren. Das tibetische Hochland erstreckte sich bis zum Horizont. Ich winkte Mr. Kadams kleiner Gestalt tief unten zu, dann wandte ich mich wieder ab, kletterte zwischen zwei Felsen hindurch und setzte meinen Fuß auf den Pfad vor uns.

17
Das Geistertor

Zitternd zerrte ich meine Goretex-Handschuhe höher über meine Handgelenke. Wir waren den restlichen ersten Tag den Berg hinaufgewandert. Nachdem wir endlich im Schatten eines Felsvorsprungs einen geeigneten Platz gefunden hatten, streifte ich dankbar meinen Rucksack von den Schultern und streckte mich ausgiebig.

Ich suchte den Boden nach Feuerholz ab. Nach einem warmen Essen, das wir der Goldenen Frucht zu verdanken hatten, kuschelte ich mich vollständig angezogen tief in meinen großen Schlafsack.

Kishan stupste den Kopf in die Öffnung und kletterte in Tigergestalt hinter mir herein. Anfangs war es sonderbar, aber nach einer Weile war ich unendlich dankbar, denn sein warmes Fell ließ mein Zittern aufhören. Ich war so erschöpft, dass ich trotz des lauten Pfeifens des Windes in den Schlaf fand.

Am nächsten Morgen benutzte ich die Goldene Frucht, um uns warmen Haferbrei mit Ahornsirup und braunem Zucker sowie einen Becher heiße Schokolade herbeizuwünschen. Kishan wollte der Wärme wegen in Tigergestalt bleiben, weshalb ich ihm eine Auswahl an Fleischsorten, eine riesige Schale mit Haferbrei und eine große Schüssel Milch anbot. Er begann mit den Steaks, aß aber auch den Haferbrei bis zum letzten Krümel auf und leckte die Milch rasch leer. Ich rollte unsere Habseligkeiten zusammen und verstaute alles im Rucksack, bevor wir uns wieder auf den Weg machten.

Die nächsten vier Tage vergingen in gleichbleibender Routine. Kishan ging voran, ich kümmerte mich dank der Goldenen Frucht ums Essen und entzündete abends ein Feuer, bevor wir aneinandergekuschelt im Schlafsack einschliefen, während der Wind um uns heulte. Der Aufstieg stellte eine echte Herausforderung an mich dar, der ich ohne Kishans und Mr. Kadams unnachgiebigem Training niemals gewachsen gewesen wäre.

Noch war es nicht so steil, dass ich eine Kletterausrüstung bräuchte, aber es war auch kein Spaziergang im Park. Das Atmen fiel mir schwerer, je höher wir kamen, weshalb wir häufiger Pausen einlegen mussten, um zu trinken und uns auszuruhen.

Am fünften Tag erreichten wir die Schneegrenze. Sogar im Sommer lag auf dem Mount Everest Schnee. Kishan war nun leicht zu erkennen, selbst aus weiter Entfernung. Ein schwarzes Tier vor weißer Schneedecke war kaum zu verbergen. Er hatte Glück, dass er eines der größten Tiere hier draußen war. Wäre er kleiner gewesen, wären wir wahrscheinlich schon längst von Raubtieren angefallen worden.

Ob es hier wohl Polarbären gibt? Nein, Polarbären leben am Nord- und Südpol. Hm, vielleicht andere Bären oder Berglöwen. Bigfoot? Der Yeti? Wie heißt gleich noch mal das Schneemonster in Rudolph, das Rentier? *Ah ja, Bumble.* Ich kicherte und summte das *Misfit*-Lied aus dem Film.

Ich folgte Kishans Tigerspuren und begann, nach anderen Tierfährten Ausschau zu halten. Als ich die Spuren kleinerer Tiere ausmachte, versuchte ich zu erraten, worum es sich handelte. Einige waren offensichtlich Vögel, andere wahrscheinlich Hasen oder kleine Nagetiere. Da ich keine größeren Abdrücke sah und mir das Spiel schnell langweilig wurde, beruhigte ich mich wieder und ließ meine Gedanken wandern, während ich Kishan verbissen hinterherlief.

Die Bäume wurden allmählich spärlicher, das Gelände steinig. Die Schneeverwehungen waren tief, und das Atmen fiel mir von Stunde zu Stunde schwerer. Meine Nervosität nahm zu. Ich hätte nie gedacht, dass es uns so viel Zeit kosten würde, das Geistertor zu finden.

An Tag sieben stießen wir auf den Bären.

Kishan war vorgelaufen, um nach Holz und einem möglichen Rastplatz zu suchen. Ich sollte seinen Spuren folgen, während er eine Runde drehte und wieder zu mir stoßen wollte. Er konnte nicht mehr weit weg sein, denn er ließ mich nie länger als dreißig Minuten am Stück allein.

Ich trottete langsam voran, da vernahm ich auf einmal ein lautes Grollen hinter mir. Zuerst glaubte ich, Kishan hätte einen Bogen geschlagen und versuchte jetzt, mich auf sich aufmerksam zu machen. Ich drehte mich um und keuchte entsetzt auf. Ein riesiger Braunbär kam blutrünstig in meine Richtung galoppiert. Seine runden Ohren waren angelegt. Mit weit aufgerissenem Maul und gebleckten Zähnen stürzte er auf mich zu. Schneller, als ich je hätte weglaufen können.

Ich schrie.

Der Bär blieb in zwei Metern Entfernung stehen, stellte sich auf die Hinterpfoten und brüllte, durchschnitt die Luft mit seinen scharfen Klauen. Sein zerzaustes Fell war nass vom Schnee. Winzige schwarze Augen beobachteten mich über einer langen Schnauze und maßen abschätzend meine Körperkraft. Seine Kiefer zitterten, und er entblößte zwei eindrucksvolle Zahnreihen, die mich mühelos in Stücke reißen könnten.

Hastig ließ ich mich auf den Boden fallen, erinnerte ich mich doch just in dem Moment an die Geschichte über mehrere Bergsteiger, die auf diese Weise in der Wildnis überlebt hatten. Das Beste bei einem Bärenangriff war angeblich, sich auf den Boden zu legen und sich tot zu stellen.

Ich rollte mich zu einem Ball zusammen und schützte den Kopf mit den Händen. Der Bär sank zurück auf alle viere und hüpfte ein wenig auf und ab, während er die Krallen in den Schnee rammte und mich zum Aufstehen bewegen wollte, um mich anzugreifen. Er kratzte über meinen Rücken, und der Stoff meines Rucksacks riss, als er das äußere Fach aufschlitzte.

Da der Bär nun so nah war, stieg mir der Geruch seines Fells in die Nase, das nach nassem Gras, Schmutz und Seewasser stank. Sein warmer Atem roch nach Fisch. Das Tier winselte und rollte sich leicht hin und her. Es biss in den Rucksack und presste sein Vorderbein auf meinen Oberschenkel, damit ich still hielt. Der Druck war unbeschreiblich. Ich war sicher, mein Oberschenkelknochen würde jeden Augenblick brechen. Das wäre auch sicherlich passiert, hätte ich auf festem Boden gelegen. Zu meinem Glück drückte mich das Gewicht des Bären nur tiefer in den Schnee. Ich wusste nicht, ob er sein Territorium verteidigen wollte oder ich sein Mittagessen war. So oder so hatte mein letztes Stündchen geschlagen.

Genau in diesem Moment hörte ich Kishans Knurren. Der Bär blickte auf und brüllte ebenfalls, wollte seine Mahlzeit mit niemandem teilen. Er drehte sich zum Tiger um, wobei er mit seinen Klauen über meinen Oberschenkel und die Wade meines anderen Beins kratzte. Ich keuchte vor Schmerz auf, als Freddy Krügers Krallen mit der Kraft von sechshundert Pfund meine Beine aufschlitzten. Aber ich hatte Glück im Unglück. Der Bär hatte mich nicht töten wollen, sondern mir nur einen liebevollen Klaps gegeben. Nur eine kleine Aufmunterung à la *Hey, ich bin gleich zurück, Süße. Ich muss mich nur kurz um den Eindringling kümmern, bevor ich dich fresse, aber keine Sorge, gleich geht's weiter.*

Meine Beine brannten höllisch, und Tränen rollten mir die Wangen herab, doch ich verhielt mich so ruhig wie möglich. Kishan umkreiste den Bären eine Weile, dann stürzte er sich auf ihn und biss ihn ins Vorderbein, während der Bär ihm die Pranke in den Rücken rammte. Die kämpfenden Raubtiere waren nun weit genug entfernt, dass ich einen raschen Blick auf meine Beine wagte. Ich konnte meinen Kopf nicht weit genug drehen, um mir die Wunden genau anzuschauen, doch große karminrote Blutstropfen malten ein makabres Bild in den Schnee.

Der Bär stand auf den Hinterbeinen und brüllte ohrenbetäubend laut. Dann ließ er sich auf alle viere fallen, kam ein paar Schritte näher und bäumte sich wieder auf. Kishan rannte in einem Halbkreis außerhalb der Reichweite des Bären. Der Bär zielte zwei- oder dreimal mit den Vorderklauen nach Kishan, als wollte er ihn fortjagen.

Vorsichtig schob sich Kishan näher. Ohne Vorwarnung ging der Bär auf ihn los, doch genau im selben Moment stürzte sich Kishan auf das Tier. In einem wutentbrannten Durcheinander aus Zähnen und Klauen kämpften sie miteinander. Der Bär biss Kishan so heftig ins Ohr, dass es beinahe zerfetzt wurde. Mit einer ruckartigen Bewegung riss Kishan den Kopf zur Seite, sodass beide das Gleichgewicht verloren. Die Tiere fielen zu Boden und rollten im Schnee hin und her, ein Wirrwarr aus schwarzem und braunem Fell.

Als ich allmählich wieder zu mir kam, erinnerte ich mich endlich, dass ich meine eigene Waffe bei mir hatte. *Wie dumm von mir! Ich bin echt eine tolle Kämpferin!* Kishan umrundete das Tier in dem Versuch, es zu verwirren und zu ermüden. Ich machte mir die Entfernung zwischen ihnen zunutze, hob die Hand und traf den Bären mit einem kleinen Blitzstrahl direkt auf die Nase. Er war nicht so stark, dass das Tier schwer verletzt wurde, aber unangenehm genug, um ihm sein Mittagessen madig zu machen. Er trollte sich, brüllend vor Schmerz und Enttäuschung.

Rasch nahm Kishan Menschengestalt an und besah sich meine Verletzungen. Er schob mir den Rucksack von den Schultern und zog sich in Windeseile die Winterklamotten an. Dann war er wieder an meinen Beinen. Das Blut gefror bereits im Schnee. Er zerriss ein T-Shirt und band die Streifen fest um meinen Oberschenkel und meine Wade.

»Tut mir leid, wenn es wehtun sollte, aber ich muss dich von hier wegbringen. Der Geruch deines Blutes könnte den Bären erneut anlocken.«

Er beugte sich über mich und hob mich behutsam hoch. Trotz seiner Vorsicht brannten meine Beine. Ich schrie und wand mich verzweifelt in der Hoffnung, so den Schmerz zu lindern. Ich presste das Gesicht an seine Brust und biss die Zähne zusammen. Dann wurde alles um mich herum schwarz.

Ich war nicht sicher, ob ich geschlafen hatte oder ohnmächtig gewesen war. Es spielte auch keine Rolle. Ich wachte auf dem Bauch liegend neben einem warmen Feuer und Kishan auf, der sorgfältig meine Wunden begutachtete. Er riss ein weiteres T-Shirt in Streifen und säuberte meine Beine mit einer widerlich riechenden, heißen Flüssigkeit, die er sich durch die Goldene Frucht beschafft hatte.

Ich sog scharf die Luft ein. »Das stinkt widerlich! Was ist das?«

»Ein Heilmittel auf Kräuterbasis, das den Schmerz nehmen und eine Infektion verhindern soll, indem es das Blut schneller zum Gerinnen bringt.«

»Es riecht eklig. Was ist da drin?«

»Zimt, Echinacea, Knoblauch, Gelbwurzel, Schafgarbe und andere Dinge, deren englische Namen ich nicht kenne.«

»Es tut weh!«

»Das glaube ich dir. Eigentlich müsstest du genäht werden.«

Ich atmete tief ein und bombardierte ihn mit Fragen, um mich von dem brennenden Schmerz abzulenken. Als er meine Wade säuberte, keuchte ich laut auf. »Woher wusstest du ..., wie man das Mittel macht?«

»Ich habe in vielen Schlachten gekämpft und kenne mich daher ein wenig aus, wie man solche Wunden behandelt. Der Schmerz sollte bald nachlassen, Kells.«

»Du musstest schon mal Wunden behandeln?«

»Ja.«

Ich wimmerte. »Willst du mir ... davon erzählen? Es würde mir helfen, mich auf etwas anderes zu konzentrieren.«

»Na schön.« Er tauchte den Stoff in die Paste und kümmerte sich um meine Wade. »Kadam hat mich mit einem Trupp seiner Elitesoldaten mitgenommen, um Wegelagerer aufzuspüren.«

»So Typen wie Robin Hood?«

»Wer ist Robin Hood?«

»Er hat von den Reichen gestohlen und es den Armen gegeben.«

»Nein. Es waren Mörder. Sie haben Karawanen geplündert, Frauen vergewaltigt und dann alle umgebracht. Sie hatten sich in einem Waldgebiet an einer Handelsstraße verschanzt. Ihre Reichtümer haben viele junge Männer angelockt, die sich ihnen anschließen wollten, und die stetig wachsende Anhängerschaft nahm ein erschreckendes Ausmaß an. Meine Ausbildung schloss Kriegstheorie mit ein, und ich hatte von Kadam alles über Guerillakämpfe gelernt.«

»Wie alt warst du damals?«

»Sechzehn.«

»Autsch!«

»Tut mir leid.«

»Ist schon okay«, stöhnte ich. »Erzähl bitte weiter.«

»Wir hatten einen Großteil von ihnen in ihren Höhlen eingeschlossen und beratschlagten, wie wir sie aus ihrem Versteck treiben sollten, als wir angegriffen wurden. Sie hatten geheime Ausgänge in das Höhlenlabyrinth gebaut, waren außen herumgeschlichen und hatten unsere Wachposten niedergemetzelt. Unsere Männer haben mutig gekämpft und die Banditen überwältigt, aber viele unserer besten Soldaten wurden getötet oder schwer verletzt. Mein Arm war ausgekugelt, doch Kadam hat ihn mir wieder eingerenkt, und wir halfen so vielen Gefährten wie möglich.

Auf diese Weise lernte ich alles über Kriegstriage. Alle Männer, die unversehrt waren oder nur leichte Verletzungen hatten, halfen dem Arzt, Wunden zu säubern und zu verbinden. Er ließ mich an seinem Wissen über Pflanzen und ihre heilende Wirkung teilhaben. Meine Mutter war ebenfalls eine Kräuterkennerin und hatte ein Gewächshaus voller Heilpflanzen. Danach trug ich immer eine Tasche mit Kräutern bei mir, wenn ich in den Krieg zog. So konnte ich jederzeit anderen Soldaten helfen.«

»Es fühlt sich schon ein bisschen besser an. Das Pochen lässt nach. Was ist mit dir? Tun deine Wunden weh?«

»Ich bin bereits wieder geheilt.«

»Das ist echt nicht fair«, entrüstete ich mich voll Neid.

»Ich würde sofort mit dir tauschen, wenn ich könnte, Kells«, sagte er sanft und fuhr fort, meine Wunden vorsichtig auszuwaschen, den Oberschenkel und die Wade mit dünnen Stoffstreifen zu verbinden und sie dann mit der elastischen Bandage zu fixieren, die Mr. Kadam unserer Erste-Hilfe-Tasche beigelegt hatte. Kishan reichte mir zwei Aspirin und hob meinen Kopf an, damit ich trinken konnte.

»Ich habe die Blutung gestoppt. Nur eine Wunde ist so tief, dass sie mir Sorgen bereitet. Heute Nacht werden wir hierbleiben und morgen mit dem Abstieg beginnen. Ich werde dich tragen müssen, Kells. Ich denke nicht, dass du alleine gehen kannst. Deine Wunden könnten wieder aufplatzen und zu bluten beginnen.«

»Aber Kishan …«

»Mach dir keine Sorgen. Ruh dich ein wenig aus. Morgen sehen wir ja, wie es dir geht.«

Ich streckte eine Hand aus und legte sie auf seine. »Kishan?«

Der Blick aus seinen goldenen Augen glitt zu meinem Gesicht, musterte mich genau und suchte in meinen Zügen nach Schmerz. »Ja?«

»Vielen Dank, dass du dich um mich kümmerst.«

Er drückte meine Hand. »Ich wünschte, ich könnte mehr für dich tun. Versuch zu schlafen.«

Ich fiel in einen unruhigen Dämmerschlaf, schreckte immer wieder auf, sobald Kishan Holz nachlegte. Es war mir ein Rätsel, wie es ihm gelungen war, Holz zu finden, das trocken genug war, damit es brannte, aber ich war zu müde, um ihn zu fragen. Er stellte den Topf mit dem Heilmittel, mit dem er meine Wunden ausgewaschen hatte, zum

Warmhalten neben das Feuer. Ich lag eingekuschelt auf dem Bauch in meinem Schlafsack und beobachtete wie durch einen Nebel die Flammen, die an dem Topf leckten. Der Geruch von Kräutern durchdrang die Luft.

Ich musste schließlich eingeschlafen sein, denn ich träumte von Ren. Er war mit den Händen über dem Kopf an einem Pfahl festgebunden und wurde ausgepeitscht. Ich stand mit dem Rücken zur Wand, wo Lokesh mich nicht sehen konnte. Er redete in einer mir fremden Sprache und klopfte sich mit der Peitsche gegen die Handfläche. Da öffnete Ren die Lider und sah mich. Er rührte sich nicht und zuckte mit keinem Muskel, doch seine Augen sprachen Bände. Sie leuchteten auf, und winzige, krause Linien erschienen in seinen Augenwinkeln. Ich lächelte und machte einen Schritt auf ihn zu. Er schüttelte kaum merklich den Kopf. Die Peitsche knallte, und ich erstarrte.

Ren keuchte gepeinigt auf. Ich stürzte schreiend aus meinem Versteck hervor und griff einen überraschten Lokesh an. Ich packte die Peitsche, konnte sie ihm jedoch nicht entreißen. Er war unglaublich stark. Mein Versuch war so vergeblich, als wollte ein Vogel einen Baum angreifen. Ich schlug wild um mich und kämpfte mit aller Kraft, da erkannte mich Lokesh, und sein Gesicht strahlte vor unverhofftem Glück. Fieberhafte Erregung war in seinen glitzernden schwarzen Augen zu lesen. Er umklammerte meine Hände und riss sie mir über den Kopf, dann ließ er seine Peitsche dreimal gegen meine Beine schnalzen. Ich schrie vor Schmerz. Ein Brüllen hinter mir lenkte seine Aufmerksamkeit von mir ab. Ich krallte mich in sein Hemd und kratzte mit meinen Fingernägeln über seine Kehle und seine Brust. Er schüttelte mich.

»Kelsey. Kelsey! Wach auf!«

Ich fuhr erschrocken hoch. »Kishan?«

»Du hast wieder geträumt.«

Er lag neben mir im Schlafsack, löste sanft meine Finger von seinem Hemd.

Mein Blick fiel auf seine Brust und seine Kehle, die mit schlimmen blutigen Kratzern übersät waren. Behutsam berührte ich einen. »O *Kishan*. Das tut mir so leid. Tut es sehr weh?«

»Ist schon in Ordnung. Sie verheilen bereits.«

»Das wollte ich nicht. Ich habe wieder von Lokesh geträumt. Ich will nicht zurück, Kishan. Wir müssen weiter, das Geistertor suchen. Ren leidet. Das weiß ich.« Zu meiner großen Bestürzung brach ich in Tränen aus. Einerseits wegen der Schmerzen in meinen Beinen, andererseits wegen der beschwerlichen Reise. Vor allem jedoch weinte ich, weil ich wusste, dass Ren verletzt war. Kishan rührte sich und schlang die Arme um mich.

»Schsch, Kelsey. Alles wird gut.«

»Das weißt du doch gar nicht. Lokesh könnte ihn töten, bevor wir dieses blöde Geistertor finden.« Ich weinte, während Kishan mir über den Rücken strich.

»Vergiss nicht, Durga hat versprochen, auf ihn aufzupassen. Denk immer daran.«

Ich schluchzte. »Ich weiß, aber ...«

»Deine Gesundheit ist wichtiger als unsere Suche, und Ren würde mir zustimmen.«

Mit Tränen in den Augen lachte ich. »Das würde er wahrscheinlich, aber ...«

»Kein aber. Wir müssen zurück, Kells. Sobald du gesund bist, können wir es ein zweites Mal versuchen. Einverstanden?«

»Mal sehen.«

»Gut. Ren kann sich glücklich schätzen, das Herz einer Frau wie dir gewonnen zu haben, Kelsey.«

Ich wandte mich ihm zu und sah ihn an. Das Feuer brannte immer noch, und ich beobachtete die Flammen, die sich in seinen aufgewühlten goldenen Augen spiegelten. Ich berührte seinen verheilten Hals und sagte leise: »Und ich kann mich glücklich schätzen, zwei so wunderbare Männer in meinem Leben zu haben.«

Er führte meine Hand an seine Lippen und drückte mir einen warmen Kuss auf die Finger. »Er würde nicht wollen, dass du für ihn leidest.«

»Er würde auch nicht wollen, dass *du* derjenige bist, der mich tröstet.«

Bei meinen Worten musste er grinsen. »Nein. Da hast du recht.«

»Aber das tust du. Mich trösten, meine ich. Vielen Dank, dass du hier bei mir bist.«

»Es gibt keinen Ort auf der Welt, an dem ich lieber wäre. Schlaf noch ein wenig, *Bilauta*.«

Er zog mich an seine Brust. Schuldgefühle überkamen mich, weil mir Kishans Arme Trost spendeten, doch schon im nächsten Moment war ich eingeschlafen.

Die beiden nächsten Tage kamen wir nur im Schneckentempo voran. Ich versuchte, allein zu gehen, aber der Schmerz überwältigte mich immer wieder, und Kishan musste mich tragen. Wir wanderten langsam das Gebirge hinab, mussten häufig Pausen einlegen und sparten uns seine letzte Stunde in Menschengestalt auf, damit er unser Lager aufschlagen und sich um meine Verletzungen kümmern konnte. Die oberflächlichen Kratzer heilten bereits, aber die tiefe Wunde hatte zu eitern begonnen.

Die Haut war dort rot, geschwollen und entzündet. Die Wunde wurde schlimmer. Ich bekam Fieber, und Kishan wurde von Stunde zu Stunde verzweifelter. Er verfluchte den

Umstand, dass er nur sechs Stunden am Tag mit mir unterwegs sein konnte. Er versuchte es mit jedem Kräutermittelchen, das er kannte. Zu meinem Pech konnte die Goldene Frucht kein Antibiotikum herstellen.

Ein Sturm zog auf, und mir war vage bewusst, dass Kishan mich durch Eisregen trug. Da ich nicht mehr selbst gehen konnte, war die Kälte noch schneidender. Ich fror und dämmerte fast bewusstlos vor mich hin, ohne genau zu wissen, wie viele Tage vergangen waren. Einmal kam mir der Gedanke, dass Fanindra mich wie damals in Kishkindha heilen könnte, aber sie blieb steif und starr. Das Wetter war nicht besonders schlangenfreundlich, aber vielleicht wusste sie auch einfach, dass ich trotz des äußeren Scheins noch nicht an der Schwelle des Todes stand.

Wir verirrten uns im Sturm, wussten nicht mehr, ob wir zurück zu Mr. Kadam gingen oder in Richtung des Geistertores. Kishan war immerzu besorgt, ich könnte einschlafen, weshalb er ununterbrochen auf mich einredete. Ich erinnere mich nur dunkel, was er zu mir sagte. Er hielt mir Vorträge über das Überleben in der Wildnis und meinte, das Wichtigste wäre, dass wir nicht auskühlten und essen und trinken würden. Das alles stellte für uns eigentlich kein Problem dar. Sobald wir unser Lager aufschlugen, wickelte er mich in den Schlafsack und kletterte in Tigergestalt neben mich, um mich zu wärmen, während die Goldene Frucht uns mit so viel Nahrung und Getränken versorgte, wie wir brauchten.

Als ich kränker wurde, verlor ich den Appetit. Kishan zwang mich zum Essen und Trinken, aber ich zitterte stark, und durch das Fieber war mir entweder eiskalt oder viel zu heiß. Er musste sich häufig in Menschengestalt zurückverwandeln, da ich im Fieberwahn den Schlafsack wegstrampelte.

Im Laufe der Zeit wurde ich immer schwächer und starrte nur noch benommen zum Himmel empor oder in Kishans Gesicht, während er mich mit unzähligen Geschichten aufzumuntern versuchte. Die mit dem Buschmann-Reis war eine der wenigen, die mir im Gedächtnis hängen blieb, was vielleicht daran lag, dass sie schrecklich widerlich war. Er erzählte mir, wie er sich als einziger Überlebender einer Schlacht tief in feindlichem Gebiet durchgeschlagen hatte. Nahrung war nicht aufzutreiben, weshalb er Buschmann-Reis aß, was überhaupt kein Reis war, sondern die weißen Eier von Termiten.

Ich stöhnte angewidert, war jedoch zu schläfrig, um die Lippen für einen beißenden Kommentar zu öffnen. Besorgt blickte er zu mir herab und schob mir die Kapuze tiefer in die Stirn, damit mir der Schnee nicht ins Gesicht fiel. Dann beugte er sich vor und flüsterte: »Ich verspreche, ich bringe dich von hier fort, Kelsey. Ich lasse dich nicht sterben.«

Sterben? Wer hat hier was von sterben gesagt? Ich hatte nicht die Absicht zu sterben, aber ich war zu schwach um zu protestieren. Meine Lippen fühlten sich an, als wären sie eingefroren. *Ich darf nicht sterben. Ich muss die nächsten drei heiligen Gegenstände finden und meine Tiger retten. Ich muss Ren aus den Fängen von Lokesh befreien. Ich muss mein Studium abschließen. Ich muss ...* Da schlief ich ein.

Ich träumte, dass ich mit den Fingern über ein vereistes Fenster fuhr. Ich hatte gerade ein Herz mit einem *Ren + Kelsey* in der Mitte gezeichnet und ein zweites Herz mit *Kishan + ...* – als mich jemand wachrüttelte.

»Kells. *Kells!* Ich hatte gedacht, wir wären umgedreht, aber ich glaube, wir haben das Geistertor gefunden!«

Ich lugte unter meiner Kapuze hervor und blickte in einen amethystgrauen Himmel. Schmerzhafter Eisregen prasselte auf uns herab, und ich musste die Augen zusammenkneifen, um zu erkennen, worauf Kishan zeigte. Mitten auf einer kargen, weißen Eisfläche standen zwei Holzpfeiler in der Größe von Telefonmasten. Lange Seile mit bunten Stoffbändern, die wie Drachenschwänze wild im Sturm flatterten, wanden sich um die beiden Pfosten. Andere waren um das Holz geschlungen und verbanden auf verschiedenen Höhen die beiden Pfeiler. Einige der Seile waren mit Pflöcken in der Erde befestigt, andere wehten frei im Wind.

Ich fuhr mir mit der Zunge über die aufgeplatzten Lippen und flüsterte: »Bist du sicher?«

Er beugte sich nah an mein Ohr und rief über den pfeifenden Wind hinweg: »Es könnte auch ein Mahnmal oder eine Gedenkstätte sein, die von Nomaden errichtet wurde, aber irgendetwas ist seltsam. Ich würde es mir gerne aus der Nähe anschauen.«

Ich nickte schwach, und er legte mich im Schlafsack neben einen der beiden Pfosten. Kishan war dazu übergegangen, mich im Schlafsack zu tragen, damit ich nicht auskühlte. Am Boden fiel ich in einen tiefen Schlaf. Als Kishan mich weckte, konnte ich nicht mit Gewissheit sagen, ob ich Stunden oder nur Sekunden geschlafen hatte.

»Das ist der Ort, den wir suchen, Kelsey. Ich habe einen Handabdruck gefunden. Sollen wir jetzt durchgehen oder umdrehen? Ich denke, es wäre besser umzudrehen und später wiederzukommen.«

Ich streckte eine behandschuhte Hand aus und berührte seine Brust. »Nein ... Wir würden es ... nicht mehr ... finden ..., zu schwer. ozeangleicher Lehrer hat ... gesagt ..., wir müssen ... Glauben unter ... Beweis stellen. Es ist ... eine P...Prüfung. Wir ... müssen ... es ... v...v...versuchen.«

»Aber Kells ...«

»Bring mich ... zum ... Handabdruck.«

Unentschlossenheit spiegelte sich in seinen Augen wider. Zärtlich streckte er die Hand aus und wischte mir Schneeflocken von den Wangen.

Ich legte seine Hand in meine. »Hab ... Vertrauen«, flüsterte ich in den Wind.

Er seufzte tief, dann hob er mich hoch und trug mich zu dem anderen Holzpfosten. »Hier. Links am Pfosten, unter dem blauen Stoff.«

Ich sah den Abdruck und versuchte, den Handschuh abzustreifen. Kishan stand neben mir, stützte mich mit einem Arm. Mit der anderen Hand zog er mir den Handschuh aus und stopfte ihn sich in die Tasche. Dann führte er meine Hand zu der kalten Vertiefung, die in die Rinde des hölzernen Pfahls geritzt war. Aus der Nähe konnte ich erkennen, dass der Pfosten mit unzähligen verschnörkelten Schnitzereien verziert war, die teilweise vom Schnee verdeckt waren. Hätte ich mich besser gefühlt, hätte mich nichts davon abbringen können, sie mir genauer anzuschauen, aber ohne Kishans Hilfe konnte ich im Moment nicht einmal alleine stehen.

Ich drückte die Hand auf das Holz, doch nichts geschah. Mit aller Kraft versuchte ich, das Feuer in meinem Innern zu entfachen, den Funken, der meine Hand zum Glühen brachte, aber ich war wie betäubt.

»Kishan ..., ich ... k...kann ... nicht. Mir ist ... zu k...k...kalt.« Am liebsten wäre ich in Tränen ausgebrochen.

Er zog seine Handschuhe aus, öffnete den Reißverschluss seiner Jacke, schob sein Hemd hoch und legte meine eisige Hand auf seine nackte Brust, während er meinen Handrücken mit seinen warmen Fingern bedeckte. Seine Haut war heiß. Er drückte seine warme Wange gegen meine kalte und rieb mehrere Minuten mit seiner Handfläche über meine Finger. Er sagte etwas, aber ich konnte seine Worte nicht verstehen. Dann ging er einen kleinen Schritt zur Seite, um mich vor dem schneidenden Wind zu schützen, und ich wäre beinahe eingeschlafen in dem kuscheligen Kokon, den er mir bereitete. Schließlich wich er ein wenig zurück und sagte: »Jetzt ist es besser, nicht? Versuch es noch mal.«

Er half mir, die Hand in die Vertiefung zu drücken. Ein winziger Funke kitzelte in meinen Fingern, und ich versuchte, ihn zum Entzünden zu bringen. Die Energie war langsam und träge, aber allmählich schwoll sie an, bis der Handabdruck endlich glühte. Der Pfosten erbebte und begann nun ebenfalls zu leuchten. Etwas geschah mit meinen Augen. Ein grüner Schleier legte sich über meinen Blick, als hätte ich eine grün gefärbte Sonnenbrille aufgesetzt. Das Glühen meiner Hand sah jetzt knallorange aus, und das orange Licht glitt von dem einen Pfosten über die Schnüre zu dem anderen.

Der Boden erzitterte, und eine warme Blase umschloss uns. Ich war zu schwach, um die Hand noch länger in die Vertiefung zu pressen, und taumelte. Kishan fing mich auf und hob mich wieder an seine Brust. Eine kleine Lichtblase formte sich zwischen den beiden Pfosten und wuchs an. Farben flackerten in der Blase, anfangs verschwommen und unscharf. Da erscholl ein Donnerschlag, und auf einmal war das Bild klar und deutlich zu sehen.

Ich erkannte grünes Gras und eine warme gelbe Sonne. Tierherden grasten träge unter schattigen, belaubten Bäumen. Von unserem Platz aus roch ich den Duft von Blumen und spürte die gleißende Sonne, die mir das Gesicht wärmte, auch wenn der winterliche Eisregen immer noch auf meine Wange fiel. Kishan machte einen Schritt vor, dann noch einen. Er trug mich in das wohlig warme Paradies. Mein Kopf sank gegen seinen Arm, und ich verlor das Bewusstsein.

18

Gutes

Beim Morgengrauen erwachte ich neben einem prasselnden Feuer. Kishan wärmte seine Hände.

Ich rührte mich und stöhnte leise. »Hi.«

»Hi. Wie geht es dir?«

»Hmm ... Ich glaube, mir geht's besser.«

Er seufzte beruhigt. »Deine Wunden haben zu heilen begonnen, sobald wir diesen Ort betreten haben.«

»Wie lange habe ich geschlafen?«

»Ungefähr zwölf Stunden. Du heilst hier fast so schnell wie Ren und ich draußen.«

Ich streckte mein Bein aus und war erleichtert. Der Schmerz war stechend, aber nichts im Vergleich zu der eitrigen Entzündung. Eigentlich hatte ich darauf gebaut, dass mich Kishans Amulett retten würde, aber es funktionierte wohl nicht so, wie Mr. Kadam vermutet hatte. Vielleicht hatte Kishans Teilstück eine andere Eigenschaft inne. Ich hatte wahrscheinlich einfach Glück gehabt.

»Ich bin am Verhungern. Was gibt's zum Frühstück?«, fragte ich.

»Was hättest du denn gerne?«

»Hmm ... Wie wäre es mit Schokoladenpfannkuchen und einem großen Glas Milch?«

»Klingt gut. Ich nehme das Gleiche.«

Kishan bat die Goldene Frucht um das Essen und hockte sich neben mich. Ich fühlte mich immer noch schwach, und als er mich zu sich zog, damit ich mich an ihn lehnen konnte, protestierte ich nicht. Stattdessen machte ich mich glücklich über meine Pfannkuchen her.

»Nun, Kishan, wo sind wir?«

»Da bin ich mir nicht sicher. Ungefähr eine Meile vom Geistertor entfernt.«

»Du hast mich durchgetragen?«

»Ja.« Er stellte seinen Teller ab und legte mir den Arm um die Schulter. »Ich hatte Angst, du würdest sterben.«

»Meine Rückkehr von den Toten schien sich wie ein roter Faden durch diese mythischen Orte zu ziehen.«

»Ich hoffe, das war das letzte Mal.«

»Ich auch. Danke. Für alles.«

»Gern geschehen. Übrigens, ich kann hier die ganze Zeit in Menschengestalt bleiben, wie Ren damals in Kishkindha.«

»Wirklich? Wie fühlt sich das an?«

»Sonderbar. Ich bin es nicht gewohnt und warte ständig darauf, dass der Tiger die Oberhand gewinnt. Ich kann mich zwar immer noch in einen Tiger verwandeln, wenn ich möchte, aber ich muss nicht.«

»So war es auch bei Ren. Nun, genieß es, solange es andauert. Ren hat sich augenblicklich zurückverwandelt, als wir Kishkindha verlassen haben.«

Er murmelte etwas und begann, den Rucksack zu durchwühlen.

»Kannst du mir die Prophezeiung und Mr. Kadams Notizen geben?«, fragte ich. »Der erste Punkt auf der Tagesordnung lautet, den Omphalos-Stein zu suchen, den Nabelstein, den Stein der Prophezeiung. Wir schauen hinein, und er zeigt uns, wo wir den Baum finden. Er sieht aus wie ein Football, der auf einem abgeflachten Ende steht, oben mit einem Loch.«

»Und wie sieht ein Football aus?«

»Hmm, das ist ein länglicher Ball, der an den Enden spitz zuläuft.« Mit wackeligen Beinen stand ich auf.

»Wäre es nicht klüger, wenn du dich noch ein wenig ausruhst?«

»Ich fühle mich schon viel besser, und außerdem, je schneller wir den Stein finden, desto schneller können wir Ren befreien.«

»In Ordnung, aber wir gehen es langsam an. Hier ist es ziemlich warm. Möchtest du nicht erst mal deine Winterklamotten ausziehen?«

Ich blickte auf meine aufgeschlitzte Hose hinab. »Du hast recht.«

Kishan hatte mir die Jacke ausgezogen, aber ich schwitzte in meiner gefütterten Hose. Er selbst hatte bereits die Kleidung gewechselt und trug nun Jeans, Wanderstiefel und ein schwarzes T-Shirt.

»Hast du Schwarz nicht irgendwann mal satt?«

Er zuckte mit den Schultern. »Es fühlt sich richtig an.«

»Hmm.«

»Ich kundschafte die Gegend aus und schaue, ob ich eine Fährte für uns finde, während du dich umziehst.« Er grinste. »Und keine Sorge, ich spanne nicht.«

»Das rate ich dir auch!«

Lachend schlenderte er durchs Gras in Richtung der Waldgrenze. Während ich mich umzog, dachte ich über meine zerrissene Hose nach. *Der Bär hat sich ganz schön an mir vergriffen.* Ich besah mir mein Bein und meine Wade. Keine einzige Wunde war mehr zu sehen. Nicht einmal eine

Narbe. Die Haut war gesund und rosig, als wäre nie etwas passiert.

Bis Kishan zurückkehrte, hatte ich mich bereits mit dem Besten gewaschen, was mir in den Sinn kam – dank der Goldenen Frucht mit einer Kanne warmem Rosentee – und einem T-Shirt. Ich goss mir den Rest des Rosentees übers Haar, kämmte es aus und flocht einen langen Zopf, der mir den Rücken herabhing. Ähnlich wie Kishan trug ich nun ein langärmeliges T-Shirt, Jeans und Wanderstiefel. Bevor er in unser Lager spazierte, warnte er mich mit lautem Rufen vor. Mit unverhohlener Anerkennung musterte er mich von oben bis unten und lächelte dann.

»Was grinst du so?«

»Deinetwegen. Du siehst viel besser aus.«

»Hm. Was würde ich nicht für eine Dusche geben, aber das war auch schon mal nicht schlecht.«

»Ich habe einen Bach in der Nähe des Waldrands gefunden und dort die Fährte von Wild aufgenommen. Ich würde vorschlagen, dort unsere Suche zu beginnen. Was meinst du?«

Ich nickte, während er den Rucksack schulterte und zu den Bäumen aufbrach. Als wir den Bach erreichten, bemerkte ich, wie herrlich die Natur dort war. Prächtige Blumen säumten die Felsen und Baumstämme. Es waren Narzissen, die am Flusslauf wuchsen, und ich erzählte Kishan die griechische Sage über einen wunderschönen Mann, der sich in sein eigenes Spiegelbild verliebte.

Er hing gebannt an meinen Lippen, und wir waren derart in die Erzählung vertieft, dass uns die Tiere anfangs gar nicht auffielen. Waldtiere hatten sich um uns versammelt. Wir blieben stehen, und zwei Hasen hoppelten herbei und beäugten uns neugierig. Eichhörnchen hüpften von Baum zu Baum, kamen immer näher, als wollten sie der

Geschichte lauschen. Sie sprangen zu einem dünnen Ast, der sich unter ihrem Gewicht bog, sodass sie nur noch wenige Zentimeter über uns waren. Im Wald wimmelte es von Tieren. Ich bemerkte Füchse, Rehe und jegliche Art von Vögeln. Ich hob die Hand, und ein wunderschöner roter Kardinalvogel kam herabgeflogen und ließ sich sanft auf meinem Finger nieder.

Kishan streckte den Arm aus, und ein Falke mit goldenen Augen stürzte von einer Baumspitze herab. Ich ging auf einen Fuchs zu, der mich furchtlos beobachtete, und streichelte ihm vorsichtig den weichen, pelzigen Kopf.

»Ich komme mir vor wie in einem Märchen! Das ist unglaublich! Was ist das für ein Ort?«

Er lachte. »Das Paradies, oder?«

Wir wanderten den restlichen Tag über, zeitweise in Begleitung einer Schar Tiere. Am Nachmittag tauchten wir aus dem Wald auf und sahen Pferde, die auf einer Weide mit Wildblumen grasten. Im Gehen pflückte ich einen herrlichen Blumenstrauß. Die Pferde trotteten herbei, um uns aus der Nähe zu betrachten. Kishan fütterte sie mit Äpfeln, die er von einem Baum pflückte, während ich einer wunderschönen weißen Stute Blumen in die Mähne flocht. Eine Weile trabten die Tiere neben uns her.

Am frühen Abend bemerkten wir in der Ferne am Fuß eines großen Hügels ein Bauwerk. Kishan wollte unser Nachtlager aufschlagen und es am nächsten Tag besuchen.

Später in der Nacht lag ich auf meiner Seite im Schlafsack, eine Hand unter der Wange, und sagte zu Kishan: »Es kommt mir vor wie der Garten Eden. Ich hätte nie gedacht, dass ein solcher Ort wirklich existiert.«

»Hm, aber wenn ich mich recht entsinne, gab es in dem Garten eine Schlange.«

»Nun, wenn es hier keine gab, so gibt es jetzt eine.« Ich spähte zu Fanindra. Ihre goldenen Windungen waren weiterhin hart und unbeweglich, während sie neben meinem Kopf ruhte. Ich sah zu Kishan, der das Feuer mit einem Stock schürte.

»Bist du gar nicht müde? Wir sind heute ziemlich weit gewandert. Willst du nicht schlafen?«

Er blinzelte zu mir herüber. »Ich gehe gleich schlafen.«

»Okay. Ich lass dir etwas Platz.«

»Kelsey, ich denke, es wäre besser, wenn ich auf der anderen Seite des Feuers schlafen würde. Hier sollte es dir auch ohne mich warm genug sein.«

Ich warf ihm einen fragenden Blick zu. »Wie du willst, aber der Schlafsack ist groß genug, und ich verspreche, nicht zu schnarchen.«

Er lachte nervös. »Das ist es nicht. Ich bin jetzt die ganze Zeit über ein Mensch, und es würde mir schwerfallen, neben dir zu schlafen und dich ... nicht im Arm zu halten. In Tigergestalt ist es in Ordnung, aber als Mann ist das etwas anderes.«

»Oh. Genau dasselbe habe ich auch mal zu Ren gesagt. Du hast recht. Ich hätte daran denken müssen und dich nicht in eine solch unangenehme Lage bringen dürfen.«

Er schnaubte. »Ich mache mir keine Sorgen, dass es zu *unangenehm* werden könnte. Ich mache mir Sorgen, dass es ein bisschen zu *angenehm* sein könnte.«

»Richtig.« Nun war *ich* diejenige, die nervös war. »Dann ... hm ... willst du den Schlafsack? Ich kann meine Steppdecke nehmen.«

»Nein. Ist schon in Ordnung, *Bilauta*.«

Nach ein paar Minuten machte es sich Kishan auf der anderen Seite des Feuers bequem. »Erzähl mir noch eine von diesen griechischen Sagen.«

»Okay.« Ich dachte einen Moment nach. »Es war einmal eine wunderschöne Nymphe namens Chloris, die Blumen hegte und pflegte und dem Frühling Leben einhauchte, indem sie die Knospen der Bäume zum Blühen brachte. Ihre langen blonden Haare rochen nach Rosen und waren immer mit einem Kranz aus Blumen geschmückt. Ihre Haut war weich wie Blütenblätter. Ihre Lippen waren voll und hatten die Farbe von Pfingstrosen, ihre Wangen waren glatt wie Elfenbein. Sie wurde von allen geliebt, die sie kannten, und dennoch sehnte sie sich nach einem Gefährten, einem Mann, der ihre Leidenschaft für Blumen teilte und ihrem Leben einen tieferen Sinn gäbe.

Eines Nachmittags kümmerte sie sich um ihre geliebten Lilien, als sie bemerkte, wie eine warme Brise durch ihr Haar strich. Ein Mann betrat die Wiese und bewunderte andächtig ihren Garten. Er war schrecklich gut aussehend, mit dunklem, vom Wind zerzaustem Haar und einem purpurfarbenen Mantel. Anfangs sah er Chloris nicht, die ihn von ihrem schattigen Versteck hinter Pflanzen aus beobachtete, während er durch ihre Blumenbeete schlenderte. Die Osterglocken streckten ihm ihre Köpfe entgegen. Mit den Fingern umschloss er eine Rosenknospe, um ihren Duft einzuatmen, und sie öffnete ihre Blütenblätter und erblühte in seiner Hand. Die Lilien erbebten zart bei seiner Berührung, und die Tulpen mit ihren langen Stielen verbeugten sich vor ihm.

Chloris war verblüfft. Normalerweise reagierten ihre Blumen nur auf sie. Die Lavendelzweige versuchten, sich mit aller Gewalt um seine Beine zu schlingen, während er an ihnen vorbeischritt. Missbilligend und mit verschränkten Armen sah Chloris die Pflanzen an. Die Gladiolen öffneten sich allesamt auf einen Schlag, anstatt es wie üblich eine nach der anderen zu tun, und die Zuckerschoten schwenkten ihre Köpfe, als wollten sie seine Aufmerksamkeit erhaschen. Chloris keuchte leise auf, als sie bemerkte, dass sich die niedrige Flammenblume gar entwurzeln wollte, um in seine Nähe zu gelangen.

›Das reicht!‹, rief sie. ›Benehmt euch!‹

Der Mann drehte sich um und bemerkte sie in ihrem Blätterversteck. ›Komm heraus‹, bat er sie. ›Ich tue dir nichts.‹

Sie seufzte, schob die Gardenien beiseite und trat barfuß in den Sonnenschein.

Eine laue Brise wehte durch den Garten, als der Mann überrascht nach Luft rang. Chloris war schöner als jede Blume, die es hier zu bewundern gab. Auf der Stelle verliebte er sich in sie und fiel vor ihr auf die Knie. Sie flehte ihn an, er solle wieder aufstehen. Er kam ihrer Bitte nach, und der warme Wind ließ seinen Umhang sich kräuseln, blähte ihn auf und hüllte sie beide in seinen purpurfarbenen Stoff. Chloris lachte und bot ihm eine silberne Rosenknospe dar. Lächelnd zupfte er die Blütenblätter ab und warf sie in die Luft.

Zuerst war Chloris verärgert, aber dann zeichnete er mit dem Finger einen Kreis, und die Blütenblätter der Rose wirbelten wie in einem Windkanal. Entzückt klatschte Chloris in die Hände, während sie den Blättern beim Tanzen zusah. ›Wer bist du?‹, fragte sie.

›Meine Name ist Zephyrus‹, sagte er. ›Ich bin der Westwind.‹ Er streckte den Arm nach ihr aus. Als sie die Hand in seine legte, zog er sie zu sich her und küsste sie. Mit den Fingerspitzen strich er über ihre weiche Wange und sagte: ›Seit Jahrhunderten durchstreife ich die Welt, aber du bist die zauberhafteste Maid, die ich je gesehen habe. Bitte verrate mir deinen Namen.‹

Verlegen antwortete sie: ›Chloris.‹

Er umschloss ihre kleinen Hände mit seinen und gelobte: ›Im nächsten Frühjahr werde ich wiederkommen. Ich möchte dich zu meiner Braut machen. Falls du mich willst.‹

Chloris nickte schüchtern. Er küsste sie noch einmal, und der purpurfarbene Umhang kräuselte sich um ihn. ›Dann bis nächstes Jahr, meine Flora.‹ Rasch blies ihn der Wind fort.

Das gesamte verbleibende Jahr bereitete sie sich auf seine Rückkehr vor. Ihr Garten war schöner als je zuvor, die Blumen strahlten vor Wonne. Immer wenn Chloris an ihn dachte, spürte sie einen sanften Windhauch ihre Wange umschmeicheln. Und wirklich: Als der Frühling nahte, kehrte er zu seiner wunderschönen Braut zurück, und sie heirateten inmitten Tausender Blüten. Sie führten eine glückliche Ehe. Chloris kümmerte sich um ihre Gärten, während der Westwind im Frühjahr zärtlich die Pollen verteilte.

Ihre Gärten waren die schönsten und bekanntesten auf der ganzen Welt, und die Menschen strömten von überall herbei, um sie zu bewundern. Chloris und ihr Mann erfreuten sich aneinander, und ihre Liebe brachte ein Kind hervor, das sie Carpus nannten, was übersetzt ›Frucht‹ bedeutet.« Ich hielt inne. »Kishan?« Von der anderen Seite des Feuers war ein leises Schnarchen zu vernehmen. Ich fragte mich, wann er eingeschlafen war. »Gute Nacht, Kishan«, flüsterte ich leise.

Am nächsten Morgen erwachte ich von einem Schmatzen über meinem Kopf. Ich blickte hoch zu einem großen gelben Körper mit schwarzen Punkten und zischte: »Kishan. Wach auf!«

»Ich bin wach, Kells. Hab keine Angst. Sie wird dir nichts tun.«

»Es ist eine Giraffe!«

»Ja. Und dort drüben in den Bäumen klettern Gorillas.«

Ich setzte mich behutsam auf und sah, wie eine Gorillafamilie Früchte von einem Baum pflückte. »Werden sie uns angreifen?«

»Sie verhalten sich nicht wie normale Gorillas, aber es gibt einen Weg, das herauszufinden.«

Er verschwand zwischen den Bäumen und tauchte einen Moment später in Tigergestalt wieder auf. Gemächlich trottete er zu der Giraffe hin, die ihn unter ihren langen Wimpern hervor anblinzelte, um dann seelenruhig weiter Blätter von den hohen Bäumen zu zupfen. Als Kishan auf die Gorillas zusteuerte, geschah dasselbe. Sie beobachteten ihn mit trägem Blick und tuschelten miteinander. Dann machten sie sich weiter über ihr Frühstück her und schienen sich auch nicht daran zu stören, dass er sich einem ihrer Babys näherte.

Kishan verwandelte sich zurück in einen Mann und starrte die Tiere nachdenklich an. »Hm. Sehr interessant. Sie haben nicht die geringste Angst vor mir.«

Ich begann, das Lager abzubauen. »Hey Mister, du hast deine Wanderstiefel verloren.«

»Nein, habe ich nicht. Ich habe sie drüben bei den Bäumen gelassen. Ich bin gleich zurück.«

Nach dem Frühstück wanderten wir zu dem großen Bauwerk, das wir tags zuvor gesehen hatten. Es war riesig, aus Holz gefertigt und allem Anschein nach sehr alt. Eine breite, moderige Rampe führte hinein. Als wir näher kamen, rief ich: »Es ist ein Boot!«

»Das glaube ich nicht, Kells. Es ist viel zu groß für ein Boot.«

»Doch, Kishan. Ich denke, es ist die Arche!«

»Die was?«

»Die Arche – die Arche Noah. Erinnerst du dich, als Mr. Kadam uns all die Flut-Mythen erzählt hat? Nun, wenn es sich hier wirklich um das Gebirge handelt, an dem Noah gelandet ist, dann sind das die Überreste von seinem Boot! Komm weiter!«

Wir bahnten uns einen Weg zu dem gewaltigen hölzernen Bauwerk und spähten hinein. Ich wollte es schon betreten und mich umschauen, da zog mich Kishan zurück.

»Warte, Kells. Das Holz ist faulig. Lass mich zuerst gehen und die Bohlen austesten.« Er verschwand in dem klaffenden Maul des Boots und kehrte wenige Minuten später zurück. »Ich denke, du hast nichts zu befürchten, wenn du genau hinter mir bleibst.«

Ich folgte ihm ins Innere. Es war dunkel, aber dort, wo das Holz in der Decke vermodert war, ließen schartige Löcher die Sonne herein. Ich hatte Ställe erwartet, in denen die Tiere untergebracht gewesen waren, aber es war nichts zu sehen. Es gab mehrere Ebenen, die mit Holztreppen verbunden waren, doch Kishan hielt sie für zu morsch und gefährlich. Ich zog eine Kamera hervor und schoss für Mr. Kadam ein paar Fotos.

Später, als wir das hölzerne Relikt verließen, sagte ich: »Kishan, ich vermute, dass Noahs Arche *tatsächlich* hier gelandet ist, und die Tiere, die wir draußen gesehen haben, die Nachkommen der ursprünglichen Tiere sind. Vielleicht ist das der Grund, weshalb sie sich so sonderbar verhalten. Sie kennen nichts anderes als dieses friedvolle Land.«

»Nur weil ein Tier im Paradies lebt, bedeutet das nicht automatisch, dass es seine Instinkte verloren hat. Instinkte – sein Territorium zu beschützen, Nahrung zu jagen oder …«, er sah mich eindringlich an, »… einen Partner zu finden – können überwältigend sein.«

Ich räusperte mich. »Das mag sein. Aber Nahrung ist hier im Überfluss vorhanden, und ich bin sicher«, sagte ich und fuchtelte mit der Hand in der Luft, »*jedes* Tier hier findet einen Partner.«

Er hob eine Augenbraue. »Vielleicht. Aber woher weißt du, dass es immer so ist? Vielleicht bricht der Winter hier zu einem anderen Zeitpunkt ein.«

»Schon möglich, aber das glaube ich nicht. Ich habe Blumen gesehen, die normalerweise im Frühling blühen, und andere, die es eigentlich nur im Herbst gibt. Das ist sonderbar. Es ist fast so, als wäre hier das Beste von allem zu haben. Die Tiere sind perfekt und gut genährt.«

»Ja, aber wir haben noch keine Raubkatzen gesehen.«

»Das stimmt. Wir halten die Augen offen.«

Ich holte ein Notizbuch heraus und begann, die Dinge festzuhalten, die wir gesehen hatten. Der Ort glich wahrhaftig einem Paradies, und allem Anschein nach waren Kishan und ich die beiden einzigen Menschen. Ein frischer Duft nach Blumen, Äpfeln, Zitronen und Gras hing in der Luft. Das Klima war perfekt – nicht zu heiß und nicht zu kalt. Es sah aus wie in einem sorgfältig gepflegten Garten. Kein einziges Unkraut war zu sehen. Es war unmöglich, dass die Landschaft auf natürliche Art und Weise in einem solch ordentlichen Zustand blieb, dachte ich. Wir entdeckten ein perfektes Vogelnest mit gesprenkelten blauen Eiern. Die Vogeleltern zwitscherten fröhlich und waren völlig unbekümmert, als wir näher kamen, um ihre Eier zu betrachten.

Ich stellte eine Liste aller Tiere auf, die uns begegneten. Bereits bis zum frühen Nachmittag hatten wir Hunderte unterschiedliche Tiere gesichtet, von denen ich mit Bestimmtheit wusste, dass sie normalerweise in einer anderen Klimazone lebten – darunter Elefanten, Kamele und sogar Kängurus.

Am späten Nachmittag sahen wir unsere ersten Raubtiere – ein Rudel Löwen. Kishan hatte ihre Fährte bereits vor einer Meile aufgenommen, und wir entschieden, sie uns aus der Nähe anzuschauen. Ich musste auf einen Baum klettern, während Kishan die Lage erkundete. Kurze Zeit später kam er, einen verwunderten Gesichtsausdruck auf dem Gesicht, zurück.

»Da ist eine große Herde Antilopen, und sie grasen genau neben dem Rudel! Eine Löwin hat etwas Rotes gefressen, von dem ich zuerst angenommen habe, dass es Fleisch wäre, aber in Wirklichkeit waren es Früchte. Die Löwen essen Äpfel!«

Ich kletterte vom Baum. Kishan umfasste meine Taille und half mir herab.

»Aha! Meine Theorie stimmt also. Das hier ist wirklich eine Art Garten Eden. Die Tiere gehen nicht auf die Jagd.«

»Du hattest wohl recht. Trotzdem, nur für alle Fälle, würde ich zwischen uns und die Löwen lieber etwas Abstand bringen, bevor wir unser Lager aufschlagen.«

Später begegneten wir noch anderen Raubtieren – Wölfe, Panther, Bären und sogar Tiger. Sie griffen uns nicht an. Ganz im Gegenteil, die Wölfe waren so zahm wie Hunde und kamen zu uns, um gestreichelt zu werden.

Kishan zischte: »Das ist sonderbar. Es macht mich nervös.«

»Ich weiß, was du meinst, aber mir gefällt es. Ich wünschte, Ren könnte das alles hier sehen.«

Kishan erwiderte nichts, forderte mich nur mürrisch auf, das Wolfsrudel in Frieden zu lassen und weiterzugehen.

Bei Sonnenuntergang gerieten wir auf eine Lichtung mitten im Wald, die von Narzissen überwuchert war. Wir hatten gerade begonnen, unser Nachtlager aufzuschlagen, als ich das sanfte, schwermütige Tönen einer Flöte vernahm. Augenblicklich erstarrten wir. Es war der erste Hinweis auf andere Menschen.

»Was sollen wir tun?«, fragte ich.

»Lass mich nachschauen.«

»Ich denke, wir sollten beide gehen.«

Er zuckte mit den Schultern, und ich trottete rasch hinter ihm her. Wir folgten den hauchzarten Klängen und fanden den Verursacher der geheimnisvollen Musik auf einem großen Stein neben einem Bach sitzen. Das Geschöpf hielt seine Rohrflöte behutsam in beiden Händen und blies sanft durch die gespitzten Lippen. Als wir uns zögerlich näherten, hielt er in seinem Spiel inne und lächelte uns an.

Seine Augen waren hellgrün und strahlten uns aus einem ebenmäßigen Gesicht heraus an. Seine schulterlangen silbernen Haare hingen offen herab, und zwei kleine samtige braune Hörner lugten aus seinen schimmernden Locken, erinnerten mich an ein junges Reh, dem gerade die ersten Ansätze zu einem Geweih wuchsen. Etwas kleiner als ein Durchschnittsmensch, war seine Haut weiß, mit einer leicht fliederfarbenen Note. Er war barfuß und trug eine Hose, die aussah, als wäre sie aus Hirschleder gefertigt. Sein langärmeliges Hemd hatte die Farbe von Granatapfel.

Er ließ die Flöte los, die an einer Schnur um seinen Hals hing, und betrachtete uns. »Hallo.«

»Hallo«, erwiderte Kishan argwöhnisch.

»Ich habe schon auf euch gewartet. Wir alle haben auf euch gewartet.«

»Wer ist wir?«, wollte ich wissen.

»Nun, zum einen ich. Und dann gibt es da noch die Sylphen und die Feen.«

Verwirrt fragte Kishan: »Du hast uns erwartet?«

»O ja. Eigentlich schon viel früher. Ihr müsst müde sein. Kommt mit mir, wir haben Erfrischungen für euch.«

Kishan stand wie angewurzelt da. Ich machte einen Schritt vor.

»Hi. Ich bin Kelsey.«

»Freut mich, dich kennenzulernen. Mein Name ist Faunus.«

»Faunus? Den Namen habe ich schon mal gehört.«

»Wirklich?«

»Ja! Du bist Pan!«

»Pan? Nein. Ich bin definitiv Faunus. Das zumindest behauptet meine Familie. Kommt mit mir.« Er stand auf, hüpfte um einen Felsen herum und verschwand auf einem Steinpfad im Wald. Ich drehte mich um und nahm Kishan bei der Hand. »Komm schon. Ich vertraue ihm.«

»Ich nicht.«

Ich drückte seine Hand und sagte im Scherz: »Es ist okay. Ich denke, du könntest es zur Not mit ihm aufnehmen.« Kishan umschloss nun meine Finger und ließ sich von mir hinter Faunus herführen.

Wir folgten ihm zwischen den belaubten Bäumen hindurch und hörten bald zartes Gelächter. Als wir uns der Siedlung näherten, erkannte ich, dass ich solch perlendes Lachen noch keinen *Menschen* hatte hervorbringen hören. Es klang überirdisch, fast gespenstisch.

»Faunus ... Was sind die Sylphen?«

»Das sind die Baumgeister oder auch die Baumnymphen.«

»Baumnymphen?«

»Ja. Gibt es denn keine Baumgeister dort, wo du herkommst?«

»Nein. Bei uns gibt es auch keine Feen.«

Er schien überrascht. »Was für ein Geschöpf entsteigt bei euch einem Baum, wenn dieser auseinanderbricht?«

»Soweit mir das bekannt ist, keines. Um ehrlich zu sein, habe ich bisher noch keinen Baum auseinanderbrechen gesehen, außer ein Blitz schlägt ein, oder jemand fällt ihn.«

Er blieb mitten in der Bewegung stehen. »Dein Volk fällt Bäume?«

»Du meinst in meinem Land? Ja, das tun sie.«

Bekümmert schüttelte er den Kopf. »Ich bin sehr froh, hier zu leben. Die armen Bäume. Was würde nur mit all den zukünftigen Generationen geschehen?«

Ich blickte zu Kishan, der kaum merklich den Kopf schüttelte, bevor das seltsame Wesen uns weiterführte.

Bei Anbruch der Nacht erreichten wir ein breites Portal, um das sich Hunderte von winzigen Kletterrosen in allen nur erdenklichen Farben rankten, und betraten das Dorf der Sylphen. Laternen hingen von Weinreben herab, die sich um unvorstellbar hohe Bäume wanden. Nie zuvor hatte ich solche Bäume gesehen. Die kleinen Lichter in den Laternen schaukelten hin und her, jedes in einer anderen hell leuchtenden Farbe – pink, silber, türkis, orange, gelb oder violett. Als wir uns die Lichter näher ansahen, bemerkten wir, dass es sich um lebende Geschöpfe handelte. Es waren Feen!

»Kishan! Sieh mal! Die leuchten wie Glühwürmchen!«

Die Feen sahen aus wie große Schmetterlinge, und das sanfte Licht stammte nicht von ihren Körpern, sondern von ihren farbenprächtigen Flügeln, die sich träge öffneten und wieder schlossen, während die Geschöpfe auf hölzernen Gestellen hockten.

Ich zeigte auf eines. »Sind das …?«

»Feen-Lichterketten, genau. Sie haben jeden Abend einen zweistündigen Laternendienst. Während ihrer Schicht lesen sie gerne. Das hält sie wach. Wenn sie einschlafen, geht nämlich ihr Licht aus.«

Ich murmelte: »Sicher. Natürlich.«

Er führte uns weiter in die Ortschaft. Die kleinen Hütten aus geflochtenen Pflanzenfasern waren kreisförmig um ein grasbewachsenes Rondell angeordnet. In der Mitte war ein festliches Bankett hergerichtet. Hinter jeder Hütte stand ein riesiger Baum. Die emporragenden Äste streckten sich zu allen Seiten und verwoben sich mit denen anderer Bäume, sodass eine wunderschöne grüne Laube entstanden war.

Faunus hob seine Flöte und blies eine fröhliche Melodie. Zierliche, schlanke Gestalten strömten aus ihren Hütten und hüpften aus ihren Verstecken im Blattwerk.

»Kommt. Kommt und trefft diejenigen, auf die wir gewartet haben. Das sind Kelsey und Kishan. Lasst sie uns willkommen heißen.«

Strahlende Gesichter näherten sich uns. Die Sylphen waren alle silberhaarig und hatten wie Faunus grüne Augen. Wunderschöne Männer und Frauen trugen schimmernde, hauchzarte Kleidung in den Farben der Blumen, die überall wuchsen.

»Wollt ihr zuerst essen oder lieber baden?«, wandte sich Faunus an mich.

Überrascht sagte ich: »Lieber baden. Wenn das in Ordnung ist.«

Er verneigte sich. »Natürlich. Anthracia, Phiale und Deiopea, wärt ihr so freundlich, Kelsey zum Badeplatz der Frauen zu begleiten?«

Drei liebliche Sylphen traten schüchtern aus der Gruppe hervor. Zwei nahmen mich bei den Händen, während mich die dritte von der Lichtung und in den Wald führte. Kishan warf mir einen mürrischen Blick zu, offensichtlich nicht erfreut darüber, dass wir getrennt wurden, aber da geleitete man ihn auch schon in die entgegengesetzte Richtung.

Ich überragte die Frauen, die etwas kleiner als Faunus waren, um einen ganzen Kopf. Sie folgten einem von den hilfsbereiten Feen hell erleuchteten Pfad, bis wir zu einem runden Teich kamen, der von einem kleinen Bach weiter oben gespeist wurde. Das Wasser rann von größeren Steinen über kleinere herab, bis es in den Teich tropfte, sodass ein feiner Sprühnebel entstand. Es funktionierte wie ein breiter Wasserhahn, der ununterbrochen lief.

Meine Begleiterinnen halfen mir mit dem Rucksack und zogen sich dann höflich zurück, während ich mich entkleidete und in den Teich stieg, der überraschend warm war. Lange, glatte Steinstufen knapp unter der Oberfläche, die sich halbkreisförmig ans Ufer schmiegten und zu perfekt waren, um nicht von Menschenhand geschaffen zu sein, dienten als Treppe und später als Sitzgelegenheit, sobald man im Wasser war.

Nachdem ich mir die Haare nass gemacht hatte, kehrten die drei Nymphen mit Schüsseln voll wohlriechender Flüssigkeiten zurück. Ich wählte den Duft, der mir am besten gefiel, und sie reichten mir einen Moosball, der wie ein Luffaschwamm funktionierte. Ich schrubbte mir mit der köstlichen Seife den Schmutz von der Haut, während Phiale mir die Haare mit drei verschiedenen Ölen wusch und jedes Mal anschließend unter dem kleinen Wasserfall ausspülte.

Die Lichterkette aus Feen tauchte alles in einen warmen Glanz. Als ich aus dem Teich trat und mir die Frauen weiche Handtücher um Körper und Haare wickelten, kitzelte meine Haut und ich fühlte mich entspannt und erfrischt. Anthracia cremte mich mit einer parfümierten Lotion ein, während sich Phiale um meine Haare kümmerte. Deiopera verschwand kurz und kehrte mit einem hauchdünnen blassgrünen Kleid zurück, das mit schimmernden Blumen bestickt war.

Ich berührte das Kleid. »Es ist wunderschön! Die Stickerei ist so fein, man könnte fast glauben, die Blumen wären echt.«

Sie kicherten. »Sie sind echt.«

»Das kann nicht sein! Wie habt ihr sie in den Stoff eingenäht?«

»Wir haben sie nicht eingenäht. Wir haben sie dort angepflanzt. Wir haben sie gebeten, ein Teil des Kleides zu werden, und sie haben zugestimmt.«

Anthracia fragte: »Gefällt es dir nicht?«

»*Doch*. Ich liebe es! Ich würde es wahnsinnig gerne anziehen.«

Sie lächelten alle und summten zufrieden, während sie mich von Kopf bis Fuß verwöhnten. Als sie fertig waren, holten sie einen ovalen Spiegel herbei, der in einem versilberten, mit Blumen umrankten Rahmen eingelassen war.

»Was denkst du, Kelsey? Gefällst du dir?«

Ich starrte die Person im Spiegel an. »Bin das ich?«

Sie brachen in sanftes Gekicher aus. »Ja, natürlich bist das du.«

Ich stand wie versteinert da. Die barfüßige Frau, die mir entgegenstarrte, hatte große braune Rehaugen und eine zarte cremigweiße Haut. Funkelnder grüner Lidschatten brachte meine Augen vorteilhaft zur Geltung, und meine Wimpern waren lang und dunkel. Meine Lippen schimmerten dunkelrot, und meine Wangen sahen frisch und zartrosa aus. Das hachdünne grüne Kleid hatte einen griechischen Schnitt, was mich kurvenreicher aussehen ließ, als ich in Wirklichkeit war. Der Stoff war um meine Schultern gelegt und um meine Taille gewickelt, fiel in langen Falten bis zum Boden. Mein Haar war offen und sanft gelockt und ging mir fast bis zur Hüfte. Mir war überhaupt nicht aufgefallen, dass es in den vergangenen Monaten so lang geworden war. Die

Nymphen hatten es mit Blumen und Schmetterlingsflügeln geschmückt. *Hielten die Feen meine Haare in solch kunstvoll drapierten Wellen?*

»Oh! Die Feen brauchen nicht in meinem Haar zu bleiben. Ich bin sicher, sie haben etwas Besseres zu tun.«

Phiale schüttelte den Kopf. »Unsinn. Es ist ihnen eine Ehre, die Lockenpracht einer Schönheit wie dir zu halten. Sie sagen, dein Haar ist wunderschön und weich, als würden sie auf einer Wolke ruhen. Sie sind am glücklichsten, wenn sie dienen. Lass sie bleiben, bitte.«

Ich lächelte geschmeichelt. »Na schön, aber nur beim Abendessen.«

Die drei Sylphen zupften noch eine Weile an mir herum und erklärten dann, ich wäre nun präsentabel. Wir gingen zurück zum Dorf. Kurz bevor wir das Fest erreichten, drückte mir Deiopea einen süß duftenden Blumenstrauß in die Hand.

»Äh ... Ich werde jetzt aber nicht verheiratet, oder?«

»Verheiratet? Aber nein.«

»Möchtest du denn heiraten?«, erkundigte sich Phiale.

Ich winkte ab. »O nein, ich habe nur wegen dem wunderschönen Kleid und dem Blumenstrauß gefragt.«

»Sind das Vermählungsriten in deinem Land?«

»Ja.«

Deiopea kicherte. »Nun, falls du heiraten willst, dein Mann ist sehr schön.«

Die drei Frauen brachen wieder in leises Gelächter aus und zeigten zur Festtafel, an der Kishan saß. Offensichtlich genervt. Sie hüpften zum Tisch, bevor sie sich unter die silberhaarigen Sylphen mischten. Ich musste Deiopea recht geben. Kishan sah wirklich unheimlich gut aus. Er trug eine weiße Hose und ein hauchdünnes blaues Hemd aus demselben Material wie mein Kleid. Er hatte ebenfalls gebadet.

Ich lachte laut heraus, als er sich besorgt umblickte und die Sylphen misstrauisch musterte.

Er musste mich gehört haben, denn er sah in meine Richtung und ließ den Blick über die Menge gleiten. Seine Augen leuchteten auf, als sie mich erreichten, doch dann suchten sie weiter. Kishan hatte mich nicht erkannt! Ich lachte wieder. Diesmal schossen seine Blicke zu mir zurück und blieben auf mir haften. Langsam erhob er sich und kam auf mich zu. Er sah mich breit grinsend von oben bis unten an und stieß einen anerkennenden Pfiff aus.

Verärgert fragte ich: »Was gibt es da zu grinsen?«

Er nahm meine Hände und sah mir in die Augen. »Da gibt es gar nichts zu grinsen, Kelsey. Du bist das zauberhafteste Geschöpf, das mir je in meinem Leben begegnet ist.«

»Oh. Vielen Dank. Aber warum hast du gelacht?«

»Ich habe gelacht, weil ich der Glückliche bin, der dich so zu sehen bekommt, der mit dir hier im Paradies sein darf, während *Ren* von Affen gejagt wurde und mit stacheligen Bäumen kämpfen musste. Offensichtlich habe ich mehr Glück.«

»Das lässt sich wohl nicht bestreiten, zumindest was die Aufgabe bisher anbelangt. Aber ich verbiete dir, auf seine Kosten Späße zu machen.«

»Keine Chance! Ich werde lauter Fotos von dir machen und ihm alles bis ins *aller*kleinste Detail erzählen. Apropos, bleib genau so stehen.« Kishan verschwand und kam mit einer Kamera zurück.

Ich runzelte die Stirn. »*Kishan!*«

»Ren würde ein Foto wollen. Glaub mir. Jetzt lächeln und die Blumen brav halten.« Er schoss mehrere Bilder, dann schob er die kleine Kamera in seine Tasche und nahm meine Hand. »Du siehst wunderschön aus, Kelsey.«

Ich errötete bei dem Kompliment, doch gleichzeitig erfüllte mich unsägliche Schwermut. Ren hatte sich in meine Gedanken geschlichen. Er hätte diesen Ort geliebt. Ganz genau so stellte man sich den *Sommernachtstraum* vor. Er wäre der gut aussehende Oberon für Titania gewesen.

Kishan berührte mein Gesicht. »Die Traurigkeit ist zurück. Es bricht mir das Herz, Kells.« Er beugte sich vor und hauchte mir einen zarten Kuss auf die Wange. »Erweist du mir die Ehre, mich zum Abendessen zu begleiten, *apsaras Rajkumari*?«

Ich versuchte, mich zusammenzureißen, und lächelte gequält. »Ja, wenn du mir verrätst, wie du mich gerade genannt hast.«

Seine goldenen Augen funkelten. »Ich habe dich ›Prinzessin‹ genannt, ›Elfenprinzessin‹, um genau zu sein.«

Ich lachte. »Und was wärst dann du?«

»Ich bin natürlich der gut aussehende Prinz.« Er verschränkte seine Finger mit meinen und führte mich zu meinem Platz. Faunus ließ sich auf dem Stuhl uns gegenüber nieder, direkt neben einer reizenden Sylphe.

»Darf ich euch unsere Herrscherin vorstellen?«

»Natürlich«, sagte ich und verneigte mich in ihre Richtung.

»Kelsey und Kishan, das ist Dryope, Königin der Sylphen.«

Sie nickte anmutig und lächelte, dann verkündete sie: »Das Festessen möge beginnen!«

Ich wusste nicht, womit ich anfangen sollte. Schalen mit köstlich duftenden Keksen und Honigkuchen wurden neben saftigen Zitronentörtchen herbeigebracht. Es folgten Servierplatten mit in süßem Sirup eingelegten Früchten, kleinen Quiches und Zimtcrêpe. Ich nahm mir etwas Löwenzahnsalat mit getrockneten Früchten und Limettendressing sowie eine mit Äpfeln, Zwiebeln und gebackenem Stiltonkäse verfeinerte Champignon-Galette. Weitere Köstlichkeiten wie karamelisierter Pflaumenpudding, Blaubeerscones, Kürbiskuchen mit Sahne, Cremeröllchen und Obstsalat mit gehackten Mandeln wurden zur Tafel getragen.

Wir tranken honiggesüßte Säfte und Wassermelonenschorle mit einem Spritzer Wein. Kishan bot mir einen fruchtigen Aperitif aus Himbeeren und frischer Sahne an, der in winzigen Nussschalen serviert wurde. Jede Speise wurde in kleinen Portionen gereicht, abgesehen von der Krönung des Abends – einer riesigen Erdbeertorte. Roter Zuckerguss lief an den Seiten des weißen Kuchens herab, der mit süßen roten Beeren und cremig geschlagener Vanillesoße gefüllt war.

Als das opulente Abendessen beendet war, lehnte ich mich zu Kishan und sagte: »Ich wusste gar nicht, dass Vegetarier so gut essen.«

Er lachte und nahm sich ein weiteres Stück von der Torte.

Ich tupfte mir die Lippen mit der Serviette ab. »Faunus, darf ich dir eine Frage stellen?«

Er nickte.

»Wir haben die Arche gefunden. Weißt du etwas über Noah und die Tiere hier?«

»Oh! Du meinst das Boot? Ja, wir haben gesehen, wie es in den Bergen gestrandet ist und alle möglichen Tiere herauskamen. Viele von ihnen haben unser Reich verlassen und sind in eure Welt geschlüpft, einschließlich der Menschen, die an Bord waren. Einige der Tiere wollten bleiben. Andere haben Generationen in eurer Welt verbracht und sind dann zu uns zurückgekehrt. Wir waren einverstanden, dass sie alle bleiben durften, solange sie die Gesetze unseres Landes befolgten – kein Geschöpf darf einem anderen Leid zufügen.«

»Das ist … erstaunlich.«

»Ja, es ist wunderbar, dass so viele Tiere zu uns zurückgekommen sind. Sie finden hier ihren Frieden.«

»Wie auch wir. Faunus … Wir sind hier, weil wir auf der Suche nach dem Omphalos-Stein sind, auch Nabelstein genannt. Hast du von ihm gehört?«

Alle Sylphen schüttelten die Köpfe, während Faunus antwortete: »Nein. Es tut mir leid, aber wir wissen nichts von einem solchen Stein.«

»Was ist mit einem gewaltigen Baum, der mehrere Hundert Meter hoch ist?«

Er dachte einen Augenblick nach und schüttelte dann bedächtig den Kopf. »Nein. Wenn es einen solchen Baum oder Stein geben sollte, befindet er sich außerhalb der Grenzen unseres Reiches.«

»Du meinst draußen in unserer Welt?«

»Nicht notwendigerweise. Es gibt andere Teile in *dieser* Welt, über die wir keine Kontrolle haben. Solange ihr auf unserem Land, unter unseren Bäumen wandelt, seid ihr in Sicherheit, aber sobald ihr uns verlasst, können wir euch nicht länger beschützen.«

»Ich verstehe.« Enttäuscht sank ich auf meinem Stuhl zurück.

Sein Gesicht hellte sich auf. »Allerdings könntet ihr die Antwort auf eure Frage finden, wenn ihr im Traumhain schlaft. Es ist ein heiliger Ort. Wenn wir ein Problem haben oder einen Rat benötigen, schlafen wir dort und träumen von der Zukunft oder erkennen, dass die Frage gar nicht so wichtig war.«

»Dürften wir das ausprobieren?«

»Natürlich! Wir bringen euch hin.«

Eine Gruppe aufgeregter Sylphen begann am anderen Ende der Tafel zu tuscheln.

»Welch bedeutsamer Zufall, dass ihr genau am heutigen Tag aufgetaucht seid! Einer der Bäume spaltet sich!«, erklärte Faunus. »Kommt und seht, Kelsey und Kishan. Kommt und seht der Geburt einer Baumnymphe zu.«

Kishan hielt meine Hand, während Faunus uns um eine der Hütten zu dem Baum dahinter führte. Das gesamte Dorf wartete bereits leise summend am Fuß des Baums.

Faunus flüsterte: »Diese Bäume waren schon hier, lange bevor Noah und sein Boot mit all den Tieren gelandet sind. Sie haben unzählige Generationen von Sylphen zur Welt gebracht. Jede Hütte, die ihr hier seht, steht vor einem Familienbaum. Das bedeutet, dass alle, die in der Hütte wohnen, von dem Mutterbaum dahinter geboren wurden. Bald ist es soweit. Schaut hoch. Seht ihr, wie die anderen Bäume ihre Unterstützung anbieten?«

Ich blickte zu dem grünen Blätterdach über uns, und es machte tatsächlich den Eindruck, als würden die anderen Äste die belaubten Finger des Baums drücken, der sich leicht krümmte. Ein hölzernes Stöhnen und Seufzen war zu hören, und jedes einzelne seiner Blätter bebte.

Die Baumnymphen schienen sich auf eine große, knorrige Vertiefung in der Nähe des untersten Asts zu konzentrieren, die sich ausbeulte. Der Baum erzitterte, als sich der lange Ast bog. Nachdem wir mehrere Minuten dem Rumoren des Baums gelauscht und verblüfft zugesehen hatten, wie sich der Stamm wölbte und wieder zusammenzog, so langsam, ich hätte es niemals bemerkt, hätte ich nicht so angestrengt aufgepasst, brach der unterste Ast mit einem schrecklichen Knacken von dem riesigen Baum ab.

Ein feierliches Schweigen befiel die versammelte Gesellschaft. Der Ast hing lose herab, berührte den Boden neben uns, wurde jetzt allein von der Rinde gehalten. An der Stelle, wo der Ast mit dem Baum verbunden gewesen war, lugte ein kleiner silberner Kopf heraus.

Eine Gruppe Sylphen trat vor und sprach mit sanften, gurrenden Stimmen auf das kleine Wesen im Baum ein. Sie hoben es zärtlich hoch und wickelten es in eine Decke. Eine von ihnen hob das kleine Baby hoch und verkündete: »Es ist ein Junge!« Sie verschwanden unter allgemeinem Klatschen und Jubeln in ihrer Hütte. Ein paar der umstehenden Sylphen entfernten behutsam den zitternden Ast vom Baum und schmierten eine cremige Salbe über die ovale Stelle am Stamm, wo eben noch der Ast gewesen war.

Die Sylphen begannen, um den Baum zu tanzen, und winzige Feen flogen hinauf in die Krone und erleuchteten die Zweige und Äste mit ihren flatternden Flügeln. Es war schon spät, als sich die Feierlichkeiten ihrem Ende zuneigten.

Faunus begleitete uns zum Traumhain. Ich fragte ihn: »Jetzt wissen wir, wo die Sylphen herkommen, aber was ist mit den Feen? Werden die ebenfalls von den Bäumen geboren?«

Er lachte. »Nein. Feen werden von Rosen geboren. Wenn deren Blüte verwelkt, pflanzen wir sie ein. Eine Knospe bricht hervor, und wenn die Zeit reif ist, wird eine Fee in der Farbe der Blüte geboren.«

»Lebt ihr ewig?«

»Nein. Wir sind nicht unsterblich, aber uns ist ein langes Leben vergönnt. Wenn eine Sylphe stirbt, wird ihr Leichnam in den Wurzeln des Mutterbaums begraben, und ihre Erinnerungen verschmelzen mit denen der zukünftigen Generationen. Feen sterben nur, wenn ihr Rosenstock eingeht, weshalb sie sehr lange leben können, allerdings sind sie nur abends wach. Bei Sonnenaufgang suchen sie sich eine Blume, auf der sie sich als Morgentau ausruhen können. Am Abend werden sie wieder zu Feen. So, hier sind wir, beim Traumhain.«

Er hatte uns zu einer abgeschirmten Stelle geführt, die wie eine märchenhafte Hochzeitssuite aussah. Von hohen Bäumen rankten sich Kletterpflanzen herab, die ein Bett aus Blättern trugen, Körbe voller köstlich duftender Blumen umgaben den Hain. Hauchzarte Kissen und Bettdecken waren mit sich kräuselnden Reben und Blättern verziert. Eine Gruppe Feen, die uns gefolgt waren, nahm ihre Plätze in den Laternen ein.

»Die vier großen Bäume, die die Laube umspannen, stehen je für eine Himmelsrichtung – Norden, Süden, Osten und Westen. Die besten Träume werden einem beschert, wenn der Kopf nach Westen liegt, sodass man mit der Sonne im Osten erwacht. Viel Glück und süße Träume.« Er lächelte und war im nächsten Moment verschwunden.

Nervös trat ich von einem Bein aufs andere. »Äh, das ist jetzt ein bisschen komisch.«

Kishan starrte finster zu dem Bett, als handelte es sich um einen Erzfeind. Er wandte sich zu mir um und verbeugte sich galant. »Keine Sorge, Kelsey. Ich schlafe auf dem Boden.«

»Okay. Aber, äh, was ist, wenn du derjenige bist mit dem Traum?«

»Denkst du, es spielt eine Rolle, ob ich im Bett bin oder nicht?«

»Keine Ahnung, aber nur für alle Fälle solltest du lieber auch dort schlafen.«

Er versteifte sich. »Schön. Aber wir schlafen Rücken an Rücken.«

»Abgemacht.«

Ich kletterte zuerst hinein und sank in die sanften Kissen und Decken. Das Bett schwang vor und zurück wie eine

Hängematte. Kishan murmelte leise in sich hinein, während er den Rucksack verstaute. Ab und an konnte ich Wortfetzen ausmachen. Etwas von *Feenprinzessin* und *wie kann sie nur erwarten, dass ich hier schlafe* und *Ren sollte das zu schätzen wissen*. Mühsam unterdrückte ich ein Lachen und rollte mich auf meine Seite. Er breitete die federleichte Decke über mir aus, und das Bett schaukelte, als er sich neben mich legte.

Eine sanfte Brise wirbelte meine Haare auf, und ich hörte Kishan zischen: »Lass deine Haare auf deiner Seite, Kells. Das kitzelt.«

Ich lachte. »Tut mir leid.« Ich strich mir das Haar über die Schulter. Er murrte noch ein wenig, etwas wie *mehr als ein Mann ertragen kann*, und drehte sich dann weg. Wenig später war ich eingeschlafen und träumte lebhaft von Ren.

In einem Traum kannte er mich nicht mehr und wandte sich kühl von mir ab. In einem anderen lachte er und war glücklich. Wir waren wieder zusammen und er zog mich fest an sich und flüsterte mir ins Ohr, dass er mich liebte. Ich träumte von einem langen Seil, das in Flammen stand, und einer schwarzen Perlenkette. Wiederum in einem anderen Traum schwamm ich neben Ren unter Wasser, begleitet von einem Schwarm bunter Fische.

Obwohl die Träume sehr klar und deutlich waren, gab es in ihnen keinen Hinweis auf den Omphalos-Stein. Ich erwachte bitter enttäuscht und stellte fest, dass Kishan und ich Nase an Nase lagen. Sein Arm war um mich geschlungen, seine Kopf ruhte auf meinen Haaren, sodass ich nicht aufstehen konnte.

Ich schob ihn weg. »Kishan. Kishan! Wach auf!«

Im Halbschlaf zog er mich näher an sich. »Schsch, schlaf wieder ein. Es ist noch nicht Morgen.«

»Doch, es *ist* Morgen.« Ich bohrte ihm den Finger in die Rippen. »Zeit zum Aufwachen. Komm schon!«

»Okay, Süße, aber wie wäre es zuerst mit einem Kuss? Ein Mann braucht einen Anreiz um aufzustehen.«

»Diese Art von Anreiz hält einen Mann *im* Bett. Ich werde dich nicht küssen. Und jetzt beweg deinen Hintern.«

Erschrocken wachte er auf. Er stöhnte verwirrt und rieb sich die Augen. »Kelsey?«

»Ja, Kelsey. Von wem hast du denn geträumt? Durga?«

Er erstarrte und blinzelte mehrmals. »Das geht dich gar nichts an. Und nur zu deiner Information, ich habe vom Omphalos-Stein geträumt.«

»Wirklich? Wo ist er?«

»Das kann ich nur schlecht beschreiben. Ich muss es dir zeigen.«

»Okay.« Ich hüpfte aus dem Bett und strich mein Kleid glatt.

Kishan beobachtete mich und meinte: »Du bist heute Morgen sogar noch hübscher als gestern Abend.«

Ich lachte. »Ja, klar. Ich frage mich nur, warum du vom Omphalos-Stein geträumt hast und ich nicht.«

»Vielleicht bist du gestern mit anderen Fragen im Kopf eingeschlafen.«

Mir klappte die Kinnlade herunter. Er hatte recht. Ich hatte vor dem Einschlafen keinen Moment an den Stein gedacht. Meine Gedanken waren ausschließlich um Ren gekreist.

Er betrachtete mich neugierig. »Und wovon hast *du* geträumt, Kells?«

»Das geht dich auch nichts an.«

Er verengte die Augen zu Schlitzen und funkelte mich wütend an. »Vergiss es. Ich denke, das kann ich mir noch selbst zusammenreimen.« Kishan stand auf, strich sich das

Haar aus der Stirn und stürmte los in Richtung des Dorfes der Sylphen. Ich hatte Mühe, ihm zu folgen. Aber schon nach wenigen Minuten blieb er stehen, machte kehrt und rannte zurück zum Traumhain. »Bin gleich zurück. Ich habe etwas vergessen«, rief er über die Schulter.

Als er zurückkehrte, grinste Kishan von einem Ohr zum anderen, doch egal wie hartnäckig ich ihn mit Fragen bombardierte, wollte er mir nicht verraten, warum er auf einmal so glücklich war.

19
Schlechtes

Wir frühstückten gemeinsam mit den Sylphen und wurden mit neuer Kleidung beschenkt. Uns wurden hauchzarte Hemden, Khakihosen und mit Plüsch überzogene Stiefel überreicht. Ich fragte, ob sie aus echtem Leder wären, und die friedliebenden Geschöpfe wussten nicht, wovon ich redete. Als ich es ihnen erklärte, waren sie entsetzt und wiederholten, dass bei den Sylphen keinem Tier ein Leid zugefügt würde. Die Feen hätten all die Kleidung gewebt, und nirgendwo auf der Erde gäbe es ein weicheres oder schöneres Material.

Ich stimmte ihnen zu. Außerdem war es bei den Sylphen Brauch, dass feengefertigte Kleidung am Abend an einen Ast gehängt wurde und Feen diese säuberten und Löcher stopften, während man schlief. Wir dankten ihnen für ihre Gaben und ließen uns die Mahlzeit schmecken. Kurz darauf erschien Faunus mit einem kleinen Säugling im Arm und sagte zu mir: »Bevor du uns verlässt, möchten wir dich um einen Gefallen bitten. Die Familie des Neugeborenen lässt fragen, ob du dem Kind einen Namen geben könntest?«

»Ist das dein Ernst?«, stotterte ich. »Was, wenn ich ihm einen Namen gebe, der ihnen nicht gefällt?«

»Sie wären mit jedem Namen, den du aussuchst, zufrieden.«

Bevor ich noch weitere Bedenken hervorbringen konnte, reichte er mir den Säugling. Ein kleines Paar grüner Augen blickte aus der weichen Decke zu mir empor. Er war wunderschön. Ich wiegte ihn sanft im Arm und gurrte besänftigend. Mit der Fingerspitze berührte ich seine Nase und sein flaumiges silbernes Haar. Das winzige Baby, das viel agiler als ein menschliches Neugeborenes war, streckte eine Hand nach mir aus, umfasste eine Haarsträhne und zog daran.

Kishan löste vorsichtig den Griff des Babys. Dann strich er mir das Haar über die Schulter und streichelte die Hand des Babys, das nun seinen Finger umklammerte.

Kishan lachte. »Ein starkes Kerlchen.«

»Das kann man wohl sagen.« Ich blickte zu Kishan hoch. »Ich würde ihn gerne nach eurem Großvater Tarak nennen, wenn das in Ordnung ist.«

Kishans goldene Augen funkelten. »Ich denke, das hätte ihm gefallen.«

Als ich Faunus erklärte, dass ich das Baby Tarak nennen wollte, jubelten die Sylphen. Tarak gähnte verschlafen, unbeeindruckt von seiner Namensgebung, und steckte sich den Daumen in den Mund.

Kishan legte mir den Arm um die Schulter und flüsterte: »Du wirst mal eine gute Mutter sein, Kelsey.«

»Im Moment bin ich mehr eine Tante. Hier. Du bist an der Reihe.«

Kishan legte sich das kleine Geschöpf in die Armbeuge und sprach leise in seiner Muttersprache mit ihm. Ich verschwand, um mich umzuziehen und mir die Haare zu flechten. Als ich zurückkam, wiegte Kishan das schlafende Baby und starrte nachdenklich in sein kleines Gesichtchen.

»Sollen wir los?«

Er warf mir einen zärtlichen Blick zu. »Sicher. Ich werde mich auch nur schnell umziehen.«

Rasch gab er das Baby seiner Familie zurück. Bevor er fortging, strich er lächelnd mit dem Finger über meine Wange. Seine Berührung war zögerlich und sanft.

Nachdem er sich umgezogen hatte, verabschiedeten wir uns und schulterten unser Gepäck, in dem nun mein hauchzartes Kleid, mehrere Honigküchlein und eine Flasche Blumennektar lagen, und machten uns auf den Weg nach Osten.

Kishan schien genau zu wissen, wohin wir gehen mussten, weshalb er die Führung übernahm. Ich ertappte ihn häufig dabei, wie er mich mit einem sonderbaren Lächeln im Gesicht musterte. Nach einer Stunde fragte ich: »Was ist heute nur los mit dir? Du verhältst dich so eigenartig.«

»Wirklich?«

»Ja. Willst du mir vielleicht etwas sagen?«

Er zögerte einen langen Moment und seufzte dann. »In einem meiner Träume kamst du vor. Du hast im Bett gesessen, erschöpft, aber glücklich und wunderschön. Du hast ein dunkelhaariges Baby im Arm gehalten. Du hast ihn Anik genannt. Es war dein Sohn.«

»Oh.« *Das erklärt, warum er sich mir gegenüber so merkwürdig benimmt.* »War da ... noch jemand bei mir?«

»Ja, aber ich konnte nicht sehen, wer es war.«

»Ich verstehe.«

»Er war *uns* wie aus dem Gesicht geschnitten, Kelsey. Ich meine ..., er ist entweder Rens Sohn oder ... *meiner*.«

Was? Habe ich mich verhört, oder hat er das wirklich gesagt? Vor meinem geistigen Auge stellte ich mir ein kleines Baby mit Rens leuchtend blauen Augen vor. Im nächsten Moment veränderten die Augen ihre Farbe und wurden zu einem Gold, das der Wüste Arizonas glich. Nervös biss ich mir auf die Lippe. *Das ist nicht gut. Ist es möglich, dass*

Ren nicht überlebt? Dass ich irgendwann mit Kishan zusammenkomme? Ich wusste, dass Kishan Gefühle für mich hatte, aber ich konnte mir beim besten Willen keine Zukunft vorstellen, in der ich ihn anstelle von Ren wählen würde. Vielleicht hätte ich jedoch gar keine Wahlmöglichkeit. *Ich muss es wissen!*

»Und hast du ... äh ... die Augen des Babys gesehen?«

Er zögerte und sah mir eindringlich ins Gesicht, bevor er antwortete: »Nein. Seine Augen waren geschlossen. Er hat geschlafen.«

»Oh.« Ich ging weiter.

Er hielt mich auf und berührte meinen Arm. »Du hast mich einmal gefragt, ob ich nicht ein Heim und eine Familie möchte. Ich hätte nie gedacht, dass ich ohne Yesubai eine haben wollte, aber als ich dich in meinem Traum gesehen habe, mit dem kleinen Baby ... Ja. Ich will eine Familie. Ich will ihn. Ich will ... *dich*. Ich habe ihn gesehen und war ... glücklich und stolz. Ich will das Leben, das ich in meinem Traum gesehen habe, Kells, und zwar unbedingt. Ich dachte, das solltest du wissen.«

Ich nickte schweigend, während er mich musterte.

»Gibt es da etwas, das du geträumt hast und mir erzählen willst?«, fragte er.

Ich schüttelte den Kopf und spielte mit dem Saum meines Feenhemdes. »Nein.«

Er schnaubte und marschierte voraus.

Ein Baby? Ich hatte mir immer Kinder und eine Familie gewünscht, aber ich hätte nie gedacht, dass ich zwei Männer haben würde – und noch dazu Brüder –, die um meine Gunst buhlten. *Falls Ren aus irgendeinem Grund nicht überlebt ... Nein. Diesen Gedanken lasse ich nicht zu. Er wird überleben! Ich werde alles tun, um Lokesh zu finden. Und falls mich das in Gefahr bringt, dann soll es so sein.*

Wir wanderten den ganzen Nachmittag, legten immer wieder kleine Pausen ein. Ich war aufgewühlt von Kishans Geständnis. Ich wollte mich damit nicht beschäftigen, wollte ihn nicht verletzen. Es gab so viele unbeantwortete Fragen. Worte formten sich in meinem Kopf, aber ich brachte nicht den Mut auf, das Thema anzuschneiden. Das hier war schlimm!

Mein Herz schrie nach Ren, doch mein Verstand rief mir ins Gedächtnis, dass wir nicht immer das bekamen, was wir wollten. Ich wünschte mir auch meine Eltern zurück, und das war unmöglich. Meine Gedanken brodelten wie kochendes Wasser, verdampften aber sofort, sobald sie an die Oberfläche kamen.

Wir redeten nicht viel außer: »Pass auf den umgefallenen Stamm auf« oder »Vorsicht, da ist eine Pfütze«. Mit Kishan zusammen zu sein, fühlte sich auf einmal anders an, kompliziert und eigenartig. Er schien etwas von mir zu erwarten, das ich ihm nicht geben konnte.

Kishan führte uns zu einer Hügelkette und steuerte auf eine kleine Höhle am Fuß des Bergs zu. Als wir dort ankamen, spähte ich in das düstere Loch. »Na toll. Noch eine Höhle. Ich mag keine Höhlen. Meine bisherigen Erfahrungen in ihnen waren nicht besonders erbaulich.«

»Alles wird gut«, entgegnete er. »Vertrau mir, Kells.«

»Wie du meinst. Du gehst vor.«

Ein Summen war zu hören, das lauter wurde, je tiefer wir in die Höhle vordrangen. Es war dunkel. Ich holte meine Taschenlampe aus dem Rucksack und schwenkte sie herum. Dünne Lichtkegel brachen an manchen Stellen durch die Erde über uns, erleuchteten die Felsen und den Boden. Etwas berührte mein Gesicht. Bienen! Die Höhle war voller Bienen. Die Wände tropften schwer vor Honigwaben. Es war, als hätten wir einen riesigen Bienenstock betreten.

In der Mitte der Höhle, auf einem Sockel, befand sich ein Stein, der ebenfalls an einen Bienenstock erinnerte.

»Der Omphalos-Stein!«

Eine Biene krabbelte mir in den Hemdkragen und stach mich.

»Aua!« Ich schlug das Insekt mit der Hand fort.

»Schsch, Kells. Sei still. Wir müssen uns langsam bewegen und ruhig sein und das, weshalb wir gekommen sind, schnell über die Bühne bringen.«

»Ich kann's versuchen.«

Bienen schwirrten verärgert um uns herum. Es kostete mich große Überwindung, sie nicht zu verscheuchen. Mehrere waren auf meiner Kleidung gelandet, aber es schien, dass ihre Stachel den Feenstoff nicht durchbohren konnten. Ich wurde am Handgelenk gestochen, zog hastig die Hände in meine langen Ärmel und hielt sie von innen geschlossen. Vorsichtig schlich ich zu dem Stein und spähte hinein.

»Was soll ich tun?«, fragte ich.

»Benutz deine Kräfte.«

Kishan war mehrmals im Gesicht gestochen worden, eine Augenbraue war bereits geschwollen. Ich schüttelte die Hände aus den Ärmeln und zuckte zusammen, als eine Biene die Gelegenheit nutzte und meinen Arm hinaufkrabbelte. Ich legte beide Hände auf den Stein und lockte den Feuerball aus meinem Innersten. Eine glühende Hitze schoss durch meine Arme in den Stein, der erst gelb, dann orange und schließlich rot leuchtete. Ein Zischen kam aus dem Stein, dann roch es nach Gas. Ein rauchiger Nebel waberte aus der Öffnung und erfüllte die Höhle. Die Bienen wurden träge und klatschten dann wie fette Gummibärchen auf den Felsboden, wo sie benommen einschliefen.

»Ich denke, du musst den Rauch einatmen, Kells, wie bei dem Orakel, von dem uns Mr. Kadam erzählt hat.«

»Okay, dann mal los.«

Ich beugte mich vor und atmete tief ein. Auf einmal waren überall Sternschnuppen und knallige Farbexplosionen. Kishan sah wie in einem Zerrspiegel aus, sein Körper war verdreht und in die Länge gezogen. Dann wurde ich in eine mächtige Vision gezogen. Als ich erwachte, waren wir wieder im Dschungel, und Kishan betupfte meine Stiche mit einer klebrigen, grünen Masse. Zu sagen, dass von der Tinktur ein starker Geruch ausging, wäre eine gewaltige Untertreibung gewesen. Der widerliche Gestank durchdrang meine Haare, meine Kleidung und alles in unserer näheren Umgebung.

»Igitt! Das Zeug ist ekelhaft! Was ist das?«

Er hielt ein Glas hoch. »Die Sylphen haben es mir gegeben, als ich ihnen sagte, dass wir auf Bienen stoßen würden. Sie haben noch nie von Bienen gehört, die stechen, aber sie benutzen diese Salbe für die Bäume, wenn ein Ast vom Wind abgerissen wird. Sie glauben, es hat eine heilende Wirkung.«

»Wann hast du ihnen erzählt, dass wir zu einer Bienenhöhle wollen?«

»Als du dich umgezogen hast. Sie meinten, die Bienenhöhle befände sich außerhalb ihres Reichs.«

»Die Salbe riecht schrecklich.«

»Aber wie geht es deinen Stichen?«

»Hm ... besser. Die Salbe kühlt und lindert den Schmerz.«

»Dann wirst du den Gestank wohl oder übel ertragen müssen.«

»Ja, wahrscheinlich.«

»Hattest du Erfolg? Hast du den Baum gesehen?«

»Ja. Ich habe den Baum gesehen und die Vier Häuser und noch etwas.«

»Was denn?«

»Wie du schon vermutet hast, gibt es eine Schlange im Garten. Um genau zu sein, eine sehr große Schlange, die sich um den Fuß des Baums windet und allen Eindringlingen den Zutritt verwehrt.«

»Ist es ein Dämon?«

Ich dachte eine Weile nach. »Nein. Es ist bloß eine außergewöhnlich große Schlange mit einem Auftrag. Ich weiß, wie man dorthin kommt. Folge mir, und wir entscheiden auf dem Weg, was zu tun ist.«

»Okay. Aber dürfte ich dich um einen Gefallen bitten, bevor wir losgehen?« Er hielt mir die Salbe hin. Ich tauchte den Finger hinein und strich ihm die Creme sanft auf den Hals. Er zog sich das Hemd aus, damit ich die roten Stiche auf seiner Brust und am Rücken behandeln konnte. Hastig setzte ich mich hinter ihn, um mein schamrotes Gesicht zu verbergen. Obwohl ich den Blick so schnell wie möglich abwand, fiel mir sofort auf, wie weich und warm seine bronzefarbene Haut war.

Als ich wieder vor ihm saß, schob er sich das Haar aus dem Gesicht, damit ich ihm die Wangen und die Stirn mit dem grünen Schleim bestreichen konnte. Ein großer Stich leuchtete genau neben seiner Oberlippe. Ich berührte ihn leicht. »Tut das weh?« Mein Blick huschte von seinen Lippen zu seinen Augen. Er sah mich auf eine Art an, die mich erröten ließ.

»Ja«, sagte er leise.

Es war offensichtlich, dass er nicht den Stich meinte, weshalb ich nichts erwiderte. Ich spürte seinen warmen Blick auf meinem Gesicht, während ich mich hastig um seine Lippe und sein Kinn kümmerte. So schnell wie möglich trat ich beiseite und schraubte den Deckel wieder aufs Glas, wobei ich ihm den Rücken zudrehte, als er sich das Hemd anzog.

»Wir sollten uns beeilen!« Ich ging los, und kurz darauf hatte mich Kishan eingeholt und passte sich meinem Tempo an.

Wir wanderten eine oder zwei Stunden und schlugen bei Sonnenuntergang unser Lager auf. An diesem Abend bat mich Kishan um eine weitere Geschichte, und ich erzählte ihm einen der Mythen über Gilgamesch.

»Gilgamesch war ein sehr kluger Mann. So klug, dass er einen Weg fand, um heimlich ins Reich der Götter zu schleichen. Er verkleidete sich und gab vor, einen Botengang von größter Bedeutung zu erledigen. Durch sein geschicktes Fragen fand er das Versteck der Pflanze der Unsterblichkeit heraus.«

»Was ist die Pflanze der Unsterblichkeit?«

»Das weiß ich nicht genau. Es könnten Teeblätter gewesen sein oder etwas, das sie in ihren Salat oder das Essen gemischt haben. Vielleicht war es auch ein Gewürzkraut oder eine Droge wie Opium, doch der springende Punkt ist der, dass er sie gestohlen hat. Vier Tage und vier Nächte lief er ohne sich auszuruhen, um dem Zorn der Götter zu entgehen. Als die Götter herausfanden, dass jemand die Pflanze gestohlen hatte, waren sie schrecklich wütend und setzten eine Belohnung auf seinen Kopf aus. Am fünften Abend war Gilgamesch so müde, dass es sich hinlegen musste, wenn auch nur für ganz kurze Zeit.

Während er schlief, kam eine gewöhnliche Schlange auf ihrer allabendlichen Jagd vorbei. Sie glitt an der wohlriechenden Pflanze vorbei, die Gilgamesch in einem kleinen Beutel aus Kaninchenhaut verstaut hatte. In dem Glauben, sich ein Abendessen stibitzen zu können, verschlang sie den Beutel mit einem einzigen Bissen. Am nächsten Morgen war alles, was Gilgamesch vorfand, eine Schlangenhaut. Das war das erste Mal, dass sich eine Schlänge gehäutet hatte.

Seitdem wird behauptet, dass Schlangen ewig leben. Wenn sich eine Schlange häutet, stirbt sie und wird wiedergeboren.« Ich machte eine Pause. Kishan war still. »Bist du dieses Mal wach geblieben?«

»Ja. Die Geschichte hat mir gefallen. Schlaf gut, *Bilauta*.«

»Du auch.« Aber ich konnte lange nicht einschlafen. Verstörende Gedanken an ein Baby mit goldenen Augen hielten mich wach.

Es kostete uns zwei Tage, das zu finden, wonach ich suchte. Ich wusste, der Baum befand sich in einem großen Tal und dass wir ihn von einem Berg aus sehen könnten. Am ersten Tag erreichten wir die Hügelkette und verbrachten fast den ganzen zweiten Tag mit dem Aufstieg. Als wir den Gipfel erreichten, ließen wir den Blick schweifen.

Wir waren jedoch so weit oben, dass Wolken die Aussicht verdeckten. Als der Wind die Wolken verwehte, erkannten wir, dass ein dunkler Wald das Tal zu bedecken schien. Die Bäume streckten sich in den Himmel, waren ebenso hoch wie der Berg. In meiner Vision hatte ich aber nur einen einzigen Baum mit einem riesigen Stamm gesehen.

Obwohl es hier ganz anders als in meiner Vision aussah, stiegen wir ins Tal hinab. Auf dem Weg nach unten musste ich erschrocken feststellen, dass das, was wir sahen, überhaupt kein Wald war – sondern die Äste eines einzigen gigantischen Baums. Als ich Kishan meine Vermutung mitteilte, erinnerte er mich an Mr. Kadams Recherche. Ich fischte die Unterlagen aus dem Rucksack und las im Gehen:

»Der Weltenbaum hat Wurzeln, die bis zur Unterwelt reichen, und Blätter, die den Himmel berühren. Die Äste sollen viele Hundert Meter lang und der Baum selbst tausend Meter hoch sein … Ich nehme an, wir haben ihn gefunden.«

»Vermutlich«, erwiderte Kishan trocken.

Als wir endlich die grasbewachsene Talsenke erreicht hatten, folgten wir einem riesigen Ast bis zum Stamm. Da die Sonne das Blattwerk nicht durchdrang, war es darunter dunkel, kalt und still. Der Wind blies durch die großen Blätter, die wie steife Kleidung an einer Wäscheleine gegen die Äste klatschten. Unheimliche, sonderbare Geräusche hallten in der Finsternis wider, sodass es sich anfühlte, als würden wir durch einen verwunschenen Wald wandern.

Kishan schob sich näher und nahm meine Hand. Dankbar für seine Nähe versuchte ich, das Gefühl abzuschütteln, dass wir beobachtet wurden. Kishan hatte dasselbe Gefühl und meinte, dass uns merkwürdige Geschöpfe vom Baum aus mit ihren Blicken verfolgten. Ich musste lachen.

»Stell dir nur mal die Größe der Baumnymphen vor, die dieser Baum gebären würde.«

Eigentlich sollte es ein Witz sein, aber die Möglichkeit, dass es sich bewahrheiten könnte, ließ uns beide furchtsam nach oben schauen.

Erst Stunden später erreichten wir den Stamm. Er erstreckte sich wie eine hölzerne Wand, so weit das Auge reichte. Der unterste Ast befand sich in einer Höhe von etwa fünfzig Metern, also viel zu hoch, als dass wir ihn hätten erreichen können – zumal wir keine Kletterausrüstung bei uns hatten.

»Ich schlage vor«, sagte Kishan, »dass wir hier unser Lager aufschlagen und morgen früh den Stamm umrunden. Vielleicht finden wir einen niedrigeren Ast oder einen anderen Weg.«

»Hört sich gut an. Ich bin todmüde.«

Ich hörte lautes Flügelschlagen und bemerkte überrascht einen schwarzen Raben, der neben unserem Lager über den

Waldboden hüpfte. Er krächzte und flatterte heftig mit den Flügeln, als er wieder davonflog. Ich wurde das Gefühl nicht los, dass dies ein böses Omen war, entschied jedoch, Kishan meine Befürchtung nicht anzuvertrauen.

Als er mich in dieser Nacht um eine Geschichte bat, erzählte ich ihm eine aus einem Buch, das mir Mr. Kadam geliehen hatte. »Odin ist ein Gott der nordischen Mythologie. Er hat zwei Raben namens Hugin und Munin. Raben sind unverbesserliche Diebe, und diese beiden Tiere wurden von Odin hinaus in die Welt auf Beutezug geschickt.«

»Was haben sie gestohlen?«

»Nun, das ist der interessante Punkt bei der Geschichte. Hugin hat Gedanken und Munin Erinnerungen gestohlen. Odin sandte sie frühmorgens aus, und sie kehrten abends zu ihm zurück. Sie haben sich auf seine Schultern gesetzt, um ihm die Gedanken und Erinnerungen ins Ohr zu flüstern, die sie gestohlen hatten. Auf diese Weise wusste er immer, was geschehen war, und kannte die Gedanken und Absichten der anderen.«

»Das wäre praktisch während einer Schlacht«, meinte Kishan. »Dann würde man jeden Schachzug seines Gegners im Vorhinein kennen.«

»Ganz genau. Und das hat sich auch Odin zunutze gemacht. Aber eines Tages wurde Munin gefangen und Odin kurz darauf ermordet. Daraufhin haben die Menschen aufgehört, an Götter zu glauben. Die Legende um Odins Raben ist einer der Gründe, warum es ein böses Omen ist, wenn man einen Raben sieht.«

»Kells«, fragte Kishan, »hast du Angst, dass der Rabe dir deine Erinnerungen stehlen könnte?«

»Meine Erinnerungen sind im Moment mein wertvollster Besitz. Ich würde alles tun, um sie zu beschützen, aber nein, ich habe keine Angst vor dem Raben.«

»Lange Zeit hätte ich alles darum gegeben, wären meine Erinnerungen ausradiert worden. Ich habe geglaubt, um weiterleben zu können, müsste ich vergessen, was geschehen war.«

»Aber du willst doch Yesubai nicht vergessen, ebenso wenig wie ich Ren oder meine Eltern vergessen möchte. Erinnerungen können schmerzhaft sein, aber sie sind ein Teil von dem, was uns ausmacht.«

»Hm. Gute Nacht, Kelsey.«

»Gute Nacht, Kishan.«

Am nächsten Morgen, als wir unser Lager zusammenpackten, bemerkte ich, dass das Armband verschwunden war, das mir Ren geschenkt hatte. Kishan und ich suchten überall, konnten es aber nicht finden.

»Kells, die Kamera fehlt ebenfalls, genauso wie alle Honigkekse.«

»O nein! Was sonst noch?«

Erschrocken zeigte er auf meinen Hals.

»Was? Was ist los?«

»Das Amulett ist weg.«

»Wie konnte das geschehen? Wie kann es sein, dass ich im Schlaf nichts bemerkt habe, obwohl mir etwas direkt vom Körper geklaut wird?«, rief ich verzweifelt.

»Ich vermute, es war der Rabe.«

»Aber das ist nur ein Mythos!«

»Du hast selbst gesagt, dass Mythen häufig auf Wahrheiten oder Halbwahrheiten basieren. Vielleicht hat der Rabe die Sachen gestohlen. Ich hätte es mitbekommen, wäre es ein Mensch gewesen. Einen Vogel bemerke ich im Schlaf nicht.«

»Was sollen wir jetzt tun?«

»Das Einzige, was wir tun können: Weitermachen. Wir haben immer noch unsere Waffen und die Goldene Frucht.«

»Ja, aber das Amulett!«

»Alles wird gut, Kells. Wir sollen Vertrauen haben, erinnerst du dich? Das hat der ozeangleiche Lehrer gesagt.«

»Du kannst leicht reden. Dir hat man auch nicht das einzige Bild, das du von Yesubai hast, gestohlen.«

Er sah mich einen Augenblick schweigend an. »Das einzige Bild, das ich jemals von Yesubai hatte, ist das in meinem Kopf.«

»Ich weiß, aber ...«

Er legte mir einen Finger unters Kinn und stupste mein Gesicht hoch. »Du hast doch noch die Chance, den Mann zurückzubekommen. Mach dir nicht zu viele Gedanken um das Bild.«

»Du hast recht, du hast natürlich recht. Ich weiß. Dann mal los.«

Wir nahmen die linke Seite und marschierten in dieser Richtung um den Baumstamm. Der Stamm war so riesig, dass ich in der Ferne kaum eine Krümmung ausmachen konnte.

»Was geschieht, wenn wir auf die Schlange treffen, Kells?«

»Es ist keine boshafte Schlange. Sie bewacht lediglich den Baum. So hat es zumindest beim Omphalos-Stein gewirkt. Wenn die Schlange spürt, dass wir einen berechtigten Grund haben einzutreten, wird sie uns einlassen. Wenn nicht, wird sie uns aufhalten.«

»Hm.«

Eine oder zwei Stunden später strich ich beim Gehen mit den Fingerspitzen über die Rinde, da bewegte sich auf einmal der Baumstamm.

»Kishan! Hast du das gesehen?«

Er berührte den Stamm. »Nein.«

»Leg deine Hände auf die Rinde. Genau ... hier. Siehst du? Die Maserung verändert sich. Da! Leg deine Hand auf meine. Spürst du es jetzt?«

»Ja.«

Ein Stück des Baumstamms von etwa zwei Metern Breite begann sich zu bewegen. Ein weiteres Teil darüber drehte sich in die entgegengesetzte Richtung. Igendwoher kam mir das Muster bekannt vor, doch ich konnte mich nicht erinnern. Es war verwirrend, ähnlich wie oben auf dem Berg, als wir den riesigen Baum mit einem ganzen Wald verwechselt hatten. Wind blies uns entgegen, als stünden wir vor einem riesigen Blasebalg. Ein mächtiger Windstoß gefolgt von einer steifen Brise ließ das kurze Gras erzittern, und ein Schauder lief mir den Rücken herab.

Kishan sah auf und erstarrte. »Nicht bewegen, Kelsey.«

Die Luft wirbelte noch stärker, als würde der Blasebalg heftiger pumpen.

Ich zischte: »Was ist los, Kishan?«

Ein Rascheln ertönte hinter uns. Es klang, als würde jemand einen schweren Sack durchs Laub ziehen. Zweige knackten, Blätter knisterten, Äste stöhnten. Dann vernahm ich eine tiefe, zischende Stimme.

»Warum ssssseid ihr iiiin meinen Waaaald gekooooommen?«

Ich drehte mich langsam um und blickte in ein riesiges, starres, von einer durchsichtigen Schuppe bedecktes Auge.

»Bist du die Wächterin des Weltenbaums?«

»Jaaaa. Warum ssssseid ihr hiiier?«

Ich ließ den Blick noch höher gleiten. Jetzt wusste ich, was ich vorhin gesehen hatte. Die riesige Schlange war um den Baum gewunden, und die zwei Meter breiten Quadrate waren die Schuppen der Schlange. Ihr Kopf war so groß wie Rens Hummer, und es war unmöglich zu sagen, wie lang ihr Körper war. Kishan trat neben mich und nahm meine Hand. In der anderen hielt er lässig die *Chakram*.

»Wir sind hier, um den luftigen Lohn einzufordern, der in der Baumkrone versteckt ist«, erklärte ich.

»Warum sssollte ich euch durchlassssen? Warum braucht iiiihr dassss Göttliche Tuuuch?«

»Der luftige Lohn ist ein Tuch?«

»Jaaaa.«

»Huch. Nun, wir brauchen es, weil es uns helfen wird, den Fluch zu bannen, mit dem zwei Prinzen von Indien belegt wurden, und weil es auch helfen wird, die Bevölkerung ihres Landes zu retten.«

»Wer ssssind diesssseee Prinzzzzen?«

»Der eine ist Kishan hier. Sein Bruder Ren wurde verschleppt.«

Die riesige Schlange schnellte mehrmals die Zunge in Kishans Richtung, der ihre Prüfung tapfer über sich ergehen ließ. Ich wäre längst schreiend davongelaufen.

»Mir ssssagen diesssse Naaamen nichtsss. Ihr dürft nicht passssieren.«

Der riesige Kopf wandte sich langsam von uns ab, während der schwere Körper der Schlange über den Boden glitt. Eine ähnliche Bewegung spürte ich auf meinem Arm und rief: »Warte!«

Die Schlange drehte sich wieder zu mir um und senkte den Kopf, um mich besser mustern zu können. Fanindra streckte sich und schlängelte sich um meinen Nacken. Sie hob dem riesigen Auge den Kopf entgegen und ließ die Zunge herausschnellen.

»Wer isssst ssssie?«

»Sie heißt Fanindra. Sie gehört der Göttin Durga.«

»Duuuurga. Diesssse Göttin kenne ich. Diesssse Sssschlange gehört ihr?«

»Ja. Fanindra ist hier, um uns bei unserer Suche zu helfen. Die Göttin Durga hat uns geschickt und Waffen mitgegeben.«

»Iiiich versssstehe.«

Die Wächterin betrachtete Fanindra eine Weile, als würde sie über unser Schicksal nachgrübeln. Die Schlangen kommunizierten lautlos miteinander.

»Ihr dürft eintrrreten. Ich sssspüre, dassss eure Absssicht nicht bössse issst. Vielleicht habt iiihr Erfolg. Vielleicht issst dasss euer Schiksssal. Wer weissss? Ihr müssst vier Häusssser durchqueren. Dasss Hausss der Vögel. Das Hausss der Kürbissse. Das Hausss der Sssssirenen. Und das Hausss der Fledermäusssse. Sssseid auf der Hut. Um zzzzzu obsssiegen, müssst ihr die bessste Wahl treffen.«

Kishan und ich verneigten uns. »Vielen Dank, Wächterin.«

»Herzzzzlichen Glückwunssssssch.«

Die große Schlange schwenkte ihren schweren Körper, und in dem mächtigen Baum rumorte es. Der Schwanz, der um den Stamm gewickelt war, glitt beiseite und offenbarte eine Geheimtür ins Innere des Weltenbaums und eine versteckte Wendeltreppe. Fanindra wand sich wieder um meinen Oberarm und erstarrte.

Kishan zog mich in den Korridor. Mir blieb gerade einmal genügend Zeit um zu bemerken, dass der Boden mit Sägemehl bedeckt war, als sich die riesige Schlange erneut bewegte. Ihre Körper schob sich über den Eingang und schloss uns in den schwarzen Wurzeln des gigantischen Weltenbaums ein.

20
Die Prüfung der Vier Häuser

Fanindras smaragdgrüne Augen begannen zu glühen und spendeten genügend Licht, damit Kishan unsere Taschenlampen aus dem Rucksack fischen konnte. Zwei Meter vor uns befand sich ein weiterer Baumstamm, der so fest und massiv aussah wie der draußen – ein Baumstamm in einem Baumstamm. Zwischen den beiden Stämmen spannte sich eine Wendeltreppe in die Höhe. Kishan nahm meine Hand. Die Stufen waren breit genug, dass wir nebeneinander hergehen konnten, und tief genug, dass wir uns darauf hätten ausruhen können.

Ganz langsam stiegen wir die Wendeltreppe empor und legten häufig Pausen ein. Es war schwer zu sagen, wie weit wir gekommen waren. Nach mehreren Stunden stießen wir auf eine eigentümliche Tür. Sie war gelb-orange und uneben. Anstelle eines Knaufs gab es einen dicken hölzernen Ast. Ich spannte meinen Bogen, Kishan hielt seine *Chakram* kampfbereit. Er trat einen Schritt zur Seite, legte die Hand auf den Griff und stieß die Tür nach innen auf, während ich den Fuß in den Spalt schob und nach Angreifern Ausschau hielt. Niemand war zu sehen.

Das Zimmer war von unzähligen Regalen gesäumt, die

in den Baum geschnitzt waren. Hunderte von Kürbissen in allen Formen und Größen bedeckten die Regale und den Boden. Einige waren ganz, andere ausgehöhlt. Viele hatten wunderschöne, kunstvoll gearbeitete Muster, ausgefallener als alles, was ich je zu Halloween gesehen hatte, und wurden von innen mit flackernden Kerzen erleuchtet.

Wir schritten ein Regal nach dem anderen ab, bewunderten die Kunstwerke. Ein paar waren bemalt und eingeölt, sodass sie wie Edelsteine funkelten. Kishan streckte den Arm nach einem aus.

»Nichts anfassen! Das ist eine Prüfung. Wir müssen herausfinden, was zu tun ist. Warte noch einen Moment, während ich Mr. Kadams Notizen überfliege.«

Mr. Kadam hatte uns drei Seiten mit Informationen über Kürbisse mitgegeben. Kishan und ich setzten uns auf den polierten Holzboden und lasen alles durch.

»Hier steht nur lauter Zeug darüber, wo die jeweiligen Kürbisarten herstammen und wann Seeleute Samen gesammelt haben, um sie in ihrer Heimat zu pflanzen«, sagte ich. »Es gibt einen Mythos über Kürbisschiffe. Das kann es wohl auch nicht sein.«

Kishan lachte. »Wie wäre es mit dem hier? Über Kürbisse und Fruchtbarkeit? Willst du es ausprobieren, Kells? Ich würde mich auch als Versuchsobjekt opfern, falls es sein muss.«

Ich überflog den Mythos und funkelte ihn finster an. »Ha! Träum weiter. Das kannst du vergessen.« Kishan lachte laut, und ich nahm die nächste Seite zur Hand. »Hier heißt es, man muss einen Kürbis ins Wasser werfen, um ein Seeungeheuer oder eine Meeresschlange heraufzubeschwören. Huch, die brauchen wir wahrscheinlich auch nicht.«

»Was ist mit dieser chinesischen Sage? Ein Junge, der mündig wird, muss einen Kürbis wählen, der daraufhin sein

Leben lenkt. Einige sind gefährlich, andere nicht. In einem steckt sogar der Quell der ewigen Jugend. Vielleicht haben wir Glück. Vielleicht müssen wir nur einfach einen aussuchen.«

»Damit könntest du recht haben. Aber woher wissen wir, welchen wir nehmen sollen?«

»Keine Ahnung. Wahrscheinlich müssen wir es ausprobieren. Ich fange an. Ziel auf alles, was dort herauskommt.«

Kishan wählte einen schlichten, glockenförmigen Kürbis. Nichts geschah. Er schüttelte ihn, warf ihn in die Luft und gegen die Wand ... immer noch nichts.

»Ich werde versuchen, ihn zu zerbrechen.« Kishan schmetterte ihn auf den Boden, und eine Birne rollte heraus. Er schnappte sich die Frucht und biss hastig hinein, bevor ich ihn warnen konnte. Als er sich endlich zu mir umdrehte, war die Birne fast verschwunden. Er verwarf meine Warnung und sagte, die Frucht habe gut geschmeckt. Der aufgeplatzte Kürbis löste sich auf und versickerte im Boden.

»Okay, jetzt bin ich an der Reihe.« Ich nahm einen runden Kürbis mit Blumenmuster, hob ihn über den Kopf und knallte ihn auf den Boden. Eine zischende schwarze Schlange tauchte aus den zerbrochenen Teilen auf. Angriffslustig rollte sie sich zusammen und spuckte in meine Richtung. Noch bevor ich mich bewegen konnte, hörte ich ein metallisches Surren. Kishans *Chakram* sank vor meinen Füßen ins Holz und trennte den Kopf der Schlange ab. Der Körper des Tiers und der zertrümmerte Kürbis verschmolzen mit dem Boden.

»Du bist dran. Vielleicht ist es besser, sich an die schlichten Kürbisse zu halten.«

Er suchte sich einen flaschenförmigen Kürbis aus, der etwas hervorbrachte, das an Milch erinnerte. Ich mahnte

Kishan zur Vorsicht, weil das Getränk womöglich nicht das war, wonach es aussah. Er gab mir recht, aber es stellte sich heraus, dass sich der nächste Kürbis nicht zerbrechen ließ, bevor wir es nicht tranken. Hastig kippte Kishan die Milch in einem Zug hinunter, und wir machten weiter.

Ich wählte einen riesigen weißen Kürbis und bekam Mondlicht.

Ein kleiner Kürbis mit Warzen brachte Sand hervor.

Ein großer, dünner Kürbis machte wunderschöne Musik.

Ein dicker grauer Kürbis von der Form eines Delfins spritzte eine Ladung Meerwasser über Kishans Bein.

Meine nächste Wahl fiel auf einen löffelförmigen Kürbis. Als er zerplatzte, stieg schwarzer Nebel auf und suchte mich. Erschrocken sprang ich beiseite, aber er folgte mir und versuchte, in meinen Mund und meine Nase einzudringen. Es gab nichts, was Kishan tun konnte. Ich atmete also den Nebel ein und musste husten. Mit einem Mal war meine Sicht verschwommen. Mir war schwindlig, und ich taumelte. Kishan fing mich auf.

»Kelsey! Du bist ganz blass! Wie geht es dir?«

»Nicht gut. Ich denke, das dort war eine Krankheit.«

»Hier. Leg dich hin und ruh dich aus. Vielleicht finde ich ein Heilmittel.«

In fieberhafter Hast knallte er Kürbisse auf den Boden. Ich zitterte und begann zu schwitzen. Ein Skorpion kam aus dem nächsten, und Kishan zertrampelte ihn mit dem Stiefel. Er fand einen Kürbis mit Wind, einen mit einem Fisch und einen, der einen kleinen Stern in sich trug, der so hell leuchtete, dass wir die Augen schließen mussten, bis das Licht verglüht war und der Stern im Boden versank.

Jedes Mal, wenn er eine Flüssigkeit fand, stürzte er zu mir und flößte sie mir ein. Ich trank Fruchtsaft, Wasser und bittere dunkle Schokolade. Ich weigerte mich, etwas zu trinken, das nach Wundbenzin roch, aber ich rieb es mir auf die Haut, damit sich der Kürbis auflöste.

Die nächsten drei enthielten Wolken, eine riesige Tarantel, die Kishan mit dem Fuß in die Zimmerecke kickte, und einen Rubin, den er sich in die Hosentasche steckte. In diesem Moment verlor ich völlig mein Augenlicht, und Kishans Verzweiflung nahm ungeahnte Ausmaße an. Der nächste Kürbis, den er aussuchte, brachte eine Art Pille hervor. Wir diskutierten, ob ich sie schlucken sollte oder nicht. Mir war schrecklich übel und ich fühlte mich schwach und fiebrig und schwitzte stark. Das Atmen fiel mir schwer, mein Herz raste. Ich geriet in Panik und war überzeugt, mein letztes Stündchen hätte geschlagen, würden wir nicht bald ein Gegenmittel finden. Ich kaute die Pille. Sie schmeckte wie eine Vitamintablette, änderte jedoch nichts an meinem Zustand.

Zwei weitere Kürbisse enthielten Käse und einen Ring. Kishan aß den Käse und steckte sich den Ring an den Finger. In der nächsten war eine weiße Flüssigkeit. Kishan war nervös. Es konnte sich um Gift handeln, das mich auf der Stelle tötete, ebenso gut wie um das Gegenmittel oder das Elixier der ewigen Jugend.

Ich winkte ihn zu mir. »Ich trinke es. Hilf mir.«

Er hob meinen Kopf und hielt den Kürbis schräg, damit sein Inhalt zwischen meine trockenen, aufgesprungenen Lippen rann. Die Flüssigkeit sickerte meine Kehle herab, als ich erschöpft schluckte. Mit einem Schlag spürte ich, wie meine Kraft zurückkehrte.

»Mehr.«

Er hielt den Kürbis fest umklammert, während ich trank. Die Flüssigkeit schmeckte köstlich und versorgte mich mit genügend Lebensenergie, dass ich den Kürbis selbst halten konnte. Beide Händen um den schüsselförmigen Kürbis, stürzte ich den Rest der Flüssigkeit mit zwei großen Schlucken hinunter. Ich fühlte mich kräftiger als vor dem Betreten des Zimmers.

»Du siehst viel besser aus, Kells. Wie geht es dir?«

Ich stand auf. »Ich fühle mich toll! Stark. Als wäre ich unverwundbar.«

Angespannt stieß er den Atem aus. »Gut.«

Mein Augenlicht war zurückgekehrt, und ich blickte mich im Zimmer um. Ich sah sogar noch schärfer als vorher. »Hey. Was ist das?«

Ich schob ein paar Kürbisse beiseite und packte eine große, runde Frucht an ihrem langen, dicken Stiel. »Da ist ein Tiger eingeritzt. Versuch den mal, Kishan.«

Er nahm ihn entgegen und knallte ihn auf den Boden. Im Innern befand sich ein gefaltetes Blatt Papier.

»Das ist ja wie ein Glückskeks! Was steht drauf?«

»Da steht – *Das versteckte Gefäß zeigt den Weg.*«

»Das *versteckte* Gefäß? Vielleicht ist damit ein versteckter Kürbis gemeint.«

»Ziemlich clever, einen Kürbis in einem Raum voller Kürbisse zu verstecken.«

»Hm. Lass uns nach Kürbissen suchen, die irgendwie sonderbar aussehen oder ganz hinten im Zimmer oder in den Ecken versteckt sind.«

Wir sammelten mehrere kleinere Kürbisse auf. Kishan hatte vielleicht zehn gefunden, ich vier. Er zerstörte seine Kürbisse zuerst, in der sich Reis, ein Schmetterling, eine Peperoni, Schnee, eine Feder, eine Lilie, etwas Baumwolle, eine Maus, noch eine Schlange, die wir unschädlich machten – sie konnte völlig ungefährlich sein, aber wir wollten auf Nummer sicher gehen – und ein Regenwurm befand.

Enttäuscht wandten wir uns meiner Auswahl zu. Im ersten steckte ein Faden, im zweiten das Geräusch von Trommeln, im dritten der Duft von Vanille, und der vierte, der wie ein kleiner Apfel geformt war, war leer. Wir warteten eine Minute und befürchteten schon, dass einer von uns wieder krank werden würde. Der zerbrochene Kürbis löste sich jedoch wie die anderen auf, und irgendetwas musste geschehen sein.

»Und jetzt? Hast du etwas gesehen?«

»Nein. Warte mal. Ich höre etwas.«

Nach einer weiteren Minute bohrte ich nach: »Und? Was ist es?«

»Irgendetwas ist anders im Zimmer, aber ich weiß nicht was. Warte. Die Luft! Sie bewegt sich. Spürst du das auch?«

»Nein.«

»Einen Augenblick.« Kishan kroch im Zimmer umher, untersuchte die Regale, Wände und Kürbisse. Er legte die Hand auf eine der Wände, lehnte sich dagegen und stieß Kürbisse um, die in alle Richtungen rollten.

»Hier kommt ein Luftzug durch. Ich denke, es ist eine Tür. Hilf mir, die Kürbisse wegzuräumen.«

Wir schoben die Kürbisse in die andere Ecke des Zimmers, bis nur noch leere Regalbretter zu sehen waren.

»Der hier lässt sich nicht bewegen. Er ist wie festgewachsen.«

Es war ein winziger Kürbis, der in der Wand verankert zu sein schien. Ich zog und zerrte, doch er bewegte sich keinen Zentimeter. Kishan ging einen Schritt zurück, um sich ein besseres Bild zu machen, und brach in Gelächter aus. Ich riss immer noch an dem kleinen Kürbis.

»Was ist los? Was gibt's da zu lachen?«

»Komm mal her, Kells.«

Ich ging aus dem Weg, und er legte die Hand auf den Kürbis.

»Ich weiß nicht, was du beweisen willst. Er lässt sich nicht bewegen«, sagte ich.

Kishan drehte den Kürbis. »Es ist ein Türknauf, Kelsey.« Er lachte und drückte einen Teil der Wand auf, der genau wie eine Tür geformt war. Auf der anderen Seite warteten wieder Stufen auf uns, die hinauf in den Baum führten.

Kishan streckte die Hand aus. »Sollen wir?«

Ich seufzte. »In Zukunft wird Kürbiskuchen eine ganz andere Bedeutung für mich haben.«

Kishans Lachen hallte dumpf im Innern des Baumstamms wider.

Nach ein paar Stunden blieb Kishan stehen. »Lass uns hier eine Pause einlegen und etwas essen, Kells. Ich kann mit dir nicht Schritt halten. Mal sehen, wie lange dein Energy-Drink noch Wirkung zeigt.«

Ich blieb etwa zehn Stufen über ihm stehen und wartete, bis er mich eingeholt hatte. »Jetzt weißt du endlich, wie ich mich fühle, wenn ich immer euer Tiger-Tempo durchhalten muss.«

Mit einem Schnauben streifte er sich den Rucksack von den Schultern, bevor wir es uns auf einer der breiten Treppenstufen bequem machten. Er öffnete den Reißverschluss des Rucksacks, nahm die Goldene Frucht heraus und rollte sie nachdenklich zwischen seinen Händen. Nach einem kurzen Moment grinste er und sagte etwas in seiner Muttersprache. Ein großer Teller tauchte flirrend auf und materialisierte sich. Der Dampf, der von dem Gemüse aufstieg, roch vertraut.

Ich rümpfte die Nase. »Curry? Igitt. Jetzt bin ich dran.« Ich bestellte überbackene Kartoffeln, glasierten Schinken, grüne Bohnen in Mandel-Pesto und Brötchen mit Honigbutter. Als mein Abendessen erschien, beäugte Kishan es mit unverhohlenem Interesse.

»Sollen wir teilen?«

»Nein danke. Ich bin kein großer Curry-Fan.«

Hastig verschlang er sein Essen und versuchte unentwegt, mich mit imaginären Monstern abzulenken, damit er Bissen von meinem Teller stibitzen konnte. Schließlich lenkte ich ein und gab ihm die Hälfte ab.

Nach einer weiteren Stunde Treppensteigen schwanden meine Superkräfte. Ich fühlte mich zerschlagen. Kishan ließ mich ausruhen, während er nach dem nächsten Haus suchte. Als er zurückkehrte, schrieb ich gerade Tagebuch.

»Ich habe die nächste Tür gefunden, Kells. Komm weiter. Dort kannst du dich ausruhen.«

Die staubige Wendeltreppe im Stamm des Weltenbaums führte uns zu einer Hütte, die mit dichtem Efeu und Blumen bewachsen war. Klirrendes Lachen tönte aus dem Haus.

»Da sind Menschen«, flüsterte ich. »Wir sollten uns vorsehen.«

Mit einem Nicken löste Kishan die *Chakram* von seinem Gürtel, während ich den Bogen spannte.

»Bereit?«

Vorsichtig öffnete er die Tür, und wir wurden von den schönsten Frauen empfangen, die mir jemals zu Gesicht gekommen waren. Sie ignorierten unsere Waffen und hießen uns in ihrem Heim willkommen.

Eine atemberaubende Frau mit dichtem, welligem haselnussbraunem Haar, grünen Augen, elfenbeinfarbener Haut und kirschroten Lippen, die ein schimmerndes zartrosafarbenes Kleid trug, hakte sich bei Kishan ein. »Ihr Armen. Ihr müsst erschöpft sein von der Reise. Tretet ein. Ihr könnt ein wohltuendes Bad nehmen und euch von den Strapazen erholen.«

»Ein Bad hört sich gut an«, sagte ein entzückter Kishan.

Die Frau würdigte mich keines Blickes. Ihre Augen ruhten allein auf Kishan. Sie streichelte seinen Arm und raunte ihm etwas über weiche Kissen, heißes Wasser und Erfrischungen ins Ohr. Eine weitere Frau gesellte sich zu ihr. Sie war blond und blauäugig und trug ein silbrig funkelndes Kleid.

»Ja, komm«, säuselte sie. »Hier findest du Ruhe und Entspannung. Folge uns bitte.«

Sie wollten Kishan gerade fortführen, als ich entschieden aufbegehrte. Kishan drehte sich um, da näherte sich mir auch schon ein ein Meter neunzig großer Mann mit gebräunter Haut und muskulöser, nackter Brust, blauäugig und blond, der seine gesamte Aufmerksamkeit allein mir zuwandte.

»Hallo, willkommen in unserer bescheidenen Behausung. Es wäre wunderbar, wenn du eine Weile bei uns bleiben würdest.« Er warf mir ein umwerfendes Lächeln zu, und die Röte schoss mir augenblicklich in die Wangen.

»Äh«, stammelte ich. »Das ist sehr nett von dir.«

Kishan beäugte stirnrunzelnd den Mann, doch da umgarnten die Frauen ihn wieder mit ihren klimpernden Wimpern und lenkten ihn mit ihrem betörenden Charme ab.

»Äh, Kishan, ich denke nicht ...«

Ein weiterer Mann trat hinter einem Vorhang hervor. Dieser sah sogar noch besser aus als der Erste. Er war schwarzhaarig mit dunklen Augen, und sein Mund zog mich völlig in seinen Bann. Traurig verzog er das Gesicht und sagte: »Bist du sicher, dass du nicht bei uns bleiben kannst? Nur ein kleines bisschen? Wir sehnen uns so sehr nach Gesellschaft.« Er seufzte theatralisch. »Das Einzige, womit wir uns die Zeit vertreiben können, ist unsere Bibliothek.«

»Ihr habt eine Bibliothek?«

»Ja.« Lächelnd bot er mir den Arm. »Darf ich sie dir zeigen?«

Kishan war mit den Frauen längst verschwunden, und ich entschied, dass ein Blick auf ihre Büchersammlung nicht schaden könnte. Immerhin konnte ich die Kerle mit meinem Blitz abwehren, sollten sie irgendetwas im Schilde führen.

Aber sie hatten tatsächlich eine Bibliothek und viele der Bücher, die ich liebte. Bei genauerem Hinsehen musste ich sogar feststellen, dass ich jeden einzelnen Titel kannte. Sie boten mir Erfrischungen an.

»Hier, koste eine dieser Tartes. Sie sind köstlich. Unsere Schwestern sind ausgezeichnete Köchinnen.«

»Oh. Äh, nein danke. Kishan und ich haben gerade gegessen.«

»Vielleicht möchtest du dich etwas frisch machen?«

»Habt ihr hier ein Bad?«

»Natürlich. Dort drüben hinter dem Vorhang. Zieh an der langen Liane, und Wasser wird von den Blättern des Baums herabregnen. Wir werden ein kleines Nachtmahl und einen bequemen Platz für dich zum Schlafen herrichten.«

»Vielen Dank.«

Ganz offensichtlich befanden wir uns im Haus der Sirenen. Das Bad gab es zum Glück wirklich, und ich ergriff die Gelegenheit, mich zu duschen und umzuziehen. Als ich aus der Dusche stieg, fand ich ein langes goldenes Kleid an einem Bügel für mich vor. Es ähnelte den Kleidern, die die beiden Frauen getragen hatten. Meine eigene Kleidung war zerrissen und blutig, weshalb ich das goldene Kleid anzog und meine Feenkleidung aufhängte, in der Hoffnung, dass sich die Feen auch im Weltenbaum darum kümmern konnten.

Ruhig las ich Mr. Kadams Notizen über Sirenen durch. Ich überflog die Geschichte von Odysseus und die von Jason und den Argonauten. Ich kannte die Erzählungen bereits, aber Mr. Kadam hatte außerdem alles Wissenswerte über Meeresnymphen, Meerjungfrauen und Nixen beigefügt, die ebenfalls manchmal als Sirenen bezeichnet werden.

Diese Geschöpfe gehören wahrscheinlich eher in die Kategorie der Baumnymphen als zu den Wassernymphen. Sie bewahren ihre Schönheit bis in den Tod. Sie können durch die Luft schweben. Durch die kleinsten Löcher schlüpfen. Hm, das war mir neu. *Extrem langes Leben ... manchmal unsichtbar ... besondere Zeiten sind die Mittagsstunde und Mitternacht.* Es war bald Mitternacht. *Sie können gefährlich sein, Wahnsinn oder Besessenheit, einen Schlaganfall oder Stummheit hervorrufen.*

Ein sanftes Klopfen ließ mich hochschrecken. »Ja?«

»Bist du fertig? Wir warten auf dich.«

»Ich komme gleich.« Rasch überflog ich die restlichen Notizen und steckte die Papiere in den Rucksack. Die zwei Männer standen direkt vor der Tür, starrten mich gierig an wie Schlangen, die ein Vogelnest beobachten.

»Entschuldigung.« Hastig schlüpfte ich zwischen ihnen hindurch, ging zur anderen Seite des Zimmers und setzte mich auf etwas, das wie ein überdimensionaler, mit Plüsch bezogener Sitzsack aussah. Die Männer ließen sich neben mir nieder.

Einer von ihnen stupste mich spielerisch an. »Du bist so steif. Lehn dich zurück und entspann dich. Das Sofa passt sich deinem Körper perfekt an.«

Sie akzeptierten kein Nein. Der dunkelhaarige Mann schob mich sanft, wenn auch nachdrücklich in den Sitz.

»Ja, es ist bequem. Vielen Dank. Äh, wo ist eigentlich Kishan?«

»Wer ist Kishan?«

»Der Mann, mit dem ich gekommen bin.«

»Ich habe keinen Mann bemerkt«, sagte der eine.

»Seitdem *du* das Zimmer betreten hast, hatte ich nur Augen für dich«, sagte der andere.

»Ja. Das stimmt. Du bist so liebreizend«, sagte sein Bruder.

Einer der beiden strich mir über den Arm, während der andere meine Schultern zu massieren begann. Sie zeigten auf einen Tisch vor uns, der mit den verschiedensten Leckereien beladen war. »Dürfen wir dir kandierte Früchte anbieten? Sie sind köstlich.«

»Nein. Vielen Dank. Ich habe im Moment keinen Hunger.«

Der Mann, der meine Schultern massierte, hauchte auf einmal Küsse auf meinen Nacken. »Du hast so wunderbar zarte Haut.«

Ich versuchte, mich aufzusetzen, aber der Mann drückte mich ins Sofa zurück. »Entspann dich. Wir sind hier, um dich zu verwöhnen.«

Der andere reichte mir ein kunstvoll geschliffenes Sektglas mit einem perlenden roten Getränk. »Holunderbeersaft gefällig?« Er nahm meine andere Hand und küsste mir die Finger. Eine bleierne Benommenheit legte sich auf meine Augen. Für einen Moment schloss ich die Lider, und meine Sinne konzentrierten sich allein auf die Lippen, die meine Kehle küssten, und die warmen Hände, die meine Schultern massierten. Ein herrliches Wohlbehagen durchdrang meinen Körper, und gierig verlangte ich nach mehr. Einer der Männer gab mir einen Kuss auf die Lippen. Es fühlte sich sonderbar an. Irgendetwas war falsch.

Ich protestierte schwach und versuchte, die Männer abzuschütteln, aber sie ließen nicht von mir ab. Etwas kitzelte an meinem Bewusstsein. Etwas, das ich zu packen versuchte. Etwas, das mir helfen würde, mich zu konzentrieren. Doch die Massage meiner Schultern war so unbeschreiblich gut. Der Mann strich mit dem Daumen in kleinen Kreisen über meine Haut. Genau das war der Moment, als ich mich mit einem Schlag wieder erinnerte.

Ren. Er hatte mir den Hals genauso massiert. Ich stellte mir sein Gesicht vor. Zuerst konnte ich es nur verschwommen erkennen, aber dann zählte ich mir im Geiste all die Dinge auf, die ich an ihm liebte, und das Bild wurde klarer. Ich dachte an sein Haar, seine Augen, wie er immer meine Hand hielt. Ich dachte daran, wie er den Kopf in meinen Schoß legte, während ich ihm vorlas, seine Eifersucht, seine Vorliebe für Pfannkuchen mit Erdnussbutter und dass er sich Pfirsich-Sahne-Eis gekauft hatte, weil es ihn an mich erinnerte. Ich konnte ihn regelrecht sagen hören: »*Mein tumse mohabbat karta hoon, Iadala.*«

Ich flüsterte: »*Mujhe tumse pyarhai, Ren.*«

Etwas barst in mir, und jäh riss ich mich los. Die Männer verzogen beleidigt das Gesicht, während sie versuchten, mich zurückzudrängen. Sie sangen leise, und im nächsten Moment verschwamm mein Blick erneut. Mit aller Gewalt summte ich das Lied, das Ren für mich geschrieben hatte, und rezitierte eines seiner Gedichte. Dann stand ich auf. Die Männer beharrten nun darauf, dass ich etwas aß oder von dem Saft nippte. Ich weigerte mich standhaft. Sie wollten mich zu einem weichen Bett ziehen. Ich blieb wie angewurzelt stehen, während sie an mir zerrten und mich mit einschmeichelnden Worten umgarnten. Sie machten mir Komplimente über meine Haare, meine Augen und mein wunderschönes Kleid und beschworen mich mit weinerlicher Stimme, dass ich seit tausend Jahren ihr erster Gast wäre und sie nur etwas Zeit in meiner Gesellschaft verbringen wollten.

Als ich wiederum ablehnte und erklärte, dass Kishan und ich uns auf den Weg machen müssten, ergriffen sie meine Hand und zogen mich in Richtung des Betts. Ich entwand mich und packte meinen Bogen. Hastig legte ich einen Pfeil auf und bedrohte den Mann, der mir am nächsten stand. Die beiden Brüder wichen zurück, und einer hob die Hand. Sie verständigten sich mit Blicken und schüttelten bekümmert die Köpfe.

»Wir hätten dich glücklich gemacht. Du hättest all deine Sorgen vergessen. Wir hätten dich geliebt.«

Ich schüttelte den Kopf. »Ich liebe einen anderen.«

»Du hättest uns im Laufe der Zeit zu lieben gelernt. Wir haben die Gabe, die Gedanken anderer auszulöschen und sie durch Leidenschaft und Freude zu ersetzen.«

»Das kann ich mir lebhaft vorstellen«, erwiderte ich zynisch.

»Wir sind einsam. Unsere letzte Gefährtin ist vor vielen Jahrhunderten gestorben. Wir haben sie geliebt.«

»Ja, wir haben sie so geliebt«, warf der andere ein. »Bei uns war sie keine einzige Sekunde von Traurigkeit erfüllt.«

»Aber wir sind unsterblich, und ihr Leben war viel zu schnell vorüber.«

»Ja. Wir müssen einen Ersatz finden.«

»Tja, tut mir leid, Jungs, aber ich will das nicht. Ich habe kein Interesse, eure ...«, ich schluckte, »Liebessklavin zu werden. Außerdem will ich nicht alles und jeden vergessen.«

Sie musterten mich genau. »Dann soll es so sein. Du kannst gehen, wenn du willst.«

»Und was ist mit Kishan?«

»Er muss seine eigene Entscheidung treffen.« Mit diesen Worten verpufften sie zu einer dünnen Rauchfahne, schossen wirbelnd durch ein Astloch in der Wand des Baums und verschwanden. Ich ging zurück ins Badezimmer, um meine Feenkleidung zu holen und war hocherfreut, dass sie gereinigt und ausgebessert war.

Mit dem Rucksack unterm Arm ging ich zurück ins Zimmer. Anstelle des verführerischen Boudoirs war es nun ein einfacher, leerer Raum mit einer Tür. Ich öffnete sie, verließ das Haus und trat hinaus auf die Wendeltreppe, die sich im Innern des Weltenbaums um den Stamm wand. Die Tür schloss sich hinter mir. Ich war allein.

Ich zog die Hose und das Hemd an, das die Feen für mich gewebt hatten, und fragte mich, ob und wann Kishan herauskommen würde. *Das weiche Bett wäre zum Schlafen viel bequemer als die harten Holzstufen. Aber wenn ich im Bett geblieben wäre, hätte ich wohl auch nicht besonders viel Schlaf bekommen.*

Im Stillen dankte ich Ren, dass er mich vor den Baumnymphen oder männlichen Sirenen oder was auch immer sie waren, gerettet hatte. Völlig erschöpft rollte ich mich im Schlafsack zusammen und schlief ein. Irgendwann mitten in der Nacht stupste mich Kishan an.

»Hi.«

Gähnend stützte ich mich auf einen Ellbogen. »Kishan? Das hat aber lange gedauert.«

»Ja. Es war nicht einfach, die Frauen da drinnen abzuschütteln.«

»Ich weiß, was du meinst. Ich musste die Kerle mit Pfeil und Bogen bedrohen, bis sie mich endlich in Ruhe gelassen haben. Im Grunde bin ich überrascht, dass du überhaupt rausgekommen bist. Wie hast du dich ihrem Bann entziehen können?«

»Besprechen wir später. Ich bin müde, Kells.«

»Okay. Hier, nimm meine Steppdecke. Ich würde dir anbieten, dass du in den Schlafsack schlüpfst, aber für heute habe ich genug von Männern.«

»Das kann ich nachvollziehen. Danke. Gute Nacht, Kells.«

Nachdem wir aufgewacht waren, gegessen und gepackt hatten, setzten wir unseren Weg den Weltenbaum hinauf fort.

Helles Licht blitzte weiter vorne auf. Ein Loch im Stamm brachte uns ins Freie. Der warme Sonnenschein war eine angenehme Abwechslung, aber die Stufen lagen nun völlig frei. Ich klammerte mich am Baumstamm fest, darauf bedacht, unter keinen Umständen nach unten zu schauen.

Kishan wiederum war fasziniert von der schwindelerregenden Höhe, in der wir uns befanden. Trotz seiner Super-Tiger-Augen konnte er den Erdboden nicht sehen. Riesige Äste wuchsen aus dem Baum. Sie waren so breit, dass zwei Menschen problemlos würden darauf nebeneinander hergehen können. Ab und an erkundete Kishan einen der Äste, lief ein Stück auf und ab, während ich mich keinen Zentimeter vom Stamm wegbewegte.

Nachdem wir mehrere Stunden in unserem langsamen Tempo weitergewandert waren, blieb ich vor einem dunklen Loch stehen, das zurück in den Baumstamm führte. Ich wartete, bis Kishan von seiner jüngsten Entdeckungstour zurückgekehrt war, damit wir gemeinsam durch die Öffnung gehen konnten. Dieser Teil des Stamms war dunkler und feucht. Wasser rieselte und tröpfelte leise von irgendwo über unseren Köpfen herab. Die Wände waren nicht mehr glatt und weich, sondern gesplittert und rau, und ließen unsere Stimmen widerhallen. Der Baum schien an dieser Stelle bis tief ins Innere ausgehöhlt zu sein.

»Dieser Teil des Baums fühlt sich abgestorben an, als wäre er krank«, sagte ich.

»Ja. Das Holz unter unseren Füßen ist faulig. Bleib, so nah du kannst, beim Stamm.«

Ein paar Minuten vergingen, bevor die Treppe genau unter einem schwarzen Loch aufhörte, das gerade einmal groß genug war um hindurchzuklettern.

»Es gibt keinen anderen Weg. Sollen wir es versuchen?«

»Es wird ganz schön eng.«

»Dann lass mich zuerst gehen«, schlug ich vor. »Wenn der Gang weiter vorne versperrt ist, musst du dich überhaupt nicht durchzwängen. Dann komme ich einfach zurück, und wir überlegen uns eine andere Lösung.«

Er stimmte zu und tauschte die Taschenlampe gegen den Rucksack. Anschließend stemmte Kishan mich hoch, und ich quetschte mich ins Loch und kroch auf Händen und Füßen weiter, bis der Gang schmaler und höher wurde. Nun konnte ich mich nur noch weiterbewegen, indem ich mich seitlich stehend nach vorne schob. Dann wurde der Gang wieder niedriger, und ich sank auf die Knie.

Der Gang fühlte sich wie versteinerter Fels an. Ein riesiger Stalaktit hing herab, versperrte die obere Hälfte des Durchgangs. Ich legte mich auf den Bauch und schlängelte mich hindurch. Auf der anderen Seite öffnete sich der Gang zu einer riesigen Höhle. Es kam mir vor, als wäre ich unendlich weit gegangen, wo ich wahrscheinlich nur zehn Meter hinter mich gelegt hatte. Für Kishan würde der enge Gang zum Spießrutenlauf werden. Falls er es denn überhaupt hindurchschaffte, würde es sehr knapp werden.

»Versuch dein Glück«, rief ich ihm zu.

Während ich auf ihn wartete, tastete ich mich über den Boden vor, der weich wie ein Schwamm war. *Wahrscheinlich verfaultes Holz.* Die Wände waren mit etwas überzogen, das wie verkrusteter brauner Senf aussah. Über mir hörte ich das Flattern eines Vogels und leises Kreischen. *Dort oben ist wohl ein Nest.* Das Geräusch hallte von den Wänden wider, wurde zunehmend lauter und heftiger.

»Äh, Kishan? Beeil dich!«

Besorgt hielt ich meine Taschenlampe hoch. Ich sah nichts, aber die Luft bewegte sich. Es schien, als würde ein ganzer Schwarm Vögel in der Dunkelheit umherwuseln. Etwas strich meinen Arm entlang und flatterte aufgeschreckt davon. Wenn es ein Vogel war, dann ein großer.

»Kishan!«

»Bin gleich da.«

Ich konnte hören, wie er sich auf dem Bauch durch den Gang schob. Er hatte es fast geschafft.

Etwas oder mehrere Etwas kamen auf mich zugeflattert. *Vielleicht sind es riesige Motten.* Ich knipste das Licht aus, um die fliegenden Geschöpfe von mir abzulenken, und lauschte Kishans Bewegungen.

Erst tauchte der Rucksack auf und dann sein Kopf. Ein jähes, heftiges Flügelschlagen über mir erschreckte mich fast zu Tode. Spitze, gebogene Krallen legten sich auf meine Schultern und hielten mich fest. Ich kreischte. Sie bohrten sich tiefer in meine Kleidung, und mit wildem Flügelschlagen und unter lautem Gekreische wurde ich in die Luft gerissen.

Hastig zwängte sich Kishan durch das Loch und packte mein Bein, aber das Geschöpf war stärker und riss mich fort. Ich hörte, wie Kishan meinen Namen rief.

Ich wollte antworten, doch meine Stimme hallte schal von den Wänden wider. Ich war nun hoch oben, viel höher als Kishan, konnte ihn nur noch schwach ausmachen. Das Geschöpf war schon bald von anderen seiner Art umgeben und ich eingehüllt von einer kreischenden, wogenden, zitternden Masse aus warmen Körpern. Gelegentlich spürte ich Fell an meiner Haut, manchmal etwas Ledriges und das Kratzen von Krallen.

Das Geschöpf segelte langsamer, zog einen Kreis und ließ mich dann fallen. Bevor ich einen Schrei ausstoßen konnte, landete ich polternd auf meinem Rucksack. Ich schaltete die Taschenlampe ein, an die ich mich während der plötzlichen Entführung geklammert hatte. Gleichzeitig verängstigt und dennoch wild entschlossen herauszufinden, wo ich mich befand, blickte ich mich um.

Anfangs wurde ich aus meiner Umgebung nicht schlau. Alles, was ich sah, war eine wuselnde Masse aus braunen und schwarzen Körpern. Dann erkannte ich, dass es *Fledermäuse* waren. *Riesige* Fledermäuse. Ich stand auf einem Vorsprung, von dem es etwa hundert Meter in die Tiefe ging. Rasch rutschte ich zurück an die Holzwand.

Kishan rief meinen Namen und versuchte, sich in meine Richtung zu bewegen.

»Alles okay!«, schrie ich. »Sie haben mir nichts getan! Ich bin hier oben auf einem Vorsprung!«

»Halt durch, Kells! Ich komme!«

Die Fledermäuse hingen kopfüber und beobachteten mit blinzelnden schwarzen Augen Kishans Fortschritte. Die Tiere waren ununterbrochen in Bewegung. Einige kletterten spinnengleich über Artgenossen, um einen besseren Platz zum Hängen zu ergattern. Andere schlugen mit den Flügeln, bevor sie sie fest um ihre Körper legten. Wiederum andere wiegten sich bedächtig vor und zurück. Ein Teil schlief.

Und sie waren laut. Sie unterhielten sich mit Knackgeräuschen und schnalzendem Schmatzen, während sie herabhingen und uns beäugten.

Eine Weile kam Kishan gut voran, geriet dann jedoch in eine Sackgasse und musste umkehren. Er probierte mehrmals, zu mir hochzuklettern, was ihm jedoch nicht gelang. Nach dem sechsten Versuch stand er wieder neben dem Loch und rief zu mir hoch: »Es ist unmöglich, Kells. Ich schaffe es einfach nicht!«

Ich wollte gerade den Mund öffnen, um ihm zu antworten, als eine riesige Fledermaus zu reden ansetzte: »Uuuunmöööglich eeer glauuuubt«, schnalzte sie und breitete die Flügel aus. »Eeees iiiiist möööööglich, Tiiiiigerrr.«

»Du weißt, dass er ein Tiger ist?«, fragte ich die Fledermaus.
»Wiiiiir seeeehen iiiihn. Hööören iiiiihn. Seeeein Geiiiiist ist entzweiiii.«
»Sein Geist ist entzwei? Was bedeutet das?«
»Bedeuuuutet er haaaaben Kummmmer erliiiitten. Eeeer heiiiilen seiiiine Wuuunde ... eeeer diiich reeeten.«
»Wenn seine Wunde heilt, kann er mich retten? Wie soll ihm das gelingen?«
»Eeer iiiist wiiiiie wiiir. Eeeer iiiist haaalb Maaaann und haaalb Tiiiger. Wiiir siiind haaalb Vogel, haaalb Säugetiiier. Diiie Hääälften müssssen verschmeeeelzen. Eeer mussss Tiiiger iiin siiich anneeeehmen.«
»Wie können sich seine beiden Hälften verschmelzen?«
»Eeeer musssss leeernen.«
Ich wollte gerade weiter nachfragen, als sich mehrere Fledermäuse in die Tiefe stürzten und zu verschiedenen Plätzen in der verwinkelten Höhle flogen. Rhythmische, kehlige Laute, bei denen es sich wohl um die Echoortung der Tiere handelte, hämmerten durch die Luft und trafen auf die Wände. Ich spürte die starken Vibrationen sogar auf der Haut. Kurz darauf begannen kleine, in die Wände eingelassene Steine zu glühen. Je länger die Fledermäuse lärmten, desto heller wurde das Licht. Als die Fledermäuse schließlich verstummten, war die Höhle hell erleuchtet.
»Diiiese Liiiichter weeerden verglüüühen, weeenn seiiine Zeiiit um iiiist. Eeeer mussss diiir vorheeer heeelfen. Eeer muuussss beiiiide Teiiile nuuutzen, Meeensch uuund Tiiiger. Saaag eeees iiihm.«
»Okay«, meinte ich, bevor ich mich brüllend an Kishan wandte: »Die Fledermäuse sagen, dass du beide Hälften von dir benutzen musst, um zu mir zu kommen, bevor das Licht verloschen ist. Sie sagen, du musst den Tiger in dir annehmen.«

Nun da es taghell war, war das Ausmaß der Gefahren deutlich zu erkennen. Eine Abfolge von Stalagmiten mit abgeflachten Spitzen erhob sich aus dem Boden der Höhle. Sie waren zu weit voneinander entfernt, als dass ein Mensch sie erreichen konnte, einem Tiger hingegen könnte es gelingen.

Kishan richtete den Blick nach oben und warf die *Chakram* in die Luft. Während die Waffe in die Höhe schnellte, verwandelte er sich in den schwarzen Tiger und machte einen gewaltigen Satz. Und das blitzschnell. Ich hielt den Atem an, als er schnell von einer dünnen Holzformation zur nächsten sprang, ohne auch nur ein einziges Mal innezuhalten. Entsetzt keuchte ich auf, da jeder Sprung seinen Tod bedeuten konnte. Als er den letzten Stalagmiten erreichte, schoss er ein wenig zu weit über das Ziel, krallte sich mit den Tatzen am fauligen Holz fest und schlang den Schwanz darum, um das Gleichgewicht zu halten.

Er verwandelte sich in einen Menschen, fing die *Chakram* auf und schleuderte sie wieder hoch. Der Absatz war winzig, kaum groß genug für seine Füße. Kein anderer Stalagmit war von dort zu erreichen. Nichts war nahe genug, selbst für einen Tiger. Kishan sah sich einen kurzen Moment um, durchdachte seinen nächsten Zug. Die Fledermäuse blinzelten träge und beobachteten ihn dann mit weit aufgerissenen Augen, während sie kopfüber herabhingen. Das Licht wurde schwächer, und je dunkler es wurde, desto gefährlicher war Kishans Kletterpartie.

Ich wusste, dass er im Dunkeln besser sah als ich, aber der Weg war trotzdem unglaublich tückisch. Er schien eine Entscheidung getroffen zu haben, ging in die Hocke, verwandelte sich in den schwarzen Tiger und machte einen riesigen Satz. Da war nichts, worauf er hätte landen können.

»Kishan! Nein!«, schrie ich.

Mitten im Sprung verwandelte er sich in einen Menschen zurück und fiel. Erschrocken rutschte ich auf dem Bauch vor, um über den Rand meines kleinen Vorsprungs zu spähen – und atmete erleichtert auf, als ich ihn an einer langen Liane baumeln sah. Langsam hangelte er sich hoch, aber er war immer noch weit entfernt. Er fing die *Chakram* auf, hielt die gefährliche Waffe mit den Zähnen und schwang vor und zurück, bis er einen herausstehenden Ast zu fassen bekam. Er kletterte höher und ruhte sich eine Minute auf einem winzigen Absatz aus. Nachdem er seine Situation genau erfasst hatte, schnappte er sich eine neue Rebe, sprang und holte wieder Schwung.

Kishan vollführte eine Reihe komplizierter akrobatischer Stunts. Mindestens dreimal verwandelte er sich in einen Tiger und wieder zurück. An einer Stelle schleuderte er die *Chakram*, die durch die Höhle sauste, eine Liane durchschnitt und zurück zu seiner Tigertatze flog, die in letzter Sekunde zur Hand wurde und die Waffe auffing. Die *Chakram* wieder im Mund schwang er unterhalb von mir durch die Höhle und stieß sich auf der anderen Seite ab, schnappte sich das obere Stück der Rebe, die er vorhin zerschnitten hatte, und vollendete seine zirkusreife Nummer. Als er auf mich zuflog, erkannte ich erschrocken, dass die Liane nicht lang genug war und er mehrere Meter vor meinem Vorsprung in die Tiefe stürzen würde.

Am liebsten hätte ich die Augen geschlossen, aber ich fühlte mich verpflichtet, sie offen zu halten, riskierte Kishan doch für mich sein Leben. Kishan schwang zurück und drückte sich erneut ab. Als seine Füße diesmal die Wand berührten, schleuderte er die *Chakram* ein weiteres Mal in die Höhe, packte die Liane mit den Zähnen, verwandelte sich rasch in den schwarzen Tiger und stieß sich mit seinen kräftigen Hinterpfoten ab. Dann wurde er wieder zum Menschen, flog so hoch, wie die Liane ihn trug und ließ dann los. In einer geschickten Drehung mitten in der Luft verwandelte er sich in den Tiger zurück. Sein gestreifter schwarzer Körper streckte sich mit aller Gewalt zu meinem Vorsprung. Als sich seine Klauen in das Holz neben meinen Füßen bohrten, grub sich auch die *Chakram* wenige Zentimeter neben meinen Fingern in den Stamm. Die Tigerklauen verwandelten sich in Hände.

»Kishan!«

Ich packte ihn am T-Shirt und riss ihn, so fest ich konnte, zu mir her. Er rollte über den Vorsprung und lag mehrere Minuten dort, keuchend und röchelnd. Das Licht hatte sich weiter eingetrübt.

»Siiiehst duuu? Eeeer haaat eeees geschaaaafft.«

Seine Arme zitterten, und ich wischte mir die Tränen aus dem Gesicht. »Ja. Das hat er«, sagte ich leise.

Als sich Kishan schließlich aufsetzte, drückte ich ihn stürmisch an mich und gab ihm einen Kuss auf die Wange. Er hielt mich eine Weile fest an sich gepresst, bevor er mich widerstrebend losließ. Sanft schob er mir das Haar aus den Augen.

»Tut mir leid, dass ich den Rucksack zurücklassen musste«, entschuldigte er sich.

»Ist schon gut. Bei allem, was du zu tun hattest, konntest du ihn auf keinen Fall mitbringen.«

»Wiiir hoooolen iiiihn.«

»Wie schade, dass sie dich nicht auch auf die Art herbringen konnten«, murmelte ich sarkastisch.

»Wiiir mussssten iiiihn tessssten. Eeeer haaat bestaaaanden.«

Eine der Fledermäuse flog hinab, um den Rucksack zu holen, und ließ ihn in meine ausgestreckten Hände fallen.

»Vielen Dank.« Ich berührte Kishan am Arm. »Bei dir alles in Ordnung?«

»Mir geht's gut.« Trotz seiner Atemlosigkeit grinste er verwegen. »Für einen richtigen Kuss würde ich es glatt noch mal tun.«

Ich boxte ihn sanft in den Oberarm. »Ich finde, einer auf die Wange war schon mal gar nicht schlecht.«

Er schnaubte verhalten. »Und wie geht's weiter?«

Eine der Fledermäuse sagte: »Wiiir weeerden euuuuch briiiingen.«

Zwei Fledermäuse lösten sich von der Decke und stürzten mehrere Meter in die Tiefe, bevor sie die Flügel aufschnappen ließen und heftig mit ihnen schlugen. Die Tiere gewannen an Höhe und schwebten über uns, dann tauchten sie langsam herab. Klauenfüße packten meine Schultern.

Das Tier mahnte eindringlich: »Niiicht beweeeeegen«, und ich entschied, dass ich seinem Rat folgen würde.

Mit heftigem Flügelschlagen flatterten die Fledermäuse los, trugen uns höher und höher den Baum empor. Es war keine vergnügliche Spazierfahrt, aber zumindest würde uns diese Mitfahrgelegenheit mehrere Stunden Gehen ersparen. Anfangs glaubte ich, wir würden vertikal in die Höhe schießen, aber in Wirklichkeit kreisten die Fledermäuse und stiegen langsam und gleichmäßig empor.

Schließlich bemerkte ich, dass unsere Umgebung immer heller wurde. Ich sah einen Spalt, der gesprenkeltes orangefarbenes Sonnenlicht über die Wände wabern ließ. Eine kühle Brise, die nach frischem, gesundem Baum roch, strich mir jetzt über die Haut, statt des verfaulten, moderigen Gestanks nach Pilzen, Ammoniak und Verwesung. Unsere geflügelten Begleiter flogen aus der Öffnung und setzten uns mit lautem Flattern vorsichtig auf einem Ast ab. Die Äste hier waren dünner, aber immer noch stark genug, um mich und Kishan zu tragen.

Mit der letzten Warnung: »Seiiiid waaaachsam«, preschten sie zurück in den Baum und ließen uns allein.

»Kells, gibst du mir den Rucksack? Ich möchte aus der schwarzen Kleidung schlüpfen und Schuhe anziehen.«

Ich warf ihm den Rucksack zu und drehte mich um, damit er sich umziehen konnte.

»Ja. Wie schade, dass deine Feenkleidung bei all den ganzen Verwandlungen in einen Tiger und zurück verschwunden ist. Sie war ziemlich nützlich. Zum Glück hat Mr. Kadam darauf bestanden, dass wir ein Paar Schuhe für dich einpacken, nur für alle Fälle.«

»Kells? Die Feenkleidung ist im Rucksack.«

»Was?« Überrascht wirbelte ich herum. Kishan war bis zur Hüfte nackt, und ich errötete. »Wie ist das möglich?«

»Keine Ahnung. Wahrscheinlich Feenmagie. Und jetzt dreh dich um – außer du willst mir beim Umziehen zusehen.«

Hochrot wandte ich mich ab. Die Sonne ging gerade unter, und wir entschieden, etwas zu essen und uns auszuruhen. Ich war erschöpft, hatte aber große Angst, auf einem Ast zu schlafen, auch wenn er doppelt so breit wie ein Himmelbett war.

Reglos saß ich genau in der Mitte des Asts. »Ich habe Angst zu fallen.«

»Du bist müde. Du musst dich ausruhen.«

»Das kann ich nicht.«

»Ich halte dich. Du wirst nicht fallen.«

»Was ist, wenn *du* fällst?«

»Katzen fallen nicht von Bäumen, außer wenn sie das wollen. Komm her.«

Kishan legte mir den Arm um die Schultern und gestattete mir, seinen anderen als Kissen zu verwenden. Nie im

Leben hätte ich geglaubt, einschlafen zu können, doch schon kurz darauf war ich es.

Am nächsten Morgen gähnte ich ausgiebig und rieb mir die verschlafenen Augen. Kishan beobachtete mich. Er hatte einen Arm um meine Hüfte geschlungen, und mein Kopf ruhte auf seinem anderen Arm.

»Hast du gar nicht geschlafen?«
»Ich habe ein Nickerchen gemacht und dann etwas Katzenwäsche.«
»Wie lange bist du schon wach?«
»Seit ungefähr einer Stunde.«
»Warum hast du mich nicht geweckt?«
»Du hast den Schlaf gebraucht.«
»Oh. Und vielen Dank, dass du mich nicht hast fallen lassen.«
»Kells? Ich muss dir etwas gestehen.«
»Was?« Ich schob die Faust unter meine Wange. »Was gibt's?«
»Du bist mir sehr wichtig.«
»Du bist mir auch sehr wichtig.«
»Nein. Das meine ich nicht. Ich meine ... Ich *spüre* ..., und einiges spricht dafür ..., dass wir einander etwas bedeuten könnten.«
»Du bedeutest mir jetzt schon etwas.«
»Natürlich, aber ich rede nicht von Freundschaft.«
»Kishan ...«
»Besteht nicht der Hauch einer Möglichkeit, dass du mich eines Tages lieben könntest? Empfindest du denn gar nichts für mich?«
»Natürlich. Aber ...«
»Lass das Aber mal beiseite. Angenommen, es gäbe Ren nicht, würdest du dann in Betracht ziehen, mit mir zusam-

men zu sein? Wäre ich jemand, den du gern haben könntest?«

Ich legte ihm die Hand auf die Wange. »Kishan, ich habe dich doch gern. Ich habe Gefühle für dich. Ich liebe dich schon jetzt.«

Lächelnd beugte er sich vor. Alarmglocken schrillten in meinem Kopf. Hastig rutschte ich zurück und glaubte zu fallen. In meiner Panik klammerte ich mich an seinen Arm, als hinge mein Leben davon ab.

Kishan hielt mich fest und musterte mein Gesicht. Zweifellos entging ihm die Verzweiflung darin nicht, die nichts mit meinem Balanceproblem zu tun hatte. Er hielt seine Gefühle im Zaum, lehnte sich zurück und sagte ruhig: »Ich würde dich niemals fallen lassen, Kells.«

Ich hatte mich bisher nicht besonders diplomatisch verhalten, und das Beste, was mir einfiel, war: »Das weiß ich.«

Er ließ mich los und stand auf, um bei der Goldenen Frucht das Frühstück zu bestellen.

Die Treppe wurde jetzt schmaler und wand sich außen um den Baum. Der Stamm war nun auch viel dünner. Es kostete uns in dieser Höhe nur noch dreißig Minuten, um den Baum einmal zu umrunden. Nach ein paar furchterregenden Stunden mit Stufen, die sich immer weiter verengten, stießen wir auf ein geflochtenes Seil, das von einem Baumhaus herabbaumelte.

Ich wollte lieber die Treppe benutzen, während Kishan das Seil vorgezogen hätte. Er stimmte jedoch zu, noch eine weitere halbe Stunde weiterzugehen, und wenn wir dann nichts fanden, zum Seil zurückzukehren. Die Diskussion erübrigte sich schon bald, denn nach nur fünf Minuten waren die Stufen nichts weiter als knotige Beulen am Stamm, die kurz darauf gänzlich verschwanden.

Als wir umdrehten, gab ich zu bedenken: »Ich glaube nicht, dass meine Arme kräftig genug sind, um mich bis nach oben zu ziehen.«

»Mach dir keine Sorgen. Meine Arme sind kräftig genug für uns beide.«

»Was genau schwebt dir vor?«

»Du wirst schon sehen.«

Als wir das Seil erreichten, nahm mir Kishan den Rucksack ab und schulterte ihn. Dann winkte er mich zu sich.

»Was?«

Er zeigte auf die Stelle vor sich.

»Was soll ich tun?«, fragte ich argwöhnisch.

»Du legst mir die Arme um den Hals und steckst die Handgelenke durch die Gurte.«

»Okay, aber nutz die Situation nicht aus. Ich bin schrecklich kitzlig.«

Er schnallte sich den Rucksack um, und ich hängte mich ein, sodass mein Gesicht nah an seinem war. Süffisant hob er eine Augenbraue. »Falls ich die Situation ausnutzen würde, dann sicherlich nicht, um dich zu kitzeln.«

Ich lachte nervös, während sein Gesicht ernst war, fast schon feierlich. »Okay. Lass uns loslegen«, murmelte ich.

Ich spürte, wie sich seine Muskeln anspannten, doch dann sah er zu mir herab, und sein Blick glitt zu meinen Lippen. Rasch senkte er den Kopf und drückte mir einen warmen, weichen Kuss auf den Mundwinkel.

»*Kishan!*«

»Tut mir leid. Ich konnte nicht widerstehen. Du bist gefangen und kannst dich nicht wehren. Außerdem laden deine Lippen einfach zum Küssen ein. Sei froh, dass ich gleich wieder aufgehört habe.«

»Ja, vielen Dank«, spottete ich.

Im nächsten Moment sprang er hoch. Erschrocken über seine plötzliche Bewegung quietschte ich laut auf, während Kishan in aller Seelenruhe zu klettern begann. Er hangelte uns am Seil in die Höhe, krallte sich an Knoten fest, sobald er welche fand, hatte manchmal zum besseren Gleichgewicht nur eine Hand am Seil und die andere an einem Ast. Abgesehen von dem Umstand, dass wir auf mehreren Hundert oder gar Tausend Metern Höhe unterwegs waren und jeden Moment in die Tiefe stürzen konnten, war es sehr angenehm, so eng an ihn geschmiegt zu sein. Im Grunde sogar ein bisschen zu angenehm.

Anscheinend habe ich eine Schwäche für Tarzan-Typen.

Als wir die Tür des Baumhauses erreichten, kletterte Kishan noch ein Stück höher und hing völlig ruhig am Seil, während ich mich vorsichtig aus den Gurten schälte und auf den Holzboden sprang. Dann stieß er sich schwungvoll vom Stamm ab, pendelte mehrmals hin und her und landete übertrieben theatralisch. Ganz offensichtlich hatte er einen Riesenspaß.

»Um Himmels willen, hör mit dieser Angeberei auf. Hast du vergessen, auf welcher Höhe wir sind, und dass du jeden Moment in den Tod stürzen könntest? Du führst dich auf, als wäre das alles hier ein lustiger, kleiner Ausflug.«

»Ich habe nicht den geringsten Schimmer, auf welcher Höhe wir sind«, entgegnete er. »Und es kümmert mich auch nicht. Aber du hast recht. Ich habe Spaß. Ich *genieße* es, die ganze Zeit über in Menschengestalt zu sein. Und ich *genieße* es in vollen Zügen, mit dir zusammen zu sein.« Er legte mir die Hände um die Taille und zog mich zu sich.

»Hmm.« So rasch wie möglich entwand ich mich seiner Umarmung. Die Sache mit dem Menschsein konnte ich ihm schlecht verübeln, und ich wusste nicht, was ich von der Sache mit mir halten sollte, weshalb ich einfach schwieg.

Wir setzten uns auf den Holzboden des Baumhauses und gingen jede einzelne Notiz von Mr. Kadam durch. Wir lasen sie zweimal und warteten, aber es geschah noch immer nichts. Eigentlich hätte das hier das Haus der Vögel sein müssen, doch ich sah keine. Vielleicht waren wir am falschen Ort. Allmählich wurde ich unruhig.

»Hallo! Ist da jemand?«, hallte meine Stimme wider.

Ein Flattern und ein heiseres, krächzendes *Rronk* war die Antwort. Oben in einer Ecke des Baumhauses war ein verstecktes Nest zu sehen. Zwei schwarze Raben spähten über den Rand und beäugten uns. Sie schienen mit einem dumpfen Klicken zu kommunizieren, einem Schnalzen, das tief aus ihrer Kehle kam.

Die Vögel verließen ihren Hochsitz und umkreisten das Baumhaus, wobei sie akrobatische Meisterleistungen vollführten. Sie schlugen Purzelbäume und flogen sogar kopfüber. Mit jeder Runde kamen sie näher. Kishan holte die *Chakram* hervor und hielt sie wie ein Messer.

Ich legte die Hand auf seine und schüttelte sanft den Kopf. »Warten wir ab, was sie als Nächstes tun.« Dann wandte ich mich an die Vögel. »Was wollt ihr von uns?«

Die Raben landeten knapp einen Meter von uns entfernt. Einer von ihnen neigte den Kopf und starrte mich mit schwarzen Augen an. Der Vogel schmeckte mit der schwarzen Zunge die Luft, während er auf uns zuhüpfte.

Eine raue, kratzige Stimme sagte: »Wulltihrvununs?«

»Versteht ihr mich etwa?«

Die beiden Vögel schienen zu nicken und blieben immer wieder stehen, um ihr Gefieder zu putzen.

»Was sollen wir hier tun? Wer seid ihr?«

Die Vögel sprangen noch näher. Einer von ihnen krächzte »Hughhn«, und ich hätte schwören können, dass der andere »Muunann« sagte.

Ungläubig fragte ich: »Ihr seid Hugin und Munin?«

Die schwarzen Köpfe wippten wieder auf und ab. Die Raben hopsten noch näher.

»Habt ihr mein Armband gestohlen?«

»Und das Amulett?«, fügte Kishan hinzu.

Ihre Köpfe nickten erneut.

»Nun, wir wollen alles zurück. Ihr könnt aber gern die Honigkekse behalten. Wahrscheinlich habt ihr die eh schon gefressen.«

Die Vögel kreischten heiser, klapperten laut mit den Schnäbeln und schlugen aufgeregt mit den Flügeln. Sie plusterten sich auf, was sie größer erscheinen ließ, als sie in Wirklichkeit waren.

Ich verschränkte die Arme vor der Brust. »Ich wollt uns die Sachen also nicht zurückgeben? Nun, darum kümmern wir uns später.«

Zögerlich tänzelten die Vögel näher, und einer hüpfte auf mein Knie. Kishans Beunruhigung war nicht zu übersehen.

Ich legte ihm die Hand auf den Arm. »Wenn es Hugin und Munin sind, die Odin Gedanken und Erinnerungen ins Ohr geflüstert haben, werden sie sich wahrscheinlich auf unsere Schultern setzen und mit uns sprechen.«

Ich schien recht zu behalten, denn im selben Moment, als ich den Kopf zur Seite neigte, flatterte der andere Vogel herbei und hockte sich auf meine Schulter. Er schob den Schnabel an mein Ohr, und ich wartete, dass er mit mir redete. Doch stattdessen verspürte ich ein sonderbares Ziehen. Der Rabe zerrte sanft an etwas in meinem Ohr, was jedoch nicht wehtat.

»Was soll das?«, fragte ich.

»Gedank'nsteck'nf'st.«

»Was?«

»Gedank'nsteck'nf'st.«

Ich spürte erneut ein zartes Ziehen, und dann hüpfte Hugin mit einem hauchdünnen, spinnennetzartigen Faden im Schnabel davon.

Erschrocken schlug ich die Hand aufs Ohr. »Was hast du getan? Hast du etwas aus meinem Gehirn gestohlen? Habe ich jetzt einen Hirnschaden?«

»Gedank'nsteck'nf'st.«

»Was soll das bedeuten?«

Der Faden, den der Rabe im Schnabel hielt, löste sich auf, als der Vogel zu schnattern begann. Ich saß mit weit aufgerissenem Mund da, starrte entsetzt in seine Richtung und fragte mich, was er mir angetan hatte. *Hat er etwa mein Gedächtnis gestohlen?* Ich zermarterte mir den Kopf und versuchte, mich an alles Wichtige in meinem Leben zu erinnern. Ich suchte nach einer Lücke, einem blinden Fleck. Wenn mir der Vogel Erinnerungen geklaut hatte, wusste ich nicht, welche.

Kishan berührte meine Hand. »Ist bei dir alles in Ordnung? Wie geht es dir?«

»Mir geht's gut. Es ist nur …« Ich verstummte, als sich etwas in meinem Bewusstsein regte. Etwas geschah. Etwas schabte wie ein quietschender Gummiwischer über die Oberfläche meines Bewusstseins. Ich spürte, wie sich eine Schicht Verwirrung oder klebriger Dreck, ein geistiges Durcheinander, oder wie auch immer man es nennen mochte, von mir ablöste wie abgestorbene Haut nach einem Sonnenbrand. Es war, als hätten vorher Ängste, Sorgen und düstere Gedanken die Poren meines Bewusstseins verstopft.

Für einen Moment sah ich alles, was ich zu tun hatte, glasklar und ohne jeden Schleier. Ich wusste, wir waren kurz vor unserem Ziel. Ich wusste, erbarmungslose Wächter beschützten das Göttliche Tuch. Ich wusste, was es mit dem Tuch auf sich hatte und was ich damit würde tun können. Ich wusste, wie ich Ren mit seiner Hilfe befreien könnte.

Munin hüpfte vor Kishan auf und ab, wartete begierig, dass er an der Reihe war.

»Es ist in Ordnung, Kishan! Sei unbesorgt. Lass ihn auf deiner Schulter sitzen. Er wird dir nicht wehtun. Vertrau mir.«

Kishan sah mich skeptisch an, doch dann legte er den Kopf schief. Fasziniert beobachtete ich, wie Munin mit den Flügeln schlug und auf Kishans Schulter landete. Er ließ die Flügel ausgebreitet und schüttelte sie träge aus, während er sich um Kishans Ohr kümmerte.

Ich wandte mich an Hugin: »Wird Munin dasselbe mit Kishan tun wie mit mir?«

Der Vogel schüttelte den Kopf und trat von einem Bein aufs andere. Dann begann er, sich das Gefieder zu putzen.

»Und was wird anders sein? Was hat er vor?«

»Musstwarten.«

»Musstwarten?«

Der Vogel nickte.

Munin hüpfte auf den Boden und hielt einen hauchzarten schwarzen Faden von der Größe eines Regenwurms im Schnabel. Er öffnete das Maul und schluckte ihn hinunter.

»Äh … Der sah anders aus als meiner. Kishan? Was ist passiert? Ist alles in Ordnung?«

Er antwortete rasch. »Mir geht's gut. Er … hat es mir gezeigt.«

»Was hat er dir gezeigt?«

»Er hat mir meine Erinnerungen gezeigt. Jede Einzelheit. Ich habe alles gesehen, was geschehen ist. Ich habe Yesubai und mich gesehen. Meine Eltern, Kadam, Ren … Einfach alles. Aber mit einem entscheidenden Unterschied.«

Ich nahm seine Hand. »Und? Was war der Unterschied?«

»Der schwarze Faden, den du gesehen hast – es lässt sich schwer in Worte fassen, aber es war, als hätte mir der Vogel eine dunkle Sonnenbrille von den Augen genommen. Ich habe alles gesehen, wie es wirklich war, wie es wirklich passiert ist. Es war nicht mehr bloß meine Sicht. Es war, als hätte ich alles als Außenstehender beobachtet.«

»Ist deine Erinnerung jetzt anders?«

»Nicht anders ..., nur klarer. Ich weiß jetzt, dass Yesubai ein süßes Mädchen war, das mich gern hatte, aber sie wurde auch ermuntert, mich auszuwählen. Sie hat mich nicht auf dieselbe Art geliebt, wie ich sie geliebt habe. Sie hatte schreckliche Angst vor ihrem Vater. Sie hat ihm willenlos gehorcht, auch wenn sie sich sehnlichst gewünscht hat, sich aus seinem Bann zu befreien. Am Ende war es ihr Vater, der sie getötet hat. Er hat sie heftig weggeschleudert – so heftig, dass es ihr das Genick gebrochen hat. Wie konnte ich nur ihre Furcht übersehen, ihre Beklemmung?« Er rieb sich das Kinn. »Ihr Vater hat meine Gefühle für sie schamlos ausgenutzt. Ich hätte ihn von Anfang an durchschauen müssen, aber ich war blind, blind vor Liebe. Wie konnte mir das passieren?«

»Die Liebe lässt einen manchmal die dümmsten Dinge tun.«

»Was ist mit dir? Was hast du gesehen?«

»Mir wurde das Gehirn gereinigt.«

»Wie meinst du das?«

»Meine Gedanken sind jetzt klar, so wie deine Erinnerungen. Außerdem weiß ich, wie wir an das Göttliche Tuch gelangen und was als Nächstes geschieht. Aber eins nach dem anderen.«

Ich sprang auf und holte das Nest aus der Ecke des Baumhauses herunter. Die beiden Vögel hüpften entrüstet auf und ab und krächzten verärgert, flogen auf mich zu und schlugen mir mit den Flügeln ins Gesicht.

»Es tut mir leid, aber das hier ist eure Schuld. Immerhin habt ihr mir den Verstand geklärt. Und die Sachen gehören uns. Wir brauchen sie.« Ich nahm die Kamera, mein Armband und das Amulett aus dem Nest. Kishan half mir, das Armband und die Kette mit dem Amulett anzulegen, und steckte die Kamera in den Rucksack. Die Vögel beobachteten mich beleidigt.

»Vielleicht können wir euch als Ersatz etwas anderes geben«, schlug ich vor.

Kishan fischte einen Angelhaken, einen Leuchtstab und einen Kompass heraus und legte alles ins Nest. Nachdem ich es zurück in die Ecke getragen hatte, flogen die Vögel herbei, um ihre neuen Schätze zu begutachten.

»Vielen Dank euch beiden! Komm, Kishan. Mir nach.«

21
Das Göttliche Tuch

Nachdem wir uns unsere Kostbarkeiten aus dem Nest zurückgeholt hatten, schritt ich zu einem einfachen Seil, das von der Holzdecke herabhing. Als ich daran zog, war vom Dach des Baumhauses ein ratterndes Geräusch zu vernehmen, ein Paneel öffnete sich, und eine Leiter glitt knarzend herab.

»Der nächste Teil wird der schwerste«, erklärte ich Kishan. »Diese Leiter führt zur Baumkrone, zu der wir hinaufklettern müssen, bis zu einem riesigen Vogelnest. Das Tuch befindet sich dort, wird aber von Eisenvögeln bewacht.«

»Eisenvögel?«

»Ja, und wir werden gegen sie kämpfen müssen, um an das Tuch zu gelangen. Warte einen Augenblick.« Hastig blätterte ich durch Mr. Kadams Notizen und fand, was ich suchte. »Hier. Mit denen werden wir es zu tun bekommen.«

Die Bilder der Vögel aus der griechischen Mythologie waren Angst einflößend, auch ohne die beigefügte Beschreibung.

Kishan las vor: »Schreckliche fleischfressende Vögel mit eisernen Schnäbeln, bronzenen Klauen und giftigem Vogeldreck, die normalerweise in großen Schwärmen leben.«

»Hübsch, nicht wahr?«

»Du musst immer in meiner Nähe bleiben, Kells.«

Ich grinste. »Ich werde mein Bestes geben, dich nicht zu lange allein zu lassen.«

»Sehr lustig. Nach dir.«

Wir stiegen die Leiter hinauf und befanden uns nun in einem Gewühl aus Ästen, die derart ineinander verschlungen waren, dass sie mich an ein Klettergerüst für Kinder erinnerten. Der weitere Aufstieg war einfach, wenn man den Gedanken ausblendete, was es bedeuten würde, sollte man fallen. Kishan bestand darauf, dass ich vor ihm kletterte, damit er mich notfalls auffangen konnte, was auch einmal geschah. Mein Fuß rutschte auf dem feuchten Holz aus, und Kishan umfasste meinen Schuh und schob mich wieder nach oben.

Nach einer geraumen Weile legten wir eine Rast ein, den Rücken gegen den Stamm gelehnt, Kishan weiter unten, ich weiter oben. Er warf mir eine Feldflasche mit zuckerfreier Limonade zu, die ich dankbar auffing. Während ich sie in langen Schlucken leerte, bemerkte ich eine zersetzte Stelle an dem Ast, auf dem ich saß.

»Kishan, schau dir das an!«

Eine gummiartige hellgrüne Paste klebte am Ende meines Asts und hatte sich halb durch das Holz gefressen.

»Wenn mich nicht alles täuscht, haben wir es hier wohl mit dem giftigen Vogeldreck zu tun«, bemerkte ich trocken.

Kishan verzog angewidert das Gesicht. »Und er ist alt, gute zwei Wochen. Der Geruch ist ekelhaft. Scharf und bitter.« Er blinzelte und rieb sich die Augen. »Er brennt mir in der Nase.«

»Das heißt wohl, wir müssen uns ab jetzt vor toxischen Bomben in Acht nehmen.«

Nun da Kishan die Fährte der Vögel aufgenommen hatte, konnten wir seiner Nase bis zum Nest folgen. Wir mussten noch eine weitere Stunde klettern, aber schließlich erreichten wir ein riesiges Nest, das auf drei verschlungenen Ästen thronte.

»Wow, das ist aber groß! Viel größer als das von Bibo.«

»Wer ist Bibo?«

»Der riesige gelbe Vogel aus der Sesamstraße, einer Fernsehserie für Kinder. Denkst du, einer der Vögel ist in der Nähe?«

»Ich höre nichts, aber der Gestank ist überall.«

»Huch, wie praktisch, eine Tigernase bei mir zu haben. Ich rieche überhaupt nichts.«

»Da kannst du von Glück reden. Ich werde diesen Gestank niemals vergessen können.«

»Es ist nur fair, dass du gegen eklige Vögel kämpfen musst. Denk dran, Ren hatte es immerhin mit den Kappa und unsterblichen Affen zu tun.«

Kishan seufzte und bahnte sich einen Weg zu dem riesigen Nest. Alter Vogeldreck hatte die Oberfläche der Äste ausgebleicht und sie brüchig gemacht. Sobald man zu nahe an die schleimig-zähen Hinterlassenschaften der Tiere trat, zerfiel das Holz zu weißem Pulver oder brach auseinander.

Wir schlichen uns näher heran und waren auf Kishans Gehör angewiesen, damit es uns vor herannahenden Vögeln warnte. Das Nest hatte die Größe eines Schwimmbeckens und war aus abgestorbenen Ästen von der Dicke meines Oberarms gefertigt, die wie ein riesiges Osterkörbchen ineinandergeflochten waren. Wir kletterten über den Rand und ließen uns ins Nest fallen.

Fünf gewaltige Eier lagen in der Mitte. Jedes von ihnen so groß wie ein Whirlpool. Bronzefarben und glänzend spiegelte sich in ihnen das Sonnenlicht. Kishan klopfte leicht gegen eines, und ein hohles, metallisches Echo war zu hören.

Ich ging um das Ei herum und keuchte auf. Die Eier lagen auf dem herrlichsten Stoff, den ich je in meinem Leben gesehen hatte. *Das Göttliche Tuch!* Der Stoff schien lebendig zu sein. Farben bewegten sich und wirbelten in geometrischen Mustern über seine Oberfläche. Ein Kaleidoskop der unterschiedlichsten Blautöne ging in knalliges Pink und Gelb über, das sich in ein zartes Hellgrün und Gold verwandelte und schließlich zu einem tiefen Schwarz mit funkelndem Blaustich blähte. Es war ein faszinierendes Schauspiel.

Kishan suchte den Himmel ab und versicherte, dass die Luft rein wäre. Dann kauerte er sich neben mich, um das Göttliche Tuch zu untersuchen.

»Wir müssen ein Ei nach dem anderen wegrollen, Kells. Aber sie sind schwer.«

»Okay. Lass uns mit dem hier anfangen.«

Wir stellten uns hinter das glänzende Ei und rollten es vorsichtig an den Rand des Nests, bevor wir uns um das zweite kümmerten. In der Nähe des Eies lag eine Feder. Normale Vogelfedern waren leicht, hohl und biegsam. Diese hier war länger als mein Arm, unheimlich schwer und aus Metall. Die Kante war scharf wie eine Kreissäge.

»Hm, das ist nicht gut.«

Kishan stimmte mir zu. »Wir sollten uns beeilen.«

Wir rollten gerade das dritte Ei beiseite, als ein ohrenbetäubendes Kreischen erscholl.

Ein noch weit entfernter Vogel kam in rasender Geschwindigkeit auf das Nest zugeflogen. Er klang nicht besonders erfreut. Ich beschattete die Augen mit der Hand, um besser sehen zu können. Anfangs wirkte das Tier winzig, aber schon im nächsten Moment musste ich meine Meinung drastisch revidieren. Mächtige Schwingen hielten das Geschöpf in der Luft, während es sich die thermischen Aufwinde zunutze machte.

Bumm. Die grelle Sonne traf auf den metallischen Körper des riesigen Vogels und reflektierte das Licht, blendete mich. *Bumm.* Er war jetzt viel näher, schien auf einmal seine Größe verdoppelt zu haben und stieß ein jaulendes Heulen aus. Ein leiserer Schrei antwortete ihm. *Bumm.*

Der Baum erzitterte, als etwas auf einem nahen Ast landete. Ein Vogel kreischte uns an und bahnte sich einen Weg in unsere Richtung. Wie immer stellte sich Kishan vor mich, und wir wichen rasch zurück, behielten den schützenden Stamm im Rücken.

Bumm. Bumm. Bumm. Ein weiterer Vogel sauste nun im Sturzflug herab. Ich spannte den Bogen, zielte und schauderte, als der schrille, gellende Schrei des Vogels durch meine Glieder vibrierte. Meine Hand zitterte und ließ den Pfeil los. Ich schoss daneben.

Der Monstervogel glich einem riesigen, von Metallfedern bedeckten Adler. An seinen Schwingen mit einer Spanne von bestimmt zehn Metern hatten die Federn die Größe von Surfboards. Die Flügelspitzen verjüngten sich und standen weit voneinander ab. Der Eisenvogel schlug mit den Flügeln und breitete die Schwanzfedern aus, um scharf abzubremsen und wieder hoch in die Lüfte zu steigen.

Bei seinem zweiten Angriffsversuch streckte er seine starken, muskulösen Beine mit den rasierklingenscharfen Krallen nach uns aus. Kishan drückte mich mit dem Gesicht nach unten ins Nest, sodass der Vogel uns verfehlte, wenn auch nur knapp. Sein Kopf erinnerte mich an eine Möwe mit einem kräftigen, langen, hakenförmigen Schnabel, wobei sich ein zusätzlicher Haken an der Unterseite des Schnabels befand, scharf wie ein zweischneidiges Schwert.

Einer der Vögel hackte nach uns, und ein metallisches Quietschen ertönte, als die todbringenden Ränder seines Schnabels wie eine riesige Schere zusammenklappten.

Ein zweites Tier schoss zu uns herab, weshalb ich einen Blitzstrahl auf ihn abfeuerte. Die Energie traf den Vogel in der Brust und prallte ab, versengte das Nest einen knappen Meter von der Stelle, wo Kishan stand.

»Pass auf, Kells!«

Das war nicht gut. »Mein Blitzstrahl ist einfach abgeprallt!«, rief ich.

»Lass mich mal!« Er warf die *Chakram*, die in einem weiten Bogen an dem Vogel vorbeiflog.

»Kishan! Wie konntest du etwas so Großes verfehlen?«

»Warte einen Augenblick!«

Als die *Chakram* ihren Bogen beendet hatte und zurück zu Kishan raste, traf sie den Vogel von hinten und durchtrennte einen Metallflügel. Ein schreckliches Geräusch erscholl, als würde sich ein Bohrer durch Metall fräsen. Der Vogel kreischte und stürzte Hunderte von Metern in die Tiefe, riss auf seinem Weg nach unten Äste und Blätter mit sich. Der Absturz ließ den Baum heftig erzittern.

Drei Vögel kreisten nun über uns und versuchten, uns mit ihren messerscharfen Klauen und Schnäbeln zu treffen. Ich legte einen neuen Pfeil auf und zielte auf den nächsten. Der Pfeil bohrte sich dem Vogel mitten in die Brust, aber es geschah nichts weiter, als dass das Tier noch wütender wurde.

Währenddessen duckte sich Kishan hastig zwischen zwei Eiern, als wieder ein Vogel herabstürzte und Schaschlik aus ihm machen wollte.

»Ziel auf den Hals oder die Augen, Kelsey!«, schrie er mir zu.

Ich schoss einen weiteren Pfeil in den Hals des Vogels und einen dritten in sein Auge. Das Tier wendete und stürzte dann ab, trudelte wie ein führerloses Flugzeug zu Boden. Jetzt waren die Vögel so richtig sauer.

Auf einmal tauchte der ganze Schwarm auf. Eines der Tiere raste herbei und packte Kishan mit den Klauen.

»Kishan!«

Ich hob die Hand und zielte auf das Auge des Vogels. Dieses Mal funktionierte der Blitzstrahl. Der Eisenvogel stieß einen Schmerzensschrei aus und ließ Kishan los, der mit einem dumpfen Poltern wieder im Nest landete. Ich kümmerte mich auch um das andere Geschöpf, das davonflatterte und den restlichen Schwarm mit wildem Kreischen zu sich rief.

Ich raste zu Kishan. »Alles okay?«

Sein Hemd war zerrissen und blutig. Die Krallen des Vogels hatten ihm die Brust zerkratzt, und er blutete stark. »Geht schon«, keuchte er schwer. »Es tut weh. Es hat sich angefühlt, als wären heiße Messer über meine Haut gefahren, aber es verheilt bereits. Pass gut auf!«

Neben den Schnittwunden hatten sich Blasen gebildet, und die Haut war schrecklich gerötet.

»Anscheinend sind selbst ihre Krallen mit Säure getränkt«, sagte ich mitfühlend.

Er sog scharf die Luft ein, als ich sanft seine Brust berührte. »Wird schon wieder.« Er erstarrte. »Hör zu! Sie kommunizieren miteinander. Sie kommen zurück. Mach dich zum Kampf bereit.« Kishan erhob sich, um die Tiere abzulenken, während ich Stellung hinter den beiden übriggebliebenen Eiern bezog.

»Alles in allem würde ich den Affen den Vorzug geben«, rief Kishan.

Ich schauderte. »Wie wär's damit? Wir leihen uns *King Kong* und *Die Vögel* aus. Dann kannst du entscheiden.«

Er duckte sich unter einem herabsausenden Vogel hinweg und rief: »Willst du mich etwa auf ein Date einladen?

Denn wenn ja, wäre das durchaus ein Anreiz, lebend aus der Sache hier rauszukommen.«

»Was auch immer es braucht.«

»Abgemacht.«

Er rannte quer übers Nest, sprang vom Rand und landete mit einem gewagten Salto auf einem herausstehenden Ast. Er warf die *Chakram*, die hoch in den Himmel schnellte. Die Sonne glitzerte auf der goldenen Scheibe, während sie um den Baum sauste und gleich ein Dutzend Vögel traf, die dort hockten.

Die Geschöpfe stoben in alle Richtungen und formierten sich dann neu. Ich konnte regelrecht sehen, wie sie ihr nächstes Manöver planten. Mit einem Schlag stürzte der Schwarm sich kreischend auf uns herab. Einmal hatte ich mitbekommen, wie Seemöwen über einen Mann am Strand hergefallen waren. Gemeinsam hatten sie nach dem Mann und seinem Sandwich gehackt und ihn attackiert, bis er schreiend davongelaufen war. Sie waren gewalttätig, wild entschlossen und aggressiv gewesen, aber die Vögel hier waren viel schlimmer!

Die Vögel rissen Äste und Zweige ab, um zu uns zu gelangen. Mehr als die Hälfte von ihnen hatte es auf Kishan abgesehen, der geschickt von einem Ast zum nächsten sprang, bis er wieder bei mir hinter den Eiern war. Das fieberhafte Flattern um das Nest wirbelte die Luft auf. Ich hatte das Gefühl, als befände ich mich mitten in einem Orkan.

Kishan schleuderte immer wieder die *Chakram*, säbelte dem einen Vogel das Bein ab und schlitzte einem zweiten den Bauch auf, bevor die Waffe zu seiner Hand zurückkehrte. Ich räumte zwei mit einem Pfeil ins Auge aus dem Weg und blendete weitere zwei mit meinem Blitzstrahl.

»Kannst du sie mir eine Minute vom Hals halten, Kells?«, rief Kishan.

»Ich denke schon! Warum?«

»Ich will die letzten beiden Eier wegrollen!«

»Beeil dich!«

Ich experimentierte und legte einen Pfeil auf, durchdrang ihn mit Blitzenergie und schoss ihn ab. Ich traf den Vogel ins Auge, und sein Kopf explodierte. Der verkohlte, schwelende, kopflose Körper knallte laut krachend gegen den Rand des Nests, verfing sich da und baumelte an der Seite herab. Das Nest zerbrach und neigte sich gefährlich zur Seite. Der Aufprall des Vogels hatte mich wie auf einem Trampolin in die Höhe geschleudert. Verzweifelt streckte ich die Arme aus und krallte mich im freien Fall an einem Zweig fest.

Raue Äste zerkratzten mir die Haut, während ich mein Gleichgewicht zurückzugewinnen versuchte. Als es mir endlich gelang, hangelte ich mich über den Rand des Nests, rutschte jedoch ab. Blut tropfte mir am Arm herab. Die Zähne vor Schmerz zusammenbeißend, grub ich meine Finger ins Holz und rammte meine Fäuste zwischen die verschlungenen Äste. Ich brach mir mehrere Fingernägel ab und schrammte mir Beine und den Oberkörper auf, aber es war die Qualen wert. Ich war einem schrecklichen Tod entgangen und nicht in die Tiefe gestürzt. Zumindest noch nicht.

Kishan hatte sich besser geschlagen. Hastig sprang er auf und eilte zu mir. »Nicht loslassen, Kells!« Er warf sich auf den Bauch und streckte die Hand nach mir aus, packte mich und riss mich mit aller Gewalt hoch, sodass ich auf ihm landete. »Geht's dir gut?«, fragte er.

»Ja. Alles klar.«

»Gut.« Grinsend legte er mir den Arm um die Schultern, da erspähte ich auf einmal etwas aus dem Augenwinkel heraus.

»Pass auf!«, kreischte ich jäh.

Zwei Vögel kamen herbeigestürzt, versuchten uns mit ihren metallischen Schnäbeln zu zerbeißen. Ich hob einen abgebrochenen Ast auf und rammte ihn dem Tier ins Auge, bevor es Kishan niedermetzeln konnte. Dann erledigte ich das andere mit meinem Blitzstrahl.

»Vielen Dank.«

Ich grinste vor Stolz auf meine Leistung. »Jederzeit wieder.«

Das Nest schwankte. Das Gewicht des toten Vogels, der vom Rand herabhing, war zu schwer. Das Tier rutschte und nahm das Nest mit sich. Kishan packte zwei Äste an beiden Seiten meines Kopfes.

»Halt dich fest!«, rief er.

Ich schlang die Arme um seinen Hals und klammerte mich an ihm fest, während sich das Nest zur Seite neigte und schließlich entzweibrach. Die eine Hälfte stürzte mit dem toten Vogel in die Tiefe und die andere – in der wir uns befanden – baumelte wie am seidenen Faden, allein von zwei abgeknickten Ästen gehalten. Mein Magen drehte sich, als das Nest mitsamt der Äste, die es hielten, plötzlich mehrere Meter in die Tiefe krachte und mit einem markerschütternden Knall aufprallte. Drei der Eier kullerten hinaus und zerplatzten auf den Ästen weiter unten. Wir landeten in dem, was vom Nest übrig war, und überschlugen uns ein letztes Mal, bevor wir liegen blieben.

»Wo ist das Tuch?«, schrie ich.

»Dort!«

Das Tuch war aus dem Nest geblasen worden und hing nun an einem abgebrochenen Ast mehrere Meter unter uns. Es flatterte in der Brise und konnte jede Minute vom Wind erfasst werden.

»Kells, beeil dich! Nimm meine Hand. Ich lasse dich hinab, damit du an das Tuch gelangst.«

»Bist du sicher?«

»Ja! Los!«

Er packte meinen Arm und senkte mich hinab. Ich konnte nicht glauben, dass er noch genügend Kraft hatte, aber er krallte sich an einem Ast fest und hielt das Gewicht unserer beiden Körper mit nur einer Hand. Doch es reichte immer noch nicht.

»Das Tuch ist zu weit weg! Kannst du nicht mein Bein nehmen?«

»Ja. Komm kurz wieder hoch.«

Er keuchte heftig und zog mich mit solcher Wucht hoch, dass ich in die Luft geschleudert wurde. In letzter Sekunde umfasste er mich an der Taille und zog mich zu sich. Ich kreischte und warf ihm die Arme um den Hals.

»Was soll ich tun?«

»Als *Erstes* …« Er senkte den Kopf und küsste mich fest. »Und jetzt umklammere meine Hüfte mit dem linken Bein.«

Ich schoss ihm einen funkelnden Blick zu.

»Tu es einfach!«

Ich schwang mich vor und zurück, bevor es mir gelang, ihm das Bein um die Hüfte zu schlingen. Dann ließ er meine Taille los und umklammerte mein Bein. Es war beängstigend, aber ich vertraute ihm blind, dass er stark genug war, uns beide mit nur einer Hand zu halten. Verglichen mit dieser akrobatischen Höchstleistung war es in Kishkindha ein Kinderspiel gewesen, auf Rens Schultern zu stehen.

Als mir durch den Kopf schoss, was bei den nächsten beiden Aufgaben auf mich zukommen mochte, verzog ich das Gesicht. Mit schierer Willenskraft versuchte ich die Äste, in denen das Nest lag, zu überreden, uns noch ein wenig länger zu halten, nur noch einen klitzekleinen Augenblick, bis ich das Tuch erreicht hatte.

»Warum konnten sie kein Mädchen aus dem Cirque du Soleil für diesen Teil der Aufgabe nehmen?«, murmelte ich. »Mit dem Kopf nach unten von einem abgebrochenen Ast zu hängen, tausend Meter über dem Erdboden, ist einfach zu viel verlangt von einem Mädchen, das gerade mal Anfängerin bei *Wushu* ist.«

»Kells?«

»Was?«

»Halt den Mund und schnapp dir das Tuch.«

»Ich arbeite daran!«

Ich streckte mich weiter herab und hörte Kishan knurren: »Nur noch ein paar Zentimeter.«

Seine Hand glitt von meiner Wade zu meinem Fußgelenk. Für einen kurzen Moment schwang ich hilflos über dem grünen Abgrund.

Erschrocken kreischte ich Kishans Namen und schloss eine Sekunde die Augen, schluckte schwer und schwang mich zurück zum Tuch. Da blies der Wind es vom Ast. Es wirbelte in der Luft und schoss an mir vorbei. Im allerletzten Moment bekam ich eine Ecke zu fassen – kopfüber, während das Blut mir im Schädel pochte, meine Fingerspitzen verzweifelt den Stoff umklammerten, Kishan uns beide mit übermenschlicher Kraft hielt – und hatte eine Vision.

Das grüne Blätterdach, das verschwommen vor meinen Augen kreiste, verblasste zu einer weißen Fläche, und ich vernahm eine Stimme. »Kelsey. Miss Kelsey! Können Sie mich hören?«

»Mr. Kadam? Ja, ich höre Sie!« Ich sah den undeutlichen Umriss eines Zelts hinter ihm. »Ich kann Ihr Zelt sehen!«

»Und ich kann Sie und Kishan sehen.«

»Was?« Ich blickte mich um und erkannte ein unscharfes Bild von Kishan, der das Bein meines schlaffen, kopfüber hängenden Körpers umklammerte. Das Tuch hing schwach von meinen Fingern herab. Wie aus weiter Ferne drang Kishans Rufen zu mir.

»Kelsey! Halt durch!«

Die verschwommene Silhouette einer weiteren Person schälte sich heraus.

»Seien Sie jetzt still«, wies mich Mr. Kadam an. »Lassen Sie sich nicht hinreißen, etwas zu sagen. Geben Sie nur genau acht auf jedes Detail – alles könnte uns helfen, Ren zu finden.«

»Okay.«

Mr. Kadams Medaillon glühte rot. Ich sah auf meines, das ebenfalls feuerrot leuchtete. Als ich wieder aufblickte, hatte sich das Bild der anderen Person verfestigt.

Lokesh. Er trug einen schicken Anzug. Sein dunkles Haar war zurückgelegt, und mir fiel auf, dass er an den Fingern mehrere Ringe hatte. Sein Medaillon glühte ebenfalls rot und war viel größer als unsere.

Seine hinterlistigen Augen funkelten, als sich sein Gesicht zu einem Lächeln verzog. »Ah! Ich hatte mich schon gefragt, wann ich dich wiedersehen würde.« Er sprach gewählt und höflich, als würden wir uns auf eine Einladung zum Tee treffen. »Du hast mich eine Menge Zeit und Mittel gekostet, meine Liebe.«

Ich beobachtete ihn schweigend und zuckte bei der verstörend freundlichen Anrede zusammen.

In Lokeshs leiser Stimme schwang ein bedrohlicher Unterton mit. »Wir haben nicht die Zeit für nettes Geplänkel, auch wenn mir das in der Seele wehtut, also fasse ich mich kurz. Ich will das Medaillon, das du trägst. Du wirst es mir bringen. Wenn du meiner Forderung nachkommst, lasse ich deinen Tiger am Leben. Wenn nicht …«, er zog ein Messer aus der Tasche und prüfte die Schärfe an seinem Daumen, »… werde ich dich finden, dir die Kehle aufschlitzen ...«, er sah mir direkt in die Augen, um seine Drohung zu beenden, »... und es dir vom blutigen Hals *reißen*.«

Da trat Mr. Kadam dazwischen. »Lassen Sie die junge Dame aus dem Spiel. Ich werde mich mit Ihnen treffen und Ihnen geben, was Sie wollen. Im Gegenzug werden Sie den Tiger freilassen.«

Lokesh drehte sich zu Mr. Kadam um und lächelte grausam. »Ich erkenne Sie nicht wieder, mein *Freund*. Es würde mich interessieren, wie Sie an das Amulett gekommen sind. Wenn Sie mit mir verhandeln wollen, können Sie mein Büro in Mumbai kontaktieren.«

»Und wo wäre dieses Büro, mein *Freund*?«

»Im höchsten Gebäude in Mumbai. Mein Büro ist das Penthouse.«

Mr. Kadam nickte, als Lokesh mit seinen Ausführungen fortfuhr. Während die beiden Männer sich unterhielten, betrachtete ich eingehend das schemenhafte Bild hinter Lokesh. Ich prägte mir so viele Details wie möglich ein. Ein Mann schien auf ihn einzureden, aber Lokesh schenkte ihm keine Beachtung.

Der Dienstbote hinter Lokesh hatte schwarzes Haar, das nach vorne gekämmt und genau am Haaransatz zu einem Knoten gebunden war. Auf seiner Stirn hatte er schwarze Tattoos, die mich an die sanskritischen Worte aus der Prophezeiung erinnerten. Seinen entblößten Oberkörper bedeckte eine Vielzahl handgemachter Perlenketten, und an jedem Ohr hingen mehrere goldene Kreolen. Da erkannte ich, dass er einen weiteren Mann hinter sich herzerrte und auf ihn deutete.

Der zweite Mann, dessen Kopf schlaff herabhing, stand weiter hinten. Verfilztes, schmutziges Haar verdeckte sein Gesicht. Blutend und mit blauen Flecken übersät, kämpfte er matt gegen die Hände des Mannes an, der ihn hielt.

Der Diener schrie ihn an und stieß ihn, woraufhin der Mann taumelte und auf die Knie fiel. Dann schlug er dem Gefangenen ins Gesicht und riss ihm die Schultern zurück. Als der zerschundene Mann den Kopf hob, glitt sein Haar zur Seite, und ich blickte in eindringliche kobaltblaue Augen.

Überwältigt von Gefühlen stürzte ich einen Schritt vor und rief: »*Ren!*«

Er hörte mich nicht. Sein Kopf fiel ihm wieder kraftlos auf die Brust. Ich begann zu weinen.

Ein anderer hörte mich jedoch – Lokesh. Er verengte die Augen zu Schlitzen, drehte sich um, wollte erfahren, was ich im Hintergrund sah. Wild gestikulierend redete er auf seine Diener ein, aber sie schienen ihn nicht zu verstehen. Dann wirbelte er wieder zu mir zurück, und zum ersten Mal betrachtete er die verschwommenen Bilder hinter *meiner* Schulter. Alles dort verblasste bereits. Ich konnte nicht sagen, ob Lokesh Kishan erkannt hatte oder nicht. Ich erstarrte und zwang ihn durch Willenskraft, nur mich zu sehen.

Und tatsächlich konzentrierte er sich wieder auf mich. Mit geheucheltem Mitleid schüttelte er den Kopf und zeigte auf Ren. »Wie schrecklich *schmerzhaft* es für dich sein muss, ihn so zu sehen. Unter uns gesagt, er schreit nach dir, wenn er gefoltert wird. Bedauerlicherweise ist er nicht besonders mitteilsam, was deinen Aufenthaltsort anbelangt.« Er gluckste. »Er will mir nicht einmal deinen Vornamen verraten, auch wenn ich ihn längst kenne. Du heißt Kelsey, nicht wahr?« Lokesh beobachtete eindringlich meinen Gesichtsausdruck, wartete darauf, dass ich mich verriet.

Er fuhr mit seiner gehässigen Schmährede fort: »Allmählich langweilt mich sein hartnäckiges Schweigen. Er war schon immer sehr eigensinnig. Noch mehr Tränen? Wie rührend. Er wird nicht ewig durchhalten, das weißt du. Allein der Schmerz hätte ihn längst umbringen müssen. Zum Glück ist sein Körper sehr widerstandsfähig.« Er beobachtete mich aus dem Augenwinkel, während er mit dem Messer unter seinen Fingernägeln pulte. »Ich muss gestehen, das Foltern bereitet mir große Freude. Es ist köstlich, ihn als Mann und als Tier leiden zu sehen. Nie zuvor habe ich meiner Leidenschaft in einem solch ungeahnten Ausmaß frönen können. Er heilt so schnell, dass es selbst mir bisher nicht vergönnt war, seine Grenze auszutesten. Aber sei versichert, ich gebe mein *Bestes*.«

Ich biss mir auf die zitternde Hand, um ein Schluchzen zu unterdrücken, und warf Mr. Kadam einen hilfesuchenden Blick zu. Er schüttelte verstohlen den Kopf, bedeutete mir, keinen Laut von mir zu geben.

Lokesh lächelte hämisch. »Wenn du mir deinen Namen nennst, könnte ich mich vielleicht dazu hinreißen lassen, ihm eine kleine ... *Auszeit* zu gönnen? Ein einfaches Nicken reicht. Du heißt Kelsey Hayes, nicht wahr?«

Mr. Kadams mahnende Worte rasten durch mein Bewusstsein. Es kostete mich große Überwindung, aber ich konzentrierte mich allein auf Ren. Tränen rannen mir das Gesicht herab, doch ich blieb wie versteinert und sah Lokesh nicht an.

Auf einmal wurde er wütend. »Wenn du *wirklich* etwas für ihn empfindest, wirst du seinen Schmerz doch lindern und ihm jede unnötige Pein ersparen wollen. Nein? Vielleicht habe ich mich in *deiner* Zuneigung getäuscht. Ich bin mir allerdings sicher, was *er* für dich empfindet. Er redet nie von dir, nur in seinen Träumen ruft er nach seiner Liebsten. Aber womöglich bist du überhaupt nicht diejenige, nach der er sich verzehrt?« Seine Stimme verhallte. »Nun ja. Die beiden Brüder hatten nie großes Glück in der Liebe, nicht wahr? Vielleicht ist es auch an der Zeit, ihn von seinen Qualen zu erlösen. Fast kommt es mir vor, als würde ich ihm damit einen Gefallen tun.«

Ich konnte mich nicht zurückhalten. »Nein!«

Er hob die Augenbrauen und setzte erneut zu sprechen an, aber seine Worte waren zu leise. Als wir drei uns nicht mehr hören konnten, drehte sich Mr. Kadam zu mir um. Lokesh fuchtelte mit den Händen, doch ich schenkte ihm keine Aufmerksamkeit und konzentrierte mich allein auf Mr. Kadam, der allmählich zu einer weißen Fläche verblasste. Ich wischte mir die Tränen aus den Augen, während er mich mitleidvoll anlächelte und mir zuwinkte, bevor er völlig verschwand.

Ich blinzelte, und das Weiß verwandelte sich in ein leuchtendes Grün. Mein Kopf pochte.

Kishan schrie mich an. »Kelsey! *Kelsey!* Komm zu dir!«

Zum Glück hielt ich immer noch das Tuch in Händen. Ich rief: »Hab es! Zieh mich hoch, Kishan!«

»Kelsey! Pass auf!«

Ein Vogel kreischte über uns. Ich drehte mich um und starrte direkt in den klaffenden schwarzen Schlund eines metallenen Vogels, der mir in Großaufnahme seinen grünen, mit Rost überzogenen, zweischneidigen Scherenschnabel entgegenreckte. Ich feuerte einen Blitzstrahl hinein, und er flatterte krächzend davon, während dunkler Rauch sich aus seinem Schnabel kringelte.

Mit einem lauten Ächzen zog mich Kishan zu sich hoch. Ich umklammerte seine Taille und hielt mich verzweifelt an ihm fest. Dann ließ er mich in dem Vertrauen los, dass ich genügend Kraft hätte, mich festzuhalten. Ich schlang die Arme um ihn, umfasste zur Sicherheit meine Handgelenke und ballte das Tuch in der Faust. Kishan zog sich über den

Rand des zerstörten Nests und half mir hoch. Seine Arme zitterten vor Erschöpfung.

Kishan setzte sich auf und untersuchte meine Arme. »Kells, ist bei dir alles in Ordnung? Was ist passiert?«

»Noch eine Vision«, keuchte ich. »Erzähl ich dir später.«

Wir duckten uns, als ein Vogel in der Nähe krächzte. Ich nahm unseren Rucksack und verstaute den Bogen mitsamt dem Köcher, der wie durch Zauberhand mit goldenen Pfeilen gefüllt war, sowie das Tuch und die *Chakram* darin.

»Okay. Und was jetzt?«, fragte Kishan.

Wir kletterten den Baum hinab, bis wir genügend Deckung hatten, dass die Vögel uns nicht mehr sehen konnten. Wir hingegen konnten sie immer noch hören, wie sie den Baum umkreisten und sich lauthals mit Gekreische verständigten, doch je weiter wir nach unten kamen, desto ruhiger wurde es, bis ihr Krächzen völlig verstummte.

»Kells, bleib stehen. Wir müssen uns ein bisschen ausruhen.«

»In Ordnung.«

Die Goldene Frucht tischte uns im Nu etwas zu essen und zu trinken auf, und Kishan bestand darauf, mich nach Verletzungen zu untersuchen. Ihm schien nichts zu fehlen. Seine Blessuren waren bereits verheilt, aber ich hatte ein paar böse Schnittwunden an Armen und Beinen. Diese heilten auch, doch meine Fingernägel waren eingerissen und blutig, und unter einem war ein langer Splitter, den Kishan sich anschaute.

»Das wird wehtun. Splitter und Stachel sind die schlimmsten Feinde eines Tigers.«

»Wirklich? Wie kommt das?«

»Wir reiben und kratzen uns an Bäumen, um unser Territorium zu markieren, und fressen manchmal Stachelschweine. Ein cleverer Tiger greift sie von vorne an, aber manchmal drehen sie sich blitzschnell. Ich hatte schon des Öfteren Stacheln in meiner Tatze, und die tun weh und eitern. Sie brechen ab, sobald man geht. Ein Tiger kann sich unmöglich selbst helfen, weshalb ich immer warten musste, bis meine Zeit als Mensch gekommen war, um sie herauszuziehen.«

»Oh! Ich hatte mich schon gefragt, warum Ren sich im Dschungel immer an Bäumen gerieben hat. Kommen Stachel nicht irgendwann von selbst heraus?«

»Nein. Sie krümmen sich und blieben in der Haut stecken. Sie lösen sich nicht auf. Splitter schon, Stachel nicht. Sie bleiben das ganze Leben im Körper eines Tigers. Das ist der Grund, weshalb sie manchmal Menschen anfallen. Mit einer Beeinträchtigung wie dieser können sie keine schnelle Beute erjagen. Ich bin einigen Tigern begegnet, die regelrecht verhungert sind, weil sie von Stachelschweinen verletzt worden waren.«

»Nun, der gesunde Menschenverstand würde einem in dem Fall wohl raten, einfach kein Stachelschwein zu essen.«

Kishan grinste. »Aber sie sind köstlich.«

»Igitt.« Ich sog scharf die Luft ein. »Aua!«

»Hab's gleich. Da. Er ist draußen.«

»Danke.«

Er säuberte meine schlimmsten Wunden mit desinfizierenden Tüchern und verband sie dann notdürftig. »Ich denke, du heilst hier schneller als sonst, aber nicht so schnell wie ich. Wir sollten eine Pause einlegen.«

»Wir können uns ausruhen, wenn wir unten sind.«

Seufzend rieb er sich die Stirn. »Kells, wir haben Tage gebraucht, um zum Wipfel zu kommen. Es wird uns Tage kosten, wieder nach unten zu klettern.«

»Nein, das wird es nicht. Ich kenne eine Abkürzung. Als mir die Raben den Verstand geklärt haben, konnte ich sehen, welche Macht dem Tuch innewohnt. Wir müssen bloß einen Ast entlangspazieren.«

Ich spürte, dass Kishan mir nicht glaubte, aber er folgte mir dennoch. Vorsichtig gingen wir einen langen Ast entlang.

»Und jetzt?«, fragte Kishan, als wir das Ende erreichten.

»Schau einfach zu.« Ich hielt das Tuch mit den Fingerspitzen und sagte: »Einen Fallschirm für zwei Personen, bitte.«

Das Tuch ballte sich zusammen, zog sich dann stramm in die Länge und faltete sich mehrmals. Von allen vier Ecken lösten sich Fäden und wurden immer länger. Sie verwoben und verknoteten sich, formten Gurtzeug, Steuerleinen und Seile. Schließlich hörte das Tuch auf, sich zu bewegen. Es hatte sich in einen großen Tandemfallschirm verwandelt.

Kishan starrte ihn ungläubig an. »Was hast du getan, Kelsey?«

»Du wirst schon sehen. Leg ihn an.«

»Du hast Fallschirm gesagt. Du willst mit einem Fallschirm abspringen?«

»Ja.«

»Das ist keine gute Idee.«

»Ach, komm schon. Tiger haben doch keine Höhenangst, oder?«

»Das hat nichts mit Höhenangst zu tun. Das hat etwas damit zu tun, dass wir uns unglaublich weit oben auf einem Baum befinden und du vorschlägst, uns mit einem sonderbaren Stoff, von dem du glaubst, es wäre ein Fallschirm, ins Ungewisse zu stürzen.«

»Das ist wirklich einer, und es wird klappen.«

»*Kelsey.*«

»Du musst Vertrauen haben, wie schon der ozeangleiche Lehrer gesagt hat. Das Göttliche Tuch kann auch andere coole Dinge. Auf dem Weg nach unten werde ich dir alles erzählen. Kishan, *vertrau* mir.«

»Ich vertraue *dir*, ich vertraue bloß nicht dem Stück Stoff dort.«

»Nun, ich werde auf jeden Fall springen. Kommst du mit oder nicht?«

»Hat dir eigentlich schon mal jemand gesagt, dass du stur wie ein Esel bist?«

»Ren musste mit meiner Sturheit *und* meinem Sarkasmus umgehen, du hattest also bisher Glück.«

»Na ja, aber zumindest ist er für seine Mühe mit ein paar Küssen belohnt worden.«

»Du hast auch welche bekommen.«

»Nicht freiwillig.«

»Das stimmt.«

»Also gut.« Er seufzte ergeben. »Wenn du darauf bestehst, erklär mir aber bitte zuerst, wie das funktionieren soll.«

»Ganz einfach. Wir schnallen uns an, springen und ziehen die Reißleine. Zumindest hoffe ich, dass es so funktioniert«, murmelte ich leiser.

»*Kelsey.*«

»Keine Sorge. So soll es sein. Ich weiß, dass wir es schaffen.«

»Okay.«

Er legte sich den Gurt an, während ich mir den Rucksack auf den Bauch schnallte. Dann trat ich zu Kishan.

»Hm ... du bist zu groß für mich. Vielleicht wenn ich mich auf einen höheren Ast stellen ...«

Ich sah mich nach einer Erhöhung um, da schlang mir Kishan kurzerhand die Arme um die Hüfte und hob mich hoch. Er drückte mich an seine Brust, und ich schlüpfte in den zweiten Gurt des Göttlichen Tuchs.

»Äh ... danke. Na gut, als Nächstes musst du loslaufen und vom Ast springen. Schaffst du das?«

»Das sollte ich gerade noch schaffen«, erwiderte er trocken. »Bist du bereit?«

»Ja.«

Er drückte mich an sich. »Eins, zwei, drei!« Kishan rannte fünf Schritte und stürzte sich mit mir in die Tiefe.

22

Fort

Der Wind schlug uns heftig entgegen, während wir im freien Fall durch die Luft sausten und wie Dorothys Haus im *Zauberer von Oz* herumwirbelten. Kishan gelang es schließlich, uns mit dem Gesicht nach unten auszubalancieren. Er nahm meine Handgelenke und streckte unsere Arme zu beiden Seiten aus, sodass wir das Gleichgewicht hielten. Genau im selben Moment hörten wir ein metallenes Kreischen über uns. Ein Eisenvogel war uns auf den Fersen.

Kishan hob meinen linken Arm. Wir scherten scharf nach rechts aus und gewannen an Fahrt. Der Vogel ließ sich nicht abschütteln. Dann hob Kishan unsere rechten Arme, und wir glitten nach links. Der Vogel war jetzt genau über uns.

»Halt dich fest, Kells!«, schrie Kishan.

Er drückte unsere Arme an die Seiten und zog den Kopf ein. Wir schossen wie eine Kugel nach unten. Der Vogel legte die Flügel an und stürzte mit uns in die Tiefe.

»Ich werde uns umdrehen! Versuch, ihn mit deinem Blitzstrahl zu treffen! Bereit?«

Ich nickte, und Kishan drehte uns in der Luft. Unsere Rücken zeigten nun zum Boden, und ich hatte einen beeindruckenden Ausblick auf den Bauch des Vogels. Rasch feuerte ich mehrere Blitze ab, verfehlte das Auge, traf aber in den Schnabel. Dem Vogel gefiel das überhaupt nicht, und er flatterte laut kreischend davon.

»Festhalten!«

Kishan drehte uns wieder um hundertachtzig Grad und brachte uns ins Gleichgewicht. Dann zog an er der Reißleine, und ich hörte das quietschende Surren von Stoff. Mit einem *Ratsch* öffnete sich der Fallschirm und füllte sich mit Luft. Kishans Griff um meine Taille verstärkte sich, als uns der Luftwiderstand in die Höhe katapultierte und unsere Fallgeschwindigkeit drastisch verlangsamte. Dann ließ er mich los und nahm die Steuerschlaufen, um uns zu navigieren.

»Lande zwischen den beiden Bergen dort«, rief ich.

Ein schreckliches Krächzen über uns bedeutete, dass die Vögel uns gefunden hatten. Drei von ihnen umkreisten uns, versuchten, uns mit Klauen und Schnäbeln zu packen. Ich wollte meinen Blitz einsetzen, aber es war zu schwierig, aus dieser Entfernung die Augen zu treffen. Stattdessen öffnete ich den Rucksack und holte meinen Bogen heraus.

Kishan scherte nach links aus. Ich spannte den Bogen und schoss einen Pfeil ab, der knapp am Kopf des Vogels vorbeizischte. Mein zweiter Pfeil, in den ich meine Blitzenergie lenkte, traf das Tier direkt im Hals, was ihm einen gehörigen Schock versetzte. Es fiel verletzt zu Boden. Ein anderer Vogel streifte uns mit seinen rasiermesserscharfen Flügeln, was uns schwer ins Trudeln brachte. Zum Glück gelang es mir, ihn mit einem Pfeil zu vertreiben.

Der dritte Vogel war gewieft. Geschickt duckte er sich aus meinem Blickfeld und blieb in unserem Rücken. Beim nächsten Angriff riss er mit der Klaue ein großes Loch in den Fallschirm, der jäh in sich zusammenfiel und uns wieder in den freien Fall stürzte. Kishan versuchte zu lenken, aber der Wind zerrte heftig an dem zerfetzten Stoff.

Wir waren schon auf das Schlimmste gefasst, als der Fallschirm mit einem Mal begann, sich selbst zu reparieren. Fäden schossen aus dem Stoff und verwebten sich, bis das Göttliche Tuch aussah, als wäre es nie beschädigt gewesen. Es füllte sich erneut mit Luft, und Kishan riss an der Steuerschlaufe, um uns in die gewünschte Richtung zu lenken.

Der wütende Vogel tauchte wieder auf und wich gekonnt meinen Pfeilen aus. Sein lautes Krächzen wurde von anderen seiner Art beantwortet.

»Wir müssen landen!«

»Sind gleich da, Kells!«

Ein Dutzend Vögel schoss auf uns zu. Nur mit Glück, so schien es mir, würden wir lange genug überleben, um überhaupt den Boden zu erreichen. Der Schwarm umkreiste uns kreischend und flatternd und hackte mit den Schnäbeln nach uns.

Wir hatten es fast geschafft. Nur noch ein paar Sekunden! Da stürzte sich ein Vogel auf uns. Er war schnell, zu schnell, und wir bemerkten ihn erst im letzten Augenblick. Das Geschöpf riss den Schnabel auf. Ich konnte förmlich das Knacken meiner Knochen hören, während ich mir mit Schrecken ausmalte, wie mich der Metallvogel in zwei Stücke riss.

Ich schoss mehrere Pfeile ab, traf aber kein einziges Mal. Der Wind wirbelte uns plötzlich fort, und aus der neuen Position konnte ich nichts tun. Kishan steuerte den Fallschirm, setzte zu einem gefährlichen Sturzflug an und schlug dann einen Haken. Ich schloss die Augen und wurde heftig durchgerüttelt, als wir endlich festen Boden erreichten.

Kishan rannte mehrere Schritte und stieß mich flach ins Gras. Er lag nun auf mir und riss verzweifelt an unseren Gurten.

»Kopf runter, Kells!«

Der Vogel kam direkt auf uns zu. Mit dem Schnabel ergatterte er ein großes Stück Fallschirm und zerrte daran, zerfetzte das einzigartige Material. Ich zuckte zusammen, als ich das schreckliche Reißen hörte. Bis aufs Blut gereizt spuckte der Vogel den Fallschirm wieder aus und startete einen neuen Versuch. Kishan befreite sich, zog die *Chakram* aus dem Rucksack und warf sie mit aller Kraft, während ich mich hinkniete und verzweifelt die Überreste des Fallschirms aufsammelte.

»Bitte wachs wieder zusammen.«

Nichts geschah. Kishan schleuderte erneut seine Waffe.

»Ein bisschen Hilfe wäre nicht schlecht.«

Ich schoss ein paar Pfeile ab und beobachtete aus den Augenwinkeln, wie sich das Tuch bewegte. Die Fäden verknüpften sich wieder und webten den Stoff zu einem Ganzen, anfangs nur langsam, dann schneller und immer schneller. Schließlich hatte es seine ursprüngliche Größe wieder.

»Halt die Tiere einen Moment in Schach, Kishan. Ich weiß, was zu tun ist!« Ich hob das Tuch auf und flüsterte: »Sammle den Wind ein.«

Der Stoff kräuselte sich, die Farben verschwammen, das Tuch dehnte sich. Mit zwirbelnden, drehenden Bewegungen blähte es sich auf und wuchs zu einem riesigen Sack an, der in der Brise flatterte. Auf einmal traf mich ein Windstoß und wehte in den Sack. Als er nachließ, peitschte ein zweiter von hinten an mir vorbei und blies den Sack weiter auf. Im nächsten Moment schossen Windböen aus allen Richtungen herbei, und nur mit äußerster Konzentration gelang es mir, den anschwellenden Beutel zu bändigen.

Schließlich ebbten die Böen ab, und ich spürte nicht einmal mehr den Hauch einer Brise. Der Sack hingegen beulte sich heftig aus. Kishan war inzwischen von zehn Vögeln umzingelt, konnte sie mit der *Chakram* kaum mehr abwehren.

»Kishan! Stell dich hinter mich!«

Er holte aus und warf die *Chakram* mit einem mächtigen Stoß auf die Vögel. Während sie durch die Luft sirrte, kam er zu mir gerannt, umklammerte den Sack auf der anderen Seite und fing die herbeisausende Waffe auf, Zentimeter bevor sie mir den Hals durchtrennte.

Vorwurfsvoll hob ich eine Augenbraue, doch er grinste mich nur schelmisch an. »Okay«, rief ich. »Bist du bereit? Eins, zwei, drei!«

Wir öffneten den Beutel und schleuderten den angesammelten Wind von Shangri-La in Richtung der Vögel. Drei der Tiere zerschellten am Berg, während die anderen zum Weltenbaum gefegt wurden, obwohl sie mit aller Kraft versuchten, dem Wirbelwind entgegenzusteuern.

Als der Wind erstarb, hing der leere Sack schlaff zwischen uns. Kishan starrte mich ungläubig an. »*Kelsey.* Wie hast du …?« Dem nie um eine Bemerkung verlegenen Kishan hatte es glatt die Sprache verschlagen.

»Das Tuch, bitte.«

Der Sack drehte und krümmte sich, nahm einen blassblauen und goldenen Ton an und schrumpfte wieder auf Tuchgröße. Ich band es mir um den Hals und warf das Ende locker über die Schulter.

»Die Antwort lautet: Keine Ahnung. Als Hugin und Munin mir den Verstand geklärt haben, habe ich mich an all die Geschichten und Mythen erinnert, die ich gelesen habe. Ich habe mich an Dinge erinnert, die die Göttliche Weberin uns erzählt und über die Mr. Kadam Spekulationen angestellt hat. Er hat mir einmal eine Geschichte über einen japanischen Gott namens Fūjin erzählt, den Herrscher über die Winde, der einen Sack bei sich trug, in welchem er sie aufbewahrte. Außerdem wusste ich, dass das Material des Tuchs etwas ganz Besonderes ist, ähnlich wie die Goldene Frucht.

Vielleicht steckte alles schon die ganze Zeit über in meinem Kopf, oder Hugin hat mir die Idee zugeflüstert. Das weiß ich nicht genau. Mit Gewissheit kann ich jedoch sagen, dass das Tuch uns helfen wird, Ren zu retten. Allerdings sollten wir von hier verschwinden, bevor die Vögel zurückkommen. Später erkläre ich dir alles.«

»In Ordnung, aber zuerst gibt es etwas, das *ich* dir zeigen muss.«

»Was denn?«

»Das hier.«

Er zog mich an sich und küsste mich. Stürmisch. Sein Mund berührte meinen mit ungeahnter Leidenschaft. Der Kuss war schnell, ungezügelt, wild. Er hielt mich fest umklammert, die eine Hand umschloss meinen Kopf, die andere ruhte entschieden auf meiner Hüfte. Er küsste mich mit einer solchen Inbrunst, der ich ebenso wenig Einhalt gebieten konnte wie einer Lawine.

Wenn man von einer Lawine überrascht wird, hat man zwei Möglichkeiten: stehen bleiben und sich dagegenstemmen oder nachgeben, in ihren Sog geraten und darauf hoffen, dass man den Fuß des Berges lebendig erreicht. Und so sträubte ich mich nicht länger gegen Kishans Kuss und geriet in seinen Sog. Schließlich hob er den Kopf, wirbelte mich herum und stieß einen triumphierenden Jubelschrei aus, der von den umliegenden Bergen widerhallte.

Als er mich endlich absetzte, musste ich erst wieder zu Atem kommen. Ich keuchte schwer und sagte: »Wofür war das denn?«

»Ich bin einfach so glücklich, am Leben zu sein!«

»Okay, schön. Aber behalt deine Lippen das nächste Mal bei dir.«

Er seufzte. »Sei nicht sauer, Kells.«

»Ich bin nicht *sauer*. Ich bin ... Ich weiß nicht, was ich davon halten soll. Es ist einfach alles viel zu schnell passiert.«

Ein spitzbübisches Lächeln stahl sich auf sein Gesicht. »Ich verspreche, beim nächsten Mal nichts zu überstürzen.«

»Welches nächste Mal?«

Er runzelte die Stirn. »Du solltest die Sache nicht zu eng sehen. Es ist doch eine ganz natürliche Reaktion, wenn man dem Tod knapp entronnen ist. Ähnlich wie Soldaten, die aus dem Krieg zurückkehren, das nächstbeste Mädchen küssen, sobald sie von Bord sind.«

»Ja, vielleicht«, entgegnete ich trocken, »aber der Unterschied liegt darin, dass *dieses* Mädchen *mit* dir an Bord war. Sobald wir das Festland erreicht haben, kannst du ruhig das nächstbeste Mädchen küssen, Matrose, aber Hände weg von *diesem* Mädchen.«

Er verschränkte die Arme vor der Brust. »Wirklich? Wenn du mich fragst, hat es sich eher angefühlt, als hätten sich *deine* Hände nicht zurückhalten können.«

»Wenn meine Hände *überhaupt* auf dir waren, dann nur, um dich von mir wegzustoßen«, schleuderte ich ihm entrüstet entgegen.

»Was auch immer du dir einreden willst, um später ein reines Gewissen zu haben. Du kannst dir einfach nicht eingestehen, dass es dir *gefallen* hat.«

»Hm, lass mich kurz überlegen. Du hast vollkommen recht, Casanova. Es *hat* mir gefallen. Als es endlich *vorbei* war!«

Er schüttelte den Kopf. »Du *bist* dickköpfig. Kein Wunder, dass Ren so viele Probleme mit dir hatte.«

»Wie kannst du es *wagen*, deinen Bruder jetzt auch nur mit einer Silbe zu erwähnen?«

»Wann wirst du den Tatsachen endlich ins Auge sehen, Kells? Du magst mich.«

»Nun, im Moment mag ich dich nicht besonders! Können wir einfach zum Geistertor zurückwandern und dieses Gespräch beenden?«

»Ja, lass uns gehen. Aber das Gespräch werden wir später fortsetzen.«

»Eher friert Shangri-La zu.«

Süffisant lächelnd schulterte Kishan den Rucksack. »Ich kann warten. Nach dir, *Bilauta*.«

Wir marschierten mehrere Stunden. Kishan versuchte ununterbrochen, mich in eine Unterhaltung zu verwickeln, doch ich behandelte ihn, als wäre er Luft.

Das Problem war – er hatte nicht ganz unrecht. Ich hatte insgesamt nicht nur mehr Zeit mit ihm verbracht als mit Ren, wir hatten auch monatelang unter demselben Dach gelebt. Seit Wochen waren wir in Shangri-La und klebten Tag und Nacht aneinander.

Dieses ständige Zusammensein ruft eine besondere Nähe, eine Vertrautheit zwischen zwei Menschen hervor. Im Gegensatz zu mir war Kishan bereit, diesen Umstand anzuerkennen. Es war nicht verwunderlich, dass Kishan, der bereits vorher Gefühle für mich hatte, diese nun unverhohlen äußerte. Die Sache war die: Es störte mich nicht so sehr, wie es mich hätte stören sollen. Und Kishans Kuss war nicht mit dem von Artie oder Jason oder selbst dem von Li zu vergleichen.

Als ich Li geküsst hatte, hatte ich das Gefühl, alles unter Kontrolle zu haben. Selbst Rens Küsse waren anders. Sie waren wie ein überwältigender Wasserfall im Dschungel – funkelnd und glitzernd im Sonnenschein. Er war ein exotisches Paradies, das es zu erforschen galt. Kishan war anders. Kishan war ein reißender Wildwasserfluss – schnell, unvorhersehbar, unbezähmbar. Die Brüder waren beide umwerfend und faszinierend, aber Kishan zu küssen hatte einen gefährlichen Beigeschmack.

Nicht gefährlich wie die männlichen Sirenen; die hatten sich falsch angefühlt. Wenn ich ganz ehrlich war, musste ich mir eingestehen, dass sich der Kuss mit Kishan nicht falsch angefühlt hatte. Genau genommen war es schön gewesen, wie eine wildere, stürmischere Version von Ren. Bei Kishan kam es mir wirklich so vor, als stünde ein Tiger vor mir, der sich im nächsten Augenblick auf mich stürzen wollte. Es war keine gänzlich unangenehme Vorstellung. Und genau das war der Punkt, der mich beunruhigte.

Ich bin wohl schon zu lange von meinem Freund getrennt, versuchte ich mir mein Gefühlschaos zu erklären. *Kishan ist die nächstbeste Wahl, und ich vermisse meinen Tiger. Das ist sicherlich alles.* Ich ließ mich von diesen Gedanken trösten, während wir schweigend weiterwanderten.

Wie Ren besaß Kishan das Talent, sich charmant aus prekären Situationen zu winden. Und so dauerte es nicht lange, bis er mich völlig vergessen ließ, dass ich eigentlich sauer auf ihn war.

Als die Dämmerung einsetzte, entschieden wir, unser Nachtlager aufzuschlagen. Ich war erschöpft.

»Du nimmst den Schlafsack, Kells.«

»Den brauche ich nicht.« Ich band mir das Tuch vom Hals und sagte: »Bitte ein großes Zelt, einen Schlafsack, zwei weiche Kissen und Wechselklamotten für uns beide.«

Das Tuch drehte sich und schnalzte auseinander. Fäden glitten heraus und verwoben sich, verknoteten sich zu dicken Schnüren, die in alle Richtungen herausschossen und sich um die starken Äste der umliegenden Bäume wickelten. Sobald die Seile fest und gesichert waren, gestaltete das Göttliche Tuch das Dach, Wände und einen Zeltboden. Anstelle eines Reißverschlusses hatten die Zeltklappen Schnüre.

Ich duckte mich hinein. »Hereinspaziert, Kishan.«

Er folgte mir in das geräumige Zelt, und wir beobachteten, wie die farbenfrohen Fäden einen dicken Schlafsack und zwei weiche Kissen webten. Als alles fertig war, war ich die stolze Besitzerin eines grünen Schlafsacks und zweier weicher, flauschiger Kissen, auf denen frische Kleidung für uns beide lag. Kishan rollte den alten Schlafsack neben meinen, während ich ein Kissen ausschüttelte.

»Nach welchen Kriterien wählt es die Farbe aus?«, erkundigte er sich neugierig.

»Das hängt vermutlich von seiner Stimmung ab oder vielleicht davon, wonach man bittet. Das Zelt, der Schlafsack und die Kissen sehen so aus, wie sie aussehen sollen. Ansonsten verändert das Tuch selbstständig die Farben. Das ist mir heute beim Wandern aufgefallen.«

Kishan verschwand zum Umziehen in den Dschungel, während ich mir frische Klamotten überstreifte und meine Feenkleidung draußen über einen Ast hängte. Als Kishan zurückkam, hatte ich mich längst tief in meinen Schlafsack gekuschelt und auf die Seite gedreht, um jeglicher Unterhaltung einen Riegel vorzuschieben.

Er kletterte in seinen Schlafsack, und ich spürte, wie seine goldenen Augen meinen Rücken anstarrten. Nach einer angespannten Weile schnaubte er und sagte: »Na dann, gute Nacht, Kells.«

»Gute Nacht, Kishan.« Ich war erschöpft und schlief rasch ein, driftete augenblicklich in einen Traum.

Ich träumte von Ren und Lokesh, von genau derselben Szene wie in meiner letzten Vision. Ren saß in einem dunklen Raum in der hintersten Ecke eines Käfigs. Sein Haar war stumpf und schmutzig, und ich erkannte ihn erst, als er die Augen aufschlug und mich ansah. Diese blauen Augen hätte ich überall und jederzeit wiedererkannt.

Seine Augen funkelten in dem düsteren Licht wie glitzernde Saphire. Ich kroch näher, ließ mich von ihnen gefangen nehmen, starrte sie an wie ein verzweifelter Matrose, der in einer stürmischen schwarzen Nacht den Blick nicht von einem Leuchtturm abwenden kann.

Als ich beim Käfig war, blinzelte Ren. Fast hätte man meinen können, er würde mich zum ersten Mal sehen. Seine Stimme war krächzend, als hätte er lange kein Wasser bekommen.

»Kells?«

Ich krallte die Finger um die Gitterstäbe und wünschte sehnlichst, ich wäre stark genug, sie zu zerbrechen. »Ja. Ich bin's.«

»Ich kann dich nicht sehen.«

Für einen entsetzlichen Augenblick fürchtete ich, Lokesh hätte ihn geblendet. Ich kniete mich vor den Käfig. »Ist es so besser?«

»Ja.« Ren kam näher gerutscht und legte die Hände auf meine. Wolken zerteilten sich, und das Mondlicht fiel durch ein winziges Fenster, überzog sein Gesicht mit einem matten Schimmer.

Erschrocken keuchte ich auf. Tränen füllten meine Augen. »O Ren! Was hat er dir angetan?«

Rens Gesicht war geschwollen und lila. Blut sickerte ihm aus den Mundwinkeln, und eine tiefe Schnittwunde verlief von seiner Stirn bis zur Wange. Ich streckte einen Finger aus und berührte sanft seine Schläfe.

»Er hat die Informationen nicht bekommen, die er von dir wollte, und hat seine Wut an mir ausgelassen.«

»Es tut mir so leid.« Meine Tränen tropften auf seine Hand.

»*Priyatama*, nicht weinen.« Er drückte seine Hand an meine Wange. Ich drehte den Kopf und küsste seine Handfläche.

»Ich ertrage es nicht, dich so zu sehen. Wir werden dich retten. Bitte, *bitte*, halte noch ein wenig durch.«

Er senkte den Blick, als würde er sich schämen. »Ich denke, das kann ich nicht.«

»Sag das nicht! Sag das *niemals*! Ich komme. Ich weiß, was zu tun ist. Ich weiß, wie man dich retten kann. Du musst am Leben bleiben. Egal, was es kostet! Ren, versprich mir das!«

Ren seufzte gepeinigt. »Er ist dir auf den Fersen, Kells. Jede Sekunde, die Lokesh mich in seiner Gewalt hat, bist du in Gefahr. Er ist von dir besessen. In jeder wachen Sekunde versucht er, mir Informationen über dich zu entlocken. Er wird niemals aufgeben. Er … wird meinen Willen brechen. Bald. Wäre es nur die körperliche Folter, könnte ich es ertragen, aber er benutzt dunkle Magie. Täuscht mich. Beschwört Halluzinationen herauf. Und ich bin so … *müde*.«

Meine Stimme bebte. »Dann *erzähl* ihm einfach alles. Erzähl ihm, was er wissen will. Vielleicht lässt er dich dann in Ruhe.«

»Niemals, *Prema*.«

Ich schluchzte. »*Ren*. Ich darf dich nicht verlieren.«

»Ich bin bei dir. Meine Gedanken sind immer bei dir.« Er nahm eine meiner Locken und brachte sie an seine Lippen. Tief sog er den Duft meines Haares in sich ein. »*Immer.*«

»Gib nicht auf! Nicht wenn wir so nah sind!«

Sein Blick irrlichterte durch den Raum. »Es gäbe eine Möglichkeit …«

»Was? Welche Möglichkeit?«

»Durga«, sagte er und machte eine Pause, »hat mir ihren Schutz angeboten, aber einen hohen Preis verlangt. Das wäre es nicht wert.«

»Dein Leben wäre alles wert! Nimm ihr Angebot an! Denk nicht zweimal drüber nach. Du kannst Durga vertrauen. Tu es! Was auch immer der Preis ist, es spielt keine Rolle, solange du überlebst.«

»Aber, *Kelsey*.«

»Schsch.« Sanft drückte ich eine Fingerspitze auf seine geschwollene Lippe. »Tu alles, was nötig ist, um zu überleben. Versprochen?«

Er röchelte verzweifelt und sah mich mit leuchtenden Augen an. »Du musst gehen. Er kann jederzeit zurückkommen.«

»Ich will nicht fort von dir.«

»Das möchte ich auch nicht. Aber du musst.«

Niedergeschlagen wandte ich mich ab.

»Warte, Kelsey. Bevor du gehst … Schenkst du mir einen Kuss?«

Ich streckte die Hand durch die Gitterstäbe und berührte zärtlich sein Gesicht. »Ich will dir nicht noch mehr Schmerzen verursachen.«

»Das ist egal. *Bitte*. Küss mich.«

Er kniete sich vor mich, keuchte leise auf, als er das Gewicht auf das Knie verlagerte, schob dann seine zitternden Hände durch die Stäbe und zog mich näher. Seine Finger glitten zu meinen Wangen, und unsere Lippen trafen sich durch die Gitterstäbe seines Käfigs. Sein Kuss war warm und weich und viel zu kurz. Ich schmeckte das Salz meiner Tränen. Als wir uns voneinander lösten, verzogen sich seine aufgeplatzten Lippen zu einem schiefen Lächeln. Er zuckte zusammen, als seine Hände von mir ließen. Erst in diesem Moment bemerkte ich, dass mehrere Finger gebrochen waren.

Ich brach erneut in Tränen aus. Ren wischte mir mit dem Daumen eine Träne von der Wange und rezitierte ein Gedicht von Richard Lovelace.

Wenn Liebe, schrankenlos, sich schwingt
Zum Kerker nachtumdüstert,
Und meine Herrin zu mir bringt,
Die an dem Gitter flüstert,
Wenn ihr Gelock umstrickt mich hält,
Ihr Blick die Seel umflicht: –
Der Vogel unterm Himmelszelt
Kennt solche Freiheit nicht.

Den Käfig nicht und Kerker schafft
Die Wand mit Eisenstäben:
Ein rein Gewissen hält die Haft
Nur für ein Klausnerleben,
Beschränket ihr meiner Liebe Schwur
Und meine Seele nicht,
Dann kennen solche Freiheit nur
Engel im Himmelslicht!

Er presste die Stirn gegen die Gitterstäbe. »Ich würde mir nie verzeihen, wenn er *dir* etwas antäte. Das lasse ich nicht zu. Ich lasse nicht zu, dass er dich findet, Kelsey. Ganz gleich, was passiert.«
»Was soll das heißen?«
Er lächelte. »Nichts, meine Liebste. Mach dir keine Sorgen.« Er kroch zurück und lehnte seinen geschundenen Körper gegen die Käfigwand. »Es ist Zeit, *Iadala*.«
Ich stand auf um zu gehen, blieb jedoch an der Tür stehen, als ich erneut seine Stimme hörte. »Kelsey?«
Ich drehte mich um.

»Egal, was geschieht, vergiss bitte *nie*, dass ich dich liebe, *Hridaya*.«

»Das werde ich nicht vergessen. Versprochen. *Mujhe tumse pyarhai*, Ren.«

»Geh jetzt.«

Er lächelte schwach, und dann veränderten sich seine Augen. Das strahlende Blau wurde stumpf, leblos und grau. Vielleicht spielte mir das Licht einen Streich, aber es kam mir fast vor, als wäre Ren gestorben. Zögerlich machte ich einen Schritt auf ihn zu. »Ren?«

»Geh bitte, Kelsey«, flehte mich seine leise Stimme an. »Alles wird gut.«

»Ren?«

»Leb wohl, meine Liebste.«

Etwas war geschehen, und zwar nichts Gutes. Ich spürte, wie etwas zerriss. Ich rang nach Luft. Die Verbindung zwischen uns war immer greifbar gewesen. Je näher Ren und ich uns waren, desto stärker war dieses Band, es war zwischen uns gewesen wie ein Telefonkabel, doch irgendetwas hatte dieses Kabel durchtrennt.

Ich spürte den Schnitt, und die scharfen Enden bohrten sich durch mein Herz wie heiße Messer durch warme Butter. Ich schrie und schlug wild um mich. Zum ersten Mal, seit ich meinen weißen Tiger zu Gesicht bekommen hatte, war ich allein.

Kishan schüttelte mich aus meinem Traum.

»Kelsey! *Kelsey!* Wach auf!«

Ich öffnete die Augen und zerfloss in Tränen, in Sturzbächen ergossen sie sich über meine Wange und vermischten sich mit den Tränen aus meinem Traum. Ich schlang Kishan die Arme um den Hals und schluchzte. Er zog mich auf seinen Schoß, drückte mich fest an sich und streichelte mir den Rücken, während ich untröstlich um seinen Bruder weinte.

Irgendwann tief in der Nacht musste ich eingeschlafen sein, denn ich wachte in meinem Schlafsack auf, völlig verheddert, mit Kishans Armen um mich. Meine Faust hatte sich in meine Wange gedrückt, und meine Augen waren verquollen und wund.

»Kelsey?«, flüsterte Kishan.

Ich murmelte: »Ich bin wach.«

»Geht's dir gut?«

Unwillkürlich glitt meine Hand zu der schmerzenden, hohlen Stelle in meiner Brust, und eine Träne rann mir aus dem Augenwinkel. Ich barg den Kopf in dem Kissen und atmete tief ein, um mich zu beruhigen.

»*Nein*«, sagte ich matt. »Er ist ... *fort*. Irgendetwas ist geschehen. Ich glaube ..., Ren ist *tot*.«

»Was ist geschehen? Wie kommst du darauf?«

Ich beschrieb ihm meinen Traum und versuchte, ihm das zerrissene Band zwischen mir und Ren zu erklären.

»Kelsey, es ist doch möglich, dass das alles ein Traum war, ein sehr verstörender Traum, aber trotzdem bloß ein Traum. Es ist nicht ungewöhnlich, nach einem traumatischen Erlebnis, wie unserem Kampf mit den Vögeln, intensiv zu träumen.«

»*Vielleicht*. Aber ich habe nicht von den Vögeln geträumt.«

»Dennoch können wir nicht sicher sein. Denk dran, **Durga** hat versprochen, ihn zu beschützen.«

»Ich weiß. Aber es war so *real*.«

»Im Moment können wir nur abwarten.«

»Es gäbe einen Weg, es herauszufinden.«

»Wovon sprichst du?«

»Wir könnten den Sylphen einen erneuten Besuch abstatten. Vielleicht dürfen wir ein zweites Mal im Traumhain schlafen, und ich kann in die Zukunft blicken. Vielleicht weiß ich dann, ob wir ihn noch retten können.«

»Denkst du, das funktioniert?«

»Die Sylphen haben gesagt, sie gehen dorthin, wenn sie ernste Probleme haben. Bitte, Kishan. Lass es uns wenigstens probieren.«

Kishan wischte mir mit dem Daumen eine Träne von der Wange. »Okay, Kells. Lass uns Faunus suchen.«

»Kishan, noch etwas. Was bedeutet *Hridaya patni*?«

»Wo hast du das gehört?«, fragte er leise.

»In meinem Traum. Ren hat es zu mir gesagt, kurz bevor wir uns getrennt haben.«

Kishan erhob sich und ging aus dem Zelt. Ich folgte ihm. Nachdenklich stützte er sich auf einen Ast und starrte in die Ferne. Ohne sich umzudrehen, sagte er: »Das ist der Kosename, den mein Vater für meine Mutter hatte. Es bedeutet ›Gattin meines Herzens‹.«

Wir mussten einen langen Tag wandern, bis wir das Dorf der Sylphen erreichten. Sie waren überglücklich, uns zu sehen, und wollten zu unseren Ehren ein Fest veranstalten. Ich hatte keine rechte Lust auf eine ausgelassene Feier. Als ich Faunus fragte, ob wir noch einmal im Traumhain schlafen dürften, beteuerte er, dass alles, was ihnen gehörte, auch unser sei. Die Baumnymphen brachten mir ein kleines Abendessen und ließen mich bis zum Anbruch der Nacht in einer ihrer Hütten allein. Kishan verstand, dass ich keine Gesellschaft wollte, und aß mit den Sylphen.

Als die Dämmerung anbrach, kam Kishan mit einem Besucher vorbei. »Ich möchte dir jemanden vorstellen, Kells.« Er hielt die Hand eines kleinen silberhaarigen Kleinkinds.

»Wer ist das?«

»Verrätst du der hübschen jungen Dame deinen Namen?«

»Rock«, erwiderte der Junge.

»Du heißt Rock?«, fragte ich.

Der süße Fratz grinste mich an.

»Eigentlich heißt er Tarak«, erklärte Kishan.

»Tarak?«, keuchte ich. »Das ist unmöglich! Er sieht aus, als wäre er zwei!«

Kishan zuckte mit den Schultern. »Anscheinend wachsen die Sylphen sehr schnell.«

»Unglaublich! Tarak, komm her und lass mich dich anschauen.«

Ich streckte die Arme aus, und Kishan schob den Jungen aufmunternd zu mir. Tarak machte ein paar unbeholfene Schritte und fiel mir dann in den Schoß.

»Du bist schon so ein großer Junge! Und unglaublich hübsch. Willst du mit mir spielen? Schau mal.«

Ich zog mir das Tuch vom Hals, und wir beobachteten das prächtige, schillernde Farbenspiel auf dem Stoff. Als der Junge es berührte, erschien ein winziger knallrosa Handabdruck auf dem Tuch, der sich kurz darauf in einem Strudel aus Gelb auflöste.

»Plüschtiere, bitte.«

Das Tuch erzitterte, teilte sich und verwandelte sich in die unterschiedlichsten Stofftiere. Kishan saß neben mir, und wir spielten mit Tarak und der Parade aus Stofftieren. Der Schmerz in meinem Herzen ließ nach, während ich mit dem sylphischen Jungen lachte.

Als sich Kishan den Stofftiger schnappte und Tarak beibrachte, wie man richtig knurrte, schaute er zu mir hoch. Unsere Blicke trafen sich, und er zwinkerte mir zu. Ich nahm seine Hand, drückte sie und formte mit dem Mund ein »Danke«.

Kishan küsste meine Finger, lächelte und sagte: »Tante Kelsey braucht jetzt etwas Schlaf. Es ist Zeit, dich zu deiner Familie zurückzubringen, kleiner Mann.«

Er hob Tarak hoch, setzte ihn sich auf die Schultern und sagte: »Ich bin gleich zurück.«

Ich sammelte die Stofftiere auf und sagte dem Göttlichen Tuch, dass wir sie nicht mehr bräuchten. Fäden wirbelten in der Luft und webten sich wieder in Form. In dem Moment, als das Tuch in seiner ursprünglichen Form war, kehrte Kishan zurück.

Er kniete sich neben mich, umfasste mein Kinn und musterte ernst mein Gesicht, als würde er darin lesen. »Kelsey, du bist erschöpft. Die Sylphen haben ein Bad für dich vorbereitet. Entspanne dich, bevor du zu Bett gehst. Ich treffe dich im Traumhain, okay?«

Ich nickte und ließ mich von denselben drei sylphischen Frauen wie zuvor zum Badeplatz führen. Dieses Mal waren sie still, überließen mich meinen Gedanken, während sie mir behutsam das Haar einseiften und parfümierte Lotion in die Haut einrieben. Sie kleideten mich in ein Gewand aus feinster gesponnener Seide, bevor eine orange geflügelte Fee mich zum Traumhain brachte. Kishan war bereits dort und hatte sich die Freiheit genommen, sich aus dem Göttlichen Tuch eine Hängematte zu machen.

»Wie ich sehe, hast du diesmal kein Interesse, die Flitterwochensuite mit mir zu teilen«, neckte ich ihn liebevoll.

Er hatte mir den Rücken zugedreht und testete die Knoten an der Hängematte aus. »Ich dachte nur, es wäre besser ...« Er wandte sich um, warf mir einen begehrlichen, eindringlichen Blick zu und beschäftigte sich dann rasch wieder mit den Knoten. Nach einem kurzen Räuspern sagte er: »Es ist heute definitiv besser, wenn du allein schläfst, Kells. Ich mache es mir hier drüben bequem.«

»Wie du willst.«

Kishan kletterte in seine Hängematte und verschränkte die Hände hinter dem Kopf. Er beobachtete mich, als ich die dünne Decke zurückschlug.

Ich hörte, wie er leise flüsterte: »Nebenbei bemerkt, du bist wirklich ... wunderschön.«

Ich drehte mich zu ihm um und strich mit der Hand über das blaue Feenkleid mit den langen Seidenärmeln. Mein Haar hing in weichen Wellen herab, und meine blasse Haut funkelte von dem ausgiebigen Schrubben und der Glitzerlotion der Sylphen. Vielleicht sah ich so herausgeputzt tatsächlich ganz hübsch aus, aber ich fühlte mich leer wie ein Osterei aus Plastik. Außen farbenprächtig, vielleicht sogar kunstvoll gestaltet, aber im Innern war ich leer. »Vielen Dank«, sagte ich mechanisch und stieg ins Bett.

Lange Zeit starrte ich wach zu den Sternen. Ich spürte Kishans Blicke auf mir, schob eine Hand unter meine Wange und glitt schließlich in den Schlaf.

Ich träumte nichts. Weder von Ren noch von mir, Kishan oder selbst Mr. Kadam ... Ich träumte von Leere. Eine gewaltige Schwärze erfüllte meinen Geist, eine öde Einsamkeit. Da war nur ein formloser Ort ohne Bedeutung, ohne Freude, ohne Glück und Zufriedenheit. Ich erwachte vor Kishan. Ohne Ren war mein Leben vergebens. Es war armselig, leer und wertlos. Das war es, was der Traumhain mir mitteilen wollte.

Als meine Eltern starben, hatte ich das Gefühl, als wären zwei mächtige Bäume entwurzelt worden. Dann war Ren in mein Leben getreten und hatte die trostlose Landschaft meines Herzens gefüllt. Mein Herz war geheilt, und der trockene Boden war mit saftigem Gras, wunderschönen Sandelholzbäumen, Jasmin und Rosen begrünt worden. Genau in der Mitte befand sich ein von Tigerlilien umgebener Springbrunnen, ein wunderschöner Ort, an dem ich in Frieden hatte sitzen können. Jetzt war der Springbrunnen zertrümmert, die Lilien waren zertrampelt, die Bäume umgestürzt, und es gab zu wenig Erde, um etwas Neues zu pflanzen. Ich war vertrocknet, öde – eine Wüste, die kein Leben spenden konnte.

Eine sanfte Brise fuhr mir durchs Haar und wehte mir Strähnen ins Gesicht. Mir fehlte die Kraft, sie beiseitezuschieben. Ich hörte nicht, dass Kishan aufstand. Ich spürte nur, wie seine Fingerspitzen mein Gesicht berührten, als er mir die Strähnen von den Wangen strich und sie mir hinters Ohr steckte.

»Kelsey?«

Ich reagierte nicht. Mein Blick starrte unverwandt zum heller werdenden Morgenhimmel.

»Kells?«

Seine Hände glitten unter meinen Körper und hoben mich hoch. Dann setzte er sich aufs Bett und zog mich an seine Brust.

»Kelsey, bitte sag etwas. Rede mit mir. Ich ertrage es nicht, dich so zu sehen.«

Er wiegte mich eine Weile. Ich konnte ihn hören und antwortete ihm im Geiste, aber ich fühlte mich losgelöst von meiner Umgebung, von meinem Körper.

Ein Regentropfen traf meine Wange, und der plötzliche nasse Schock weckte mich, brachte mich zur Oberfläche zurück. Ich wischte den Tropfen weg.

»Regnet es? Ich dachte, hier regnet es nie.«

Kishan gab keine Antwort. Ein weiterer Tropfen fiel auf meine Stirn.

»Kishan?« Ich sah zu ihm hoch und erkannte, dass es kein Regen war, sondern Tränen. Bittere Tränen standen ihm in den goldenen Augen.

Überrascht hob ich eine Hand an seine Wange. »Kishan? Warum weinst du?«

Er lächelte schwach. »Ich hatte geglaubt, du wärst verloren, Kells.«

»Oh.«

»Erzähl. Was hast du gesehen, dass du so erschreckend weit weg warst? War es Ren?«

»Nein. Ich habe nichts gesehen. Meine Träume waren von kalter Schwärze erfüllt. Ich denke, er ist tot.«

»Nein. Das glaube ich nicht, Kells. Ich habe Ren in meinen Träumen gesehen.«

Lebenskraft durchflutete meinen zusammengesunkenen Körper. »*Du hast ihn gesehen? Bist du sicher?*«

»Ja. Wir haben uns auf einem Boot gestritten.«

»Könnte es sich um eine Erinnerung aus der Vergangenheit handeln?«

»Nein. Wir waren auf einer Jacht. Um ehrlich zu sein, es war unsere Jacht.«

Ich setzte mich aufrecht hin. »Bist du absolut, hundertprozentig sicher, dass es in der Zukunft geschieht?«

»Ja.«

Ich umarmte ihn stürmisch und drückte ihm unzählige Küsse auf Wangen und Stirn. Jeder Kuss wurde von einem »Danke! Danke! Danke!« begleitet.

»Warte, Kells. Die Sache ist die: In meinem Traum haben wir uns gestritten, weil …«

Ich lachte, packte sein Hemd und schüttelte ihn sanft, benommen vor köstlicher Erleichterung. *Er ist am Leben!* »Es interessiert mich nicht, warum ihr euch gestritten habt. Ihr zwei streitet doch andauernd.«

»Aber ich denke, ich sollte dir erzählen …«

Ich hüpfte von seinem Schoß und hastete durch den Traumhain, sammelte in Windeseile unsere Habseligkeiten auf. »Das kannst du mir später erzählen. Jetzt ist keine Zeit. Wir müssen los. Worauf wartest du? Es gilt, einen Tiger zu retten. Komm schon. Komm!«

Ungezügelte Energie ließ mich wie ein Aufziehmännchen umherflitzen. Eine fieberhafte, verzweifelte Entschlossenheit hatte sich meiner Gedanken bemächtigt. Jede Minute, die wir ungenutzt verstreichen ließen, bedeutete unnötige qualvolle Schmerzen für die Person, die ich liebte. Mein Besuch bei Ren war real gewesen. Ich hätte mir keine neuen Worte auf Hindi ausdenken können, insbesondere nicht den Kosenamen, mit dem sein Vater seine Mutter angesprochen hatte. Ich musste tatsächlich bei ihm gewesen sein. Ich hatte ihn berührt, ihn geküsst. Etwas hatte unsere Verbindung durchtrennt, aber er war immer noch am Leben! Er konnte gerettet werden. Und er *würde* gerettet werden! Immerhin hatte Kishan die Zukunft gesehen!

Die Sylphen bereiteten uns ein üppiges Frühstück, doch wir baten sie, es uns einzupacken, verabschiedeten uns rasch und eilten zurück zum Geistertor. Es kostete uns zwei Tage schonungsloses Wandern, bis wir anhand der Wegbeschreibung der Sylphen das Tor erreichten. Kishan war ungewöhnlich schweigsam auf der Reise, und ich war zu sehr mit der Rettung von Ren beschäftigt, um seiner Verschlossenheit auf den Grund zu gehen.

Als wir das Tor endlich erreichten, bat ich das Göttliche Tuch, uns neue Winterkleidung herzustellen, und nachdem wir uns umgezogen hatten, beschwor ich meine Blitzenergie herauf und legte die Hand in die geschnitzte Vertiefung neben dem Tor. Meine Haut glühte, wurde durchsichtig und pink, während sich das Tor flimmernd öffnete. Kishan und ich sahen uns an, und mit einem Schlag erfüllte mich Traurigkeit – es fühlte sich wie ein Abschied an. Kishan zog einen Handschuh aus, drückte mir seine warme Handfläche auf die Wange und betrachtete eingehend und ernst mein Gesicht. Lächelnd umarmte ich ihn.

Eigentlich hätte die Umarmung ganz kurz und harmlos sein sollen, aber er zog mich fest an sich. Plump entwand ich mich seinen Armen, streifte die Handschuhe über und trat durch das Tor in einen sonnigen Tag auf dem Mount Everest. Meine Winterstiefel knirschten auf dem weißen, funkelnden Schnee, während Kishan mir durch das Tor folgte und sich in den schwarzen Tiger verwandelte.

23
Heimkehr

Nachdem wir das Tor passiert hatten, drehte ich mich um und beobachtete, wie Shangri-La in einem wirbelnden Nebel aus Farben verschwand. Das rote Licht, das in dem Handabdruck pulsierte, verblasste allmählich, und das Geistertor nahm seine frühere Gestalt an – zwei hohe Holzpfeiler mit langen Schnüren und Gebetsflaggen, die in der Brise flatterten.

Ich blinzelte mehrmals und rieb mir die Augen. Etwas klebte an meinen Wimpern. Vorsichtig entfernte ich einen durchsichtigen grünen Film, der sich wie eine Kontaktlinse von den Augen löste.

Kishan schien seiner Tigergestalt treu bleiben zu wollen, ähnlich wie Ren damals nach Kishkindha. Er zwinkerte heftig, und ich sah, wie sich der grüne Film auch von seinen Augen schälte.

»Halt still. Ich werde das hier entfernen, oder es wird dich die ganze Zeit stören.«

Ich schulterte den Rucksack und begann den steilen Abstieg zurück zu Mr. Kadams Lager. Die Sonne schien, aber es war dennoch kalt. Dieselbe brennende Energie wie zuvor schob mich unermüdlich vorwärts. Ich wollte keine Pause einlegen, auch wenn Kishan mich immer wieder zu einer überreden wollte. Ich beharrte darauf weiterzuwandern und gönnte uns erst Ruhe, als es zu dunkel wurde, um die Hand vor Augen zu erkennen.

Da Hugin mir geholfen hatte, meine Gedanken zu klären, war mein Verstand geschärft wie nie zuvor. Ich dachte angestrengt nach und heckte einen Plan aus. Ich wusste, wie man Ren retten konnte. Allerdings wusste ich nicht, *wo* er zu finden war. Ich hoffte, dass Mr. Kadam etwas über die Kultur oder gar den Aufenthaltsort der Menschen wusste, die ich in der Vision gesehen hatte.

Die körperlichen Merkmale, die mir aufgefallen waren, mochten womöglich nicht ausreichen, doch es war alles, was wir hatten. Wenn es jemandem gelingen würde, eine Spur zu finden, dann Mr. Kadam. Außerdem hoffte ich inständig, dass die Zeit stillgestanden hatte oder zumindest langsamer vergangen war, während wir in Shangri-La gewesen waren. Ich wusste, dass Ren als Lokeshs Gefangener ununterbrochen gefoltert wurde. Allein der Gedanke, dass er überhaupt Schmerzen erleiden musste, war unerträglich, aber wenn ich mir vorstellte, wie viele Tage wir in der Welt jenseits des Geistertors verbracht hatten ...

In jener Nacht lag ich lange wach und überdachte meinen Plan, den ich auf Herz und Nieren prüfte. Ich durfte nicht zulassen, dass Lokesh eine weitere Geisel nahm. Doch wir würden ihm das Amulett nicht geben. Wir würden Ren retten und alle wohlbehalten nach Hause zurückkehren.

Am nächsten Morgen verwandelte Kishan sich in einen Menschen. Hastig ließ ich ihm eine neue Schneemontur anfertigen, und er zog sich im Zelt um, während ich uns Frühstück zubereitete. Bald gesellte er sich in seiner neuen Kleidung zu mir, einem winddichten rostbraunen Hemd, das sich unter einer schwarzen wasserabweisenden Jacke eng an den Körper schmiegte, einer schwarzen Hose mit elastischen Bündchen, warmen, gefütterten Handschuhen, dicken Wollsocken und Schneestiefeln.

Es stellte sich heraus, dass das Göttliche Tuch Kishan von nun an sechs weitere Stunden seines Tigerdaseins ersparte. Mit dem Erlangen der Goldenen Frucht und des Tuches war unsere Aufgabe zur Hälfte erledigt. Die Tiger konnten zwölf Stunden am Tag Menschengestalt annehmen.

Obwohl ich es schrecklich eilig hatte, ermahnte mich Kishan, dass wir uns mindestens zwei Tage nehmen müssten, den Berg hinabzusteigen. Als wir am zweiten Abend unser Lager aufschlugen, entschied ich, es wäre an der Zeit, mit ihm über meinen Rettungsplan zu reden und ihm zu zeigen, was das Tuch noch konnte. Ich öffnete den Reißverschluss meines Schlafsacks und breitete ihn auf dem Boden aus. Dann bat ich Kishan, sich mir gegenüber zu setzen, bevor ich das Tuch aufhob.

»Das Tuch kann sehr viel. Es kann zu allem werden, was aus Stoff oder Naturfasern gefertigt ist. Das, was es hervorbringt, muss nicht zwangsläufig wieder verschwinden. Das ist möglich, aber das Erschaffene kann auch zurückbleiben, verliert dann jedoch die magischen Eigenschaften des Tuchs. Das Tuch kann benutzt werden, um den Wind einzufangen, wie in der Geschichte des japanischen Gotts Fūjin mit seinem Sack. Und außerdem kann man es dazu verwenden, um ... sein Äußeres zu verändern.«

»Sein Äußeres zu verändern? Was soll das heißen?«

»Die Göttliche Weberin hat doch gesagt, dass dem Weben Magie innewohnt. Es erschafft nicht nur die Kleidung dieser Person, sondern kann dich auch wie er oder sie aussehen lassen. Der Schlüssel liegt darin, dass man sich im Kopf ein ganz genaues Bild von demjenigen machen muss, in den man sich verwandeln möchte. Ich werde es ausprobieren. Schau zu und sag, ob es funktioniert.« Ich flüsterte: »Verwandlung, bitte – Nilima.«

Das Tuch wuchs zu einem langen Streifen funkelnden schwarzen Stoffes, über den Farbkleckse in allen erdenklichen Tönen wirbelten. Es glitzerte, als wäre es mit Pailletten und Juwelen besetzt, die kurz aufblitzten und dann wieder verschwanden. Lichtreflexe glitten über das Zelt, als würde ein Feuerwerk in den Nachthimmel geschossen.

Ich warf mir den Stoff über und bedeckte jeden Zentimeter meines Körpers damit. Meine Haut wurde warm und kitzelte. Die wirbelnden Farben schillerten und erhellten den kleinen dunklen Ort, an dem ich saß. Es war, als würde ich meiner ganz persönlichen Lasershow zusehen. Als das Glühen verblasste, zog ich den Stoff über den Kopf und blickte Kishan an.

»Und?«

Seine Kinnlade fiel vor Schreck herunter. »*Kells?*«

»Ja.«

»Du ... *klingst* sogar wie Nilima. Du bist genau wie sie gekleidet.«

Ich blickte an mir herab und stellte fest, dass ich ein knielanges taubenblaues Seidenkleid trug. Meine Beine waren nackt. »Das habe ich auch gerade gemerkt. Ich friere!«

Kishan warf mir seine Jacke um die Schultern und nahm dann meine Hand, um sie zu begutachten. »Deine Haut fühlt sich an wie ihre. Du hast sogar ihre langen, lackierten Nägel. Unglaublich!«

Ich zitterte. »Okay, Vorführung beendet. Ich friere entsetzlich.« Ich warf mir den Stoff über den Kopf und sagte: »Mein altes Ich.« Die Farben begannen zu wirbeln, und nach einer langen Minute schob ich das Tuch fort und sah wieder aus wie ich selbst. »Jetzt bist du dran, Kishan. Wir haben keinen Spiegel. Ich würde gerne sehen, ob das Ergebnis wirklich überzeugend ist.«

»Okay.« Er nahm das Göttliche Tuch und sagte: »Verwandlung – Mr. Kadam.«

Er bedeckte seinen ganzen Körper mit dem Stoff. Als er das Tuch eine Minute später wegzog, war ich überzeugt, dass mir Mr. Kadam gegenübersaß. Er sah genau so aus, wie ich ihn in Erinnerung hatte. Zögerlich streckte ich einen Finger aus und berührte seinen Bart.

»Wow! Du siehst ihm zum Verwechseln ähnlich!« Ich befühlte den Saum seiner Hose. »Selbst die Kleidung fühlt sich real an. Du bist der perfekte Doppelgänger!«

Er berührte sein Gesicht und rieb sich mit der Hand über das kurz geschorene Haar.

»Einen Augenblick!«, sagte ich. »Du trägst sogar sein Amulett! Fühlt es sich an wie das Original?«

Er strich über das Amulett und die Kette. »Es sieht real aus, ist es aber nicht.«

»Was meinst du?«

»Ich habe fast mein ganzes Leben ein Amulett getragen, und als ich dir meines gegeben habe, konnte ich sein Fehlen spüren. Dieses hier fühlt sich nicht real an. In ihm steckt keine Macht. Außerdem ist es leichter, und die Oberfläche sieht irgendwie anders aus.«

»Hm, das ist interessant. Ich persönlich kann die Macht in meinem noch nicht spüren.«

Ich beugte mich vor und berührte das Amulett um seinen Hals und verglich es dann mit meinem. »Ich denke, dein Amulett ist aus irgendeiner Art Stoff gemacht.«

»Wirklich?« Er rieb es zwischen den Fingern. »Du hast recht. Die Oberfläche ist rau. Und du kannst die Macht deines Amuletts wirklich nicht spüren?«

»Nein.«

»Nun, wenn du es so viele Jahre wie ich getragen hättest, könntest du es.«

»Vielleicht könnt nur ihr Tiger es spüren, weil ihr so eng damit verbunden seid.«

»Vielleicht. Wir sollten Mr. Kadam fragen.« Kishan verwandelte sich wieder zurück. »Und wie genau sieht dein Plan aus, Kells?«

»Ich habe zwar noch nicht alle Details bis ins Kleinste durchdacht, aber ich hatte mir überlegt, dass wir uns in Lokeshs Wachen verwandeln könnten und uns in sein Versteck schleichen.«

»Du willst also nicht verhandeln? Ein Amulett gegen Ren?«

»Nicht, wenn es sich vermeiden lässt. Den Schachzug möchte ich mir als letzten Ausweg offenhalten. Der Haken an der Sache ist, dass ich nicht weiß, *wohin* sie Ren verschleppt haben. Ich habe dir erzählt, dass ich Ren in der Vision gesehen habe, aber ich habe auch eine andere Person gesehen, von der ich hoffe, dass Mr. Kadam sie für mich identifizieren kann.«

»Und wie soll ihm das gelingen?«

»Seine Haare und Tattoos waren ungewöhnlich. So etwas habe ich noch nie zuvor gesehen.«

»Das ist ein Schuss ins Blaue, Kells. Selbst wenn Mr. Kadam herausfindet, woher der Diener stammt, bedeutet das nicht automatisch, dass Lokesh Ren dort gefangen hält.«

»Ich weiß, aber es ist unser einziger Anhaltspunkt.«

»Okay, wir wissen also, *wie* wir es machen. Jetzt fehlt uns nur noch das *Wo*.«

»Ganz genau.«

Am nächsten Tag erreichten wir endlich die Schneegrenze und kamen nun schneller voran. Kishan hatte als Tiger geschlafen und wanderte den Großteil des Tages als Mensch neben mir her, was uns die Möglichkeit gab, uns zu unterhalten. Er meinte, dass ihm seine Tigergestalt nun wie eine Zwangsjacke vorkam. Wie Ren sehnte er sich jetzt, da er einen Vorgeschmack auf sein Menschsein bekommen hatte, verzweifelt nach mehr.

Ich ermahnte ihn, dass zwölf Stunden viel besser als sechs seien. Er konnte nachts als Tiger schlafen und den Tag in Menschengestalt verbringen, aber er beklagte sich weiterhin.

Als uns einmal kurz der Gesprächsstoff ausging, sagte ich: »Könntest du mir erzählen, was du über Lokesh weißt? Wo hast du ihn kennengelernt? Wie ist er? Erzähl mir von seiner Familie, seiner Frau, seiner Vergangenheit. Einfach alles.«

»Okay. Eines vorneweg, er entstammt keinem Adelsgeschlecht.«

»Was meinst du damit? Ich dachte, er war König.«

»War er auch, aber nicht von Geburt an. Bei unserem ersten Treffen war er königlicher Berater. In kürzester Zeit erlangte er viel Macht. Dann starb der König unerwartet und ohne Nachkommen, und Lokesh bestieg den Thron.«

»Huch, das klingt nach einer spannenden Geschichte. Sein Aufstieg zur Macht würde mich brennend interessieren. Haben ihn alle als neuen König anerkannt? Oder gab es Proteste?«

»Falls es welche gab, so hat er sich jeden politischen Gegners rasch entledigt und im selben Atemzug eine schlagkräftige Armee aufgebaut. Sein Königreich war in der Vergangenheit sehr friedliebend, und wir hatten nie Probleme mit ihnen. Selbst nach der Thronübernahme begegnete Lokesh meiner Familie mit Freundlichkeit. Doch bald brachen immer wieder kleinere Scharmützel zwischen unseren

Armeen aus, von denen er stets behauptete, nichts gewusst zu haben. Aus heutiger Sicht vermuten wir, dass er durch diese kleinen Gefechte militärische Informationen sammeln wollte, denn sie ereigneten sich immer in der Nähe wichtiger militärischer Standorte. Er tat sie als unbedeutende Missverständnisse ab und versicherte uns, dass die Überlebenden eine gerechte Strafe erhielten.«

»Überlebende? Was meinst du?«

»Die Scharmützel endeten zumeist mit dem Tod seiner Soldaten. Er benutzte sie wie Wegwerfartikel. Er verlangte unbedingte Ergebenheit – bis in den Tod.«

»Und niemand in deiner Familie hat je Verdacht geschöpft?«

»Wenn überhaupt, dann Mr. Kadam. Ansonsten hegte niemand einen Verdacht gegen Lokesh. Bei seinen Besuchen war er sehr charmant. In der Gegenwart meines Vaters gab er sich stets demütig und friedliebend, während er die ganze Zeit über kaltblütig unseren Sturz geplant hat.«

»Welche Schwächen hat Lokesh?«

»Er kennt meine Schwächen besser als ich seine. Ich vermute, er hat Yesubai schamlos ausgenutzt. Ihm zufolge ist seine Frau verstorben, lange bevor wir ihn kennengelernt haben. Yesubai hat nie von ihrer Mutter gesprochen, und ich wollte das schmerzhafte Thema nicht ansprechen. Soweit ich weiß, hatte er außer ihr keine Familie, keine weiteren Nachkommen. Er ist machtbesessen. Das könnte seine Schwachstelle sein.«

»Geht es ihm um Geld? Könnten wir Ren freikaufen?«

»Nein. Er benutzt Geld nur als Mittel zum Zweck, um mehr Macht zu erlangen. Juwelen und Gold interessieren ihn nicht. Er mag etwas anderes behaupten, aber das nehme ich ihm nicht ab. Er ist ein ehrgeiziger Mensch, Kelsey.«

»Wissen wir etwas über die anderen Teile des Amuletts? Etwa woher er sie hat?«

»Alles, was ich über das Amulett weiß, habe ich von meinen Eltern. Die Teile des Amuletts gehörten fünf Kriegsherren und wurden im Laufe der Jahrhunderte weitervererbt. Die Familie meiner Mutter hatte ein Teilstück und die meines Vaters ebenfalls. Aus diesem Grund haben Ren und ich jeweils eines. Der Teil, den du trägst, gehörte meiner Mutter, und Kadam trägt Vaters. Ich weiß nichts darüber, wie Lokesh in den Besitz der anderen drei gekommen ist. Ich habe nie von anderen Teilen des Amuletts gehört, bis Lokesh sie erwähnte. Ren und ich haben unsere unter der Kleidung versteckt getragen, er kann sie nicht gesehen haben.«

»Vielleicht hat Lokesh eine Liste all der Familien gefunden, denen ein Stück des Amuletts anvertraut wurde?«, schlug ich vor.

»Schon möglich. Allerdings habe ich nie von einer solchen Liste gehört.«

»Wussten deine Eltern von der Macht, die in den Amuletten steckt?«

»Nein. Erst nachdem wir mit dem Fluch belegt wurden.«

»Ihr hattet keine Vorfahren, die wie Mr. Kadam lange gelebt haben?«

»Nein. Unsere Familie war auf beiden Seiten sehr fruchtbar. Es gab immer einen jungen König, dem das Amulett an seinem achtzehnten Geburtstag gegeben werden konnte. Unseren Vorfahren war ein ungewöhnlich langes Leben beschieden, aber die durchschnittliche Lebensdauer von damals ist natürlich nicht mit der heutigen vergleichbar.«

»Leider gibt uns all das keinen Hinweis auf Lokeshs mögliche Schwächen.«

»Vielleicht doch.«

»Nämlich?«, fragte ich.

»Macht bedeutet ihm mehr als alles andere auf der Welt. Und da er das Amulett um jeden Preis besitzen will, ist das seine Schwachstelle.«

»Wie meinst du das?«

»Wir haben eben gesehen, dass das Göttliche Tuch eine genaue Nachbildung erstellen kann. Wenn Lokesh die Kopie in die Hände bekommt, glaubt er, gewonnen zu haben.«

»Aber wir wissen nicht, ob die Kopie von der Person, die sie trägt, getrennt werden kann. Und selbst wenn es möglich ist, wissen wir nicht, wie lange sie ihre Gestalt behält.«

Kishan zuckte mit den Schultern und sagte: »Das werden wir ausprobieren, sobald wir zurück sind.«

»Eine gute Idee.«

Ich stolperte über einen Stein, und Kishan fing mich auf. Er hielt mich einen klitzekleinen Moment länger als nötig und strich mir lächelnd das Haar aus dem Gesicht.

»Wir sind gleich da. Schaffst du es noch ein bisschen weiter, oder möchtest du eine Rast einlegen?«, fragte er mich angespannt.

»Ein Stückchen schaffe ich noch.«

Er ließ mich los und nahm mir den Rucksack ab.

»Kishan, ich wollte dir für alles danken, was du in Shangri-La getan hast. Ohne dich hätte ich es nicht geschafft.«

Er warf sich den Rucksack über eine Schulter und blieb stehen, sah mich gedankenvoll an. »Du hast doch nicht geglaubt, ich würde dich allein ziehen lassen?«

»Nein, aber ich bin dankbar, dass du bei mir warst.«

»Dankbarkeit ist wohl alles, was ich zu erwarten habe, nicht wahr?«

»Was hattest du dir denn erhofft?«

»Anbetung, Hingabe, grenzenlose Ergebenheit oder zumindest, dass du mich einfach unwiderstehlich findest.«

»Tut mir leid, Don Juan. Du wirst dich wohl mit meiner ewigen Dankbarkeit begnügen müssen.«

Er seufzte theatralisch. »Das ist ein ganz guter Ausgangspunkt. Sagen wir einfach, wir sind quitt. Ich habe dir nie wirklich gedankt, dass du mich überzeugt hast, nach Hause zurückzukehren. Ich ... habe seither viel entdeckt, was mir sehr gut gefällt.«

Ich lächelte ihn an. »In Ordnung.«

Er legte mir den Arm um die Schultern, und wir wanderten weiter.

»Mal sehen, ob wir wieder auf den Bären stoßen«, überlegte Kishan.

»Dieses Mal sollte es mir gelingen, ihn in Schach zu halten. Mir ist es damals überhaupt nicht in den Sinn gekommen, meinen Blitzstrahl einzusetzen. Anscheinend bin ich keine große Kriegerin.«

»Beim Kampf gegen die Vögel hast du dich sehr gut geschlagen.« Er grinste. »Ich würde jederzeit wieder mit dir in die Schlacht ziehen. Habe ich dir eigentlich schon erzählt, dass ich einmal mein Schwert zu Hause vergessen habe?« Er gab mir einen Kuss auf die Stirn und schwelgte in Erinnerungen.

Bei Einbruch der Dämmerung sahen wir ein kleines Feuer am Fuß des Gebirges. Kishan versicherte mir, dass dies Mr. Kadams Lager sei. Er hatte seinen Geruch im Wind aufgenommen. Die letzte halbe Meile hielt Kishan meine Hand mit der Begründung, er könnte im Dunkeln besser sehen als ich – aber ich vermutete, dass dies nicht der einzige Grund war. Unsere gemeinsame Zeit ging zu Ende, das machte ihn wehmütig. Als wir näher kamen, erkannte ich Mr. Kadams schattenhaften Umriss im Zelt.

»Klopf. Klopf. Ist dort drinnen noch Platz für zwei verwahrloste Streuner?«, fragte ich.

Der Schatten bewegte sich, und der Reißverschluss des Zelts glitt herab.

»Miss Kelsey? Kishan?«

Mr. Kadam trat heraus und umarmte mich stürmisch. Dann klopfte er Kishan auf den Rücken.

»Sie müssen halb erfroren sein! Kommen Sie herein. Ich werde Ihnen heißen Tee zubereiten. Lassen Sie mich nur rasch den Kessel holen und ein Feuer entzünden.«

»Mr. Kadam, das müssen Sie nicht. Ich kümmere mich um den Tee. Wir haben doch die Goldene Frucht!«

»Ach ja, das hatte ich vergessen.«

»Und wir haben noch etwas.«

Ich wickelte das amethystfarbene Tuch vom Hals, woraufhin es türkisblau wurde. »Weiche Kissen, bitte, und das Zelt sollte auch eine Spur größer sein«, sagte ich.

Die türkisfarbenen Fäden regten sich augenblicklich und dehnten sich. Mehrere von ihnen verwoben sich zu großen Kissen in den verschiedensten Farben. Ein weiterer Strang trennte sich ab und wand sich in großen Schleifen zum anderen Ende des Zelts. Wenige Sekunden später war das Zelt doppelt so groß, und wir konnten es uns auf dicken Kissen bequem machen. In stiller Faszination beobachtete Mr. Kadam das rege Treiben der Fäden.

Ich wollte mich gerade aus meiner Jacke kämpfen, da kam Kishan helfend herbei und streichelte meinen Arm. Ich schob seine Hand fort, aber Kishan grinste nur und ließ sich auf ein Kissen fallen.

Aufgeregt fragte Mr. Kadam: »Funktioniert es wie die Goldene Frucht, nur dass es Stoffe herstellt?«

Ich schoss Kishan einen warnenden Blick zu und erwiderte: »Ja, so in der Art.«

»›Indien lege seine Kleider an‹«, murmelte Mr. Kadam.

»Huch, ich glaube, wir könnten tatsächlich ganz Indien neu einkleiden.« *Komisch, dass mir das erst jetzt in den Sinn kommt.* »Einen Moment. Hat die Prophezeiung nicht auch etwas über eine ›Maske‹ gesagt?«, fragte ich.

Mr. Kadam blätterte durch seine Aufzeichnungen und fand eine Kopie der Prophezeiung. »Ja. Hier heißt es: ›Gegen grausame Verfolger helfen Maske, Diskus, Pfeil und Bogen.‹ Meinen Sie diese Stelle?«

Ich lachte. »Ja, im Nachhinein ergibt das Sinn. Sie müssen wissen, das Göttliche Tuch kann nämlich noch viel mehr. Mehr als Kleidung herstellen und Dinge weben. Wie der Sack des Gottes Fūjin kann es den Wind einsammeln.«

»Möchtest du ihm jetzt zeigen, was es noch kann, Kishan?«, fragte ich.

»Sicherlich.«

Mr. Kadam beugte sich vor. »Mir was zeigen, Miss Kelsey?«

»Sie werden schon sehen.«

Kishan nahm das Göttliche Tuch, murmelte »Verkleidung« und warf es sich über den Körper. Es dehnte sich und wurde schwarz mit kreiselnden Farbpigmenten.

»Ich will herausfinden, ob es auch funktioniert, wenn ich den Namen nicht laut sage, so wie bei der Goldenen Frucht«, erklärte er unter den Falten des Stoffs hervor.

»Ja. Das ist eine gute Idee«, sagte ich.

Als sich Kishan das Tuch über den Kopf zog, war ich völlig unvorbereitet auf das, was nun folgte. Da war Ren. Er hatte Rens Gestalt angenommen.

Kishan bemerkte sofort meinen entsetzten Gesichtsausdruck. »Tut mir leid. Ich wollte Mr. Kadam nicht erschrecken, indem ich ihm sein Spiegelbild vorsetze.«

»Ist schon in Ordnung. Aber verwandle dich bitte rasch zurück.«

Das tat er, und Mr. Kadam starrte ihn entgeistert an. Mir hatte es ebenfalls die Sprache verschlagen. Ren dort sitzen zu sehen – auch wenn ich wusste, dass es in Wirklichkeit Kishan war –, ein äußerst aufwühlendes Erlebnis. Krampfhaft unterdrückte ich das Weinen.

Kishan sprang für mich ein und erklärte: »Mit dem Göttlichen Tuch kann man die Gestalt eines jeden Menschen annehmen. Kelsey hat sich in Nilima verwandelt, ich mich in dich. Wir müssen noch die Reichweite austesten und verschiedene Menschen durchprobieren, um die Möglichkeiten und Grenzen des Tuchs herauszufinden.«

»Das ist einfach ... unglaublich!«, stotterte Mr. Kadam. »Äh, Kishan, dürfte ich mal?«

»Na klar.«

Er warf Mr. Kadam das Tuch zu. Sobald Mr. Kadams Finger den Stoff berührten, veränderte sich seine Farbe, bekam erst einen hellen Senfton und dann ein Olivgrün.

»Ich glaube, es mag Sie«, neckte ich ihn.

»All die vielen Menschen, denen die Goldene Frucht und dieses herrliche Tuch helfen könnten. So viele Menschen leiden Hunger und benötigen Kleidung, und das nicht nur in Indien. Dies sind wahrhaft göttliche Gaben.«

Ich ließ ihn das Tuch untersuchen, während ich die Goldene Frucht nahm und uns Kamillentee mit Milch und Zucker bestellte. Kishan war kein sonderlich begeisterter Teetrinker, weshalb er stattdessen eine heiße Schokolade mit Zimt und Sahne bekam.

»Wie lange waren wir fort?«, fragte ich.

»Etwas über eine Woche.«

Rasch überschlug ich im Kopf, wie viele Tage wir im Gebirge verbracht hatten. »Gut. Die Zeit in Shangri-La zählt also nicht.«

»Wie lange waren Sie denn in Shangri-La, Miss Kelsey?«

»Ganz genau kann ich das nicht sagen, vielleicht zwei Wochen.« Ich blickte zu Kishan. »Was meinst du?«

Er nickte schweigend und nippte an seinem Kakao.

»Mr. Kadam, wann können wir aufbrechen?«

»Frühestens bei Sonnenaufgang.«

»Ich möchte so schnell wie möglich nach Hause. Wir müssen Vorbereitungen treffen, um Ren zu retten.«

»Wir können die Grenze bei der Provinz Sikkim passieren und nach Indien einreisen. Das wäre viel schneller als die Route über den Himalaja.«

»Wie lange würde das dauern?«

»Das kommt darauf an, wie rasch wir die Grenze überqueren können. Wenn keine Probleme eintreten, vielleicht ein paar Tage.«

»Okay. Wir haben Ihnen so viel zu erzählen.«

Mr. Kadam nippte an seinem Tee und sah mich nachdenklich an. »Sie haben nicht gut geschlafen, Miss Kelsey. Ihre Augen sehen müde aus.« Er warf Kishan einen Blick zu und stellte dann seine Tasse ab. »Sie sollten sich etwas Ruhe gönnen. Wir haben eine lange Reise vor uns, auf der wir alles besprechen können.«

»Da stimme ich Mr. Kadam voll und ganz zu«, warf Kishan ein. »Diese letzten paar Tage haben dir viel abverlangt. Du brauchst Schlaf, *Bilauta*.«

Ich trank meinen Tee aus. »Anscheinend bin ich überstimmt. Schön. Lasst uns alle schlafen gehen, dann können wir morgen umso früher aufbrechen.«

Ich benutzte das Tuch, um einen weiteren Schlafsack und Kissen für uns alle zu fertigen. Das leise Flüstern von Mr. Kadam und Kishan, die sich in ihrer Muttersprache unterhielten, geleitete mich sanft in den Schlaf.

Am nächsten Tag traten wir unsere Heimreise an. Wir schafften es unbehelligt durch den Zoll und brachten dann die Hälfte der Strecke hinter uns, bevor wir in einem Hotel in Gaya abstiegen. Wir wechselten uns mit dem Fahren ab und machten immer wieder Nickerchen auf der Rückbank. Auch Kishan übernahm eine Schicht am Steuer, wurde jedoch von Mr. Kadam, der sich immer noch wegen des geschrotteten Jeeps grämte, mit Argusaugen überwacht.

Während der Fahrt erzählten wir Mr. Kadam alles von unserem Abenteuer. Ich begann mit dem Mount Everest und dem Bären. Kishan nahm den Faden auf und berichtete, wie er mich durch das Geistertor getragen hatte und wir durchs Paradies gewandert waren.

Mr. Kadam war fasziniert von den Sylphen und stellte unzählige Fragen. Als ich das Lenkrad übernahm, machte er ausgiebig Notizen. Er wollte einen detaillierten Bericht über unsere Reise anfertigen, lauschte uns gebannt und beschrieb eine Seite nach der anderen in seiner schönen, gleichmäßigen Handschrift. Er hakte bei jeder Kleinigkeit in Bezug auf die Prüfung der Vier Häuser nach und nickte beiläufig, als habe er das eine oder andere erwartet.

Im Hotel setzten wir uns um einen Tisch und zeigten Mr. Kadam die Fotos, die Kishan von der Arche Noah, dem Weltenbaum, den Sylphen und den Vier Häusern geschossen hatte. Anhand der Fotos erinnerten wir uns an weitere Details, weshalb Mr. Kadam sein Notizbuch wieder hervorholte.

Kishan schob mir die Kamera zu und fragte: »Was ist *das*?«

Ich sah mir das Bild aus allen Perspektiven an und lachte. »Das ist eins von Hugins Augen. Schau! Dort ist das Nest.«

Kishan scrollte sich durch den Rest der Fotos. »Warum hast du eigentlich nach Kishkindha keine Kamera mitgenommen?«

Ich zuckte mit den Schultern, doch Mr. Kadam gab die Erklärung: »Ich wollte sie nicht mit zu vielen schweren Dingen belasten. Wichtiger waren Wasser und Nahrung.«

Kishan schnaubte und sagte: »Von dem hier will ich auf jeden Fall einen Abzug, *apsaras Rajkumari*.«

Er reichte mir die Kamera. Es war das Bild von mir in dem hauchdünnen Kleid mit den »Feen-Haarklammern«. Ich sah aus wie eine Prinzessin – mit strahlender Haut und glitzernden Augen, meine Haare flossen mir in sanften Wellen den Rücken hinab, und mit bloßem Auge man konnte gerade noch eine rosafarbene Fee ausmachen, die um eine Locke spähte und mein Gesicht betrachtete. Mr. Kadam sah mir über die Schulter.

»Sie sehen hübsch aus, Miss Kelsey.«

Kishan lachte. »Du hättest sie in natura sehen sollen. *Hübsch* ist eine schreckliche Untertreibung.«

Mr. Kadam kicherte und ging hinaus, um seine Tasche aus dem Wagen zu holen.

Kishan lehnte mit der Hüfte gegen den Tisch. Er zog ein Knie an, umschloss es mit beiden Händen und blickte mich mit ernstem Ausdruck an. »In Wahrheit muss ich gestehen, dass ich noch nie etwas Schöneres zu Gesicht bekommen habe.«

Nervös wackelte ich mit den Füßen. »Nun, es ist immer eine Überraschung, wenn sich jemand umstylen lässt. Ein solches Styling wäre *der* Hit in jedem Schönheitssalon.«

Er nahm sanft meinen Ellbogen und drehte mich zu sich. »Es liegt nicht am Umstylen. Du bist immer wunderschön. Die Feen haben nur das hervorgehoben, was sowieso schon da war.« Mit einem Finger hob er mein Kinn an und sah mir in die Augen. »Du bist eine wunderschöne Frau, Kelsey.«

Kishan legte seine warmen Hände auf meine nackten Arme und strich leicht darüber. Dann zog er mich zu sich.

Seine Blicke glitten zu meinem Mund. Als seine Lippen nur noch wenige Zentimeter von meinen entfernt waren, schob ich ihn entschlossen weg und schimpfte: »*Kishan!*«

»Mir gefällt, wie du meinen Namen aussprichst.«

»Lass mich bitte los.«

Er hob seufzend den Kopf und sagte leise: »*Ren* ... kann sich sehr, *sehr* glücklich schätzen.« Widerstrebend löste er seine Hände von meinen Armen und trat dann zum Fenster.

Geschäftig kramte ich im Rucksack nach meinen Toilettenartikeln und meinem Pyjama. Kishan beobachtete mich schweigend und verkündete dann: »Ich denke, ich brauche auch ein Umstyling. Eine heiße Dusche ruft nach mir.«

Immer noch nervös sagte ich: »Ja. Könnte ich auch gebrauchen. Eine heiße Dusche klingt verlockend.«

Er hob eine Augenbraue. »Willst du zuerst?«

»Nein, du.«

Seine Augen funkelten, als er mich ansah. »Wir könnten auch Wasser sparen und zusammen duschen.«

»*Kishan!*«

Er zwinkerte mir zu. »Dachte ich mir schon. Aber einen Versuch kannst du mir nicht verübeln.«

Mr. Kadams Rückkehr ersparte mir eine Antwort.

Am zweiten Tag verglichen Mr. Kadam und ich unsere Notizen über unsere Vision mit Lokesh. Ihm war ebenfalls der tätowierte Diener aufgefallen, und er glaubte, sein Äußeres wäre außergewöhnlich genug, um herausfinden zu können, woher der Mann stammte. Außerdem hatte Mr. Kadam vor, Lokeshs Büro in Mumbai auskundschaften zu lassen.

Die Luft draußen war so feucht-schwül, wir hätten unsere Wasserflaschen wahrscheinlich einfach dadurch füllen können, dass wir sie aus dem Fenster hielten. Wir kamen an Tempeln mit goldenen Kuppeln vorbei und an geschäftigen Menschen, die ihre Felder bestellten, wir fuhren über angeschwollene Flüsse und überflutete Straßen, aber ich konnte an nichts anderes als an Rens Rettung denken. Einzig Kishan vermochte mich gelegentlich aus meinen Tagträumen über Ren zu reißen. Aber das war ein zweifelhaftes Vergnügen. Unsere Beziehung hatte sich in Shangri-La verändert, und ich wusste nicht, wie ich damit umgehen sollte. All die vielen Wochen so eng mit Kishan verbracht zu haben, hatte nicht gerade geholfen. Er war über den Punkt des harmlosen Flirtens hinaus und machte ernsthafte Annäherungsversuche. Eigentlich hatte ich gehofft, dass er im Laufe der Zeit das Interesse an mir verlieren würde. Dem war allerdings nicht so. Ich hatte starke Gefühle für ihn, allerdings nicht die gleichen wie er für mich. Ich konnte mich auf ihn verlassen und ihm vertrauen. Er war ein guter Freund, doch ich war in seinen Bruder verliebt. Wäre ich Kishan vor Ren begegnet, stünden die Dinge jetzt vielleicht anders. Aber so war es nicht.

Während der Fahrt nagten lästige Gedanken an mir: *War es einfach Glück, dass ich Ren zuerst getroffen hatte? Dass wir die Möglichkeit hatten, uns zu verlieben? Was wäre gewesen, wäre Kishan mir nach Amerika gefolgt und nicht Ren? Hätte ich eine andere Wahl getroffen?*

Die Wahrheit lautete, dass ich es nicht wusste. Kishan hatte etwas ganz Besonderes an sich. Und er war einsam. Er suchte nach einem Zuhause, nach jemandem, der ihn liebte, so wie Ren damals. Er brauchte jemanden, der ihn bei sich aufnahm und dem herumziehenden, verlorenen Tiger Sicherheit gab. Die Vorstellung fiel mir nicht schwer, dass ich dieser Jemand sein könnte. In Gedanken malte ich mir aus, wie ich mich in ihn verliebte und glücklich mit ihm würde.

Dann dachte ich an Ren, der genau dieselben Eigenschaften besaß, die ich an Kishan liebte. Ren brauchte ebenfalls jemanden, der ihn liebte, der den ruhelosen Tiger in ihm zähmte. Aber Ren und ich passten so viel besser zusammen. Es fühlte sich an, als wäre er extra für mich erschaffen worden. Er war alles, was ich mir je hätte wünschen können – mit einem Äußeren, das einfach atemberaubend war.

Ren und ich hatten so viel gemein. Ich liebte es, wenn er mir Kosenamen gab. Oder für mich sang und auf seiner Gitarre spielte. Ich liebte es, dass er sich derart für Shakespeare und Filme begeistern konnte und immer den Guten zujubelte. Er würde niemals lügen oder betrügen, nicht einmal, um das Herz seiner Angebeteten für sich zu gewinnen.

Ren war im wahrsten Sinne des Wortes die weiße Raubkatze und Kishan die schwarze. Doch beide waren sie Helden, beide waren sie verletzt worden. Beide hatten sie gelitten. Und Kishan verdiente ebenso sehr wie Ren ein Happy End.

Von seinem Platz hinterm Steuer aus warf Kishan gelegentlich einen Blick in den Rückspiegel und beobachtete mich.

Tief in Gedanken versunken, kaute ich an meiner Unterlippe, als er fragte: »Woran denkst du?«

Ich errötete und erwiderte rasch: »Ich überlege bloß, wie man Ren retten kann.« Dann drehte ich mich absichtlich in meinem Sitz weg und machte ein Nickerchen.

Als das Auto schließlich in die Auffahrt bog, schüttelte mich Kishan sanft wach. »Wir sind zu Hause, *Bilauta*.«

24
Geständnisse

Ich war so glücklich, wieder zu Hause zu sein, ich hätte weinen können. Kishan trug unsere Taschen hinein und zog sich dann bald zurück. Mr. Kadam entschuldigte sich ebenfalls, da er ein paar Telefonate erledigen wollte. Endlich allein entschied ich, eine lange, heiße Dusche zu nehmen und meine Kleidung zu waschen.

Im Pyjama und in Pantoffeln schlurfte ich zur Waschküche und schmiss eine Ladung an. Ich war unsicher, was ich mit der Feenkleidung tun sollte, und hängte sie schließlich über Nacht auf den Balkon, um zu sehen, ob es auch in der realen Welt Feen gab. Dann spazierte ich durchs Haus.

Mr. Kadam war in der Bibliothek am Telefon. Ich hörte nur einen Teil des Gesprächs. Er blickte zu mir hoch und zog einen Stuhl her, damit ich mich neben ihn setzen konnte.

»Ja. Natürlich. Melden Sie sich so bald als möglich. Das ist korrekt. Schicken Sie so viele wie nötig. Wir bleiben in Verbindung.« Er hängte auf und drehte sich zu mir.

Ich spielte mit meinem feuchten Haar und fragte: »Wer war das?«

»Ein Mann mit erstaunlichen Talenten, der in meinen Diensten steht. Eines dieser Talente besteht darin, große Organisationen zu unterwandern.«

»Was wird er für uns tun?«

»Er wird herausfinden, wer im Penthouse des höchsten Gebäudes von Mumbai arbeitet.«

»Sie haben doch nicht vor, selbst dorthin zu gehen, oder? Lokesh würde Sie gefangen nehmen!«

»Nein. Lokesh hat jedoch mehr von sich preisgegeben, als er von uns erfahren hat. Haben Sie seinen Anzug bemerkt?«

»Seinen Anzug? Der hat ausgesehen wie ein stinknormaler Anzug.«

»Was er aber nicht ist. Dieser Anzug wurde in Indien maßgeschneidert. Nur zwei Geschäfte im ganzen Land haben sich auf solch Modelle spezialisiert. Ich habe meine Männer ausgeschickt, um an Adressen zu gelangen.«

Grinsend schüttelte ich den Kopf. »Mr. Kadam, hat Ihnen schon mal jemand gesagt, dass Sie ein begnadeter Beobachter sind?«

»Vielleicht das eine oder andere Mal.«

»Nun, ich bin auf jeden Fall froh, dass Sie auf unserer Seite sind. Ich bin tief beeindruckt! Mir wäre nicht im Traum eingefallen, mir seine Kleidung näher anzuschauen. Was ist mit dem Diener?«

»Ich habe ein paar vage Ideen, woher er stammen könnte. Anhand der Perlen, der Haare und des Tattoos sollte ich bis morgen mehr wissen. Warum nehmen Sie nicht ein kleines Abendessen ein und gehen zu Bett?«

»Ich habe schon ein Nickerchen im Auto gemacht und bin nicht müde, aber Abendessen hört sich gut an. Wollen Sie mir Gesellschaft leisten?«

»Warum eigentlich nicht?«

Rasch sprang ich auf. »Oh! Das hätte ich fast vergessen! Ich habe Ihnen etwas mitgebracht!« Ich holte meinen Rucksack vom Fuß der Treppe und schnappte mir auch noch Gläser und zwei kleine Teller aus der Küche. Ich deckte den

Tisch und zog den Reißverschluss des Rucksacks auf. »Keine Ahnung, ob das Gebäck noch essbar ist, aber der Nektar müsste in Ordnung sein.«

Neugierig lehnte sich Mr. Kadam vor.

Nachdem ich den köstlichen Reiseproviant der Sylphen geöffnet hatte, legte ich mehrere Leckerbissen auf seinen Teller. Leider waren die mit feinstem Zucker bestäubten Cookies zu einem Päckchen Krümel zerbröselt, aber das restliche Gebäck sah immer noch so frisch und lecker wie in Shangri-La aus.

Mr. Kadam begutachtete die kleinen Appetithäppchen von allen Seiten und bestaunte die Kunstfertigkeit, mit der sie gebacken waren. Dann kostete er zögerlich von einer Champignon-Galette und einer winzigen Blaubeertarte, während ich ihm erklärte, dass die Sylphen Vegetarier waren, die Süßspeisen liebten. Ich drehte den Korken aus einer hohen Kürbisflasche und goss Mr. Kadam süßen, goldenen Nektar ins Glas. Genau in dem Moment trat Kishan ein und zog einen Stuhl neben mich.

»He! Warum habe ich keine Einladung bekommen, wenn hier eine Party mit sylphischen Leckerbissen steigt?«, stichelte er.

Ich schob Kishan meinen Teller zu und stand auf, um ein weiteres Glas zu holen. Wir lachten und genossen unser friedvolles Mahl in vollen Zügen, labten uns an Kürbisbrötchen mit Walnussbutter und Miniäpfeln, Käse und mit Zwiebeln gefüllten Pasteten. Wir leerten den Nektar bis zum allerletzten Tropfen und waren ganz aus dem Häuschen, als wir feststellten, dass die Goldene Frucht für Nachschub sorgen konnte.

Allein Rens Gegenwart hätte diesen herrlichen Moment noch schöner machen können. Ich gelobte, jede einzelne Köstlichkeit zu notieren, die wir in Shangri-La gegessen hatten, sodass ich Ren mit den Leckerbissen beglücken konnte, sobald er gerettet war.

Wir blieben bis tief in die Nacht wach. Kishan verwandelte sich in einen Tiger und schlief zu meinen Füßen ein, während Mr. Kadam und ich Bücher über die verschiedenen Volksstämme Indiens wälzten. Gegen drei am Morgen blätterte ich das fünfte Buch auf meinem Stapel durch und stieß jäh auf ein Bild von einer Frau mit einer Tätowierung auf der Stirn.

»Mr. Kadam, schauen Sie sich das mal an.«

Er saß in dem Ledersessel neben mir. Ich reichte ihm das Buch, damit er sich die Frau näher besah.

»Ja. Das ist der Stamm, der auch mir in den Sinn gekommen war. Sie heißen Baiga.«

»Was wissen Sie von ihnen?«

»Es handelt sich um einen Nomadenstamm, der in der Abgeschiedenheit des dichten Dschungels eine primitive Lebensweise pflegt. Sie gehen auf die Jagd und sammeln Nahrung, bestellen jedoch nicht den Boden. Ihrem Glauben zufolge fügt der Ackerbau Mutter Erde Schaden zu. Meines Wissens gibt es zwei Gruppen: eine in Madhya Pradesh in Zentralindien und eine in Jharkhand, was im Osten Indiens liegt. Ich glaube, ich besitze ein Buch mit detaillierterem Wissen über ihre Kultur.«

Er suchte die hohen Regale ab, bis er das richtige Buch gefunden hatte. Dann ließ er sich wieder neben mir nieder und schlug es auf.

»Es ist über die Adivasi. Dort sollten wir weitere Informationen über die Baiga finden.«

Ich beugte mich hinab und kratzte den schlafenden Kishan gedankenverloren am Ohr. »Wer sind die Adivasi?«

»Das Wort ist ein Sammelbegriff für alle indigenen Völker des heutigen Indien, unterscheidet aber nicht zwischen den vielen verschiedenen Kulturen. Hier haben wir die Irula, Oraon, Santal und«, er blätterte um, »die Baiga.«

Er fand die Stelle, nach der er gesucht hatte, und glitt mit dem Finger die Seite hinab, während er die wichtigsten Informationen in verkürzter Form vorlas.

»Autonome Gesellschaft, die Brandrodung betreibt. Berühmt für Tätowierungen. Auf den Dschungel für Nahrung angewiesen. Setzen uraltes medizinisches Wissen und Magie ein. Bambuskunst. Aha! Hier ist, wonach ich gesucht habe, Miss Kelsey. *Baigische Männer lassen ihr Haar lang wachsen und tragen es in einem Dutt oder Knoten.* Der Mann, der Ren festgehalten hat, passt genau zu dieser Beschreibung. Ein Punkt verwirrt mich jedoch. Eigentlich ist es ein Ding der Unmöglichkeit, dass ein Baiga seinen Stamm verlässt, um jemandem wie Lokesh zu dienen.«

»Selbst wenn er ihn gut bezahlt?«

»Das dürfte keine Rolle spielen. Ihr Leben ist völlig auf den Stamm ausgelegt. Es gäbe keinen Grund, weshalb er sein Volk verlassen sollte. Das würde jeglicher Tradition widersprechen. Es ist ein einfaches, aufrichtiges Volk. Ein Baiga würde sich niemals mit einem Schurken wie Lokesh zusammentun. Dennoch darf man nichts außer Acht lassen. Ich werde morgen mit der Recherche zum Baiga-Stamm beginnen. Aber erst einmal müssen Sie schlafen, Miss Kelsey. Ich bestehe darauf. Es ist schon spät, und wir brauchen beide einen klaren Kopf.«

Ich nickte und stellte die Bücher zurück in die Regale.

Mr. Kadam tätschelte mir die Schulter. »Sorgen Sie sich nicht. Letzten Endes wird alles gut. Das spüre ich. Wir haben große Fortschritte gemacht. Khalil Gibran sagte: ›Je tiefer das Leid euer Wesen aushöhlt, desto mehr Freude könnt ihr darin aufnehmen.‹ Ich weiß, Sie mussten viel Leid ertragen, aber ich spüre, dass Ihnen das Leben viel Freude bringen wird, Miss Kelsey.«

Ich lächelte. »Vielen Dank.« Ich umarmte ihn und flüsterte in sein Hemd: »Ich weiß nicht, was ich ohne Sie tun würde. Sie sollten auch schlafen gehen.«

Wir wünschten einander eine gute Nacht, und Mr. Kadam verschwand in seinem Zimmer, während ich die Treppe hinaufstieg. Kishan tappte neben mir her und folgte mir in mein Zimmer. Dann trottete er zur Glastür, die auf die Veranda führte, und wartete, dass ich ihn hinausließ. Bevor ich die Tür aufschob, kniete ich mich neben ihn und streichelte ihm den Rücken.

»Vielen Dank, dass du mir Gesellschaft leistest.«

Mit einem geschmeidigen Satz sprang er auf die Hollywoodschaukel und schlief augenblicklich ein. Ich kletterte ins Bett und drückte den weißen Stofftiger fest an mich, in der Hoffnung, dass die Leere in meiner Brust mit Gedanken an Ren gefüllt werden könnte.

Ich erwachte um elf. Mr. Kadam war am Telefon und legte auf, sobald ich mich ihm gegenübersetzte.

»Ich denke, wir haben Glück, Miss Kelsey. Bei meiner Recherche zu den Baiga habe ich nichts Ungewöhnliches über den Stamm in Madhya Pradesh entdecken können. Der Stamm im Osten von Indien scheint jedoch wie vom Erdboden verschwunden zu sein.«

»Was soll das heißen?«

»Normalerweise gibt es kleine Dörfer in der Nähe der Baiga, die von Zeit zu Zeit mit ihnen zu tun haben. Meistens sind es Auseinandersetzungen wegen der Brandrodung oder andere Streitigkeiten. Der Stamm scheint kürzlich weitergewandert und seitdem nicht mehr gesehen worden zu sein. Sie sind Nomaden und ziehen umher, aber bisher ist es nicht vorgekommen, dass sie so lange nicht mehr gesichtet wurden. Im Gegensatz zu früher ist den Baiga heute gesetzlich vorgeschrieben, in welchem Gebiet sie sich aufhalten dürfen. Ich werde sofort weitere Nachforschungen anstellen. Außerdem lasse ich meine Verbindungen spielen, um an Satellitenfotos zu gelangen und den gegenwärtigen Aufenthaltsort des Stamms in Erfahrung zu bringen. Falls ich Hilfe brauchen sollte, werde ich es Sie und Kishan wissen lassen. Die letzten Wochen waren für Sie eine wahre Tortur, weshalb ich Ihnen für heute etwas Schonung verschreibe. Es gibt nichts, was Sie tun können, bis ich meine Informationen bekomme. Gehen Sie schwimmen, schauen Sie sich einen Film an oder lassen Sie es sich in einem Restaurant gutgehen. Sie beide verdienen eine Ruhepause.«

»Sind Sie sicher, dass ich nichts tun kann? Ich kann mich nur schlecht entspannen, wenn ich weiß, dass Ren leidet.«

»Ihre Sorge um ihn verringert seine Qual nicht. Er würde ebenfalls wollen, dass Sie sich ausruhen. Wir werden ihn bald finden, Miss Kelsey. Vergessen Sie nie, ich habe schon häufig Soldaten in die Schlacht geführt, und wenn es eines gibt, das ich gelernt habe, dann dass selbst die hartgesottensten Krieger eine Verschnaufpause brauchen. Und das gilt auch für Sie. Zeit zum Entspannen ist sehr wichtig für das geistige und körperliche Wohlbefinden. Und jetzt fort mit Ihnen! Bis heute Abend will ich weder Sie noch Kishan zu Gesicht bekommen.«

Ich lächelte ihn an und salutierte: »Jawohl, General. Ich werde Kishan Ihren Befehl übermitteln.«

Er salutierte ebenfalls. »Wegtreten!«

Ich lachte und machte mich auf die Suche nach Kishan und fand ihn im Fitnessraum, wo er seine Kampfkunst trainierte, wobei ich ihn ein wenig vom untersten Treppenabsatz aus beobachtete. Er vollführte einen komplizierten Bewegungsablauf aus verschiedenen Sprüngen und Drehungen in der Luft, die ihm ohne seine Tigerstärke niemals geglückt wären. Dann landete er einen Meter vor meinen Füßen und bedachte mich mit einem verschmitzten Grinsen.

Ich lachte. »Wenn du und Ren bei den Olympischen Spielen antreten würdet, könntet ihr unzählige Goldmedaillen gewinnen. Im Turnen, in Leichtathletik, im Ringen und einfach allen Disziplinen. Ihr könntet mehrere Millionen Dollar scheffeln.«

»Ich brauche kein Geld.«

»Lauter hübsche Mädchen würden dir zu Füßen liegen.«

Er lächelte schelmisch. »Ich will nur ein einziges hübsches Mädchen zu meinen Füßen, aber das hat kein Interesse. Und was bringt dich überhaupt hierher? Willst du trainieren?«

»Nein. Ich habe mich gefragt, ob du mit mir eine Runde schwimmen willst. Mr. Kadam hat uns einen Tag Ruhe befohlen.«

Er schnappte sich ein Handtuch und rieb sich den Schweiß vom Gesicht. »Schwimmen? Das wäre eine nette Abkühlung.« Er lugte unter seinem Handtuch hervor. »Außer du trägst einen Bikini.«

Ich schnaubte. »Keine Sorge. Ich bin keines von diesen Bikini-Mädchen.«

Er seufzte gespielt theatralisch. »Wie schade! Also schön, wir treffen uns beim Pool.«

Ich ging nach oben und schlüpfte in meinen roten Badeanzug, warf mir eine Tunika über und trat auf die Veranda.

Kishan trug bereits seine Badeshorts und baute das Netz fürs Wasser-Volleyball auf. Ich hatte gerade meine Tunika auf einen Liegestuhl gelegt und testete das Wasser mit den Zehenspitzen, als etwas Kaltes meinen Rücken berührte.

»Hey! Was tust du da?«

»Halt still! Du brauchst Sonnencreme. Deine Haut ist so weiß, du würdest verbrennen.« Mit gekonnten, weichen Bewegungen strich er jeweils etwas Lotion auf meinen Rücken und den Hals und wollte sich eben meinen Armen zuwenden, als ich ihm Einhalt gebot.

»Von hier ab kann ich selbst übernehmen, danke«, sagte ich und streckte die Hand nach der Flasche aus. Ich quetschte einen fetten Klecks Lotion heraus und verrieb sie mir auf Armen und Beinen. Die Sonnencreme roch nach Kokosnuss.

Kishan grinste, betrachtete anerkennend meine Beine und zwinkerte mir zu: »Lass dir ruhig Zeit.«

Nachdem er den Ball und zwei Strandtücher aus dem Badeschrank geholt hatte, war ich fertig.

»Hast du Lust auf eine Partie Volleyball?«, fragte er.

»Du würdest gewinnen.«

»Ich nehme die tiefere Seite. Dann bin ich langsamer.«

»Okay, probieren wir's aus.«

Er kam einen Schritt auf mich zu. »Eine Sekunde.«

»Was denn?«

Er grinste verschmitzt. »Du hast eine Stelle vergessen.«

»Wo?«

»Genau da.« Und mit diesen Worten tupfte er mir einen Klecks Sonnencreme auf die Nase und lachte. »Hier«, sagte er. »Lass mich.«

Ich ließ die Hände an den Seiten herabhängen, während seine Finger sanft die Lotion auf meiner Nase und den Wangen einmassierten. Anfangs war die Berührung freundschaftlich, aber dann schlug seine Stimmung um. Er schob sich näher an mich. Seine goldenen Augen betrachteten eindringlich mein Gesicht. Ich sog scharf die Luft ein und rannte los. Ich nahm ein paar Schritte Anlauf und sprang mit angezogenen Beinen in den Pool, sodass Kishan und alles in seiner Nähe wie bei einem Platzregen mit Wasser übergossen wurde.

Kishan lachte und sprang mir hinterher. Ich kreischte und tauchte zur anderen Seite des Netzes. Als ich den Kopf aus dem Wasser steckte, konnte ich Kishan nicht entdecken, doch auf einmal packte eine Hand meinen Knöchel und zog mich zum Grund. Als ich wieder an die Oberfläche gelangte, hustend und mir die Haare aus den Augen streichend, tauchte Kishan neben mir auf, schüttelte mit einer raschen Kopfbewegung seine Haare nach hinten und lachte nur, als ich ihn beiseiteschieben wollte. Er rührte sich natürlich keinen Zentimeter, weshalb ich ihm stattdessen Wasser ins Gesicht spritzte, was zu einer ausgewachsenen Wasserschlacht führte. Schon bald wurde mir schmerzlich bewusst, dass ich keine Chance hatte. Seine Arme schienen nie müde zu werden, und als Welle über Welle meine jämmerlichen Spritzversuche ertränkte, erbat ich eine Auszeit.

Widerspruchslos stellte er seine Bombardierung ein, schoss zum Rand des Pools und schnappte sich den Volleyball. Wir begannen zu spielen, und voller Begeisterung stellte sich heraus, dass ich endlich ein Spiel gefunden hatte, bei dem ich im Vorteil war.

Nachdem ich den dritten Schmetterball in Folge versenkt und einen weiteren Punkt gemacht hatte, fragte Kishan: »Wo hast du gelernt, so zu spielen? Du bist ziemlich gut!«

»Ich habe noch nie im Wasser gespielt, aber an der Highschool war ich beim Hallen-Volleyball gar nicht so übel. Ich hätte es beinahe ins Schulteam geschafft, aber dann sind meine Eltern gestorben. Und im nächsten Jahr hatte ich auch kein richtiges Interesse, doch es ist immer noch meine Lieblingssportart. Ich bin auch ganz gut beim Basketball, allerdings nicht groß genug. Habt ihr zwei viel Sport getrieben?«

»Wir hatten wenig Zeit für Sport. Wir hatten Wettbewerbe im Bogenschießen, Ringen und in Spielen wie Pachisi, aber nicht in Mannschaftssportarten.«

»Und trotzdem bist du fast so gut wie ich, obwohl du die tiefe Seite hast.«

Kishan fing den Ball in der Luft auf und ließ sich ins Wasser fallen. Als er wieder auftauchte, war er genau auf der anderen Seite des Netzes. Er hob es an und schwamm darunter hindurch. Meine Füße berührten kaum den Boden des Pools, nur mein Gesicht war über Wasser. Er war noch einen guten Meter entfernt, und ich verengte die Augen und fragte mich, was er wohl vorhatte. Er beobachtete mich einen Moment und lächelte verschmitzt. Innerlich bereitete ich mich auf einen weiteren Wasserkampf vor und brachte meine Hände in Position.

Blitzschnell war Kishan neben mir, schlang mir die Arme um die Taille, riss mich an sich und grinste spitzbübisch. »Was soll ich sagen? Ich liebe den Wettkampf.« Und dann küsste er mich.

Ich erstarrte. Unsere Lippen waren nass vom Wasser. Der Geschmack nach Chlor war stark, und anfangs bewegte sich Kishan nicht, sodass es genauso gut die kühlen Fliesen am Rand des Pools hätten sein können, die ich küsste. Doch dann streichelte er sanft meine Hüfte, liebkoste meinen nackten Rücken und neigte den Kopf.

Mit einem Schlag war der sterile, feuchte, unscheinbare Nicht-Kuss zu einem sehr realen Kuss mit einem sehr attraktiven Mann geworden, der *nicht* Ren war. Kishans Lippen strichen angenehm warm über meine. So angenehm, dass ich regelrecht vergaß, dass ich ihn überhaupt nicht küssen wollte, und mich seinem Kuss hingab. Meine Hände kämpften nicht mehr gegen ihn an, und ich klammerte mich an seinen starken Oberarmen fest. Seine Haut war weich und heiß von der Sonne.

Als wäre ein Startschuss gefallen, schlang er einen Arm um meine Hüfte und drückte mich an seine Brust, während seine andere Hand an meinem nackten Rücken emporglitt, um meinen Nacken zu stützen. Für den Bruchteil einer Sekunde genoss ich seine Umarmung und ließ mich blenden. Doch dann erinnerte ich mich, und anstelle des glücklichen Freudentaumels, den ein Kuss hervorrufen sollte, überkam mich Traurigkeit.

Ich löste meine Lippen von seinen und drehte mich zur Seite. Kishans Arme ruhten noch auf meiner Taille. Er legte einen Finger unter mein Kinn und hob mein Gesicht, damit ich ihn ansehen musste. Schweigend betrachtete er mich. Meine Augen füllten sich mit Tränen. Eine rollte meine Wange herab und tropfte auf seine Hand.

Er lächelte matt. »Nicht gerade die Reaktion, die ich erhofft hatte.« Widerstrebend ließ er mich los.

Ich schwamm zur Seite und setzte mich auf eine Treppenstufe des Pools. »Ich habe nie behauptet, eine tolle Küsserin zu sein.«

»Ich rede nicht von dem Kuss.«

»Wovon dann?«

Er sagte nichts.

Ich spreizte die Finger und legte die Hand auf die Wasseroberfläche, ließ die Innenfläche von den sanften Wellen kitzeln. Ohne ihn anzusehen, fragte ich leise: »Habe ich dir jemals falsche Hoffnungen gemacht?«

Er seufzte und strich sich reumütig das Haar zurück. »Nein, aber ...«

»Aber was?« Ich blickte auf. Großer Fehler.

Kishan sah verletzlich aus. Hoffnungs*los* und hoffnungs*voll* zugleich. Wollte glauben und wagte es nicht. Er schien wütend, enttäuscht und gekränkt zu sein. In seinen verzweifelten goldenen Augen funkelte Sehnsucht, und gleichzeitig waren sie von wilder Entschlossenheit erfüllt.

»Aber ich kann einfach nicht aufhören, daran zu denken, dass es womöglich Schicksal ist, dass Ren gefangen genommen wurde. Dass du die ganze Zeit über *mir* bestimmt warst.«

Mit scharfer Stimme erwiderte ich: »Der einzige *Grund* für Rens Gefangennahme ist der, dass *er* sich für uns geopfert hat. Und *so* dankst du es ihm?«

Der spitze Stachel meiner Worte traf ihn bis ins Mark. Es war leicht, Kishan die Schuld zuzuschieben, doch in Wirklichkeit war es *meine* Reaktion auf ihn, die mich wütend machte. Ich hatte ein unsagbar schlechtes Gewissen, den Kuss überhaupt gestattet zu haben. Meine harsche Anschuldigung galt ebenso sehr mir wie ihm. Dass ich den Kuss für einen winzigen Moment genossen hatte, war unverzeihlich.

Kishan schwamm an den Beckenrand und lehnte sich mit dem Rücken gegen die Fliesen. »Denkst du etwa, mir wäre sein Schicksal gleichgültig? Dass ich für meinen Bruder keine Gefühle hätte? Das stimmt nicht. Trotz allem, was passiert ist, wünschte ich, derjenige zu sein, der gefangen genommen wurde. Dann hättest du Ren. Ren hätte dich. Und ich hätte bekommen, was ich verdiene.«

»*Kishan!*«

»Das ist mein voller Ernst. Denkst du etwa, es vergeht auch nur ein Tag, an dem ich mich nicht für das *hasse*, was ich getan habe? Was ich *fühle*?«

Ich zuckte zusammen.

»Glaubst du wirklich, ich wollte mich in dich verlieben? Ich habe mich absichtlich von dir ferngehalten! Ich habe *ihm* die Chance gegeben, mit dir zusammen zu sein! Aber da ist ein Teil in mir, der sich fragt, *was wäre, wenn? Was wäre, wenn* du die Antwort auf *meine* Gebete wärst? Nicht seine!«

Er beobachtete mich von der anderen Seite des Pools aus. Selbst aus der Entfernung konnte ich sehen, dass er litt.

»Kishan, ich ...«

»Und bevor du etwas sagst – ich brauche dein Mitgefühl nicht. Es wäre besser, wenn du jetzt schweigst, bevor du mir schonend beibringst, dass dir der Kuss nicht gefallen hat oder du nur Freundschaft für mich empfindest.«

»Das wollte ich gar nicht sagen.«

»Gut. Gibst du etwa zu, dass er dir gefallen hat? Dass zwischen uns etwas ist? Dass du dich zu mir hingezogen fühlst?«

»Ist es denn wirklich nötig, dass ich es laut sage?«

Er verschränkte die Arme vor der Brust. »Ja. Ist es.«

Gereizt warf ich die Hände in die Luft. »Na schön! Ich geb's zu! Er hat mir gefallen. Da ist etwas zwischen uns. Ja! Ich fühle mich zu dir hingezogen. Es war schön. Es war sogar *so* schön, dass ich Ren für fünf Sekunden vergessen haben. Bist du jetzt glücklich?«

»Ja.«

»Nun, *ich* nicht.«

»Das sehe ich.« Er maß mich von seiner Seite des Pools aus. »Alles, was ich bekomme, sind also fünf Sekunden, hm?«

»Um ehrlich zu sein, es waren wohl eher dreißig.«

Er schnaubte. Seine Arme waren immer noch vor der Brust verschränkt, aber er hatte jetzt ein sehr selbstzufriedenes, süffisantes Grinsen im Gesicht.

Ich seufzte unglücklich. »Kishan, ich ...«

Er schnitt mir das Wort ab. »Erinnerst du dich, als wir dem Haus der Sirenen in Shangri-La entkommen sind?«

»Ja.«

»Und du gesagt hast, du hättest den Bann gebrochen, weil du an Ren denken musstest?«

Ich nickte.

»Nun, ich bin ihnen entkommen, weil ich an dich gedacht habe. Du hast meine Gedanken erfüllt, und schon war der Zauber der Sirenen verflogen. Denkst du nicht, dass das etwas bedeutet? Könnte es nicht bedeuten, dass *wir* füreinander bestimmt sind? Die Wahrheit ist, Kells, dass ich schon lange an dich denken muss. Seit unserer ersten Begegnung bekomme ich dich nicht mehr aus dem Kopf.«

Eine Träne rollte mir die Wange herab, und ich sagte sanft: »Es tut mir leid, was geschehen ist. Es tut mir schrecklich leid, was dir zugestoßen ist. Und mir tut besonders leid, dass ich auch noch für weiteren Schmerz verantwortlich bin. Ich weiß nicht, was ich sagen soll, Kishan. Du bist ein wunderbarer Mensch. *Zu* wunderbar. Wäre die Situation anders, wäre ich jetzt wahrscheinlich bei dir und würde dich küssen.«

Als ich den Kopf in die Hände stützte, tauchte er ins Wasser und schwamm zu mir, kam neben mir an die Oberfläche und sah mich an. Wasser perlte an seinem bronzefarbenen Oberkörper ab. Er war ein wahrhaft atemberaubender Mann. Jedes Mädchen könnte sich glücklich schätzen, seine Zuneigung zu gewinnen.

Er streckte die Hand aus. »Dann komm zu mir und küss mich.«

Ich schüttelte den Kopf. »Ich *bin* nicht ... Ich *kann* nicht«, seufzte ich traurig. »Alles, was ich weiß, ist, dass ich ihn *liebe*. Egal wie verlockend es ist, sich für dich zu entscheiden ... Ich kann das einfach nicht. Ich kann ihn nicht verlassen. Bitte verlang das nicht von mir.«

Ich stieg aus dem Pool und schlang mir ein Handtuch um den Körper. Ich hörte ein Platschen und spürte dann Kishans Nähe, während er sich ebenfalls abtrocknete.

Kishan drehte mein Gesicht zu sich, damit sich unsere Augen trafen. »Du sollst wissen, dass das kein Wettbewerb zwischen ihm und mir ist. Es gibt keine Hintergedanken. Es ist keine bloße Schwärmerei.« Mit dem Daumen strich er über meine Wangen und umschloss mit den Händen meinen Kopf. »Ich liebe dich, Kelsey.« Er kam noch näher.

Ich legte die Hand auf seine warme Brust und sagte: »Wenn du mich *wirklich* liebst, dann küss mich nicht mehr.« Ich wich keinen Zentimeter zurück und wartete auf seine Antwort. Es war nicht leicht. Am liebsten wäre ich weggelaufen, in mein Zimmer geflohen, aber wir mussten die Angelegenheit ein für alle Mal klären.

Schwer atmend stand er vor mir. Er senkte den Blick, und ich sah, wie eine Gefühlswallung nach der anderen über sein Gesicht schoss. Dann hob er die Augen, nickte und sagte: »Ich werde nicht versprechen, dich nie mehr zu küssen, aber ich verspreche, dich erst wieder zu küssen, wenn ich sicher bin, dass es zwischen dir und Ren aus ist.«

Ich wollte schon protestieren, da fuhr er entschlossen fort: »Ich bin kein Mann, der seine Gefühle versteckt, Kells.« Sanft berührte er mein Gesicht. »Ich sitze nicht in meinem Zimmer, verzehre mich vor Sehnsucht und schreibe Liebesgedichte. Ich bin kein Träumer. Ich bin ein Kämpfer. Ich bin ein Mann der Tat, und es wird mich große Überwindung kosten, nicht um dich zu kämpfen. Wenn etwas getan werden muss, tue ich es. Wenn ich etwas fühle, handle ich danach. Ich sehe keinen Grund, weshalb Ren das Mädchen seiner Träume bekommen soll und ich nicht.

Es ist nicht fair, dass mir das nun zum zweiten Mal widerfährt.«

Ich legte ihm die Hand auf den Arm. »Du hast recht. Es ist nicht fair. Es ist nicht fair, dass du die vergangenen Wochen Tag und Nacht mit mir verbringen musstest. Es ist nicht fair, dass ich dich bitte, deine Gefühle beiseitezuschieben und einfach nur ein guter Freund zu sein, wenn du etwas anderes fühlst. Aber Tatsache ist, ich brauche dich. Ich brauche deine Hilfe. Ich brauche deine Unterstützung. Und vor allem brauche ich deine Freundschaft. Ohne dich hätte ich keinen einzigen Tag in Shangri-La überlebt. Ich glaube nicht, dass ich Ren ohne dich befreien kann. Es ist nicht fair, dich darum zu bitten, aber ich tue es dennoch. *Bitte.* Du musst mich gehen lassen.«

Er starrte zum Haus und grübelte einen Moment, bevor er wieder zu mir sah. Dann berührte er mein nasses Haar und sagte wehmütig: »Na schön. Ich werde dich nicht mehr bedrängen, aber das tue ich nicht für ihn und definitiv nicht für mich. Ich tue es allein für dich. Vergiss das nie.«

Ich nickte schweigend und beobachtete ihn, wie er zur Veranda marschierte. Meine Knie gaben nach, und ich landete hart auf einem der Liegestühle.

Den Rest des Tages verbrachte ich in meinem Zimmer und befasste mich mit den Texten über die Baiga. Ständig musste ich einen Absatz noch einmal lesen. Ich fühlte mich innerlich zerrissen. Durcheinander und verwirrt. Ich fühlte mich, als müsste ich aussuchen, welcher Elternteil leben durfte und welcher sterben sollte. Welche Wahl auch immer ich traf, ich wäre verantwortlich für einen Tod. Es ging nicht darum, mich für das Glück zu entscheiden, ich musste entscheiden, wen von beiden ich leiden lassen würde.

Ich wollte, dass *keiner* von ihnen litt. Mein Glück war belanglos. Das hier fühlte sich ganz anders an, als mit Li oder Jason Schluss zu machen. Ren brauchte mich, liebte mich. Aber Kishan ebenfalls. Keine Wahl wäre gerecht, keine Antwort würde beide zufriedenstellen. Ich schob die Bücher beiseite, nahm eines von Rens Gedichten und ein Hindi-Englisch-Wörterbuch zur Hand. Es war eines der Gedichte, die er nach meiner überstürzten Abreise aus Indien verfasst hatte. Die Übersetzung dauerte eine Weile, war jedoch die Mühe wert.

Bin ich am Leben?

Ich atme
Ich fühle
Ich schmecke
Aber die Luft füllt meine Lungen nicht
Jede Oberfläche ist rau
Jeder Geschmack gleich

Bin ich am Leben?

Ich sehe
Ich höre
Ich spüre
Aber die Welt ist schwarz und weiß
Stimmen klingen blechern und dumpf
Ich spüre trostlose Verwirrung

Wenn du bei mir bist
Durchflutet Luft meinen Körper
Erfüllt mich mit Licht
Und Glückseligkeit
Ich lebe!

Die Welt ist voller Farben und Geräusche
Geschmäcker kitzeln meinen Gaumen
Alles ist weich und wohlriechend
Ich spüre die Wärme deiner Nähe
Ich weiß, wer ich bin und was ich will

Ich will dich.

Ren

Eine Träne tropfte auf das Papier. Hastig schob ich das Blatt aus der Gefahrenzone. Trotz Kishans tief empfundener Worte und dem Durcheinander über unseren Beziehungsstatus, gab es eine Sache, die ich nicht bestreiten konnte. Ich *liebte* Ren. Von ganzem Herzen. Wäre Ren hier bei mir, wäre das alles niemals geschehen.

Wenn er bei mir war, wusste ich ebenfalls, wer ich war und was ich wollte. Selbst ohne das starke Band zwischen uns spürte ich, wie mir bei seinen Worten das Herz aufging. Ich konnte mir im Geiste lebhaft vorstellen, wie er an seinem Tisch sitzend das Gedicht aufsagte und es anschließend niederschrieb.

Falls ich eine Antwort suchte, war sie hier – in meinem Herzen. Sobald ich an Kishan dachte, fühlte ich Verwirrung und Zuneigung mit einem Schuss Schuldgefühl. Bei Ren blühte ich auf und schwebte geradezu. Ich fühlte mich frei und glücklich. Ich *liebte* Kishan, aber in Ren war ich noch dazu *ver*liebt. Wie das geschehen war, spielte keine Rolle. Aber es war geschehen.

Wie Kishan gesagt hatte: Ich hatte jetzt mehr Zeit mit ihm verbracht als mit Ren. Es war nicht verwunderlich, dass wir uns nahestanden. Doch Ren hatte mein Herz gefangen. Mein Herz, das nur schlug, weil es ihn gab.

Ich war entschlossen, es Kishan so leicht wie möglich zu machen. Mit dem Thema Liebeskummer war ich gut vertraut. Mr. Kadam hatte recht damit, dass Kishan mich ebenfalls brauchte. Ich musste standhaft bleiben und ihm begreiflich machen, dass er mein Freund war. Dass ich alles für ihn tun würde – außer eine Liebesbeziehung mit ihm eingehen.

Ich fühlte mich besser. Rens Gedicht hatte mir die Augen geöffnet. Die Gefühle, von denen er sprach, waren im Einklang mit meinen. Ich steckte das Gedicht in mein Tagebuch und ging zum Abendessen mit Kishan und Mr. Kadam hinunter.

Kishan hob eine Augenbraue, als ich ihn anlächelte. Dann starrte er wieder auf seinen Teller, und ich nahm meine Gabel.

»Der Fisch sieht köstlich aus, Mr. Kadam. Vielen Dank.«

Verlegen winkte er ab, beugte sich vor und sagte: »Ich bin froh, dass Sie hier sind, Miss Kelsey. Es gibt Neuigkeiten.«

25
Rens Rettung

Mein Mund wurde trocken, als ich den Bissen Fisch hinunterschluckte. Ich hustete, und Kishan schob ein Glas Wasser in meine Richtung. Ich nippte an dem kalten Getränk, räusperte mich und sagte nervös: »Was für Neuigkeiten?«

»Wir haben die Baiga gefunden, und etwas stimmt da nicht. Der Stamm hält sich in einem Dschungelgebiet auf, das weit entfernt von jedem Dorf liegt. Weiter, als sie in den letzten hundert Jahren gewandert sind. Sogar weiter, als das Gesetz erlaubt. Aber eines ist noch sonderbarer. Die Satellitenbilder zeigen in ihrer Nähe Technologie.«

»Was für Technologie?«, erkundigte sich Kishan.

»Mehrere große Fahrzeuge parken nahe der Siedlung, und die Baiga besitzen keine Autos. Ein großes Gebäude wurde ebenfalls dort errichtet. Es ist viel größer als alles, was die Baiga normalerweise bauen. Ich vermute, es handelt sich um eine Art Militärlager.« Er schob den Teller beiseite. »Den Berichten zufolge gibt es dort bewaffnete Wachen, die den Wald absuchen. Es macht den Anschein, als würden sie die Baiga vor einem Angriff beschützen.«

»Aber wer würde die Baiga im Dschungel angreifen?«, fragte ich.

»Das ist die spannende Frage. Es gibt keinerlei Streitigkeiten oder Kampfhandlungen zwischen den Baiga und anderen Volksgruppen. Die Baiga haben keine Krieger und besitzen nichts, was für die Außenwelt von Wert wäre. Sie haben keinen Grund, einen Angriff zu fürchten. Außer, sie haben einen wertvollen ...« Er blickte zu Kishan. »Tiger.«

Kishan schnaubte. »Das hört sich wirklich an, als wäre da was im Busch.«

»Aber warum die Baiga?«, fragte ich. »Warum hält er Ren nicht in der Stadt oder einem richtigen Militärlager gefangen?«

Mr. Kadam zog einen Stapel Papiere heraus. »Darauf habe ich vielleicht auch eine Antwort. Ich habe mit einem Freund telefoniert, der Professor für Alte Geschichte an der Bangalore-Universität ist und die Baiga eingehend studiert hat. Sie haben schreckliche Angst vor bösen Geistern und Hexen und glauben, dass jedes schlimme Ereignis – Krankheit, eine verlorene Ernte, Tod – auf das Konto eines bösen Geists geht. Sie glauben an Magie und verehren ihren *Gunia*, ihren Medizinmann. Wenn Lokesh vor ihren Augen einen Zauber angewandt hat, ist es sehr wahrscheinlich, dass die Menschen alles für ihn tun würden. Sie betrachten sich als Hüter des Waldes. Lokesh könnte sie zum Umzug bewegt haben, indem er sie davon überzeugt hat, dass der Dschungel in Gefahr ist. Den anderen Punkt, den mein Freund angesprochen hat, erscheint mir indes als noch interessanter. Den Gerüchten zufolge sollen die *Gunia* die Fähigkeit haben, Tiger zu kontrollieren.«

Ich keuchte auf. »*Was?* Wie soll das möglich sein?«

»Das vermag ich Ihnen nicht zu sagen, aber irgendwie gelingt es ihnen, ihre Dörfer vor Tigerangriffen zu schützen.

Vielleicht hat Lokesh herausgefunden, dass in dem Mythos ein Fünkchen Wahrheit steckt.«

»Sie glauben, sie benutzen eine Art Magie, um Ren dort festzuhalten?«

»Ich weiß es nicht, doch es scheint mir die Mühe wert, dieser Spur nachzugehen.«

»Worauf warten wir dann noch? Brechen wir auf!«

»Ich brauche etwas Zeit, um einen Plan auszuarbeiten, Miss Kelsey. Unser Ziel lautet, dass wir alle überleben. Und da wir gerade davon sprechen: Ich muss Ihnen beiden mitteilen, dass meine Informanten verschwunden sind. Die Männer, die ich geschickt habe, um das Penthouse des höchsten Gebäudes in Mumbai zu durchsuchen, sind wie vom Erdboden verschluckt. Sie haben mich nicht kontaktiert, und ich fürchte das Schlimmste.«

»Denken Sie, sie sind tot?«

»Sie sind nicht die Sorte Menschen, die sich lebend gefangen nehmen lassen«, erwiderte er trocken. »Ich kann mit meinem Gewissen nicht vereinbaren, dass noch mehr Menschen für unsere Sache sterben. Von nun an sind wir auf uns allein gestellt.« Er blickte zu Kishan. »Wir befinden uns im Krieg gegen Lokesh.«

Kishan ballte die Fäuste. »Dieses Mal werden wir nicht mit eingezogenem Schwanz davonlaufen.«

»Allerdings.«

Nach einem leisen Räuspern sagte ich: »Das ist toll für euch beide, aber *ich* bin keine Kriegerin. Wie sollen wir gewinnen? Wir drei gegen die Übermacht von Lokeshs Männern?«

Kishan legte eine Hand auf meine. »Du bist eine gute Kriegerin, Kells. Mutiger als viele, mit denen ich je gefochten habe. Und Mr. Kadam war berühmt für seine Strategien, mit denen wir gegen jede noch so große Übermacht gewonnen haben.«

»Wenn ich im Laufe meiner vielen Lebensjahre eines gelernt habe, Miss Kelsey, dann, dass ein sorgfältig ausgearbeiteter Plan fast zwangsläufig zu einem positiven Endergebnis führt.«

Kishan unterbrach ihn: »Und vergiss nicht, wir haben viele Waffen zur Verfügung.«

»Lokesh auch.«

Mr. Kadam tätschelte mir die Hand. »Wir haben *mehr*.« Er zog ein Satellitenfoto heraus, nahm einen roten Stift zur Hand und begann, wichtige Punkte einzukreisen. Dann reichte er mir ein Blatt Papier und einen Stift. »Sollen wir anfangen?«

Als Erstes stellten wir eine Liste mit all unseren Fähigkeiten zusammen und überlegten, wie wir sie am besten einsetzen könnten. Einige Ideen waren albern, andere wiederum vielversprechend. Ich notierte einfach alles, denn im Vorhinein konnten wir nicht wissen, was sich später als nützlich erweisen würde.

Mr. Kadam markierte den Punkt auf der Karte, wo er Ren vermutete. Ihm zufolge waren die einfachsten Pläne die besten, und unser Plan war theoretisch ein Kinderspiel: Hineinschleichen. Ren finden. Verschwinden.

Trotzdem bestand Mr. Kadam darauf, den Plan von allen nur erdenklichen Blickwinkeln aus zu betrachten, und berechnete jede noch so unvorhersehbare Eventualität ein. Er stellte unzählige *Was-wenn*-Fragen: *Was, wenn Kishan das Lager nicht betreten kann, weil er ein Tiger ist? Was, wenn es Tigerfallen im Dschungel gibt? Was, wenn es mehr Soldaten gibt, als wir angenommen haben? Was, wenn wir nicht vom Dschungel aus hineinkommen? Was, wenn Ren nicht dort ist?*

Zu jedem Problem zeigte Mr. Kadam eine Lösung auf, die uns dennoch zum Erfolg führen würde. Dann ließ er

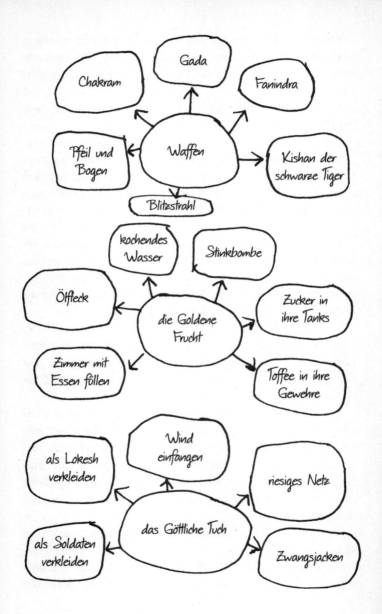

mehrere Probleme gleichzeitig auftreten und drillte Kishan und mich mit den verschiedenen Lösungen. Wir mussten uns einbläuen, wie wir unser Verhalten dem jeweiligen Problem anpassen würden. Ich kam mir vor, als würde ich jeden möglichen Ausgang in einem interaktiven Spielbuch auswendig lernen.

Mr. Kadam ließ uns mehrere Probedurchläufe absolvieren. Wir mussten die Grenzen der Goldenen Frucht und des Göttlichen Tuchs austesten sowie unzählige komplizierte Techniken mit unseren Waffen durchführen. Den restlichen Tag verbrachten wir mit Nahkampfübungen und der Kombination verschiedener Fertigkeiten. Als Mr. Kadam am ersten Abend endlich das Ende einläutete, war ich völlig erschöpft. Jeder Muskel schmerzte, mein Gehirn war platt und ich mit einer Schicht Ahornsirup und Baumwollfusseln überzogen – ein kombinierter Angriff mit der Frucht und dem Tuch, der nach hinten losgegangen war.

Nachdem ich ihnen eine Gute Nacht gewünscht hatte, stieg ich müde die Treppe hinauf, nahm Fanindra vom Arm und legte sie auf ihr Kissen. Mr. Kadam hatte sogar einen Plan für sie ausgetüftelt, aber sie hatte sich bei seiner Erläuterung nicht gerührt.

Wir wussten nicht, ob sie überhaupt etwas tun würde, aber sie würde auf jeden Fall mitkommen. Sie hatte mir schon mehrfach das Leben gerettet, weshalb sie es verdiente, zumindest dabei zu sein. Ihr goldener Körper drehte und wand sich, bis ihr Kopf bequem auf der obersten Windung ruhte. Ihre smaragdgrünen Augen funkelten einen Moment und erloschen dann.

Irgendetwas flatterte draußen vor dem Fenster. Meine Feenkleidung! Anscheinend gab es in dieser Welt keine Feen, weshalb die Sachen wohl oder übel in die Maschine mussten. Ich legte sie in meinen Wäschekorb, bevor ich unter die heiße Dusche stieg. Während sich meine geschundenen Muskeln entspannten, dachte ich darüber nach, ob ich die Feenkleidung in kaltem oder heißem Wasser waschen sollte. Beinahe wäre ich im Stehen eingeschlafen, so beruhigend war die Dusche.

Eine Woche lang ließ uns Mr. Kadam ein erbarmungsloses Training absolvieren, bevor er der Meinung war, dass wir zum Dorf der Baiga aufbrechen konnten.

Wir drei standen im dunklen Dschungel am Fuß eines großen Baums, reichten das Göttliche Tuch herum und nahmen die uns jeweils zugedachte Gestalt an.

Kurz bevor sich Mr. Kadam verwandelte, flüsterte er: »Ihr wisst, was zu tun ist. Viel Glück.«

Ich schlang ihm das Göttliche Tuch um den Hals, band es fest und flüsterte: »Treten Sie in keine Falle.«

Lautlos glitt er in den Dschungel.

Kishan umarmte mich kurz und verschwand ebenfalls. Seine Schritte waren kaum zu hören. Schon bald befand ich mich allein im finsteren Dschungel. Ich spannte den Bogen und schob Fanindra den Arm hoch, während ich auf das Signal wartete.

Ein lautes Fauchen hallte durch den Wald, gefolgt vom Rufen mehrerer Männer. Das war mein Signal. Ich bahnte mir einen Weg zwischen den Bäumen hindurch in Richtung des Lagers, das etwa eine Meile entfernt lag. Als ich mich näherte, zog ich die Goldene Frucht heraus und murmelte meine Befehle. Meine Aufgabe lautete, die zwei Wachtürme am Rand des Lagers und die Flutlichter auszuschalten.

Lichter zuerst. Ich suchte das Gebiet mit den Augen ab und machte die verschiedenen Gebäude aus. Wir hatten die Satellitenbilder eingehend studiert und uns den Grundriss fest eingeprägt. Die Hütten der Baiga waren in einem Halbkreis am äußeren Rand des Lagers angeordnet, hinter den Militärbunkern und einigen Geländewagen, auch M-ATVs genannt. Mr. Kadam hatte erklärt, dass das *M* für MRAP stand, oder *Mine Resistant Ambush Protected*, was bedeutete, dass sie schrecklich schwer zu zerstören waren.

Die Hütten der Baiga waren aus geflochtenem Stroh gefertigt. Unter keinen Umständen wollte ich ihre Behausungen treffen, die ansonsten sofort in Flammen aufgehen würden.

Die Kommandozentrale bestand aus vier Gebäuden, jedes von der Länge eines Sattelschleppers, aber doppelt so hoch. Sie waren paarweise angeordnet, mit einer Metalllegierung beschichtet und wirkten äußerst robust. Zwei Wachtürme flankierten das Lager. Jeweils drei Soldaten beobachteten die Gegend von oben, während zwei Männer unten Wache schoben. Neben dem südlichen Turm ragte ein Pfosten mit einer Satellitenschüssel in die Höhe. Ich zählte vier Flutlichter, die beiden Suchscheinwerfer an jedem Wachturm nicht eingerechnet.

In meinen Aufgabenbereich fiel es, den Generator zu finden, aber ich konnte ihn nirgends entdecken. *Vielleicht ist er in einer der Baiga-Hütten versteckt?* Ich entschied, die Lichter einfach der Reihe nach zu zerstören. Ich hielt die Hand hoch und zielte. Wärme pulsierte durch meinen Arm, bis meine Finger in der Dunkelheit rot glühten. Energie schoss in einem langen weißen Zucken aus mir heraus. Ein Flutlicht nach dem anderen explodierte mit einem lauten Knall.

Jemand sprang in einen der Geländewagen und schaltete die Scheinwerfer an. Das ATV stotterte und ging gleich wieder aus. Das Benzin war wahrscheinlich von dem Biskuitboden aufgesogen worden, mit dem ich dank der Göttlichen Frucht den Tank gefüllt hatte. Die Elektrizität funktionierte allerdings noch, und starke Suchscheinwerfer tasteten die Bäume nach mir ab. Mit voller Wucht zielte ich auf das Auto und sandte eine Extraportion Energie durch meine Handfläche, wusste ich doch, dass das Militärfahrzeug nur schwer zu zerstören war.

Krachend schlug mein Blitzstrahl in den Wagen ein und schleuderte ihn zehn Meter in die Luft. Er explodierte in einem Feuerball und landete mit einem lauten Scheppern von verbeultem Metall auf einem der anderen Wagen. Ich beschoss einen weiteren Wagen, der sich laut quietschend dreimal überschlug und gegen einen riesigen Baum prallte. Es kostete mich nur ein paar Sekunden, um die anderen Scheinwerfer auszuschalten.

Als Nächstes sollte ich mich um die beiden Wachtürme kümmern. Im Vergleich zu den anderen Gebäuden waren diese von einfacher Bauart. Auf vier hölzernen Streben, die die Kommandozentrale um ein Stockwerk überragten, befand sich eine Art Plattform, auf der drei bewaffnete Männer mit Suchscheinwerfern standen. Der einzige Weg hinauf war eine Holzleiter, die wahrscheinlich von den Baiga gebaut worden war.

Währenddessen hatten die Soldaten meine Position ausgemacht. Scheinwerfer drehten sich in meine Richtung, suchten nach mir. Ich schoss ein paar goldene Pfeile ab und hörte ein Grunzen und ein dumpfes Poltern, als ein Körper auf die Holzplanken sackte. Ich musste hier weg. Bolzen schwirrten surrend in das Gebüsch, in dem ich mich versteckte. *Sie sollen uns lebend gefangen nehmen.*

Ich rannte in die Dunkelheit. Fanindras Augen glühten sanft, spendeten mir gerade genügend Licht, um meinen nächsten Unterschlupf zu erreichen. Hinter einen dichten Busch gekauert, beschwor ich meinen Blitzstrahl herauf und schaltete den nächstgelegenen Turm aus, der in einem riesigen Feuerball explodierte und die Umgebung in grelles Tageslicht hüllte. Verängstigte Menschen stoben in alle Richtungen.

Im Schutz der aufgeschreckten Menschenmenge bahnte ich mir einen Weg zu dem anderen Wachturm. Ich versteckte mich zwischen zwei Gebäuden, als eine Gruppe Soldaten an mir vorbeirannte, und erledigte zwei der Männer von hinten. Mr. Kadam wandte sich währenddessen laut rufend und wild gestikulierend an die Baiga, scharte sie um sich und bat sie für den Kampf um Hilfe. Seine Theatralik zauberte mir für einen kurzen Moment ein Lächeln aufs Gesicht. Dann legte ich die *Gada* an die Stelle, an der Mr. Kadam sie finden würde.

Back to business. Im Schatten des Gebäudes stahl ich mich zum nächsten Turm und besah ihn mir genau. Als Erstes musste ich die Satellitenschüssel zerstören. Ich legte einen Pfeil auf, durchdrang ihn mit meinem Blitz und ließ ihn durch die Luft surren. Mit einem lauten Knall bohrte er sich in die Satellitenschüssel, die elektrisch aufgeladen knisterte und knackte, bevor sie explodierte. Mittlerweile waren die Soldaten des zweiten Turms dahintergekommen, wo ich war. Gerade noch rechtzeitig machte ich einen Satz hinter ein paar Kisten, da hörte ich schon das Zischen mehrerer Bolzen, die sich genau an der Stelle in den Boden bohrten, an der ich gerade noch gesessen hatte.

Mein Herz pochte laut vor Angst. Wenn mich einer ihrer Bolzen traf, war ich erledigt. Ich konnte weder Kishan helfen noch Ren befreien. Als ich das Rufen von Männern hörte, die nach mir suchten, nahm ich all meinen Mut zusammen und zog einen weiteren Pfeil aus dem Köcher. Der goldene Pfeil glitzerte im Mondlicht und flirrte, als ich ihn mit meinem Blitzschlag auflud. Dieses Mal war ich meinem Ziel zu nah, und als der Turm detonierte, war die Druckwelle so stark, dass ich in die Luft geschleudert wurde und beim Landen mit dem Kopf gegen ein Gebäude knallte. Schwere Holzklötze von dem zerstörten Wachturm regneten herab, und brennende Splitter trafen mich, als ich mich schwankend auf die Beine zog. Vorsichtig betastete ich meinen Hinterkopf. Ich blutete.

Auf einmal kam ein Soldat auf mich zugelaufen und griff mich an. Wir rollten über den Boden. Ich boxte ihm in den Magen und sprang auf. Als er sich ebenfalls aufrappelte, klammerte ich mich an seinem Rücken fest, wie Ren es mich gelehrt hatte, und versuchte, ihm die Luft abzuschnüren. Er taumelte nur kurz, bevor er sich mit einem Ruck drehte und mich gegen einen Felsen knallte. Mein Schädel knackte, und ich spürte, wie mir Blut von der Schläfe die Wange herablief.

Ich lag reglos vor dem Felsen und keuchte, erschöpft, benommen und blutend. Der Soldat stand höhnisch grinsend vor mir und bückte sich, um mich zu erwürgen. Ich hob die Hand, starrte aus verengten Augen sein rußgeschwärztes Gesicht an und traf ihn mit einem Blitz in die Brust. Er flog mehrere Meter, knallte gegen die Kommandozentrale und sackte mit hängendem Kopf auf dem Erdboden zusammen.

Jetzt musste ich Ren finden. Ich schlängelte mich wankend zwischen ein paar Hütten hindurch, und als ein zweiter Soldat auf mich zukam, duckte ich mich zur Seite, ließ mich fallen und brachte mich mit einer Rolle vor dem Betäubungsbolzen in Sicherheit, den er auf mich abfeuerte. Rasch setzte ich mich auf und erledigte den Mann mit einem leichten Blitzschlag.

Die Tür zum Hauptgebäude wurde von zwei kampfbereiten Soldaten bewacht. Während ich mich näherte, riefen sie mir ein paar Worte in einer mir fremden Sprache zu.

Ich nickte kurz, und einer von ihnen sperrte auf und ließ mich eintreten. Diesmal kam ich ungeschoren davon. Sie kannten mein Gesicht und hatten mich nicht in Aktion gesehen.

Leise schlüpfte ich in das Gebäude. Zu meinem Pech schloss sich die Tür hinter mir und verriegelte sich automatisch. Ich schob das Problem beiseite, könnte ich mir doch später schlimmstenfalls mit dem Blitz einen Weg aus der Kommandozentrale brennen. Meine Schläfen pochten schrecklich, doch abgesehen davon hatte ich Glück gehabt. Ich hatte mehrere schlimme Abschürfungen und Schnittwunden, eine fette Beule am Hinterkopf und war wahrscheinlich am ganzen Körper mit blauen Flecken übersät, hatte aber keine lebensbedrohliche Verletzung abbekommen. Ich hoffte inständig, dass es Mr. Kadam und Kishan gut ging.

Im Innern der Kommandozentrale war es dunkel. Ich befand mich in einer Art Lagerhalle voller Kisten und Vorräte. Ich durchsuchte das Gebäude und fand die Schlafräume der Soldaten. Ein sonderbarer Moment folgte, als ich der Person über den Weg lief, deren Gestalt ich angenommen hatte. Sein überraschter Gesichtsausdruck verwandelte sich rasch in Entsetzen, als ich auf ihn feuerte. Ein kurzes Aufflackern von Licht erhellte den Raum, und mein Gegenüber sank zu Boden.

Obwohl das Gebäude nur spärlich möbliert war, stolperte ich in der Dunkelheit mehrmals über Kisten, während ich ein Zimmer nach dem anderen durchkämmte. Fanindras grüne Augen begannen zu glühen, und ich konnte meine Umgebung nun deutlicher ausmachen. Da hörte ich auf einmal Lokesh und Kishan im Nebenzimmer. Die Situation schien zu eskalieren. Die Zeit lief uns davon. Laut unserem Plan hätte ich Ren längst gefunden haben müssen.

Hätte ich gleich zu Beginn den Generator ausgeschaltet, hätte ich mir viel Zeit gespart, doch stattdessen musste ich jeden einzelnen Suchscheinwerfer zerstören und gegen mehr Soldaten kämpfen als erwartet. Der Plan musste leicht abgeändert werden. Zuerst musste ich Kishan zu Hilfe eilen. Glücklicherweise hatte uns Mr. Kadam auf jede Eventualität gedrillt. Widerstrebend brach ich die Suche nach Ren ab.

Ich schlich in den hinteren Teil der Kommandozentrale und kletterte auf mehrere Kisten. Nun überschaute ich einen Raum von der Größe einer kleinen Lagerhalle. In Metallregalen lagen Waffen und Vorräte gestapelt. Eine Menge lebloser Soldaten bewies, dass Kishan Lokeshs Wachen erfolgreich ausgeschaltet hatte. Aber jetzt hatte Lokesh ihn in seinem Büro in die Enge getrieben.

Für militärische Verhältnisse war das Büro äußerst luxuriös. Ein dicker Teppich bedeckte den Boden, ein ausladender Schreibtisch stand in einer Ecke, und an einer Wand hingen mehrere Monitore, auf denen die chaotischen Szenen außerhalb der Kommandozentrale aufblitzten. Eine andere Wand war mit elektronischen Geräten und Apparaturen bedeckt, die mich an ein U-Boot denken ließen. Mehrere rote Lichter blinkten leise, wahrscheinlich eine Art Alarm.

Drei Deckenlampen summten über unseren Köpfen, flackerten, als würden sie nur noch ungenügend mit Energie versorgt werden. In einer Glasvitrine neben dem Schreibtisch war ein Sammelsurium an glänzenden Waffen ausgestellt. Kishan spielte seine Rolle gut. Ich legte einen Pfeil auf und wartete, dass er einen Schritt zur Seite und aus meiner Schusslinie trat. Hochmütig und von Selbstsicherheit durchdrungen versuchte Lokesh, Kishan einzuschüchtern.

Im Gegensatz zu seinen Soldaten trug Lokesh keine Uniform, sondern einen schicken schwarzen Anzug mit blauem Seidenhemd. Er sah jünger aus als Mr. Kadam, aber sein Haar war an den Schläfen bereits ergraut und mafiosomäßig mit einer Schicht Gel aus dem Gesicht gekämmt. Erneut fiel mir auf, dass er an jedem Finger einen Ring trug, die er beim Reden beiläufig drehte. Eine gehässige Bemerkung ließ mich aufhorchen.

»Ich kann dich mit einem einzigen Wort in Stücke reißen, aber ich genieße es, Menschen leiden zu sehen. Und dich hier bei mir zu haben, ist mir eine besondere Freude, auf die ich schon sehr, sehr lange gewartet habe. Ich kann mir nicht erklären, was du hier erreichen wolltest. Ihr könnt unmöglich gewinnen. Auch wenn ich eingestehen muss, dass ich beeindruckt bin von der Art, wie du meine Elitesoldaten ausgeschaltet hast. Es sind perfekte Kämpfer.«

Kishan grinste unverschämt, während die beiden einander umkreisten. »Wie es scheint, nicht perfekt genug.«

»Ja.« Lokesh kicherte hämisch. »Vielleicht kann ich dein Interesse wecken, und du stimmst zu, für mich zu arbeiten? Du bist offensichtlich recht einfallsreich und gewieft, und ich belohne jene gut, die mir dienen. Allerdings sollte ich nicht verschweigen, dass ich jene mit dem Tod bestrafe, die sich mir widersetzen.«

»Im Moment bin ich nicht auf der Suche nach einem Job, und irgendetwas sagt mir, dass die Zufriedenheit deiner Leute nicht besonders groß ist.«

Kishan rannte auf Lokesh zu, sprang in die Luft und traf ihn mit einem gezielten Tritt mitten ins Gesicht.

Lokesh spuckte Blut. Er lächelte, als ihm ein feines purpurrotes Rinnsal aus dem Mund lief. Grazil wischte er sich mit einem Finger über die Unterlippe, leckte ihn ab und lachte. Er schien den Schmerz zu genießen. Angewidert lief mir ein Schauder den Rücken herab.

»Das hier war eine nette Ablenkung«, fuhr er fort, »aber Schluss mit dem Geplänkel. Du hast *ein* Amulett, ich die Macht *dreier* anderer. Gib es mir, und du kannst mit dem Tiger verschwinden. Ich würde euch zwar nicht weit kommen lassen, aber zumindest hättet ihr eine faire Chance. Das würde die Jagd umso erquicklicher machen.«

»Ich denke, ich verschwinde mit dem Tiger *und* dem Amulett. Und wenn ich schon dabei bin, werde ich dich wohl töten und mir auch deine drei Teile des Amuletts unter den Nagel reißen.«

Lokesh lachte meckernd. »Du wirst mir geben, was ich will. Genau genommen wirst du es schon sehr bald zutiefst bereuen, mein großzügiges Angebot derart brüsk abgelehnt zu haben. Du wirst mir alles geben, was ich verlange, nur damit der Schmerz aufhört.«

»Wenn du das Amulett willst, warum kommst du dann nicht und holst es dir? Mal sehen, ob du genauso gut kämpfen wie drohen kannst. Oder überlässt du das Kämpfen heutzutage lieber anderen ... *alter Mann?*«

Das Lächeln erstarb auf Lokeshs Mund, und er hob die Hände. Elektrizität funkelte zwischen seinen Fingern.

Kishan wollte sich wieder auf Lokesh stürzen, wurde aber von einer unsichtbaren Barriere aufgehalten. Lokesh murmelte Zaubersprüche, öffnete die Handflächen und reckte die Arme. Mehrere Gegenstände wurden in die Luft emporgehoben und kreisten wie bei einem Wirbelsturm, schneller und immer schneller. Ganz langsam brachte Lokesh seine Hände zusammen, und der Wirbelwind näherte sich Kishan. Die Gegenstände drehten sich um ihn und streiften seinen Körper. Eine Schere brachte ihm eine tiefe Schnittwunde an der Stirn ein, die sich jedoch sofort wieder schloss.

Lokesh sah, wie die Wunde verheilte, und starrte gierig auf das Amulett. »Gib es mir! Es ist meine Bestimmung, alle Teile zu vereinen!«

Kishan fing nun die größeren Gegenstände auf und zermalmte sie. »Warum versuchst du nicht, es mir vom Leichnam zu reißen?«, rief er.

Lokesh lachte entzückt – ein widerlich hämisches Wiehern. »Dein Wunsch sei mir Befehl.« Er klatschte in die Hände und rieb sie aneinander. Der Boden begann zu beben. Die Kisten, auf denen ich saß, schwankten gefährlich. Kishan stürzte und wurde mit einer Armada an Gegenständen bombardiert, darunter auch tödlichen Dingen wie Tackern, Scheren und Kugelschreibern sowie größeren Objekten wie Schubladen, Büchern und Computermonitoren.

Ich zitterte vor Furcht. Dieser Mann jagte mir mehr Angst ein als alles, was mir in meinem bisherigen Leben begegnet war. Lieber wäre ich von einer Horde Kappa gejagt worden, als diesem Mann in die Augen zu sehen. Das Böse floss geradezu auf ihm heraus, schwärzte alles um ihn. Seine Dunkelheit erstickte mich. Obwohl ihm meine Anwesenheit noch gar nicht bewusst war, hatte ich das Gefühl, als würden finstere Finger in meine Richtung kriechen, die mir das Leben aus dem Körper pressen wollten.

Ich hob eine zitternde Hand und schoss einen Blitzstrahl ab. Er verfehlte Lokesh um einen halben Meter, der jedoch so auf Kishan fixiert war, dass er den Lichtstrahl hinter sich überhaupt nicht bemerkte. Ihm entging zwar der heftige Aufprall auf der Glasvitrine mit seinen Waffen nicht, aber vermutlich führte er ihn auf das Erdbeben zurück, das er heraufbeschworen hatte. Das Glas explodierte. Die Splitter wurden vom Wirbelwind mitgerissen und schlitzten Kishan auf. Schon bald gesellte sich eine Flut an Waffen hinzu. Lokesh lachte vergnügt auf, als er beobachtete, wie Kishan von scharfen Glasscherben geschnitten wurde und im selben Moment wieder heilte. Eine große Scherbe bohrte sich in Kishans Arm. Er zog sie heraus. Blut strömte seinen Arm hinab und vermischte sich mit dem todbringenden Wirbelwind.

Ich war außer mir vor Angst. Meine Hände zitterten wie Espenlaub. *Ich kann das! Ich muss mich zusammenreißen! Kishan braucht mich!,* versuchte ich mir einzureden. Ich hob den Bogen und zielte auf Lokeshs Herz.

Währenddessen hörte ich draußen das Rufen von Menschen. Ich vermutete, dass es die Dorfbewohner waren und alles nach Plan verlief. Wenn nicht, konnten Kishan und ich uns auf gewaltige Schwierigkeiten gefasst machen, und das schon sehr bald. Ein mächtiges Donnern hallte in dem Saal wider, und ich lächelte vor Erleichterung. Das musste Mr. Kadam sein. Nichts konnte so laut wie die *Gada* dröhnen. Das Fundament des Gebäudes bebte. Die Zeit drängte. Wenn sie das Gebäude angriffen, hatten sie die Soldaten überwältigt und gefangen genommen. Mr. Kadams Überzeugungskraft musste überwältigend gewesen sein. Entweder das oder Lokesh hatte die armen Leute derart drangsaliert, dass sie ohnehin kurz vor einer Revolte standen.

Ich zielte direkt auf Lokeshs Herz, der sich jedoch im letzten Augenblick, als er das Grollen der *Gada* hörte, wegdrehte, und der Pfeil bohrte sich stattdessen tief in seine Schulter. Der Wirbelwind, der Kishan umgab, legte sich jäh, und alle Gegenstände fielen in einem tückischen Schauer zu Boden. Ein schwerer Metallsafe landete auf Kishans Fuß. Schmerzgepeinigt stöhnte er auf und schob das sperrige Monstrum zur Seite. Sein Fuß war gewiss gebrochen.

Lokesh drehte sich rasend vor Wut um und entdeckte mich. Elektrizität schoss aus seinen Fingerspitzen, und sein Atem ließ die Luft gefrieren. Ein eisiger Windhauch traf mich. Ich erstarrte und spürte, wie mir das Blut in den Adern gerann. Ich keuchte, verängstigter als je zuvor in meinem Leben.

»Du!«

Gänsehaut überzog meinen ganzen Körper. Unter abscheulichen, bösen Verwünschungen in der Sprache, von der Lokesh annahm, dass ich ihrer mächtig wäre, zerrte er sich den blutigen Pfeil aus der Schulter und schoss ihn zu mir zurück. Mein Selbsterhaltungstrieb entfachte schlagartig ein inneres Feuer in mir, und ich konnte mich wieder bewegen. Meine Hände flogen schützend vor mein Gesicht, und der Pfeil blieb Zentimeter vor meine Nase stehen. Ich streckte die Hand aus, und er glitt langsam herab. Verärgert klatschte Lokesh in die Hände und rieb sie boshaft aneinander, um die Kiste, auf der ich saß, zum Schwanken zu bringen. Ich purzelte auf den Boden, knallte bei meinem Fall gegen mehrere scharfe Kanten. Ich stöhnte und schob Kisten von meinem Körper. Mein Knöchel war schmerzhaft verdreht und unter einer Kiste eingeklemmt, meine Schulter war stark geprellt.

Kishan riss seine *Chakram* heraus, die er unter seinem Hemd versteckt hatte, und schleuderte sie zu den Deckenleuchten. Der Raum versank in Dunkelheit, während ich das metallische Schwirren der Waffe hoch oben hörte. Er warf die *Chakram* noch mehrere Male, konnte Lokesh jedoch nicht treffen, weil ein plötzlicher Sturm durch den Saal peitschte und den Diskus aus seiner vorhergesehenen Bahn lenkte. Nur mit größter Mühe gelang es mir, zu einem neuen Versteck zu kriechen. Da fing Kishan die *Chakram* auf und stürzte sich auf Lokesh. Ein erbitterter Kampf begann.

Lokesh schrie nach seinen Soldaten. Seine Stimme war laut und wurde immer lauter, während sie vom Wind nach draußen getragen wurde. Sie dröhnte derart markerschütternd, als würde er in ein Mikrofon rufen, doch all seine Soldaten waren außer Gefecht gesetzt. Niemand kam zu seiner Rettung. Die beiden Männer rollten wütend ineinander verkeilt in meine Richtung. Lokesh murmelte ein paar Worte, und eine Luftblase schob sich zwischen sie, drängte Kishan ab, sodass Lokesh aufspringen konnte.

Mühsam stand ich auf und hob die Hand. Mein ganzer Arm zitterte, als ich all meinen Mut zusammennahm. Doch das Feuer wollte nicht kommen. Mein Inneres fühlte sich kalt an, als wären die Flammen ausgetreten worden. In der Sekunde, als Lokesh aus den Augenwinkeln meine Bewegung gewahrte, wirbelte er herum. Er lachte über meinen erbärmlichen Versuch, und sein Murmeln setzte wieder ein. Ich erstarrte, konnte mich nicht rühren. Eine Träne rollte mir die Wange herab und gefror.

Kishan nutzte die Zeit, packte Lokesh am Arm und verdrehte ihn auf den Rücken. Im nächsten Moment presste er Lokesh die Chakram an die Kehle. Die funkelnde Klinge glitt in das zarte Fleisch, und ein blutiges Rinnsal tropfte an dem Metall hinab auf Lokeshs blaues Seidenhemd.

Lokesh schnaubte und flüsterte leise: »Willst du, dass er *stirbt*? Ich kann ihn auf der Stelle töten. Ich lasse sein Blut gefrieren, und sein Herz hört auf zu schlagen.«

Kishan blickte zu mir und hielt inne. Er hätte Lokesh mühelos enthaupten können, aber er konnte sich nicht durchringen. Er zögerte meinetwegen. Lokesh kicherte heiser, atmete schwer vor Anstrengung. Ein tiefer Donner ertönte, und die Wände erzitterten, als Mr. Kadam und die Dorfbewohner gegen das Gebäude hämmerten und es in seinem Fundament erschütterten.

Lokesh drohte erneut: »Wenn du mich nicht sofort loslässt, werde ich ihn *töten*. Entscheide dich!« Ein wütendes Funkeln brannte in seinen Augen, ein schwelendes Feuer, das nie ganz ausging.

Kishan ließ ihn los. Ich stöhnte innerlich, weil ich mich nicht bewegen konnte. Wir hatten schon fast gewonnen. Jetzt waren wir schutzlos einem Monster ausgeliefert.

Lokeshs Murmeln erscholl, und im nächsten Augenblick war Kishan ebenso starr wie ich. Lokesh richtete sich auf und klopfte sich übertrieben feierlich den Staub vom Aufschlag seines Jacketts, bevor er sich ein blütenweißes Taschentuch an seine blutende Kehle drückte. Dann lachte er, machte einen Schritt auf Kishan zu und tätschelte ihm liebevoll die Wange.

»Na also. Es ist doch immer eine weise Entscheidung zu kooperieren, nicht wahr? Erkennst du jetzt, wie sinnlos und unnütz es ist, sich gegen mich aufzulehnen? Vielleicht habe ich dich unterschätzt. Zumindest war dies der beste Kampf, den ich seit Jahrhunderten ausgefochten habe. Ich freue mich schon darauf, deinen Willen zu brechen.«

Er zog ein sehr altes, böse anmutendes Messer aus seinem Jackett und wedelte damit beinahe liebevoll vor Kishans Gesicht. Dann kam er noch näher und glitt mit der stumpfen Seite über seine Wange. »Dies ist die Klinge, mit der ich vor all den vielen Jahren deinen Prinzen verletzt habe. Sieh nur, wie ich sie im Laufe der Zeit gehegt und gepflegt habe, in welch hervorragendem Zustand sie ist. Wahrscheinlich bin ich ein sentimentaler, alter Narr. Aber insgeheim hatte ich immer gehofft, dass ich sie noch einmal benutzen könnte, um zu vollenden, was ich vor all den vielen Jahren begonnen habe. Ist es nicht angemessen, dass ich sie nun auch bei dir einsetze? Vielleicht ist sie genau für diesen einen Zweck bestimmt.

Aber wo soll ich nur anfangen? Eine kleine Narbe würde dein Gesicht ein bisschen weniger hübsch aussehen lassen, nicht wahr? Natürlich müsste ich dazu erst das Amulett entfernen. Ich habe gesehen, wie es dich heilt. Ich warte schon so lange auf deinen Teil des Schmuckstücks. Du kannst dir nicht vorstellen, wie ich mich nach der Macht gesehnt habe, die in deinem Amulett steckt.« Er spitzte die Lippen. »Wie schade, dass mir keine Zeit für ein paar kleine chirurgische Experimente bleibt. Ich würde es von tiefstem Herzen genießen, dir eine Lektion in Sachen Disziplin zu erteilen. Das Einzige, was mir noch mehr Freude bereiten würde, als dir mit dem Messer die Haut zu zerschneiden, wäre dich vor deinem Prinzen zu entstellen. Aber auch so wird er mein handwerkliches Können zu würdigen wissen.«

Entsetzen überkam mich. Wäre ich nicht längst zur Reglosigkeit verdammt gewesen, wäre ich jetzt vor Angst erstarrt. Es spielte keine Rolle, wie sehr ich mich auf diesen Augenblick vorbereitet hatte. Gegen jemanden zu kämpfen, der die Inkarnation des Bösen war, stellte sich als unsäglich schwierig heraus. Die Vögel, die Affen und die Kappa hatten nur ihre Aufgabe erledigt. Sie hatten die magischen Gaben beschützt, und das war in Ordnung. Aber Lokesh gegenüberzutreten und ihm zusehen zu müssen, wie er das Messer an Kishans Kehle drückte, war schrecklich.

Als er darüber zu sprechen begann, wie er Kishan Scheibe um Scheibe zerstückeln wollte, versuchte ich, seine Worte auszublenden. Es war widerlich. Hätte ich mich übergeben können, hätte ich es getan. Ich konnte mir einfach nicht vorstellen, wie ein Mensch so abartig böse sein konnte. Ich wünschte, ich könnte mir die Ohren zuhalten. Mein armer Ren war monatelang von diesem Untier gefoltert worden. Bei dem Gedanken zerriss es mir das Herz.

Lokesh besaß die verschlagene Art von Imperator Palpatine, gepaart mit der sadistischen Grausamkeit eines Hannibal Lecter. Wie Lord Voldemort strebte er um jeden Preis nach Macht und legte wie Ming, der Unbarmherzige, der gleich ihm seine Tochter auf dem Gewissen hatte, eine erbarmungslose Brutalität an den Tag. Mein Körper zitterte vor Panik. Ich durfte nicht zusehen, wie er Kishan verletzte. Das hätte ich einfach nicht ertragen.

Er packte Kishan am Kinn und wollte gerade das Messer ansetzen, als mir schlagartig einfiel, dass, obwohl ich mich nicht mehr bewegen konnte, die Goldene Frucht dennoch funktionierte. Ich wünschte das Erstbeste herbei, das mir in den Sinn kam: Wunderkugeln, steinharte, riesige Bonbons. Und die bekam ich auch. Einen regelrechten Hagelsturm. Sie zerschlugen Bildschirme, ein Fenster zerbrach. Bei dem dröhnenden Hämmern zerplatzte mir fast das Trommelfell. Es klang, als würden Tausende von Murmeln auf einen spiegelglatten See prasseln. Alles um uns herum zerbrach, Kishan und ich schwankten und stürzten, als der Bonbonhagel uns traf. Ich verdankte es allein meinem Rucksack, dass ich mir nicht das Genick brach. Kishan musste bei meiner Aktion schwer verletzt worden sein, aber zum Glück heilte er rasch. Ich wäre schon dankbar, wenn auch nur einer von uns diesen Tag überlebte.

Schon bald war der Boden mit einer bunten Bonbonschicht bedeckt, die uns bis zu den Knien reichte. Auch Lokesh war nicht verschont geblieben, hatte das Gleichgewicht verloren und war in die Knie gegangen. Während er sich wieder aufrappelte und herauszufinden versuchte, woher der Sturm kam, stieß er mehrere Flüche in seiner Muttersprache aus. Dann erkannte er, dass ihm das Messer aus der Hand geglitten war, und wühlte aufgeregt in den Süßigkeiten. Zu diesem Zeitpunkt waren Kishan und ich fast vollständig begraben.

Das Gebäude erzitterte, und ein Teil der Mauer krachte auf die Zwischenwand neben uns. Nachdem Lokesh das Messer gefunden hatte, stürzte er vor, packte das Amulett um Kishans Hals und zerrte daran, biss die Kette riss. Ein roter Striemen blieb auf Kishans Haut zurück.

Hastig beugte sich Lokesh über ihn und berührte mit dem Messer sein Gesicht. »Wir sehen uns wieder«, flüsterte er mit einem widerlichen Grinsen, »und zwar bald.« Er zog eine blutige Linie von Kishans Wange bis zu seiner Kehle, was eine schreckliche Narbe, jedoch nicht seinen Tod bedeuten würde. Dann, mit einem gepeinigten Zischen, riss sich Lokesh von seinem Opfer los, watete durch die Bonbons zu einem versteckten Knopf an der Wand. Die Vertäfelung öffnete sich, und im nächsten Moment war Lokesh verschwunden.

Ein paar Dorfbewohner stürzten in Begleitung von Mr. Kadam ins Büro und kamen uns zu Hilfe. Kishan heilte bereits wieder, aber sein Hemd war blutgetränkt. Der Schnitt war tief. Ein Motor heulte auf, und ein Fahrzeug schoss aus einer verborgenen Garage unter dem Gebäude auf die Schotterstraße, die vom Dorf wegführte. Ich hätte die Goldene Frucht benutzen können, um seinen Tank zu verkleben, aber ich entschied mich dagegen.

Ich schämte mich entsetzlich, doch ich wollte ihm nicht gegenüberzutreten. Ich *wollte*, dass ihm die Flucht gelang. Ich wollte ihn nie mehr wiedersehen. Ich stand steif da, verzweifelte an meiner eigenen Feigheit. Ich war schwach. Hätte ich mich bewegen können, hätte ich mich in der hintersten Ecke des Zimmers versteckt und jämmerlich gewimmert. Lokesh war zu mächtig. Wir konnten nicht gewinnen.

Uns blieb nichts anderes, als darauf zu hoffen, dass wir uns vor ihm verbergen konnten. Ich wusste, Kishan und Mr. Kadam wären von mir enttäuscht. Was für eine Kriegerin ich abgab! Riesige Eisenvögel? Kein Problem. Kappa? Ich hatte Fanindra und Ren. Affen? Ein paar Bisse und blaue Flecke brachten mich nicht um. Aber Lokesh? Bei dem drehte ich mich auf dem Absatz um und rannte wie ein Angsthase davon.

Nach ein paar Minuten verlor der Zauberspruch, mit dem Lokesh Kishan und mich belegt hatte, an Kraft. Vorsichtig rieben wir unsere steifen Arme und Beine. Als sich Kishan genügend erholt hatte, watete er durch das Meer aus Bonbons auf mich zu. Mr. Kadam erteilte den Dorfbewohnern Anweisungen, während Kishan mich stützte und mit mir auf die Suche nach Ren ging.

Da entschloss sich auch Fanindra, endlich aufzuwachen und uns zu helfen. Sie rührte sich und wuchs, glitt zu Boden und schlängelte sich an Waffenkisten und Vorräten vorbei. Dann verharrte sie und schnupperte an einer Stelle in die Luft. Geschmeidig glitt sie unter ein paar Kisten hindurch, und Kishan untersuchte die Boxen genauer. In Wirklichkeit waren es nur Attrappen, und er schob sie hastig beiseite. Dahinter befand sich eine verschlossene Tür. Wir kamen gerade rechtzeitig, um einen letzten Blick auf Fanindras goldenen Schwanz zu werfen, der unter dem Spalt verschwand. Kishan versuchte vergeblich, die Tür aufzustemmen. Schließlich musste ich das Schloss mit meinem Blitzstrahl aufsprengen. Es kostete mich mehrere Sekunden, bis ich wieder genug Kraft hatte. Erst der Gedanke an Ren, der immer noch schrecklich litt, ließ mich meine Starre überwinden.

Die Tür schwang auf, und Kishans Nasenflügel blähten sich. Der feuchtkalte, süßliche Geruch von Blut und menschlichem Schweiß überdeckte alles. Ich wusste, wo ich war. Hier war ich schon einmal gewesen. Es war die Kammer, in der Lokesh Ren gefoltert hatte. Widerliche Werkzeuge hingen an den Wänden und lagen aufgereiht auf glänzenden Operationstischen. Der Anblick all der scharfen Instrumente und die Vorstellung, welchen Schmerz Lokesh dem Mann, den ich liebte, zugefügt hatte, ließen mir den Atem stocken.

Die modernen chirurgischen Gerätschaften lagen fein säuberlich auf Chromtabletts, während die älteren Instrumente in den Ecken verstaut waren oder an Haken hingen. Ich konnte nicht anders. Ich musste die Hand ausstrecken und das fransige Ende einer Peitsche berühren. Als Nächstes strich ich über den Griff eines großen Hammers und begann zu zittern, als ich mir vorstellte, wie er Rens Knochen zersplittert hatte. Unzählige Messer in verschiedenen Größen und Längen hingen griffbereit nebeneinander.

Da gab es Holzklötze, Schrauben, Nägel, Zangen, Eispickel, Lederriemen, einen eisernen Maulkorb, einen modernen Bohrer, ein mit Nägeln versehenes Halsband, eine Daumenschraube und sogar eine Lötlampe. Rasch fuhr ich mit den Fingern über die Gegenstände und brach in bitterliches Weinen aus. Sie zu berühren, war das Einzige, was ich tun konnte, um wahrhaft nachempfinden und verstehen zu können, was Ren alles hatte erleiden müssen.

Sanft nahm mich Kishan am Arm. »Sieh da nicht hin, Kelsey. Sieh einfach mich an oder schau auf den Boden. Das solltest du dir nicht antun. Es wäre besser, wenn du draußen wartest.«

»Nein. Ihm zuliebe muss ich hierbleiben. Das muss ich einfach.«

Rens Käfig stand in der hintersten Ecke des Raumes, in dem ich eine gebrochene Gestalt und ein Stück davon entfernt eine zusammengerollte glitzernde Schlange ausmachen konnte. Nachdem ich Fanindra hochgehoben hatte, ging ich einen Schritt zurück und jagte das Schloss in die Luft. Dann schob ich die Tür auf.

»Ren?«, rief ich leise.

Er erwiderte nichts.

»Ren? Bist du ... *wach?*«

Die Gestalt rührte sich schwach, und ein blasses, ausgemergeltes Gesicht wandte sich mir zu. Seine blauen Augen wurden zu schmalen Schlitzen. Er sah zu Kishan, riss die Augen auf und kroch zur Käfigtür. Kishan winkte ihn zu sich und streckte eine helfende Hand aus.

Zögerlich umklammerte Rens zitternde Hand den Metallstab in der Ecke des Käfigs. Seine Finger waren erst kürzlich gebrochen worden und blutüberströmt. Meine Augen füllten sich mit Tränen, und meine Sicht verschwamm, als ich einen Schritt zurückwich, um ihm Platz zu machen. Kishan eilte herbei und half ihm auf die Beine. Als Ren schließlich stand, keuchte ich auf. Er musste vor nicht allzu langer Zeit schrecklich verprügelt worden sein. Das hatte ich erwartet. Und seine Wunden verheilten bereits.

Erschreckender war der Umstand, wie *dürr* er war. Lokesh hatte ihn verhungern lassen. Wahrscheinlich war er auch dehydriert. Sein starker Körper war hager, viel dünner, als ich mir das je hätte vorstellen können. Seine leuchtenden blauen Augen waren eingesunken. Seine Wangenknochen standen hervor, und sein seidig schwarzes Haar hing stumpf und strähnig herab. Er kam einen Schritt auf mich zu.

»Ren?«, sagte ich und streckte die Hand nach ihm aus.

Er sah mich mit schmalen Augen an, ballte die Faust und ließ sie mit einer Wucht hervorschnellen, die ich ihm nicht zugetraut hätte. Ich spürte einen scharfen Schmerz im Kiefer und dann nichts mehr.

26

Die Baiga

Ich erwachte von einem Holpern und starrte zu einem dunkelgrünen Blätterbaldachin empor. Kishan trug mich durch den Dschungel. Er sah wieder aus wie er selbst, was zugegebenermaßen eine Erleichterung war. Während er verkleidet gewesen war, hatte ich mich in seiner Gegenwart unwohl gefühlt.

»Kishan? Wohin gehen wir?«

»Schsch. Beruhige dich. Wir folgen den Baiga tiefer in den Dschungel. Wir müssen uns so weit wie möglich vom Lager entfernen.«

»Wie lange war ich bewusstlos?«

»Ungefähr drei Stunden. Wie geht es dir?«

Vorsichtig berührte ich mein Kinn. »Als hätte mir ein Bär einen Kinnhaken versetzt. Ist er … *okay*?«

»Er ist gleich dort hinten. Die Baiga tragen ihn auf einer selbstgebauten Bahre.«

»Aber er ist gesund?«

»Soweit ja.« Dann redete er leise in einer anderen Sprache auf Mr. Kadam ein, der uns eingeholt hatte, um mein Gesicht zu untersuchen und mir eine Feldflasche an die Lippen zu halten. Ich trank langsam, versuchte meinen Kiefer so wenig wie möglich zu bewegen. Jeder Schluck schmerzte.

»Kannst du mich runterlassen, Kishan? Ich denke, ich kann alleine gehen.«

»Okay, aber wenn du Hilfe brauchst, gibst du mir Bescheid.«

Vorsichtig setzte er mich ab und hielt mich noch einen Moment, während ich schwankte und versuchte, das Gleichgewicht zu halten. Trotz meines verdrehten Knöchels humpelte ich eine Weile mehr schlecht als recht voran, doch dann knurrte Kishan und hob mich wieder hoch. Widerstandslos schmiegte ich mich an seine Brust. Alles an mir schmerzte. Blaue Flecke übersäten meinen ganzen Körper, und ich konnte meinen Kiefer kaum bewegen.

Wir waren Teil einer langen Prozession. Die Baiga schlängelten sich lautlos zwischen den Bäumen hindurch. Dutzende Menschen überholten uns und nickten als Zeichen des Respekts in unsere Richtung. Selbst die Frauen und Kinder machten keine Geräusche. Ich hörte nicht einmal den Hauch eines Flüsterns, während sie leise wie Geister durch den dunklen Dschungel glitten.

Vier große Männer trugen eine Bahre, auf der eine zusammengesunkene Gestalt lag. Als sie an uns vorbeikamen, reckte ich den Hals, um einen flüchtigen Blick auf Ren zu erhaschen. Kishan hielt mit ihnen Schritt, damit ich seinen reglosen Körper im Auge behalten konnte. Mit undurchdringlicher Miene drückte er mich fester an sich.

Wir wanderten eine Stunde. Ren schlief die ganze Zeit. Als wir zu einer Lichtung kamen, trat ein älterer Baiga an Mr. Kadam heran und warf sich ihm demütig vor die Füße. Mr. Kadam wandte sich an uns und sagte, dass die Baiga hier ihr Nachtlager aufschlagen wollten. Wir waren zu ihrer Feier eingeladen.

Ich fragte mich, ob es nicht vernünftiger wäre, gleich zu unserem Treffpunkt weiterzuwandern, aber ich beugte mich

Mr. Kadams Entscheidung. Immerhin war er der militärische Stratege, und wenn er es hier als sicher empfand, dann war es das wahrscheinlich auch. Im Grunde war es eine Wohltat, dass ausnahmsweise einmal jemand anderer die Entscheidung traf. Außerdem konnte es nicht schaden, wenn Ren noch etwas mehr Schlaf bekäme.

Wir beobachteten die Baiga beim Aufbauen ihres Lagers. Sie waren in höchstem Maße effizient, hatten jedoch den Großteil ihrer Habseligkeiten zurücklassen müssen. Mr. Kadam erbarmte sich ihrer und benutzte das Göttliche Tuch, um jede Familie mit einer Schlafstatt zu versorgen. Mein Blick glitt zu Ren, der in ein Zelt getragen wurde. Dann rief Mr. Kadam nach mir.

Kishan, der meinen Zwiespalt bemerkte, versicherte mir, dass er sich um Ren kümmern werde, setzte mich behutsam neben Mr. Kadam ab und eilte zum Zelt. Er fügte noch hinzu, dass es besser für mich sei, bei Mr. Kadam zu bleiben, wofür er jedoch keine Erklärung gab.

Nachdem er fort war, fragte mich Mr. Kadam, ob ich die Goldene Frucht bitten könnte, ein Festmahl für die Baiga herbeizuzaubern. Sie bräuchten Nahrung. Viele von ihnen sahen ausgehungert aus. Lokesh hatte sie gezwungen, im Lager zu bleiben und ihre Magie einzusetzen, um Ren gefangen zu halten. Seit vielen Monaten waren sie nicht mehr auf der Jagd gewesen. Mr. Kadam gab mir Anweisungen und benutzte dann das Göttliche Tuch, um einen dicken Teppich zu erstellen, auf dem der gesamte Stamm Platz hatte.

Ich nahm die Goldene Frucht aus dem Rucksack und bestellte die Gerichte, um die er gebeten hatte: köstlich duftende, dampfende Pilze, geschnittene Mango mit anderem einheimischen Obst, das ich hoffentlich richtig aussprach, gebratenen Fisch, grünen Salat, gegrilltes Gemüse und als

Zugabe einen riesigen Erdbeerkuchen mit köstlicher Mascarpone-Füllung und frisch geschlagener Sahne, wie wir ihn in Shangri-La gegessen hatten. Mr. Kadam hob eine Augenbraue, sagte jedoch nichts.

Er lud die Baiga ein, sich zu uns zu gesellen und von unserem Essen zu kosten. Auch Kishan kehrte zurück, ließ sich neben mir nieder und flüsterte mir zu, dass sich die Baiga gut um Ren kümmerten. Nachdem sich alle gesetzt hatten, wollte ich mich entschuldigen, um Ren Gesellschaft zu leisten. Sobald ich Anstalten machte aufzustehen, umklammerte Kishan meinen Arm und flüsterte, dass ich bei Mr. Kadam bleiben und mich nicht um Ren sorgen sollte. Seine Stimme war so ernst, dass ich seiner Bitte nachkam. Mr. Kadam begann, in der Sprache der Baiga zu sprechen. Ich wartete geduldig, bis er seine Rede beendet hatte, und starrte die ganze Zeit über zum Zelt, in der Hoffnung, einen Blick auf Ren zu erhaschen.

Als Mr. Kadam geendet hatte, schritten zwei junge Frauen den Kreis ab und badeten unsere Hände in duftendem orangefarbenem Blütenwasser. Nachdem wir alle saubere Finger hatten, wurden riesige Schüsseln mit Essen herumgereicht. Es gab keine Teller oder Besteck. Die Goldene Frucht hätte mühelos Gedecke herzaubern können, aber Mr. Kadam wollte den Gebräuchen der Baiga gemäß feiern. Wir nahmen ein paar Handvoll, aßen und gaben das Essen dann an unseren Nachbarn weiter. Ich war nicht sonderlich hungrig, doch Kishan nahm die Schüssel erst entgegen, wenn ich zumindest einen Bissen von jedem Gericht probiert hatte.

Als die Schüsseln die Runde gemacht und alle eine Portion genommen hatten, wurden sie ein weiteres Mal herumgereicht. Dieser Vorgang wiederholte sich, bis kein Krümel übrig war. Ich benutzte meine Feldflasche, um mir die

Hände zu säubern, und übte mich in Geduld, als die Baiga zum nächsten Ritual übergingen. Angespannt flüsterte ich Kishan zu, dass die Zeit drängte, doch er meinte, wir müssten uns nicht beeilen und dass Ren eine Weile brauche, um sich zu erholen.

Das Fest setzte jetzt erst richtig ein. Musikinstrumente wurden herbeigebracht, und die Baiga sangen und tanzten. Zwei Frauen kamen mit einer Schüssel auf mich zu, in der sich eine schwarze Flüssigkeit befand, und redeten mich an. Mr. Kadam übersetzte: »Sie wollen wissen, ob Sie eine Tätowierung möchten, um den Sieg Ihres Gatten über den bösen Feind in Erinnerung zu halten.«

»Und mit wem soll ich verheiratet sein?«

Mr. Kadam errötete. »Sie glauben, Sie wären *meine* Frau.«

»Bin ich nicht ein bisschen jung für Sie?«

»Hier im Stamm ist es üblich, dass junge Frauen ältere, weisere Männer ehelichen. Sie haben gesehen, dass Sie die Goldene Frucht benutzt haben und glauben, Sie wären eine Göttin, meine Gefährtin.«

»Ich verstehe. Nun, bedanken Sie sich in meinem Namen bei ihnen, aber ich werde diesen Sieg auf meine eigene Art im Gedächtnis behalten. Rein aus Neugierde, für was oder wen halten sie Kishan?«

»Sie glauben, er ist unser Sohn, und wir wären gekommen, um unseren anderen Sohn zu befreien.«

»Die Baiga denken, ich hätte zwei erwachsene Söhne?«

»Göttinnen können ewig jung und wunderschön bleiben.«

»Ich wünschte, das wäre wahr.«

»Zeigen Sie ihnen Ihre Hand, Miss Kelsey.«

»Meine Hand?«

»Die mit der Hennazeichnung. Lassen Sie sie aufleuchten, damit die Baiga das Muster sehen.«

Ich hob die Hand und beschwor meinen Blitzstrahl herauf. Meine Hand glühte nun von innen. Die Haut wurde durchsichtig, und die Hennazeichnung erschien.

Mr. Kadam wandte sich an die beiden Frauen, die sich, nachdem er etwas in ihrer Sprache gesagt hatte, verneigten und mich in Ruhe ließen.

»Was haben Sie ihnen gesagt?«

»Ich habe den Frauen gesagt, dass ich Ihnen bereits eine Tätowierung aus Feuer geschenkt habe, damit Sie dieses Ereignis in Erinnerung behalten. Die Baiga glauben, dass Tätowierungen Frauen schöner machen. Sie hätten nicht verstanden, wenn ich ihr Angebot abgelehnt hätte. Jeder baigische Mann wünscht sich eine stark tätowierte Frau.«

Die Baiga tanzten und feierten ausgelassen. Einer der Männer war ein Feuerschlucker. Sein Können war beeindruckend, aber ich hatte Schmerzen und war erschöpft. Ich lehnte mich gegen Kishan, der mir zum besseren Halt den Arm um die Schultern legte. Ich musste eingenickt sein, denn als ich wieder erwachte, war die Vorstellung des Feuerschluckers vorbei. Jeder starrte zum Zelt, in dem sich etwas regte. Mit einem Schlag war ich hellwach. Da tauchte Ren in Begleitung zweier Baiga auf. Sie hatten seine Wunden gesäubert und ihn in einen ihrer Wickelröcke aus Leinen gekleidet. Sein Oberkörper war nackt.

Ren hinkte, sah aber schon viel besser aus. Auch wenn seine Verletzungen immer noch schlimm waren, begannen sie bereits zu verheilen. Jemand hatte ihm das Haar gewaschen und es nach hinten gekämmt. Seine Augen suchten die Umgebung ab und blieben an uns dreien hängen. Rasch schoss sein Blick an Mr. Kadam und mir vorbei und ruhte dann auf Kishan. Ein schiefes Grinsen erhellte Rens Gesicht, während er auf Kishan zuging, der aufsprang, um ihn zu begrüßen und zu stützen. Mein Herz klopfte wild. Ren umarmte seinen Bruder und klopfte ihm schwach auf den Rücken.

»Vielen Dank, dass du mich gerettet und mir das Essen gebracht hast. Ich habe kaum einen Bissen heruntergebekommen, aber ich fühle mich trotzdem ... ein wenig besser.«

Ren setzte sich neben Kishan und sprach in seiner Muttersprache mit ihm. Ich versuchte, seinen Blick einzufangen, doch er schien kein Interesse zu haben, mit mir zu reden.

Schließlich räusperte ich mich und fragte: »Möchtest du etwas essen?«

Seine Augen huschten kurz zu mir. »Nicht im Moment, vielen Dank«, sagte er höflich und wandte sich wieder an Kishan.

Mr. Kadam tätschelte mir die Hand, als der *Gunia* zu uns kam. Er kniete sich vor Mr. Kadam und redete schnell. Dann stand er wieder auf und klatschte in die Hände. Ein Mann verbeugte sich tief vor Ren. Es war der Mann, den ich in meiner Göttliches-Tuch-Vision gesehen hatte, der Mann, der Ren gefoltert hatte. Ren starrte den Mann mit verengten Augen an, der senkte den Blick, nuschelte etwas und zog ein Messer aus dem Hemd.

Mr. Kadam übersetzte: »*Bitte vergebt mir, edler Herr. Ich habe, so lange ich konnte, gegen den Dämon angekämpft, aber er hatte meine Familie in seiner Gewalt. Meine Frau und meine Kinder sind jetzt tot. Ich habe nichts mehr. Wenn Ihr meine Ehre nicht wiederherstellt, werde ich den Stamm verlassen und allein in der Wildnis sterben müssen.*«

Behutsam löste er seinen Haarknoten. Langes schwarzes Haar fiel ihm über die Schultern. Zwei Wörter später riss er das Messer hoch und schnitt sich seine lange, wunderschöne Haarpracht ab. Ehrfürchtig hob er die Strähnen auf, senkte den Kopf bis zum Boden und bot sie mit geöffneten Handflächen Ren dar.

Ren sah den Mann eine Weile an, nickte und streckte die Hände mit den Handflächen nach oben aus, um das Haar entgegenzunehmen. Er sagte ein paar Worte, die Mr. Kadam für mich übersetzte.

»Ich akzeptiere dein Sühneopfer. Wir haben alle unter dem Dämon gelitten. Wir werden ihn für seine Schandtaten bestrafen, einschließlich der unverzeihlichen Gräueltat, dir deine Familie zu entreißen. Dein Handeln ist vergeben. Deine Ehre ist hiermit wiederhergestellt. Zieh mit deinem Stamm weiter und finde Frieden.«

Der Mann legte Ren das Haar in die Hände und wich zurück. Als Nächstes führte der *Gunia* zwei wunderschöne Mädchen herbei. Sie knieten sich vor Ren und Kishan. Ihre zarten Hände lagen anmutig in ihrem Schoß, während sie sittsam zu Boden blickten.

Die Frauen hatten langes, wunderschönes schwarzes Haar und fein gemeißelte Gesichtszüge. Ihre schlanken Taillen wurden von dünnen, mit Steinen besetzten Gürteln betont. Sie waren auf eine Art weiblich, wie ich das nie sein würde. Beide hatten filigrane Tätowierungen entlang der Arme und Beine, die unter dem Saum ihres dünnen Rocks verschwanden und mich zu der Frage verleiteten, wie viel ihres Körpers wohl tätowiert war. Jetzt verstand ich auch, warum in diesem Stamm Tätowierungen einen so hohen Stellenwert hatten. Es war nicht die Art Tattoo, die man in Amerika zu sehen bekam, keine riesigen Adler oder *I love Mom* in einem Herzen.

Die Tätowierungen der Frauen waren winzig und zart. Wirbel, Kreise, Ringe, Schnörkel, Blumen, Blätter und Schmetterlinge zogen sich über ihre Körper wie der üppig geschmückte Rand eines Bilderrahmens oder die prächtigen

Verzierungen eines mittelalterlichen Buchs. Die Tätowierungen betonten die grazilen Körper der wunderschönen Frauen, verwandelten sie in erlesene, beinahe übernatürliche Wesen. Der *Gunia* setzte zu reden an, zeigte erst auf das eine Mädchen und dann auf das andere.

Ren erhob sich unbeholfen und lächelte breit. Ich starrte ihn gierig an. Ich wusste, es hatte an meiner Verkleidung gelegen, dass Ren mich nicht erkannt und angegriffen hatte. Jetzt wollte ich ihm nur noch die Arme um den Hals werfen und mit ihm von hier verschwinden. Leider mussten wir alle unsere Rollen spielen. Er umrundete die beiden jungen Baiga hinkend, jedoch würdevoll. Dann nahm er die Hand eines der Mädchen, küsste ihr die Finger und lächelte ihr zu. Verwirrt zog ich die Augenbrauen zusammen. Das Mädchen verzog schüchtern den Mund zu einem Lächeln. Kishans Gesichtsausdruck war starr vor Schreck, während Mr. Kadam grimmig dreinblickte.

»Was ist da los?«, flüsterte ich.

»Einen Augenblick, Miss Kelsey.«

Kishan stand auf und redete leise auf Ren ein. Ren verschränkte die Arme vor der Brust und zeigte eindringlich auf die beiden Frauen. Mit ruhiger Stimme diskutierte Kishan mit seinem Bruder. Er warf erst mir und dann Mr. Kadam einen hilfesuchenden Blick zu. Ren sagte etwas, das nach einer Frage klang. Als Antwort hob Kishan den Arm und deutete entschieden auf den *Gunia*. Ren lachte, berührte das schimmernde Haar der schönen Baiga, rieb es zwischen den Fingern und flüsterte ihr etwas zu, das sie zum Lachen brachte.

»Wollen die beiden Mädchen auch ihr Haar abschneiden?«, fragte ich.

Mr. Kadam runzelte die Stirn. »Nein. Das kann ich mir nicht vorstellen.«

Kishan verneigte sich vor dem *Gunia* und den zwei Frauen, sagte ein paar Worte, wandte sich dann wieder Ren zu und bat ihn, sich zu setzen. Ren lächelte das Mädchen an, zuckte mit den Schultern und ließ sich widerstrebend neben Kishan nieder.

»Mr. Kadam! Was ist da gerade passiert?«

Er räusperte sich. »Äh ... ja ... Dem *Anschein* nach möchten die Baiga unseren beiden Söhnen eine lebenslange Zugehörigkeit zu ihrem Stamm anbieten.«

»Sie sollen also dem Baiga-Klub beitreten? Okay, da wäre doch nichts dabei, oder?«

»Wenn sie das Angebot annehmen, würde das bedeuten, dass sie zwei Baiga-Frauen heiraten müssen. Diese beiden Schwestern haben sich freiwillig gemeldet.«

»*Oh.*« Fassungslos runzelte ich die Stirn. »Worüber haben Kishan und Ren dann diskutiert?«

»Sie haben darüber gesprochen ..., ob sie einwilligen sollen oder nicht.«

»Aha. Und warum hat Ren das Haar der Frau berührt?«

»Das ... weiß ich nun wirklich nicht.« Mr. Kadam drehte sich weg, offensichtlich nicht gewillt, das Gespräch fortzusetzen.

Ich dachte über alles nach und stieß dann Kishan den Ellbogen in die Seite. »Kishan, wenn du eine Baiga zur Frau nehmen willst, nur zu«, flüsterte ich. »Sie sind beide sehr hübsch.«

Er knurrte mich leise an. »Ich will keine Baiga heiraten, Kells. Das erkläre ich dir später.«

Jetzt war ich *noch* verwirrter und ein wenig eifersüchtig, aber ich schüttelte die Gedanken rasch ab, als ich mir ins Gedächtnis rief, dass verschiedene Kulturen Gesten unterschiedlich interpretierten. Ich entschied, die Sache auf sich beruhen zu lassen und den Feierlichkeiten zuzusehen. Als das Fest vorbei war, lehnte mein Kopf schlapp und schläfrig an Mr. Kadams Schulter.

Kishan schüttelte mich wach. »Kells? Komm. Wir müssen weiter.«

Er zog mich auf die Beine und schulterte sich meinen Rucksack, bevor er Ren Anweisungen gab. Ren schien mit allem, was Kishan ihm auftrug, einverstanden zu sein. Mr. Kadam verabschiedete sich von den Baiga, die sich für die Nacht in ihre Zelte zurückzogen, während wir uns zu unserem Treffpunkt aufmachten.

Mr. Kadam schaltete ein hypermodernes Überwachungsgerät mit einem Bildschirm von der Größe eines Kartenspiels ein, das automatisch Satellitenbilder herunterlud.

Ren verwandelte sich in einen Tiger. Kishan erklärte, dass seine Heilung so schneller voranschreiten würde. Die weiße Raubkatze trottete hinter uns her. Ich versuchte wieder, allein zu gehen, aber mein Knöchel war auf die Größe einer Grapefruit angeschwollen. Mr. Kadam hatte mir vor dem Essen einen Kompressionsverband angelegt, ein paar Ibuprofen gegen die Schwellung gegeben und mein Bein hochgelagert, aber ich brauchte Eis. Mein Knöchel pochte. Kishan ließ mich eine Weile gehen, weil ich das so wollte, bestand jedoch darauf, dass ich mich zum besseren Halt auf seinen Arm stützte. Ren überholte uns, doch als ich die Hand ausstreckte, um seinen Kopf zu streicheln, knurrte er mich leise an. Hastig schob sich Kishan zwischen uns.

»Kishan? Was ist los mit ihm?«

»Er ist ... nicht ganz er selbst, Kells.«

»Ich habe das Gefühl, als würde er mich nicht kennen.«

Kishan versuchte, meine Sorgen zu beschwichtigen. »Er verhält sich dir gegenüber nur so, wie es jedes verletzte Tier tun würde. Ein angeborener Schutzmechanismus.«

»Aber als ihr zwei das letzte Mal im Dschungel verletzt wart, durfte ich mich um euch kümmern. Keiner von euch hat versucht, mich zu verletzen oder anzugreifen. Ihr habt immer gewusst, wer ich war.«

»Wir wissen noch nicht, was Lokesh ihm angetan hat. Ich bin sicher, alles wird gut, sobald seine Wunden verheilt sind. Im Moment will ich, dass du immer in meiner oder Mr. Kadams Nähe bleibst. Ein verwundeter Tiger ist sehr gefährlich.«

»Okay«, stimmte ich widerwillig zu. »Ich will ihm die Sache so einfach wie möglich machen.«

Nachdem ich einige Minuten langsam und unter Schmerzen weitergehumpelt war, hob mich Kishan hoch. Als ich protestierte, dass ich viel zu schwer wäre, lachte er spöttisch und sagte, er könnte mich tagelang tragen, ohne müde zu werden. Ich schlief in seinen Armen ein, während er mich wohlbehütet durch den Dschungel brachte. Irgendwann mitten in der Nacht blieben wir stehen, und er setzte mich behutsam ab. Ich schwankte, und ohne Kishans Arm um meine Schulter wäre ich gestürzt.

»Mr. Kadam? Wo sind wir?«

»Das ist ein Stausee namens Maithan Dam. Unser Transportmittel sollte bald hier sein.«

Im selben Augenblick hörten wir das Dröhnen von Propellern, und ein kleines Flugzeug schoss über unsere Köpfe in Richtung des Sees. Wir hasteten zum Kieselstrand und beobachteten, wie das Flugzeug auf dem glatten, mondhellen Wasser landete. Mr. Kadam winkte mit einer Neonlampe und watete in den dunklen See. Kishan führte mich ins Wasser, aber ich zögerte mit einem Blick auf den weißen Tiger.

»Keine Sorge, Kells. Er kann schwimmen.«

Kishan schob mich weiter. Das kühle Nass tat meinem Knöchel gut. Während das Flugzeug näher ans Ufer trieb, versank ich bis zum Hals und begann zu schwimmen. Mr. Kadam stand bereits auf einem der Schwimmer und hielt sich an der Tür fest. Er beugte sich vor und packte meine Hand, half mir ins Flugzeug. Nilima lächelte mich vom Pilotensitz aus an und klopfte auf den leeren Platz neben sich.

Kurz vor dem Flugzeug verwandelte sich Ren zurück, stemmte sich hoch und schwang sich in den Sitz neben Kishan. Mr. Kadam verriegelte die Tür und schnallte sich neben mir an.

»Festhalten«, warnte Nilima.

Die Propeller erwachten mit einem lauten Knattern zum Leben, und ein plötzlicher Ruck riss uns nach vorne. Das Flugzeug beschleunigte, hüpfte ein paarmal übers Wasser und kletterte dann in den Nachthimmel. Ren hatte sich wieder in einen Tiger verwandelt. Er hatte die Augen geschlossen und den Kopf in Kishans Schoß gelegt. Bei dem Bild, das die beiden Brüder boten, huschte ein Lächeln über mein Gesicht. Kishan erwiderte stumm meinen Blick und sah dann aus dem Fenster.

Mr. Kadam breitete eine Decke über mir aus. Ich lehnte den Kopf gegen seine feuchte Schulter und wurde vom Dröhnen unseres Wasserflugzeugs in einen leichten Schlummer gewiegt.

27
Berichterstattung

Ich erwachte, als das Flugzeug auf der Wasseroberfläche eines kleinen Sees landete, der, wie ich erfuhr, Ren und Kishan gehörte und an ihr Anwesen grenzte. Nilima stellte den Motor ab, und Kishan sprang auf den Steg und vertäute das Flugzeug mit Seilen. Der Jeep war in der Nähe geparkt.

Mittlerweile war meine Kleidung halbwegs getrocknet, starrte jedoch vor Schmutz.

Mr. Kadam steuerte den Wagen, während die Brüder auf dem Rücksitz saßen und Nilima und ich uns auf den Vordersitz quetschten. Ren war immer noch in Tigergestalt und schien nur zufrieden zu sein, wenn Kishan bei ihm war. Endlich angekommen, schlug Mr. Kadam vor, dass ich eine heiße Dusche nehmen und schlafen sollte, aber es dämmerte bereits, und obwohl ich erschöpft war, wollte ich mit Ren reden.

Allein Mr. Kadam und Kishans unerbittliches Drängen, dass Ren Zeit zum Heilen bräuchte und es besser wäre, wenn er in Tigergestalt bliebe, konnte mich bewegen, ihn kurz allein zu lassen. Ich stimmte zu, duschen zu gehen, aber nur unter der Bedingung, dass ich anschließend sofort wieder herunterkommen würde, um nach ihm zu schauen.

Kishan trug mich in mein Zimmer, half mir beim Ausziehen der Schuhe und entfernte den Kompressionsverband. Anschließend verschwand er und zog die Tür leise hinter sich zu.

Meine Hände zitterten. Ich trat in die Dusche und drehte den Heißwasserhahn auf. *Er ist hier! Er ist in Sicherheit! Wir haben gewonnen. Wir haben Lokesh geschlagen und niemanden verloren.* Ich war nervös. Während das Wasser auf meine Haut prasselte, fragte ich mich, was ich als Erstes zu Ren sagen sollte. Es gab so viel, was ich mit ihm besprechen wollte. Mein Körper tat weh. Meine Schulter brannte. Sie war von einer schweren Kiste aufgeschrammt worden und verfärbte sich bläulich. Im Grunde verfärbte sich mein ganzer Körper blau.

Ich wollte schneller duschen, aber jede Bewegung war eine einzige Qual. Für diese Art von Abenteuer war ich nicht geschaffen. Eigentlich hätte ich auch in Kishkindha und Shangri-La Schmerzen haben müssen. Nach dem Kampf gegen die Vögel hätte ich von Schrammen übersät sein müssen. Aber abgesehen vom Kappabiss, war ich an diesen magischen Orten immun gegen Verletzungen gewesen.

Ren schien auf dem Weg der Besserung zu sein, doch ich wusste, dass seine Wunden nicht nur physischer Natur waren. Er hatte so viel Leid erfahren. Ich hatte keine Ahnung, wie es ihm gelungen war, die Folter zu überleben, aber ich war ungemein dankbar, dass es so war. Ich würde Durga für ihre Hilfe danken. *Sie hat definitiv ihr Versprechen gehalten. Sie hat meinem Tiger das Leben gerettet.*

Nachdem ich das Wasser abgedreht hatte, trat ich aus der Dusche und zog behutsam meinen alten Flanellpyjama an. Ich wollte mich beeilen, aber selbst das Kämmen war schmerzhaft. Ich flocht mir einen Zopf und hinkte im Schneckentempo zur Tür. Auf dem Flur wartete Kishan geduldig auf mich, mit dem Rücken zur Wand und geschlossenen Augen.

Er hatte ebenfalls geduscht und sich umgezogen. Ohne ein Wort zu verlieren, hob er mich hoch und trug mich hinunter ins Pfauenzimmer. Behutsam setzte er mich in den Ledersessel neben Mr. Kadam, bevor er es sich mir gegenüber neben Nilima bequem machte. Ren war immer noch in Tigergestalt und lag zusammengerollt zu Nilimas Füßen.

Mr. Kadam tätschelte mir den Arm und sagte: »Er hat sich bisher noch nicht zurückverwandelt, Miss Kelsey. Vielleicht war er während der Gefangenschaft zu lange Mensch.«

»Okay. Ist schon in Ordnung. Das Einzige, was zählt, ist doch, dass er jetzt hier ist.«

Ich beobachtete meinen weißen Tiger. Er hatte kurz aufgeblickt, als ich ins Zimmer gekommen war, und dann den Kopf wieder auf seine Pfoten gelegt und die Augen geschlossen. Obwohl ich mit aller Kraft dagegen ankämpfte, war ich bitter enttäuscht, dass er nicht bei mir saß. Allein das Berühren seines Fells wäre mir ein großer Trost gewesen. Verärgert über mich selbst, schimpfte ich mit mir: *Ich sollte mir mehr Gedanken um ihn als um mich machen. Ich bin nicht diejenige, die monatelang gefoltert wurde. Das Mindeste, was ich für ihn tun kann, ist, ihn nicht zu bedrängen.*

Nilima wollte alles wissen, was uns widerfahren war, und Mr. Kadam hielt es für eine gute Idee, dass jeder seine Geschichte erzählte, damit sich die verschiedenen Teile unseres Abenteuers zusammensetzten. Nilima schlug vor, zunächst etwas zu essen vorzubereiten, und bat mich um Hilfe. Kishan wollte bei Ren bleiben, der eingeschlafen zu sein schien, und meinte, es wäre das Beste, schlafende Tiger nicht zu wecken.

Er trug mich in die Küche und setzte mich auf einen Stuhl, bevor er ins andere Zimmer zurückkehrte. Nilima suchte alle Zutaten für Omelett und überbackenen Toast zusammen und übertrug mir die Aufgabe, den Käse zu reiben und Zwiebeln und grüne Paprikaschoten zu schneiden. Wir arbeiteten eine Weile schweigend, wobei mir nicht entging, dass sie mich aus dem Augenwinkel beobachtete.

»Mir geht's gut, Nilima, wirklich. Sie müssen sich keine Sorgen machen. Ich bin nicht so schwach, wie Kishan mich hinstellt.«

»Oh, das ist es nicht. Ich habe nicht das Gefühl, dass Sie schwach sind. Ganz im Gegenteil, ich halte Sie für eine sehr mutige Person.«

»Warum beobachten Sie mich dann so?«

»Sie sind etwas Besonderes, Miss Kelsey.«

Ich lachte so laut, wie mein schmerzender Kiefer es zuließ. »Was meinen Sie damit?«

»Sie sind zu unserem Mittelpunkt geworden. Sie sind der Mensch, der die Familie zusammenhält. Großvater war völlig ... verzweifelt, bevor Sie auf der Bildfläche erschienen sind. Sie haben ihn gerettet.«

»Ich habe eher das Gefühl, als wäre es ihm zur zweiten Natur geworden, *mich* zu retten.«

»Nein. Wir wurden erst zu einer Familie, als Sie in unser Leben getreten sind. Obwohl wir nun alle in Gefahr schweben, war er noch nie so erfüllt oder glücklich wie heute. Er liebt Sie. Alle lieben Sie.«

Verlegen sagte ich: »Und was ist mit Ihnen, Nilima? Ist dieses verrückte Leben das, was Sie wollen? Sehnen Sie sich nicht nach einem Leben ohne Spionage und heimtückische Fieslinge?«

Mit einem Lächeln bestrich sie die Bratpfanne mit Butter und legte vier Toastscheiben hinein. »Großvater braucht mich. Ich kann ihn doch nicht im Stich lassen. Ich habe natürlich auch meine Familie. Meine Eltern fragen sich, warum ich noch nicht geheiratet habe und so auf meine Karriere bedacht bin. Ich habe ihnen erklärt, dass mir die Arbeit großen Spaß macht. Sie verstehen das nicht, aber sie akzeptieren es. Aufgrund von Großvaters großzügiger Unterstützung können sie sich ein angenehmes Leben leisten.«

»Wissen Ihre Eltern, dass Sie mit ihm verwandt sind?«

»Nein. Das habe ich vor ihnen verheimlicht. Es hat lange gedauert, bis mir Großvater dieses Geheimnis anvertraut hat. Ohne seine Zustimmung würde ich niemandem davon erzählen.«

Sie verrührte die Eier, fügte Sahne hinzu und machte das erste Omelett. Es hatte etwas Beruhigendes und Heimeliges an sich, mit einer anderen Frau in der Küche zu kochen.

»Nun da Sie hier sind«, fuhr Nilima fort, »kann er endlich Frieden finden. Es besteht die Chance, dass er all seine Sorgen, seine große Verantwortung für die Prinzen ein für alle Mal ablegen kann.«

Die restliche Zeit kochten wir, ohne etwas zu sagen. Dank der Goldenen Frucht zauberte ich süßen Blumennektar herbei und schnitt die Melone auf. Nilima richtete die Teller an, stellte sie auf ein großes Tablett und trug es ins Pfauenzimmer. Kurz darauf kam Kishan herbei, der mich zu meinem Sessel brachte. Der weiße Tiger hob den Kopf und schnupperte in die Luft.

Ich stellte einen riesigen Teller mit Eiern vor ihm auf den Boden. Augenblicklich stürzte er sich auf das Essen, schob die Eier mit der Zunge vor und zurück, bis sie schließlich in sein Maul gelangten. Ich nutzte die Gunst der Stunde, um ihm das Ohr zu kraulen. Dieses Mal knurrte er nicht und schmiegte sich in meine Hand. Dann musste ich eine wunde Stelle berührt haben, denn er zuckte leicht zusammen. Ich versuchte, ihn zu beruhigen. »Ist schon okay, Ren. Ich wollte nur Hallo sagen und dir dein Frühstück bringen. Tut mir leid, falls ich dir wehgetan habe.«

Kishan lehnte sich vor und sagte: »Kells, *bitte*. Setz dich!«

»Was ist los? Er tut mir schon nichts!«

Mein weißer Tiger erhob sich und schob sich näher an Kishan. Rens Verhalten versetzte mir einen Stich. Ich konnte nichts dagegen tun, aber ich fühlte mich betrogen, als wäre unser Haustier auf mich losgegangen und hätte mich in die Hand gebissen. Ich wusste, der Gedanke war lächerlich, doch sein abweisendes Benehmen verletzte mich. Seine Pfoten lagen nun zu beiden Seiten des Tellers, und er starrte mich eindringlich an, bis ich den Blick senkte. Dann kümmerte er sich wieder um sein Frühstück.

Mr. Kadam tätschelte mir die Hand und sagte: »Vielleicht sollten wir nun unser Essen genießen und Nilima unsere Geschichten erzählen. Ich bin sicher, das würde auch Ren interessieren.«

Ich nickte und stocherte lustlos in meinem Omelett. Auf einmal hatte ich keinen Hunger mehr.

Kishan begann. »Wir sind mit dem Fallschirm auf einer Lichtung ein paar Kilometer vom Lager der Baiga entfernt gelandet. Ein Pilot, der früher einmal bei Mr. Kadam in der *Flying Tiger Airlines* angestellt war, hat uns mit einem dieser alten Truppentransportflugzeuge aus dem Zweiten Weltkrieg hingeflogen, das noch immer gut in Schuss ist.«

Nilima nickte und nippte an ihrem Nektar.

Kishan rieb sich das Kinn. »Der Kerl muss mindestens neunzig sein. Am Anfang hatte ich meine Zweifel, ob der alte Mann überhaupt noch in der Lage ist zu fliegen, aber er hat Geschick bewiesen. Auch der Absprung ist glatt und problemlos verlaufen, abgesehen von dem Umstand, dass Kelsey fast noch gekniffen hätte.«

»Es war nicht dasselbe wie beim Training«, warf ich zu meiner Verteidigung ein.

»Du bist in Shangri-La mit mir gesprungen und noch dreimal im Training, ohne dass es dir etwas ausgemacht hätte.«

»Das war etwas anderes. Es war tagsüber, und ich musste nicht ... allein springen.«

Kishan wandte sich an Nilima und erklärte: »Im Training sind wir im Tandem gesprungen.« Frustriert erhob er die Stimme und sah mich an. »Du hättest nur fragen müssen. Ich wäre natürlich mit dir zusammen gesprungen, aber du hast darauf beharrt, es allein zu schaffen.«

»Nun, wenn du deine Hände beim Tandemsprung ein bisschen mehr bei dir behalten hättest ...«

»Und wenn du nicht so paranoid wärst, was meine Hände anbelangt ...«

»Wäre alles in Ordnung!«, fauchten wir uns gleichzeitig an.

Meine Stimme erstarb zu einem erschrockenen Flüstern, während ich Kishan finster anfunkelte. »Können wir jetzt bitte weitermachen?«

Kishan verengte die Augen auf eine Art, die mir unverhohlen mitteilte, dass wir die Diskussion später fortsetzen würden. »Wie gesagt, Kelsey wäre fast nicht rechtzeitig gesprungen. Kadam war schon gesprungen, und ich musste Kelsey mit Gewalt hinaushelfen, denn andernfalls hätten wir unser Zeitfenster verpasst.«

»Gewalt ist das richtige Wort«, murmelte ich. »Du hast mich einfach hinter dir hergezerrt.«

Er starrte mich eindringlich an. »Du hast mir keine andere Wahl gelassen.«

Das stimmt nicht ganz. Er hat mir eine Alternative aufgezeigt: Die Rettungsaktion abblasen, Ren vergessen und stattdessen mit ihm durchbrennen. Entweder das oder aus dem Flugzeug springen.

Ich hatte nicht mit Sicherheit gewusst, ob er es ernst meinte oder mich einfach nur zum Springen überreden wollte. Ich hatte gerade den Mund geöffnet, um ihn zu ermahnen, einen angemessenen Abstand zu halten, als er mit einem wütenden Knurren meine Hand packte und aus der Luke sprang.

»Nachdem wir auf der Lichtung gelandet waren«, fuhr Kishan fort, »sind wir in unsere Verkleidung geschlüpft und haben uns getrennt. Ich hatte Kelseys Gestalt angenommen und eine Kopie ihres Amuletts getragen.«

»Ich habe mich in den Baiga verwandelt, der für Lokesh gearbeitet hat«, fügte ich hinzu. »Nebenbei bemerkt, es war ziemlich verstörend, sich selbst zu sehen, Kishan.«

»Für mich war es ebenso verstörend, *du* zu sein. Meine Aufgabe bestand darin, Lokesh zu finden und mich um ihn zu kümmern, weshalb ich mich hinter dem Gebäude versteckt habe, bis ich das Signal hörte: das Brüllen eines Tigers.«

Da fiel ihm Mr. Kadam ins Wort. »Das war ich. Ich hatte mich als Tiger verkleidet und bin in den Dschungel gelaufen, um ein paar Fallen auszulösen und die Soldaten auf meine Fährte zu locken.«

»Genau«, sagte Kishan. »Kelsey hat Lokeshs Verteidigungsanlage in die Luft gejagt, wodurch der Rest seiner Soldaten abgelenkt war und ich ungesehen und ohne großen Widerstand ins Lager eindringen konnte. Lokesh zu finden war eine andere Sache. Zuerst musste ich seine Spezialeinheit aus Leibwächtern ausschalten. Ich konnte ein paar von ihnen mit der *Chakram* erledigen und habe die Lichter zerstört, noch bevor sie mich überhaupt bemerkt haben. Danach habe ich mein Aussehen zu meinem Vorteil eingesetzt.«

Misstrauisch hakte ich nach: »Wie genau konntest du aus meinem Aussehen einen Vorteil schlagen?«

Kishan lächelte breit. »Ich habe mich wie ein hilfloses Mädchen aufgeführt. Ich bin ins Gebäude getaumelt, habe entsetzliche Angst vorgetäuscht und all die großen, starken Männer gebeten, mich vor dem verrückten Kerl zu beschützen, der mich mit einem goldenen Diskus umbringen will. Du weißt schon, ich habe mit den Augen geklimpert und mit ihnen geflirtet. Eben die Waffen einer Frau.«

Wütend verschränkte ich die Arme vor der Brust. »Ah ja. Fahr bitte fort.«

Kishan seufzte und strich sich mit der Hand durchs Haar. »Bevor du wieder eingeschnappt bist, was sowieso deine Standardreaktion auf mich ist, spar dir die Mühe, ich weiß, was du denkst.«

Ich funkelte ihn böse an. »Tatsächlich? Und was denke ich?«

»Du denkst, ich habe ein stereotypes Bild von Frauen im Allgemeinen und dir im Besonderen.« Verzweifelt warf er die Hände in die Luft. »So bist du nicht, Kells. Ich habe nur das Beste aus meiner Situation gemacht und all meine Vorzüge genutzt!«

»Es ist in Ordnung, wenn du *deine* Vorzüge nutzt, aber nicht *meine!*«

»Na schön! Das nächste Mal gehe ich als Nilima!«

»Hey!«, schaltete sich Nilima lachend ein. »Niemand bedient sich einfach *meiner* Vorzüge!«

Mr. Kadam unterbrach uns. »Vielleicht sollten wir mit der Geschichte fortfahren?«

Kishan warf uns einen finsteren Blick zu, murmelte etwas über Frauen bei einer militärischen Operation und dass er das nächste Mal allein losziehen würde.

»Das habe ich gehört. Ohne mich wärst du von Lokesh zerstückelt worden«, sagte ich mit einem süffisanten Lächeln.

»Das ist wahr. Jeder *Einzelne* von uns hat eine entscheidende Rolle für das Gelingen unseres Unterfangens gespielt«, erklärte Mr. Kadam. Dann erzählte er seufzend, wie befreiend es für ihn war, ein Tiger zu sein. »Die Kraft eines Tigers übersteigt alles, was ich mir je vorgestellt hätte. Wir waren nicht sicher, ob das Göttliche Tuch nur mit Menschen funktioniert, weshalb wir es auch mit verschiedenen Tieren ausprobiert haben. Wir können Kishan oder Rens Gestalt annehmen, uns jedoch in kein anderes Tier verwandeln. Als wir auf der Lichtung ankamen, habe ich mir Kishans schwarzen Tiger ausgesucht, und Miss Kelsey band mir das Tuch fest um den Hals, bevor wir uns trennten.

Ich rannte durch den Dschungel und spürte mehrere Fallen auf. Ich ließ sie zuschnappen, was Alarm auslöste, und schon bald hörte ich das Stampfen von Soldaten, die Jagd auf mich machten. Schüsse fielen, aber ich war schneller als sie. Einmal glaubte mich ein Trupp von ihnen eingekreist zu haben. Sie wollten gerade das Feuer auf mich eröffnen, da verwandelte ich mich in einen Menschen zurück. Der Anblick hat sie derart erschreckt, dass ich die Falle auslösen konnte. Ich zog an dem Seil, an dem eine Rehkeule befestigt war, und die Soldaten wurden in einem großen Netz in die Luft befördert. Ich ließ sie in den Baumwipfeln baumeln und rannte zum Lager, um mit Phase zwei meines Plans zu beginnen.

Als ich zurück war, hatte Miss Kelsey bereits einen der Wachtürme zerstört. Die Dorfbewohner rannten aufgebracht in alle Richtungen, besorgt um ihre Familien. Ich stand hinter einem Baum und änderte erneut meine Gestalt.«

Nilima beugte sich vor. »In was hast du dich diesmal verwandelt?«

»Ich habe die Gestalt des Baiga-Gottes Dulha Dao angenommen, der Krankheiten und Unfälle abwenden kann. Ich habe die Bewohner um mich geschart und ihnen erzählt, ich wäre gekommen, um mit ihnen gemeinsam den Fremden zu besiegen. Es war ihnen ein Vergnügen, mir zu helfen und das Haus des Bösen, wie sie es nannten, niederzureißen. Miss Kelsey hatte die *Gada* an einem sicheren Versteck für mich aufbewahrt. Normalerweise ist sie zu schwer für mich, aber als ich sie im Körper von Dulha Dao schwang, war sie leicht. Mit tatkräftiger Unterstützung der Dorfbewohner habe ich die Wände eingerissen und Lokeshs Männer außer Gefecht gesetzt.«

»Wie hast du ausgesehen?«, fragte Nilima.

Er errötete, weshalb ich einsprang. »Oh, Dulha Dao ist wirklich eine gut aussehende Gottheit, ein bisschen wie die Männer des Stamms, nur größer und breiter gebaut und noch attraktiver. Sein Haar ist lang und dick und ein Teil ist zu einem Knoten auf seinem Kopf gebunden. Er ist muskulös, und sein nackter Oberkörper und sein Gesicht sind mit Tätowierungen überzogen. Er ist barfuß und trägt einen Wickelrock. Er hat sehr furchterregend ausgesehen, wenn auch auf eine gute Art, besonders … als er die *Gada* geschwungen hat.«

Als ich meine Beschreibung beendet hatte, starrten mich alle an, und Nilima brach in lautes Lachen aus.

»*Was?*«, fragte ich verlegen. »Okay. Anscheinend finde ich starke indische Männer attraktiv. Aber da ist doch nichts Schlimmes dabei!«

Kishan runzelte die Stirn, Mr. Kadam wirkte erfreut und Nilima kicherte.

Mr. Kadam räusperte sich. »Ja ... nun ... Ich weiß die schmeichelhafte Beschreibung sehr zu schätzen. Es ist schon lange her, dass eine Frau das Wort ... stark ... im Zusammenhang mit mir benutzt hat.«

Ich kicherte nun ebenfalls, und Nilima stimmte erneut mit ein.

Nach einer Weile fragte Mr. Kadam: »Können wir jetzt fortfahren?«

»Ja«, antworteten wir alle wie aus einem Munde.

»Wie schon gesagt, die Menschen scharten sich um mich, und wir haben die Wachen gefesselt. Dann sind wir weiter zur Kommandozentrale. Die Türen waren schwer befestigt und abgesperrt. Wir haben die Männer nach Schlüsseln durchsucht, konnten aber keine finden. Es war leichter, die Wände niederzureißen als die Türen. Schließlich sind wir in das Gebäude eingedrungen und haben Kelsey und Kishan auf dem Boden gefunden. Von Lokesh fehlte jede Spur. Das Zimmer war voller Süßigkeiten.«

»Wunderkugeln«, fügte ich hinzu.

»Was ist da passiert?«, fragte Nilima erstaunt.

»Ich musste etwas tun, und die Goldene Frucht war die einzige Waffe, die mir zur Verfügung stand. Und so habe ich mir einen Hagelsturm aus Wunderkugeln herbeigewünscht.«

»Das war sehr clever. Wir hatten das vorher nicht besprochen. Es hat aber sehr gut geklappt«, bemerkte Mr. Kadam.

»Es hätte nicht lange geholfen. Lokesh hat sich schnell wieder gefangen. Was ihn wirklich in die Flucht geschlagen hat, waren Sie. Sie und die Baiga haben uns gerettet.«

»Lokesh besitzt also die Macht, Menschen erstarren zu lassen?«

»Ja.«

»Haben Sie noch andere seiner Fähigkeiten bemerkt?«
»Ja.«
»Gut. Das werden wir später genauer besprechen.«
»Okay. Ich werde alles aufschreiben, solange es mir noch frisch im Gedächtnis ist.«
»Sehr gut. Nun denn, nachdem Kishan und Kelsey Ren gefunden hatten, wollten die Baiga das Lager so rasch wie möglich verlassen. Sie haben alles mitgenommen, was sie tragen konnten, und sind im Gänsemarsch in den Dschungel marschiert. Wir haben sie begleitet, zum einen, weil ich mich verantwortlich für sie fühlte und sie so weit wie möglich von Lokesh wegbringen wollte, und zum anderen war es sowieso unsere Richtung. Kurz bevor wir aufgebrochen sind, hat Ren ein Messer genommen und sich den Arm aufgeschnitten.«

Ich lehnte mich vor. »Warum?«
»Er hat den Peilsender entfernt, den Lokesh ihm eingepflanzt hatte.«

Mitfühlend blickte ich zu meinem weißen Tiger. Seine Augen waren geschlossen, aber seine Ohren schnalzten vor und zurück. Er lauschte gebannt.

»Wir sind ein Stück mit den Baiga gewandert, haben mit ihnen ein Fest gefeiert und sie dann verlassen, nachdem ich dich hergebeten hatte«, erklärte er Nilima.

»Sie haben die Gottheit sehr authentisch gespielt«, neckte ich ihn.

»Ja. Offenbar haben die Baiga angenommen, wir alle vier wären Gottheiten. Hätte ich gesehen, was sie miterlebt haben, hätte ich das wohl auch geglaubt.«

»Haben sie wirklich Magie benutzt, um Ren gefangen zu halten?«, fragte ich neugierig.

»Als ich mit ihnen darüber geredet habe, hat der *Gunia* tatsächlich behauptet, er könne Tiger kontrollieren und habe

Ren mit seiner Magie gebannt. Er kann eine Art Barriere heraufbeschworen, um sein Dorf vor Tigerangriffen zu schützen. Allerdings meinte er, er hätte den Zauber vor etwa einer Woche ins genaue Gegenteil umwandeln und stattdessen Tiger *anziehen* sollen. Angeblich sind die Soldaten die ganze letzte Woche von ungewöhnlich vielen Tigern angegriffen worden.«

»Oh, das ist also der Grund, weshalb Kishan hineinkonnte?«

»Gut möglich.«

»Bedeutet das im Umkehrschluss nicht, Ren hätte fliehen können?«

»Wahrscheinlich, aber Lokeshs Macht ist nicht zu unterschätzen. Ich vermute, die Baiga waren nur Plan B, für den Fall, dass Lokesh zu abgelenkt ist, um Ren selbst außer Gefecht zu setzen.«

»Er ist schrecklich«, sagte ich leise. »Ren war der ultimative Preis, seine Trophäe. Derjenige, auf den er jahrhundertelang gewartet, den er all die Zeit über gejagt hat. Er hätte Ren niemals fliehen lassen.«

Da fiel mir Kishan ins Wort. »Ich denke, er hat das Interesse an Ren verloren. Er ist jetzt hinter jemand anderem her.«

Mr. Kadam schüttelte kaum merklich den Kopf.

»Hinter wem?«, fragte ich.

Er sagte nichts.

»Hinter mir, nicht wahr?«, stellte ich ausdruckslos fest.

Nach langem Zögern wandte sich Kishan an Mr. Kadam: »Es ist besser, wenn sie es weiß und sich vorbereiten kann.« Dann drehte er sich zu mir. »Ja. Er hat es nun auf dich abgesehen, Kells.«

»Warum? Ich meine, warum auf *mich*?«

»Weil er weiß, wie wichtig du für uns bist. Und weil … du ihn besiegt hast.«

»Das war ich doch gar nicht. Das warst du.«

»Aber das weiß er nicht.« Kishan warf mir einen vielsagenden Blick zu.

Ich stöhnte leise auf und hörte Kishan nur mit halbem Ohr zu, während er unseren Kampf mit Lokesh beschrieb und ich hin und wieder etwas ergänzte.

Ren beobachtete uns und lauschte unseren Worten. Ich stellte meinen unberührten Teller auf den Boden, in der Hoffnung, ihn damit anzulocken. Er betrachtete mich neugierig, erhob sich dann und kam zu mir getrottet.

Er aß die Eier, schob den überbackene Toast jedoch mit den Pfoten hin und her, ohne dass es ihm gelang, ihn in sein Maul zu befördern. Vorsichtig benutzte ich meine Gabel und spießte ein großes Stück auf. Ren hob den Kopf, zog den Toast geschickt von der Gabel und verschlang ihn mit einem Bissen. Dasselbe wiederholte ich mit dem anderen Stück. Nachdem Ren den Teller saubergeleckt hatte, legte er sich neben Kishan und begann, sich den klebrigen Sirup von den Pfoten zu schlecken.

Kishan hatte aufgehört zu reden, und als ich aufblickte, bemerkte ich, dass er mich beobachtete. In seinen Augen lag Traurigkeit. Ich sah weg. Er runzelte die Stirn und nahm seinen Gesprächsfaden wieder auf. Als er zu der Stelle kam, wo Lokesh drohte, mich zu töten und mein Herz zum Stillstand zu bringen, unterbrach ich ihn.

»Lokesh hat damit nicht *mich* gemeint«, stellte ich klar.

»Doch, das hat er, Kells. Er musste gewusst haben, wer du bist. Er sagte: ›Ich werde ihn töten.‹«

»Ja, aber warum solltest *du*, verkleidet als *Kelsey*, dir Gedanken um *mich* in meiner Baiga-Verkleidung machen? Er meinte, er würde *ihn* töten, nicht *sie*. Er hat nicht *mich* bedroht.«

»Wen dann?«

Ich blickte zu dem weißen Tiger und spürte, wie mein Gesicht flammend rot wurde.

»Oh«, sagte Kishan matt. »Die Drohung galt *ihm*. Hätte ich das doch nur damals gewusst!«

»Ja, die Drohung galt Ren. Er wusste, ich würde nichts tun, was ihn in Gefahr bringt.«

»Richtig. Das hättest du nicht.«

»Was soll das bedeuten? Und was soll das heißen, du wünschtest, du hättest das damals gewusst? Hättest du dann etwa *weitergekämpft*?«

»Nein. Ja. Vielleicht. Keine Ahnung, was ich getan hätte. Im Nachhinein kann ich das nicht sagen.«

Bei dem Thema spitzte der weiße Tiger die Ohren und sah mich an.

»Nun, dann bin ich froh um das Missverständnis. Denn andernfalls wäre Ren jetzt vielleicht nicht hier.«

Kishan seufzte. »*Kelsey!*«

»*Nein!* Es ist nicht schön, zu wissen, dass du bereit wärst, ihn zu opfern!«

Mr. Kadam rutschte in seinem Sessel hin und her. »Es wäre keine leichte Entscheidung für ihn gewesen, Miss Kelsey. Ich habe die beiden gelehrt, dass das Wohl aller dem Wohl des Einzelnen vorzuziehen ist. Wenn er die Gelegenheit gehabt hätte, die Welt von Lokesh zu befreien, wäre es im Grunde seine Pflicht gewesen, das Leben des Tyrannen zu beenden. Der Umstand, dass er sich zurückgehalten hat, spricht allein für die Tiefe seiner Gefühle. Verübeln Sie ihm das nicht, Miss Kelsey.«

Kishan lehnte sich vor, presste die Fingerspitzen aneinander und starrte zu Boden. »Ich weiß, wie viel er dir bedeutet. Ich bin sicher, ich hätte dieselbe Entscheidung getroffen, hätte ich gewusst, dass Lokesh in Wirklichkeit von Ren und nicht von dir spricht.«

»Bist du dir *wirklich* sicher?«

Er wusste, welche Bedeutung in meiner Frage mitschwang, von der weder Mr. Kadam noch Nilima etwas ahnen konnten. Ich wollte von Kishan wissen, ob er mit Absicht seinen Bruder hätte sterben lassen, um das Leben zu bekommen, das er sich erträumte. Er wusste, es wäre denkbar, dass er in Rens Fußstapfen treten könnte, wenn dieser nicht länger unter uns wäre. Ich wollte wissen, ob er so ein Mensch war.

Nachdenklich musterte mich Kishan eine Weile, und erklärte dann in aller Aufrichtigkeit: »Kelsey, ich würde ihn mit meinem Leben beschützen, immer und ewig!«

Seine goldenen Augen funkelten und durchbohrten meine. Er meinte es ernst, und mit einem Schlag erkannte ich, dass er sich verändert hatte. Er war nicht mehr derselbe Mensch, den ich vor einem Jahr im Dschungel getroffen hatte. Er hatte allen Zynismus abgelegt. Er war jetzt ein Mann, der für seine Familie kämpfte, einen Sinn im Leben verfolgte. Den Fehler, den er bei Yesubai begangen hatte, würde er nicht wiederholen. Als ich in seinen Augen suchte, wusste ich mit absoluter Sicherheit, dass ich auf ihn zählen konnte, egal was passieren würde.

Zum ersten Mal sah ich den Prinzen in ihm. Hier war ein Mann, der sich für andere opfern würde. Hier war ein Mann, der seiner Pflicht mit eisernem Willen nachkam. Hier war ein Mann, der seine Schwächen kannte und daran arbeitete, sie zu überwinden. Hier war ein Mann, der mir selbstlos anbot, dass ich einen anderen wählen durfte, und der dennoch auf uns aufpassen und uns beschützen würde, auch wenn es ihm das Herz brach.

»Es ... tut mir leid, dass ich an dir gezweifelt habe«, stammelte ich. »Verzeih mir.«

Er lächelte betrübt. »Da gibt es nichts, was ich verzeihen müsste, *Bilauta*.«

»Soll ich jetzt weitererzählen?«, fragte ich sanft.

»Warum nicht?«, erwiderte er.

Als Erstes erklärte ich Nilima, wie ich die Goldene Frucht benutzt hatte, um die Benzintanks mit Biskuit zu füllen und die Waffen mit Bienenwachs zu verstopfen. Das Problem war, dass ich nur die Gewehre und Autos außer Gefecht setzen konnte, die ich mit eigenen Augen sah. Das war auch der Grund, weshalb Lokesh in seinem Wagen hatte fliehen können und einige der Soldaten noch funktionstüchtige Waffen gehabt hatten.

Ich beschrieb den Hagelsturm mit Wunderkugeln, Lokeshs Flucht und wie Fanindra uns zu Ren geführt hatte. Dann erzählte ich, wie ich mir *selbst* gegenübergestanden hatte. Ich war ja der Baiga, der Lokesh geholfen hatte, was wohl auch der Grund war, weshalb Ren mir einen Kinnhaken versetzt hatte. Ich erklärte, dass der Diener gezwungen worden war, für Lokesh zu arbeiten, sich aber als Zeichen der Reue das Haar abgeschnitten und es Ren dargeboten und um Vergebung gefleht hatte.

In aller Ausführlichkeit beschrieb ich das Fest und die zwei Frauen, die meinen »Söhnen« als Ehefrauen angepriesen worden waren. Nilima verdrehte die Augen, während sie an ihrem Nektar nippte. Süffisant fügte ich hinzu, dass Kishan wohl nichts gegen eine Heirat einzuwenden hatte, Ren es ihm jedoch ausreden konnte.

Kishan machte ein finsteres Gesicht. »Ich habe dir doch schon gesagt, dass es so nicht abgelaufen ist.«

»Und wie *ist* es abgelaufen?«

Aus dem Augenwinkel ertappte ich Mr. Kadam erneut dabei, wie er sanft mit dem Kopf schüttelte, und wandte mich direkt an ihn. »Was verheimlichen Sie beide vor mir? Irgendetwas ist hier im Busch«, sage ich, »in das ich nicht eingeweiht bin. Aber im Grunde interessieren mich die beiden Frauen überhaupt nicht. Die Sache ist gegessen. Wir haben Ren zurück, und das ist alles, was zählt.«

Mit einem Räuspern erhob sich Nilima, sammelte die Teller ein und trug das Tablett in die Küche, da entschied Ren, sich wieder in den Menschen zu verwandeln. Jeder im Zimmer erstarrte. Er betrachtete uns reihum und lächelte dann Nilima an. »Darf ich dir helfen?«, fragte er höflich.

Sie erwiderte das Lächeln und nickte verhalten. Wir starrten ihn alle gespannt an, warteten, dass er auch etwas zu uns sagen würde, doch stattdessen half er Nilima schweigend und brachte das Geschirr in die Küche. Wir hörten, wie er sie fragte, ob sie Hilfe beim Abwasch bräuchte. Sie lehnte dankend ab und erklärte, dass die anderen, das heißt wir, viel mit ihm zu besprechen hätten. Zögerlich betrat er das Pfauenzimmer und blickte fragend in unsere Gesichter. Schließlich setzte er sich neben Kishan und sagte leise: »Warum nur habe ich das Gefühl, als würde ich vor der Spanischen Inquisition stehen?«

»Wir machen uns Sorgen, ob es dir wirklich gutgeht«, beeilte sich Mr. Kadam zu erklären.

»Mir geht's gut ...«

Seine Worte hingen in der Luft, und ich konnte mir den Rest des Satzes fast denken: ... *für einen Mann, der monatelang gefoltert wurde.*

»Ren?«, sagte ich vorsichtig. »Es tut mir so ... *leid*. Wir hätten dich niemals zurücklassen dürfen. Hätte ich von meinem Blitzstrahl gewusst, hätte ich dich retten können. Es war alles meine Schuld.«

Ren verengte die Augen und musterte mich.

Kishan widersprach mir vehement. »Du kannst überhaupt nichts dafür, Kells. Er hat dich zu mir geschoben. Es war seine Entscheidung. Er wollte, dass du in Sicherheit bist.« Er nickte Ren zu. »Sag's ihr!«

Ren sah seinen Bruder an, als würden seine Worte keinen Sinn ergeben. »In meiner Erinnerung ist das ein bisschen anders abgelaufen, aber wenn du es sagst.« Er verstummte und sah mich neugierig an, doch in seinem Blick lag nichts Freundliches. Es war eher, als hätte er im Dschungel ein seltsames Tier gefunden und wüsste nicht, ob er mich fressen oder nur mit mir spielen sollte. Schließlich rümpfte er die Nase, als hätte er etwas Widerliches gerochen, und wandte sich an Mr. Kadam: »Vielen Dank, dass du mich gerettet hast. Ich hätte wissen müssen, dass du dir einen Plan einfallen lässt, um mich zu befreien.«

»Eigentlich war es Miss Kelsey, der die Idee mit der Gottheit gekommen ist. Ohne das Tuch hätte sich deine Rettung als äußerst schwierig herausgestellt. Ich hatte nicht den blassesten Schimmer, wo dein Aufenthaltsort war. Allein die Vision, in der wir den Baiga gesehen haben, hat uns auf deine Spur gebracht. Und ohne die Waffen, die uns Durga gegeben hat, hätten wir die Wachen niemals ausschalten können.«

Ren nickte und lächelte mich an. »Allem Anschein nach stehe ich tief in deiner Schuld. Vielen Dank für deine Bemühungen.«

Etwas lief hier falsch. Er wirkte nicht wie der Ren, den ich kannte. Sein Verhalten mir gegenüber war kalt und distanziert. Ich musste mit ihm reden. Jetzt.

Ich hob nachdrücklich die Augenbrauen und warf Mr. Kadam einen bedeutungsvollen Blick zu, der meine ungesagte Botschaft schließlich verstand und sich erhob. Er räusperte sich und verkündete: »Kishan, würde es dir etwas ausmachen, mir beim Tragen eines schweren Möbelstücks zu helfen?«

Ren sprang auf und sagte: »Das kann ich doch tun. Kishan kann bleiben.«

Mr. Kadam lächelte. »Bitte, bleib sitzen und ruh dich aus. Kishan und ich schaffen das schon, und ich habe das untrügliche Gefühl, Miss Kelsey würde gerne allein mit dir reden.«

»Ich glaube nicht, dass es sicher ist ...«, warnte Kishan.

Mein Blick bohrte sich in Ren. »Es ist in Ordnung, Kishan. Er wird mir nichts tun.«

Kishan stand auf und beugte sich über Ren, der ihm zunickte.

»Ich werde ihr kein Haar krümmen.«

»Äh, Kishan? Könntest du ...?«, fragte ich kläglich.

Behutsam hob er mich hoch und setzte mich mit einem Seufzen auf das Sofa neben Ren. »Ich bin ganz in der Nähe. Falls du mich brauchst, ruf einfach.« Dann wandte er sich drohend an Ren: »Tu ihr ja nicht weh. Ich höre jedes Wort.«

»Untersteh dich!«, empörte ich mich.

»*Jedes* Wort.«

Ich runzelte missbilligend die Stirn. Kishan warf mir einen Blick zu, aber ich ignorierte ihn. Dann war ich endlich allein mit Ren. Ich hatte ihm so viel zu sagen. Und wusste gleichzeitig nicht, wie ich mich verhalten sollte. Ich suchte in seinem wunderschönen Gesicht nach einem Ausdruck von Gefühl und sagte schließlich: »Wenn du nicht zu müde bist, würde ich gerne ein wenig mit dir reden.«

Gleichgültig zuckte er mit den Schultern. »Wie du möchtest.«

Ich winkelte das Bein vorsichtig auf einem Kissen ab, damit ich ihm direkt in die Augen sehen konnte. »Ich ... habe dich so vermisst.« Er hob die Brauen. »Ich habe dir so viel zu erzählen, dass ich gar nicht weiß, wo ich anfangen soll. Ich weiß, du bist erschöpft und hast wahrscheinlich noch

Schmerzen, weshalb ich es kurz mache. Du brauchst Zeit, bis deine Wunden verheilt sind, und vielleicht möchtest du ein bisschen allein sein. Das verstehe ich. Aber ich bin hier, falls du mich brauchst. Ich könnte dir Hühnersuppe bringen oder Schoko-Erdnussbutter-Cookies. Ich könnte dir Shakespeare oder Gedichte vorlesen. Wir könnten mit *Der Graf von Monte Cristo* anfangen.« Ich nahm seine Hände in meine. »Sag mir einfach, was du brauchst. Dein Wunsch ist mir Befehl.«

Vorsichtig zog er seine Hand fort und sagte: »Das ist sehr nett von dir.«

»Mit Nettigkeit hat das gar nichts zu tun.« Ich schob mich näher und legte die Hände auf seine Wangen. Bei meinen nächsten Worten sog er scharf die Luft ein. »Du bist mein Zuhause. Ich liebe dich.«

Eigentlich hatte ich nicht vorgehabt, ihn so zu bedrängen, aber ich brauchte ihn. Wir waren so lange getrennt gewesen, und endlich war er hier, und ich konnte ihn berühren. Ich lehnte mich vor und küsste ihn. Er versteifte sich. Meine Lippen lagen verzweifelt auf seinen, und Tränen rollten mir die Wangen hinab. Ich schlang ihm die Arme um den Hals und rutschte immer näher, bis ich fast auf seinem Schoß saß. Doch weder hielt er mich, noch küsste er mich zurück. Ich küsste seine Wange und barg mein Gesicht an seinem Hals, atmete seinen warmen Geruch nach Sandelholz ein.

Nach einem kurzen Moment wich ich ein Stück zurück und ließ die Arme in den Schoß sinken. Verblüfft grinste er mich an und berührte er seine Lippe. »So ein Willkommen wünscht sich doch jeder Mann. Darf ich dir eine Frage stellen?«

Ich nahm seine Hand in meine und küsste jeden einzelnen seiner Finger.

Fasziniert betrachtete er mich und zog dann seine Hand weg.

»Natürlich«, erwiderte ich.

Er streckte sich, zog sanft an meinem Zopf und spielte mit dem Haargummi. »Wer *bist* du?«

28
Der schlimmste Geburtstag aller Zeiten

Mit einem hysterischen Kichern, das meine Nervosität überspielen sollte, schimpfte ich Ren aus: »Das ist nicht lustig, Ren. Was soll das heißen, *wer bin ich?*«

»So sehr mir deine Liebkosungen gefallen, glaube ich, dass du dir bei deinem Kampf mit Lokesh den Kopf angeschlagen hast. Du musst mich mit jemandem verwechseln.«

»Dich mit jemandem verwechseln? Nein, natürlich nicht. Du bist doch Ren, oder?«

»Ja. Ich heiße Ren.«

»Schön. *Ren.* Dann bist du der Mann, in den ich unsterblich verliebt bin.«

»Wie kannst du mir deine Liebe gestehen, wo ich dich vorher noch nie gesehen habe?«

Ich sank in mich zusammen. »Wie kann es sein, dass du dich nicht an mich erinnerst?«, flüsterte ich unter Tränen.

»Wahrscheinlich weil wir uns noch nie zuvor begegnet sind.«

Nein. Nein. Nein. Nein. Nein. Nein! Das kann nicht wahr sein! »Wir kennen uns seit gut einem Jahr. Du bist mein … Freund. Lokesh muss etwas mit dir angestellt haben! Mr. Kadam! Kishan!«, schrie ich.

Kishan kam ins Zimmer gerannt, als stünde sein Fell in Flammen. Er schubste Ren beiseite und baute sich zwischen uns auf. Hastig hob er mich hoch und lud mich in dem Sessel ab, der Ren gegenüberstand. »Was ist los, Kells? Hat er dir etwas getan?«

»Nein, nein. Nichts dergleichen. Er *kennt* mich nicht! Er erinnert sich nicht an mich!«

Schuldbewusst blickte Kishan weg.

»Das *wusstest* du! Das wusstest du und hast es vor mir *verheimlicht*?«

Mr. Kadam betrat den Raum. »Wir wussten es beide.«

»*Was*? Warum haben Sie mir nichts gesagt?«

»Wir wollten Sie nicht unnötig beunruhigen. Wir hielten es für ein vorübergehendes Problem, das sich von selbst lösen würde«, erklärte Mr. Kadam, »sobald seine Wunden verheilen.«

»Dann war das mit der Baiga …« Inzwischen weinte ich haltlos, Kishan reichte mir ein Taschentuch und strich mir unbeholfen das Haar aus der Stirn.

»Er wollte eine von ihnen zur Frau nehmen«, druckste er herum.

»Natürlich! Jetzt ergibt alles Sinn!«

Mr. Kadam setzte sich neben Ren. »Du kannst dich immer noch nicht an sie erinnern?«

Ren zuckte mit den Achseln. »Ich habe die junge Dame zum ersten Mal in meinem Leben zu Gesicht bekommen, als sie – oder wahrscheinlich war es in Wirklichkeit Kishan – vor meinem Käfig stand und mich befreit hat.«

»Richtig! Ein Käfig. In einem Käfig sind wir uns zum ersten Mal begegnet. Erinnerst du dich? Du warst im Zirkus, ein Zirkustiger, und ich habe dich gemalt und dir vorgelesen. Mit meiner Hilfe konntest du dich befreien.«

»Ich erinnere mich, im Zirkus gewesen zu sein, aber du warst nicht dort. Ich weiß, dass ich mich selbst befreit habe.«

»Nein. Das konntest du gar nicht. Wenn du dich befreien konntest, warum ist es dir dann die ganzen Jahrhunderte über nicht gelungen?«

Er runzelte die Stirn. »Keine Ahnung. Ich erinnere mich lediglich daran, dass ich aus dem Käfig ausgebrochen bin, Kadam angerufen und auf ihn gewartet habe, damit er mich nach Indien zurückbringt.«

Mr. Kadam unterbrach ihn. »Erinnerst du dich, zu Phet in den Dschungel gegangen zu sein? Dass du dich mit mir gestritten hast, ob wir Miss Kelsey mitnehmen sollen?«

»Ich weiß, dass wir uns gestritten haben, aber das war nicht ihretwegen. Ich war fest entschlossen, Phet einen Besuch abzustatten, doch du wolltest nicht, dass ich meine Zeit vergeude.«

Aufgewühlt und ungläubig fragte ich: »Was ist mit Kishkindha? Ich war auch dort.«

»In meiner Erinnerung war ich allein.«

»Wie kann das sein?«, flüsterte ich. »Du erinnerst dich an Mr. Kadam? Kishan? Nilima?«

»Ja.«

»Dann bin also nur ich aus deinem Gedächtnis gestrichen?«

»Es scheint so.«

»Was ist mit dem Valentinstanz, dem Kampf gegen Li, den Schoko-Erdnussbutter-Cookies, den Filmen, dem Popcorn, Oregon, der Uni, Tillamook? All den Dingen, die wir zusammen gemacht haben? Ist das einfach … weg?«

»Nicht ganz. Ich erinnere mich, gegen Li gekämpft und Cookies gegessen zu haben, an Tillamook, die Filme und Oregon, aber an dich erinnere ich mich nicht.«

»Dich hat es also aus purem Zufall nach Oregon verschlagen?«

»Nein. Ich war da an der Uni.«

»Und mit wem hast du deine Freizeit verbracht?«

Er legte die Stirn in Falten, als müsste er sich konzentrieren. »Am Anfang allein, und dann ist Kishan gekommen.«

»Erinnerst du dich an den Streit mit Kishan?«

»Ja.«

»Und weswegen habt ihr euch gestritten?«

»Keine Ahnung. O doch! Cookies. Wir haben uns um Cookies gestritten.«

»Das ist ein schlechter Witz«, jammerte ich. »Wie konnte das geschehen?«

Mr. Kadam erhob sich und streichelte mir die Hand. »Ich bin nicht sicher. Vielleicht handelt es sich nur um eine vorübergehende Amnesie.«

»Das glaube ich nicht«, schniefte ich wütend. »Es ist zu spezifisch. Er kann sich bloß an mich nicht erinnern. Dafür ist allein Lokesh verantwortlich.«

»Ich vermute, Sie haben recht, aber lassen Sie uns nicht die Hoffnung verlieren. Gönnen wir ihm etwas Zeit, damit er sich von seinen Verletzungen erholen kann, bevor wir uns den Kopf zermartern. Er muss sich ausruhen, und dann konfrontieren wir ihn mit Dingen, die sein Gedächtnis anregen. Währenddessen werde ich Phet zu Rate ziehen, ob er ein Heilmittel kennt.«

Ren hielt eine Hand hoch. »Bevor ihr mich lauter Tests unterzieht, mit Kräutern vollstopft und mich in Erinnerungen schwelgen lasst, würde ich mich gerne ein wenig zurückziehen.« Mit diesen Worten verließ er das Zimmer.

Wieder schossen mir Tränen in die Augen. »Ich denke, ich wäre jetzt auch lieber allein«, stammelte ich und humpelte davon. Als ich bis zur Treppe gehinkt war, musste ich wegen der Schmerzen in meinem Knöchel innehalten. Tränenblind klammerte ich mich mit aller Gewalt am Geländer fest. Da spürte ich eine Hand auf meiner Schulter. Ich drehte mich um und vergrub mein feuchtes Gesicht schluchzend an Kishans Brust. Ich wusste, es war unfair, Trost bei ihm zu suchen und in seiner Gegenwart um seinen Bruder zu weinen, aber ich konnte nicht anders.

Er legte mir den Arm unter die Knie, hob mich hoch und trug mich die Treppe empor. Nachdem er mich auf mein Bett gelegt hatte, ging er ins Bad, kam mit einer Taschentuch-Box zurück und stellte sie mir auf den Nachttisch. Kishan murmelte ein paar Worte auf Hindi, strich mir das Haar aus dem Gesicht, drückte mir einen Kuss auf die Augenbraue und ließ mich allein.

Am späten Nachmittag sah Nilima nach mir.

Ich saß in dem weißen Sessel, den Plüschtiger fest an mich gepresst. Den ganzen Vormittag über hatte ich abwechselnd geweint und geschlafen. Nilima umarmte mich und setzte sich aufs Sofa.

»Er kennt mich nicht«, flüsterte ich.

»Sie müssen ihm Zeit lassen. Hier, ein kleiner Imbiss.«

»Ich bin nicht hungrig.«

»Sie haben auch Ihr Frühstück nicht angerührt.«

»Ich bringe einfach keinen Bissen herunter.«

»Na schön.« Sie ging ins Bad und kam mit meiner Bürste zurück.

»Alles wird gut, Miss Kelsey. Er ist wieder bei uns, und er *wird* sich an Sie erinnern.«

Sie löste meine Frisur und bürstete mir in langen, gleichmäßigen Strichen das Haar. Es war beruhigend und erinnerte mich an meine Mutter.

»Denken Sie das wirklich?«

»Ja. Selbst wenn er sein Gedächtnis nicht zurückbekommt, wird er sich zwangsläufig wieder in Sie verlieben. Meine Mutter hat ein Sprichwort: *Ein tiefer Brunnen versiegt nie.* Seine Gefühle für Sie sind zu stark, als dass sie jemals ganz verschwinden könnten, selbst während einer Trockenzeit wie dieser.«

Ich lachte mit Tränen in den Augen. »Ich würde Ihre Mutter gerne mal kennenlernen.«

»Vielleicht werden Sie das.«

Kurz darauf ließ sie mich allein, und da ich mich etwas besser fühlte, hinkte ich langsam die Treppe hinunter.

Kishan schritt nervös in der Küche auf und ab. Er blieb wie angewurzelt stehen, als ich hereinkam, und half mir mich hinzusetzen.

»Dein Knöchel sieht besser aus«, sagte er nach einem kurzen Blick auf meinen Fuß.

»Ich habe Mr. Kadams Rat befolgt und den Knöchel den ganzen Vormittag mit Eis gekühlt und hochgelegt.«

»Alles in Ordnung?«, erkundigte er sich.

»Ja. Mir geht's gut. Es ist nicht das Wiedersehen, das ich mir erhofft hatte, aber immer noch besser, als ihn tot vorzufinden.«

»Ich werde dir helfen. Wir können gemeinsam mit ihm arbeiten.«

Diese Worte mussten ihm schrecklich schwergefallen sein. Und dennoch wusste ich, dass sie aus tiefstem Herzen kamen. Er wollte, dass ich glücklich war, und wenn mein Glück an Ren hing, würde er mir helfen, dass ich wieder mit ihm zusammenkam.

»Vielen Dank. Das weiß ich wirklich zu schätzen.«

Ich machte einen Schritt auf ihn zu und wäre beinahe gefallen. In letzter Sekunde fing er mich auf und zog mich zögerlich an sich. Er erwartete wohl, dass ich ihn wegschieben würde, wie mir das in letzter Zeit zur Gewohnheit geworden war, doch stattdessen legte ich ihm die Arme um den Hals.

Er streichelte mir den Rücken, seufzte und drückte mir einen Kuss auf die Stirn. Genau in diesem Augenblick spazierte Ren in die Küche. Ich versteifte mich, fürchtete ich doch, er würde mit einem Wutanfall reagieren, weil Kishan mich berührte, aber er würdigte uns keines Blickes, schnappte sich eine Flasche Wasser und verschwand wortlos.

Kishan hob mein Kinn mit dem Finger. »Er wird schon wieder zu sich kommen, Kells.«

»Na klar.«

»Willst du einen Film anschauen?«

»Das hört sich gut an.«

»Okay. Aber einen Actionfilm. Keines von deinen Musicals.«

Ich lachte. »Action, hm? Irgendwie habe ich das Gefühl, dir würde *Indiana Jones* gefallen.«

Er legte mir einen Arm um die Taille und half mir in den kleinen Kinosaal.

Erst am späten Abend sah ich Ren wieder, der auf der Veranda saß und den Mond betrachtete. Ich blieb stehen und fragte mich, ob er lieber allein sein wollte. Dann entschied ich, dass er mich jederzeit wegschicken könnte, falls dem so wäre.

Als ich die Tür aufschob und ins Freie trat, neigte er den Kopf, rührte sich ansonsten jedoch nicht.

»Störe ich?«, fragte ich.

»Nein. Möchtest du dich setzen?«

»Danke.«

Er erhob sich und half mir höflich, mich ihm gegenüber hinzusetzen. Ich musterte Rens Gesicht. Seine blauen Flecke waren fast verschwunden, und sein Haar war gewaschen und geschnitten. Er trug lässige Designerklamotten, doch seine Füße waren nackt. Bei ihrem Anblick keuchte ich erschrocken auf. Sie waren immer noch bläulich und geschwollen, was bedeutete, dass er schreckliche Schmerzen haben musste.

»Was hat er mit deinen Füßen gemacht?«

Seine Blicke folgten meinen, und er zuckte mit den Schultern. »Er hat sie mir immer wieder gebrochen, bis sie sich wie aufgequollene Sitzsäcke angefühlt haben.«

»Oh«, sagte ich mit leichtem Unbehagen. »Darf ich deine Hände sehen?«

Er streckte sie aus. Ich nahm sie zärtlich in meine und begutachtete sie eingehend. Seine goldene Haut war makellos, seine Finger lang und gerade. Die Nägel, die bis vor Kurzem eingerissen und blutig gewesen waren, waren nun gesund und nachgewachsen. Ich drehte seine Hand um und betrachtete die Innenflächen. Abgesehen von einer tiefen Schnittwunde, die an seinem Handgelenk endete, waren sie unversehrt. Ein normaler Mensch, dem die Hand so oft mit roher Gewalt gebrochen worden war, hätte wahrscheinlich jegliches Gefühl in ihnen verloren. Zumindest wären die Knöchel geschwollen und steif. »Was ist damit?«, fragte ich und fuhr sanft den Schnitt nach.

»Die stammt von einem Experiment, bei dem er mir mein ganzes Blut abgepumpt hat, um zu sehen, ob ich überlebe. Die gute Nachricht lautet, ich habe überlebt. Allerdings war er ziemlich verärgert, dass seine Kleidung blutverschmiert war.« Abrupt löste er die Hände von meinen und breitete die Arme auf der Lehne der Hollywoodschaukel aus.

»Ren, ich ...«

Er hielt eine Hand hoch. »Du musst dich nicht entschuldigen, Kelsey. Es ist nicht deine Schuld. Kadam hat mir alles erklärt.«

»Wirklich? Was hat er gesagt?«

»Er hat mir erzählt, dass Lokesh in Wirklichkeit hinter dir her war, weil er Kishans Amulett wollte, das du jetzt trägst, und dass er uns alle geschnappt hätte, wäre ich nicht zurückgeblieben.«

»Ich verstehe.«

Er lehnte sich vor. »Ich bin froh, dass er mich an deiner statt gefangen hat. Du wärst auf schreckliche Art gestorben. Niemand verdient einen solchen Tod. Es ist besser, dass ich oder Kishan gefangen werden als du.«

»Das war sehr ritterlich von dir.«

Er zuckte mit den Schultern und blickte zu den Lichtern im Pool.

»Ren, was hat er dir … angetan?«

Er drehte sich wieder zu mir um und senkte den Blick auf meinen geschwollenen Knöchel. »Darf ich?«

Ich nickte.

Er hob behutsam mein Bein und legte es sich in den Schoß. Sanft strich er mit dem Finger über die purpurfarbenen blauen Flecken und schob ein Kissen darunter. »Es tut mir leid, dass du verletzt wurdest. Leider heilst du nicht so schnell wie wir.«

»Du weichst meiner Frage aus.«

»Manches sollte ungesagt bleiben. Es ist schlimm genug, wenn *ein* Mensch davon weiß.«

»Reden hilft.«

»Wenn ich mich bereit fühle, darüber zu reden, werde ich mich Kishan oder Kadam anvertrauen. Sie sind abgehärtet. Sie haben in ihrem Leben schon viele schlimme Dinge gesehen.«

»Ich bin auch abgehärtet.«

Er lachte. »Du? Nein, du bist viel zu zerbrechlich, um die Gräuel zu hören, die ich durchlebt habe.«

Ich verschränkte die Arme. »Ich bin nicht so zerbrechlich.«

»Tut mir leid. Ich habe dich beleidigt. *Zerbrechlich* ist das falsche Wort. Du bist zu ... rein, zu unschuldig, um solche Dinge zu hören. Ich will deine Gedanken nicht mit all den Grausamkeiten belasten, die Lokesh mir angetan hat.«

»Aber es könnte helfen.«

»Du hast schon genug für mich getan.«

»Alles, was dir widerfahren ist, ist geschehen, weil du mich beschützt hast.«

»Daran erinnere ich mich nicht, aber selbst wenn ich mich erinnern könnte, würde ich mich trotzdem weigern, mit dir darüber zu sprechen.«

»Wahrscheinlich. Du kannst ziemlich stur sein.«

»Ja. Manche Dinge ändern sich nicht.«

»Fühlst du dich gut genug, um ein paar Erinnerungen aufzufrischen?«

»Wir können es versuchen. Wo willst du anfangen?«

»Warum fangen wir nicht mit dem Anfang an?«

Er nickte, und ich erzählte ihm, wie ich ihn zum ersten Mal im Zirkus gesehen und mit ihm gearbeitet hatte. Wie er aus seinem Käfig geflohen war und ich mir Vorwürfe gemacht habe, die Tür nicht richtig verschlossen zu haben. Ich trug ihm das Katzengedicht vor und beschrieb ihm das Bild, das ich von ihm in mein Tagebuch gemalt hatte. Es war sonderbar, aber er erinnerte sich an das Gedicht. Er konnte mir sogar einen Teil auswendig aufsagen.

Als ich endete, war eine Stunde verstrichen. Ren hatte mir die ganze Zeit aufmerksam gelauscht und genickt. Am meisten schien er sich für mein Tagebuch zu interessieren.

»Dürfte ich es lesen?«, fragte er zögerlich.

Ich rutschte verlegen hin und her. »Vielleicht würde das helfen. Ich habe ein paar unserer Gedichte eingeklebt, und es beschreibt fast alles, was wir unternommen haben. Es könnte sein, dass meine Erinnerungen irgendetwas in dir auslösen. Du musst dich aber auf viel gefühlsduseligen Mädchenquatsch gefasst machen.«

Er hob eine Augenbraue. Hastig fügte ich hinzu: »Beziehungstechnisch hatten wir einen eher holprigen Start. Am Anfang habe ich dich abblitzen lassen, dann meine Meinung geändert und mich schließlich noch mal von dir getrennt. Es waren nicht die klügsten Entscheidungen meines Lebens, aber damals hielt ich es für das Beste.«

Er lächelte. »›Nach allem, was ich jemals las und jemals hört in Sagen und Geschichten, rann nie der Strom der treuen Liebe sanft.‹«

»Wann hast du den *Sommernachtstraum* gelesen?«

»Habe ich nie. Ich habe in der Schule ein Buch mit den berühmtesten Shakespeare-Zitaten auswendig lernen müssen.«

»Das hast du mir nie erzählt.«

»Nun, zumindest etwas, das ich weiß und du nicht.« Er seufzte. »Diese Situation ist sehr verwirrend für mich. Ich entschuldige mich zutiefst, falls ich dich verletzt haben sollte. Es war nie meine Absicht. Mr. Kadam hat mir erzählt, deine Eltern sind verstorben. Stimmt das?«

Ich nickte.

»Stell dir vor, du könntest dich an deine Eltern nicht erinnern. Du hast Geschichten von dem Mann und der Frau gehört, aber sie sind dir fremd. Sie haben Erinnerungen an Dinge, die du getan hast, ebenso wie sie Erwartungen an dich haben, aber du kannst dich einfach nicht erinnern. Sie haben Träume für deine Zukunft, die sich vielleicht nicht mit denen decken, die du hast.«

»Das muss hart sein. Vielleicht würde ich sogar anzweifeln, was mir erzählt wird.«

»Genau. Insbesondere dann, wenn du monatelang physisch und psychisch gefoltert wurdest.«

»Ich verstehe.« Ich erhob mich, und es zerbrach mir erneut das Herz.

Ren berührte meine Hand. »Ich will deine Gefühle nicht verletzen. Es gibt weitaus Schlimmeres, als erzählt zu bekommen, dass man eine süße, nette Freundin hat, an die man sich nur leider nicht erinnern kann. Ich brauche Zeit, um mich an den Gedanken zu gewöhnen.«

»Ren? Denkst du …? Ich meine, besteht die Möglichkeit? Könntest du lernen, mich wieder zu … *lieben?*«

Er sah mich eine Weile nachdenklich an und sagte: »Ich werde es versuchen.«

Ich nickte stumm. Er ließ meine Hand los, und ich schloss mich in meinem Zimmer ein.

Er wird es versuchen.

Eine Woche verging ohne nennenswerte Verbesserung. Trotz angestrengter Bemühungen von Kishan, Mr. Kadam und Nilima konnte Ren sich an nichts erinnern, was mit mir zu tun hatte. Abgesehen von Nilima konnte er keinen von uns lange ertragen und verbrachte seine Zeit am liebsten mit ihr. Sie kannte mich am wenigsten und redete wahrscheinlich über Dinge, an die sie sich beide erinnerten.

Ich bereitete ihm jedes Gericht zu, das ihm in Oregon geschmeckt hatte, einschließlich meiner Schoko-Erdnussbutter-Cookies. Beim ersten Mal, war er begeistert, aber nachdem ich ihm von der Bedeutung der Cookies erzählt hatte, verschlang er sie beim zweiten Mal nicht mehr mit demselben Enthusiasmus. Er wollte nicht, dass ich enttäuscht war, da sie ihm keine Erinnerung entlockten. Kishan nutzte Rens Zurückhaltung schamlos aus und verputzte jeden übrig gebliebenen Krümel. Bald darauf stellte ich meine Kochversuche ein.

Eines Abends, als ich zum Essen die Treppe hinabgeschlurft kam, warteten die anderen gespannt an der Tür zum Esszimmer auf mich, das mit pfirsich- und cremefarbenen Luftschlangen dekoriert war. Eine große Sahnetorte thronte in der Mitte des wunderschön geschmückten Tisches.

»Herzlichen Glückwunsch zum Geburtstag, Miss Kelsey!«, rief Mr. Kadam.

»Mein Geburtstag? Den hatte ich völlig vergessen!«

»Wie alt bist du jetzt, Kells?«, fragte Kishan.

»Äh … Neunzehn.«

»Sie ist noch ein Baby. Nicht wahr, Ren?«

Ren nickte und lächelte höflich.

Kishan umarmte mich stürmisch. »Hier. Setz dich, während ich deine Geschenke hole.«

Mr. Kadam hatte die Goldene Frucht benutzt, um mein Lieblingsgericht herbeizuzaubern: Cheeseburger, Pommes frites und einen Schokoladen-Milchshake. Alle anderen durften sich auch ihr Lieblingsessen wünschen, und wir lachten und amüsierten uns über die Wahl unseres Nachbarn. Es war das erste Mal seit geraumer Zeit, dass ich lachte.

Nachdem wir das Abendessen beendet hatten, verkündete Kishan, dass nun die Geschenke an der Reihe wären. Zuerst öffnete ich Nilimas Geschenk. Sie hatte mir ein teures französisches Parfum gekauft, das ich gleich ausprobierte und herumreichte.

Kishan schnupperte daran und schnaubte. »Kelsey riecht viel besser.«

Als es bei Ren angelangt war, lächelte er Nilima an und sagte: »Ich mag es.«

Mein unbeschwertes Lächeln war wie weggewischt.

Mr. Kadam reichte mir einen Briefumschlag und zwinkerte mir zu, als ich einen Finger unter die Lasche schob. Im Innern befand sich das Bild eines Autos.

Ich hielt es hoch. »Was ist das?«

»Ein neues Auto.«

»Ich brauche kein neues Auto. Zu Hause wartet der Boxster auf mich.«

Er schüttelte traurig den Kopf. »Nein. Ich habe den Wagen und das Haus über einen Mittelsmann verkaufen lassen. Lokesh wusste davon, und ich musste unsere Spuren verwischen.«

Grinsend winkte ich mit dem Bild. »Und was für ein Auto ist das hier?«

»Nichts Spektakuläres. Nur eines, das Sie von A nach B bringt.«

»Und zwar?«

»Es ist ein McLaren SLR 722 Roadster.«

»Wie groß ist es?«

»Es ist ein Cabrio.«

»Passt ein Tiger hinein?«

»Nein. Es ist ein Zweisitzer, doch die Jungs sind jetzt die meiste Zeit über in Menschengestalt.«

»Kostet es mehr als 30 000 Dollar?«

Er wand sich betreten. »Ja, aber ...«

»Wie viel mehr?«

»Viel mehr.«

»*Wie* viel mehr?«

»Ungefähr 400 000 Dollar mehr.«

Meine Kinnlade klappte herunter. »Mr. Kadam!«

»Miss Kelsey, ich weiß, das klingt verschwenderisch, aber wenn Sie darin fahren, werden Sie merken, dass es jeden einzelnen Cent wert ist.«

Ich faltete die Hände vor der Brust. »Ich werde ihn nicht fahren.«

Meine Worte schienen Mr. Kadam zu kränken. »Dieser Wagen ist ein Geschenk der Götter«, wollte er mich überreden.

»Dann fahren Sie damit. Ich nehme den Jeep.«

Er war versucht. »Wenn es Sie glücklich machen würde, könnten wir ihn uns teilen.«

Kishan klatschte in die Hände. »Ich kann es kaum erwarten.«

Mr. Kadam drohte ihm mit dem Zeigefinger. »O nein! Du nicht. Für dich besorgen wir einen hübschen Sedan. *Gebraucht.*«

»Ich bin ein guter Fahrer!«, protestierte Kishan.

»Du brauchst Übung.«

Kichernd unterbrach ich sie. »Okay. Wenn der Wagen geliefert wird, können wir noch mal darüber reden.«

»Der Wagen ist längst hier, Miss Kelsey. Er wartet in der Garage auf Sie. Vielleicht können wir später eine Spritztour machen.« Seine Augen funkelten vor Vorfreude.

»Also schön, nur Sie und ich. Vielen Dank für mein wunderbar verschwenderisches, völlig übertriebenes Geschenk.«

Er nickte glücklich.

»Okay.« Ich lächelte. »Ich bin bereit für mein nächstes Geschenk.«

»Dann wäre wohl ich an der Reihe«, sagte Kishan und reichte mir eine große weiße Schachtel mit einer blauen Samtschleife. Ich öffnete sie, schob das hauchdünne Einschlagpapier beiseite und strich über blauen Seidenstoff. Ich stand auf und nahm das Geschenk aus der Schachtel.

»Oh, Kishan! Es ist wunderschön!«

»Ich habe es extra anfertigen lassen, damit es uns an das Kleid erinnert, das du im Traumhain getragen hast. Ganz offensichtlich hat das Göttliche Tuch die echten Blumen, die in dem Stoff verwoben waren, nicht nachbilden können, aber es hat stattdessen Blumen aufgenäht.«

Zierliche blaue Kornblumen mit weichen grünen Stielen und Blättern zierten den Saum und die Seite des Kleides hinauf zur Taille, wo sie dann auf der anderen Seite bis zur Schulter führten. Geflügelte lila- und orangefarbene Feen saßen munter auf den Blättern.

»Vielen Dank! Ich liebe es!«

Ich umarmte ihn und küsste ihn flüchtig auf die Wange. Seine goldenen Augen strahlten vor Freude.

»Vielen Dank euch allen!«

»Äh, da wäre immer noch mein Geschenk. Es ist aber definitiv nicht so interessant wie die anderen.« Ren schob mir ein lieblos eingepacktes Geschenk hin und verpasste mein schüchternes Lächeln, da er lieber auf seine Hände starrte.

In dem Päckchen war etwas Weiches, Biegsames. »Was ist das? Lass mich raten. Eine neue Kaschmirmütze und passende Handschuhe? Nein, die würde ich in Indien nicht brauchen. Ah, ich weiß, ein Seidentuch?«

»Öffne es schon!«, drängte Nilima.

Ich riss das Geschenk auf und blinzelte mehrmals.

Mr. Kadam beugte sich vor. »Was ist es, Miss Kelsey?«

Eine Träne lief mir über die Wange. Hastig wischte ich sie mit dem Handrücken fort und lächelte. »Was für ein wunderbares Paar Socken.« Ich wandte mich an Ren. »Vielen Dank. Du musst gewusst haben, dass ich Socken brauche.«

Ren nickte und schob eine Gabel mit Essen auf seinem Teller hin und her. Nilima drückte mich aufmunternd und sagte dann: »Wer hat Lust auf Kuchen?«

Ich lächelte gespielt fröhlich, um die Stimmung nicht weiter zu trüben. Nilima schnitt den Kuchen an, während Mr. Kadam riesige Kugeln Eiscreme danebengab.

»Pfirsich! Ich hatte noch nie einen Pfirsichkuchen. Wer hat ihn gemacht? Die Goldene Frucht?«

Mr. Kadam war schwer damit beschäftigt, die nächste perfekte Kugel zu formen. »Ehrlich gesagt, Nilima und ich haben ihn gebacken«, gestand er.

»Und das Eis«, grinste ich, »ist Pfirsich mit Sahne?«

Mr. Kadam lachte. »Ja. Es ist die Marke, die Sie so lieben. Tillamook, wenn ich mich recht entsinne.«

Ich nahm einen zweiten Bissen vom Kuchen. »Ich wusste, dass ich den Geschmack kenne. Mein Lieblingseis. Vielen Dank für all den Aufwand.«

Mr. Kadam setzte sich, um sein eigenes Stück zu probieren, und sagte: »Nun ja, das war ich nicht allein. Das hier wurde schon vor langer Zeit geplant ...« Seine Worte erstarben, als er seinen Fehler erkannte. Er hustete verlegen und stammelte: »Nun, nur so viel sei gesagt, es war nicht meine Idee.«

»*Oh.*«

Er redete in einem fort weiter, wahrscheinlich in dem Versuch, mich von dem Gedanken abzulenken, dass mein alter Ren schon vor Monaten eine Pfirsich-und-Sahne-Geburtstagsfeier für mich geplant hatte. Hastig erklärte mir Mr. Kadam, dass der Pfirsich in China ein Symbol für ein langes Leben wäre und Glück brächte.

Ich hörte ihm längst nicht mehr zu. Der Kuchen war mir in der Kehle stecken geblieben. Ich nippte an meinem Wasser.

Ren stocherte in seinem Pfirsicheis. »Ist noch etwas von dem Schokoladen-Erdnussbutter-Eis übrig? Ich bin kein großer Fan von Pfirsich-Sahne.«

Ich riss den Kopf hoch und sah ihn halb enttäuscht, halb entsetzt an, während ich Mr. Kadam sagen hörte, dass es in der Gefriertruhe war. Ren schob seinen Teller zur Seite und eilte aus dem Zimmer. Ich saß wie erstarrt da. Meine Gabel schwebte knapp vor meinem Mund. Im nächsten Moment brach eine überwältigende Welle der Verzweiflung über mich herein. Inmitten von etwas, das mein Himmel hätte sein können, umgeben von den Menschen, die ich am meisten liebte, während wir den Tag meiner Geburt feierten, durchlebte ich meine ganz eigene Hölle. Tränen stiegen mir in die Augen. Ich entschuldigte mich, stand auf und drehte mich rasch weg. Verwirrt erhob sich Kishan.

In einem gescheiterten Versuch, meiner Stimme Enthusiasmus zu verleihen, fragte ich Mr. Kadam, ob wir die Spritztour auf morgen verschieben könnten.

»Natürlich«, sagte er leise.

Während ich nach oben ging, hörte ich, wie Kishan seinem Bruder drohte: »Was hast du jetzt schon wieder *getan?*«

Rens leise Antwort war kaum mehr zu vernehmen. »Ich *weiß* es nicht.«

EPILOG

Ungeliebt

Am nächsten Tag erwachte ich mit dem festen Vorsatz, das Beste aus der Situation zu machen. Es war nicht Rens Schuld. Er wusste nicht, was er getan hatte oder warum es mir das Herz zerriss. Er erinnerte sich nicht an unser Gespräch über Socken oder meinen Geruch oder dass er damals Pfirsich-Sahne- anstelle von Schoko-Erdnussbutter-Eis genommen hatte. *Es ist nur ein blödes Eis! Wen interessiert das schon?*

Niemand erinnerte sich an solche Dinge. Niemand wusste mehr davon. Abgesehen von mir. Ich machte mit Mr. Kadam eine kleine Spritztour in dem schicken neuen Cabrio und versuchte, eine glückliche Miene aufzusetzen, während er die technischen Vorzüge des Wagens erläuterte. Jede meiner Bewegungen war mechanisch, innerlich war ich taub. Ich war am Verzweifeln. Es fühlte sich an, als hätte ich es mit einem Doppelgänger zu tun. Er sah aus wie mein Ren und redete sogar wie er, aber der Funke fehlte. Etwas stimmte nicht mit ihm.

Zu Hause wollte ich mit Kishan trainieren, weshalb ich mich umzog und durch die Waschküche die Treppe hinab zum Übungsraum ging, vor dem ich stehen blieb, als ich Kishan und Ren streiten hörte. Ich wollte nicht heimlich lauschen, aber dann fiel mein Name, und ich konnte nicht anders.

»Du tust ihr weh«, sagte Kishan.

»Denkst du, das weiß ich nicht? Ich will sie nicht verletzen, aber ich lasse mir keine Gefühle aufdrängen, die ich nicht habe.«

»Kannst du es nicht zumindest versuchen?«

»Das habe ich.«

»Du hast dem Eis mehr Aufmerksamkeit geschenkt als ihr.«

Ren stieß ein aufgebrachtes Seufzen aus. »Versteh doch, sie hat etwas ... Abschreckendes an sich.«

»Was meinst du damit?«

»Das kann ich nicht beschreiben. Wenn ich in ihrer Nähe bin ..., kann ich es nicht erwarten, von ihr wegzukommen. Für mich ist es immer eine echte Erleichterung, wenn sie nicht anwesend ist.«

»Wie kannst du so etwas sagen? Du hast sie *geliebt!* Sie hat dir mehr bedeutet als alles andere in deinem ganzen bisherigen Leben!«

Ren redete leise. »Das kann ich mir einfach nicht vorstellen. Sie ist nett und süß, aber ein bisschen zu jung. Wie schade, dass ich nicht in Nilima verliebt war.«

Kishan war außer sich. »*Nilima!* Sie ist für uns wie eine Schwester! Du hattest nie solche Gefühle für sie!«

»Ihre Gegenwart ist angenehm«, erwiderte Ren sanft. »Sie hat keine großen braunen Augen, die mich gekränkt und voller Verzweiflung anschauen.«

Beide Brüder schwiegen eine Weile. Ich hatte mir fest auf die Lippe gebissen und schmeckte Blut, aber der Schmerz berührte mich nicht.

Kishan redete nun eindringlich auf Ren ein. »Kelsey ist *alles*, was sich ein Mann nur wünschen kann. Sie passt perfekt zu dir. Sie liebt Poesie und lauscht dir stundenlang, wenn du singst oder Gitarre spielst. Sie hat schon mehrmals ihr Leben riskiert, um dir das räudige Fell zu retten. Sie ist wunderbar und liebevoll und warmherzig und schön und würde dich restlos glücklich machen.«

Es folgte eine lange Pause. Dann hörte ich Ren ungläubig sagen: »*Du* liebst sie.«

Kishan zögerte mit einer Antwort, aber dann sagte er leise, für mich kaum vernehmbar: »Jedem Mann, der klar bei Verstand ist, würde es so ergehen, was bedeutet, dass *du* nicht alle Tassen im Schrank hast.«

»Vielleicht war ich ihr dankbar«, sagte Ren nachdenklich, »was sie zu der Annahme verleitet hat, dass ich sie liebe, doch diese Gefühle sind Vergangenheit.«

»Glaube mir, *Dankbarkeit* war sicherlich nicht das Gefühl, das du für sie empfunden hast. Du hast dich monatelang nach ihr verzehrt. Du bist verzweifelt in deinem Zimmer auf und ab geschritten, bis der Teppich ein Loch hatte. In Tausenden von Liebesgedichten hast du dich über ihre Schönheit ausgelassen und wie unglücklich du ohne sie bist. Wenn du mir nicht glaubst, geh hoch in dein Zimmer und lies sie.«

»Ich *habe* sie gelesen.«

»Was ist dann dein Problem? Ich habe dich während deines ganzen armseligen Daseins nie glücklicher gesehen als in der Zeit, in der du mit ihr zusammen warst. Und deine Gefühle waren echt.«

»Ich weiß es nicht! Vielleicht ist die Folter schuld. Vielleicht hat mir Lokesh etwas in den Kopf gepflanzt, das sie mir für immer unerträglich gemacht hat. Sobald ich ihren Namen oder ihre Stimme höre, zucke ich zusammen. Ich erwarte dann Schmerz. Ich will das nicht. Das ist ihr *und* mir gegenüber unfair. Sie verdient nicht, dass man sie anlügt.

Selbst wenn ich lernen könnte, sie wieder zu lieben, ist da immer noch die Folter, die ich nicht ausblenden kann. Jedes Mal, wenn ich sie ansehe, sehe ich Lokesh vor mir, der mich ausfragt, immer ausfragt. Mir schreckliche Qualen zufügt, und alles wegen eines Mädchens, das ich nicht kenne. Das ist zu viel verlangt, Kishan.«

»Dann ... verdienst du sie nicht.«

Langes Schweigen folgte.

»Nein, vermutlich hast du recht.«

Ich biss mir in die Hand, um ein Schluchzen zu unterdrücken, doch sie hörten mich trotzdem.

»Kells?«, rief Kishan.

Ich rannte die Treppe hinauf.

»Kells! Warte!«

Kishan folgte mir, und ich hastete, so schnell mich meine Beine trugen, die Stufen hinauf. Wenn ich mich nicht beeilte, würde mich einer von ihnen erwischen. Ich schlug die Tür zur Waschküche hinter mir zu, nahm die andere Treppe, rannte in mein Bad und sperrte die Tür ab. Ich kletterte in die trockene Badewanne und zog die Knie an die Brust. Ein Klopfgewitter brach über die Tür herein – erst laut und eindringlich, dann leiser, kaum hörbar. Sie schienen sich alle abzuwechseln. Selbst Ren. Irgendwann ließen sie mich in Ruhe.

Verzweifelt presste ich die Hand auf mein Herz. Das Band zwischen uns war durchschnitten. Der wunderschöne Tigerlilien-Strauß, den ich seit Rens Verschwinden gehegt und gepflegt hatte, war vertrocknet. Mein Herz war von einer gnadenlosen Dürre heimgesucht. Eine weiche, wohlriechende Blüte nach der anderen war verwelkt und abgefallen.

Kein Flehen und Bitten, kein Zurückschneiden und Wässern könnten sie retten. Die Stiele waren verkümmert, die

Blütenblätter verdorrt, zu Staub zerfallen und vom steifen, heißen Wind weggeweht. Übrig waren nur ein paar braune Stümpfe – ein trauriges Andenken an ein ehemals kostbares und wertvolles Blumengesteck.

Tief in der Nacht schlüpfte ich aus meinem Zimmer, zog meine Sneakers an und schnappte mir die Schlüssel zu meinem neuen Auto. Unbemerkt schlich ich aus dem Haus und glitt in den weichen Ledersitz. Mit geöffnetem Verdeck schoss ich die Straße hinab und fuhr weiter, bis ich auf einem Hügel einen wunderbaren Aussichtspunkt mit Blick auf das bewaldete, sich bis zum Horizont erstreckende Tal fand. Ich klappte den Sitz zurück und blickte zum Himmel empor.

Mein Dad hatte mir vom Polarstern erzählt. Seeleute konnten sich stets auf diesen Stern verlassen. Er war immer da, zuverlässig und treu, ein Fels in der Brandung. *Wie war noch mal sein anderer Name? Ah ja, Polaris.* Ich suchte den Großen Wagen, konnte ihn aber nicht finden. Da erinnerte ich mich, dass Dad erklärt hatte, man könne ihn nur auf der Nordhalbkugel sehen. Auf der südlichen Hemisphäre gäbe es keine Entsprechung. Es war ein einmaliges Phänomen.

Ren hatte einmal gesagt, er wäre beständig wie der Polarstern. Er war mein Polaris gewesen. Jetzt fehlte mir der Dreh- und Angelpunkt. Meine Stütze. Verzweiflung kroch in mir hoch. Dann mahnte eine hauchzarte Stimme in mir, die mich an den sarkastischen Ton meiner Mutter erinnerte: *Nur weil du den Stern nicht sehen kannst, bedeutet das nicht, dass er nicht da ist. Er mag eine Weile von der Bildfläche verschwunden sein, aber irgendwo funkelt er hell.*

Vielleicht würde dieser Funke eines Tages wiederkehren. Vielleicht würde ich jedoch bloß mein Leben verschwenden, wenn ich mich auf die Suche nach ihm machte. Ich trieb auf einem Ozean der Einsamkeit. Eine Seefahrerin ohne einen Stern, dem sie folgen konnte.

Verluste waren mir nicht fremd. Meine Eltern waren tot. Ren war ... verschwunden. Aber *ich* war hier. Es gab Dinge zu erledigen. Ich hatte eine Aufgabe. Ich hatte es einmal geschafft und würde es wieder schaffen. Ich würde den Schmerz ertragen und mit dem Leben weitermachen. Wenn ich im Laufe der Zeit wieder Liebe finden würde, wäre das wunderbar. Wenn nicht, dann würde ich alles daran setzen, um alleine glücklich zu sein.

Ich hatte ihn geliebt und tat es immer noch, aber es gibt vieles im Leben, woran man sich erfreuen kann. Der ozeangleiche Lehrer meinte, der Sinn des Lebens bestünde darin, glücklich zu sein. Die Göttliche Weberin sagte, ich dürfe nicht verzagen, wenn mir das Muster nicht gefallen sollte. Ich solle abwarten und geduldig und treu sein.

Die Fäden meines Lebens waren chaotisch und wirr. Ich wusste nicht, ob es mir jemals gelingen würde, sie zu entwirren. Im Moment war das Muster meines Daseins ziemlich hässlich. Alles, was mir blieb, war mein fester Glaube, dass ich eines Tages das helle Licht dieses funkelnden Sterns wiederfand.

Ich habe Ren einmal gesagt, dass unsere Geschichte nicht vorbei ist.

Und das ist sie nicht.

Noch nicht.

---

*Das Abenteuer von
Kelsey und Ren geht weiter in:*

Fluch des Tigers